내가 알고 싶은 것 그리고 인생사

What I want to know and life and death

외계인은 확실히 존재한다

내가 알고 싶은 것
그리고 인생사

정진문 지음

WHAT I WANT TO KNOW
AND LIFE AND DEATH

정출판

나는 누구이며, 자식은 누구인가? 늘 이런 의문이 들었습니다.

태어났으니, 그냥 산다? 무의미하지 않나요?

많은 사람들이 살면서 종교를 중요시하고, 신(神)적인 존재를 믿으며 삽니다. 과연 종교는 무엇일까요?

나이가 들고 노인이 되면, 삶에서 종교가 더 중요한 비중을 차지합니다.

인간은 나약합니다. 그리고 앞날이 어떻게 펼쳐질지 전혀 알지 못합니다.

어느 종교학자는 이렇게 말합니다. "하느님을 믿는 자에게는 하느님이 있고, 하느님을 믿지 않는 자에게는 하느님이 없다."

'일체유심조(一切唯心造)'가 떠오르는 대답입니다.

1940년대에 태어난 세대의 생활상은 극진한 고난의 행군이었습니다. 그들의 삶에서 또 다른 삶이 이어져, 지금의 우리가 살아가고 있습니다.

우리는 살면서 궁금하고 모르는 것이 너무나 많은 사람들입니다.

UFO는 사실일까? 외계인은 있을까?

미라는 무엇이고, 환생은 무엇일까?

우리는 어디에서 온 걸까?

한번쯤 생각해 볼 질문들입니다.

본문에 나오는 과학적 발견이나 성경에 대한 부분 또 UFO 관련 사실들은 히스토리 채널, 내쇼날 지오그래픽, BBC Earth, KBS 파노라마에서 일부 인용되었습니다.

이 글이 아무쪼록 여러분의 판단에 작으나마 도움이 되실 바랍니다.

2019년 5월
저자 정진문

| 차례 |

9부. 천재의 아버지

워싱턴 스미소니언박물관 월면차 앞에서
2018년 4월 24일 저자(정진문)

워싱턴 스미소니언박물관 해파리 앞에서
2018년 4월 24일 저자(정진문)

1부
천재의 탄생

1. 서울대 수석 입학

"야! 너, ㅈ물 팔았다며?"

영식이 현종에게 물었다.

"하아! 참. ㅈ물이 뭐냐. 정자라고 했잖아."

"ㅈ까네. 그게 그거 아냐? 근데 말야, 그걸 돈 주고 사는 사람이 있어?"

"응, 하여간 돈을 받았어."

"솔직히 말해 봐, 얼마 받았어?"

"짜식, 그걸 알아서 뭐 하려고?"

"야! 짜식, 이거 뭘 모르네. 얼마를 받았는지 알아야 거기에 맞춰서 한 턱 내라고 할 거 아냐?"

"그래, 너하고 나하고는 불알친구니까 솔직히 얘기하지. 삼백."

"뭐? 삼백? 호오! ㅈ물 값치곤 대단한데? 봉이 김선달 대동강 물 팔아먹 듯이 팔아먹어도, 그냥 ㅈ에서 매일 나오는 거 아냐?"

"쉿. 야! 누가 듣는다. 조용조용히 말해!"

"아, 내건 누가 안 사나? 좀 알아봐라. 내건 ㅈ또 만 원만 준대도 판다. 누이 좋고 매부 좋잖아?"

"글쎄? 그건 말야, 산다는 사람이 있어야지."

"알았어. 어쨌든 오늘은 치킨, 짜장, 그리고 영화 보고 나와서 탕수육, 어때? 오케이?"

"영어는 ㅈ또 하나도 모른다더니, 얌마, 오케이는 영어야."

"ㅈ까는 소리 하지 말고, 빨리 내가 주문한 거, 할 거야 안 할 거야? 그 것만 얘기해."

"좋아, 그러자. 하지만, 다른 주문은 더 없다? 오케이?"

"알았어, 임마. 그래도 그거 갖고 되겠어? ㅈ물은 또 나올 텐데?"

하하하! 둘은 서로 어깨를 걸치며 깔깔 웃었다.

현종이 대학 입학 후 전화만 몇 번 하다가 처음 여름방학이 되어 청주에 와서 절친 영식과 나눈 대화였다.

둘은 청주시 모충동 수용소라는 곳에 같이 살던 어릴 적 죽마고우였다. 서로 모든 이야기를 다 털어놓을 수 있는 친구. 그러니 막말이 서로 더 좋다.

초등학교 1학년 첫날 교실. 담임선생님이 재잘거리는 아이들을 조용히 시키려고 톤을 높여 말한다.

"자, 그만 떠들고, 여기들 봐. 이제 너희들은 초등학교 학생이 된 거야. 더 이상 유치원생이 아니에요."

그러더니 칠판에 물방울 형상의 그림 두 개를 그리며 말한다.

"이거 하나 더하기 이거 하나는 몇이야?"

그러자 이구동성으로 "둘이요!" 한다. 아무 말 없이 가만히 앉아 있는 현종을 발견한 담임교사는 호기심을 느꼈는지, 그를 불렀다.

"한현종, 너는 왜 대답이 없지?"

"네?"

"이 물방울 하나 더하기 물방울 하나는 몇이냐고?"

"네…… 그것은 하나입니다."

"……"

갑자기 교실 분위기가 썰렁해졌고, 아이들은 모두 현종을 쳐다본다.

'저애 저거, 바보 아냐?'

그때 선생님이 나섰다.

"왜 하나지?"

"물방울에다 또 물방울을 더해도 물방울은 역시 하나라서요."

"응?"

'맞는 말 같다!' 선생님 입에서는 '응' 소리가 저절로 났다.

그는 초등학교 때부터 그렇게 다른 아이들과는 다른 생각을 가졌었다.

아이들의 '우!' 하는 소리가 교실을 가득 채웠다. 그렇듯 현종은 생각을 해보고 대답하는 아이였다. 그런 그는 중학교와 고등학교는 물론 대학도 수석으로 입학하였다. 그것도 나라에서 최고라는 서울대학을.

　대학 수석 입학의 환희를 가족들과 나누던 날, 그는 축하 선물로 전화번호 수신기인 '삐삐'를 선물 받았다. 삐삐는 본래 군대에서 작전용 비상 연락망으로 만들어진 것이었다. 비상연락 할 일이 있을 때 전화로 번호를 보내면 수신자의 삐삐에 그 번화가 찍히는 물건이다. 그것이 일반용으로 상용화되면서 삐삐 없는 사람은 사회생활 하기가 쉽지 않은 세상이 되었었다. 그렇게 한때 대한민국은 '삐삐 공화국'이었다.

　그러잖아도 삐삐가 울리면 신기하여 공중전화로 쫓아가 전화를 할 때였다. 현종은 그걸 옆구리에 차고 누군가 신호를 보냈으면 하고 생각하던 차에, 삐삐! 하며 신호가 왔다. 그게 신기했던 현종은 곧바로 그 번호로 전화를 걸었다.

　"한현종입니다. 누구시죠?"

　수화기에서는 어떤 여자의 목소리가 경쾌하게 들린다.

　"아, 학생! 수석 입학을 진심으로 축하합니다. 저는 수석 입학하는 학생들에게 축하를 해주는 사람 중 한 명입니다. 한번 시간 좀 내어 만나볼 수 있을까요? 식사라도 한번 대접하고 싶은데요."

　"제 삐삐 번호를 어떻게 아셨지요?"

　"아! 그거 오해하지 마세요. 교무처에다 축하를 해주겠다고 하고 수석 학생이 좀 가난하다면 돕겠다고 하여 알아낸 삐삐 번호입니다. 저도 서울대학교 의대를 나온 사람입니다."

　"그러세요? 의사 선생님이시군요?"

　"그렇습니다."

　현종은 만나 봐도 손해 볼 것이 없겠다고 생각했다.

　"어떻게 하면 되나요?"

　"편한 시간을 알려주세요. 학교 정문 앞으로 차를 가지고 가겠습니다."

학교 정문 앞에서 오후 5시에 만나기로 약속을 했다. 약속 시간이 되자, 만나자고 한 곳에 번쩍거리는 외제 승용차 한 대가 나타났다. 차문이 열리며 내리는 여자는 멋쟁이 옷을 입었으며 얼굴은 배우 뺨치게 예쁜 얼굴이다. 얼굴엔 함박 웃음꽃이 피어 있는 듯했다.

"아! 학생이 현종 군이죠?"

"네."

호사한 차와 멋진 옷의 여자에게 현종은 단번에 호감이 갔다. 여자는 현종을 차에 태우고 한참을 달리더니 차를 세운다. 내려서 앞을 보니 고급 식당 앞이었다.

식당으로 들어가려던 여자는 운전을 하고 온 남자를 쳐다보며 말한다.

"같이 가시죠."

그러다니 현종을 쳐다보며 동의를 구한다.

"괜찮지요?"

'혼자일 줄 알았는데…… 운전기사는 아닌 것 같은데?'

오십대는 되어 보이는 듯한 남자는 위엄도 있어 보이고 밝은 얼굴 하며 껄끄러운 사람 같지는 않았다.

'무슨 사업가인가?'

하여튼 현종은 고개를 끄덕이며 동의를 표했다.

저녁식사는 현종이 난생 처음 먹어보는 음식이었다. 큰 방에 앉아 있으니 음식을 든 직원이 죽을 가지고 와서 "맛있게 드십시오!" 하고 나간다.

'아니 뭘 식당이 죽을 준대? 고급 식당에서 죽을?'

그 뒤로부터는 음식을 먹기도 전에 처음 보는 요리들이 푸짐히도 등장한다. 기가 질린다. 와인도 한잔 따라주며 연신 고기 이름을 가르쳐 주고, 그걸 집어서 현종 앞 접시에 놓아주는 그 여자 덕에 화기애애하게 식사를 했다. 식사가 거의 끝나갈 무렵, 예의 바른 그 여자는 자리를 일어서며 말한다.

"여기 김 선생님과 이야기 나누세요. 여자가 앉아 있는 것보다는 남자끼리 술도 한잔 하시면서 허심탄회하게 말씀하시면 좋을 것 같네요."

하고 자리를 일어선다. 현종도 몸을 일으켰다.

"아니? 제게 무슨 말씀이 있으실 줄 알았는데 아무 말씀도 안 하셨잖아요?"

"저기 김 선생님이 저 대신 말씀하실 거예요. 말씀 나누세요."

현종은 그대로 다시 앉았다.

둘이 남게 되자, 남자는 숨 돌릴 새도 없이 봉투 하나를 내민다. 봉투를 받아든 현종은 물었다.

"이게…… 뭔가요?"

"아, 현종 군! 오해하지 말고 내 말을 잘 들어 봐요. 솔직히 우린 남자니까 터놓고 이야기 합시다. 사실은 우리 아들이 외아들인데 아이를 못 낳아요. 그래서 씨앗을 구하는 중이죠. 옛 말에 씨는 못 속인다 하잖아요? 학생한테 손해나는 것도 아니고 그냥 씨앗만 좀 빌리는 거니까, 부탁 좀 합니다. 돈이 적다면 좀 더 드릴게요. 돈은 삼백만 원입니다."

"네에?"

현종은 눈이 휘둥그레졌다. 삼백만 원이면 입학금보다도 더 많은 큰 금액이었다. 현종은 잠시 생각에 잠겼다.

'수석 입학이라 학자금은 면제지만, 이렇게 큰돈을?'

현종은 남자의 말이 무슨 말인지 이해했다. 그러나 난감했다. 어떻게 한다? 잠시 시간이 흘렀다.

"학생, 너무 심각하게 생각하지 말아요. 싫다면 그냥 안 된다고 하면 됩니다."

현종은 생전 처음 들어보는 소리에 어리둥절했다. 남자가 말하는 '씨'라는 건 정자가 아닌가! 난처한 중에도 돈 생각이 났다. 거절하면 그 돈이 그대로 하늘로 날아갈 것이 아닌가?

"어떻게 하면 되는데요?"

"뭐, 특별한 건 없어요. 병원에 가서 간호사가 시키는 대로 플라스크에 정액만 담아 주면 됩니다."

처음 몇 잔 마셔 본 와인이 결정을 내리게 도왔다.

"예, 말씀하신 대로 하지요."

현종은 남자와 며칠 후 병원에서 만나기로 하고 헤어졌다. 봉투를 열어 보니 10만 원짜리 수표가 30장이나 들어 있었다. 가슴이 발발 떨렸다. 하숙집에 돌아와서도 계속 두근거렸다. 빨리 그 날이 오기를 기다렸다.

약속된 시간에 현종은 병원에서 남자를 만났다.

"현종 군, 다시 만나 반가워요."

"네, 안녕하세요?"

현종은 약간 얼굴을 붉히며 말했다.

"여기 계신 간호사분이 담당이십니다."

"네, 안녕하세요?"

"네, 학생 만나서 반가워요. 이쪽으로 오실래요?"

간호사는 병원 내에 있는 원룸 같은 방으로 안내했다. 방은 아주 깨끗했다. 그 안에 욕실이 있었다. 간호사는 욕실 문을 열어주며 말했다.

"학생, 목욕을 깨끗이 하고 나오세요."

시키는 대로 하고 욕실을 나오자. 방에서 기다리던 간호사는 소독 솜으로 현종이 손을 골고루 정성스럽게 닦아준다. 그리고 유리관을 하나 주고는 말한다.

"이 유리관에 정액을 사정하여 제게 주고 가시면 됩니다."

간호사가 하라는 대로 하면서도 현종은 좀 부끄러웠다.

'임무'를 마치고 기다리자 간호사가 다시 들어왔다.

"검사를 해보고 이상이 있으면 한 번 더 부탁드릴게요."

하고 연락처를 묻고 그는 유리관을 들고 나갔다.

'뭐 별거 아니네! 핸드플레이 한번 치고 삼백만 원 받았으니!'

그래도 현종은 학교 기숙사로 오면서도 얼굴이 화끈거렸다.

우리나라는 1960년대부터 인공수정 기술의 발달로 동물에 인공수정을 주로 하였으나, 1985년경에는 어느 산부인과에서도, 인공수정을 할 수 있는 의료기기만 있으면 인공수정을 하는 시대가 열렸었다. 며칠이 지나기 전에 축하를 해준다며 만나자는 사람이 또 있었다. 현종은 거절을 했다. 부끄러움이 가시지 않았기 때문이었다.

얼마 후 현종의 '횡재'는 같은 과 친구들과 이야기 끝에 들통이 났다.

"야, 우리 학교 수석 입학은 누가 불러서 돈도 주고 맛있는 음식도 얻어 먹는다고 다들 이야기하는데, 너 솔직히 얘기해봐."

"야! 얼마 받았어? 너 거짓말해도 다 안다!"

"그냥 좀 받았어."

"야 임마, 수석 입학은 보통 아무리 싸게 줘도 천만 원이야."

"뭐? 설마!"

금액을 말할 수는 없었다. 친구들에게 제대로 한턱을 내야 했다.

"너 술 먹고 뺐어, 아니면 맨 정신으로 뺐어?"

"긴장이 돼서 포도주로 입가심만 했어."

"이게 어디서 거짓말이야. 다 알아, 임마. 긴장이 돼서 술 한 잔 하고 간다더라."

"난 안 먹었어. 진짜야."

"보나마나 그놈은 술주정뱅이가 돼서 나올 게 틀림없을 거다, 임마. 하하하!"

그 '씨'를 가져다가 보통 오백만 원에 판다는 이야기가 있단다.

'그럼 내가 번 게 아니라 그 사람이 벌었다는 얘긴가? 사실이 아니겠지!'

대학생이 된 현종이 청주로 내려오기만 하면 제일 친한 영식과 붙어지 낸다. 자주 만나면 둘은 참 재미있다. 남에게는 하지 못할 이야기도 둘 사이에는 털어놓을 수 있는 사이다. 대학 가기 전에 둘이 만나면 영식이 돈을 버니 여름에는 아이스크림, 군만두, 자장면을 사주고, 가을이면 붕어빵, 자장면, 오뎅을 사주면 현종은 그걸 아주 맛있게 먹곤 했다. 대학생이 된 후엔 성인영화 구경도 같이 갔다.

"야! 즈을 만지작만지작하면 물이 나와. 그러면 기분이 좋던데 너도 해봤니?"

"응, 해봤어. 그걸 '핸드플레이'라고 해."

"뭐? 핸드 풀이? 딸딸이가 아니고?"

"그래."

"너도 해봤니?"

"야! 그거 안 해보는 애가 어디 있니? 다들 한다고 하던데 뭘?"

"다른 애들한테도 물어봤니?"

"그런 걸 뭘 물어보냐? 그냥 소문이지."

"그런 걸 어떻게 알았어?"

"꿈에."

"꿈에?"

"응."

"꿈에 몸이 황홀하다고 할까? 뭐 그런 느낌이었는데 어찌 팬티가 축축한 것 같고 이상해서 팬티에 손을 넣어보니 아니 뭐가 콧물 같은 게 만져지는데 참으로 이상했어."

"그래서?"

"일어나보니 팬티가 흥건히 젖어 있는 거야. 창피해서 얼른 팬티를 벗어서 갈아입고 고양이같이 살살 기어 방문을 열고 나갔지. 세숫대야에 팬티를 담가놓고 방에 들어와 누워 있는데 아무래도 뭔가 찝찝한 거야."

"그래서 어떻게 했어?"

"다시 밖으로 나가서 팬티를 비누로 빨아서 빨랫줄에 널었지."

"나도 그랬는데 어쩜 그리 똑같냐?"

둘은 부둥켜 않고 깔깔대며 웃었다.

"사실은 말이야, 들통이 난 날 어머니가 아침에 하시는 말씀이 '다 큰 놈이 잘도 한다. 일어나! 너 오줌 쌌지?' 하시더라. 하여간 얼굴이 달아오르더라고. '아, 아뇨' 했지."

그리고는 현종은 이불 속으로 얼굴을 밀어넣었다고 했다.

"야! 어른들은 네가 고양이가 된 걸 바로 아셨던 거야."

"어떻게?

"네가 방문을 열 때 '요놈이 뭔가가 있구나' 하고 계셨던 게 확실해."

"영식아!"

"왜?"

"넌 구두 닦을 때 아무 일도 없었어? 보통일이 아닌 특별한 거."

"왜 없어, 한번 있었지!"

"뭔데?"

"우리 사이니까 하는 말인데…… 이 이야기는 누구한테도 하면 안 된다. 알았지?"

"그래. 너하고 나 사인데 뭐. 특별한 게 있었어?"

"그래."

"뭔데? 어떤 건데?"

"내가 말이야, 이번 장마 때 비가 계속 오니 손님이 없는 거야. 돈은 좀 벌어야겠는데."

"그래서?"

"비가 와서 안 나가려다가 아침 일찍이 일어났지. 그리고 자주 가던 중앙시장이라고, 여자들 몸 파는 데가 있어. 거길 가면 아침에 구두를 닦아달라는 여자들이 가끔 있거든. 그 여자들은 아침에 퇴근을 하잖냐. 그래서 돈 벌러 일찍 갔었지."

현종이 보채며 묻는다.

"그래서?"

"방 입구 마루에 앉아서 구두를 닦아달라고 하는 거야. 구두를 닦는데 그 여자가 술에 너무 취했는지 치마를 자꾸 위로 당기며 쓰러지는 거야."

"그래서?"

"글쎄, 그 여자 그게 보이더라고."

"뭐가?"

"짜식, 급하긴."

"그 여자가 팬티 안 입었더라고."

"뭐야? 여자가 팬티 안 입었어? 그런 여자도 있어?"

"그렇다니까."

"그래서? 어땠는데?"

"볼 거 다 봤지 뭐!"

"근데 그게 진짜 어떻게 생겼어?"

"뭐 슬쩍 슬쩍 봐서 잘은 못 봤는데 그냥 수염만 있더라고."

"뭐야? 여자 거기에 수염이 있어? 확실히 봤어?"

"에이, 그렇다니깐."

"짜식, 재밌는 것 봤구나. 맨날 볼 수 있냐?"

"그건 아냐. 어쩌다 한번 본 거지 뭐!"

"야! 그것도 재미있어 보인다. 그지?"

"재미는 뭐! 돈을 많이 줘야지."

"돈 별로 안 줘?"

"술 취한 여자는 어떤 때는 그냥 많이 줄 때도 있었지. 그래서 그곳으로 갔던 거지."

"그 외에 다른 여자의 이상한 것은 없었어?"

"있었지."

현종의 귀가 고양이 귀가 되어 영식에게 달라붙는다.

"뭔데?"

"그러니까 해학소설에서 읽어본 게 맞더라고."

"응? 해학소설?"

"그래."

"거기에 뭐라 쓰였는데."

"아이구, 이거 정말 비밀인데. 너 장가가걸랑 얘기하면 안 돼?"

"야! 장가가서 들으나 지금 들으나 똑 같은 거지!"

"그래도 좀 곤란해!"

"짜식, 좋다 그럼 말이야. 내 비상금 털어서 너 먹고 싶은 거 살게, 말해."

"진짜?"

"그럼."

"탕수육 오케이? 약속은 지킬 거고?"

"좋다."

이야기가 시작됐다. 영식은 현종의 귀를 잡아당기고 귓속에다 살살 말을 했다.

"시골에서 엄마, 아빠, 그리고 열 살짜리 아들, 셋이서 살았대."

"그런데?"

"점심때가 되자, 두부를 해 먹으려고 엄마는 콩물을 솥에 부어놓고 아들은 아궁이에 불을 때고 있었대."

"그런데?"

"아빠가 방에서 엄마를 부르는 거야. 그러니 엄마는 가보아야겠지?"

"그럼. 남편이 부르는데 안 가면 안 되지."

"엄마는 방으로 가고 아들이 불을 때는데 콩물이 막 넘치는 거야."

"그래서?"

"엄마를 불러 댄 거지. 엄마! 솥에 콩물이 전부 넘쳐, 하며 소리를 지른 거지."

"그러니까?"

엄마가 콩물이 많이 넘치는데도 아들 이야기는 잘 안 들렸나 봐. 늦게 나왔지. 뛰어 나오시더니 엄마는 급하니까, 그냥 찬물을 끼얹었대.

"그런데?"

"그게 끝이야, 더 묻지 마."

"에이, 그 얘기는 탕수육 살 게 아니다."

"좋다. 그럼 얘기하지. 찬물을 바가지로 솥에다 부어야 하는데, 뭐가 그리 급한지 불 때는 아들한테 물을 쫙 끼얹었었대."

"에이, 그것도 뭐 별 얘기 아니네."

"하하하."

영식이 제일 하고 싶은 건 학교 공부였다. 비록 구두닦이였지만 그는 중학교 강의록을 사다가 남몰래 공부를 했다. 시험을 볼 일도 없고 그저 책을 보며 정답인지 아닌지만 확인하며 공부를 했다. 그리고는 중등 검정시험에 합격하였다. 영식은 대학에 다니는 현종이 참으로 부러웠다. 학교를 가고 싶어도 못 갔으니까. 영식은 시간이 나는 대로 서점을 뒤지며 책도 많이 읽어봤다. 좀 늦었지만 이제 야간대학교를 갈 준비를 하고 있는 중이었다. 현종은 영식이 검정시험에 합격했다는 소식을 듣고 말했다.

"영식아, 너 정말 대단하다. 넌 반드시 성공할 거야!"

그랬었다. 그 칭찬은 그들을 더욱 친하게 만들어 주었다.

영식은 현종에게 물었다.

"너 여자 친구 있니?"

"응"

"예뻐?"

"응."

"다음에 올 때는 같이 올 수 있어?"

"그건 좀 안될 것 같아."

"왜?"

"그 애 부모가 멀리는 못 가게 단속을 하나봐."

"키스는 해 봤어?"

"아니!"

"그럼 애인 아니네, 뭐!"

"그럼 넌 지지배한테 키스는 해봤니?"

"야! 구두닦이한테 어떻게 애인이 있고 키스가 있겠니? 그런 거 없어. 그래도 솔직히 관심은 있어. 여자하고 키스도 한번 해보고 싶고…… 진짜야!"

영식은 현종에게 소나기 질문을 해댔다.

"야! 네 여자 친구는 정말 예쁘니?"

"응."

"네가 보기에 얼마큼?"

"예쁘긴 해. 시골 사람과는 좀 다르더라고. 하지만 만나고 싶은데 돈이 있어야지. 엄마에게 책을 산다며 돈을 달래서는 그 애와 식사를 하고 간식을 사먹었지."

"짜식, 사기꾼이구나!"

"야! 사기꾼 소리는 너무한 거 아냐?"

"거짓말 하면 사기꾼이지, 사기꾼이 뭐 따로 있나?"

"너 중학교 때도 공책 산다고 엄마한테 돈 달래서 나랑 붕어빵 사먹고 집에 가서 되게 얻어맞았다고 했잖아. 그것도 사기 친 거지!"

"부모님은 말야, 용돈을 달라면 눈곱만치만 주거든. 그러니 쓸 돈을 필요하니 할 수 없이 거짓말을 하면 책값은 달라는 대로 줘. 우리 과 친구들 거의 그렇게 해서 부모한테 돈을 타!"

"그래? 정말야?"

"친구들 거의 그래!"

영식은 돈을 좀 벌면 부모께 갖다드렸지, 대학생이 거짓말로 돈 타낸다는 이야기는 처음 들어본 소리였다. 현종은 벌써 2학년이다. 그의 대학 생활이 너무나 궁금했다. 겨울이 되자 구두 닦는 손님도 별로 없고 하여 하루 시간을 냈다. 시골 구두닦이가 서울 구경도 할 겸 현종과 약속을 하고 서울 하숙집을 찾아갔다. 청주에서 아침 버스를 타고 조치원으로 가서 기차를 타고 현종의 하숙집에 도착하니 오후 세 시가 넘었다.

종이에 적은 주소를 찾느라고 고생을 많이 했다. 서울대학교 앞까지 가서도 사람들에게 열 번도 더 물으며 찾아다녔다. 근방을 헤매며 묻고 물어서 겨우 현종이 있는 집을 찾았다. 하숙집에 전화는 있어도 잘 안 바꿔 준단다. 현종에게 연락할 수단은 삐삐인데 어쩔 방법이 없었다. 만나자 마자 그들은 너무 반가워 그냥 서로 끌어안았다.

"야, 정말 반갑다. 너를 여기서 만나니 더 반갑다."

"나도 그래! 혼자 찾아오기가 힘들었지?"

"그래, 서울은 정말 대단하다. 자동차는 빵빵대지, 여기까지 오는데 정신이 없었어. 서울이라더니 정말 사람도 많고 웬 길거리가 다 노점상이야!"

하숙집은 한옥인데 마당도 넓고 참 좋은 집이었다.

"여기서 하숙하려면 돈이 많이 들 것 같은데?"

"좀 비싸지만 할 수 없지, 돈은 부모님이 대주니까. 공부만 하면 돼."

방 한 칸에 학생 둘이 사용하는 전용 하숙집이었다. 하숙방에 책상 두 개가 있으니 공간이 참 좁다. 막상 찾아가서 만나 이야기를 하다 보니 저녁때가 되었다. 밥상엔 콩나물국, 된장찌개, 무장아찌, 김치, 콩조림, 멸치볶음에 밥은 두 공기만 있다. 하얀 쌀이 보리밥에 많다. 학생 두 사람이니 2인분만 식사를 준 것이다. 그저 김치하고 보리밥을 먹던 영식이 보니 참 맛있어 보인다. 침이 꼴깍 넘어간다. 현종은 영식에게만 먹으라고 하고는 자기는 점심을 많이 먹어서 괜찮다며 극구 수저를 쥐어 준다. 눈치를 보니 주인집에 밥을 한 공기 더 달라기가 안 되는 모양이었다. 함께 방을 쓰는 친구도 같이 먹자고 이야기는 하지만 아니라며 사양을 했다. 현종은 밖으로 나가자고 했다. 같이 나와서는 자장면 집엘 가서 두 그릇을 시켜서는 영식과 맛있게 먹었다. 서로는 헤어지고 싶지가 않았다. 그러나 하숙방은 두 사람이 잠자기에 빠듯하니 잠자리가 마땅치 않다. 어쩔 수가 없다. 영식이 청주로 간다고 하자, 현종은 밤차를 타고 가는데 길을 잃고 힘들까 봐 서울역까지 동행을 해줬다. 그리고 청주까지 차표도 끊어줬다. 눈 감으면 코 베어 간다고 하던 서울.

'청주 같으면 하숙집에서 밥 한 공기는 줄 텐데……. 서울에서는 그게 안 되는가 보다. 참 서울은 무서운 곳이구나!'

청주에서만 살다가 서울에 와 보니 살 곳이 아닌 것만 같다. 자동차 경적이 너무나 시끄럽고 사람들 발걸음도 뭐가 그리 바쁜지 뛰어다니다시피 한다. 웬 사람들이 그리 많은지 참으로 놀랍다.

항시 느긋하게만 살아온 영식에게 서울은 청주와 확실히 다르고 사람들도 많아 보인다. 청주가 편하기는 했다. 그러나 서울 사람들 생활을 보고는 사람이 편하게만 살려면 안 되겠다는 생각이 든다. 청주로 내려가면 구두도 더 열심히 닦아야 되겠다고 생각했다. 서울 가서 배운 것은 그것이었다. 열심히 노력하며 살아야 한다는 것.

그러나 그 만남이 그들의 마지막일 줄이야!

현종이 3학년 여름방학이 되어서 청주엘 내려왔다. 비가 오니 영식이 집에 있을 것 같았다. 제일 먼저 보고 싶은 친구 영식의 집으로 뛰듯이 걸어갔다. 그 집 앞에 서서 깜짝 놀랐다. 이게 웬일인가? 영식의 집에 들어가는 일대 입구에 막대기를 군데군데 박아놓고 줄을 쳐놓았다. 팻말에는 '출입금지. 청주시 보건소'라고 씌어 있었다. 무슨 일인가? 근처의 사람에게 물어보니 그 집에서 두 명이나 사람이 죽어 나갔단다. 그래서 그 일대를 출입통제를 한다고 했다. 그렇게 친하게 지냈던 영식의 가정에 불운이 닥친 것이다. 현종은 영식의 집 앞에서 망부석이 되었다.

동리 사람에게 자초지종을 들었다. 그게 '염병'이란다.

영식의 막냇동생이 배가 아프다며 누웠지만 형편상 병원에도 못 갔는데 그 여동생이 제일 먼저 죽었단다. 그러자 또 영식이 아버지가 자리에 누웠다가 그분도 돌아가셨고. 동리 사람들도 당시에는 그게 무슨 병인지도 몰랐단다. 두 사람이 죽어 나가자 보건소에서 와서는 그 일대에 말뚝을 박고 석회가루인지 하얀 가루를 그 근방 땅에 뿌려놓고 사람들의 출입을 통제했다.

영식도 집에서 앓다가 일주일도 안 돼 죽었다고 한다. 또 아래 여동생이 자리에 누웠다 하고. 동리 사람들이 보건소 직원에게 확인한 것은 당시 성행하던 '염병'이라는 장질부사였던 것이다. 염병이란 사람이 죽으면 염을 하는데 그래서 그것을 염병이라고 했다. 그 병에 걸리면 죽는다는 이야기이다. 그 병으로 영식의 가족의 절반이 죽어나간 것이다. 조선시대 『동의보감』을 쓴 허준이 의원일 때 전국에 그 병이 만연을 하여 나라까지도 위태하게 했던 그 병이다.

장질부사는 오염된 균에서 옮겨지는 수인성 질병이었다. 당시의 상황에선 그것을 어찌해야 될지도 그의 가족들도 몰랐다. 그리고 시청에서도 빨리 대처도 안 했고 보건소에서 와서 금줄만 친 것이 다였다. 물만 끓여 먹고 음식만 조심하면 끝날 병이 그 가정 식구 절반을 죽게 한 것이다.

현종은 방학 동안 몇 번인가를 그 집 입구에 가서 멍하니 한참을 서 있다 오곤 했다. 그 절친의 마지막 가는 길을 보지도 못했다. 그 집에도 들어갈 수도 없었다. 비는 하늘이 뚫린 듯 쏟아졌다. 도저히 발걸음이 떨어지지를 않았다.

동리 사람들의 이야기가 도무지 믿기지 않았다. 그가 죽었다는 게 실감이 나지 않았다. '정말인가?' 눈물이 났다. 장맛비가 잠시 그쳐서 그 친구가 묻혔다는 공동묘지를 영식 동생과 찾아갔다. 묘비도 없었다. 공동묘지는 작은 봉우리가 다닥다닥 붙어 있었다. 시간이 가면 영식의 묘도 찾을 수가 없을 것만 같다.

친한 친구에게 해줄 것이 없나 하고 생각을 했다.

'그래 묘비 하나 해주자.'

현종이는 석교동 소재 목민제재소에 갔다. 거기서 잘 썩지 않는다는 아카시아 나무쪽을 하나 사서 묘비목을 만들게 적당히 잘라 달래서 집으로 가지고 왔다. 그리고는 대패로 문질러서 반들반들하게 만들었다. 거기에

다 '고 이영식의 묘'라고 쓰는데, 망치와 끌로 이름을 파느라고 이틀이 걸렸다. 집에서는 난리가 났다. 어찌 묘비목을 집에서 새기느냐고 당장 그 나무를 들고 밖으로 나가라고 하였다. 그래도 묘비명을 새기고 그것을 메고 당시 공동묘지인 주중동에 가서 묘비를 세워 줬다. 그리곤 그 앞에서 많은 눈물을 흘렸다.

정자를 팔아서 큰돈이 있었음에도 영식에게 해준 것은 별로 없었다. 오토바이 사는 데 전액을 써버린 것이다.

현종이 1학년 방학 때 오토바이 사고가 나서 3개월을 청주병원에 입원을 했었다. 그때 영식은 간식을 사가지고 매일 저녁에 병원엘 왔었다. 어렵게 번 돈이었을 텐데……. 항시 잊히지 않는 추억이었다. 묘비 하나 해준 것으로는 영식에게 그 고마움을 다 표했다고는 생각지 않았다.

현종은 그렇게 아주 친한 친구를 보내고는 한동안 허전하고 그 친구가 너무나 보고 싶기도 하다. 지금 생각해보면 죽지 않을 수 있는 단순한 병이었는데…….

그리고 생각을 했다. '사람의 목숨은 정말 아무것도 아니구나! 내가 사는 인생은 내 것이지! 다른 사람의 것이 아니다!'

물리학? 그것은 학문이지, 죽고 나면 아무것도 아니지 않나?

깊은 의문이 가라앉지를 않는다.

'내 인생 내가 생각한 대로 살 것이야!'

2. 처녀의 하나님

현종은 서울대를 졸업했다. 군대는 가정이 가난하다 하여 면제받았다. 그리고 바로 은행에 신입사원으로 취업을 했다. 물리학을 전공하고 처음 취업한 은행은 현종에게는 전연 다른 세상이었다.

형편이 어렵긴 했어도 현종은 집에서 귀히 자랐다. 그러다보니 사회에 적응하기가 쉽지 않았다. 거기에다 군 입대 경험도 없는 현종이니, 시간이 갈수록 선배들이 강압적이라는 생각이 들고 자기를 길들이려 하는 것만 같았다. 정신적으로 힘들었다. 당장 그만두고 싶은 적이 한두 번이 아니었다. 은행은 일이 많았다. 퇴근시간이 지나도 하루 결산을 못 끝내면 퇴근을 할 수가 없었다. 머리가 지끈거렸다. 그저 돈을 버는 기계인가 싶었다.

잔무 때문에 퇴근이 늦어지기 일쑤였다. 그리고 은행 직원에게 할당되는 예금, 적금을 다 못 채우면 윗선에 불려가 할당액을 채우라고 독촉을 받았다. 밖에서는 은행이 마냥 좋은 직장처럼 보이지만, 실제 근무를 해보면 너무나 어려운 게 많았다.

고액예금자, 정기예금자를 모아오는 것도 한두 번이지, 친척들에게 부탁한다는 것도 한계가 있었다. 사회에 아는 사람도 별로 없고 친척이라야 피난 와서 만난 몇 분뿐이니 돈 많은 사람이 없었다. 항시 할당액을 못 채워 고민을 많이도 했었다. 그렇다고 그런 사정을 부모님께 이야기해봤자 별무소득임이 분명했다. 속으론 끙끙거리며 할 수 없이 직장을 다니고 있었다. 현종은 책을 보며 공부하는 것이 제일 좋았다고 생각이 든다. 밥만 먹고 공부만 하면 되니 큰 걱정이 없었는데, 취업을 해보니 상사들의 잔소리가 너무나 싫었다. 현종이 은행엘 취업한 지 2년째 되던 해에 입사한 3살 연하의 유순은 현종의 사정을 너무나 잘 알고 그도 또한 은행일이 힘들다고 생각했다. 유순 역시 서울대에서 수학을 전공했는데, 매일 다양한 손님들과 돈 이야기만 하는 데 짜증도 난다고 했다. 그녀는 참으로 착하고 예쁘고 순하게만 보여, 단번에 현종을 사로잡았다. 현종은 어떻게 해서라도 그녀에게 프로포즈를 하고 싶었다.

현종이 월급을 집으로 가져가면, 부모는 그 돈은 어차피 네 결혼 자금을 해야 되니 네가 있는 은행에 그냥 저금하라고 이른다. 그러면서 벌써 2년 넘게 은행에 잘 다니고 있으니 결혼할 때가 되었다며 선을 보라고 재촉한다. 그러나 연일 바쁘다는 핑계를 대며 현종은 부모의 말에 응하지를 않았다.

오직 유순에게 마음이 가 있는 터라 혼사 문제가 귀에 들어올 리도 없었다. 현종은 잔무를 마치면 퇴근도 유순과 거의 같을 때가 많았다. 창구 앞 근무라 항시 들어온 돈과 나간 돈 액수가 꼭 맞아야만 퇴근을 할 수 있다. 10원이 틀려도 안 된다. 돈 액수가 틀리면 어디에서든 문제가 있는 것이다. 현종이 잔무를 끝내느라 끙끙대면 유순이 도와주었다. 역시 수학과를 나온 사람이 계산을 잘한다. 돈에도 여유가 생긴 터라, 일 년여 동안 두 사람은 퇴근 후에 시내를 다니며 식사를 하고 영화구경을 같이 가곤 했다.

"유순씨, 오늘 본 '닥터 지바고' 어땠어요?"

'닥터 지바고'는 러시아 혁명기를 배경으로, 지주와 노동자, 우파와 좌파, 평민과 귀족의 사이의 갈등을 다룬 영화였다.

"설경이 너무나 아름답고 사람을 감동시키기에 평생 잊히지 않을 것 같아요. 또한 너무나 사랑하는 두 사람을 갈라놓아 애간장을 태우는 전쟁이 너무나 안타까웠어요! 유리 지바고와 라라의 사랑은 너무나 감동적이었어요."

"만약에 정말 사랑하는 사이라면 어떤 고난이 와도 극복을 할 수 있을까요?"

"평범한 사랑이라면 그렇게 심금을 울리지는 않을 거예요. 큰 어려움을 극복하면 사랑은 더 깊어질 것 같아요."

"유순씨, 우리가 정말 사랑한다면 우리도 어떤 어려움도 견딜 수 있을까요?"

"정말로 사랑한다면 어떤 아픔도 이길 수 있지 않을까요?"

유순의 그 말을 이끌어내는 데 현종은 일 년여를 기다렸었다. 보람을 느낀 현종은 유순을 가볍게 포옹했다. 유순도 싫지 않은지 포옹을 풀지 않았다.

그렇게 지난 2년여가 되자 두 사람은 서로 깊이 사랑하는 사이가 되고 스스럼없이 함께 삶에 대하여 논의하는 시간도 많이 가졌다. 어떤 어려움이 있어도 헤쳐 나가자고 약속도 굳게 했다. 유순도 은행에 적응을 잘 못하니 월급날은 좋지만 그 직장에 대하여 좋은 감정은 없었다. 다른 직장을 구하고 싶었다. 연구부서 같은 다른 직장엘 가고만 싶었다. 그러나 현종을 마음에 두고부터는 유순에게 현종은 신앙 같은 존재였다. 그와의 동조를 선택했다. 어떤 어려움도 극복할 것이라고 다짐을 했다. 현종은 유순에게 완벽한 하나님이 된 것이다.

현종 역시 아무리 생각해봐도 다른 회사엘 들어간다는 건 어려웠다. 다만 학원에 섭외를 해보니 괜찮아 보이지만 물리학 과외는 없고 영어 수학을 해야 한단다. 근무시간이 야간이라 그것이 어렵게 생각되어 보류를 했다. 남의 눈도 생각하지 않을 수 없었다. 더군다나 부모 생각을 하면 퇴직의 결정도 어렵고 학원도 어렵고 답답하여 일요일이 기다려지기만 했다. 일요일엔 등산을 가자며 유순과 손을 붙잡고 북한산에 자주 다녔다. 유순과 등산이라도 가는 날은 은행사무를 잠시라도 잊을 수 있어서 너무나 기다려지는 시간이 되었다.

물리학을 전공한 현종은 옛 천재 물리학자들이 이야기하는 천체 이야기를 비롯하여, 산다는 게 뭔지, 삶은 내 것인지 아닌지 등의 문제에도 유순과 많은 생각을 나누었다. 그러다 보니 둘은 더욱 친하게 되었다.

사람이 죽으면 아무것도 아닌 것 같다며 절친이었던 영식의 이야기도 했다. 현종은 산으로 들어가서 자연인으로 살고 싶다고 이야기를 했다. 그것을 유순에게 어떻게 해서든 주입하고 싶었다. 그래서 그와 같이 살고 싶었다. 유순의 하느님이 된 현종이 하는 모든 행동은 너무나 좋게 보인다. 밥을 먹는 모습도 너무 좋아 보이고 그에 말 한마디 한마디는 감동을 준다. 유순은 현종이 없으면 못 살 것 같다. 그가 하는 말은 틀린 말이 하나도 없고 그냥 좋기만 했다. 성경에는 틀린 글이 있는 것 같기도 하지만 현종은 완벽한 신인 것만 같다. 그를 따라 자연인으로 살겠다고 약속을 했다. 둘은 시내를 떠나 살고 있는 자연인에 대한 삶에 대하여도 많은 이야기를 하였다.

유순의 부모도 점찍은 사윗감이 있었는지 선을 보라고 재촉을 한다. 그러나 유순 역시 그 말이 귀에 들어올 리가 없었다. 마이동풍이었다. 결혼 후 명상을 하러 산으로 들어간다고 하자, 그들을 떼어놓으려 어떤 말을 해도 유순의 마음은 하나님인 현종에게만 있었다. 유순도 현종이 이야기하는 자연인으로 살면 참 좋을 것만 같았다. 그렇게 살기 위해 현종을 선택했다. 유순은 현종과 결혼을 하면 시골 산속으로 들어가서 자연인으로 살겠다고 이야기하자, 유순의 부모는 놀란 눈으로 유순을 한참을 쳐다보았다. 유순의 부모도 자식의 고집을 꺾을 수는 없었다. 그저 둘이 그리 좋으면 내 눈에 보이지 말라고 경고를 했다. 점점 더욱 반대하는 부모 곁을 떠나기로 하고 두 사람은 교제 삼년 만에 드디어 결혼을 하기로 굳게 약속했다. 또한 자연인으로 들어가 살자고 약속을 했다. 양가 부모의 반대에 자식으로 인정받지 못해도 할 수 없다고 둘은 마음속으로 결심을 했다. 현종도 부모의 허락을 받으려 유순을 대동하고 집으로 갔다. 결혼을 하면 결혼한 사람과 자연인으로 살기 위하여 산으로 들어간다고 하자, 현종의 부친은 두 사람의 얼굴을 번갈아 바라만 보고 한참 동안 말이 없었다. 너무나 기가 막힌 소리라 뭐라 말을 할 수가 없었던 것이다.

"그것은 절대로 안 돼!"

그 한마디였다. 그리고는 상대도 하기 싫어 자리를 떴다. 유순도 현종과 함께 친정부모를 찾아갔다. 결론은 마찬가지였다. 유순의 아버지도 강력 반대였다. 딸이 산으로 가면 고생할 것은 안 봐도 뻔했다. 유순을 보내고 싶지 않았다. 현종도 부모의 허락을 받지를 못했다. 그러나 그들은 포기하지 않고 다시 한번 현종의 부모를 찾아갔다.

그들에게 현종의 부친은 말했다.

"너희가 산으로만 안 간다면 결혼엔 찬성한다. 도대체 이해가 안 되는 행동을 하는데, 그 이유가 무엇이냐?"

현종이 대답했다.

"명상을 하고 싶고 자연인으로 살고 싶어요."

그에 대한 현종 부친의 마음속 대답은 '귀신 씨나락 까먹는 소리 하고 있네!'였다. 현종의 부친이 기대하는 대답은 '이제 평생 노력해서 좋은 직장도 잡았으니 아버지 어머니 그동안 감사했습니다. 앞으로 사시는 동안 제가 모실게요.' 이런 거였다. 그런데 느닷없이 명상을 하러 산으로 간다니 도저히 이해가 안됐다. 그러니 반대가 더욱 심할 것은 뻔한 사실이었다.

현종과 유순은 여러 번 양가를 찾아다녔다. 생활비는 둘이서 자연인 같이 살면서 소작을 하여 생활비를 마련할 터이니 걱정하지 마시라 했다. 그래도 전연 동의를 안 하신다.

현종 부모는 현종이 졸업 전 인도에 가서 명상의 세계를 좀 배우고 싶다고 사정을 하여 항공료 등도 부담이 갔으나 보내줬다. 담당 교수도 명상이 물리학에 남긴 발자취는 너무나 많다고 하시며 추천을 하셨다. 졸업 전에 인도에 가서 석 달 동안 명상을 배우고 왔다. 그러나 현종 부모로서는 명상을 배웠는지 똥물에 몸을 담갔다가 왔는지 도무지 알 수가 없다.

'그래 명상은 저를 고이 길러준 부모를 팽개치고 저희들만 살려고 하는 것이었냐? 명상이라는 놈이 애 정신을 빼 놨군.'

현종 부모는 그 일이 지금은 많이 후회가 되었다. 아무래도 인도를 갔다 와서 거기에서 탈이 난 것만 같기도 하다. 좋은 직장인데 명상을 더 하려고 산으로 간다니 도저히 납득이 안 간다. 혼인이 성사되지 못하자 현종 유순 두 사람도 고민에 빠졌다. 두 사람은 그동안 굳게 서로 약속했던 것을 깰 수는 없었다.

자식에게 기대를 걸었던 현종 부모는 산으로 들어가 살고 싶다면 집과 인연을 끊으라는 최후통첩을 하였다. 그들은 양가에서 다 돌려나고 말았다.

3. 현종의 부모와 또 친구들의 삶은 한 편의 역사였다

현종의 부친인 한일환은 참으로 가난하게 살았다.

그가 자란 동리는 인간시장이었다. 청주시 변두리 동네인 모충동에는 그 동리 이름만 들어도 사람들이 꺼려하던 피난민 수용소가 함께 있었다. 시내 변두리라 가난한 사람들도 있었지만 그 수용소 때문에 모충동에 사는 사람들이 오명을 쓴 것 같기도 하다. 수용소 동리는 작았어도 현종 부친 또래 친구는 쉰 명도 넘었다. 그 동리 사람들 중에 먹고살 게 없어서 하는 일은 야바위꾼, 막노동, 쓰리꾼, 구두닦이, 노름꾼, 거지촌. 또 깡패라 칭하는 건달들과 상이군인들도 있었다. 상이군인들은 어디든 가서 행패를 부리기 일쑤였다. 다리가 잘린 상이군인은 곳곳을 다니며 목발을 치켜들고 돈을 내라며 때릴 듯 위협을 하며 구걸을 하고 다녔다.

"우리 덕분에 후방에서 다리 뻗고 편하게 산 놈들이 왜 돈을 안 주냐!"

이것이 그들의 주장이었다. 그 말엔 일리도 있었다. 생각해보면 6·25 전장에 나갔기 때문에 그런 상처를 입은 게 아닌가. 또는 팔이 잘린 상이군인들은 팔에 감은 갈고리를 들이대며 구걸을 하기도 하고 돈을 요구하기도 하고 먹을 것을 요구하기도 했다. 정부에서 보조가 없는 것 같기도 했다. 만약에 있었더라도 그 액수가 아주 적었을 것 같다. 그러지 않고서야 그들이 행패를 부리며 다닐 일은 없었을 테니 말이다. 그들에게 필요한 건 단지 하루하루 먹을 것이었다. 사흘 굶어 도둑질 안 하는 사람 없다는 속담도 있듯, 그런 일을 하고 살았던 사람들이 많았던 집합소가 바로 피난민 수용소였다.

하지만 그렇게 어려운 중에도 빈대떡이라도 부치면 이웃을 불러 같이 먹기도 하는 인정 어린 곳이기도 했다. 일환은 집이 너무 가난하여 학교는 초등학교까지만 다녀야 했다. 졸업 때까지 월사금도 못내 졸업장도 받지 못했다. 국민학교 졸업식 날 운동장에는 졸업생과 학부모들이 많이 모였었다. 학교 이사장 아들인 이인환은 졸업식장에서 교장으로부터 우등상을 받았다. 담임교사가 특별히 추천을 하여 운동장에서 상장을 줬을 것이다. 6학년을 마친 졸업생이 1, 2, 3반 합쳐서 150여 명이니 일일이 개근상, 우수상, 별별 상을 다 운동장에서 수여할 수는 없었을 것이다. 몇 명에게만 교장이 직접 수여하고 나머지는 다들 교실로 돌아가 졸업장과 상장을 받으라고 했다. 하여 다들 교실로 갔으나, 일환은 월사금이 밀렸다는 이유에서인지 상장은커녕 졸업장도 받지 못했다.

"한일환 외 네 명은 밀린 월사금을 가져와서 졸업장 가지고 가."

담임교사의 말이었다. 일환과 마찬가지로 월사금이 밀려 졸업장을 받지 못한 학생이 다섯이었다. 인환은 부모가 자장면을 사준다며 데려갔다. 참 부러웠다. 일환은 혼자 터덜거리며 집으로 갔다. 그러다 그만 성질이 났다.

'제기럴, 나는 왜 자장면 사줄 사람도 없는 거야! 그리고 월사금 밀려서 졸업장은 못 준다 해도, 일 년간 개근했으니 개근상은 줘야 할 것 아냐!'

길거리에 버티고 있는 돌멩이가 눈에 띈다. 일환은 애꿎은 돌멩이를 발로 힘껏 찼다.

"아야야!"

일환은 털썩 주저앉았다. 발가락만 아팠다. 발을 붙들고 한참을 앉아 있었다.

그래서 일환은 국민학교 졸업장도 없다.

인환의 학교 별명은 신용쟁이었고, 일환의 별명은 '조또시팔'이었다. 담임은 칠판에 글을 써놓고 막대기로 짚어가며 설명을 하다가 아이들이 떠들든지 하면 그 막대기로 교탁을 탁탁 치다가 어떤 경우에는 고함을 질렀다.

"떠든 놈 나와!"

주춤거리던 아이들 중 지목이 된 아이가 나오면 종아리를 올리게 하고는 막대기로 그냥 대여섯 대를 때린다. 어쩌다가 일환도 걸려들었다. 때리려고 막대기를 쳐들자 "선생님, 조또마데(잠깐만요)!" 한다는 게, 급한 김에 나온 말이 "선생님, 조또시팔"이라고 말을 했다. 정말 '조또시팔'만큼 얻어맞고 붙은 별명이다.

일환이 조또시팔이라고 하게 된 것은 당시 만화에 일본 말인 조또마데(잠깐만)가 많기 때문이다. 그게 입에 발려 아이들 사이에서도 서슴없이 쓰던 말이었다.

반 아이들은 눈물로 범벅이 된 일환을 보고 입을 가리고 쿡쿡 거렸다.
"시끄러!"
호랑이 담임교사가 냅다 소리를 지른다.

같은 반이었던 인환은 공부를 잘하고 그의 부모가 학교를 쥐구멍 들락거리듯 담임을 찾아와 봉투라도 주고 가니, 담임으로부터 얻어맞고 벌 받는 일도 없었다. 그래서 동료들이 붙여준 인환의 별명은 신용쟁이였다. 일환은 월사금을 제달에 낸 적이 한 번도 없고 그 부모도 4학년 때 학교에 딱 한번 와봤을 뿐이었다. 월사금이 하도 밀리니 담임이 "너! 부모님 모시고 와!" 해도 일환의 부모는 먹고 살기가 우선이라 학교 방문을 연일 미뤘었다. 학교에 가봤자 월사금 언제 낼 것이냐는 닦달만 들을 것이 뻔했다.

일환의 모친은 새벽부터 생선을 양푼에 이고 다니며 팔았다. 팔다 남은 게 있으면 시장바닥에 앉아서라도 다 팔아야 했다. 학교를 갈 수도 없었다. 일환의 부친은 지게꾼이었다. 시장을 다니며 무거운 짐을 날라주고 삯을 받았다. 그렇게라도 해야 보리쌀 두어 되박, 쌀 반 되박을 살 수 있었다. 그리고 땔나무도 남주동 뚝방에서 사야 했다. 일을 안 하면 당장 그 이튿날 식구들이 먹을 게 없었다. 그러니 학교엘 올 수가 없었다. 그 사정을 일환은 잘 알고 있다. 아예 집에 가서는 학교에서 선생님이 오시란다는 이야기를 하지도 않았다. 그래서 매일 아침 출석을 부를 때면 일환은 가슴을 졸여야 했다. 차라리 담임의 체벌(출석부로 머리를 때리는 일)이 빨리 오는 게 더 좋았다. 다른 사람은 출석부의 넓적한 부분으로 때리는데 일환은 꼭 출석부 모서리로 때렸다. 그것은 눈물이 날 만큼 아팠다. 울면 운다고 더 때리니, 울지도 못했다. 가슴만 쿵쿵 뛰고 얼른 빨리 종이 울려서 다음 시간이 되기만을 바랐다. 교탁에 서서 벌을 서고 있으면 오줌이 너무 마렵다. 참다가 수업종이 울리면 '해방된 민족'이나 단거리 육상선수라도 된 것처럼 화장실로 달려갔다.

똥냄새가 코를 찌르는 푸세식 변소에 가보면 웬 파리가 그리 많은지…… 그 파리떼에 오줌을 힘차게 쏴대며, '시팔, 네놈들 오늘은 죽어봐라' 하고 갈겨대면 파리가 왱하며 자리를 뜬다. 그러나 파리들은 죽기는커녕 폴짝 공중 쇼를 하며 뛰어오를 뿐이다. 파리는 일환을 놀리는 듯하다. '놀고 있네. 동쪽에서 뺨 맞고 서쪽에다 화풀이 하나? 앵앵앵앵……'

소변 때문에 다리를 꼬아가며 수업이 끝나기만을 기다리다가, 그만 바지에 찔끔 싼 적도 있다.

담임선생님은 첫 시간 종이 울리면 하나하나 이름을 부른다. 그러다가 어떤 날은 "월사금 밀린 사람 전부 앞으로 나와!" 하고 고함을 지른다. 그렇게 교단 앞으로 나오는 사람은 보통 대여섯 명, 많을 때는 열 명도 된다. 그중에 일환이 빠지는 적은 없다. 출석부로 얻어맞는 사람은 매일 다섯 명은 넘는다. 초등학교 시절 일환의 생활은 그랬다. 담임이 무슨 문제를 내면 답을 아는 학생은 "저요! 저요!" 하며 손을 들지만, 월사금을 못낸 학생은 손을 들어봤자다. 담임이 호명할 일도 없지만 누굴 시킬 것인지를 손을 든 학생을 보면 다들 벌써 알고 있었다.

그렇게 월사금이 밀려 매일 담임에게 얻어맞던 아이 중 한 사람이 평생을 벼렀던 모양이다. 초등학교 졸업 후 50년이 흐른 후에 경천동지할 일이 생겼다.

요즈음 가을이면 초등학교 운동장에서 기별로 동문들을 초청하여 운동회 겸 잔치를 한다. 그 총동문 운동회에서 나이 예순이 넘은 졸업생 하나가 국민학교 때 자기 담임이었던 교사의 멱살을 잡았다.

"당신, 시팔, 국민학교 때 월사금 안 냈다고 나를 얼마나 때렸는지 알아? 가난하니까 못낸 것 아냐, 시팔!"

옛 학생은 옛 담임을 냅다 들어올려 운동장에다 던져버렸다. 난리가 났다. 여든이 넘은 옛 담임은 허리를 다쳤는지 거북이처럼 기어 내뺐다. 술이 잔뜩 취한 옛 학생을 동창들이 말려도 소용이 없었다. 그 일은 순식간에 일어났다. 스승의 그림자도 밟으면 안 된다 했는데……. 그 옛 교사를 보며 동창 또는 선배 후배들은 어떤 생각을 했을까?

현종 부친 일환은 국민학교 졸업 후 어디에도 일할 곳이 없었다. 할 수 없이 구두닦이를 했다. 그나마 나이가 들어 더 할 수가 없어 그 일도 그만 두었다. 그리고는 리어카에 옷을 몇 개 올려놓고 끌고 다니며 파는 노점상으로 일용할 양식을 벌었다. 목이 좋다고 생각되면 맨 땅에다 천막 깔판을 깔아놓고 그 위에 옷을 올려놓고 팔았다. 아기 옷도 있었고, 내복과 양말도 있었다. 구호물자로 외국에서 온 헌옷도 있었고, 당시 유행하던 나일론치마도 있었다. 하루 종일 손뼉을 치며 '골라, 골라'를 외치며 다녔다. 그러나 도로인데도 부근 상점 주인들로부터 쫓겨나기 일쑤였다. 쫓겨나지 않으려면 자릿세를 내야 했다. 자릿세 낼 돈이 없이 행상을 한다는 게 얼마나 어려운 것인지 톡톡히 겪었다. 그렇게 어려운 생활을 하고 살아도 국방의 의무는 빠질 수 없는 때였다.

일환이 스무 살이 된 1966년, 입영통지서가 나왔다. 반장, 통장, 동사무소 직원 세 명이 가지고 왔다. 통지서를 받았다는 부모님의 확인서도 받아 가지고 갔다. 그 통지서를 받은 일환은 청주시 북문로에 있던 청주역에서 기차를 타고 논산훈련소로 갔다. 11월이었는데, 훈련소에서 벗어버릴 요량으로 홑겹 옷을 입고 갔으니, 영하 5도의 논산 벌판은 너무나 추웠다. 전국 곳곳에서 몰려든 장정들이 언뜻 봐도 1,500명은 되어 보였다.

입소한 첫날부터 분위기는 음산하고, 마냥 집으로 돌아가고만 싶은 마음이 굴뚝같다. "어디 아픈 사람 있으면 앞으로 나와!" 하는 조교의 말에, 주섬주섬 줄을 서는 사람들이 한둘이 아니다.

“넌 어디가 아파?”

“예. 배가 아픕니다.”

“너는 어디가 아파?”

“예. 저는 위장병이 있어서 이렇게 꼬치가 되도록 말랐습니다.”

“저쪽 배 아프다는 사람들 있는 곳에 가서 서 있어.”

“네.”

일환은 기분이 나아진다. 잘 하면 오늘 안에 나갈 수 있을 것도 같다.

“또! 너는 어디가 아파?”

“네, 저는 다리가 정말 아파 걷지를 잘 못합니다.”

“좋아, 넌 저쪽에 가서 따로 서.”

“네.”

그도 기분이 참 좋다.

“너는 어디가 아파?”

“네 저는 눈이 잘 안 보입니다.”

“좋아, 너는 따로 저쪽으로 가서 서.”

적잖은 사람들이 그냥 집으로 가려고 이런저런 병명을 대며 길게 혹은 짧게 줄을 섰다. 이제 일이 시작됐다. 중사 계급장을 단 사람이 다정도 하다.

“기간병. 아픈 사람별로 분류가 다 됐나?”

“네.”

“먼저 배 아픈 사람, 이 앞으로 모여.”

그들은 기대에 부풀었다. 집으로 가라고 할 줄만 알았다. 중사가 상병에게 물었다.

“준비됐나?”

“네.”

“배 아픈 사람은 전부 배가 보이게 옷을 위로 들어올리고 기간병 책상 앞으로 가라.”

한 사람씩 배가 보이게 옷을 올리고 가자 기관병은 솜에다 빨강약(일명 '아카징끼') 물을 배꼽에다 발라줬다.

"저리 가 서 있어. 치료 끝났어."

"네에? 이게 치료입니까?"

"시끄러. 하라는 대로 해."

그렇게 쉰 명 정도가 '치료'를 받자 상병 하나가 몽둥이를 들고 나타났다. 그리고는 부르짖는다.

"배꼽 치료가 끝났으니, 전원 연병장 열 바퀴씩 돈다. 알았나?"

이게 웬일인가? 다들 어안이 벙벙하다.

"뛰어, 갓!"

상병의 구호가 떨어진다. 안 뛰는 놈은 그저 뒤에서 온몸 어디 가리지도 않고 패대기 시작했다. 훈련병들은 맞지 않으려고 혼을 빼놓고 달렸다. 운동장 세 바퀴까지 돌자, 벌써 힘이 빠지고 지친다. 걷거나 멈춘다. 그러자 상병의 발길이 날고, 몽둥이가 허공을 가른다. 인정도 사정도 없다. 그러자 다들 아픈 곳이 다 나았단다.

"좋아, 이제 안 아픈 사람은 저쪽 대열에 가서 서."

그것을 보고 아프다고 서 있던 사람들이 일제히 안 아픈 쪽으로 가서 선다.

"짜식들 말이야, 너희들은 신체검사를 받고 온 놈들이야. 정말로 아프면 신체검사에서 빠지는 거야. 이것들이 어디 와서 엄살이야!"

그렇게 입소식이 준비됐다. 입소식은 오후 2시 시작됐다. 입소 장병들을 일렬로 세우고는 앉은번호를 시켜가며 40명씩 갈라놓고는 차례대로 "1중대 1소대", "1중대 2소대" 식으로 지정해준다. 그리고 그것을 기억하란다. 그리고 인솔자이며 내무반장이라고 하는 일등병들이 그 줄 앞에 선다. 상사가 단상에 오르더니 묵직하고 젠체하는 소리로 말한다.

"일동 차려! 열중, 쉬어!"

그렇게 몇 번을 하더니 지시를 내린다.

"여러분은 지금부터 사제 옷을 전부 벗고, 군에서 지급하는 군복으로 갈아입는다. 그리고 입고 온 옷은 앞에 있는 마분지에 싸서 놓고 집주소를 거기에 적는다. 실시!"

일환은 버릴 생각으로 입고 왔던 옷을 상사가 시키는 대로 포장했다. 군에서 지급하는 군복은 치수가 제멋대로다. 그러니 그 옷을 입은 사람들의 모양은 대개 어설프고 엉성하다. 미국의 코미디언 찰리 채플린 같다고나 할까. 그 모양이 웃음이 날 정도이지만 누구 하나 불만을 꺼내는 사람은 없다. 입소 장병 전원을 세워놓고 사단장의 훈시가 있었다.

"장병 여러분! 오늘 이 훈련소에 온 것을 환영합니다. 우리나라는 지금 저 북한 괴뢰군이 쳐들어오려고 시시탐탐 노리고 있습니다. 공산화를 시키지 못해 안달을 하고 있습니다. 그러나 여러분이 있기에 우리 국방은 튼튼할 것이고, 여러분이 나라를 지킬 때 여러분의 가족이 편히 잠을 잘 수 있는 것입니다. 훈련은 고되고 힘들지라도 훈련을 받아야 총을 다룰 줄 알게 되고 나라를 지킬 수 있습니다."

부실한 내복에 얇은 국방색 군복을 입고 그 넓은 운동장에 서 있자니 추워서 죽을 맛이다. 훈시고 연설이고 몸이 덜덜 떨리니 내무반이라는 곳으로 빨리 가고만 싶다. 힘들었던 입소식이 끝났다.

40명씩 서 있는 줄 앞에 일병과 상병 계급장을 단 조교들이 서서 말한다.

"여기 있는 40명은 내 뒤를 따라온다. 알았나?"

그러더니

"군인은 3보 이상은 뛰는 거다. 알았나?"

하더니

"전원, 뛰어, 갓! 한, 둘, 셋, 넷! 한, 둘, 셋, 넷!"

조교들 손에는 언제 준비했는지 곡괭이 자루를 깎아 만든 몽둥이가 들려 있었다. 천천히 뛰거나 늑장을 부리는 훈련병의 등짝에 몽둥이는 날아갔다.

"빨리 못 뛰어? 이것들이 여기가 군대인 줄 모르나 본데, 잠시 후에 알려주겠다!"

"아이쿠, 아야!"

여기저기서 비명소리가 나자, 구보 속도는 금세 빨라졌다.

그렇게 배정받은 내무반이라는 곳으로 들어가니 우선은 따뜻해서 좋았다. 쉬고만 싶다. 널빤지 침상에 잠시 누웠더니 득달같이 일등병이 달려든다.

"누가 누우랬어? 내가 내무반장이야! 내무반장 허락 없인 눕지 않는다. 알겠나?"

내무반장은 또 외친다.

"그리고, 다들 모자를 벗는다. 머리를 깎고 온 훈병도 있지만, 이곳에서 다시 규격에 맞추어 다시 깎는다!"

이발병 몇 명이 와서 바리캉으로 머리를 깎는다. 바리캉은 머리를 깎는 게 아니라 머리카락을 그냥 뽑는 것처럼 아프다. 여기저기서 비명소리가 터져 나온다.

"아이 따가워, 아파요!"

"뭐야? 임마! 이게 죽을라구. 헛소리 말고 가만히 있어!"

이발병은 바리캉으로 머리를 내리친다. 수염도 면도칼이 세 번만 지나가면 끝이다. 그냥 머리도 듬성듬성 밀어놓고는 "이발 끝!"이다. 머리를 사회에서 안 깎고 온 사람은 정말 꼴이 우습다. 제 꼴도 그러면서 다른 사람을 보면 참으로 우습지만 웃을 수는 없다. 이발이 끝나자 이내 명령이 하달된다.

"전원 중대 연병장으로 집합!"

소리가 벽력같다.

"저기, 저녁밥은 안 주나요?"

"짜식이! 군대에선 군대 용어를 쓰는 거야! 밥이 뭐야, 임마! 조식, 중식, 석식이라고 하는 거야! 석식은 오후 5시다!"

퍽! 몽둥이가 훈병의 어깻죽지를 내리친다.

"아이쿠!"

비명도 잘 안 나온다. 긴장이 됐어도 배는 고프다. 점심도 거의 안 먹었기에 뱃속에서는 꼬르륵 소리가 절로 난다.

"그리고 나를 부를 때는 선임하사님이라고 해! 알았어?"

'어? 일등병인데 선임하사? 이상하다! 분명히 작대기 두 개, 일등병인데?'

법도 없이 몽둥이를 들고 설쳐대는 그가 무섭기만 하다.

중대 연병장에 가보니 200명 정도가 열을 맞춰 서 있다. 집합시키고는 상사 계급장에 별이 하나 붙은 특무상사가 그들에게 일장 훈시를 한다.

"너희들 이제 군복도 입었으니 이젠 군인이야. 상관의 말도 고분고분 들어야 한다. 이유는 없다. 알았나? 시키면 시키는 대로 해."

역시 묵직한 목소리다.

"그리고 군인은 병기 청소를 철저히 해야 그 병기로 적을 죽일 수 있는 거다. 그러므로 너희들에게는 총을 닦는 총 솔이 필요해."

'호오 존경스럽다. 저리 잘 가르쳐주니 훈련은 잘 받을 것 같다.'

그것은 훈련병 돈 뺏기 작전이 연병장 훈시에서 암시된 것이었다. 누가 나서서 그 상사의 말에 뭔 말을 할 수가 없다. 전부들 묵묵부답이다.

"왜 대답이 없어. 사회같이 하다간 여기서 맞아 죽어. 알았어?"

"네!"

"그러면 1소대부터 차례로 PX로 들어간다. 거기엔 빵도 있고 막걸리도 있다. 가서 사서 먹되 총 솔은 꼭 사야 된다. 알았어? PX 이용시간은 30분이다. 알았나?"

30분 동안만? 배도 고프고 급하다. 빨리 사먹어야 한다. 다음에 들어올 훈병들 때문에 30분만 준 것이다. 돈을 벌기 위해, 빵과 총 솔을 팔기 위하여 저녁밥도 안 주고 재차 경고를 한 셈이다. 점심을 먹은 입소 장병들은 거의 없었다. 너무 배가 고프다. PX에 들어가 보니 난장판도 보통 난장판이 아니다. 쉰 명만 들어가도 꽉 찰 PX 안에 1개 중대병력 200명을 몰아넣었다. 배고픈 훈병들은 보름달 빵을 사려고 돈을 손에 쥐고 흔들며 어깨 높이까지 해놓은 칸막이 너머에 있는 PX병에게 외쳤다.

"저 빵은 얼마요? 저거 세 개만 주세요!"

그러면 PX병은 우선 돈부터 챙기고 두 개만 준다. 그리고는 이렇게 말한다.

"오늘 빵이 많지 않아. 이 많은 사람들이 다 사 먹진 못해. 그러니 다른 사람들도 먹으려면 두 개만 받아라!"

"그럼 나머지 돈을 돌려줘야 되잖아요?"

그러나 그 소리는 떠드는 소리에 묻혀버리고, PX병은 들은 척도 안한다. 그냥 말도 못하고 끝이다. 그 많은 사람들이 빵을 사기 위해 돈을 손에 들고 흔들어 댄다. 그러면 PX병이 돈부터 낚아챈다. 그리고는 기다리란다. PX병도 그저 정신없이 돈을 받은 듯한 사람에게만 빵을 준다. 돈을 손에서 빼앗긴 훈병은 빵을 달라고 난리다. PX병이 돈만 낚아채고는 빵은 안 준다.

"제 돈 받으셨잖아요. 제가 낸 돈만큼 빵을 주세요."

"뭐야? 네가 언제 돈 냈어? 아까 빵 받아 간 놈 아냐?"

"아니에요! 저는 안 받았어요!"

PX병은 돈을 손에 높이 들고 서로 빵을 달라고 난리를 치면 돈은 먼저 받아 챙기고는 빵을 달라며 아우성을 치는 훈병에게 소리를 지른다.

"이 자식이! 너는 아까 줬잖아. 네가 여기 서서 팔아! 내가 잘 보고 누가 받았나, 안 받았나를 봐줄 테니까!"

돈을 내민 훈병들은 돈을 그냥 뺏기기도 했다. 강도가 따로 없다.

어이가 없이 빵을 사려다가 돈만 뺏긴 사람이 부지기수다. 제대로 받는 사람도 있지만 세 개를 사려다가 두 개만 받았어도 감지덕지해야 한다.

그 정신없는 사이에도 막걸리가 먹고 싶은 훈병들이 막걸리를 담아놓은 통 앞에 가서 진열된 양재기를 하나씩 들고 줄을 서서 한 양재기씩 막걸리를 산다. 그곳은 세 줄로 서 있기에 그냥 돈을 빼앗기지는 않았다. 돈을 받고 양재기에 따라준다. 막걸리 항아리 앞엔 사람이 하도 많으니 두 개의 큰 항아리에 막걸리가 금방 동이 났다. 그러나 막걸리는 거의 맹물 수준이었다.

막걸리를 팔던 일등병이 선임자에게 말한다.

"김 상병님! 여기 막걸리가 얼마 없습니다!"

그러자 김 상병이 부른다.

"이리와 봐!"

무슨 이야기가 오고 갔는지 막걸리 담당 일등병은 사람들이 보거나 말거나 양조장에서 배달된 막걸리 세 통에 맹물 세 통을 쏟아 붓는다. 앞에 줄을 서 있다가 그 광경을 본 사람은 슬그머니 뒤로 빠진다. 그러면 그것을 못 본 뒷사람이 자기 차례가 왔다며 좋다고 돈부터 내고 한 양재기를 받는다. 사람들 틈을 비집고 나가다가 반은 사람들에 걸려서 엎지르고 반만 먹을 수 있다. 그러나 맛을 보니 이건 영 막걸리가 아니다. 그중에도 좀 힘깨나 쓸 수 있는 것 같은 훈병 한 사람이 막걸리 파는 곳으로 사람들을 비집고 들어가서 일등병에게 말한다.

"선임하사님! 어째 막걸리가 너무 이상합니다. 너무 싱겁습니다."

그러자 호통을 친다.

"뭐야? 짜식아! 이거 이래가지고 군생활 하겠어?"

"아니! 막걸리하고 군생활하고 뭔 관계가 있습니까?"

그러자 막걸리를 푸던 국자가 대포알처럼 날아가 대갈통을 갈긴다.

"아이쿠!"

"임마, 여기는 군대야. 짜식아, 술 처먹고 취하면 어떻게 전쟁을 하니, 이놈아! 그래서 군대 막걸리는 싱거운 거야, 알았어?"

소리를 벽력같이 지르며 한 대를 더 치려고 스텐 국자를 쳐들자, 훈병은 재빨리 피해서 겨우 빠져나온다. 성질이 나서 PX 밖으로 나오려는데, 문 앞에서 문지기 일등병이 일일이 총 솔을 샀는지를 확인한다. 산 사람만 밖으로 나갈 수 있고 안 산 사람은 그냥 다시 가서 사 가지고 오란다. 시키는 대로 할 수밖에 없다. 그런데 그 총 솔이라는 게 엄청 비싸다. 그러나 사고서 보니, 조잡하기 이를 데 없다. 가로 5센티미터에 세로 5밀리미터쯤 되는 양철을 접어서 그 속에 돼지털을 넣어서 만들었다. 참으로 기가 막혔다. 아니 총 솔이 그들 말대로 총을 청소하는 것이면 군대에서 필요한 것이니 그냥 군에서 줘야 하는 게 맞잖아?

나중에 알고 보니 상사는 PX 담당이었고, 그게 다 돈 뺏기 작전이었다. 그는 책임자로서 총 솔을 그 아래 PX병에게 시켜서 돈을 착취하고 있었다. 그렇게 하기 위하여 훈련병들에게는 각 중대별로 별도 시간을 줘서 사람들을 몰아넣고 아수라장 속을 만들어 놓고 장사를 했던 것이다.

내무반으로 돌아와 보니 한 훈병이 뭘 잘못 했는지 머리를 땅에다 박고 두 손을 허리에 얹고 있다. 얼굴이 새빨갛다. 높으신 일등병님이 말씀하신다.

"전쟁이 나면 말이야, 비행기가 폭격을 하지? 북한군들이 들끓는 원산에 폭탄이 떨어지는 모습, 그게 바로 원산폭격이란 거야! 군대에 오면 배울 게 많다. 지금 저렇게 대가리를 땅에 박고 있는 게 원산폭격이라는 거다. 너희들도 바로 폭격대열에 들어설 거야. 저것도 숙달되면 저 자세로 코를 골며 자는 놈도 있어, 알았나?"

거짓말 대회에 나가면 일등감일 것 같다.

군기를 잡으려고 그랬는지 한 사람이 뭘 잘못했는지 괜한 트집을 부린다.

"전원 중대 운동장으로 집합! 군대는 말이야, 한 사람이 잘못하면 책임은 공동으로 진다. 알았나? 30초 내로 집합한다! 늦는 놈은 몽둥이찜질을 먹여주마. 알았나?"

피곤하여 빨리 눕고 싶은데!

"전원, 양손을 뒤엉덩이에 붙여 잡고 대가리 땅에 박아!"

머뭇거리자 몽둥이가 무당춤을 춘다. 여기저기서 '아이쿠!' 소리가 작렬을 한다. 정말 원산폭격을 처음 해보니 이마에는 흙이나 작은 돌이 박힌다. 얼마나 아프고 힘든지 끙끙거리자, 이번엔 선임하사라 하는 내무반장 일등병이 원산폭격을 하고 있는 사이를 다니며 발길질을 해댄다. 여기저기서 픽픽 쓰러진다. 잠시 후.

"전원 내무반으로 가서 침상에 차례대로 앉는다!"

내무반에 들어오자, 각자에게 군장을 나눠준다. M1 소총, 배낭, 탄띠, 모자, 수통, 숟가락, 훈련화, 모포 두 장씩 진열하는 것도 네모지게 잘 개어서 놓으란다. 시범을 보여주는데 참으로 각이 잘도 지게 모포를 개어놓는다. 잘못하면 또 얻어맞는다.

입대 몇 시간 만에 완전 노예가 돼버렸다. 그리고는 소대별로 일곱 명을 한 조로 분대를 만들었다. 식사당번을 차례로 정하고 식당에 가서 밥하고 국을 타오란다. 곧이어 통 두 개가 들어온다. 한 통에는 밥이, 또 한 통에는 국이 들었다. 전원에게 배식이 다 될 때까지 밥을 먹어서는 안 된단다. 일등병 선임하사의 '식사 시작!' 구령이 나야 그때서야 먹을 수 있다. 밥은 거의 납작 보리쌀인데 군데군데 흰쌀도 눈에 띈다. 빵과 막걸리를 사먹었어도 밥은 또 꿀맛이었다.

그리고는 인원 점검을 다시 하는데 그게 일석점호란다. 일등병이 훈병들을 세워놓고 지침을 하달한다.

"지금부터 손님이 오거나 중대에서 누가 오면 어떻게 해야 하는지를 시범을 보일 테니 잘 보고 그대로 따라한다. 틀린 놈은 잘할 때까지 원산폭격이다. 알았나?"

그리고는 한 훈병을 불러 요령을 가르치고, 나머지 훈병들도 따라하게 만든다. 그리고 훈병들이 정렬한 곳을 다니며 배를 꾹꾹 찌르며 관등 성명을 대란다.

"너!"

하고 배를 꾹 찌르면 훈병은 소속과 이름을 대야 한다.

"네. 1중대 1소대 3분대 훈병 한일환입니다!"

"소리가 그것밖에 안 나오나? 다시 큰소리로 해!"

"네. 1중대 1소대 3분대 훈병 한일환입니다."

귀청이 떨어질 듯 소리를 질러야 한다.

"들었지? 누가 와서 '너!' 하면 큰 소리로 관등성명을 대는 거야, 알았나?"

"네!"

그러다가 맘에 안 드는 훈병이 있으면 가차 없이 작은 몽둥이가 춤을 춘다.

"너는?"

"네. 저어 1소대 5분대 김영철입니다."

"짜식! 이거 금방 가르쳐줬는데 잊어버려? 임마, 관등성명을 확실히 크게 하라고 했잖아? 침상에서 내려와 대가리 박아!"

한동안 난리를 치고서 일석점호를 끝냈다. 이윽고 취침나팔이 울린다.

"소등! 지금 있는 자리에 두 명씩 짝을 지어 자되 모포를 두 장은 깔고 두 장은 덮고 잔다. 취침!"

그리고 문 앞에서부터 두 명씩을 지명하고 차례대로 한 시간씩 불침번을 서란다.

오전 다섯 시가 되자 기상나팔이 울린다. 고단한 훈병들 잠에 취하여 일어나서도 정신이 없다. 기상하자마자 하늘같은 선임하사라 불리는 일등병님이 말씀하신다.

"전원 다섯 시 반까지 중대 연병장으로 어제 지급받은 군장을 다 차리고 M1 소총을 들고 집합한다."

전 중대원이 정신이 없다. 중대 연병장에 집합하기 전 화장실부터 쫓아간다. 그리고 내무반으로 들어가서 완전군장을 차리고 중대 연병장에 집합을 해야 한다. 어쩌다가 정신을 못 차리고 모자를 잃어버린 훈병이 있으면 또 난리가 난다.

똑같은 모자이니 아무거나 쓰고 집합하기만 하면 된다. 모자가 없으면 원산폭격에 몽둥이세례가 기다리니 모자 뺏기가 시작된다. 모이기 전까지 모자를 누구 것이든 빼앗아야 한다. 모자 뺏기가 제일 좋은 곳이 화장실이다. 화장실에 가서 문을 노크한다. 안에 사람이 있으면 똑똑 응답이온다. 그러면 문을 사정없이 힘껏 당겨서, 볼일을 보고 있는 훈병의 모자를 빼앗아 가지고는 소대로 들어가 군장을 챙기고 연병장으로 달려간다.

강도질을 하고서도 덜덜 떨리던 가슴이 후련하다. 바로 모이라고 호루라기 소리가 귀청을 때린다. 탈영병이 없나 인원 점검을 한다. 그리고 군장 검사를 한다. 배낭에, 총에, 모자를 썼나, 안 썼나…… 어둑어둑하니 누가 누군지도 모른다.

그저 내무반 일등병인 선임하사라 칭하는 그 사람 목소리만 쫓아다녀야 된다. 그러면 앉은번호로 사람을 세워놓고 확인한다. 모자를 뺏긴 훈병은 큰일이다. 호루라기 소리가 연방 들리니 시간이 없다. 아무 화장실이나 가서 똑똑 두드려 본다. 집합시간이 다 되었으니 화장실은 텅텅 비었다. 한 곳의 문을 두드리니 '에헴!' 한다. 다행이다. 사람이 있다. 그냥 그 문을 열어젖힌다. 그리고는 앉아서 볼일을 보는 사람의 모자를 벗겨서 머리에 쓰고 집합장소로 간다. 가슴을 쓸어내리며 안심이 돼서 얼른 줄에 가서 선다.

아침마다 일어나는 모자 뺏기 전쟁. 그러니 화장실에서는 모자를 벗어 옷 속에 넣고 볼일을 봐야 한다. 그저 모자를 뺏어서 어둑어둑한 사람들 속으로 내빼면 잡을 수도 없다. 화장실 문짝은 시건장치가 없다. 잡아당기면 안에서 꼭 붙들어도 그냥 열린다.

별 것도 아닌 것 같은데 트집을 잡고 작은 곡괭이자루를 들고서 몸이 어디든 그냥 갈겨대니 훈련병들에게는 일등병은 하늘이다.

일환의 논산훈련소 추억의 토끼탕

1966년 11월 23일 논산훈련소. 입소한 지 3일째다. 전국적으로 눈이 많이 올 무렵이다. 그날 훈련은 눈치우기다. 29연대 연병장엔 눈이 70센티미터나 쌓였다. 쳐다만 봐도 겁이 났다.

"군대는 말이야, 이유가 없다. 오늘 내로 연병장의 눈을 전부 가장자리로 쌓아 놓는다. 알았나?"

그 힘든 작업 후 기진맥진한 훈병을 세워놓고, 장군보다 더 높아 보이는 내무반장 일등병님이 말씀하신다.

"에, 오늘 눈 치우는 훈련 받느라 수고했다. 너희들은 오늘이 처음이지만 오늘은 일주일에 두 번씩 하는 목욕이 있는 날이다. 알았나?"

"네!"

"군대는 시간을 다투는 거야! 알았나?"

"네!"

"이거, 소리가 작다! 알았나?"

"네!!"

"좋아, 전원 3분 내 목욕탕 앞으로 집합!"

목욕탕 앞에 가니 조교가 앉은번호를 시킨다. 누군가 마지막 번호를 외친다.

"사십, 번호 끝!"

일개 소대 병력 목욕 집합 모습이다.

"전원 복도로 차례차례 들어가 옷을 벗어서 복도 목욕탕 관물함에다 던져넣는다."

홀라당 벗고 덜덜 떨면서 마라톤 대회 출발 신호를 기다리듯 탕으로 들어갈 차례를 기다린다. 젠장! 목욕이고 뭐고 영하 5도의 날씨에 난방도 안 된 복도는 사람의 온기가 난로 역할을 한다. 죽을 맛이다. 이가 덜덜 떨린다.

"지금으로부터 목욕을 시작하는데, 여러분이 15분 안에 목욕을 해야 연대병력이 오늘 목욕을 다 할 수 있다. 알겠나?"

"네!"

기간병이 대충 80여 명을 세고는 말한다.

"여기까지 들어가!"

"네!"

수건 한 장과 비누 하나를 가지고 들어가니 따뜻해서 좋긴 한데, 물이 나오는 수도꼭지 하나에 몇 사람이 달라붙는다. 꼭 새끼돼지들이 어미젖을 차지하고자 서로 밀어내는 모습과 같다. 차례를 기다려 세수부터 하고 머리에 비누칠을 하고 물로 헹구고 있는데 종료 신호가 떨어진다. "목욕 끝!" 소리와 함께 호루라기 소리가 귀청을 때린다. 여기저기서 항의가 터진다.

"아니, 저 비누칠도 다 안 했는데요?"

"15분이라면서요?"

"아직 몸에 물을 더 뿌려야 해요!

그러나 불만은 호루라기 소리에 묻히고 만다.

"뭐야? 임마, 그건 네 사정이고, 훈련소 시계는 빨라."

훈병 하나가 몽둥이를 든 기간병에게 애원한다.

"선임하사님! 저 아랫도리에 이제 막 비누 발랐습니다. 1분만 더 시간을 주십시오."

"이 짜식이, 내 말을 귀로 듣는 거야, 입으로 처먹는 거야? 당장 나가!"

훈병은 등짝을 얻어맞는다. 기가 막힌 훈련소 첫 목욕이다.

목욕탕 밖 복도로 쫓겨난 훈련병들의 몸통은 추위에 얼룩덜룩 푸루등등하다. 하도 볶아쳐 정신이 없다. 머리에 비누거품이 남은 사람도 추위에 그저 빨리 옷을 입기 바쁘다.

"선임하사님! 제 옷이 없습니다!"

그러자 목욕탕 기간병이 소리친다.

"누구야? 남의 옷 입은 놈이! 일동, 전부 벗고 복도에 일렬로 서! 짜식들 말이야, 제 옷 번호도 못 찾아?"

그 추위에 옷을 벗으란다.

"아이고, 추워!"

다들 두 손이 아랫도리로 향한다. 그 귀한 놈을 두 손으로 가려 덜 춥게 하려 함이다. 입소 사흘 동안 원산폭격, 엉덩이 세례가 스무 차례는 된 것 같으니 기간병은 하늘이다. 장군을 가까이서 본 적은 없지만, 기간병이 장군보다 훨씬 높아 보인다.

"이것들이 어디서 몸을 움츠려? 일동 차렷!"

앞에 모아졌던 손이 양쪽 허벅지로 가며 차렷 자세다. 복도에 서서 보니 탕에서 잠시 늘어났던 고추가 바로 번데기가 되어 살 속을 파고 들어가 대가리만 조금 내밀고 있다. 어떤 놈은 아예 쏘옥 들어가 대가리도 잘 안 보인다. 조교가 놀린다.

"아니? 여자도 군대 오냐?"

쳐다보던 훈병 하나도 덧붙인다.

"저거, 지지배 아냐?"

와하하하. 웃음소리가 커진다.

"시끄러워! 야, 훈병 ㅈ은 ㅈ도 아냐, 임마!"

기간병이 또 무슨 수작을 하려고 하나? 훈병들 귀가 토끼 귀가 됐다, 당나귀 귀가 됐다 한다.

"고구마 하나만 주면 홀딱 벗고 처녀나 아줌마한테 보여주는 게 훈병 ㅈ이야, 임마!"

'설마? 아이구, 저게 인간이여!'

하며 그냥 주먹으로 한대 갈기고 싶다.

그러나 훈련병들은 오래 지나지 않아 그 말이 정말인 걸 알게 된다. 입소 닷새째 되던 날, 훈련장에서 한 시간 동안 훈련을 받고 잠시 휴식을 할 때, 화장실에 가면 고구마를 살 수 있다는 소문이 훈병들 사이에 퍼졌다. 이윽고 호루라기 소리와 함께 "10분 간 휴식!"이 떨어진다.

각개전투 또는 일반 훈련장 화장실은 훈련장에서 약 30여 미터 떨어져 있는, 얼기설기 대충 임시로 만들어놓은 화장실이다. 훈병들은 화장실 한 칸을 먼저 차지하기 위해 그곳으로 뛴다. 사람 수에 비해 화장실 수가 적으니 쟁탈전은 당연하다. 안 나오는 변을 보려고 변소에 앉아 있으면 처녀들 또는 아줌마들이 떼로 몰려온다. 그 변소 자리엘 가면 '이동주부'라 불리는 처녀나 아줌마들과 고구마 사고팔기 전쟁이 붙는다.

고구마를 사먹기 위해 그랬는지, 고구마 장수들이 고구마를 팔기 위해 그런 건지, 변소 앞 널빤지가 다 떨어져 나갔다. 드럼통 위에 널빤지 두 개가 얹혀 있는 변소에 바지를 홀라당 내리고 쪼그려 앉았으니 처녀나 아줌마들에게 훈병의 고추가 그들에게 아주 총천연색 사진보다도 선명하게 보일 것이다.

얼굴이 화끈거리는 건 초보 훈병이다. 배가 고프니 당황은 잠시다.

"고구마 사요."

이동주부들이 변소 앞으로 몰려온다. 그럴 줄은 정말 몰랐다. 대변이 마렵지 아니해도 변소 하나를 차지하고 그냥 아랫도리를 홀랑 내리고 앉아 있어야 고구마를 살 수 있다.

"사제음식을 사먹으면 안 된다. 알았나?"

"네!"

추상같은 호령도 배가 너무나 고프니 그 소리는 하늘로 올라갔다. 고구마가 먹고 싶다. 고구마 장수들도 그까짓 그게 그거인 자주 보는 ㅈ보다는 고구마 5원어치 파는 게 목적이다.

"5원에 세 개요."

"고구마 사요."

여기저기서 아줌마들 또는 머리를 뒤로 붙들어 맨 처녀들까지. 10분간만 시간이 있으니 이리 뛰고 저리 뛰며 변소를 차지하기 위한 쟁탈전이 붙는다. 배고픈 훈병들은 똥 싸면서도 흥정을 하기도 한다.

"10원 어치 사면 한 개를 더 줄 거요?"

"안 돼요."

그러면 옆에 서 있는 다른 이동주부를 부른다.

"저기, 아줌마!"

그러면 이동주부 맘이 바뀐다.

"줄게, 줄게."

똥 냄새는 나지도 않는다. 훈병끼리 말을 주고받는다.

"홀라당 벗고 고추를 보여주고 고구마 하나면, 좀, 흥정이 약한 거 아녀?"

그러거나 말거나 고구마를 한 개 더 받은 훈병은 만족해하며 자랑을 한다.

"내가 어제 고추를 아주 깨끗이 씻었으니 하나 더 얻은 거야! 너도 깨끗이 씻고 흥정을 해 봐."

"목욕을 하면 그들 눈에 거시기가 고추로 보일라나?'

하하하하!

이윽고 호루라기 소리가 들린다.

"휴식 끝!"

고구마를 하나 더 얻었다고 좋아할 것이 아니다. 집합 신호 전에 빨리 먹어야 한다. 고구마를 사먹으면 안 된다고 경고를 받은 처지다.

아이구! 10분이 왜 그리 빨리 가냐! 집합 호루라기 소리가 저승사자 같다. 고구마는 빨리 먹어야 되는데 목으로 넘어가지는 않지, 할 수 없이 그 고추 보여주고 흥정을 한 게 너무나 아깝다. 산 것을 다 먹지 못한 훈병은 입에 물은 것을 빼고는 버려야 된다. 아이고, 아까워라! 집합 후, 주머니 검사가 이어진다. 고구마를 입에 물었던 훈병을 기간병이 뺨을 냅다 치니 고구마가 입에서 툭, 튀어 나온다. 고구마는 훈병의 주머니에서 발각되기도 한다.

"대가리 박아!"

영락없이 원산폭격이다.

"누가 사 먹으랬어! 사제 먹으면 안 된다고 했지?"

불만에는 몽둥이가 약이라니 몽둥이찜질을 당하면서도 찍소리도 못하고 벙어리가 됐었다. 훈병들은 속으로 욕을 해댄다.

'시팔놈, 그래도 훈련소 시계는 간다, 새끼들아!'

사흘 후 다시 목욕 시간.

"전부 들어가!"

"나가!"

그 시간이 5분도 안된 것 같다. 목욕 요령이 금시 퍼졌다. 목욕탕 앞에 가서 줄을 서서 기다리는 시간에 가지고 간 젖은 수건에 비누를 묻혀 몸을 문지르고 서 있다가 목욕탕 안으로 들어가서는 물을 한번 뿌리는 것이다. 그런 요령을 익히고 나면 단말마 소리 같던 '나가!' 소리도 아주 친한 친구 목소리처럼 다정히 들린다. 그러면서도 속으로는 또 욕을 해댄다.

'시팔놈들, 지들은 느긋하게 목욕할 거 아냐? 지옥으로나 가라!'

"밖으로 집합!"

"앉아번호!"

혹시라도 탈영이 있을까봐 인원점검이 철저하다.

"지금 한 게 뭐냐?"

"목욕입니다."

"이게 훈련소 토끼탕이라는 거다, 알았나?"

"네!"

토끼탕이라는 명칭이 붙은 건, 토끼가 짝짓기 할 때 5초도 안 되어 금방 똑 떨어진다고 해서 붙은 이름이다. 훈련 중 12번 정도 갔던 토끼탕은 평생 잊히지 않는 목욕탕의 추억이었다. 일환의 훈련병 시절엔 그런 목욕이 있었다.

입소 닷새째 되던 날, 느긋하게 장교 변소에 앉아서 볼일을 보던 중대장이 훈병한테 모자를 뺏겼다. 중대 연병장에 쫓아 온 중대장이 소리소리 지른다.

"내 모자 가져간 놈 누구야?"

아무도 대답하는 사람이 없다. 집합을 한 사람 중에 날이 약간 밝아오자, 대위 모자를 쓴 사람이 훈병 속에 서 있다. 거지같은 헐렁한 옷을 입은 찰리 채플린 같은 훈병이 대위 모자를 떡 쓰고 있다. '아니 대위도 훈련받나?' 웃음이 나와도 끽끽거릴 수도 없다. 처다보며 이제 무슨 일이 일어날지 느낌으로 안다. 큰일 났다! 독사같이 독이 오른 중대장을 처다보며 훈병들 머릿속엔, '아니 중대장은 왜 모자를 쓰고 똥을 누냐고! 모자는 품속에 넣어야 된다는 걸 모르냐? 중대장이 꼭 등신만 같다.'

하늘보다 높고 귀한 일등병님의 옥황상제격인 중대장님의 모자를 뺏어 쓰고 집합해? 보나마나지! 등신 중대장님이 성질이 났다.

"전원 원산폭격 실시!"

"앞으로 취침! 뒤로 취침!"

원산폭격은 알겠는데 앞으로 취침, 뒤로 취침 그게 뭔지? 그게 무슨 소리인지 몰라 가만히 누워 있는 훈병들을 일등병 상병들이 발로 축구공 차듯 걷어차며 다닌다. 훈병들은 앞으로 취침 뒤로 취침이 뭔지를 금방 알고 잘도 따라 한다.

얼굴이고 옷이고 뿌연 먼지를 뒤집어썼으니 훈련병들은 모두 콩가루를 묻힌 인절미가 됐다. 먼지는 콧속 깊이까지 뿌옇게 만들었다. 그래도 중대장은 분이 안 풀린 모양이었다. 훈련병은 마치 인격을 빼앗긴 죄수들 같은 대우를 받으며 고된 훈련을 받았다.

그리고 조식을 먹기 전 훈련장까지 완전무장에 그 무거운 M1 소총까지 들고 4~5킬로미터를 뛴다. 아무리 체력이 좋은 사람도 그 총을 들고 그렇기 뛰기는 힘들다. 바로 요령이 생겼다. 소총 아래 개머리판 고리에다가 허리에 두른 탄띠에 줄을 매면 보이지도 않고 소총을 들고 뛰는 모습과 똑 같다. 그리 힘들게 훈련장에 도착하면 7시 가량이 된다. 날은 어느새 훤해진다. 보리밥에 국 한 그릇이 다인 아침밥을 산속에서 선 채로 덜덜 떨면서 먹는다. 찬바람이 불어대니 어금니가 딱딱 부딪친다.

그래도 배가 너무 고프니 금방 먹고 싶은데, 전원이 다 배식을 받을 때까지 먹을 수가 없다. 그 이유는 소대별로 밥을 타오는데 그 양이 고르게 돌아가야 하기 때문이다. 처음에 양껏 퍼주다 보면 나중엔 모자라는 경우도 생긴다. 그러면 퍼놓은 밥에서 덜어내어 모자라는 식기에 배분을 해야 한다. '식사 시작!' 하는 구호가 떨어져야 먹을 수 있다. 만약에 미리 먹다가 들키면 스텐으로 만든 밥그릇을 입에 물고 서 있어야 한다. 벌 치고는 참으로 너무하다. 그걸 당하는 훈병은 그야말로 죽을상이다. 물고 있던 스텐 밥그릇이 입김에 얼면서 입술에 달라붙는다. 그 추운 날 금시 가져왔다고는 해도 배식을 하다보면 국그릇에 담긴 국이 다 식는다. 너무 배가 고프니 밥을 국그릇에 말아서 그냥 마시다시피 한다. 30초면 끝이다. 씹고 자시고 할 것도 없다. 배고픈 돼지가 밥을 씹어 먹는 경우란 없는 법이다. 밥통에 코를 박고 그냥 흡입할 뿐.

그렇게 훈병들의 조식이 끝났다. 군대에서는 화랑담배를 이틀에 한 갑씩 준다. 담배를 입에 꼬나물고 그 연기를 '휴' 하고 내뿜으며 속을 달랬다. 참아야 한다. 탈영은 안 돼! 어저께 탈영을 하다 붙잡힌 훈련병을 보았잖아.

입소 엿새째인 토요일이었다. 그 넓은 연병장에 29연대 30연대 훈병들을 집합시켰다. 단상엔 네모진 통이 있고 그 통의 겉엔 탈영병이라는 문구가 선명하게 쓰여 있다. 그리고 붙잡힌 탈영병이라는 사람을 그 속에 넣고 헌병들이 둘러싸고 감시를 한다. 손에는 수갑을 채우고 포승줄로 온몸을 꽁꽁 묶어서 보란 듯 보여준다. 동네에서 돼지 돌부리를 하기 위해 새끼줄로 꽁꽁 묶어 놓은 돼지를 연상케 한다. 연대장 중대장까지 참석한 그 자리는 무슨 재판하는 곳 같다. 훈병들의 가슴은 얼어붙었다. 이제 입소한 지 대엿새 되었는데 무슨 일이 벌어질까? 궁금하기도 한데 연단으로 지휘봉을 든 중대장이 올라간다. 지휘봉은 원래 지휘하는 곳을 보라고 가르치는 게 아닌가? 지휘봉으로 손바닥을 탁탁 쳐대며 말한다.

"여기 있는 훈련병이 3일 전에 탈영을 하다가 붙잡힌 놈이다. 잘 봐둬라. 이곳 논산 지형은 탈영을 해봤자야. 나갈 곳이 없어. 곳곳에 검문소가 있어서 나가면 바로 잡혀. 잡히면 어떻게 되는지 알아? 육군형무소로 가는 거야. 그곳엘 가면 최하 2년을 감옥살이를 해야 하고, 나오면 다시 훈련을 받으러 이곳으로 와야 한다. 그리고 다시 36개월을 채워야 제대를 하는 거다. 알았나? 왜 대답들이 없어!"

훈병들은 연병장이 떠나갈 듯이 대답한다.

"네!"

소리가 우렁찼다. 훈련소 입소 며칠 만에 하도 원산폭격에 몽둥이찜질을 당하다보니 이제 다들 머리가 개조된 것이다. 개를 훈련시켜도 이보다는 나을 것 같다. 먹을 것도 충분히 안 주면서 연실 원산폭격 기합에 몽둥이찜질에 정신이 없다. 내빼고만 싶은 건 일환뿐이 아닐 것이다. 훈련소에서 주는 공포심에 반항할 여지는 없다. 그러니 죽이든 살리든 그저 시키는 대로 해야 했다.

기간들의 훈련병 돈 뺏기 작전도 해외 토픽 감이었다. 그들이 돈 뺏기 작전은 입소 후 일주일 동안 무엇이든 트집을 잡아 단체기합을 주고 연일 엉덩이가 불이 나게 때리고 수시로 원산폭격을 시켜 정신이 없게 만드는 걸로 시작된다. 훈병들 돈이 다 없어지기 전 2주째 월요일에 본격적인 작전이 시작된다. 저녁에 자기 전 점호(일석점호) 시가 가장 두려운 시간이었다. 얻어맞는 시간이 대개 이 저녁점호 때다. 그래도 점호가 끝나면 잠을 잘 수 있으니 훈병들은 참 좋다. 일등병인 내무반장이 '소등, 취침!' 하고 명하면 고단한 훈병들은 침상에 눕자마자 금세 잠에 빠진다. 그 마흔 명의 소대원들을 하나씩 불러낸다. 불침번이 머리를 흔들며 일환을 깨운다.

"한일환! 일어나. 선임하사님이 부르셔."

내무반장인 일등병이 부른다니, 꿈속에서라도 냉큼 일어나야 한다. 일환은 벌떡 일어났다. 잠에 취해서 정신이 없지만, 선임하사가 있는 곳으로 비틀거리며 갔다.

"오! 한일환, 너 오늘 참 힘들었지? 여기에 앉아."

내무반장은 보름달 빵을 하나 준다. 이게 웬 빵인가? 잠결에도 그걸 받자마자 그냥 우적우적 입에다 밀어 넣었다. 배가 고프니 자다가도 보름달 빵은 꿀맛이다. 내무반장은 일환을 자기 자리 옆으로 가까이 오게 한 다음 귀에다 대고 소곤거린다.

"너희 집 부자라며?"

"네에?"

대답하기가 참 곤란하다. 부자라고 하자니 거짓말이고, 아니라고 하자니 깔볼 게 빤한 게 아닌가? 그저 아무소리 안 하고 있을 수밖에 없다. 그것을 노린다.

"우리 집은 농촌에 사는데, 땅이 하나도 없어. 부모님은 남의 집에 일이나 다니며 먹고 사시지. 거지 같이 살아. 부모님이 참 불쌍해."

이렇게 말하고는 본론에 들어간다.

"일환아! 좀 참아. 내가 전원 기합 줄 때는 너는 내가 어디 갔다 오라고 심부름 시킬 테니. 너는 기합 다 끝나면 그때 들어와."

연방 때릴 때가 방금 전인데, 어디서 이렇게 천사 같은 목소리가 나오는지. 일환도 앞에 있는 일등병 선임하사한테 며칠 동안 많이도 얻어맞았었다. 일등병한테 선임하사님, 선임하사님 해가면서 그저 날 죽여 주슈 했었다. 그 내무반장이라는 일등병은 소대 관리 책임자이다. 그는 언제든지 소대원들을 집합시키고 두들겨 패는데 무슨 권한이 그에게 있는지 중대 본부에서도 그를 관리를 하지 않는다.

훈병들을 연신 두들겨 패니 그는 일인지하, 만인지상인 사람만 같다.

"나 말야, 일주일 있다가 휴가를 가는데 군인이 돈이 어디 있니? 가난한 부모님을 뵈러 그냥 집으로 가면 미안하기도 하니, 네가 나 좀 봐줘라. 그러면 너 여기 있는 동안 아주 편안하게 해줄게."

한마디로 돈을 좀 내라는 뜻이다. 참으로 난처하다. 돈을 많이 가지고만 있으면 좀 주고 훈련소 생활을 편히 하고 싶기도 하다. 그러나 배가 너무 고프니 PX에서 빵도 사먹고 싶다. 어쩐다? 주머니에 몰래 감춰놓은 돈도 얼마 안 남았다. 그냥 돈 없다고 하면 내일부터 연실 얻어맞을 건 뻔한 일. 훈련소에 오기 전 일환은 동네 어른들에게 군대 간다고 인사를 하러 다녔다. 그러면 그 어른은 "그래 고생 좀 하겠다" 하시면서 돈을 얼마씩 손에 쥐어주었다. 그것을 모아 가지고 훈련소에 온 것이다. 할 수 없이 돈을 좀 꺼내서 줄 수밖에 없다.

이런 식으로 한 사람씩 불러 소곤대면서 소대원들의 돈을 갈취한다. 내무반장인 일등병은 다른 2차 작전을 바로 편다. 모포는 일인당 두 장씩 지급됐다. 한 장은 침상에 깔고 한 장은 덮고 자는 것이다. 그것을 두 사람이 두 장을 깔고 함께 두 장을 덮고 잔다.

고단한 훈련병들이 곤히 잠이 들면 누가 업어 가도 모르게 잠이 든다. 그 틈을 그들은 이용한다. 불침번 두 사람은 있으나 마나다. 그들도 하루 종일 고된 훈련에 기진맥진이다. 그리고 너무 졸립다.

대개 오후 열 시만 넘으면 훈병들은 코를 골며 깊은 잠에 빠진다. 불침번들이 총을 들고 침상에 앉아서 졸기를 기다린다. 내무반장은 그 틈을 놓치지 않는다. 불침번이 졸면 훈병이 덮고 자던 모포를 한 장 훌쩍 잡아 당겨서 똘똘 말아 제 관물함에 몰래 접어서 넣는다. 그리고는 옆 사람 것을 조금 잡아 당겨서 덮어놓는다. 그러고서는 불침번을 부른다.

"불침번!"

졸던 불침번은 정신이 없다. 그저 벌떡 일어선다.

"예!"

"불침번 잘 서고 있나? 교대를 잘해?"

"예!"

"전쟁은 말야, 작전에 실패한 군인은 용서하지만 경계에 실패한 군인은 사형이다. 알았나?"

"예!"

"나도 피곤하니 자련다. 교대할 때 철저히 해! 모포 도둑들이 있다구!"

내무반장은 작전에 성공한다. 그들이 불침번을 서면서 내무반장이라는 일등병이 모포 훔치는 것을 못 보았으니. 전 소대원 돈 뺏기 작전이 성공할 것이다. 그는 느긋하게 취침을 한다. 이제 아침이 되면 작전이 시작될 것이다.

5시 기상 나팔소리가 울리자마자, 불침번들이 기상! 기상! 하며 훈병들을 깨운다. 그러면 훈병들은 일어나서 자기 모포를 잘 개서 제 관물대에 올려놓고 화장실엘 가야 하는데 한 사람이 모포가 한 장이 없는 것이다. 서로 자기 것이라고 우기던 훈병 중 그것도 역시 힘센 놈이 제 것이라고 인정사정없이 발길질을 해대며 빼앗는다. 역시 순하고 기운 없는 사람이 울상을 짓게 된다. 할 수 없이 내무반장한테 보고한다.

"선임하사님, 제 모포가 없어졌습니다."

"뭐야? 불침번 집합!"

화장실엘 다녀온 불침번들이 웬일인가 하고 줄을 선다. 2사람이 1시간씩 총 8시간 불침번을 섰으니 총 16명이다. 소대원 거의 반이 불침번이다. 뭔가 분위기가 좋지 않다.

"너희들 말야, 불침번 잘 서라고 내가 얼마나 이야기했어? 내가 말했지? 모포 도둑이 있으니 불침번 잘 서라고! 불침번 전부 나와 대가리 박아! 원산폭격 실시!"

불침번들은 허겁지겁 명에 따른다.

"모포 한 장에 얼마나 하는지 알아? 이거는 우리나라 돈 주고도 못 사는 거야. 모포는 미제라 달러로 사야 되는 거야. 큰일 났다. 지금 이걸 가지고 따지다가는 훈련장에 도착하기도 어렵다. 훈련 끝나고 와서 이야기하기로 하고 일단 출발 준비해, 일어서!"

소대원들 모두 정신이 없다. 보나마나 불침번 엉덩이는 떡판이 될 게다. 참 큰일이래도 일단은 훈련장까지 뛰어가야 한다. 뛰어 가면서도 저희들끼리 수군거린다.

"진짜 모포 훔쳐가는 사람 못 봤어. 정말이야."

그런 소리가 들리면 서로 말도 못하게 막는다.

"야! 뒤에 오는 놈들, 왜 떠들어? 구령 맞춰 가며 뛰어 큰소리로! 하나 둘 셋 넷! 하나 둘 셋 넷!"

그렇게 하루 훈련이 시작된다. 또 이동주부는 고구마, 빵을 팔러 온다. 호루라기 소리가 나면 그들도 훈병들을 향해 뛴다. PX에서 사는 값보다 싸기도 하고 맛도 좋으니 두들겨 맞더라도 사먹고 본다. 하루 훈련이 끝나고 저녁 식사 후 바로 불침번들 닦달이 시작됐다.

"전부 대가리 박아. 모포를 잊어버린 건 다 불침번이 잘못해서 그런 거야. 책임져야 돼."

"그리고 각 분대장들, 전원 이리 와서 서."

원산폭격을 하고 있는 불침번들이 힘이 들고 머리도 아프니 악을 쓰고 대가리를 박고 있다가 삼십 분을 넘기지 못하고 픽픽 쓰러진다.

"어라? 이것들이 짜고 하는 거야? 전부들 죽을래? 일어서!"

일어선 그들의 얼굴은 땀방울과 눈물범벅이다.

"전부 일어서서 잘 생각해봐. 누가 불침번을 설 때 모포를 잊어버렸나. 둘씩 서로 상의 해."

내무반장은 집합하여 서 있는 분대장 여섯 명에게 손짓을 한다. 그들도 정신이 없다. 한국 돈 가지고는 못 사는 것이라니, 도대체 얼마인지도 모르겠고 난감하기만 하다.

"분대장들 말야, 오늘 저녁내로 어디서 훔쳐오든 말든 모포 한 장을 채워 놔. 알았어?"

대답들이 없다. 분대장들이 궁리 끝에 모포를 다른 내무반에 가서 훔쳐오기로 의견을 모으고 특공대를 조직하자고 결론을 냈다. 모자 같으면 화장실에 가서 똥 누는 놈 모자를 벗겨서 가져오면 되지만, 그것도 며칠이 된 뒤에는 똥을 쌀 때도 모자를 앞가슴에 밀어 넣고서 볼일을 본다. 말이 그렇지 어디 가서 모포를 훔쳐온단 말인가? 벌써 그 소문은 퍼졌다. 각 소대마다 문단속이 철저하니 도적 조직도 어쩔 수가 없다. 그렇게 하루저녁이 가고 다음날 분대장들이 다시 머리를 맞대고 상의 끝에 내무반 선임하사라 부르는 일등병에게 사정을 했다.

"선임하사님, 어쩌면 좋을까요? 선임하사님은 이곳에서 오래 계셨으니까. 돈만 주면 모포 한 장쯤은 어디에서 구할 수 있지 않으실까요?”

내무반장이 참 기다렸던 그 소리다. 그러나 내무반장은 시치미를 뚝 떼며 말한다.

“나는 뭐 별 따는 재주라도 있는 줄 알아?”

“선임하사님, 저희들이 어떻게 돈을 모아 볼 테니까. 어떻게 좀 해주세요.”

“하아! 참 어려운 일인데. 하여간 돈을 걷어봐. 그것을 봐가면서 좀 많이 준다 하면 기간병 선배들이 구해줄지도 몰라.”

내무반장은 속으로는 쾌재를 부르고 있다. 각 분대장들이 분대원을 모아놓고 의논을 했다.

“이건 어디까지나 우리 책임이야. 그러니 돈들 있는 대로 내놔 봐. 그래야 해결이 될 것 같다.”

분대원도 할 수 없이 분대장 말을 따르기로 하고 돈을 모은다. 이렇게 훈병들의 돈은 2주 만에 거의 다 갈취되고 만다.

이제 6주 마지막 훈련이 끝난 금요일이다. 내일이면 이제 훈련병 생활 끝인데, 일석점호에 내무반장이 일장의 훈시를 한다.

“너희들 추운 날 훈련 받느라고 정말 고생 많았다. 훈련은 기합에서 시작되고 엉덩이 타작에서 끝나는 거야! 너희들만이 그런 훈련을 받은 게 아니야. 훈련병들은 똑 같은 훈련을 받는다. 서운하고 억울한 게 있어도 이젠 더 서운할 것도 억울할 것도 없다.”

착 가라앉은 다정한 목소리가 마치 천사가 하는 말만 같다. 그리도 악마만 같았던 그에 목소리가 아닌 듯싶다.

“그리고 말야, 너희들, 내일 아침에 소원수리를 쓰는데, 내무반에서 일어났던 일을 그대로 쓰면 안 돼. 말썽이 나면 너희들은 조사 받느라 부대 배치도 못 받을 수도 있다. 그냥 훈련소에서 썩을지도 몰라. 그러니 그저 아무 일도 없었다고 그렇게 써.”

그리고서는 일일이 이름표와 이등병 계급장을 내어주고 새로 받은 옷에다 바늘로 꿰매라고 한다. 그 이등병 계급장을 받으려고 그리 고생을 했으니 자랑스럽기도 하고 흐뭇하다. 지난 훈련소 원한이 한꺼번에 녹아내린다.

이튿날 토요일 아침에 정보부에서 왔다면서 병장 한 사람이 오자 내무반장은 그저 장군을 본 듯 그냥 "충성!" 하면서 경례를 붙이고 부동자세로 서 있다. 정보과에서 왔다는 병장은 옷도 잘 입고 군화도 번쩍번쩍 광이 난다. 그 높으신 분이 말씀하신다.

"너희들 훈련 받느라고 고생 많았다. 이제 오늘 너희들은 이등병의 계급장을 받았다. 아무 사고 없이 훈련을 마친 것을 축하한다. 훈련받는 동안 부당한 대우를 받았든지 뭐 다른 일이 있으면 여기에 내어주는 소원 수리에 다 적어라. 억울한 게 있으면 바로 해결해준다. 알았나?"

"네!"

그것을 쓰는데 내무반장은 글을 안 쓰고 있는 사람들을 일일이 눈으로 쏘아가며 쳐다보고 있다. 특히 돈을 많이 뺏긴 훈병은 더 쏘아 본다. 글을 안 쓰는 사람들은 맞은 것은 돌이킬 수 없으니 그렇다 치고, 돈 뺏긴 것을 써야 되나 말아야 되나 그게 고민이 돼서 안 쓰고 있는 것이다. 그걸 모를 내무반장이 아니다. 정보과에서 오기 전에 미리 신신 당부를 하고도 잘못하면 정보과에 불려갈지도 모르니 눈으로 쏘아보고 있는 것이다.

계급장을 받았으니 이등병이다. 훈련 받을 시 있었던 일을 사실대로 썼다가는 여기저기 불려 다닐 것은 확실해 보인다. 그 조사가 끝나기 전에는 부대 배치도 못 받는다니 걱정도 된다. 엄포도 받았으니 한참을 생각 끝에 '에이, 그냥 아무 일도 없었다고 쓰자' 거의들 그렇게 했다. 이등병 계급장을 받기 위하여 엄청난 고생한 것이다. 그것을 받아들고 만져보고 또 만져보다가 옷에다 달았다. 자랑스럽기도 하다. 이등병 계급장을 달고 보충대로 갔다. 거기에서 기다리는 며칠 동안은 밥만 먹고 자거나 말거나 아무런 제지도 안 받으니 참 살맛이 난다. 그리고 보충대에서 놀라운 이야기를 들었다. 여럿이 모여서 훈련 받은 이야기 등을 나누다가 모포 이야기가 나온 것이다.

"한 이병. 너희 소대에서도 모포 잃어버린 사람 있었어?"

"응? 있었지. 왜?"

"그거 이상하단 생각 안 들었어?"

여러 사람들이 이구동성으로 토론에 들어갔다.

"이상은 했었지. 모포를 훔쳐갈 훈병이 어디 있냐고! 훈병이 훔쳐다가 뭐하게."

"그게 말이야, 다 내무반장 그 선임하사란 놈이 그랬다고 다들 그리 말하더라."

"다른 소대는?"

"다른 소대도 다들 모포 잊어버린 이야기를 하더라. 그 모포 값을 미화 달러로 물어내라면서 훈병들 주머니를 다 털었다는 거야."

"그 내무반장이 그 짓을 하는 걸 중대에서는 몰랐을까?"

"왜 몰랐겠어. 다 알고 있었어도 뇌물을 먹고 입 닫은 거겠지."

"오히려 부추겼는지도 몰라."

"훈련소 입소 첫날 총 솔만 봐도 그 상사가 뱃속 채운 게 아니냐고."

"우리가 총 닦을 때 언제 그 총 솔로 청소했냐?"

"하긴, 그것도 그래. 총구멍 쑤시는 것은 몇 명이서 같이 사용했고, 총 솔이라는 건 아예 써 본 적이 없잖아."

"모포 사건이 의문이 가기는 하지만…… 설마 그랬을까?"

"만약에 진짜로 모포를 잃어버렸다 하면 어떻게 돈을 건은 즉시 모포를 사왔다고 하느냐고."

"뭐 비행기 타고 미국에 가서 사 오지는 안 했을 것이고. 아마 침상 밑에 숨겨놨다가 돈을 빼앗고서 도로 내놓은 게 거의 맞을 거야."

"그리고서 중대에 뇌물을 쓰니 중대에서는 내무반장이 훈병을 그냥 야구공 패듯 패도 쳐다보지도 안 했잖아."

"그리고 말야, PX에서 빵 사먹을 때 그게 장사냐? 강도였지!"

"막걸리는 어쨌고. 맹물을 사먹은 거나 마찬가지였지!"

"맞아, 훈병은 그들의 밥이었어."

다른 소대 사람들도 다 그 이야기가 나온다. 다들 입이 모아졌다. 그것은 내무반장의 소행이며 돈을 뺏기 위한 고도의 작전이었다고 결론을 내렸다. 중식 시간이 아직도 멀었다. 할 일도 없다. 새로 받은 군화를 신고 한일환은 이등병 계급장을 달고 으스대며 식당으로 밥을 먹으러 미리 갔다. 가다가 일등병을 만났다. 그냥 지나치자 일병이 부른다.

"어이, 이병! 거기서."

일환이 섰다.

"넌 훈련을 어떻게 받은 거야? 상관을 보고도 경례를 안해?"

"네에?"

"임마, 군대는 상하가 분명한 거야. 그리고 상관에게 경례를 안 하면 항명이야, 알어?"

생각해보니 그 말이 맞다. 상관에게 경례를 안했으니 꼼짝없이 하라는 대로 할 수밖에 없었다.

"차려! 열중쉬어! 차려! 야, 이등병! 군대에서 계급장을 받는다면 넌 어떤 계급장을 받고 싶나?"

일환은 약이 오르지만 참고 대답한다.

"네! 투스타 장군이 될 겁니다."

"그래? 좋아. 그럼 내가 투스타를 만들어주지."

일병은 작은 돌 두 개를 땅 바닥에 놓더니 말한다.

"여기다가 대가리 박고 원산폭격 실시!"

꼼짝없이 당했다. 돌멩이 두 개가 이마의 살 속을 파고드니 얼마나 아프던지, 눈물이 철철 흐른다. 한참을 그러고 있는데, 일병이 말한다.

"상관한테 인사 안한 벌이다, 알았어? 앞으로는 상관한테 인사를 철저히 하도록! 알았나? 일어서!"

일병은 일환의 이마를 보며 말을 잇는다.

"오! 별이 두 개네! 이제부터는 투스타야, 아주 멋져. 임마, 사회에서 투스타 문신을 하려면 돈도 꽤들어. 하지만 군대는 공짜다, 얼마나 좋아. 안 그래?"

그리고는 '투스타' 일환에게 히죽거리며 "충성!" 하고는 가버린다. 일환은 이마의 두 곳에서 피가 흘러 손으로 연실 닦아 내며 혼잣말한다.

"시팔조또, 그래도 상관한테 경례는 받아봤네."

연병장에 새로 들어오는 훈병들을 보니 이등병 계급장이 그들의 하늘일 것만 같다. 아주 흡족하다.

"야들아! 이게 이등병 계급장이야! 알간?"

지나온 훈련생활이 순식간에 머릿속을 숨도 안 쉬고 뛴다. 그렇지, 너희들도 나와 같은 일을 당해야 이등병이 되는 거야! 피땀과 아직도 가라앉지 않은 엉덩이의 매자국과 원산폭격에 이마의 소장 계급장이 언제 정상으로 돌아올지는 모른다. 자랑스러운 이등병 계급장을 다시 한 번 만져보았다.

그렇게 논산훈련소 훈련은 끝이 났다.

3년 군 생활 동안 일석점호는 매일 받는다. 그 점호 시간이 언얻맞는 시간이다. 병장이나 되면 그때는 맞지 않지만 상병 때까지도 병장 또는 하사들에게 굽실대야지, 그렇지 않으면 언얻맞는다. 연신 언얻맞지 않고 군 생활을 했다면 그는 아주 행복한 군 생활을 했다고 보아야 된다.

일환은 군 생활 36개월을 마친 후 본격적인 리어카 행상이 되었다. 일명 '장돌뱅이'였다. 이리저리 다니며 장돌뱅이를 하며 살아도 군인보다는 자유가 있어서 훨씬 더 좋았다.

결혼할 나이가 되었으나 여자도 없었고, 같이 살 곳도 없었다. 일환 부친은 6·25 사변시 피난 나왔기에 청주시에서 만들어준 단칸방에서 지낼 수밖에 없었다. 일환을 독립시킬 수 있는 방이 없었다. 그저 다섯 식구가 한 방에서 지냈다. 그리고 아버지는 시장에서 소위 짐꾼이라고 하는 지게

꾼이었다. 쌀을 사서 집으로 가져가려는 사람들의 쌀가마니를 지고 그 집까지 갖다 주는 것이다. 그런 일을 하며 조금씩 벌어 와서 식구들을 먹여 살렸다.

당시에 시장엔 지게를 지고 다니는 짐꾼이 많아서 그 일도 많지를 않았다. 5일장인 장날만 손님이 많았다. 그것도 먹고사는 데 힘드니 어머니까지 생선장수로 나섰다. 장자인 일환도 집안을 거들기 위하여 구두닦이를 하다가 나이가 들자 리어카로 옷을 팔러 다녔던 것이다.

그래도 행운인가. 수용소 방 한 칸에 살던 사람이 시내로 이사를 간 것이다. 수용소 방은 사고파는 행위가 금지된 때였다. 일환을 위해 반장이 동사무소엘 찾아가 사정을 했다. 사람이 살다 이사 간 피난민 수용소 방한 칸을 동장이 배정해 주어서 일환은 독립을 할 수 있었다.

말이 방이지 그냥 얼기설기 브록크로 쌓은 칸막이 방이었다. 지붕은 제재소에서 화목용 계피쪽이라는 나무를 얼기설기 얹어놓은 것이다. 그 위에 루핑이라고 하여 종이에 콜타르를 칠하여 덮어씌운 것이 지붕이다. 돼지우리같이 칸막이만 해놓은 곳이었다. 문을 열면 불 때는 아궁이가 있는 작은 부엌이 있고, 부엌에서 바로 문을 열면 방이다. 색깔이 있는 도배지는 비싸서 신문지를 주워서 벽에 바르고 사는 집이 많았다. 옆방에서 코고는 소리도 들리는 곳이었지만, 그래도 독립을 하여 잘 곳이 있으니 그나마도 감지덕지다.

겨울이면 방안에 있는 방 걸레가 꽁꽁 얼어 따뜻한 물이 있어야 방 청소도 할 수 있었다. 부엌 아궁이에 불을 때야 되는 방이다. 남주동 뚝방에서 나무를 사다놓고 그 나무로 방에 불을 때면서 밥을 해먹고 세수며 방 청소도 할 수 있는 곳이었다. 나무는 아주 귀한 것이라 조금씩 때야 했다.

그렇게 지나던 중 지금의 아내를 만났다. 그 사람은 피난 와서 남의 집에서 밥 해주며 잔심부름을 하며 먹고 사는 사람이었다. 그러니까 사람들은 그를 '식모'라고 하였다. 가난하여 힘들게 살던 처갓집에서도 결혼식을 올려줄 수도 없는 형편이었다. 그래서 식구와는 결혼식도 못 올리고 그냥 동거를 시작했다. 그래서 두 사람은 자연히 같이 시장을 다니며 장사를 했다. 그들의 꿈은 점포 하나를 얻어서 떠돌이를 안 하며 장사하는 것이 었다.

현종을 낳고 조금 쉬고서는 아이를 등에 업고 다니면서도 온 힘을 다하여 작은 돈이라도 한 푼 두 푼 모아가며 노점상을 하며 살았다. 그러다가 현순을 낳고는 집에서 아이를 보며 살았다. 개인들이 빌려주는 일수 돈은 이자가 너무 비쌌다. 그래도 장사하는 사람들은 그 돈을 거의 빌려서 썼다. 그러던 중 현재 육거리 시장에 상호신용금고가 문을 열고 직원들이 상가 또는 행상들에게도 융자를 해주기 시작하였다. 개인 이자보다는 반이나 이자가 싼 금액이었다. 우리나라에서 처음으로 상호신용금고에서 일수 이자놀이를 시작한 것이다. 그 금리도 비쌌으나 그것도 담보가 있어야 된다는 데 담보를 제공할 것이 없었다. 그래서 사정을 하여 적은 일수돈을 얻을 수 있었다. 당시 3,000원을 빌리면 매일 60원을 갚아야 했다. 수금을 하러 오는 직원에게 돈을 주면 일숫돈 용지에 도장을 찍어준다. 이자까지 60일 안에 갚아야 했다. 삼천 원을 빌리고는 하루도 빠지지 않고 일숫돈을 갚아 나갔다. 그러기를 몇 년, 그는 금고에서 점포 보증금을 담보로 5만 원을 차용하여 점포 하나를 얻게 되었다,

그들은 날아갈 것만 같았다. 일차 꿈이 이루어진 것이다. 이제는 점포에 방도 하나 있으니 아이를 업고 장사하는 데를 쫓아 다니지 않아도 되었다.

월남전에 목숨 걸고 참전하여 병장이 받는 봉급을 전부 모아서 와야 한국 돈 10만 원이었다. 당시 우리 국민들은 그 돈 10만 원을 이야기하며 월남전에 돈 벌러 갔다 왔다고 할 정도의 큰돈이었다. 그러니 5만 원도 아주 큰돈이었다.

점포를 얻고서부터 삶에 여유가 생겨 내일 먹을 것을 걱정하는 일은 없어졌다. 이제는 어떻게 해서든지 자식들을 공부를 시키는 일이 우선이었다.

현종 과외돈은 겨우 충당했으나 현순이는 과외나 그런 것도 못 보냈고 중학교까지도 힘들게 가르쳤다. 현순은 고등학교에 가서는 제가 국민학교 아이들을 가르치며 학자금을 벌었었다.

그렇게 어렵게 가르치고 한 자식인 현종이 은행에 취업을 했다. 결혼을 하고 산속으로 간다고 하여 결혼을 허락하지 않자, 제 자신만의 생활을 한다며 직장도 사표를 내고 가장 가까운 가족을 팽개치고 집과 연락을 끊었다.

현종의 부친 일환은 그 아들의 산속 생활을 안 봐도 알 것만 같았다. 세상 만고풍상을 다 겪었는데 그 생활을 모를 리가 있겠는가?

현종은 두 살 전 때까지만 해도 바로 옆에 호랑이가 있어도 그게 무엇인지도 몰랐을 것이다. 그것은 호랑이가 자기를 잡아먹을 수 있다는 걸 모르기 때문이다. 무서움과 두려움을 갖는다는 것은 교육의 효과다. 경험이 없는 삶은 백지상태일 것이다. 그러니 경험이 없는 산속의 생활을 한다는 자식을 그래라 하고 허락할 부모가 세상 어디에 있을까? 그러므로 부모가 지식을 키울 때는 교육을 시키기 위하여 자식이 잘못하면 매를 들기도 하는 것이다.

그것이 자식을 잘살게 해준다는 생각이 미치면 부모는 가차 없이 행하는데, 그것은 훗날 자식이 부모를 학대하는 데 사용하기도 하고 부모에게 대항하며 부모 마음을 아프게 하기도 한다.

현종은 중학교 시절 강한 충고를 해도 말을 듣지 않고 멋대로라 교육적인 차원에서 매를 댄 적이 몇 번 있었다. 사춘기일 때라 그렇겠지 하면서도 제멋대로인 자식을 그냥 둘 수는 없었다.

현종이 산으로 가면 너무나 고생할 것 같아 강력히 말리니 또 자기 하고 싶은 대로 하고 떠나갔던 것이다. 세 살 버릇이 여든까지 간다더니 장성한 자식을 어찌 할 수도 없었다.

왜? 그랬을까? 여자와의 약속 때문일까?

'눈에 콩깍지가 쓰인 것만은 틀림없어 보인다.'

어느 부모든 자식을 행복하게 해주고 싶지 않은 부모는 없다. 자식이 사형을 당할 죄를 지었대도 부모는 자식을 용서하며 자식 대신 나를 죽여달라고 호소하기도 하는 것이 부모다. 옛말에 부모 속 안 썩이는 자식이 효자라고 했다. 이 시대에 과연 효자가 있을까?

3년 병간호에 효자 없다는 말은 무엇을 뜻하는가? 그래서인지 자식 자랑은 팔불출이라고 했다. 지난날 어른들의 지혜가 온전히 담긴 말 같기도 하다. 자식이 서울대를 갔다며 그리 자랑을 하고 그를 만든 것이 내가 아니었던가? 모든 것이 내 탓이다. 내 탓이고말고…….

마음을 비운다는 건 나에게 어떠한 일이 닥쳐도 내 운명이라고 하며 받아들이는 수밖에 없을 것 같다. 죽을 때야 철이 난다는 이야기도 있으니 그때까지는 인간은 인간의 도리를 다하지 못한다는 이야기 아닌가?

현종이 은행에 취업을 하던 날 일환 부부는 얼싸 앉고 기쁨의 눈물을 흘렸었다.

"여보, 우리가 해냈어. 이젠 그 애가 잘되었으니 우리 노후도 좀 보장을 받겠지?"

꿈속에서 지껄인 것만 같다. 그것은 마음속에서 영원히 벗어나지 못할 착각이었다. 일환 세대는 정말로 어렵게 살아온 세대였다. 산아제한이 없었던 시절이라, 열 명이 한 방에서 동글동글 모여 사는 집이 부지기수였다.

밥만 먹여 준다면 남의 집 머슴이라도 가서 밥을 얻어먹으며 사는 사람도 많이 보았다. 일환의 어릴 적 친구는 그 부모가 돈이 없어서 먹일 것도 없자 자식 굶지 말라고 남의 집에 그냥 심부름이나 하고 먹고 살라고 보내서 그렇게 자란 친구도 여럿 있었다. 또한 동리 또래 아이들은 중학교 진학은 거의 있을 수도 없었고, 잘 해야 월사금이 싼 국민학교만 나와도 다행이었다. 6·25 전란에 피난민들이 들끓고 거지가 천지였던 1950년대 세상. 그때를 살았던 사람이 어떤 험한 일을 안 해본 것이 있을까? 또래들은 구두닦이, 아이스케이크 장사, 빵장사, 이발소, 점포 심부름꾼 등으로 밀려났었다.

현종이 중학에 다니던 시절, 부친인 일환은 청주에서 유명한 상권인 성안길에서 약간 떨어진 상가에서 옷을 팔고 있었다. 성안길 점포가 좋지만 그곳은 엄청난 보증금과 월세 때문에 엄두도 못내는 곳이다. 손님이 한 명이라도 들면 장돌뱅이부터 시작한 그는 어떻게든 손님의 비위를 맞춘다. 손님이 사고 싶어 하는지 아닌지는 장사를 오래 해서 금세 판단을 잘 한다.

일단 들어온 손님에게는 마음을 흐뭇하게 해서 꼭 옷을 팔았다. 말도 안 될 것 같은 소리도 많이 했다. 일환 앞에서는 할머니는 아줌마가 되고 아줌마는 처녀가 되었다. 일환은 그 비결이 뭐냐며 말을 붙여 고객의 마음을 샀다. 몸에 맞지도 않는 옷을 입혀 놓고는 그게 요즈음 유행이라며 아주 멋지다고 해준다. 장사에 귀재였다.

"정말 싸게 드릴게요. 이거 팔면 진짜 안 남아요. 본전이에요, 진짜."

밤에 자다가 그 소리를 혼자 지껄이고는 깜짝 놀라 깬 일도 한두 번이 아니었다.

그나마 일환이 아이를 둘을 낳고 그만 낳게 된 것은 현순을 낳은 지 얼마 안 되어서인데, 예비군 훈련통지서가 집으로 배달됐다. 빨간 두 줄이 선명하게 그어진 37사단 훈련장 입소통지서는 보기만 해도 질렸다.

예비군 복장을 하고 사단훈련장을 갈 때 지난날 너무나 배가 고파 고생했던 군 생활이 생각이 났다. 내 자식들은 될 수만 있으면 국방의무라 해도 보내고 싶지 않았다. 너무나 고생을 했기 때문이다. 군 생활 중 보면 쌀이나 부식 담당 계원은 본인이 편하기 위해서인지 아니면 명령을 받아서인지, 영외 거주하는 하사관이나 중대장들에게 쌀이나 부식 등을 가져다주었다. 그러니 자연히 부대원들이 먹을 것이 부족했던 게 아닌가 하는 생각이 들기도 했다.

예비군 훈련 첫날 강의에서 강사는 말했다.

"우리나라가 못사는 이유가 사람이 많아서입니다. 지금 식으로 부부가 아이들을 낳는다면 지구가 만원이 되어 사람이 지구에 설 자리가 없게 될지도 모릅니다."

지구가 무거워져서 밑으로 가라앉을지도 모른단다. 동원예비군들은 강사가 거짓말을 하거나 말거나 시간만 가서 빨리만 끝나면 좋다. 잘 살려면 아들 딸 가리지 말고 아이들을 둘만 낳으란다. 그래서 잘 키우면 열 자식 부럽지 않단다. 그리고 여기에서 정관 수술을 한다고 하고 병원엘 가는 사람은 일주일 동안 예비군 훈련을 안 받고 그냥 가게 해준단다. 한 사람이 손을 들고 묻는다.

"강사님, 그 정관 수술이라는 게 돼지 불알 까는 것 같이 불알을 까는 건가요?"

그러자 강사는 칠판에 그림을 그려가며 설명한다.

"아닙니다. 그렇게 하는 게 아니라 요기 정자가 내려오는 길을 실로 붙들어 매는 것입니다. 그러니 수술을 받고도 금방 아무 일이나 할 수도 있고, 또 아기를 다시 낳고 싶으면 그 붙들어 맨 실을 풀면 또 아기를 낳을 수 있는 겁니다."

"그 말씀이 진짜인가요?"

"그럼요 진짜입니다."

"그러면 선생님도 정관 수술을 하셨나요?"

"물론이지요! 그러니까 이렇게 강의를 하고 다닙니다. 돈도 벌고. 자, 제 말을 믿으시고 정관 수술을 하실 분은 앞으로 나오세요."

예비군들이 서로 얼굴을 쳐다보며 망설인다. 그러자 강사가 예비군 중대장을 부른다.

"중대장님! 제 얘기가 맞지요?"

"그럼요, 맞는 말씀입니다."

"지금 정관 수술 받으러 가는 사람은 일주일 동안 훈련 빼주는 것도 맞지요?"

"네, 맞습니다."

일환은 곰곰이 생각해보니 아이들을 많이 낳으면 고생한다는 말이 맞는 것 같아서 수술을 받기로 했다. 망설이는 사람들도 강사의 말에 수긍이 가는지 한두 사람씩 모인 것이 이십 여 명이 되었다. 지원자들은 트럭을 타고 병원으로 떠났다.

일환은 훈련장에서 산아제한을 할 목적으로 정관 수술을 공짜로 해 주었기에 현종과 현순만 낳고 더는 못 낳았다.

임대료를 내고나면 집 생활이 빠듯했다. 생활비가 모자라 현종에게만 투자를 하고 현순에게는 투자할 돈이 모자랐다. 그 결과인지 현종은 학교에서 항시 일등을 하였다. 서울대 물리학과도 수석으로 시험에 합격하였는데, 점수로 보니 서울대 총수석의 영광도 함께 하였다. 일환 부부에게는 큰 기쁨이었다. 자녀의 교육에 버는 돈 거의 전부를 투자를 하게 한 것은 일환이 국민학교만 겨우 졸업을 하였기 때문이었다. 자식만큼은 꼭 대학교에 다니게 하고 싶었기에 이를 악물고 현종을 과외까지 시키며 공부를 시켰다. 노력한 결과가 집안에 경사가 난 것이다. 일환은 현종의 서울대학교 합격을 축하하려고 장사를 하는 이웃 분들과 한 동리 분들도 식당으로 초청하여 막걸리 파티도 하였다.

현종을 온 정성을 다해 키웠는데 나이가 들자 부모는 뒷전이고 오직 자기가 사랑하는 사람과 떠나고 말았다. 가족이야 언젠가는 떠나지만 현종의 하는 행동이 한심하기만 하다. 일환은 아들인 현종의 산속 생활 안 봐도 알 것만 같다. 세상 만고풍상을 다 겪은 일환이 그것을 모를 리가 있겠는가?

서울대학교를 들어가서는 오토바이를 사달란다. 왜 그게 필요 하느냐니까, 학교에서 다음 강의를 들으러 강의실로 가려면 밥도 못 먹고 걸어가야 하니, 그게 꼭 필요하단다. 그는 돈이 생기자 오토바이를 타고 다니고 싶으니 미리 선수를 친 것이다.

"오토바이는 위험해. 안 돼, 정 그러면 자전거를 사줄 테니 그것을 타고 가면 되지 않느냐?"

그러자 오토바이를 타고 다니는 학생들이 많단다. 생각해보니 나이가 젊으니 오토바이를 타고 다니는 학생들이 많이 부러울 만도 한 나이다. 오토바이를 사면 뻔하지 않은가? 공부를 열심히 할 시기에 그것이나 타고 신나게 돌아다닐게! 오토바이는 엄청 비싸서 사줄 수가 없다고 하며 아무리 설득을 해도 아무 말을 안 한다. 서울대학교가 무엇이기에 사람을 이리 바꿔 놓았는가? 그저 제가 최고라고만 생각하는 모양이다.

그리고 그 오토바이에 대하여 친구들과 이야기했던 것에 대하여 말도 해줬다. 결혼한 사람이 오토바이를 사면 사람들은 이렇게 말했다.

"흥! 과부 하나 또 생겼군."

한다고 말이다. 그 후로 아무 말이 없어서 부모 말을 듣는구나, 했다. 그런데 이게 웬일인가? 어디서 돈이 생겼는지 그 엄청 비싼 일제 혼다 오토바이를 타고 방학 때 내려왔다. 깜짝 놀랐다. 그것은 나중에 알고 보니 정자를 판 돈이었던 것이다. 기가 막혔다. 그놈의 오토바이를 타고 다니는 게 공부하는 것보다도 더 좋았는가보다. 아니나 다를까. 1학년 여름방학에 오토바이를 타고 내려온 현종은 그 오토바이를 타고 가다가 자동차와 부딪쳐 왼쪽 다리 골절상을 당했다. 오토바이 운전 기술이 숙달되지 않아서 생긴 사고였다. 병원비가 많이 들어가고 학교도 석 달을 쉬어야 했다. 그리고서는 오토바이는 안탄다. 죽을 것인데 살았으니까! 지금 그 애 다리뼈는 철골로 붙들어 매놓았다. 공부하는 것을 보지도 못하니 걱정도 됐다. 그토록 부모 마음을 아프게 해 주었던 오토바이 사고였는데. 그래도 무사히 대학교를 졸업하였다. 서울대학교라니까 취업이 쉽게 된 것 같기도 하다.

거의 누구든 사춘기가 되면 제 멋대로 하고 싶을 때가 있나보다. 그러려니 했다. 어느 부부가 부부싸움을 안 하고 사는 부부가 있을까? 그것도 자식들은 부모에게 그것이 잘못이라 지적하며 대항을 하는 데 이용한다. 저 잘 되라고 든 매를 제 잘못의 변명을 위한 도구로도 쓴다. 하지만 부모는 지난 일을 자식의 허물을 특이한 것 빼놓고는 바로 잊어버린다. 사람의 뇌에 지난일이 항상 떠오른다면 그는 아마 우울증에 걸려 세상을 버릴 것이라고 생각한다.

자식의 속마음을 알 길은 없다. 어느 부모든 자식을 행복하게 해주고 싶지 않은 부모는 없다. 자식이 사형을 당할 죄를 지었대도 부모는 자식을 용서하며, 자식 대신 자기를 죽여 달라고 사회에 또는 법에 호소하기도 하는 것이 부모다.

효자는 부모가 만드는 것이지, 타고나는 효자란 없다는 생각이 든다. 삼년 병간호에 효자란 없더란 말이 있지 아니한가? 아이들이 크자 제대로 교육을 안 시킨 것이 본인 탓만 같다. 부모는 자기보다 배운 게 없어서 바보인 줄 아나보다. 학교라는 교육의 목적은 인성교육이 우선이 되어야 하는데, 그 교육은 뒷전이고 오직 OX 문제에 집중을 하는 교육만 같다. 사회 경험 많은 부모의 좋은 충고를 받지 않으니 자식에게 충고란 소귀에 경 읽기다.

자식 자랑은 팔불출이라고 했다. 지난날 어른들의 격언 명언이 함축된 말이다. 자식을 잘못 키운 것 같다는 생각을 안 가진 부모가 있을까? 모든 것이 내 탓이지, 내 탓이고말고…….

불가에서는 인연이란 그냥 맺어지는 게 아니라고 했다. 그것은 수천 년 간을 이어 내려온 정설이다. 불가가 아니라도 선조들은 자식이 무엇인가를 다 알고 있음에도 인연은 끊기 어려운 것이라 했다.

일환의 부친은 6·25 사변 때 피난을 오신 분이다. 1920년 함흥에서 고등중학교를 졸업하고 사방사업소에서 일을 하다 어머니와 1940년 결혼했다. 형 일성이 큰아들이고, 일환은 둘째 아들이었다. 1950년 피난을 올 때 여섯 살이었던 일환은 걸리고 두 여동생은 부모가 업고 나왔다. 일성은 친척집에 맡겨놓고 바로 데려가겠다고 하고서 다섯이서 피난을 온 것이다. 그것이 큰아들과의 영원한 이별이 되었다. 서울로 오자, 그곳도 안전하지 못해서 쫓겨 내려온 곳이 청주 근교인 팔봉산이었다. 시내가 잠잠해지자 삼십 여리가 되는 청주로 왔을 때 피난민 수용소가 생겨서 그곳에 들어갔으나 할 일이 없었다. 미국에서 성당을 통해서 보내주는 구호물자는 헌옷가지와 밀가루 또는 우유가루 등이었다. 먹고 살기에는 턱없이 모자랐다. 성당엘 다닌다면 구호물자도 조금이라도 더 받을 수 있었지만 교회를 다닌다는 것은 사치였다고 보았기에 성당엘 안 갔다. 시청에서도 밀가루를 조금씩 주기도 했다. 일환 부친은 대한민국의 고등학교 과정과 같은 교육을 받은 사람이었다. 그 역시 피난 와서는 할 일이 없었다. 목구멍이 포도청이라 하지 않던가! 일환 부친은 시장에 다니면서 짐을 날라다주는 일을 하시면서 집식구를 먹여 살렸다. 일환의 모친은 고등어, 오징어, 명태 등을 양푼에 넣어 머리에 이고 이웃 동리로 팔러 다녔다. 그렇게 먹고 살았다. 초등학교만 겨우 나온 일환은 중학교를 갈 여유가 없었다. 그냥 놀기만 할 수는 없었다.

그래서 시작한 것이 구두닦이였다. 나이가 든 사람이 구두 통을 메고 구두를 닦으라며 다니는 사람은 거의 없었다. 자연히 나이가 들자 장돌뱅이로 바뀌게 되었다.

일환은 리어카에다 옷을 싣고 다니다가 목이 좋다고 생각되면 맨땅에다 천막깔판을 펴놓고 옷을 팔러 다녔다. 아기 옷도 있었고 내복도 있었고 양말도 있고 당시 유행인 나일론치마도 있었다. 일환은 하루 종일 부지런히 사람이 모이는 곳 또는 시장부근을 다니며 그저 손뼉을 치며 '골라! 골라!'를 외치며 장사를 하고 다녔다.

그렇게 힘들게 살면서 어렵게 키운 현종인데 제 부모의 말은 귓가로 흘려버렸다.

그렇게 힘든 세상을 사는 사람들은 일환뿐이 아니었다. 한 동리 살아가면서도 친하게 지낸 친구들은 먹고 살기가 바빠서 서로 마주치기는 했어도 자주 만나지는 못하였다. 그러나 나이가 들고 아이들도 장성하니 그들은 어릴 적 친구들이 그리워 서로 찾았다. 쉰다섯 살이 넘자 친했던 친구 다섯 명이 한 달에 한 번씩 만나자고 하여 부부동반 친목계를 만들었다.

그리고 살아온 이야기, 지금 사는 형편 등을 솔직히 이야기하며 정을 나누고 살고 있다.

일환의 딸인 현순은 참 착하기도 하다. 오빠만 과외를 시켜도 불만이 없었다. 아들은 기둥이니 아들 하나만 잘되게 하면 가정은 잘살 수 있을 것 같았다. 또한 당시에는 재산이 있는 사람은 거의 다 큰아들에게만 재산도 많이 주고 그 밑으로는 작게 나누어줄 때였다. 현순은 부친의 가게 일을 도우며 중학교엘 다닐 수 있었다. 그리고서는 야간에 국민학생들 공부를 가르치며 고등학교 학비를 벌었다. 고등학교를 나와서는 모자라는 국민학교 선생님 모집에 시험을 보아 합격했다. 연수를 받고 당시 국민학교에 발령을 받았다. 같은 학교교사와 결혼을 하고 살고는 있었지만 그도 시댁을 도와야 하고 아이들 키우느라 친정부모를 도울 형편은 못 되었다. 일환 부부는 그냥 외손주만 봐도 너무나 좋았다. 그리고 결혼하여 말없이 사는 딸애가 고맙기만 했다.

그래도 딸인 현순은 어떻게 모았는지 칠순 때 외국 여행을 다녀오라며 여행권을 주고갔다. 딸 낳으면 비행기 타고 아들 낳으면 버스 탄다는 말이 맞는가 싶었다. 일환 부부는 속으론 고맙고 미안하기만 했다.

지금 일환은 자식 생각에 가슴 아파하며 생각한다. 삼강오륜이 무너진 사회, 그것은 인륜을 져버리는 패륜아를 만들기도 했다. 무분별하게 받아들인 외국문화도 문제였고, 학교 교육방식도 문제였다고 생각한다. 동양의 교육은 동양식으로 해야 한다. 그게 왜 나쁘단 말인가? 부부유별, 부자유친, 붕우유신, 장유유서. '인간이 살면서 지킬 도리', 이 얼마나 귀중한 교육인가.

마음을 가다듬고 생각해보면 물질문명의 풍요가 낳은 산물이다. 풍요로우니 그저 자식에게 잘해주려는 마음만 앞서서 아들에게 올바른 소리 한번 제대로 안한 것이 부메랑이 된 것이다. 그래서 천주교회에서는 모든 것은 "내 탓이요" 이렇게 말하며 가슴을 세 번치고 미사를 진행하나 보다. 그게 맞는 말 같다.

부모는 자식들을 기르기에 엄청난 희생을 하며 길러서 사회에 내보내면서도, 여전히 자식을 물가의 세 살배기처럼 항시 자식 걱정을 놓지 못한다. 그렇게 애지중지 키워서 홀로 일어서기를 만들어주면 자식은 저 혼자 자란 양, 제 부모를 저보다 학벌이 못하다며 우습게 본다. 자식에게 충고라도 하면 당장 세대 차이라며 부모에게 대든다. 그러니 자식이 돈을 벌어서 집안을 꾸려 나가는 가정에서는 부모의 발언권은 자연히 축소된다. 기막힌 일이 자주 벌어질 것은 빤하다. 오죽하면 자식들에 대한 배신감에, 또는 외로움에, 자살하는 노인들이 늘어날까?

그것이 지금의 현실이다. 대학교를 졸업하고 취업을 하기만 하면 바로 먹는 것이 해결되니 자식도 부모에게 얽매일 필요가 없게 된 것이 바로 오늘의 세상이다. 부모는 우렁이 껍질로 변하며 자식을 통제할 수 없는 세대가 된 것이다. 꼭 자식을 손아귀에 넣고 통제하는 것이 제일은 아니다. 어느 부모가 자식을 잘못된 길로 가라고 하며 훈육하겠는가? 자식을 훈육하려 매를 든 것도 자식은 그것을 이용하여 거꾸로 저를 길러준 부모를 배신하는 이유로 만들며 저 잘되라고 한 일을 끄집어내면서 부모를 욕보인다.

부모는 창피하여 누구한테도 자식에게 당한 일을 이야기 할 수가 없을 것 같다. 그래서 '무자식 상팔자'가 된 지 오래인 것 같다.

현종이 산으로 가면 너무나 고생할 것 같아 강력히 말리니 반발을 하고 혼자 살겠다며 떠나갔던 것이다. 제멋대로이다. 결혼도 서울이든 지방이든 직업을 가지고 산다고 하면 허락했을 것이다.

왜? 그랬을까? 여자와의 약속 때문일까? 진정 아버지가 교육을 잘못 시켜서일까?

그래도 정신 차리고 부모를 찾아와서 잘못했다고 하고 부모 말을 들으면 좋으련만, 일환도 현종과 연락을 끊어버렸다. 마음을 비운다는 건, 어떠한 일이 닥쳐도 내 운명이라고 하며 받아들이는 것밖에 없을 것 같다.

죽을 때가 되어서야 철이 난다는 이야기도 있으니 그때까지는 인간은 인간의 도리를 다하지 못한다는 이야기 아닌가? 일체 유심조라 아니 했던가?

지난날, 그저 가슴 아파하는 안식구를 꼬옥 껴안으며 일환이 말했다.

"여보! 우리가 다 잘못한 거야. 잊어버리고 삽시다. 언젠가 그 애가 철이 들면 다시 부모를 찾아와 제가 무엇을 잘못했는지 말을 할 때가 오겠지. 무자식 상팔자라는 이야기도 있잖아!"

껴안은 식구의 몸이 발발 떨려 옴을 느끼며 같이 울었었다. 참으로 잊어 버리려 해도 안 잊히는 인연의 끈, 눈을 감아도 달려오는 환영, 그것이 괴로움을 갖게 하는 주범이다. 아마 조물주가 그리 만들었나 보다.

답답할 때는 친구들을 찾는다. 이야기 할 사람은 친구뿐이다.

삼식에게 전화를 했다.

"야, 우리가 한 달에 한 번은 만나지만 오늘은 네가 보고 싶구나. 한번 만날까?"

하니 그는 두말없이 묻는다.

"그래, 나 혼자만? 다른 친구는?"

"철환이가 집에 있으면 같이 만나자고 해 봐."

"그래, 나는 저녁 때 시간 낼게. 철환이와 연락되면 같이 갈게."

"그래, 만나서 저녁 먹고 술이나 같이 한 잔 하자."

같은 해에 군대를 가서 번쩍거리는 군화에 USA라고 쓴 군복을 입고 고향에 휴가를 온 삼식이를 보고 친구들은 다 부러워했었다. 거기에다 영어도 좀 하니 우리와는 다른 사람같이 보였던 친구, 그의 이야기를 들어보면 나는 아무것도 아닌 것 같기도 하니 행복하다고 해야 할 것 같다. 그도 국민학교만 다니고 할 일 없으니 사회생활을 구두닦이부터 시작하였다가 중국집 심부름과 배달부 생활을 했던 친구다. 그 친구도 가장 어려웠을 때 일환을 찾아왔었다. 그는 일환보다도 더한 고통을 견디며 살아온 친구다. 그가 살아오며 일환에게 했던 이야기가 있다.

그가 논산 육군훈련소 30연대에서 훈련을 받고 배치 받은 곳은 카투사였다. 정말 운이 좋은 것이었다. 그곳을 간다는 것은 생각도 못한 일이며 카투사가 뭔지도 모를 때였다. 카투사는 배치 받기 전 간단한 영어시험을 본다. 당시 삼식이가 논산훈련소 입소 시에는 대학생도 몇 명 안됐었다. 한 소대에 두 명도 안됐다. 삼식은 정식 중학교는 안 다녔지만 밤이면 강의록으로 중학교 과정을 공부했었다. 그저 외운 단어 수십 개만 알 뿐, 문법은 잘 이해하지 못했다.

카투사는 미군 전투지원부대였다. KTA 카투사 교육기관에서 2주의 교육도 받았다. 간단한 영어 몇 마디를 하는 그에게 카투사에 뽑히는 행운이 돌아왔다. "영어할 줄 아는 사람 손들어!" 할 때 무조건 손을 들었는데, 카투사 모집 인원 50명이 미달이 되자, 시험도 없이 그냥 그를 선발했던 것이다. 처음 서울 용산에 부대에 배치를 받고 하는 일은 싸진(서전트)이라 불리는 부사관의 조수 정도의 일이었다. 그가 시키는 대로 하기만 하면 되는데 영어를 잘 몰라도 단어 아는 걸 가지고 그와 의사소통을 할 수 있었다. 게다가 싸진은 아주 친절히 삼식을 돌봐줬다. 하는 일은 문서 연락이나 물품정리였다.

용산 미군기지에 가보니 그곳에 일본군이 사용하던 지하 비밀기지가 있었다. 미군들과 6개월 정도를 같이 생활하다보니 영어로 글을 쓸 줄은 잘은 몰라도 그들과 통화는 가능했다. 공부를 하고 싶었던 삼식에게 기회가 온 것이다. 미군 부대는 주한 미국대사관 같이 치외법권 지대였다. 영내이지만 카투사는 평소에 출근 시간과 퇴근 시간이 있어서 퇴근 후에는 자유시간이 많았다. 상관들이 시키지는 않았어도 그저 사회에서 배운 구두 닦는 솜씨로 그들의 구두를 반들반들하게 닦아주자, 그들은 처음에는 삼식이 닦은 구두를 보고 탄성을 질렀다. 삼식이 착실하게 보이자 외출도 그리 어렵지 않게 해주었고, 한 달에 한번 정도는 외박도 허락해 줬다. 그는 그리도 하고 싶었던 공부를 군 생활 중 할 수 있었다. 시내로 나가서 영어책을 사다가 계속 공부를 하여 제대할 무렵에는 미국 군인들과 통화도 가능하고 영어로 간단한 문서도 작성할 정도가 되었다. 그렇게 그는 제대를 하였다. 제대 후 몇 개월 동안 할 일이 없어서 고심을 많이 했다.

카투사에서 미군들이 사람을 인격적으로 대해주는 것도 좋았지만 번쩍거리는 구두에 카투사 복장을 입고 멋을 부리던 그였었다. 중국집에서 자장면 만드는 것은 좀 배웠으나 그 실력으론 요리사가 될 수도 없었고, 중국집이 몇 군데 안 되니 그곳도 들어갈 곳이 없었다. 학력이 없으니 취업할 곳도 없었다.

일환이 장사하는 곳을 와 보았지만 그는 돈이 없기에 상업도 할 수 없었다. 몇 개월을 다녀도 마땅한 취업 자리가 없었다. 고심 끝에 카투사로 근무했던 용산엘 가서 그곳에서 알고 지내던 미군 소령(메이저)인 존 마셜씨를 찾아갔다. 소령을 본 순간 너무나 반가웠다. 본국으로 갔을지도 모른다고 생각했는데, 소령을 다시 만난 것도 행운이었다. 그저 90도로 인사를 했다. 소령과의 인연은 부대 근무시 그의 구두를 광이 나게 닦아줬을 때였다.

소령은 천주교 신자였다. 참으로 모든 사람을 친절하게 대했다. 소령도 제대한 삼식을 보고 반가워했다. 알고 보니 소령은 한국인 노무자를 관리하는 부서의 책임자였다. 사정 이야기를 하자, 한국인 노무자를 관리하는 사람에게 한번 부탁해 본다고 한다. 그러더니 당장 어디론가 전화를 하니 한국인 한 사람이 왔다. 김종성 사장이라고, 용역회사 사장이었다. 김 사장은 육군 소령으로 제대를 하고 미군 부대 용역을 따낸 사람이었다. 한마디로 높은 사람 빽이 있기에 그 일을 하고 있었다. 그는 영어도 잘했다. 미군 존 마셜 소령이 그에게 삼식을 가리키며 용역에 한 사람 더 쓸 수 없느냐고 하자, 바로 그 자리에서 닷새 뒤부터 출근을 하라는 것이었다. 영어를 할 줄 안다니 대환영이란다. 근로계약서는 출근하여 쓰기로 하고, 근무 조건 등을 자세히 이야기 해준다.

그곳은 바로 청소와 부대 내 물건 운반 등의 용역이었으나 월급도 좋고 시간근무제라 아주 좋은 자리였다. 6·25 사변이 난 지 얼마 안 되었기에 취업 자리는 하늘의 별따기일 때였다. 삼식은 존 마셜 소령을 향해 그저 허리를 90도로 꺾어 땡큐를 연발하며 감사의 인사를 하였다. 뛸 듯이 기뻤다. 서둘러 고향집엘 기차를 타고 내려가는 기분은 정말로 하늘을 나는 듯했다. 이젠 부모도 좀 도와드릴 수가 있으니 정말로 좋았다.

그렇게 삼식은 미군부대에 취업을 했다. 부대 일은 주로 청소였는데 영어도 좀 할 줄 아니까 무기고로 전근이 되었다. 위험한 곳이니 미국인과 통화가 되는 사람이 필요했던 것이다. 그곳은 근무여건이 더 좋았다. 미군 장교가 일을 지시하면 삼식은 한국인 노무자들에게 일만 시키면 되었다. 직업이 있고 나이가 찼으니 중매가 들어온다. 만나보기로 했다. 첫 번에 만난 그녀는 이북에서 피난 나와서 남매 둘이서 외롭게 사는 사람이란다. 만나보니 아주 미인이다. 남남북녀라 안했던가? 너무나 좋다. 한눈에 반했다. 그저 결혼하겠다고 바로 승낙을 했다. 집에서는 맘대로 하라 하셨다. 중신아비한테는 쌀도 반가마니 값을 줬다. 그리고 그 여인과 결혼을 했다.

그리 살면서 삼식은 힘들게 사시는 부모께 약간의 용돈도 매월 보내 드렸다. 그리 일 년이 지날 즈음 아들을 낳고, 다시 일 년이 지날 즈음 연년생 딸도 하나 낳았다. 그리고 부수적으로 생기는, 미군이 먹다 버린 개봉하지 않은 통조림 등을 수거하여 팔면 그것도 돈이 되었다. 행상들은 그것을 다시 식당에 팔았다. 그것이 바로 식당에서 부대찌개라 불리는 음식이다. 행복한 생활이었는데 부대에 사고가 터졌다. 그 부서에 사람들이 수거한 불발탄을 정리하다가 잘못하여 폭탄 하나가 터져서 대형 화재가 난 것이다. 사람도 여럿이 죽었다. 그 책임으로 그 부서에 있던 모든 한국인 용역들은 전원 해고되었다. 삼식도 그 부서에 일원으로 있다가 날벼락을 맞은 것이다. 한국인 노무담당 김종성 사장도 그 사고 책임으로 용역에서 밀려났다. 존 마셜 소령은 그때에는 미국으로 귀국한 뒤였다. 어디 부탁할 사람도 없었다. 하루아침에 그 좋은 자리에서 밀려났다. 큰일이었다. 안면이 있던 미국 군인들을 찾아다녀 봐도 본인들 관리가 아니라며 부탁을 할 수 없다고 했다.

갑자기 직장을 잃었다. 퇴직금이라야 3개월치 월급이 다이고, 모아 놓은 돈도 많질 않다. 무슨 대책이 안 섰다.

그때에도 삼식은 일환을 찾아와서 답답한 사정을 이야기하며 술도 한잔씩 하고 가기도 했었다. 친구들은 하나같이 안됐다고 했지만 당시의 친구들 사정으로서는 삼식을 도와줄 방법이 없을 때였다. 그럴 즈음 독일에 광부로 갔다가 3년 계약이 만료되어 돌아오는 사람들이 1968년도부터 있었다. 1972년 그 인원을 또 충원하기 위해 독일에 갈 광부를 모집한다는 이야기가 있자 이것저것 따질 것도 없이 무조건 지원을 했다. 돈은 월 160달러를 준단다. 1965년도 월남 파병에 목숨 걸고 간 병사들의 병장 봉급이 50달러 선이였으니 경쟁률이 100대 1도 넘었다. 모래 가마니 들고 뛰기 등 시험도 있었으나, 카투사 출신으로 영어가 되고 젊고 기운도 세니, 그는 그 경쟁률을 뚫고 합격했다.

독일 광부로 간다고 인사차 친구들을 만나러 왔다. 친구들 전부가 안타까워했다. 엄청난 경쟁을 하고 독일로 가게 되었지만 광부인생 그것을 보고 막장 인생이라 하지 않았던가?

"삼식아, 정말 몸조심해야 돼. 너희 식구도 있고 부모님도 계시고, 아이도 있지 않니."

친구들은 그저 손을 꼭 잡아주고 건강하게 잘 있다가 다시 만나자고 했다.

그 먼 땅을 비행기를 타고 가서 내리니 그들이 하는 언어는 독일어였다. 다만 독일인 중 에도 영어를 아는 사람도 있어서 통화가 되니 광부 중에서도 통역이 필요하면 삼식이 나섰다. 영어회화 덕분에 독일 시내로 다니는 생활도 할 수가 있었다. 그 힘든 광부의 일. 캄캄한 지하를 엘리베이터를 타고 내려가서는 또 더 깊고 캄캄한 곳으로 머리에 헤드라이트를 켜고 석탄을 캐는 일은 그야말로 지옥이었다. 숨은 턱턱 막혀오고 땀과 석탄 가루로 뒤집어쓰니 그것은 마치 석탄가루로 목욕을 하는 일이었다. 그렇게 하루 일을 하고 막장을 나오면 아! 오늘도 살았구나! 광부 그들을 일컬어 막장인생이라 했던가? 죽지 못해서 할 수 없이 하는 일은 정말로 힘들었다. 이를 악물고 참았다고 했다. 실제로 본인이 겪어보지 않고는 알 수 없는 힘든 일이었다. 위험한 고비도 몇 번 있었다고 했다. 그러나 독일인들의 석탄차를 움직이는 기술은 최고였다고 한다. 지하로 내려가는 엘리베이터도 그곳에서 사고가 한 번도 없었다고 한다. 그들의 장비점검 능력은 아주 철저했다며 우리나라도 그리 철저한 점검이 있다면 석탄 광산에서의 사고는 없을 것 같다고 이야기했다.

아내한테서의 편지는 자주 왔었다. "당신을 사랑해요, 당신 오기만을 기다려요, 그리고 보고 싶어요" 하는 편지를 받으면 힘이 나고 돈을 더 모아서 가지고 가고 싶었다. 그리고 돈을 보내면서 꼬박꼬박 돈 액수를 생각하며 돈이 모아지는 재미로 하루하루를 버텨 나갔다. 월급을 받는 대로 아내 통장으로 송금을 했다. 독일에 온 지 6개월이 넘었는데 아내한테서 편지가 왔다. 아이들이 울고 떠드는 게 시끄럽다며 주인이 방을 빼달란다. 바로 답장을 보냈다. 계산을 해보니 160달러의 80퍼센트를 보낸 것이 여섯 번이니 750불 정도였다. 지금 사는 집 보증금을 보태면 환율로 따지고 보니 20만 원이 넘었다. 그것과 합쳐서 좀 큰 방을 전세로 얻든지 서울 시내 변두리 언덕의 작은 집을 하나 사라고 하였다. 당시 우리나라 돈 20만 원은 큰돈이다. 변두리 헌집은 충분히 살 수 있는 돈이었다. 답장은 비행기로 오는지 빨리 왔다. 그냥 더 큰 독채 전세로 들어간다고 한다. 아이들 때문인가? 하고 그리하라고 답장을 보냈다.

예쁜 마누라가 보고 싶기도 하고 아이들도 보고 싶기도 하다. 그저 이를 악물고 참고 지냈다. 고국 중국식당에서 그 뜨거운 불 앞에서 일을 했던 것이, 탄광 막장의 그 더움을 이겨내는 데 도움이 됐다. 번 돈은 80퍼센트는 고국 아내 통장으로 자동 송금됐다. 꼭 필요한 것 외에는 돈을 쓰지 않았다. 귀국할 날을 손꼽아 기다렸는데 막상 3년이 3개월이 남았다. 만감이 교차한다. 이왕 온 것 1년만 더 연장하면 큰 돈이 될 것 같다. 1년이면

1,900여 달러, 아주 큰돈이다. 3년이 계약 만료라며 아내에게 편지를 보냈다. 지금 당신이 보고 싶어서 가려 해도 돈을 조금이라도 더 모으려고 1년을 더 연장하고 싶은데 어떻게 생각하느냐고 했다. 고향에 돌아가도 할일이 없다는 것을 알기에 아주 돈을 더 벌어가지고 가서 좀 편히 지내고싶었다. 얼마 후에 생각대로 하라는 답장이 왔다. 그 1년도 참으로 어려웠지만 앞으로 잘 살 수 있다는 마음 때문에 참을 수 있었다고 한다. 향수병인지 고향을 그리워하는 마음은 정말로 참기가 힘들었단다. 4년을 채우고고국엘 돌아왔다.

그 돈을 벌기 위하여 힘들었던 것을 생각하면 돈 1원도 아까웠다. 귀국시에도 집식구들 선물도 아주 조금만 사가지고 왔다. 피눈물 나게 번 돈이라 돈을 쓸 수가 없었다. 집으로 보낸 돈을 계산해보니 6,000달러가 넘고 현금 가져온 것도 1,000달러 정도였다. 15시간 이상 걸리는 귀국 비행기 속에서 잠이 들었다.

꿈에 삼식은 많은 직원을 둔 큰 회사 사장이 되어서 참으로 바쁘다. 직원들 월급날이 되어서 은행엘 가는데 어찌 은행이 아니고 어릴 적 놀던무심천에서 발가벗고 물속엘 들어간다. 누가 뭐라는 데 자세히는 안 들린다.

"What would you like for your meal?"

"What would you like for your meal?"

"손님 식사를 어떤 것을 드릴까요?"

두 번씩이나 말하는 바람에 깜짝 놀라보니 안내원이 식사 메뉴판을 내민다.

"I'm sorry. I'm blinking."

"미안합니다. 내가 깜박 잠이 들었네요."

'무슨 일일까? 꿈이 참으로 이상하다!'

꾼 꿈은 하늘로 다시 올라갔다.

김포공항에 내리자마자, 집에 가는 게 급하다. 보고 싶은 아이들, 그리고 예쁜 아내. 비싼 택시를 타고 용산역까지만 가달라고 했다. 그곳에 가면 집을 찾을 수 있을 것 같다. 주소지의 집을 찾았다. 대문을 두드렸다. 아내가 아이들과 함께 나온다. 아이들은 훌쩍 커 있는데, 끌어안자 울면서 몸을 빼려고 난리다.

"아빠야, 이리 와. 내가 너희들을 얼마나 보고 싶었는데!"

"아빠 아냐. 아빠는 저녁에 와."

"뭐야? 여보 얘들이 지금 뭐라는 거야?"

"큰애가 두 살 때 당신이 떠났으니 아이들이 아빠 얼굴을 모를 만도 하지."

하긴 그럴 만도 하다. 그토록 보고 싶었던 아내가 하는 말이 맞는 것 같아서 그저 그 예쁜 아내를 끌어안다시피 하고 집으로 들어갔다. 아이들은 선물을 줘도 그저 멀뚱거리며 쳐다보기만 한다. 그걸 보기가 민망한지 아내는 아이들을 끌어안고는 등허리를 토닥거려 준다. 아이들이 좋아할 독일제 사탕을 주니, 그것은 아주 맛있게 먹는다. 식구에게는 프랑스제 화장품 세트 사온 것을 주었다.

삼식의 더 기가 막힌 이야기는 지금부터다. 이젠 살 만큼 돈도 벌었으니 좀 좋은 식당이나 학교 앞에 있는 점포를 하나 사서 문방구라도 할 수 있겠구나! 하고 계산을 하고 마음은 흐뭇했었다. 집엘 와보니 4, 5살이 된 아이들은 훌쩍 커 있었고, 아빠 얼굴도 모른다. 아빠를 보고 무서운지 내빼며 운다. 참 기가 막혔었다. 그립고 그리웠던 자식인데 아빠가 무슨 남인지 안아주려 해도 오질 않는다! 내가 그들에겐 생소한 사람이 돼버린 것이다. 그래도 제일 궁금한 것은 송금한 돈을 얼마나 모아놓았는가였다.

아내에게 통장부터 보여 달라니 보여주는데 독일에서 송금한 액수는 맞지만 7개월 후부터는 그 통장에 돈은 없었다. 일부는 전셋돈으로 찾아 썼고, 돈은 다른 통장에 넣어놓고 사용했단다. 통장 정리를 안했다며 바로 정리해서 가져 온단다. 그래도 생활비 빼고 남은 총 금액이 얼마냐고 물으니 우물우물하며 대답이 시원치 않다. 아내가 말하는 총액이 생활비를 뺀다 해도 어쩌 금액이 생각보다 많이 모자랐다. 어떻게 됐느냐니까 또 다른 통장이 있는데 통장 정리를 안했다며 걱정을 말란다. 그 아내의 말을 믿고 식당을 할 곳을 찾아다니고 문방구를 할 곳을 찾아다녔다. 그리고 결혼할 때부터 알던 아내 친구를 불러서 같이 지난날 자주 갔던 순댓집을 가서 순대를 아주 맛있게 먹었다. 그런데 식당에서 같이 식사를 하면서도 그 아내 친구가 어찌 뭔가가 이상해 보인다. 그동안 탄광에 가서 일을 하고 왔다니까, 무슨 병이라도 들어서 온 걸로 아는지, 어찌 예전 만났을 때하고는 영 달랐다. 그쪽 사정이 있겠지 하고 그냥 넘어갔다. 두 번을 만났지만 그는 그저 말없이 식사만 같이하고 갔다. 그리고는 고향 친구들이 보고 싶어서 고향으로 내려가서 친구들과 어울려 고생담을 이야기하고 살아온 기쁨을 친구들과 함께 했다.

친구들과 상의를 하여보니 식당을 한다는 것은 쉬운 일이 아니라고 한다. 또한 조금 배운 음식 솜씨로는 장사할 생각을 하지 말란다. 중국집은 중국 사람이 해야 장사가 되지 한국인이 하면 장사가 잘 되지를 않을 것 같다고 말한다. 중국 음식은 그 종류가 하도 많으니 본인이 주방에서 음식을 만들 줄 모르면 아예 생각지도 말라고 한다. 일을 할 줄 모르면 주방장이 맘대로 휘두르게 되고, 그러면 식당은 망한다고 했다. 그 말도 맞는 것 같았다. 그래서 문방구점 할 곳을 찾아다녔다. 당시에는 초등학교에 학생 수가 아주 많았다. 오전 오후반이 있을 정도였으니, 학교 앞에는 학생들이 하루 종일 넘쳐났다. 한 달여를 문방구점을 할 곳을 찾아다니다가 한 곳을 보니 장사가 잘되는 곳이 있다.

그 부근 부동산엘 가서 물어보니 그 점포를 판단다. 며칠을 그 점포에서 장사가 잘 되나 안 되나 보니 장사는 확실히 잘 된다. 그래서 문방구점을 들어갔다. 점포는 한 칸이지만 문방구점엘 들어가 보니 꽤 넓었다.

"안녕하세요? 이 점포를 부동산에 내 놓으셨다고 해서 왔습니다. 장사는 잘되시나요?"

"네, 장사는 잘됩니다. 하루 종일 바쁘지요. 아침은 10시나 돼야 먹을 수 있고, 점심 겸 저녁은 오후 7시나 되어야 먹지요."

"그런데 왜 점포를 내놓으셨어요?"

"그 사정은 지금 손님에게 말씀드릴 수 없습니다. 꼭 계약이나 하신다면 말씀 드릴 수 있어요."

"사실은 이 점포를 사려고 제가 며칠 동안 이곳 점포에 와서 장사가 어찌되나 보려고 지켜보고 있었습니다. 장사는 잘되는데 어찌 남편 되시는 분이 도와주지 않나요?"

"그래요? 꼭 사실 건가요?"

"네. 가격만 적당하다면요."

"그렇다면 말씀드릴게요. 사실은 남편 때문에 이 점포를 팔아야만 됩니다. 잘못하면 이 점포가 그냥 뺏길 수도 있으니까 아예 팔아버리려고 하는 겁니다."

"아, 그런 사정이 있으셨군요? 가격이 적당하면 제가 사겠습니다. 이 점포를 저에게 파세요."

"지금 내놓은 가격은 정말로 싼 가격에 내놓은 것입니다. 급매물이라고 보시면 됩니다. 이 부근 점포 값 한번 다니시면서 물어보세요. 그러시면 이것이 얼마나 싼지 바로 아실 수 있습니다."

"지금 부동산에 내놓은 금액은 문방구 물건까지 다인가요?"

"네, 그냥 다 드리고 갈 거예요. 그러니 아주 싼 값입니다."

주인의 말대로 부근을 다니면서 가격을 물어보니 정말로 싸다. 그 집을 매수할 의사가 있다면서 그 곳을 소개한 부동산에 자세히 물어보았다. 확실히 계약을 할 거냐고 다짐을 받는다. 그래서 가격만 맞으면 한다고 했다. 그러니까 이건 비밀이라면서 누구에게도 말하지 않으면 알려준다고 한다. 그 집 남편이 바람둥이에다가 남의 돈을 많이 빌리고는 갚지를 않아 그 집이 압류될지도 모른다고 한다. 그래서 그 부인이 얼른 팔고 다른 곳으로 갈 것이란다. 그 이야기를 듣고는 그 점포를 사려고 맘을 먹은 삼식은 이젠 급해졌다. 집으로 달려갔다.

"여보! 지금 보고 온 장소에서 문방구점을 하면 우리는 평생 먹고사는 데 걱정이 없어. 얼른 통장이나 가져와! 바로 오늘 계약한다고 하고 왔어."

그러나 어쩐 일인지 아내는 안색이 좋지 않다. 미적미적하는 아내를 닦달을 하자, 마침내 입을 연다.

"아는 언니가 빌려주면 이자도 많이 준다고 해서 빌려줬어요. 그런데 그 언니가 좀 더 있다가 준다면서 자꾸 미뤄요."

청천벽력 같은 소리다. 그 힘든 일을 하며 보낸 돈인데.

"뭐라고? 그 이야기를 왜 이제 하는 거야! 먼저 이야기는 거짓말이었어? 당장 그 여자들 집으로 가자."

하니

"지금껏 참았는데 며칠만 기다려줘요. 안 줄 사람이 아니에요."

기가 막혔다. 어찌할 방법도 없다.

그때서야 비행기 안에서 꾼 꿈이 다시 생각이 났다. 아! 꿈이 미리 알려준 것이구나! 그동안 고생이 물거품이 된 것이 아닌가? 그저 죽고만 싶었다. 집안에서 큰 싸움이 난 것을 이웃이 다 알았다. 며칠이 지나자 아내는 온다간다 말도 없이 아이들을 떼어놓고 사라져 버렸다. 삼식이 독일에서 광부로 번 돈 중 쓸 수 있는 돈 20퍼센트는 그 돈도 아까워서 못쓰고 최소한의 생활비만 빼고는 모았다. 4년 동안 그렇게 모은 돈이 1,000달러였다. 그 돈도 큰돈이지만, 점포를 사기에는 어림도 없었다. 독일서 가져온 돈과 전셋돈 돌려받을 것이 다였다. 큰일이었다. 우선 아이들을 부모님 집에 데려다 놓고는 아내를 찾아 헤맸다. 찾을 길이 없다. 아내 친구에게 물어보니 아내가 간 곳을 전혀 모른단다. 몇 번을 물어봐도 계속 똑같은 소리다.

그러다 이웃에게서 이상한 소리를 들었다.

"아니, 댁이 남편이슈?"

"네?"

너무도 황당한 말이라 삼식은 자기가 잘못 들은 줄 알았다.

"지금 뭐라고 말씀하셨나요?"

"여기 와서 살던 남자는 다른 남자였는데."

좀 떨어져서 사는 집주인을 찾아가서 물어보았다.

"어르신! 여기 전셋집에 남자가 와서 살았나요?"

"그럼요. 그 사람이 남편인 줄 알았는데요! 키도 훤칠하고 용모도 아주 잘생기고 인사도 잘하고 참 착하다고 생각했는데요! 집 계약을 할 때도 같이 왔었는데요."

기가 막혔다. 오히려 삼식이더러 진짜 남편이냐고 묻는 거였다. 아이들이 삼식을 보고 울며 달아났던 게 그가 아버지가 아닌 다른 사람으로 보였기 때문인 모양이었다.

'아! 이일을 어찌해야 한단 말인가?'

결혼을 한다고 부모님께 그녀를 데려갔을 때 들었던 말이 있다.

"여자가 예쁘면 예쁜 값을 하는겨. 정신 똑바로 차리고 살아."

그러니까 아내가 다른 남자와 바람이 났던 것이다. 거짓말만 같다. 또 다른 이웃을 만나서 이야기 해보니 그들의 말이 맞는다. 하늘이 노랬다. 그때에도 삼식은 친구들을 찾아왔다. 그 이야기를 듣는 친구들이 더 울분을 토했었다.

"그게 사람이여?"

"여자는 한번 바람이 나면 잡을 수가 없대. 어쩌면 좋으니?"

친구들도 어찌 도와줄 방법이 없다. 삼식은 어찌 할 도리가 없다. 우선 아이들을 키워야 하는데 걱정이 태산이다. 죽고만 싶었다. 그래도 자식 얼굴을 보면 죽을 수가 없었다. 그 어린 것들이 무슨 죄가 있겠나. 다시 일자리를 찾아 헤맸다. 몇 년을 이일 저 일을 하며 막노동도 해야 했다. 부모님께 아이들을 맡겼으니 정말로 송구했다. 생활비 얼마를 드리는 게 문제가 아니다. 그 아이들의 성격의 변함이 중요하다고 생각했다. 좀 더 시간이 가서 아이들이 그 모든 것을 알면 아이들에게 어떤 일이 있을까? 참으로 불안하다. 그런 와중에도 어릴 적 친구들은 큰 위안이 돼 주었다. 친구들이 이야기한다.

"걱정을 너무 하지 마. 하늘이 무너져도 솟아날 구멍 있다고 했잖아."

그렇다. 아이들을 위해서라도 정신 차려야 한다. 그 힘든 생활을 하는 삼식에게는 친구들이 최고의 위안이었다.

월급날이 자식들의 천국이었다. 기름에 튀긴 통닭을 한 마리 사가지고 집엘 들어가면 너무나 행복해 하며 맛있게 먹는 자식들. 삼식은 그걸 보면서 너무나 기뻤다. 부모님께 다리 하나씩을 떼어 드리니 그것을 다시 손주들에게 주신다. 아이들에게 다시 주니 아이들이 얼씨구나 하고 받아서 먹는다. 그것도 양이 안 차는 모양이었다. 자식만을 챙겼다는 죄책감이 들었다. 그리 한 후에는 부모님 드실 것도 같이 사가지고 갔다.

"야, 그리 고생하면서 무슨 통닭을 사오니. 사오려면 아이들 것이나 사다 줘라."

부모님의 마음은 그러신가 보다.

"아니요. 죄송합니다."

그렇게 살던 삼식에게 또 한 번의 행운이 찾아왔다.

1980년에 유럽에서 한국에 온 네슬레 회사가 한국 청주에 와서 청주 공업단지 송정동에다 공장을 크게 짓고 일을 시작했다. 그곳에서 직원을 모집한다는 공고가 떴다. 그래! 인생에서 세 번쯤은 행운이 온다고 하지 않던가! 지원을 했다. 영어로 말할 줄을 알아 통역도 할 수 있으니 바로 생산직으로 채용이 되었다.

유럽 네슬레 회사로서는 통역이 필요하고, 생산직 사람들을 관리할 사람도 필요했다. 삼식은 일도 열심히 하여 외국인 상사들의 인정도 받았다. 영어를 할 줄 아니, 일 년여 후 담당 부서의 노무관리 반장급으로 발령을 받았다. 외국인 회사라 월급도 우리나라 직장보다는 훨씬 많았다. 각종 상여금에 명절 때에도 선물도 받고 좋은 대우를 받으며 근무를 했다.

삼식은 아이들을 키워줄 사람이 필요했다. 재혼을 할 사람을 물색했다. 실수를 되풀이하지 않기 위하여 집안도 있고 친척도 많은 확실한 사람을 구하려고 많은 노력을 했다. 그러나 아이들이 있다니까 그게 걸림돌이 되어 마땅한 혼처가 없었다. 노력하는 자에게는 노력의 대가가 있을 것이라 믿고 꾸준히 참으면서 아내 될 사람을 찾고 있었다. 결과는 성공했다. 혼기를 놓친 한 처녀를 소개로 만났다. 그에 대한 모든 것을 조사했었다. 월급을 많이 받는다니까 그녀도 승낙을 하여 재혼을 했다. 그 어려웠던 시간이 지나가고 다시 행복을 찾은 것이다.

그래서 삼식의 제3인생이 시작되었다. 그동안 어려울 때 심적으로 많이 도움을 받았던 친구들에게 고마운 인사를 고루고루 했다. 회사의 책임자인 외국인 이사들에게 한번 인정을 받으면 참으로 그만한 대가를 해 주었다. 삼식은 인사과장으로 승진을 했다. 삼식의 청도 그들은 잘 들어줬다. 그래서 취업 자리가 없어 놀고 있는 친구의 자식들을 그 회사에 여러 명을 넣어주었다. 그들은 지금 거의 퇴직을 할 때가 되었다. 그리고 일환의 놀고 있는 여동생 한 사람도 그 곳에 생산부로 넣어주었다. 일환의 여동생도 평생직장 걱정 안하고 잘 살다가 퇴직을 했다.

재혼을 하고서도 틈틈이 전 아내를 찾아다녔다. 아무래도 그 돈을 다 쓰진 않았을 것 같기도 했다. 자세한 이야기를 듣고도 싶었다. 전에 살던 용산에 시간 나는 대로 다니며 수소문 끝에 전 아내 친구를 다시 만날 수 있었다. 모른다고 똑 잡아떼던 여자였다. 이웃집 사람들이 하던 이야기를 했다.

"이웃집에서는 다른 남자가 있었다고 하던데요?"

그러자 더 버티지를 못한 그녀가 입을 열었다. 그녀의 말은 혼자 심심하니까 아내가 캬바레를 한번 갔었는데 거기서 남자를 만났단다. 그렇게 만나다가 남편이 독일에 있다는 걸 알고 돈도 많이 부쳐온다는 얘기를 들은 그가 삼식의 아내에게 아예 집을 옮기라고 하여 집을 옮기고는 아예 같이 살다시피 했단다. 그 남자는 문방구점을 하면서 사는 남자인데 바람둥이라고 했다. 참으로 기가 막힌 사연이었다. 그런 일로 집을 옮긴다고 속인 것도 모르고 그리하라고 허락해 주지 않았던가. 아이들은 그가 자기 아빠인 줄 알았으니 진짜아빠가 다른 사람으로 보였던 것이다. 여자가 다른 사람과 바람이 나니 세상에 보이는 것이 없었던 모양이다. 돈도 모이지를 않고 통장에 돈이 들어오면 즉시 다른 통장으로 옮기고 그 내연의 남자와 흥청망청 쓰며 살았던 것이다.

그 남자와 살면서도 불화가 많았단다. 그 남자는 흔히 말하는 '제비'였다. 다른 여자들과 놀아나는 것이 한두 사람이 아니라는 것을 알았으니 연일 싸움이고 화해하고 다시 안한다고 하여 돈을 요구하고 매번 그런 식으로 삼식이 아내를 울렸단다. 그 남자의 아내는 문구점을 하는데 여러 사람들로부터 돈도 갈취하며 호화롭게 살았다고 한다. 전 아내의 여자 친구에게 그 내연의 남자의 집을 알 수 있느냐니까, 알지만 알려줄 수가 없다고 한다. 여자들끼리라 서로 자세한 이야기를 한 것 같다. 그는 전 아내가 있는 곳도 알 수 있을 것 같았다. 몇 번을 쫓아다니며 사정을 했다. 그래도 그 여자는 모른다며 그에 대한 말을 하지 않았다.

'친했으니 틀림없이 연락은 할 것 같은데?'

그 여자에게 거짓말을 하면 알아낼 것도 같았다.

"정말 절 살려주시는 셈치고 아내가 있는 곳을 알려주세요. 아이들은 계속 엄마를 찾고 울고 있습니다. 같은 여자로서 한번 생각해 보세요. 저도 아이들에게 엄마를 찾아주고 싶습니다. 부탁합니다."

하도 조르자 그 여자는

"하도 사정이 딱해 보이고 아이들 때문이라니 이것만 말씀드릴게요. 그 남자가 살던 곳은 압니다. 그 외는 모릅니다. 그 친구는 제게도 연락을 안 합니다."

"그렇게라도 말씀하시니 고맙습니다. 이젠 다른 것은 묻지 않겠습니다. 그 남자가 사는 곳만 알려주세요."

한참을 미적거리는 그를 설득해서 그 내연의 남자가 산다는 곳을 가 보았다. 그런데! 아뿔싸, 그 집은 삼식이 계약하려 했던 문방구점이 아닌가? 문방구점을 남편 때문에 판다고 했던 여자 주인의 말이 생각났다.

'이제 어떻게 하지?'

그 앞에서 조금 서 있으니 아이들이 문구점으로 들어간다. 주인인 듯한 남자가 나와서 아이들에게 물건을 판다.

'저자가 그 남자인가? 아닌 것 같다. 그는 수수한 차림이고 나이도 많아 보인다.'

한참을 그의 거동을 보다가 문방구엘 들어섰다.

"실례합니다. 여기 주인아주머니는 안 계신가요?"

"왜요? 물건이 필요하시면 저한테 이야기하시면 되는데요?"

"아니, 그게 아니라 주인 아주머님이 제가 아시는 분이면 드릴 말씀이 있어서요."

"네에? 제 식구를 아신다고요?"

"꼭 안다는 게 아닙니다. 한번 뵈면 알 수 있는데요."

"그래요? 여보! 여기 손님 오셨어. 잠깐 나와 봐."

여자가 나오는데, 그전 사람이 아니다.

'아! 사정이 급하다더니 팔린 것이구나!'

"아, 안녕하세요? 제가 뭘 잘못 알았나 봅니다. 이 점포를 사가지고 오셨나보죠?"

"네, 그런데요?"

"사실은 제가 몇 년 전에 이 점포를 사려고 했던 사람입니다. 죄송합니다."

"그 남자에게 사기는 안 당하셨어요?"

"네에?"

"몇 년 전에 이 점포를 사자 이곳을 찾아온 사람이 한둘이 아닙니다. 그 사기꾼 어디 있냐며 이 점포를 그와 짜고서 샀다며 난리를 쳐서 한동안 애를 먹었습니다. 이 점포는 남편이 공직생활을 하다가 퇴직금 받아서 노후 대책으로 매수한 것입니다. 여러 사람이 그 사람을 고소도 하고 진정서를 경찰에 제출해서 우리도 경찰에 가서 조사도 몇 번 받았어요."

더 이상 말을 듣고 싶지 않았다.

"죄송합니다. 안녕히 계세요."

그 점포를 만약에 계약을 했다면 어떤 일이 일어났을까?

삼식은 그 이야기를 하면서 그냥 이리 지내온 것이 운이라고 했다. 당시에 그 '제비'와 부딪쳤으면 아마 사생결단이 났을 것 아니냐며…….

지금 그 아이들은 과외를 안 시켰어도 공부를 다들 잘하였다. 다들 선생님 또는 대기업 회사원들이 되어서 잘살고 있다.

시간이 되자 약속 장소에 삼식과 철환이 동시에 들어왔다.

그들 셋은 손을 붙들고

"어. 우리 삼총사 또 만났네."

"본 지 얼마 안 지났어도 정말 반갑다."

"매월 한번만 만나지 말고 자주 만나자고."

"우리가 만날 때가 제일 좋다. 속에 있던 비밀을 전부 다 털어놓고 이야기할 사람이 어디 있겠나?"

"이제는 뭐 사는데도 지장도 없고 각종 연금도 나오니 걱정거리가 없잖아?"

"그렇긴 해도 너무 가슴 아픈 추억이 늘 마음속에서 떠나지를 않아."

"우리 계원들 다 너무나 아픈 추억이 다 있었잖아."

"용케도 잘 참고들 살아온 거야."

"이젠 우리는 우리 건강만을 생각할 때야. 앞으로 살면 몇 년이나 더 살겠나."

그 아픔을 어디에다 하소연할 곳이 없었을 삼식이었다. 얼마나 황당하고 기가 막혔을까? 그래도 용기를 잃지 않고 살아온 그에게 친구들은 가슴속으로 같이 울어주었다. 그에게도 가장 위로를 해줄 사람들은 친구들뿐이었다.

철환의 생활도 참으로 안타까운 사연이 있었다. 그 역시 힘들 땐 친구들을 찾아왔었다. 그의 안타깝고 죽고만 싶었던 삶의 이야기를 친구들은 다 안다.

일환, 삼식, 철환, 원순, 성철, 그리고 성일. 이들은 어려서부터 절친이었다. 한 동리에 살았던 인연도 있었지만 너무 가난하여 그들은 국민학교만 졸업을 했다. 사회 밑바닥에서 생활했기에 더욱 친했다. 철환도 국민학교 졸업 후 할 일이 없었다. 자동차를 만드는 곳에서 심부름을 하며 돈을 조금 받는 것이 다였다. 청주에 당시 주차장은 지금의 서문동 홈 플러스 일대였다. 그 부근에 자동차를 손으로 만드는 곳이 있었다. 그곳이 철환이가 일하던 곳이었다. 버스 주차장 부근엔 '아이노리'라고 하는 합승택시가 있었다. 6·25가 지난 지 얼마 안 된지라, 택시는 청주시내에 단 스무 대 남짓인 때였다. 택시를 탄다는 것조차도 부의 상징이었고 다들 부러워했다. 택시를 타고 내려서는 사방을 쳐다보며 '나 택시 타고 온 사람이야!' 어깨를 으쓱거릴 때였다. 당시 주차장에서는 합승 택시인 아이노리가 조치원을 가는 곳이 따로 있었다. 아이노리는 십여 명이 다 타야 조치원 역전을 향해 떠난다. 청주와 조치원을 왕복하는 차가 열다섯 대 정도 있었다. 그들은 순번을 정하여 기다리다가 손님이 열 명 다 차면 조치원 역전을 향해 떠났다. 그리고 조치원 역전에서 청주로 올 때에도 순번을 기다려야 했다. 그 아이노리를 타는 손님들은 서울이나 부산 또는 대전, 대구를 가기 위하여 청주에서 떠나는 사람들이었고, 또한 다시 청주로 오는 사람들이었다.

그리고 조치원역에서 기차를 내려 청주로 오는 손님이 있으면 거기서도 손님이 열 명이 되어야 청주로 출발했다. 아이노리라는 그 자동차의 엔진은 일본에서 쓰다가 중고로 팔려온 낡은 도요타 자동차 엔진이었다. 아이노리는 한국인의 특유의 손기술로 만든 자동차이다. 그 아이노리라는 합승 택시는 필리핀의 '지프니'라고 보면 된다. 모양도 거의 비슷하다. 손으로 철판을 두들겨 자동차 형체를 만든 것이다. 직원도 열 명이 채 안 된다. 허가를 받는 일도 없었다. 만들어서 번호판만 달게 관청허가를 받으면 되는 차였다. 말하자면 개인이 하는 무허가 자동차 제조공장이었다. 하부를 갖다놓고 엔진을 얹고 자동차 형체를 만들었다. 당시 우리나라에는 자동차를 만드는 회사가 거의 수공업이고 수입품을 사다가 조립한 차로 택시영업을 할 때였다. 코로나, 1968년 코티나, 퍼블리카 등이 그런 차였다. 그러다가 브리사가 나왔고 포니, 엑셀, 소나타 등으로 이어졌다. 아이노리 그것을 가지고 있는 차주는 당시에는 사람들이 부자라 칭했다. 그 자동차는 중고 엔진이라 자주 엔진이 고장도 나고 긁히면 철환이 있는 공장엘 와서 고쳐가곤 했다.

철환이 그 아이노리를 가진 한 차주에게 잘 보여서인지 그 아이노리 택시에 조수로 취직을 하였다. 손님을 태워주고 차를 닦고 하면 자동차 만드는 곳에서 심부름 하는 것보다는 수입이 좋았다. 더 좋은 것은 옷을 깨끗한 것을 입을 수 있기 때문이었다. 기름때에 절은 옷을 벗고 월급을 타니까 아이노리 조수라는 것이 훨씬 더 좋았다.

그는 운전이 너무나 하고 싶었다. 당시만 해도 운전사는 아주 좋은 직업이었다. 운전사는 하얀 장갑을 끼고 넥타이를 매고 다녔으며, 조수는 운전사를 상전 모시듯 했다. 버스도 차장인 처녀들이 운전사를 상전 모시듯할 때였다. 철환은 운전이 하고 싶어서 안달이 났다. 그저 조치원 가는 차례를 기다리다 동안에 그저 운전석에 앉아서 시동만 걸어봐도 그리 좋을 수가 없었다. 스틱인 자동차는 운전하기가 어렵지는 않아 보여도 차주인 운전사는 자동차 키를 조수에게 잘 주지 않았다. 사고 우려 때문이었다. 어쩌다가 키가 꽂혀 있으면 몇 발짝씩을 움직여 보면 그날은 기분이 최고 좋은 날이었다. 그렇게 일 년여가 지났다. 차주는 조수가 운전을 조금 하는 것 같으니까, 그도 차례를 기다리며 앞으로 조금씩 가는 게 귀찮았다. 휴게실에서 있다가 조수한테 말했다.

"너, 이 키 가지고 가서 차를 차례가 오면 조금씩, 조금씩 출발선 앞으로 가져다 놔. 그리고 아주 조심해야 돼, 알았지?"

"네. 걱정 마세요. 잘 할 수 있어요."

그 조금씩이라는 게 약 5미터 정도 뒤에 있다가 앞차가 더 앞으로 가면 또 5미터를 앞으로 가는 것이었다. 일 년여를 그러다가 아주 키를 조수에게 주며 조치원으로 출발할 때까지 그렇게 운전을 하라고 하였다. 기회가 온 것이다. 그는 차주가 퇴근하고 밤 10시가 넘은 날이라든지 또는 차주가 노는 날은 그 차를 가지고 공터에 가서 운전을 배웠다. 그렇게 삼 년여를 하다가 스무 살이 되어 운전면허를 땄다. 기분이 날아갈 것만 같았다. 그리고 그 합승택시를 운전하는 자리가 날 때 대리 운전을 하는 일이 시작되었다. 정식 운전사가 된 것이다.

그 아이노리 합승차는 중고 엔진이라 시동도 잘 걸리지 않을 때가 많았다. 특히 겨울에는 더했다. 그러면 카브레타라고 하는 곳에 휘발유를 약간 붓고 신문지로 불을 붙여 카브레타를 데웠다. 초크를 빼서 전원이 잘 통하라고 사포로 문지르고 연탄불에 그 초크를 구웠다. 그렇게 데워서 다시 꽂으면 시동이 걸렸다. 겨울엔 일상으로 하는 일이었기에 날씨는 추워도 그 일은 쉬웠다. 그리 일을 잘하니 아이노리 차주가 몸이 아프거나 쉴 때에 하루씩 대리 운전을 해주는 것으로 이제는 조수를 면한 것이다. 누구든지 '어이, 운전수!'라고 부를 때 그는 기분이 최고로 좋았다. 그러다가 아예 나이가 많이 드신 차주로부터 정식으로 자동차 키를 받고 월급을 받아가면서 운전수가 되었다. 젊은 나이에 면허증을 땄다고 아주 칭찬이 대단했다. 면허를 따자 철환의 생활은 여유가 생겼다. 당시 운전수가 되면 바람둥이라고 할 정도로 여자가 따랐다. 운전사는 누구든지 최고의 직업이라고 생각할 때였다. 여자를 골라서 장가까지 간 행운아였다. 그러니 군대도 가기 전에 결혼을 했다. 결혼을 하고 나서 입대했다.

군대에서는 논산훈련소에서 6주 훈련을 받고 운교대에 가서 3개월 간 다시 군인트럭 운전을 배우고 운교대 졸업을 했다. 춘천 제3보충대를 거쳐 가평군 현리 소재 육군 제1사단 사령부 본부중대로 발령을 받았다.

운전병이 모여 있는 본부 중대에는 논산훈련소 비슷하게 밤이면 엉덩이 보리타작하는 소리가 멀리까지 들리기도 하는 군대였다. 그렇게 1년여를 그곳에서 근무했다. 그에게도 행운이 찾아왔다. 원스타 장군인 박영석 사단장 지프차의 운전병이 제대를 했다. 그 바람에 철환이 사단장 운전수가 되어 사단장 숙소로 들어갔다. 연일 점호를 받는 내무반 생활은 하지 않아도 되었다. 참으로 편한 군대생활이 시작되었다.

사단장은 사병을 아낄 줄 아는 참군인이었다. 연신 불러서 가보면 대대 사병식당, 연대 사병식당, 사단 사병식당 방문 등이다. 하도 부정이 많기에 사병들이 식사를 제대로 하는지 불시 점검을 하는 것이다. 한 달에 한 번 나오는 돼지고기국은 고기는 누가 다 가져 갔는지 돼지기름만 둥둥 뜬 국물만 주기 일쑤였다. 닭고깃국도 마찬가지였다. 사단장이 직접 예하부대로 가서 사병들 급식을 확인하고 맛도 보았다. 일일이 지적을 하면 사단본부 사령인 이영하 소령은 사단장의 뒤를 따라다니며 지시사항을 수첩에 적고 그 내용을 정식 문서로 작성하여 각 부대에 보냈다.

그 바람에 부식은 상당히 좋아졌다. 철환도 훈련병 시절엔 일환과 같은 모진 훈련을 받았지만 사단장 운전병이 된 뒤에는 그래도 좀 편한 군생활을 하고 제대를 한 편이다. 제대를 했을 때는 일찍 결혼했기에 두 살짜리 아들이 있을 때였다. 철환이 군생활을 하는 동안 청주에는 택시회사가 두 곳이 생겼다. 그곳에 취업을 했다. 10여 년간 열심히 하다가 회사 택시 한 대를 샀다. 회사의 주주가 된 것이었다. 그 후 계속 택시운전을 하다가 법 개정을 계기로 개인택시를 받았다. 친구들의 부러움을 한몸에 받았다.

그게 끈이 되어 땅도 500여 평 사놓고 청주에서 처음 분양하는 사직동 주공아파트 17평 아파트도 하나 매수했다. 똑똑한 아내 덕에 재산은 점점 늘어났다. 생활에 활력을 주던 아내였다.

철환의 아들은 아버지 덕에 대학교까지 들어가서 졸업하고 나와서는 어음 교환소엘 들어갔다. 그곳은 은행보다도 좋은 자리였다. 딸은 대성여자상업고등학교를 나와서 학교에서 추천하여 충북운수에 사무원으로 취업을 했다.

철환은 행복했다. 먹고 사는 데 지장이 없고 자리가 잡혔다. 그러자 어렸을 적 친구들을 찾아서 다섯 명이 부부계 조직을 하고 모임을 시작했다. 그 외 어렸을 적 절친들은 다들 잘사는 축에 들었다.

배운 게 없으니 오직 몸 하나로 착실함을 인정받고 성공을 한 사람들이었다. 철환은 생활엔 지장이 없으나 그래도 하던 택시 운전이니 그냥 운전만 하며 살았다. 그러던 그가 예순도 안 되어서 상배(喪配)를 했다. 아내가 폐암으로 세상을 떠난 것이다. 담배도 안 피우는 식구가 왜 폐암에 걸렸는지는 모른다. 몸이 말랐었고 기침은 했었어도 그게 폐암일 줄은 꿈에도 생각하지 않았던 일이다. 당시에는 결핵환자가 많아서 결핵인 줄로만 알았다. 결핵 약만 먹으며 다른 진료는 해보지도 않았다. 병원엘 한번 가자고 해도 돈 모으는 데 재미가 들렸는지 비싸다며 가지 않았다. 그리고 기침하는 것이니 감기일 것 같다며 염려 말라고 병원도 가지 않았다.

장례식 날 그 친구는 관을 붙들고 한없이 울었다. 친구들이 붙들어주며 달래도 지난날의 고생만 시켰던 아내이었기에 누구도 달랠 수 없는 그에 한이 관 앞에서 몸부림을 쳤다. 병원에 가서 진료 한번 제대로 안 해본 것이 한이 되었을 터였다. 그의 사정 이야기를 너무나 잘 알던 친구들도 눈물을 흘렸다.

철환은 나이 쉰도 안 되어 두 아이들을 일찍 결혼을 시켜서 내보내고 살았는데 식구가 죽으니 혼자 외로움을 달래기가 너무 힘들었다. 하루 종일 운전을 하고 집에 와서 보면 너무나 쓸쓸했다. 말을 할 상대도 없고 음식도 입에 맞는 것을 먹을 수도 없었다. 가끔 친구들과 만나서 어려운 이야기를 하며 속을 달래고 있었다.

친구들은 그에게 재혼을 권했다.

"자식들이 부모 속만 안 썩여도 고맙다고 하고 살아."

"배우자가 없는 생활을 안 해본 사람은 그 외로움을 알 수가 없지."

"그러니 재혼해."

친구들은 다들 그렇게 이야기해도 마음을 의지할 곳이 정말 없었다. 하루 종일 일해서 벌은 돈을 마누라에게 내밀면.

"오늘은 얼마 벌었어?"

"아이고 오늘은 어제보다 수입이 더 좋네. 잘됐다. 이렇게 벌면 이제 땅도 더 살 수 있을 거야."

그러면 일을 더하여 돈을 더 갖다가 아내에게 주고 싶었던 그였다. 그만큼 아내는 몇 년 전부터 콜록대면서도 너무나 좋아 했었다. 그리고는 식탁에 밥상을 얼른 차려서는 배고플 텐데 먹으라며 수저까지 들려줬었다. 이젠 그런 호강은 다 사라졌다.

아내가 죽은 지 이 년이나 되었다. 그동안은 그래도 집에 와서 아내의 채취를 느꼈었는데 지금은 그 채취의 느낌이 없어졌다. 외로움이 엄습하면 어떻게 마음 둘 곳이 없다. 친구들을 불러 밖에서 밥을 사먹고 들어와서는 샤워하고 자는 게 일이다. 죽은 아내가 보고 싶으면 그는 묘지엘 찾아갔다. 갈 때마다 장미꽃과 영산홍을 사다 심고, 날이 좋은 가을날이면 국화꽃을 사가지고 묘지엘 갔다. 묘지엘 가면 한참 동안을 묘지 부근을 다니며 풀도 뽑고 꽃들도 손질하고 내려왔다.

아내가 있을 땐 힘들게 고생하고 왔다면서 등허리도 만져주면 하루의 피로가 싹 가시는 것 같았는데, 이제 그 외로움을 어찌 달랠 길이 없다. 가끔 삐쭉이 얼굴만 들이밀었다가 가는 자식들, 요즈음의 자식들 부모에 대하여 큰 관심을 갖는다는 것은 옛말이다. 본인 위주로 살려고 하지, 부모 위하며 살려는 자식이 있겠는가? 그저 적당히 남의 눈치나 보면서 부모한테는 아주 잘한다는 보여주기 식 방문이 전부다. 그런 자식들이 부모의 외로움과 자식에 대한 서운함을 알 수가 있을까? 철환은 홀로 산다는 게 얼마나 힘든 것인지를 절실히 느끼고 고민 끝에 재혼을 하기로 결심을 했다. 그의 이야기를 들은 동료들 또 친구들은 이구동성으로 동의를 해주었다.

"그래, 혼자 사는 게 참 힘들지. 재혼해. 이제 예순이면, 한창이야"

"잘 생각했다. 진작 그랬어야지."

"자식들 다 소용없어. 돈이나 준다면 좋다고 할까."

"인생 내가 살아야지, 대신 살아줄 사람이 있는가?"

친구들이 한 소리씩 거든다. 같은 모임을 하는 일환도 거들었다. 그도 자식 때문에 열병을 앓지 않았던가?

"재혼해. 우리가 앞으로 살면 얼마나 살겠어."

그가 재혼하려 한다는 소문이 나자 한 친구가 여자를 소개하겠단다. 나이도 젊고 예쁘단다. 회사 택시를 운전을 하다가 사고로 남편을 잃은 사람이란다. 만나기 전 그 사람의 사정 이야기를 들었다. 딸아이가 둘 있는데 큰애는 중학교 3학년, 둘째는 중학교 1학년이란다. 조건은 같이 살되, 아이들의 교육비를 대달라는 것이었다. 그래도 좋다면 만나보란다. 나이 60에 좋은 혼처가 있을 리도 없을 것 같았다. 헛일삼아 그 여자를 만나보니 그 여자의 생활이 말도 아니었다. 남편인 가장이 죽자, 보험 든 것도 없고, 아이들은 학교가 문제였다. 젊은 그녀는 고민에 쌓여 있던 사람이었다. 식당에서 일을 한다고는 해도 아이들 학비를 벌기에는 많이 모자란다. 생활비도 모자란다며 눈시울을 붉힌다. 혼자되어 외로움이 처절한 것을 아는 철환은 그녀의 삶이 너무나 어렵다는 것을 만나고서야 알게 됐다. 철환은 그녀도 자기와 마찬가지로 외롭고 힘든 생활을 하는구나 하고, 도와주기로 생각하였다. 조건을 들어주기 전 그래도 자식들에게 이야기를 하고 살고 싶었다. 자식들을 불러서 인사를 시키니 자식들이 펄쩍 뛴다. 아들이라는 애는 이렇게 말한다.

"아버지! 앞으로 사시면 얼마나 사신다고 재혼 이야기십니까? 그리고 재혼하신다는 분은 마흔이라니, 제 집사람보다도 세 살이나 적지 않습니까? 안 됩니다."

한마디로 거절을 당했다. 그러니까 아버지가 앞으로 살 날도 얼마 안 남았는데 무슨 재혼이냐는 것이다. 참담했다. 그래도 자식들에게 설명을 했다.

"애야, 너희는 아비의 어려움을 모르고 있다. 난 지금 너무나 외롭고 힘들다. 그러니 너희가 이해해주면 안 되겠니?"

그러자 아들이 하는 소리.

"그 여자는 아버지 재산 때문에 그것을 차지하려고 하는 거예요. 그러니 아예 생각도 마세요."

속이 뒤집히고 끓어올랐다. 그래도 참았다.

"그래, 너희들 말도 다 틀리다고는 생각지 않는다. 그러나 내 재산은 내가 번 것이고, 또한 내 맘대로 쓸 수 있는 것이야! 내가 생각하건대, 그분은 남편이 교통사고로 죽고 아이들 학비 때문에 너무나 고생을 하시는 분이다. 남도 도와줘야 되는데 내가 같이 살면서 그를 도와주면 서로 좋을 것 같은데. 그게 왜 안 되니?"

하긴 따지고 보면 자식 입장으로서는 며느리가 마흔 셋인데 새어머니가 마흔이라면 천부당만부당하다고 나설 만도 하다. 그렇긴 해도 만나본 여자가 너무나 가엾어 보이고 도와주겠다고 한 약속을 무산시킬 수는 없는 게 아닌가? 다시 가족들을 불러 모았다.

"내가 살면 얼마나 더 살겠냐? 내가 그 여자 분을 보니 사는 동안 무슨 문제를 일으킬 분은 아닌 것 같다. 내가 너희들에게 생활비를 도와 달라는 것도 아니고, 내가 벌어서 그들을 보살펴주고 싶다. 그러니 내가 하는 일에 간섭을 안했으면 좋겠다."

하고 돌려보냈다. 며칠 후 큰아들이 상의 결과라며 혼인신고를 하지 않으면 허락하겠단다. 그러지 않고 재혼을 하시려면 재산을 자식에게 다 넘겨주고 하시란다.

"뭐야? 재산을 너희에게 다 넘기면 재혼을 허락하겠다는 이야기니?"

"그렇습니다."

"다들 나가라. 그리고 내 집에는 앞으로 오지 마라."

철환의 아들은 어음교환소 부소장 자리까지 올랐다. 잘 가르친 덕에 은행 계통도 상급기관인 곳에 취업을 한 것이다. 혼인 신고를 안 하면 아이들 교육문제도 있고 의료보험 문제도 있고 여러 가지가 걸려서 혼인 신고를 해버렸다. 그러자 며느리가 찾아와 집안을 뒤집어놓고 재혼한 사람을 나가라고 윽박지르고 한바탕 소동을 하고 갔다. 자식들을 불러 앉혀놓고

야단을 치니 그 여자는 재산을 노리고 온 것이라며 있는 재산을 자식에게 넘기라는 것이다. 기가 막힌 이야기였다. 그러니까 재산만 저희에게 넘기면 같이 살아도 된다고 허락을 하겠단다. 아니 그 이야기는 이미 했던 이야기가 아닌가? 호통을 쳐서 자식들을 쫓았다.

며칠 후 사단이 났다. 철환이 일하러 가고 없는 사이에 며느리가 찾아와서 시어머니인 여자를 두들겨 팼다. 머리칼을 뜯어놓아 볼썽사납게 만들어놓고 상처를 입혔다. 재혼한 여자가 숨을 잘 못 쉬며 괴로워한다. 병원엘 가보니 갈비뼈가 두 개나 부러졌다. 너무나 안타깝고 황당했다. 깁스도 가슴이라 안 된단다. 그저 움직이지 말고 가만히 있어야 뼈가 붙는단다. 너무나 황당했을 그녀에게 신경 안정제를 넣은 링거를 주사해 달라고 의사에게 이야기 했다. 그리고는 며칠 병원에서 있으라고 했다. 병실에 누워 있는 저희 어머니를 붙들고 울고불고 하는 아이들이 너무나 불쌍했다. 눈물이 저절로 났다. 아들을 불렀다.

"네가 내 인생 살아줄 것도 아니고 내가 정신적인 고통과 외로움으로 힘들게 살다가 이제 좀 마음이 안정이 되려 하는데 너희들이 그러면 되느냐?"

그러자 아들이 말한다.

"그러기에 재혼을 하시지 말라고 했잖아요. 두 사람이 싸운 거지, 제가 싸운 건 아니잖아요."

"뭐야? 네 식구한테 와서 잘못했다고 사과하라고 해라."

"전 모릅니다."

철환은 집을 나가려는 아들을 붙들고 역정을 냈다.

"이런 천하에 못된 놈. 어디서 배운 버르장머리야?"

한바탕 소동이 일었다. 그리고는 며느리를 불러다가 이야기를 하니 며느리는 한 술 더 뜬다.

"식구들하고 상의해서 나가라고 한 거예요. 저 혼자 한 게 아닙니다."

그러면 시아버지는 식구가 아니라는 것인가? 무슨 소리를 해도 들어줄 자식들이 아니었다. 너무나 가슴 아픈 사연이고, 부모도 몰라주는 자식 이젠 아니다 싶었다. 고민 고민 끝에 철환은 존속 상해혐의로 6주 진단서를 떼어서 며느리를 고소했다. 그러자 아들은 유명 변호사를 고용하고 재판에 임했다.

당연히 며느리가 구속될 줄 알았는데, 어떻게 된 사연인지 경찰에서 조사하더니 검찰로 사건이 넘어가고 며느리는 무혐의 처리되고 재혼한 여자가 구속되었다. 이유인즉, 나이가 많은 사람이 기운이 센 시어머니한테서 맞았다는 것이었다. 싸움 발단도 시어머니가 먼저 걸었기에 며느리는 정당방위란다. 아마 아들이 경찰과 검찰에 손을 쓴 모양이었다. 그 며느리도 시어머니를 고소했단다. 철환은 씩씩거리며 친구인 일환을 찾아와서 어떻게 하면 좋으냐고 상의를 했었다. 참으로 기가 막힌 사연이 아닐 수 없었다.

할 수 없이 변호사를 선임해야 되었다. 많은 돈이 필요하여 그동안 전 아내가 사들였던 밭을 일부 팔아야만 했다. 부동산 사무실 두어 곳을 찾아가서 옥산 부근인 밭을 팔아달라고 부탁했다. 부동산 사무실에서 사람들이 판다는 밭을 자주 다니니 어떻게 그 소문을 아들도 알았던 모양이었다. 한 부동산과 밭 500백 평을 팔기로 약속을 하고 부동산엘 갔는데 그 부동산에서 묻는다.

"아드님 하고 상의는 하셨나요?"

"아니, 내 땅 내가 파는데 아들이 무슨 상관이오?"

"계약을 하려고 등기도 떼어 봤습니다. 어르신 게 맞는데요, 하지만 계약을 하고서 말썽이 나면 저희들도 곤란합니다. 아드님에게 연락을 하고 계약하면 안 될까요? 그 땅을 사실 분은 여기 앉아 계신 분입니다. 아드님이 이 땅을 계약하면 안 된다고 이 부근 부동산마다 다 다니셔서 저희가 참 곤란하네요. 힘드시더라도 아드님에게 전화 한번 하시면 안 될까요? 아드님이라고 하며 저희들 사무실에 오셨기에, 사실대로 말씀을 아드님에게 드렸어요. 지금 그 땅을 사실 분이 있다고요. 그랬더니 아드님이 '그 땅을 소개하면 당신들 얼마 받아? 내가 그 돈 주지. 그 대신 그 땅은 계약하면 안 돼. 소개비 얼마야? 내가 50만 원 주지' 하며 가셨어요."

참으로 기가 막힌 이야기다. 그러자 그 땅을 사러 왔던 사람이 슬그머니 일어나서 나가버린다. 철환은 그렇게 땅을 팔러 갔다가 그냥 돌아섰다. 아들에게 허락을 받는다는 것도 기막힌 이야기다. 그러니까 내 재산도 내 맘대로 못 팔게 한다는 것이었다. 하! 어쩌면 좋을까? 친구들과 상의했다. 일단 변호사는 사야 된단다.

일단 변호사를 고용했다. 현금이 부족한 것은 일환이 빌려줘서 대납했다. 변호사 이야기는 피해자와 합의를 하면 금방 나온단다.

"자식하고 합의라. 그래! 그게 돈이란 말이지! 좋다! 내가 자식 잘못 가르친 벌이지."

재혼한 사람이 구금 돼 있는 구치소로 면회를 갔다. 죄송하다면서 운다. 하룻밤 풋사랑이 아닌데! 너무나 기가 막힌다!

"이봐요. 정말 미안해요. 이럴 줄은 꿈에도 생각하지 않았어요."

"아니에요. 제가 욕심이 과했나 봐요. 저는 제 자식 학교 보내는 것만 생각했거든요. 모든 게 제 욕심이었습니다. 용서하세요."

"내 마음이 너무 아파요. 화가 나도 변호사 말대로 따르고 싶소."

"아닙니다. 혼인 신고를 한 것은 제 욕심이었습니다. 애들의 교육비 문제는 제가 감당하기엔 너무 힘들었어요. 아이들을 저와 같이 살게 하고 싶지 않았습니다. 그래서 너무나 인자하신 것 같아서 어르신을 선택했는데 제 과욕이었습니다. 아무리 어려워도 부모와 자식 간의 인연은 끊어서는 아니 됩니다."

'말도 참 착하게 한다.'

면회를 하고 나온 철환은 혼자 감당하기에 너무나 어렵다. 친구들과 상의를 했다. 친구들이 말했다. 결론은 시간을 가지고 조금 더 두고 본 뒤에 이야기하잔다.

2차 면회를 갔다. 그녀는 너무나 초췌하고 얼굴이 많이 여위었다.

"자식들과 합의 얘기 들었어요. 하지 마세요. 합의를 해도 어차피 6개월이라고 하던데요?"

할 말이 없었다. 이것저것 생각하니 눈물이 앞을 가린다.

아이들 때문에도 합의해야 하겠다. 하니 하지 말란다. 그들의 합의 조건은 보나마나 헤어지라는 것이라며 살아봤자 6개월이니 그 기간을 참겠단다.

그 사람이 얼마나 가슴이 아플까?

일환, 삼식, 성일 등 계원 친구 몇 명이 모여서는 친구를 도와줄 대책을 논의했다. 그들은 철환의 아들을 찾아갔다.

"아무리 도덕이 땅에 떨어졌다 해도 너희가 부친께 그리할 수는 없는 거야! 인간이기를 저버린 행동이다. 당장 취소하지 않으면 너희 부친 친구들이 모여 연명으로 법원에 탄원서를 제출하겠다. 그 연명부로 너희 직장 상사에게 또는 더 윗선에 이야기 하여 너를 아주 매장시키겠어!"

"당장 대답하지 못해!"

"인류를 버린 놈. 네가 인간이여? 짐승도 그런 짓은 안한다."

그리고는 철환의 친구들은 그 자리를 떠났다. 그러자 이튿날 며느리가 고소를 바로 취하하였다.

철환은 재혼한 사람이 벌금을 물고 감옥에서 나오자 토지 천여 평을 그녀에게 주었다. 부모의 외로움을 달래주기는커녕 그깟 적은 돈을 차지하려고 부모를 욕보인 자식. 자식이 아니라 업보라는 생각이 들었다. 가슴 속에는 한이 맺혔다.

저런 놈을 자식이라고, 먹고 싶은 것 안 사먹고 그저 푼푼이 죽자 사자 몸으로 모은 돈을 저를 위하여 지원해주었는데……. 그렇게 애지중지하며 길렀는데, 참으로 참담했다.

전 아내는 가을이면 소담스럽게 핀 국화꽃을 그리 좋아했었다. 몽우리를 맺은 대국 화분을 사다주면 정성들여 물을 주었다. 그 국화꽃이 눈이 부시도록 하얗게 피면 그 앞에 앉아 떠날 줄을 몰랐다. 퇴근하여 집에 오면 안식구는 내손을 잡아당겨 국화꽃이 어제보다 꽃망울이 더 커졌다며 그것부터 보여줬다. 그는 자나 깨나 옛 아내와의 추억이 산에서 손짓을 하면 소담스럽게 핀 국화꽃을 사가지고 가서 산소 앞에 심어놓고 한참을 앉아 있다가 오곤 했다.

산소 주변에 꽃을 조금씩 심었다. 수년이 지나자 봄과 여름엔 영산홍과 장미가 흐드러지게 피었고, 가을엔 국화가 만발했다. 죽은 아내가 너무나 보고 싶었다. 항시 국화꽃을 아내 산소에 가져가는 그를 보고 친구들은 그를 국화꽃이라고 불렀다.

이젠 이 모임 한 사람이 죽었다. 다음 차례는 누구일까? 농담 삼아 이야기를 하지만 친구들은 그 뜻을 안다.

모이면 그저 헤어지고 싶지가 않은 친구들 이야기였다. 일환도 현종 이야기를 하며 한동안 너무나 마음이 아팠다고 했다.

"일환아, 내가 당했을 때의 심정은 정말 아무도 모를 거야. 누구든 그 아픈 심정은 본인이 실제 겪지 않고는 모르는 거야. 힘내. 자식은 울이라고 했어."

"삼식아, 자식이 혼자 결혼을 하고 떠났을 때 그 심정은 너도 모를 거야. 우린 다 똑같아. 우리 세대의 아픔을 가장 많이 겪은 사람들이니까."

돼지고기가 불판에서 딱딱 튀며 어서 먹으라고 재촉을 한다.

철환이 말했다.

"자! 일환아, 삼식아, 소주 한잔씩 들어올려. 한잔 해야지! 자식 소용없어. 부모는 올갱이야. 너무 마음 아파하지 말자."

"이 시대에 효자는 없는 거야."

"저희들도 나이가 들면 그때서야 부모를 알게 되고 후회할 거야!"

"죽을 때까지도 부모의 깊은 생각을 못하는 자식도 있겠지만!"

"다들 잊어버려. 우리가 떠나고 저희들이 우리 나이가 되면 알겠지!"

"자! 건강을 위하여 건배!"

4. 독립을 결정한 현종

현종은 유순을 너무나 사랑하기에 결별을 할 수가 없었다. 유순 역시 그의 부모로부터 최후통첩을 받았다. '네 말마따나 네 인생은 네 것이지만, 너희가 생각하는 자연인이라는 것은 불장난이다. 경험이 많은 어른들의 충고가 너희들을 행복하게 해줄 것이다.' 두 사람은 결혼 허락조차 못 받았다. 어찌할 수가 없다. 그도 현종을 너무나 사랑했다. 두 사람은 고민 끝에 둘이 독립을 하기로 합의를 했다.

그들은 결정을 했다. 부모님과 결별을 하더라도 둘은 같이 살자고. 결혼을 하기 위하여 6개월간의 천주교 교리반을 같이 다녀 영세를 받았다. 성당에 가서 신부님 앞에서 혼인서약을 하고 혼인신고를 했다. 그리고 원룸을 얻어 소꿉장난 같은 신혼을 시작했다. 원룸은 풀옵션이라 따로 살림을 장만할 필요는 없었다. 같이 출근하고 같이 퇴근하는 그들에게 부모는 뒷전이었다. 사랑이 우선이었다. 양가 부모가 강력한 반대를 했어도 그 둘을 갈라놓지는 못했다.

1970년생인 현종은 1998년 같은 직장에 다니던 지금의 아내인 유순과 둘이서 성당에서 은반지 하나를 주고받으며 축하객 하나 없이 결혼을 한 것이다.

두 사람은 그동안 직장을 다니며 모은 돈을 다 합치고서 부부가 생각했던 살기 좋은 곳이 있는가를 찾으러 시간이 나는 대로 전국의 여러 곳을 답사하였다. 그래서 그들이 찾아다니며 선택한 곳이 충남 계룡산 밑인 갑사 부근이었다.

갑사 부근인 삼불봉 아래 외딴 터엔 사람이 살다가 도회지로 이주하여 비어 있는 작고 허름한 집이 있었다. 그곳의 집을 선택했다. 버리고 간 집이라 값도 싼 편이었다. 집을 손수 수리를 하여 아담하게 만들었다. 집과 붙어 있는 오백여 평의 밭을 마련하고는 1999년 3월 과감히 서울을 떠났다. 토지는 둘이서 경작을 하여 작은 소득으로 살 수 있을 것 같아서 매수한 것이었다.

독립은 하였으나 결혼 허락도 받지 못했기에 부모께 서울을 떠난다고 알릴 수도 없었다. 그렇게 시골로 들어와서는 우선 잡초 천지인 밭을 아래동리 트랙터를 가진 이웃에게 부탁을 하여 로터리를 쳤다. 씨를 파종할 때가 되자 상추씨, 토마토 모종, 오이 모종, 호박 모종, 콩과 고구마 싹 등을 사다가 심었다. 난생 처음 해 보는 일이라 힘이 들었지만, 재미도 있었다. 하고 싶은 일을 한다는 게 지극한 행복이라는 것을 스스로 느꼈다. 유순도 너무나 행복해 보였다. 직장에서 해방된 그들은 직장 상사에게 불려 다닐 일도 없고 많은 업무에 시달리지도 않으니 좋기만 했다. 씨를 심자 산달이 가까운 유순도 빨리 싹을 틔운다며 물 조루를 들고 쫓아다닌다.

어릴 적 소꿉장난 같은 살림도 좋고, 산속을 맘대로 다니며 들꽃도 많이 보고 새로운 세상에 온 것 같아 너무나 좋다. 외딴집이라 전기가 없어서 한전엘 가서 이야기하니 한 달도 안 되어서 작은 전봇대 몇 개를 세우고 전기를 쓰게 해줬다. 너무나 고마웠다. 새삼 우리나라가 살기 좋은 곳임을 깨닫게 해주었다. 중고 전자제품을 구입해놓으니 생활은 한층 여유로워졌다. 앞마당엔 전 집주인이 사용하던 샘물이 있어서 숯과 모래로 정수기를 만들어 그 물을 식수로 사용했다. 수돗물보다는 훨씬 나은 것 같았다. 명상은 하루에 한 시간씩을 하다가 점점 늘려가기로 하였다.

몇 가구 안 되는 좀 떨어진 아랫마을 사람들은 가끔 방문하면서 새 이웃이 생겼다며 각종 채소 감자. 고구마 등을 갖다 주며 필요한 게 있으면 어렵게 생각하지 말고 이야기하라고까지 해준다.

부부는 정말로 얽매이지 않은 생활이 너무나 좋았다. 밭에 씨를 뿌린 지 열흘도 안 되어 그 연하고 어린 싹이 무거운 흙덩이를 머리로 어찌 처들고 올라오는지 신기하기만 했다. 어린 싹에 거름을 주면 죽는다고 하며 거름기도 없어 보이는 땅에 심은 새싹들은 하루가 다르게 올라와 한 달도 안 되어 오이는 꽃망울이 생기고 상추는 조금 있으면 아랫동아리부터 잘라다 먹어도 될 것 같았다. 고추도 대추씨 만하게 크니, 그것을 매일 보는 재미가 쏠쏠했다. 날 좋은 밤이면 서울에서는 구경도 못하던 밤하늘별이 총총히 손을 내밀고, 두 부부를 축하해주는 것만 같다. 유성이 하늘을 가로지르며 사라지는 것도 보니, 맑은 공기 속에서 산다는 게 실감이 났다.

전 밭주인이 밭 가장자리에 심어놓은 사과나무 세 그루는 본래 재래종이라 크지 않은데다 농약도 치지 않아 벌레가 갉아먹고 하여 더 작았다. 가꾸지를 않아서 죽은 가지와 산 가지가 마구 얽혀 있어서 사과가 제대로 열릴지 의문이었다. 아랫마을 어른들이 와서 보고는 그 사과나무는 잘라내고 신품종을 심으라 조언한다. 그러나 그들은 자연을 사랑하러 온 것이 아니었던가! 부부는 그것을 소중히 여겨 톱과 전지가위로 죽은 가지는 쳐내고 산 가지는 전지를 하여 예쁘게 다듬었다. 사과나무 밑에 퇴비거름을 하고 농약은 아예 생각하지도 않았다. 가을이 되자 사과나무는 생기를 찾았는지 열매가 열렸다. 비록 작고 벌레가 먹었어도 사과 맛은 일품이었다.

풋사과는 벌레들이 먼저 먹고, 사과가 익어가며 홍조를 띄면 까치가 먼저 먹었다. 그놈이 날아와 맛있는 것만 골라서 사과를 파먹으니 사과엔 구멍이 났다. 그래도 '우리는 같이 사는 거야' 하면서 그대로 두었다.

물리학을 배우면서 명상은 깨달음을 가질 수도 있으며 두뇌가 개조된다는 것을 들어서 알고 있다. 그러나 그 수수께끼 같은 것은 현대 과학으로 풀지 못한다는 것도 안다. 뇌 속을 비우는 것이 1단계이다. 어려서부터 뇌가 발달하기 시작하면 그 사람의 모든 행동과 보고 느낀 것이 뇌에 고스란히 저장된다. 비디오 사진기의 원리와 같다고 보면 된다. 그 지나간 곳은 필름이 되어 다시 되돌리면 지나간 일이 생각이 나며 다시 보이게 되고, 그것에 대해서도 생각을 할 수 있는 뇌는 신비 그 자체다.

어려서부터 코로 맡은 냄새도 다 기억 속의 뇌에 저장이 된다. 어떤 것은 무슨 냄새. 엄마는 무슨 냄새, 아빠는 무슨 냄새까지도 저장이 되니 비디오는 영상만 기억하는 장치이지만, 냄새는 사진기로는 상상도 하지 못할 정도로 예민한 것까지 뇌는 저장을 한다.

그만큼 뇌는 우리가 상상도 못하는 우주의 그것과 같다고 하여 인간을 소우주라고 하기도 한다. 이 인간의 소우주에 저장된 기억을 조정하는 것이 2단계이다. 하나씩 하나씩 기억을 지우는 것이다. 즉 영상을 지워나간 다고 보면 되는 것이다. 뇌 속을 다 비운다는 것이 쉬운 일이 아니다. 허나 긴 세월 동안 명상을 하다보면 참모습이 보이게 되고 무의식 상태까지도 가는 것이다. 명상 수행 센터에서 들은 이야기에 의하면 무의식이 되면 스트레스와 불안 걱정도 없어지며 행복한 마음으로 뇌 속은 가득 차게 된 다고 한다.

그러면 바로 하려고 했던 것, 알려고 했던 것에 집중할 수가 있는 것이 며, 이때에 바로 영감이라는 것이 생긴다는 것이다. 그 영감은 스스로 뇌 속에 저장되며 꿈에서 나타날 때도 있다고 한다. 그것이 인류의 생활을 바꾸는 발명과 직결된다고 한다.

명상에서 성공하여 대 과학자가 된 사람은 전 세계에 너무나 많다. 상대 성 원리를 밝힌 아인슈타인, 분자구조를 밝힌 케쿨레, 원소주기율표를 만 든 디미트리 멘델레예프. 물리학 천재 스티븐 호킹, 그리고 플라톤과 셰익 스피어, 레오나르도 다빈치, 아시아에서는 공자…… 어디 그뿐인가? 지 구상에 많은 천재들은 거의 어렸을 적 거의 명상을 한 것으로 나온다. 장 애인은 그 장애를 극복하기 위한 고통이 뇌 속의 구조를 바뀌게 하면서 천재가 된다고 일부 학자들은 해석한다. 물론 다른 이유로 천재가 되는 사람들도 있지만…….

그렇게 생각했던 명상은 어디론가 가는 듯하고 자연인으로만 한 발짝 씩 가고 있었다. 그저 둘만 있으면 좋다.

5. 현종 아들의 탄생

서울 원룸에서 신혼생활 중 유순은 꿈에 별이 품으로 들어오는 꿈을 꾸었다. 태몽인가 싶었다. 자식이 큰 인물이 될 듯도 하여 부부는 큰 기쁨을 가졌었다.

1999년에 유순이 아기를 낳으려니 시골은 큰 병원도 없고 하여 서울병원으로 갔다. 난산이었다. 태교를 안 한 이유가 그랬나 싶기도 하고, 깊은 명상은 뱃속 아이도 작게 하여 잘 낳을 수 있다고도 하는데 유순은 사경을 헤매듯 고통스러워하면서 자연 분만을 못했다. 유순은 죽을 것만 같은 고통에 그저 엄마가 보고 싶었다. 그러나 죄송스런 마음에 연락을 할 수는 없었다.

현종은 하루를 고민 끝에 의사와 상의하여 제왕절개 수술을 결정했다. 1999년 6월 15일에 아기가 태어났다. 자연분만을 못한 것은 아기의 머리가 좀 컸기 때문이라고 의사가 알려왔다. 두 주먹을 꼭 쥐고 으앙 대는 아기가 너무나 귀여웠다.

한편으론 '제 어미를 죽일 뻔한 놈'이라는 생각도 들었다. 그때서야 현종은 부모 생각이 났다. 부친도 지금의 자기와 같이 아이가 태어날 땐 걱정과 불안함이 있으셨을 것만 같다. 유순은 아기를 낳고 남 몰래 눈물을 흘렸다. 어머니가 나를 낳을 때 이리 고통스러우셨겠지! 너무나 가슴이 아프다. 친척과의 결별도 본인이 결정하지 않았던가?

아기 이름은 태몽의 큰 별을 따서 한대성(大星)이라 지었다.

현종 부부의 행동을 친구들은 미스터리하다고 했다. 어찌 좋은 대학교를 나와서 좋은 직장엘 다니지 않고 산속으로 들어가느냐며 이상한 사람 취급을 하기도 했었다. 그러거나 말거나 부부는 산속을 선택했다. 유순도 겉으로는 신랑에게 행복한 것 같은 표정을 짓지만 끝까지 반대하는 부모님을 떠나온 것이 항시 마음에 걸렸다. 허나 현종을 사랑하는 마음 하나로 부모님을 설득하지 못하고 떠나올 때 왜 그렇게 '닥터 지바고' 영화가 생각났는지…… 그것은 지울 수 없는 아픔이었다. 그리고 항시 마음의 부담이었다. 현종은 명상이 인내 그 자체라고 했다. 사람은 죽을 때까지 부모와 같이 사는 게 아니라고 한 말은 귀에 와 닿는다. 부모와의 인연과 부부의 인연, 어떤 것이 먼저일까? 누구도 쉽게 대답 못할 숙제일 터였다.

불교의 성철 종정께서 출가를 하고 오랜 시간이 걸렸을 때 아장대던 그의 딸이 성인이 되어 찾아와서 면회를 신청하자, 그는 면회를 거절했다고 한다.

"그냥 돌아가거라."

만약 종정님이 여자였다면 수십 년 만에 찾아온 딸을 그냥 보냈을까?

지금의 현실은 하늘만한 안타까움이다. 자식으로서 연로해 가시는 부모님을 찾아가는 것이 도리가 아닌가? 그렇다 해도 현종에게 말할 수가 없다. 눈을 감고 명상을 시작해도 떠나지 않는 부모와 자매 얼굴들. 어찌 지워질까?

밭은 거짓말을 하지 않았다. 풍족하진 않지만, 노력한 만큼은 먹을 것이 생겼다. 현종 부부는 쌀만 구입하고, 나머지는 집에 딸려 있는 작은 밭에서 키운 채소로 자급자족 하며 살았다. 책을 뒤져가며 양봉도 시작하여, 벌통도 두 개나 되었다. 꿀도 먹으니 참으로 좋다. 비닐하우스도 작게 한 채 만들었다. 아장거리며 쫓아다니는 대성이가 부부를 한결 기쁘게 해주었다. 시골생활 5년 여, 그들은 완전히 자연인이 되었다.

비닐하우스와 밭에서 무농약 재배한 상추, 풋고추, 호박, 당근, 토마토 등을 판매한다고 팻말을 써서 바로 위인 산중턱 등산로 옆에 박아놓았다. 그랬더니 등산객들이 하산을 하다가 현종의 집엘 온다. 무농약 야채가 싸다며 사간다. 판매할 양이 많지 않으니 금세 팔린다. 벌레 먹은 사과도 소량이지만 같이 진열해 놓으면 사람들은 그게 더 좋은 거라며 금세 사간다.

현종 부부는 생활도 생활이지만 아들인 대성의 뒷바라지를 위해서라도 장사꾼 아닌 장사꾼이 된 것이다.

농약을 쓰지 않으려고 책을 사서 읽어보니 담배꽁초도 물에 담가놓으면 진딧물을 없애는 데 좋단다. 그것도 훌륭한 친환경 농약이 되었다. 벌레가 생기지 않는 측백나무 가지나 쑥 등 잡초들도 훌륭한 대체 농약이었다. 그 나무나 잡초들을 큰 통에 넣고 설탕을 조금 넣고 발효를 시키면 그것을 뿌린 나무나 채소에는 벌레가 생기지 않았다. 밭에는 나무를 태운 숯가루를 뿌렸다. 이럭저럭 초여름이 되면 식탁도 풍성해졌다. 부부는 그 생활에 만족해하며 잡념을 없애려 노력하며 살았다. 그렇게 사는 그들에게 돈이 모아질 리는 없었다.

현종으로 하여금 서울을 떠나게 만든 건 단지 명상 때문은 아니었다. 대학 선배 중에 대기업을 다니다가 어디론가 떠난 선배가 있다는 소식이 들려왔다. 선배의 부모는 청주에서 중소기업을 하는 사람이었는데 아들이 서울대에 합격하고 그가 4학년이 되었을 때 그 여동생도 덩달아 서울대에 입학을 하는 등 집안에 큰 경사가 있었다. 지방신문에 기사가 날 정도로 아버지의 기업과 아들이 홍보된 바 있었다. 그러나 그 아들은 졸업 후 좋은 회사엘 다니다가 그만 두고 어느 날 갑자기 부모께 죄송하다는 편지 한 장을 남기고 사라졌다. 부모가 크나큰 기대를 걸었던 아들이 집을 떠난 것이다. 나중에 확인되기를, 그가 간 곳은 불교대학이었으며, 출가하여 머리를 깎고 스님이 되었다는 것이었다. 어쩌다 그리 했는지 그들 부모로서는 이해할 수가 없었을 것이다. 그 선배의 행동이 현종에게 일종의 영향을 미쳤다. 현종은 부모께 죄송했지만 한편 생각해보면 자식의 행복은 본인 것이지 부모의 것은 아니지 않나 하는 생각으로 스스로 위안을 삼았다. 그 선배는 집을 떠나 스님이 됨으로써 자기 스스로의 행복의 길을 찾은 것은 아니겠는가?

뭇 사람들은 대성이를 어린아이 취급을 하면서도 같이 말을 해보고는 어린아이로서는 너무나 똑똑하다며 감탄을 한다. 아이가 두 살 때부터 대성 모친은 특별히 할 일도 없으니 대성에게 장난감 대신 동화책을 읽어주기 시작했다. 아이가 너무나 좋아한다. 서점에서 구입한 책은 한 번만 읽어줘도 내용을 다 알고 다른 것을 읽어달라고 한다. 만 세 살이 되자 둘이 같이 책을 보면서 몇 번을 읽어줬더니 글을 알아본다. 진짜 글을 알고서 읽는가? 하고 실험을 해보니 진짜 글을 아는 것이었다. 그래서 이번엔 공책을 사다주고 글씨를 가르쳐 주니, 석 달도 안 되어 글을 다 알고 삐뚤거리지만 글을 쓸 줄을 알았다. 구입해 온 동화책은 석 달도 안 되서 바닥이 났다. 책을 한 단계 올려서 사오니 너무 좋아한다. 그저 책을 손에서 놓지 않는다. 너무 책에만 매달리는 것 같아 가지고 놀라고 오카리나를 하나 사다줬더니, 그것도 곧잘 분다.

초등학교도 가기 전인 5살 때 수학을 가르쳤더니 중학교 문제도 술술 푼다. 깜짝 놀랐다. 머리가 남다르다는 것을 직감했다.

"현종씨, 대성이 머리가 보통이 아니에요. 당신을 닮았나 봐요."

"그래요? 당신을 닮았겠지요."

두 사람은 대성이를 실험해보고 너무나 놀랐다. 대성이 초등학교 들어가기도 전에 방정식을 좀 가르쳤더니, 아예 수학책을 옆에 끼고 다닌다. 1966년에 출판된 고등학교 과정의 수학교재인 『수학의 정석』도 쉽게 풀어가며 공부를 한다. 재미가 있다면서……

집에서 왕흥 초등학교까지는 약 6킬로미터라, 현종은 중고 자동차를 한 대 장만했다. 유순이 통학을 맡았다. 시골 초등학교라 학생은 열 명도 채 되지 않는다. 대성의 담임선생 말로는 대성은 초등학교에서는 가르칠 게 없단다. 그저 또래 친구들과 노는 것 외에는 학업 성적은 볼 것도 없단다. 대성이가 2007년에 2학년이 되고 학생도 얼마 없자, 2007년 9월 1일 왕흥초등학교는 공주시의 효포초등학교와 합쳐졌다.

유순은 현종과 상의 끝에 대성이가 초등학교에서는 더 배울 것이 없다고 판단을 하고 효포초등학교를 1년을 다니다가 그만두고 집에서 독학을 하게 했다. 궁금한 게 있으면 현종에게 계속 물어보는데, 어찌나 질문이 많은지 대답을 다 해줄 수가 없을 정도이다.

그래서 현종은 모교 교수인 현정완 박사를 찾아갔다. 현종의 얘기를 들은 현 박사가 대성을 불러 검증을 했더니, 결과가 놀라웠다. 현 박사는 대성을 미국 영재학교에 보내는 게 좋겠다고 했다. 외국 유학 그것은 학자금 문제도 있을 것 같다. 현종은 마음의 갈피를 못 잡고 헤맬 때도 있었다. 대성이가 천재일지는 모르지만 꼭 천재가 좋은 것만은 아니라고 결론을 내렸다.

현종은 지난날 천재라고 전국의 신문에 대서특필 되었던 김 아무개씨 생각이 났다. 그는 다섯 살에 TV에 나와 천재 검증을 받은 사람이었다. 한동안 미국에서 생활하는 것으로 알려졌었는데, 소리 없이 귀국했었던 모양이었다. TV의 추적 팀이 그분을 추적하여 방영한 것을 관심 있게 보았다. 그때는 청주의 한 공기업에 근무하고 있었다. 그냥 소리 없이 한동안을 지냈던 것 같았다. 현재는 모 대학에서 초빙을 하여 교수로 재직한다고 하니 다행이다. 대성이가 아직 나이는 어리지만 대학입학 시험도 통과할 수 있는 정도의 실력이었다. 현종은 좀 더 보다가 대성을 대학에 입학시킬 계획을 세웠다.

유순이 현종과 결혼을 하고 자연인 생활을 한 지가 몇 년인가? 유순은 부모가 왜 그렇게 산으로 가는 것을 반대하셨던지, 대성을 키우면서 조금 이해가 되었다. 명상으로 마음이 다스려지지를 않았다. 유순은 현종에게 걱정거리를 털어놓고 싶었다. 지금까지 먹고사는 데 큰 지장은 없었다. 사랑에 눈이 멀었던 동안에는 부모와 자식 일이 수면 아래 잠겨 있다가, 이제 수면 위로 살짝 떠오르는 것이다. 유순이 생각했던, 명상하며 사는 자연인은 이게 아니었다. 이제 세상이 조금 보이는 것이다.

'내 눈의 콩깍지가 벗겨진 것인가?'

유순은 정말로 해야 될 말인가 아닌가를 고심한 끝에 현종에게 말했다.

"여보, 대성이가 대학엘 간다면 학비 문제를 어떻게 하면 좋을까요?"

돈 문제를 꺼낸 것이다.

하! 그것은 현종의 아킬레스건이었다.

무슨 특별한 대책이 있었던 것이 아니었기에 현종도 당장 대답할 말을 찾지 못했다. 대학 학자금을 마련한다는 게 쉬워 보이지를 않는다. 지금처럼 채소를 재배하여 학비를 마련 한다는 건 불가능하다. 먹고살며 대성이 책도 사야 되니 그 어려운 사정은 유순이 너무나 잘 안다.

"여보, 조금만 기다려봐. 내가 연구 좀 해볼게."

그렇다고 지금 모든 것을 버리고 떠난 서울로 다시 가고 싶지는 않았다. 취업 자리도 금방 있을 것 같지도 않았다. 아무리 생각을 해도 뾰족한 생각이 떠오르지를 않는다. 그저 자연인으로 살면서 명상이나 한다고 떠나왔지만 현실은 과연 쉽지 않았다. 부모 생각이 간절했다.

'이럴 때 상의할 수 있는 사람이 한 사람도 없다니…….'

미사 참석은 안하지만 미사 때처럼 가슴을 치며 '내 탓이오'를 되뇌었다. 유순의 말이 평범한 말 같이 생각되지가 않는다.

'유순도 고심 끝에 한 말일 것 같다.'

연구를 해본다고 했지만 돈 문제는 현재로서는 해결할 방법이 안 보인다. 가슴이 답답하다.

현종은 등산로를 따라 산으로 올라갔다. 그리고 산 중턱에 앉았다. 돈이 없으면 아무 일도 할 수 없음은 너무나 자명했다. 그렇다고 유순에게 속마음을 보일 수도 없다. 지금껏 생각지 않았던 이 난관을 어찌 해결해야 할까. 진정 지금이 행복인가?

별 생각이 다 났다. 지금이라도 자연인을 포기해야 할까? 포기를 한다면 누구를 찾아가서 도움을 청할 수 있을까? 대학 친구들 중 날 도와줄 수 있는 사람이 과연 있을까? 아무리 생각해도 앞이 보이지가 않는다. 이제 와서 뒤로 돌아간다는 것이 쉽지가 않아 보인다. 돈을 벌어야 대성이를 공부를 시킬 텐데, 왜 그 일에 대해서는 깊게 생각하지 않았던가? 양가 부모께 야멸차게 하고 떠나오고, 그리 말렸던 친구들도 다 잊자고 하지 않았던가! 명상을 하면서 가졌던 생각은 '인생은 어차피 한 마리 새'가 아니던가? 앉았던 자리 훌쩍 날면서 뒤돌아보지 않으면 나뭇가지가 잘 가라고 뒤에서 손을 흔들 게 아닌가?

그리 생각하고 모든 일을 혼자서 강행했던 일이 지금은 후회가 되었다. 이제 다시 십여 년을 돌린다는 것은 안 될 것만 같았다. 십 년이면 강산도 변한다는데, 대성이를 낳았을 때 바로 교육문제를 생각했어야 했는데, 왜 그 생각을 안했던 건지……. 가장으로서 돈이 행복의 조건도 된다는 것을 왜 몰랐을까? 이 괴로움은 유순을 얻기 위해 모든 걸 포기한 대가인가? 이게 양심일까? 현실 도피적 생각일까? 현종은 명상을 통해 다른 차원의 의식에 도달하면 인간을 초월한 존재와 소통할 수 있다고 믿었었다. 그러나 그것은 환경이 따라줘야 되는 것이라고 이제야 생각이 된다.

지금의 우린 행복하다고는 말하고 있지만…… 행복을 뒷받침할 수 있는 돈, 돈이 있어야 한다. 자연인도 돈은 필요한 것이다. 그것은 너무나 자명했다. 아주 굳세게 마음먹고 산으로 들어왔지만, 현실은 아니었음을 그도 깨닫고 있었다. 사람은 역시 사람과 어울려 살아야 되는 것이었다.

유순만 보면 항시 즐거울 줄 알았는데, 돈이 받침이 안 되는 생활은 유순의 옷도 한 벌 제대로 사줄 수가 없다. 화장품 하나 사줄 수도 없다. 여자는 명품을 좋아한다던데, 지금껏 길거리 패션에다 싸구려 신발을 신고 다니게 했다. 그리고 쓰레기통에나 버릴 옷을 입고 흙밭을 다니며 농사일을 하지 않는가?

무슨 뾰족한 수가 있을까. 어렸을 적 절친 영식이가 보고 싶다. 너무나 안타깝게 죽은 친구. 그가 살아 있다면 당장 그를 찾아 쫓아가 어느 누구에도 털어놓지 않았던 모든 비밀 이야기를 그 친구에게 전부 털어놓으면 속이 시원할 것 같다. 내 맘속에 있는 진실을 속 시원히 말을 할 수 있는 사람이 없다는 것, 그만큼 친구가 중요하다는 것을 절실히 깨달았다. 이게 가족을 버린 벌일까? 답답하기만 하다.

'어떤 일을 해서라도 돈을 벌어야 돼. 그래야 대성이 학비를 댈 수 있을 거야.'

그러나 별 뾰족한 수가 없다. 돈은 하늘에서 떨어지지 않는다. 지금의 처지에서라면 은행의 수위라도 하고 싶다. 산 아래로 내려가서 유순의 얼굴을 보기가 너무나 민망할 것만 같다. 아니 쳐다보기도 힘들 것 같다.

현종은 두어 시간을 산에서 그렇게 앉아 있었다.

그때 등산로 위에서 사람들 말소리가 들리고 발자국 소리가 났다. 땅을 쳐다보던 고개를 들어 산 쪽을 바라보니, 오십대는 되어 보이는 세 명이 산 위에서 등산로를 따라 내려온다. 그들이 길가에 앉아 있는 현종을 힐끔 쳐다보더니 인사를 건넨다.

"안녕하세요?"

현종은 뜻밖이라 벌떡 일어서서 인사를 한다.

"네, 안녕하세요?"

"등산 차림도 아니신데, 여긴 어떻게 올라오셨어요?"

"네. 저는 근처에 삽니다."

"아, 저 아래 외딴집 주인이신가 보네요?"

"네, 그렇습니다."

"우리는 심마니입니다. 이곳에는 가을에 산삼을 캐러 자주 오지요."

"산삼요? 많이 캐셨나요?"

"네, 이번 수확은 아주 괜찮아요. 일 년은 식구들과 충분히 살 수 있을 만큼요."

현종이 얼굴에 미소가 떠올랐다.

'그렇다!'

무릎을 탁 쳤다.

'아. 산삼!'

뭔가 번개처럼 뇌리를 스치는 것 같았다.

'그들을 어찌해서든지 집으로 데려가서 부탁을 하면 돈을 벌 수 있을 것 같다.'

"저 아래 동리 이장님께 듣기로는 서울대 나오신 인재라고 하시던데요?"

"인재는요? 명상을 하러 왔습니다. 가시는 길에 저희 집에 들러 차라도 한잔 하고 가시죠?"

"아, 좋지요."

"산삼도 캤것다! 기분도 좋으니 잠시 들려서 갈까요?"

현종은 마음이 바빠졌다. 사정을 하면 무슨 좋은 일이 있을 것 같다.

"그럼 저를 따라 오시죠."

집 가까이 가자 진돌이가 멍멍 짖으며 난리를 친다. 외딴집에서 개는 꼭 필요했다. 고라니나 뭇 짐승들을 내쫓는데는 진돌이라 이름 지은 진돗개가 최고다. 밭작물을 고라니나 멧돼지로부터 지켜주는 것도 진돌이다. 개 짖는 소리에 유순이 밖으로 나와 보니 남편이 몇 사람을 데리고 마당으로 들어선다.

"안녕하세요?"

유순이 인사를 건넨다.

"아이고, 참 선녀같이 예쁘신 분이 여기 사셨네!"

심마니 한 사람이 말하자, 다른 동료들도 한마디씩 한다.

"정말이네! 이런 곳에서 선녀님과 함께 사는 사람은 정말 행복하겠다."

"원래 이곳이 옛날에 선녀와 나무꾼이 살았던 곳이야, 하하."

"그런가? 하하."

유순을 본 심마니들은 아주 기분이 좋아진 것 같다.

"오길 잘 했네. 선녀님 같은 분도 보고. 차나 한잔 주세요."

"여보! 내가 차나 한잔 하고 가시라고 모시고 왔어."

"특별한 차는 없고요. 산에서 캔 둥굴레 차가 있는데, 괜찮으실까요?"

"좋지요!"

현종이 사는 집에 함께 온 심마니들은 현종 내외가 사는 것이 궁금했던 모양이다.

"아니, 이렇게 젊디젊으신 분들이 어찌 산속에서 사신대요?"

그들이 관심을 가졌던 건 어찌해서 서울대를 졸업한 젊은 인재가 산속으로 들어 왔느냐는 것이다.

아까는 그리 쉽게 명상을 위하여라며 자신만만하게 대답했던 현종의 얼굴을 붉게 만들었다. 이제는 대답하기가 어려운 말이었다.

현종은 차가 놓이자 심마니들에게 산삼에 대한 이야기부터 물었다.

"산에만 가면 산삼이 있나요?"

"에이, 그렇게만 된다면 부자 아닌 사람이 없게요?"

"오늘 많이 캐셨다면서요?"

"네, 평소보다는 많이 보았지요."

산삼을 캐러 다니는 사람들은 보통 삼인조로 다닌단다. 그리고 그 일이 그리 쉬운 일이 아니라고 한다.

"어르신! 저도 산삼을 캐고 싶은데, 넣어주실 수는 없나요?"

"아니? 젊은이가?"

"네, 한번 가보고 싶어요. 부탁 말씀 한번 드릴게요."

"산삼을 캐려면 마음가짐부터도 달라야 해요. 산삼은 하늘이 주는 겁니다. 바로 옆에 산삼이 있어도, 아무 눈에나 보이지 않습니다. 보이는 사람만 보입니다. 그만큼 신비한 물건입니다."

옆 사람이 거든다.

"그래서 산삼을 캐러 갈 때는 여러 가지 준비를 합니다. 우선 어떤 날이 좋은가를 일기예보를 잘 봐야 합니다. 그리고 산삼을 캤을 때의 상황과 그날의 기후 등을 집에 가서 세세히 기록해 놓고 그것을 참고합니다. 산은 변화무쌍합니다. 몸을 정갈하게 씻고 산제를 지낼 음식도 준비하고 각종 장비도 있어야 합니다. 그리고 산은 위험 요소가 많습니다. 길을 잃어버리면 낭패고, 경험이 많이 필요합니다. 독도법(讀圖法)도 아주 중요하고요."

또 한 사람이 거든다.

"며칠 동안을 산을 다닐 것인가도 계산해서 먹을 음식을 장만해야 됩니다. 또한 길을 잃을 것을 대비하여 그냥 먹을 수 있는 음식도 필요합니다. 생쌀이라든지 건오징어라든지 엿이라든지……"

"경험이 없는 사람은 산에서 비닐을 덮고 자는 것도 무척 힘듭니다."

"산삼을 찾아다니는 일은 아무나 하는 게 아닙니다."

한마디씩 하는 말이 산삼을 캐는 일을 아예 그만 두라는 투다. 현종은 낭패였다.

"아, 그렇군요. 그러니까 산삼을 발견한다는 건 고행이네요! 저도 원래 고행을 하기 위해 이곳에 온 것입니다. 어르신들, 하여간 저도 같이 가게 해 주실 수 있으신지요? 재삼 부탁입니다. 힘든 일은 무엇이든 할 수 있어요."

"하늘을 지붕 삼아 잠자는 일도 그리 쉬운 일은 아닐 텐데요?"

"제가 이렇게 말씀드리는 건 아이 대학교 학자금 때문에 부탁의 말씀을 드리는 것입니다."

"네? 누가 대학엘 갑니까? 저기 있는 아이가요?"

"네. 제 아들은 학교엘 안 다니고 독학을 했어요. 그렇지만 대학 갈 실력은 충분히 된다고 봅니다."

"그래요? 학교도 안 다니고 대학교를 간다니 대단하군요. 머리 좋은 분들이 낳은 아이라 그런가 보지요?"

"정 그렇다면 우리가 다음에 날짜를 잡을 때 미리 연락을 드리지요. 운이 있으면 아주 큰돈도 생기지요."

"아! 정말 감사합니다."

현종은 허리를 구십도로 구부려 인사를 했다.

"허나 큰 기대는 하지 마세요. 재삼 말씀드리지만 산삼은 하늘이 내리는 것입니다."

그리고 그들은 아랫마을 전화가 있는 이장 댁으로 연락을 하겠다고 하고는 다음을 기약하고 떠나갔다.

"감사합니다. 감사합니다. 꼭 기다리겠습니다."

현종은 연방 고맙다는 인사를 했다. 그리고 그들이 떠나자 생각에 잠겼다.

'아! 내가 뭘 잘못 살고 있구나! 내 삶이 지금의 유순씨를 만든 게 아닌가?'

여기 와서 유순이 외출을 한 곳이라야 대성이 등하굣길뿐이고 다른 곳은 다닌 곳도 없다. 처녀 때 입고 다녔던 옷도 우중충해 보이고 구두도 낡아서 운동화를 신고 다닌 지가 얼마였었나? 옷 한 벌, 구두 한 켤레, 핸드백 하나 사 준 적이 없다. 양심이 사정없이 현종의 심장을 때린다.

'돈을 벌어야 해결된다!'

현종은 대성이를 위해 현 박사가 추천하는 도서를 구입해줄 뿐 어떻게 할 도리가 없었다. 혼자 공부할 수 있도록 책과 카세트를 사다주자 대성은 영어, 일어, 중국어를 독학으로 자유로이 구사한다. 부모도 그게 무슨 뜻인지 잘 파악이 안 되는 것이 많다. 아버지가 흙과 함께 사니 대성이는 밭에서 아버지를 따라다니며 잠깐씩 일을 돕는 게 놀이터다.

농약 한번 안 치고 지은 농사이니 먹는 데도 기분은 좋았다. 오이나 토마토 호박, 당근 등은 크게 키우지는 못했어도 책을 사다 읽어 보고 아랫마을 동리 어른들에게 농사일을 배웠다. 적당히 준 거름은 새싹들이 윤기가 나도록 잘 커줬고, 얼마나 큰지 들기도 힘든 호박을 만들기도 했다. 대성이가 아장걸음을 걸을 적엔 아들의 생활이 궁금했을 부모께 그 큰 호박을 붙들고 함박웃음을 웃으며 기념사진도 찍어서 호박과 함께 부모님께 보냈었다. '네 이놈, 잘 사나 보자!' 그랬을 것 같은 부모께 이리 잘살고 있다는 은연 중 대화였다. 그러나 양가의 부모는 전혀 발걸음을 하지 않았다. 지금 생각해보니, 너무나 큰 기대를 저버린 데 따른 배신감 때문이셨을 것 같았다. 사진을 보내고 뭔가를 기대했을 것만 같은 유순도 아무 말이 없었다.

집에서 가까운 곳인 계룡산은 사이비 종교가 200종이 넘는다는 곳. 온 갖 신들을 위한다며 자기들이 그린 그림 또는 돌을 깎아 만든, 인간의 형태와는 아주 다른 돌들 앞에 촛불을 켜놓고 앉아 있는 사람들이 많다. 징을 엎어놓고 밤새 두드리며 중얼대기도 한다. 관공서에서는 행여 불이라도 날까봐 아무리 단속을 해도 그들을 없애지는 못했다. 그래서 사람들은 그곳을 사이비종교 신들의 천국이라 부른다. 대성이는 가끔 그런 곳을 찾아가서 이리저리 다니며 그들이 하는 행동을 그저 쳐다만 보고 있을 뿐, 거기에 대한 무슨 말을 한다든가 하는 일도 없다. 대성이는 그저 생각한 것을 말하지는 않고 그저 그 무당이 하는 모든 행동을 호기심 어린 눈으로 쳐다만 보고 있었다. 맹모삼천지교라는데, 이사를 잘못 온 것일까? 어떤 일이 닥쳐도 부부는 해결될 것이라고 믿고, 마음을 비운 지가 십년이 넘지 않았던가.

대성이는 어릴 적부터 아버지에게 궁금하여 묻는 게 너무나 많다.

"아빠, 별은 왜 저기에 있는가요? 항상 그 자리에 있다는 게 맞나요?"

현종도 답해주기 어려운 질문이 많다.

"붙박이별이야 항상 제자리지. 태양처럼 말이야. 그러나 우리 사는 지구를 비롯하여, 금성, 화성, 목성, 토성, 해왕성 등은 항시 움직이는 별이지."

"저 은하수가 다 별들이라면 그곳에서도 붙박이별과 그 붙박이별을 도는 행성도 있나요?"

"우주의 광활함으로 볼 때는 우리 태양계 같은 무리가 헤아릴 수 없을 만큼 많지."

2부

별들의 탄생

6. 내가 알고 싶은 우주

밤하늘을 보면 이런 생각을 하게 된다. 인간인 나는 무엇인가, 어디에서 온 것일까? 죽음 이후는 뭘까? 나는 어떻게 만들어졌으며, 어디로 갈까? 현종 역시 그것을 알고 싶다. 우주의 탄생은 신비로워 알 길은 없지만, 우주에서 별이 생기는 건 신문이나 TV에 방영된 피터 힉스가 이론화한 힉스장의 실험 결과가 발표된 것도 듣고 보았다. 수학을 공부했던 유순도 큰 관심을 나타냈었다. 현종은 저녁에 마당에 앉아 하늘을 보며 무수히 떠 있는 별을 보며 대성이에게 공부도 시킬 겸 이렇게 말하곤 했다.

"대성아! 하늘에 보이는 저기 저 별들이 떠 있는 곳을 우주라고 한단다."

초등학생 아들 대성이가 부모보다 우주가 더 궁금한가 보다.

"아빠, 우주가 하늘이에요?"

"그렇지, 우주는 하늘이지! 그리고 우리가 보는 저 작고 반짝이는 것을 별이라고 부른단다."

"별은 학교에서 배웠어요. 선생님도 별이 있는 곳이 하늘이래요. 그런데 학교 책에 별은 오각형인데, 하늘엔 왜 그냥 불빛만 보여요?"

정신없이 물어댄다.

"그래, 저 작은 불빛이 별이란다. 여기서 보니까 작지, 사실은 저 별도 엄청 크단다. 그리고 별은 책에 그림 같은 별표가 아니라 우리가 사는 지구처럼 둥글게 생겼단다."

"그럼 학교 책이 틀린 거네요? 동그란 걸 왜 오각형 뿔로 그렸지?"

"알아보기 쉽게 하기 위해서 약속기호로 그렇게 그린 거지!"

"어쨌든 책이 틀린 거예요?"

서울대학교 수석 입학생이었던 현종도 답하기 어려운 질문이 쏟아진다.

"그런데, 그 별은 누가 만들어서 저기다 올려놨어요?"

"그러면 태양하고 별은 어떻게 만들어져요?"

숨도 안 쉬는지, 따발총 물음이다.

'글쎄 그게 나도 궁금하지만 참으로 어려운 질문이다.'

현종이 배우고 영상으로 본 것을 설명하면 대성이는 너무나도 빨리 알아듣는 것 같다. 우주에 대한 어려운 문제를 숨도 쉴 새 없이 물어본다. 현종도 우주에 대한 것은 잘 알지를 못한다. 그저 학교에서 배운 대로 설명을 하려 하면 대성이가 묻는 데 대한 답을 다할 수가 없다. 아는 대로 본대로, 또한 자료를 동원하여 이야기해줄 수밖에 없다.

"모세의 첫 번째 책인 『성서』 창세기 첫 문단에 '빛이 있으라'라는 글이 있어. 그리고 일주일 동안 세상을 창조했다고 나오지. 힌두교 경전인 『리그베다』에서는 극소량의 순수 에너지가 갑자기 폭발하여 천지 창조가 되었다고 해. 힌두교는 우주의 팽창을 알 모양으로 생각해왔대. '브라만다'는 '브라마'와 '안다'인데, '브라마'는 조물주를 뜻하고 '안다'는 알을 뜻한대. 그리고 이집트 창조 이야기에는 최초의 신 '아톰'이 등장하고, 서아프리카에 사는 도곤 족의 창조 신화에는 만물을 관장하는 최초의 신 '암마'가 알의 형태로 등장해. 그 우주 알에 대한 이야기도 차차 해보기로 하자. 수메르, 이집트, 북유럽 신화를 보면 어둠속에서 무엇이 등장하고 혼돈 속에서 질서가 생겨난다고 한단다."

"아빠, 공책에 적을까요?"

"아냐, 우선 그냥 듣고 있으면 나중에라도 생각이 날거야! 적으면 더 좋겠지만. 물리학에 대한 이야기를 이해해야만 알 수 있는 이야기들이 바로 비밀에 싸인 우주야. 우주 창조론은 더욱 신비하지. 현대 과학이론과 비슷한 천지창조 이야기가 고대 성전에 어떻게 기록이 될 수 있었나를 살펴보고 우주관에 대한 이야기를 2,000년 내지 5,000년 전 사람들이 어떻게 알았을까도 같이 생각해보자."

이것이 큰 미스터리이며 신을 이해하기 위한 첫 걸음일 것만 같다. 아직 어린 대성이에게 설명을 하면 알아들을까를 생각하며, 우주에 대하여 알려는 학자들의 이야기, 즉 스위스 제네바에서 있었던 일에 대하여 중요한 것만을 발췌하여 대성이에게 설명을 했다.

현대 과학자들은 별의 생성 과정을 해명하려고 스위스 제네바의 지하 90미터 속에 둘레 27킬로미터에 달하는, 세계에서 가장 크고 복잡한 기계를 수억 달러를 들여 만들었다. 이를 대형 강입자 충돌기(LHC)라고 한다. 이를 통해 1964년 물리학자 피터 힉스가 이론화한 '힉스장 이론'을 입증하는 길이 열렸다.

힉스장 이론은 우주가 대폭발을 하면서 생긴다는 이론이다. 아주 작은 양성자 두 개를 LHC의 27킬로미터 양 끝에서 시속 10억 8천만 킬로미터의 속도로 발사하면 중간에서 충돌하면서 엄청나게 강한 에너지를 만들어낸다. 이로써 이 공간에서 순간적으로 빅뱅과 비슷한 상황이 발생하게 된다. 우주 역사에서 에너지가 가장 높은 상태였던 빅뱅을 재현하는 것과 같다. - (마이클 데닌 박사 캘리포니아 천체물리학과 교수)

2012년 7월 4일 수천 명의 관중이 유럽 입자 물리학 연구소인 CERN 강당 밖에 모여 LHC가 최초로 발견한 사실의 발표를 기다렸다. 우주 본질에 관한 수수께끼를 수십 년 만에 풀어줄 발견이었다.

학자들은 이렇게 말했다.

"강당의 분위기가 아주 대단했어요. 평소의 물리학 심포지엄이나 세미나와는 차원이 달랐죠. 굉장히 중요한 발견을 발표할 예정이었으니까요. 정말 놀랄만한 일이었고, 실제로도 놀라웠죠."

"드디어 발견한 것 같습니다."

"CERN 과학자들이 발견한 건 '신의 입자'라고 하는 아주 작은 물질이었습니다."-(윌리엄 헨리 '시온의 비밀'의 저자)

"인류 지식에 한 획을 그은 신의 입자를 발견하자, 전 세계 과학자가 축하하면서 진리를 이해할 새로운 단계가 열릴 거라 생각했어요. 그렇다면 신의 입자라는 게 무엇이고 우주에 관해 무엇을 알려준다는 걸까요? 과학계에서 '힉스 보손'이라고 부르는 이것은 1964년 물리학자 피터 힉스가 처음으로 이론화한 물질입니다. 이 발견을 통해 우주에 보이지 않는 힘이 존재한다는 걸 입증했죠. 바로 힉스장입니다. 힉스장에서는 입자가 상호작용을 하면서 속도가 느려져 질량을 얻게 되고 이렇게 입자가 모여 행성과 별을 형성하게 되죠. 모래나 설탕을 헤치고 가는 탁구공을 예로 들곤 합니다. 과학계는 대단히 흥분했어요. 시공간에 퍼져 있는 힉스장을 발견했으니까요. 입자의 질량을 무시하면 광속에 가까운 속도를 내는 게 이론적으로 가능해요. 인류가 별과 행성을 탐사할 수 있는 것도 이 때문이죠. 과학, 종교, 철학 할 것 없이 우리는 같은 질문에 답을 구하고 있습니다."

- (조르지오 A. 투스칼로스 '레전더리 타임지' 출판인)

"우리는 누구이고, 어디서 왔을까요? 신의 입자 힉스보손 같은 발견을 축하하는 이유는 인류가 수천 년 매료돼 있던 이 수수께끼를 해결할 해답과 훨씬 가까워졌기 때문이죠."

LHC는 세계에서 가장 크고 강력한 입자 가속기로서, 원자폭탄 7만 개의 에너지를 생산할 수 있다. LHC는 최초로 힉스입자 즉 '신의 입자'를 발견한 열쇠였다. 많은 과학자가 다른 입자들이 질량을 얻기 전 찰나에 이 원자 입자가 존재한다고 믿으며, 이는 또한 오늘날 물리학 법칙을 이해하는 퍼즐의 빠진 조각이다. 이론 물리학자들은 이 입자를 발견하면 과학과 기술의 새 지평이 열려 여러 가지가 가능해질 것이라고 주장한다. 예를 들어 반중력 빛의 속도로 여행하기, 순간이동과 미래의 군대 무기 개발도 이루어질 수 있다.

"힉스 입자는 정말 새롭죠. 이걸로 뭘 할 수 있을지 정말 알 수 없습니다."

힉스 입자를 처음으로 신의 입자라 언급한 사람은 노벨상 수상 물리학자 레온 레더만이었다. 레더만은 대형 강입자충돌기의 사용을 신의 영역에 이르는 바벨탑 건설에 비유하기도 했다. 말 그대로 이해하자면 -(윌리엄 헨리 '관찰자의 잃어버린 비밀'의 저자)

신의 입자 발견과 유럽 원자핵 공동 연구소에 있는 것과 같은 입자가속기의 발명이 사실상 바벨탑의 재현이라는 것이다.

"바벨탑은 인류가 하늘에 구멍을 내고 스타게이트와 웜홀을 열려던 첫 시도였던 것 같네요."

더 강력하고 개선된 충돌기가 앞으로 몇 년 안에 가동된다는 전망과 함께 과학자들은 인류가 우주의 원리를 이해하는 데에 더 큰 기술적 도약을 이룰 것이란 희망에 차 있다.

"개선 작업이 끝나면 약 열세 배 더 강력해질 겁니다. 어마어마한 에너지 상승이죠. 이 에너지 수준으로 작동되는 장비는 최초입니다. 하지만 의문입니다. 이것이 원치 않은 결과를 불러올 위험은 아닐까요? 판도라의 상자처럼 말이죠."

오늘날 유럽 원자핵 공동연구소에서 수행되는 전 세계과학자들의 공동 연구가 바벨탑을 세웠던 창세기 속 고대 문명의 노력에 비견될 수 있을까? 우리가 천국과 교류하고 은하계 사회와 연결할 수 있는 수준에 이르고 있다면 우리는 준비가 되었을까? 아니면 우리의 노력이 다시 한 번 좌절되고 인류의 발전이 수천 년 늦춰지게 될까?

현종이 말하는 도중 대성이가 물어온다.

"그럼 우주에서 힉스장이라는 곳은 어디인가요?"

"응?"

현종은 깜짝 놀랐다. 자기가 하는 말을 대성이가 다 이해하고 있었다는 것 아닌가? 이 어린 아이가 말이다. 놀랄 일이었다. 옆에 있던 유순이 거든다.

"여보, 대성이 머리가 예사롭지 않아 보여요. 생각하는 게 남다르고, 내가 보던 책도 보면 바로 이해가 가나 봐요. 수학문제도 곧잘 풀어요. 저 나이에 방정식을 그냥 쉽게 풀어대니 저도 놀라워요."

"천재들은 무언가 특별한 게 있어서 천재가 된 사람이 많은데, 하여간 대성이가 보통 사람들과는 틀린 점이 많다고 생각이 되네요."

"그래요? 하여간 대성이가 물어보니 그 대답을 해야겠네요."

"바로 우주 어느 한 곳에서 별을 만드는 곳이 힉스장이지. 상상할 수도 없이 넓고 큰 우주에서 끊임없이 별들을 만들어내고 있으니 우리가 시간으로 따질 수는 없는 것 같지만, 백억 년이 지난다면 그 엄청난 크기의 은하수 자체의 모양이 변할 수도 있다는 이야기지."

유순이 거든다.

"작은 질량의 덩어리가 힉스장의 우주라고 보면 뭉치면서 은하의 모양은 바뀔 수가 있겠네요!"

"그렇지!"

"그러네요. 우주의 별의 생성에 관한 의문은 완전하진 않지만 풀렸네요."

"대성아, 너는 뭐 의문이 더 없니?"

"있지요, 태양계 생성에 관한 것이요. 또한 태양계와 비슷한 붙박이별을 도는 다른 행성요."

"응? 그것까지?"

"태양계도 멀리서 보면 작은 은하계 속에 존재하는 별들일 뿐이다. 은하계 내에서 태양을 중심으로 도는 해왕성까지가 태양계라고 우리가 금을 긋고 있지만, 아직 밝혀지지 않은 태양계를 돌고 있는 별도 있다는 것을 알아야 한다."

"그 말씀은 책에서 읽어 보았어요."

"그러니까 우리가 사는 태양계와 같은 것이 우주에는 수도 셀 수 없이 많다는 것이다. 그러니 우주가 얼마나 광활한지를 안다는 건 우리의 상상 밖의 일이며 신기한 것이 아주 많단다."

우주의 크기

우주의 크기는 상상을 초월한다.

우리가 사는 태양계가 속하는 은하가 1,000억개에서 4,000억개의 별이 있다고 추측되며 그러한 은하가 약 1,400억개나 존재한다고 관측되었다.

우리가 사는 태양계에서 가장 가까운 별인 '프록시마켄타우르수'까지 광속의 속도로 간다해도 4.3광년이 걸린다. 얼마나 광대한 우주인가.

그래서 깨달음을 가진 사람들이 이야기 하는 것 중에서 '불가사의'라는 숫자가 생겼을 것 같기도 하다. 그 위에 무량대수라는 숫자도 있지만.

"더 알고 싶은 것이 있는데요, 사람도 태어나면 죽는데, 별들은 안 죽나요?"

참으로 기막힌 질문이다. 보통 어린아이가 물어보는 것과는 사뭇 다른 물음이다.

"질문 잘했다. 내가 본 대로 아는 대로 알려주마."

현종이 설명을 시작한다.

"2018년 11월 10일 23시에 BBC '내셔널 지오그래픽'에서는 약 1시간 동안 지구에서 1400광년 떨어진 곳에서 별들이 태어나는 것을 보여주었어. 위에서 설명한 힉스장의 실체를 허블 망원경이 촬영을 해서 총천연색으로 방영해주었지. 별들의 탄생, 그것은 작은 모래 알갱이들이 엄청난 속도로 토네이도 현상으로 돌면서 불기둥으로 변하며 이루어진다. 가장 중심부 안쪽으로부터 작은 알갱이들이 뭉치기 시작하는데 그 엄청나게 빠른 속도로 인하여 불기둥을 형성해. 그것은 불덩어리로 변하며 그 안에서 새 별이 만들어지지. 힉스장을 현지에서 중계방송을 했다고 보면 된다. 허블망원경은 대성공을 한 거야. 그 장면을 미리 방영할 수 있었다면 제네바의 지하 실험실은 필요 없었을지도 몰라. 이제는 지금의 허블망원경보다 성능이 백 배 더 좋은 망원경을 만들어 NASA에서 2018년 우주 탐사를 위해 발사할 계획이 예정돼 있다고 해. 우주의 베일을 벗기는 데에 한 걸음 더 다가선 셈이지.

네가 묻는 별들의 죽음이란 것도, 태양과 같은 별들이 어떻게 죽어 가는지를 허블망원경이 보여줬어. 죽는 별들은 팽창을 하는데 그 팽창하는 크기가 상상을 초월하는 크기야. 우리 태양계로 비유한다면 태양이 사라질 때는 태양에서 지구 거리보다도 더 크게 확장하며, 폭발하면서 없어지니 그 안의 모든 생명체는 모두 없어지겠지. 그렇게 되면 태양계 자체는 공전 자전이 없어지고 아마 길을 잃은 혜성이 되어 우주 어디론가 떠다닐 거야. 그러다가 별들끼리 충돌하여 사라지겠지. 그렇다고 우주에서 큰 일이 일어난 건 아니야. 태양계 주변을 돌고 있는 금성에서부터 명왕성까지의 거리가 어느 정도일까? 보이저호의 속도로 날아가는 위성이 지구에서 명왕성까지 간다면 약 10년이 걸려도 우주 크기에서 보면 작은 공 하나에 불과하기 때문이야.

그것이 바로 우리가 상상할 수 없는 우주의 크기이기도 해. 우리가 지금까지 탐색한 우주의 크기는 약 600억 광년이라 하니까 1,400광년이 얼마나 작은 것인지 생각해보렴. 그러니 우리가 사는 태양계가 없어져도 우주에서의 큰 변함은 없다는 이야기야. 참, 광년이 뭔지는 알지? 빛은 1초에 약 33만킬로미터를 가는데, 그렇게 일 년을 가는 거리를 1광년이라 하지.

태양의 수명에 관한 것을 현재 과학자들이 연구한 것은, 태양은 수소로 이루어져 있으며 헬륨과 융합을 하면서 빛을 내는데 앞으로 약 50억 년이 지나면 태양은 초신성이 되어 폭발을 하며 없어질 거래. 그렇게 되면 태양계 안의 모든 동식물은 다 없어질 것이고, 태양계의 질서도 무너질 거야."

"아버지! 태양도 없어진다니 놀랄 일이네요. 그때가 되면 세상 사람들과 모든 동식물이 전부 죽을 터인데, 정말 그런 일이 없었으면 좋겠어요."

"그렇지. 안타까운 일이지만 그것은 우주의 법칙일 수도 있으니 인간이나 모든 동식물은 그에 따를 수밖에 없지."

"아버지! 우주의 모양은 어떻게 생겼을까요? 그것부터 설명해주시면 안 될까요?"

대성이가 궁금해 하는 우주의 생김새는 어떤 모습일까? 그 답을 어떻게 설명해야 할까? 그것은 현종도 생각이 잘 안 나는 물음이기에, 학교에서 배운 일부의 이야기를 했다.

"그것은 물리학계의 지난 100여 년간의 숙제였다. 물리학자 그 누구도 이 문제를 풀지 못했었다. 이것을 2차방정식으로 풀어낸 사람은 러시아 태생인 그레고리 패럴만이란다. 그레고리 패럴만은 2004년 노벨상에 버금가는 수학 올림피아드(필즈)에 '푸앵카레의 추측'에 대한 논문을 제출했어. 클레이 수학연구소에서 이 논문을 2년 넘게 검토한 끝에 그의 이론이 맞다고 결론이 났고, 그래서 패럴만은 2006년에 필즈상 수상자로 결정되었지. 그의 이론은 이차원의 버전을 삼차원으로 확장시켜서 그리는 것이었어. 그러나 그는 약 11억 원에 달하는 수상금도 거절하고 수상식장에도 나타나지 않았어. 유명 대학교에서 교수로 초빙을 해도 응하지 않았지. 그는 방정식으로 푼 논문 밑에다 '나는 원하는 것을 다 가졌다'고 써놓았다고 해. 그러니까 자신은 돈을 위해 공부한 게 아니라는 뜻이지. 어쩌면 패럴만의 뇌는 한 차원 높은 곳에 있는지도 몰라."

현종은 대성에게 패럴만이 그린 그림을 보여주었다. 대성은 그림을 한참 쳐다보았다. 그리고는 또 다른 질문을 해댄다.

"아버지! 고대 문명의 지식인인 데모크리토스에 대해 어떻게 생각하세요?"

대성이가 열 살이 넘자 '아빠' 대신 '아버지'로 바꾸었다. 책을 많이 읽어서 그런가, 아니면 이미 성인이 된 것인가? 두 살에 책을 읽은 세계적인 천재가 있었다는 이야기는 들어보았지만…… 현종으로서는 저 애가 정말 내 아이인가 하는 생각이 들 정도였다.

"우주를 알려면 우선 성전이라 불리는 『베다』를 알아야 한다. 그것은 모세의 성서와 쌍벽을 이루며 우주 창조에 관한 이야기들을 적어놓았기 때문이다. 그리고 데모크리토스에 대해 알려면 우선 고문서를 알아야 하지. 베다, 성서 창세기 노아의 방주 등 그런 것들에 대하여 이야기해 보기로 하자. 그리고 이 시대에 모세의 성서가 미치는 영향은 너무나 크다. 그 성서 또는 성전들을 우리는 다 알아낼 수는 없을 것이다. 하나씩 읽으며 스스로 판단하는 수밖에 없다고 본다."

대성이 나이가 열다섯이 되자 그는 종교에 대하여 관심을 갖고 묻기 시작한다. 그 물음에 대한 대답도 무척 어려운 질문이다.

7. 성전 베다와 인류 멸망은?

『베다』는 베다 비야샤가 만든 힌두교 성전이다.『베다』가 만들어진 시기는 약 오천 년 전이다. 베다 비야사는 인간의 모습이지만 과연 그는 누구였을까? 베다를 주목해야 하는 이유는, 훌륭한 동시대의 과학자 직관으로 현대 과학이 이제야 도달한 이치와 베다에 기록되어 있는 만물의 이치가 아주 유사하다는 데 있다. 리그베다에 나와 있는 힌두교의 창조 이야기는 수천 년 전 살았던 인류가 우주의 탄생과 더불어 발생하는 정밀한 과학적 과정을 어떻게 꿰뚫었느냐이다.

초끈 이론은 우주의 모든 물체가 점 입자가 아닌 아주 작은 크기의 끈으로 연결되어 있다는 아인슈타인의 이론이다.

모든 물질은 원자로 구성되어 있다. 원자의 크기는 1천만분의 1cm의 작은 크기를 가지고 있지만 이 원자는 하나의 복합 구성체로서 그 안을 들여다 보면 아주 작은 핵과 그 주위를 도는 전자로 구성되어 있다. 즉 양성자와 중성자로 구성되어 있고 그것을 쪼개면 상상을 초월하는 '쿼크'라는 아주 작은 미세한 입자들로 구성되어 있다는 사실이다.

현대 과학자도 이제야 이해하기 시작한 과정인데 참으로 미스터리한 일이 아닐 수 없다. 우주가 한 점에서 시작해서 팽창을 거쳐 현재 모습을 갖췄다는 이론이기 때문이다. 오천 년 전에 사람들은 그 사실을 어떻게 알았을까? 현대의 과학자들은 이『베다』를 알려고 연구를 계속하고 있다고 한다. 보오와 슈뢰딩거가 『베다』를 탐독했고, 오펜하이머, 아인슈타인, 테슬라 같은 천재들도 『베다』라는 책에 천지창조에 관한 이야기가 이미 기록되었다는데 감탄을 금치 못하는 것이다.

"네가 묻는 데모크리토스는 원자가 있다는 이론을 발표한 사람이다. 그의 고향은 그리스의 트라키야 해변 '에게' 해 북쪽 끝에 자리한 아부데라라는 고대 도시지. 2500년 전 아부데라는 번영한 항구 도시이자 무역의 중심지였어. 데모크리토스는 그곳에서 기원전 5세 경에 활동을 한 사람이야. 철학자일 뿐만 아니라 과학 이론가이기도 한데, 뛰어난 지능 덕에 '과학의 아버지'라고 불리기도 하지. 부유한 집안에서 태어난 그는 페르시아의 '마기'에게 교육을 받았어. '마기'는 운명을 통제한다는 박학다식한 사제였지. 이집트와 바빌로니아를 여행하며 베일에 싸인 스승들에게서 고대 지혜를 배웠다고 해. 당시 신비하고 불가사의한 지식과 식견이 넘치는 곳으로 유명했던 칼데아의 점성가에게서도 배움을 얻었다고도 하지. 데모크리토스는 사람, 식물, 돌, 태양 등 세상 만물은 같은 물질로 이루어졌다고 했어. '아토모스'라고 이름붙인 아주 작은 입자야. 그러니까 데모크리토스는 원시 원자론을 발전시킨 사람이야. 그는 세상 만물은 아주 미세해서 보이지 않는 입자로 구성되어 있다고 했어. 오늘날 우리가 생각하는 양성자, 중성자, 전자, 원자를 구성하는 이론을 고대에 이미 데모크리토스가 말했던 거야.

데모크리스토스가 2,500년 전에 내놓은 원자론은 오늘날 물리학의 표준모형과 아주 비슷해. 신의 입자 힉스보손에 관한 연구의 근간이 되었지. 원자와 원자를 움직이는 힘을 데모크리토스는 어찌 알았을까? 그의 저서를 보면 수많은 세계를 제시하는데, 이러한 세계에도 생명체가 있다고 해. 그렇다면 이런 정보는 다른 세계를 넘어 우주에서 온 것이 아닐까? 그는 묘지 같은 곳을 찾아가 자신의 힘을 발휘하고 미래를 예견하는 목소리나 정보 같은 것을 얻기도 했다고 해. 다른 우주와도 소통을 한다고 하면서 자신이 첨단 정보를 얻는 장면과 우주의 목소리를 묘사하기도 했다는 거지.

페르시아의 '마기'와 이집트의 알 수 없는 학자, 그리고 바빌론의 사제들이 데모크리토스에게 인간의 몸을 도구로 활용해 외계 생명체와 직접 교신하는 고대 비법을 알려준 건 아닐까? 과학이 더욱 발전하면 할수록 우리는 오랫동안 숨어 있던 과거의 진실을 발견하게 될 거야.

데모크리토스는 정말로 기원전 5세기에 원자론과 다중 우주론을 이해했던 걸까? 아니면 고대 우주인 이론가가 제시하는 대로 진보한 존재에게서 얻은 정보를 단순히 써 내려갔던 걸까? 인류가 발전하도록 의도적으로 남겨둔 우주에 관한 증거를 말이야. 질문에 대한 답을 얻으려면 신의 입자 발견과 마야력의 상관관계에 주목해야 한다고 해.

멕시코의 웅장한 석조물인 팔렝케는 강성했던 마야 도시의 유적이야. 우뚝 솟은 석조 피라미드와 화려한 광장인 팔렝케는 마야 문명의 진정한 세련미를 드러내지. 과학과 예술 분야의 업적만큼은 마야가 세계고대 문명 중에서 단연 최고였어. 굉장히 발전했던 수학, 과학, 천문학, 기하학은 아메리카 대륙 전체에서 비할 데가 없었지. 고대 마야 도기에서 연구원들이 찾아낸 최고의 유물은 뭐니 뭐니 해도 달력이야. 달과 날뿐만 아니라 수천 년 뒤의 날짜까지도 계산돼 있었지.

마야인의 달력 주기는 아주 다양했어. 마지막에 만든 달력은 '장기달력'이라 부르지. 서양의 시각에서 보면 자동차의 주행 기록계 같을 텐데, 시간에 따라 맞물리게 되어 있어. 마야들은 문명 이전에 세계가 세 번 바뀌었으며 새로운 세계의 출현도 예견할 수 있다고 믿었어. 마야력의 목표는 한 시대가 끝나고 새 시대가 시작되는 구체적 날자와 실시간을 찾아내는 거였다고 해.

2012년 12월 21일, 이 날이 마야력의 끝이야. 전 세계에서 이 날을 기념하려고 수천 명이 마야 유적지에 몰려들었어. 하지만 일부는 이 날을 심각한 징조로 여기기도 했어. 2012년 12월 세상이 끝난다는 마야인의 예언 때문에 예언 연구가들은 흥분했고, 그 날이 최후의 날이라고 믿은 사람도 있었어. 그러나 실제로는 그날 아무 일도 일어나지 않았지. 많은 사람들이 믿었던 최후의 날이 아니라면 고대 달력이 예견한 건 무엇이었을까? 고대 우주인 이론가들은, 마야력이 손꼽아 기다리던 그날은 최후의 날이 아니라 인류 역사에 새 시대가 도래하는 날이라고 해. 마야인은 최후의 날이라고 말한 적이 없거든. 새로운 천지 창조의 순간이라 말했을 뿐이야. 마야력은 엄청난 발전을 예견한 거야. 과학적 이해와 가능성이 활짝 열려있는 새 시대로 인류를 이끌어줄 변화를 말이지. 그때 발견한 게 바로 신의 입자 '힉스보손'이야.

그러니까 마야인들이 예견하려 했던 건 끔찍한 재앙이 아니라 신의 입자라는 중요한 걸 발견하고 이를 활용해 우리의 위치가 우주 어디쯤인지 알아내는 거였다고 할 수 있어. 마야인들이 정말로 신의 입자를 예견했다면 이 지식이 우리를 어디로 이끌지 실마리도 남겨 뒀을까? 고대 우주인 이론가는 이 질문에 관한 대답을 찾으려면 북쪽으로 770킬로미터 떨어진 또 다른 마야 유적지 이사파에 있는 딱딱한 안삼암 조각품을 살펴보라고 해. 제 5비석에는 신화 속, 나무가 그려져 있는데, 마야인들은 이 나무가 우주 지구와 관련이 있다고 믿었거든. 우주의 나무가 보이는 것과 보이지 않는 것, 그리고 땅을 서로 연결한다고 믿었던 거야. 그리고 이 나무에 '이츠'라는 시럽 또는 수액이 흐른다고 했어. 보이지 않은 차원을 그곳과 연결된 '이츠'가 열어주니까, '이츠'는 다른 세계로 가는 열쇠인 셈이야. 외계인이 열어줬을 법한 첨단 에너지를 이야기하는 것 아닐까? 신성한 나무의 상징을 보고 있자면 그 수액이 신의 입자인 '힉스보손'이 아닐까 하고 생각해."

설명을 들은 대성이는 한참을 가만히 앉아 있다. 이해할 수 없는 이야기에 머릿속이 복잡해서일까, 아니면 다 알아들었다는 의미일까?

"아버지! 어떻게 수천 년 간의 달력을 돌 한 개에다 만들 수가 있나요?"

"그러니까 그들의 수학이나 물리학에 수준이 대단하다는 거야. 그중에서 장기 달력이라는 것은 시계 톱니바퀴를 생각하면 된다. 서로 맞물려서 돌아가며 시간을 가르쳐 주듯이 날과 달과 해를 알려주는 기계라고 보면 될 것 같다."

"그것을 현지에 가면 볼 수 있을까요?"

"글쎄, 나도 안 보아서 모르겠지만, 돌이 아주 크다면 현장에 있을 것 같기도 하고, 작다면 보물이니 박물관에 있지 않을까 생각이 든다."

"데모크리토스는 어떻게 현대 과학에서나 알 수 있는 원자론을 저서로 남길 수 있었나요?"

"그는 깊은 명상 속에서 그 이치를 알아낸 것 같다. 그렇지만 그 당시에는 그에 말을 꼭 맞는다고 확신한 사람이 없었다고 본다. 왜냐하면 그의 말과 저서는 정신이상자의 말 같이 들렸을 테니까."

"그분은 존경받는 철학자가 아니었나요?"

"그랬지. 제자들도 많았고."

"그럼 제자들은 그분의 말씀을 믿었나요?"

"그 당시에는 원자론과 우주론이라고 하지 않고 '아토모스'라는 다른 명칭을 썼었다. 스승의 말이니 그냥 믿었겠지. 신비에 싸인 사람이라고 했으니까. 그러나 중요한 건, 데모크리토스는 선진 문명의 외계인과 소통하고 있었던 게 확실하다고 본다. 그것은 성서에도 나오고, 세계 모든 문화에 외계의 문화가 있었다는 증거가 속속 밝혀지고 있기 때문이야."

8. 지구는 수차례 멸망하고 다시 시작했다?

"인류는 몇 번인가를 멸망했었다? 그런 이야기들이 지금 연구에 의하여 서서히 떠오르고 있다. 그리고 다시 원시시대로 돌아가기 시작했다는 이야기도 나온단다."

"아버지! 그런 얘기를 하려면 그 증거가 있어야 되지 않아요?"

"그렇지! 그러니까 학자들은 그 증거를 찾기 위해 세계 곳곳을 다니며 연구를 하고 있는 것이란다. 학자들이 현재 밝힌 것 하나를 보자.

인도 고고학 조사국의 한 당국자는 어떤 승려를 따라서 종교적인 유적이라 생각되는 곳에 이른다. 하지만 흙무더기 아래에서 고고학자들은 그 대신 대략 기원전 2천 년경의 고대 인더스 계곡 문명도시를 발견한다. 그 이름은 '모헨조다로', 즉 '죽음의 언덕'이다. 지금까지 세계에서 발견된 문명 중에서 가장 오래된 문명 중 하나지. 그 당시 모헨조다르는 매우 진보한 문명이었어. 하수도가 있었고, 온갖 사치품들도 있었지. 메소포타미아 문명과의 교역도 활발했어. 모헨조다로는 이집트와 메소포타미아의 고대 문명에 못지않았지. 고고학자들에 따르면 이 도시에는 한때 3만 5천 명 이상이 거주했었다고 해. 그런데 도시에서 발견된 해골은 마흔세 구뿐이야. 모헨조다로 인더스인들의 불가사의한 실종에 대해 많은 가설이 있어. 1977년 영국인 연구자 데이빗 데번포트는 도시가 몹시 강력한 폭발 때문에 파괴되었다는 증거를 유적지 일부에서 발견했지.

데번포트는 폭발의 흔적을 찾았던 거야. 그는 이 지역이 도시 일부를 파괴했던 폭발로 추정되는 사건의 진원지였다고 생각했어. 그리고 그 증거를 찾았지. 유리화된 도자기, 완전히 녹고 유리화된 벽돌, 유적에서 발견된 다수의 석회화된 해골 등이 급작스러운 죽음의 증거라고 학자들은 주장하지.

모헨조다로에서 팔짱을 긴 해골들이 발견됐어. 거의 유리화되어 있었지. 과학자들은 몇 년 간의 접근 제한 때문에 유리화된 잔해들을 분석할 수 없었어. 그러나 2014년 광물학자 샘 아이엔가는 모헨조다로에서 유리화된 도자기 조각을 입수했고 일련의 실험을 수행했어. 원소 분석을 해봤더니 모헨조다로의 암석을 구성하는 성분은 주로 실리콘과 알루미늄이고, 칼슘과 칼륨이 조금 있었어. 그래서 점토일지도 모른다고 생각했지. 엑스선 회절법을 써봤어. 이 방법은 물질의 형성 과정을 정확하게 판명할 수 있다고 해. 그러자 이 패턴이 나타났어. 비결정질의 언덕을 따라 결정질의 정점이 일부 나타나. 보통 암석의 유리상에서 나타나는 결과야. 그 구성이 화산암과 매우 유사하지. 점토였던 물질이 이런 상태로 변하는 유일한 방법은 아주 높은 온도에 노출되는 거야. 섭씨 약 2,200도에서 2,800도 정도의 고온 말이야. 이는 초기 문명이 의도적으로 만들 수 있는 온도가 아니야. 뭔가 초자연적인 현상이었을 거라는 얘기지.

고온에 노출되었다는 반박할 수 없는 증거인 이 도자기 표본이 과거 모헨조다로에서 강력한 폭발이 일어났다는 결정적인 증거가 될 수 있을까?

데이빗 데번포트와 인도의 고대 베다 문헌 연구자들은 폭발이 사실이며 모헨조다로는 어쩌면 '랑카 왕국'일지도 모른다고 주장했어. 랑카는 '라마야나'라는 인도 서사시에서 그 멸망이 자세히 묘사된 도시야. 라마야나에 따르면 비슈누 신은 랑카의 수장인 필멸자 '라바나'가 너무 강력해졌다고 판단해. 비슈누는 '라마'라는 인간의 모습을 빌려 스스로 신에 가까워진 라바나와 싸움을 벌여. 라바나는 만만치 않은 적이었어. 사실 라바나의 힘 대부분은 시바 신에게 얻은 거야. 열렬한 추종자였던 라바나에게 시바 신이 강력한 무기를 준 거지. 라나와 라바나는 싸우는 동안 특별한 에너지 무기를 사용했어. 신의 무기였지. 아주 강력한 파괴력을 지닌 무기. 굉장한 폭발과 함께 태양이 50개의 훨씬 더 밝은 태양으로 변했다는 묘사가 있어. 어떤 이들은 모헨조다로에서 일종의 핵폭발이 일어났을지도 모른다고 주장해. 핵폭발 가능성을 보여주는 증거는 서사시뿐만이 아니야.

암석이 유리화되었다는 물리적 증거도 있어. 암석이 유리화되는 유일한 방법은 고온에 노출되는 것이지. 이건 신화가 아니야. 미신도 아니지. 진보한 기술을 가진 이들이 서로 전쟁을 벌인 역사적 사건의 기록인 거야. 이걸 보면, 당시 인류는 지금 우리와 비슷한 수준의 놀라운 기술과 놀라운 지식을 가졌음을 알 수 있지. 그러다 뭔가 잘못돼서 처음부터 다시 시작해야 했던 거야. 누군가가 말했지. '이러면 안 되는데' '지식을 갖게 하되 너무 많이는 안 된다.' 그런 일이 일어난 것 같아. 이 외계인들은 인류가 이 진보한 기술을 얻고 신과 같아지는 것을 바라지 않을 테지만 흥미는 많을 거야. 여기에서 중요한 건, 원칙을 지키는 거지. 그래서 노골적으로 인류에게 개입하여 자기 존재를 드러내지는 않아. 하지만 동시에 우리가 지구를 파괴하는 걸 막지.

모헨조다로의 유리화된 잔해들이 수천 년 전 인류가 대단한 문명을 보유했었다는 증거일 수 있을까? 그리고 이 증거가 외계 존재가 이 무기들의 악용을 방지하기 위해서 인류에게 개입했음을 시사하는 것일까? 고대 이론가들은 그렇다고 답하며 가장 위대한 고대 지식의 보고가 어떻게 파괴됐는지 조사함으로써 더 많은 증거를 찾을 수 있다고 주장해.

또다른 예로 서기 391년 이집트를 들 수 있어. 그곳에 알렉산드리아 대도서관이 있었지. 이 도서관은 아마 고대 세계에서 가장 큰 도서관이었을 거야. 이 지식의 보고에 불이 붙는다. 테오도시우스 1세 황제의 명령이었지. 황제는 도서관에 소장된 많은 책(파피루스)을 이단이라고 여겼어. 기원전 3세기에 이집트인들이 건설한 알렉산드리아 대도서관은 소장했던 책이 백만 권에 이른다고 하며 그 주제도 다양하여 천문학, 수학, 물리학, 의학과 철학을 포함했다고 해. 이 도서관은 고대에 가장 큰 도서관이었어. 수백만 권의 책들은 모든 고대의 과학과 모든 고대의 지혜와 초자연적 지식, 문학을 담고 있었지. 그러나 체제가 바뀌자 책 속에 이단적인 내용이 있지 않을까 두려워했어. 기독교가 성장하여 더 강력한 종교가 되자, 고대 문명을 이뤘던 일부 지식을 사악한 것으로 보기 시작했지. 그래서 모든 천문학과 모든 기술 지식, 모든 철학이 불태워져야 했어. 이때 소실된 고대 기술이 많았어. 현대의 역사의 기록이 이를 알려주지. 자기력, 결정체, 에너지 등의 물질계와 자동하는 기술들 성궤와 같은 것들 말이야. 존재했다는 건 알지만 그 존재의 본질이 무엇이었는지는 몰라. 어떤 책에는 십만 년 이상 거슬러올라가는 지구의 역사가 담겨 있었어. 그러니까 이 책들이 모두 불탔을 때 인류의 지식은 무(無)로 돌아간 거야. 한때 대도서관이 보유했던 수많은 장서는 그 기록된 지식의 95퍼센트가 소각된 것으로 추정되고 있지. 인류의 발전을 수천 년이나 되돌린 거야.

하지만 왜일까? 알렉산드리아 대도서관이 불탄 것이 단순히 가톨릭 교회가 일부 장서를 이단으로 여긴 탓일까? 고대 외계인 이론가들은 다른 이유가 있을 것이며 배후에는 외계인의 의제가 있을지도 모른다고 주장해. 2007년 발표된 NASA 공식문서『고전 고대의 미확인 비행물체』에 따르면 로마 제국의 탄생과 멸망 사이에 놀랄 만한 횟수의 신비한 조우가 있었어. 그리스 로마 시대에는 UFO라거나 비행접시 같은 용어를 쓰진 않았지만 하늘의 군대, 방패, 배와 같이 표현했어. 그리고 이건 역사야. 키케로의 기록이 흥미롭지. 어떤 내용이었냐면, 하늘에 구체가 있었는데 더 작은 구체들로 나뉘었다는 거야. 오늘날 전형적인 UFO 기록과 일치하지. 보통 거대한 구체가 갑자기 분리되더니 더 작아져 사방으로 날아간다고 하지. 기원전 1세기의 이 기록은 로마시대, 백 개 이상의 알 수 없는 목격 기록 중 하나일 뿐이야.

놀라운 이야기가 또 있어. 로마 시대의 전투 중에 우주선이 나타난 거야. 일부 전투와 전쟁의 결과에 이 외계인들이 직접적인 관계가 있었던 것으로 보여. 굉장한 목격담 중에서도 콘스탄티누스 1세의 기록이 가장 유명하지. 콘스탄티누스는 서기 312년 10월 27일 밀비우스 전투의 승리로 황제가 되고, 결국 서구 문명을 영원히 바꿔놓게 돼. 콘스탄티누스가 큰 전투의 한가운데에서 교전을 벌일 때 결정적 순간이 찾아와. 황제는 전장 위에 나타난 십자가를 봤다고 주장했어. 그때 황제는 그리스도께 맹세했지. 전투에 승리한다면 기독교로 개종할 것이며 기독교를 로마제국의 국교로 정하겠다고 말이야. 콘스탄티누스의 환상은 의미심장했어. 일종의 메시지였다고 생각한 거야. '이 전투를 벌이고 기독교를 국교화하라'라는 메시지 말이야.

결국 콘스탄티누스는 로마 황제가 되었고 기독교인, 유대인, 다신교인 사이에 종교 전쟁이 일어났어. 이 전쟁 동안에 알렉산드리아 대도서관이 처음으로 공격을 받았지. 도서관은 결국 서기 391년 완전히 파괴되고 말

아. 그리고 일부 고대 외계인 이론가들에 따르면 이 화재는 밀비우스 다리에서 콘스탄티누스가 본 그 환상의 장본인이었던 외계인의 지시였다고 해.

로마 제국은 여러 방면에서 시대를 앞서갔어. 이런 점에서 지성을 가진 외계인들의 이목을 끌었던 걸까? 염려할 만한 원인을 제공했던 걸까? 로마 제국 시대에 나타난 UFO는 인류를 감지했고 어쩌면 인류의 발전이 조금 늦춰졌을까? 로마 제국 시대의 UFO 목격 기록이 인류의 발전을 저지하려는 외계인의 의제를 보여주는 것일까? 아니면 훨씬 더 놀라운 해석이 가능할까? 그리고 지구상에 있는 바다 밑 도시, 공룡의 멸종, 사라진 인류, 이 모두가 의문투성이야."

"아버지! 그렇다면 유리화라는 것은 무엇을 말하는 것인가요?"

"점토질을 구워 만든 도자기나 암석이 높은 온도로 인하여 유리 같은 투명체로 된 것을 유리화라고 하지."

"유리화가 되려면 높은 온도가 있어야 된다는데, 그것을 어찌 만들지요?"

"현재의 기술인 핵폭발에 의해서도 물질이 유리화될 수 있어. 또한 그것은 우주에 떠돌다가 지구에 떨어지는 유성이 큰 것이냐 작은 것이냐에 따라 다르다고 본다. 대형 운석이 떨어지면 그 부딪치는 열은 엄청날 것이라 돌이나 각종 물건들이 유리화가 되는 것은 확실하지."

"그러니까 파키스탄의 신드 지방에 유성이 떨어져서 유리화된 물건들이 있다는 이야기이지요?"

"그렇지. 어떤 원인에서의 대폭발! 그것이 지구의 인류를 세 번인가는 멸망하게 하고 인류의 문명이 또 다시 원시시대부터 시작한 게 아니냐는 것을 한 역사단체가 연구한 거란다. 지금도 유성은 지구 대기권 안으로 들어오면 우리가 별똥별이라고 하는 긴 빛줄기로 보이지만 작은 것은 그냥 지구로 떨어지기도 해."

"아버지! 기원 전후에도 UFO가 있었다는 기록이 있다니 놀라운 일이네요. 또한 종교는 통치에 의해서 국교로 결정된다는 증거일 수도 있네요."

"네가 앞으로 공부할 것은 너무나 많다. 테오도시우스 1세 황제가 지식의 보고인 수많은 고대 기록을 불태우지만 않았어도 인류는 과거를 쉽게 알 수 있었을 텐데, 너무나 아쉬운 이야기지. 많은 지식을 쌓는 것은 중요한 거야. 사람이 태어났다가 그냥 무의미하게 죽어서는 안 되겠지. 인간이란 과연 무엇이고 어떻게 태어났을까? 어떻게 될 것인가를 성경에서는 묘사해 놓았다. 모세의 성경을 보면 세상의 창조, 인류의 창조 이야기가 나온다. 그것이 과연 맞는 이론인가? 실존 했던 것인가? 성경의 미스터리도 이론이 있다."

"네, 그렇군요. 책을 읽고 그대로 받아들여서는 안 된다는 말씀이시지요?"

"이것을 알려면 성서의 이야기가 필요하다. 의문을 빼놓은 성서는 역사책이기 때문이다. 또한 학문을 발전시키려면 어떤 책이든 사실 여부의 검증이 필요하다고 본다. 책은 본인이 읽고 판단하기 나름이지만 학자들의 이론도 무시해서는 안 된다. 학자들이 이야기하는 성서에 대한 이론을 한번 살펴보기로 하자."

3부
성경의 미스터리

9. 노아의 방주 사건에 대한 이론

"『성경』창세기에 보면 하느님은 노아와 그 가족을 제외한 모든 인간과 생명체를 전멸하기로 하지. 노아는 하느님의 계시를 받고 배를 만들어. 보통 방주라고 하지. 이 방주는 너비가 약 25미터, 높이 약 15미터, 그리고 길이가 약 140미터쯤 됐어. 성경에 적힌 치수가 정확하다면 이 방주는 인류 역사상 가장 거대한 목제 선박이면서 인간이 만든 최초의 불가사의였을 거야.

노아에게 그렇게 큰 배를 지을 능력이 있었을까? 오늘날의 조선(造船) 전문가들은 회의적이야. 그렇게 큰 배를 혼자서 지었다는 건 말이 안 되지. 실제로는 수십 명이 달라붙어도 꼬박 일 년 이상을 작업해야 만들 수 있을 정도의 규모니까. 그리고 그렇게 큰 배를 지을 수 있다고 해도 그런 큰 배가 강한 폭풍과 홍수를 견뎌 낼까? 대해에서 큰 배는 요동치는 파도에 부딪쳐 두 동강이 날 수 있거든. 노아의 방주는 중간 규모의 폭풍은 견딜 수 있었을지 몰라도 어마어마한 폭풍은 감당하지 못했을 거야. 오늘날에도 마찬가지지.

그동안 창조론자들은 노아의 대홍수에 관해 여러 이론을 제시했어. 첫 번째 이론은 천지창조 셋째 날 하느님이 하늘을 만들고 바다와 육지를 분리할 때 지표면 아래에 물 일부가 고였다는 거야. 압력을 받고 그 물이 위로 솟구쳤다는 거지. 다른 유명한 이론은 1960년대에 헨리 모리스와 존 위트 콤이 제시했는데, 대홍수가 발생하기 전 대기 위에 수증기 막이 있었는데 알 수 없는 이유로 이 수증기 막이 무너지며 대홍수가 일어났다는 거야. 창조론자들은 이 수증기 막에서 대홍수에 필요한 물의 절반이 공급됐다고 주장해. 대홍수의 원천에 대한 또 다른 이론은 고고학자 브루스 매시가 제시했는데, 그는 대홍수를 일으킨 원인은 우주에서 날아온 혜성이라고 주장해. 아메리카 원주민의 암각화에서 그 증거를 찾을 수 있다지. 매시는 이 암각화의 시각이 하늘에서 본 것이라고 해. 우주 혜성이 대양으로 추락하면서 대홍수가 일어났을 것이다, 추락 지점은 마다가스카르에서 약 1,500킬로미터 떨어진 곳으로 추정된다는 게 매시 박사의 이론이야. 나는 이 이론이 허무맹랑한 이론은 아니라고 생각해. 지금도 지름이 3킬로미터가 넘는 혜성이 태양계에 진입해 지구를 향해 돌진하기도 하잖니? 시속 16만 킬로미터 이상의 속도로 대기권에 진입한 뒤 바다로 떨어지면 대재앙이 시작될 수 있어. 엄청난 양의 물이 솟구칠 거야. 혜성 질량의 열 배 가량의 물이 대기권까지 솟구치겠지. 그런 충돌이라면 천만 메가톤의 에너지를 일으키지. 나가사키 원폭 투하 때보다 5억 배 강한 에너지야. 게다가 엄청난 양의 수증기가 대기권으로 분출되면서 적어도 일주일 이상 엄청난 비가 쏟아지겠지. 인도양에서 발생한 거대한 쓰나미만 해도 180미터 높이의 파도와 함께 2,400킬로미터 떨어진 해안을 덮치고 폭풍을 일으키잖니?

하늘에서 떨어지는 물과 해양 폭풍이 만나면 최악의 허리케인이 발생해. 매시 박사에 따르면 기원전 1807년 5월 10일에 혜성이 지구에 충돌했대. 그는 이 충돌이 노아의 홍수를 포함한 세계적인 대홍수 신화와 연관이 있다고 봐. 하지만 매시의 이론은 급진적이고 천문학자들은 미심쩍어해. 하지만 주류 지질학자들은 마냥 무시할 순 없어. 지구 전역에 충돌의 증거가 있으니까. 이게 모든 이론 중 가장 이치에 맞아. 혜성이 지구와 충돌하며 대홍수가 일어났단 이론인데, 실제로 그런 일이 있었고 운석과 혜성의 충돌로 거대한 분화구가 생겼지. 지구가 탄생한 후부터 지속적으로 소행성이나 운석과의 무시무시한 충돌이 있었어. 어떤 충돌은 6,500만 년 전 공룡 멸종의 원인이 됐을 거야. 이런 충돌은 지금도 일어나. 대다수 지질학자는 이 이론을 받아들이지만, 성경을 최고 권위로 여기는 사람들은 동의하지 않지.

톰 베일은 지구가 수십억 년 됐다는 과학 정설에 반대하는 단체 소속

이야. 베일에게 그랜드캐년은 지구가 몇천 년 전에 탄생했다는 걸 증명하는 연구소이자 세계적인 대홍수로 뒤덮였던 곳이며 그 증거는 암석에 있다고 해. 그랜드캐년은 세계 어느 곳보다도 많은 퇴적층을 보여주지. 그리고 협곡 형성의 원인이 어떤 재앙이란 걸 보여주는 많은 증거가 있어. 저 사암층은 수평이지만 단층선에선 수직으로 바뀌지. 퇴적물층의 습곡이야말로 습하고 연성인 상태에서 휘었다는 증거야. 홍수 때 단단한 암석이었다면 아마 부서졌겠지만 홍수 퇴적물이 쌓였다는 건 아직 축축했었다는 의미지. 단층이 이동할 때 사암은 아직 부드러운 상태라 움직이고 이동하면서 이런 습곡이 형성된 거야. 과학계에선 베일의 이론이 크게 환영받지 못해. 그래도 창조론자와 진화론자가 동의하는 한 가지는 그랜드캐년이 물에 의해 형성됐다는 거야. 그랜드캐년 암석이 물에 의해 형성됐다 해도, 지구 전체가 과거에 대홍수로 덮였단 뜻은 아니야.

물론 성경은 역사서도 아니고 지질학 교과서도 아니야. 성경에 따르면 폭풍이 잦아진 후에도 노아에게 보이는 건 물 뿐이었지. 40일이 지나고 노아는 방주에서 낸 창문을 열고 땅을 살피기 위해 비둘기를 세 번 내보내. 세 번째 비둘기가 돌아오지 않자, 땅에서 지내도 안전하단 걸 깨닫지. 성경 속 이야기가 사실이라면 노아는 방주에서 나와 낯선 땅에 발을 디뎠어. 그곳은 어디일까? 1996년 두 명의 지질학자가 터키 해안에서 연구를 진행했어. 이곳은 세계에서 가장 신비로운 바다 중 하나야. 거대한 내해로 동쪽에서 서쪽까지의 길이가 천 킬로미터가 넘는 흑해지. 빌 라이언과 월터 피트먼은 흑해 수중에서 신기한 걸 발견하고 수중 지형 지도를 만들었어. 수심 몇십 미터에 해변이 있던 거지. 이는 과거에 수면이 훨씬 낮았던 걸 의미해. 다수의 해변을 발견했는데 매우 건조했던 빙하 시대에 증발로 인해 물의 양이 줄면서 욕조 속 둥근 띠 모양의 해안선이 남은 거야. 그들은 90미터짜리와 110미터짜리 해안선을 발견했어. 가장 깊이 있는 건 놀랍게도 156미터였어. 해저의 주요 표본으로 알 수 있는 건 과거에 흑해는 담수호였다는 거야. 담수조개에서 해양조개로 변화했다는 것 또한 알 수 있었지. 탄소연대측정으로 시기를 파악했어. 결과는 충격적이었어. 해양 연체동물이 흑해의 모든 수심에서 같은 시기에 등장해. 7,600년 전이야. 그때 큰 사건이 있었단 뜻이지. 그 큰 사건은 홍수였고, 규모는 엄청났어.

홍수의 원인은 지구 온난화였을 거야. 빙하기 말에는 수백만 톤의 물이 극빙에 갇혀 있었지. 하지만 빙하기가 물러나고 극빙이 녹으면서 해수면이 상승했어. 지중해도 예외는 아니었어. 상승한 물이 흘러간 곳은 섬의 얇은 지협 반대편이었고, 그곳엔 거대한 담수호가 저지대에 있었어. 그렇다면 그 후의 일은 뻔하지. 중력의 법칙이 작용한 거야.

지중해에서 솟구친 물은 저지대로 흘러가려고 보스포루스 해협을 지나는 수로를 만들었어. 수로가 생겨나자 지중해에 갇혀 있던 물이 쏟아지면서 이동 중에 모든 걸 쓸어버렸지. 물이 흐르면서 수로가 점차 깊어졌고 그럴수록 유속은 빨라졌지. 그들의 계산으로는 완벽한 수로가 생기는 데 석 달쯤 걸렸을 거래. 지축을 흔든 이런 사건을 경험한 사람은 없었을까? 고고학자 프래드 히버트는 있었을 거라고 해. 약 1만 년 전 보스포루스 해협이 없고 흑해가 아직 담수호였을 때 수면은 지금보다 수십 미터나 낮았지. 주변의 넓은 지대가 육지였을 거란 뜻이야. 수렵 채집인과 초기 농부에겐 살기 좋은 땅이었을 거야. 거기서 사람이 살지 않을 이유가 없었지. 그 신석기인들은 도저히 이해하지 못할 일을 경험했겠지. 바다가 너비 몇 킬로미터의 간격을 따라 옮겨갔으니까. 사람들은 굉음을 들었을 테고, 땅이 흔들렸겠지. 100킬로미터, 어쩌면 200킬로미터 떨어졌어도 느꼈을 거야. 엄청난 양의 에너지가 방출된 거지. 보스포루스 해협에서 몇 킬로미터 반경에 살았다면 물에 휩쓸려갔을 거야. 그리고 멀리 있던 사람들은 물이 끝도 없이 흐르면서 세상이 바뀌는 걸 목격했겠지. 라이언과 피트먼의 가정이 옳다면 대홍수 시기로부터 5,000년이 지난 뒤 그 일에 대한 희미한 기억을 기록해놨을 거야. 모든 생물체와 모든 곳을 덮었으니 무시무시한 홍수였을 테니까. 그게 대홍수에 대한 전설을 낳았을 거야. 전 세계를 뒤덮는 대재앙이었겠지. 사람들이 이동하면서 이 이야기를 또한 전달했을 테고. 그 이야기들이 아마도 메소포타미아의 대홍수 전설이 됐을 거야. 그 것이 '길가메시 서사시'와 노아 이야기로 이어졌겠지.

　매우 커다란 홍수가 났을 거야. 지구를 다 덮을 정도까진 아니었겠지만 당시 사람들이 알던 육지 대다수를 덮을 정도는 됐겠지. 고대 이스라엘인 들은 당연히 도덕적인 면도 추가했을 거야. 성경 속 이야기의 결말엔 노 아가 감사 제사를 지내고 다신 지구와 생명체를 벌하지 않겠다는 하느님 의 약속이 있었어. 이렇게 노아와 방주 얘기는 세대를 거쳐 전해졌고 그 렇게 지난 몇천 년간 이어졌지. 실제로 노아가 누구였는지, 이야기의 의미 는 무엇인지는 개인마다 해석이 다를 수 있어. 있을 법한 일이지. 그런 이 야기가 갑자기 땅에서 솟아나진 않았을 거야. 인간의 경험을 이해하도록 도와주는 이야기니까 여전히 영향력이 강한 거지.

　성경은 창세기 첫 구절부터 요한계시록 끝까지 전부 믿을 수 있어. 진 리로 시작해서 진리로 끝나. 과학적 증거 유무는 중요치 않아. 정서적으로 믿으면 되니까. 결국 노아와 방주 대홍수에 관한 이야기가 여전히 존재하 는 데는 이유가 있어. 우리의 마음을 울리지. 마음을 울리지 않는다면 우 리도 귀담아듣지 않겠지. 하지만 우리는 귀담아 듣지. 대성아, 여러 학자 들의 노아의 홍수에 대한 이론을 소개했다. 듣고 보니 어떠니?"

　"저는 고고학자 브루스 매시가 제시한 이론이 가장 귀에 들어옵니다."

　"그래. 노아의 방주 이야기를 사실로 믿는 사람이 많겠지만, 결국은 지 구에 떠돌이 위성 충돌로 인한 바닷물의 넘침을 이야기한 것이라고 한 다."

　"아버지, 그러면 성경은 역사서라고 하는데 성경이 틀리다는 이야기를 한 것인가요?"

　"우리가 그 시대에 살았던 사람이 아니니까 꼭 맞다 틀리다는 이야기할 수는 없다고 본다. 홍수 같은 이야기나 떠돌이 혜성이 지구에 떨어지면 상상도 못하는 큰일이 벌어진다. 혜성 충돌로 인한 별들의 이야기는 지금 도 달이나 지구에 남아 있는 많은 증거들이 넘쳐난다. 학자들 가운데는 많은 이론이 분분하지만 성서에 있는 노아의 방주 이야기는 모순된 점이 있다고 본다."

"진화론과도 맞지 않죠."

"그렇지. 만약 노아의 식구들만 살았다면 지구의 인간들은 모두 노아의 피를 이어받은 한 민족이여야 하지 않겠니? 그걸 DNA가 증명해야 해. 증명이 가능할까? 그것은 완전 틀렸지. 노아의 가족 중 흑인이 있었던가? 키가 2미터가 넘는 거인이 있었던가? 키가 1미터밖에 안 되는 사람이 존재했다는 것은 인도네시아 리앙부아 동굴에서 확인된 사실인데, 노아의 방주로 이것을 설명할 수 있겠니? 대홍수가 일어났다는 이야기는 성경에만 있는 것이 아니라, 길가메시 서사시에도 나오고 수메르의 에 누마 엘리시, 중앙아메리카의 마야인, 그리고 콜롬비아에 사는 남아메리카의 코기 인디언도 대홍수 이야기를 가지고 있어."

"아버지, 그러면 성경에 대한 진실과 오해에 대하여 자세히 좀 말씀해주실래요?"

"성경이 제작될 당시 살아보지 않고서야 어찌 2천 년이나 지난 일을 알수가 있겠니? 성경은 이 지구상에서 가장 많은 사람들이 보는 책이며 최고의 베스트셀러야. 일 년에 약 일억 권씩 판매되는 책이니 그 인기도를 알 만하지. 그러나 과학적 사실과 모순되는 점도 많고, 사람을 신격화하기 위하여 교회가 감췄으면 하는 것은 다 빼고 만들기도 했다는 것은 부정하지 못할 것 같다. 만약에 로마의 전성기에 아빠가 이런 말을 했다면 즉시 사형 됐을 거야. 당시에 유물론을 제시했던 사람들은 다 돌려났으니까. 히브리 성서를 영어로 번역했다 하여 그 번역자를 사형에 처한 교황님도 있었거든. 같이 읽어 보면서 판단해 보기로 하자. 역사에서 보는 성경은 과연 어떤 평을 하고 있을까, 또는 학자들이 보는 견해도 함께 보기로 하자. 그 내용에 대해서는 스스로 판단해보기로 하자. 그리고 학자들이 말하는 성경 구절을 다시 한 번 읽어 보기로 하자."

"아버지, 유물론에 대한 줄거리만 말씀해주실 수 있나요?"

"유물론을 간단히 설명하자면, 물질이 1차적이며 의식은 2차적이고, 물질로서의 세계는 시간적 공간적으로 영원하고 무한하며, 신에 의해 창조된 것이 아니라고 주장하는 이론이야. 신적인 존재를 통해 세상을 설명하려는 것과 대립하는 이론이라고 보면 된다. 즉 과학을 근거로 제시하는 학문이라고 보면 될 것 같다.

성경은 역사상 매우 중요한 책이다. 예수는 그 시대의 선지자임에 틀림없다. 그러나 성경에는 숨겨진 부분도 있다고 본다. 예수의 형제자매가 분명히 있는데도 성경에서는 예수를 신격화하기 위하여 저자가 그 내용을 잘 표현을 안 하고 있으나 복음서 성경 곳곳에 형제자매의 이야기가 있다. 그런데도 그 이야기는 신자들도 잘 모른다.

(마태복음 13장)을 보면 야고보, 유다, 시몬, 요셉의 네 명, 자매도 살로메, 마리아 두 명이 있다. (마태복음 12장 46-49절) 한국 천주교 번역에는 예수님께서 아직 군중에게 말씀하고 계시는데, 그분의 어머니와 형제들이 그분과 이야기 하려고 밖에 서 있었다. 그래서 어떤 이가 예수님께 '보십시오, 스승님의 어머님과 형제들이 스승님과 이야기 하려고 밖에 서 계십니다' 하고 말하였다. 그러자 예수님께서 당신께 말한 사람에게 '누가 내 어머니고 누가 내 형제들이냐?' 하고 반문하셨다라고 쓰여 있다.

예수 탄생의 날도 잘못 추정한 것이다. 예수가 헤롯 왕 시절에 태어났는데, 헤롯 왕은 기원전 4년에 죽었잖니? 그러니까 기원전 4년, 좀 멀리 잡아도 기원전 7년에 태어난 게 맞다. 그러니까 수세기 동안 '기원 후 1년', 즉 '우리 주의 해'라는 뜻인 아노 도미니(Anno Domini)의 약자인 AD를 탄생 시기로 기록을 한 것이지.(미국 아이오와 대학교 고전 종교학 교수 로버트 R. 카길 박사) 그리고 태어난 곳도 베들레헴이라 하지만 학자들은 나사렛이라고 추정하고 있어.(노스캐롤라이나 대학교 성서학 교수 바트 어르먼 박사)

아마도 예수 이야기 중 논란이 많고 심오한 부분은 어머니인 마리아가 처녀로 예수를 낳았다는 믿음일 거야. 이 믿음은 기독교 신앙의 토대가 되지. 하지만 이상하게도 예수가 처녀에게서 태어났다는 기록은 두 개의 복음서에만 있어. 마태복음과 누가복음이지. (마태복음 1장 23절) '보아라 동정녀가 잉태하여 아들을 낳으리니 그 이름을 임마누엘이라고 하리라.' 왜 이렇게 놀라운 기적이 더 널리 알려지지 않았을까? 일부 학자들 말처럼 예수가 히브리 메시아라는 믿음을 증거로 정당화하려 했던 것일까? 구약성서의 예언이 성취된 것처럼 말이야.

신약성서는 예수가 메시아라는 증거로 이사야 선지자의 예언을 근거로 삼는 것을 좋아해.(미국 아이오와 대학교 고전 종교학 교수 로버트 R. 카길 박사)

사람들이 많이 알던 예언 하나가 히스키야 시대에 했던 예언이야. 예루살렘은 적들에게 포위당하고 어떻게 해야 할지 몰라. 그때 이사야가 이렇게 예언하지. '처녀가 아들을 낳게 되는데 이름이 임마누엘이고……' 임마누엘은 '하나님이 우리와 함께 계시다'란 뜻이야. 마태는 그리스 단어를 썼고 이 문맥에서는 처녀란 뜻이지. 하지만 이사야서에 기록된 히브리 단어로는 처녀도 되지만(크리스 키스 박사 세인트메리 대학교 초기 기독교학 교수) 성 관계 여부를 언급하지 않으면 보통 여자아이라는 뜻이지. 그러니까 마태는 예수가 처녀에게서 태어났음을 주장하려고 그런 해석을 빼버린 거야. 그러니 이건 믿음의 눈으로 구약성서를 다시 해석한 경우지. 예수에게 형제들이 있다는 견해는 불편해지고 문제가 되는 거야. 그렇게 시간이 흐르면서 교회는 형제들을 이야기에서 빼고 대충 설명해. 요셉이 다른 혼인에서 낳은 자식일 거라는 등 말이지.

한글 천주교 성경에는 이사야서 7장 10절 14에는 젊은 여인이 잉태하여 아들을 낳고 그 이름을 임마누엘이라 할 것입니다. 이렇게 써 있다. 위에서 (크리스 키스 박사 세인트메리 대학교 초기 기독교학 교수)가 말하는 것은 그리스어로 된 성경이나 히브리어로 된 성경은 가지고 논한 것 같습니다. 마태복음 13장 55절에서 58장.

예수에게 형제자매가 있었다는 증거 외에도 사실 기독교에서 참고하는 예수의 삶과 가르침에 관한 고대 문서들이 아주 많아. 하지만 신약 성서에는 포함되지 않았지.

신약성서에서 제외된 또 다른 고대 복음이 있는데 '도마의 유아기복음'이라고 불러. 기원 후 125년 정도에 쓰인 것으로 추정되고 공인된 복음서 기록보다 자세히 예수의 어린 시절 이야기를 기록했던 초기 시도로 여겨져. 도마의 유아기 복음서는 예수의 친형인 도마가 쓴 거라고들 해.(바트 어르먼 박사 노스캐롤라이나 대학교 채플힐 성서학 교수) 예수는 어린 슈퍼맨이나 다름없었어. 예수가 다섯 살 때 길을 걷고 있는데 어떤 아이가 놀면서 달려가다가 예수의 팔에 부딪친 거야. 예수가 돌아보며 말하지. '더는 앞으로 못갈 거야.' 그리고 그 아이가 쓰러져 죽어. 이 글에 책임이 있었던 사람들은 분명히 이런 생각을 하게 되지. 어떤 아이가 신이고 생사를 주관할 힘이 있는데 이 아이가 화가 나면 무슨 일이 생기느냐는 거지. 어린 예수에 대한 직접적인 이야기들이 존재했는데 왜 신약성서에 포함되지 않았을까? 교부(教父)들은 복음서의 일부 내용이 불명예스럽다고 생각했고 이들의 결정에 따라 신약성서에 포함될 수 없었어.

기원 후 26년 굶주리고 거의 벌거벗은 남자가 강가를 따라 거칠게 달리며 마지막 때를 예언하고 세례의식을 행하지. 세례 요한 또는 말 그대로 물에 담그는 요한이라는 건데,(제임스 D. 테이버 노스캐럴라이나 샬럿 종교학 교수) 세례 요한은 메시아가 오는 걸 준비하는 자로 보여. 예수의 어머니 마리아는 세례 요한의 어머니인 엘리사벳과 친척으로 나와. 잘 알려지지 않은 성경의 비밀 중 하나는 한때 요한과 예수가 경쟁자였다는 거지.(미국 아이오와 대학교 고전 종교학 교수 로버트 R. 카길 박사) 요한은 사실 대 선지자였고 예수는 막 떠오른 인물이었어. 많은 유대인은 세례 요한이 메시아라고 생각했어. 요한의 제자들 대다수가 스승이 예수보다 뛰어나다고 생각했지.(레자 아슬란 박사 젤럿 : 나사렛 예수의 삶과 시대의 저자) 나중에는 누가 누구에게 세례를 줘야 하는지 다투기도 했어. 유대를 점령한 로마인들과 히브리 엘리트들에게 세례 요한은 유명한 데 그치지 않고 위험한 인물로 여겨졌어. 예수가 살던 당시의 유대는 양치기와 농부가 대부분인 나라였어. 로마가 점령한 삶은 고되었지. 생활 환경도 혹독했고.(칸디다 모스 박사 노트르담 대학교 초기 기독교학 교수) 유대인들은 정복당한 시민으로 살고 싶지 않았어. 모두가 그렇겠지. 로마가 예루살렘을 점령한 건 유대인에게 큰 트라우마였고 유대인들은 심판과 구원의 날이 오길 바랐어. 하나님이 유대 민족을 점령의 굴레에서 구할 거라는 분위기가 있었지. 늘어나는 요한의 추종자들로 폭동이 생길 것을 두려워 한 로마인들은 세례 요한을 체포해. 감옥에 가뒀다가 결국 참수하지. 요한의 죽음으로 그의 사역과 제자들 역시 예수에게로 넘어갔어. 그만큼 세례 요한 참수는 예수의 삶에서 매우 중요한 순간이었어. 어쩌면 더 중요한 점은 이 일로 예수 또한 반체제 인물로 낙인 찍혔다는 거야.(크리스 키스 박사 세인트메리 대학교 초기 기독교학 교수)

신약 성서를 보면 예수가 일을 하지는 않아. 직업이 없다는 이야기야. 그러면 어떻게 직업이나 수입이 없이 자신의 사역과 제자들을 지원할 수 있었을까? 또 다른 비밀은 많은 여성이 예수의 사역을 후원하고 있었다고 나와. 그중에 요안나와 수산나와 막달라에서 온 마리아가 있었지. 많은 이가 창녀라고 믿고 있는 막달라 마리아라는 여성이 예수의 사역을 크게 도왔다는 게 사실일까? 일부에서는 막달라 마리아가 어업사업을 소유했고 자신의 사업에서 번 돈으로 후원했을 거라고 말해. 마리아가 예수의 헌신한 추종자였을 뿐 아니라 예수의 연인이거나 아내였을 수도 있다는 거지. 영지주의(靈智主義) 문서에는 예수와 막달라 마리아의 관계에 대해 많은 이야기가 실려 있어. 막달라 마리아는 예수가 사랑하는 자로 불려. 영지주의 복음서는 마리아를 성적인 방식으로 언급하지. 예수가 결혼했을 뿐 아니라 그 상대가 바로 막달라 마리아라는 거야. 신약 성서에는 막달라 마리아가 예수의 생애 중에 딱 한번 나오지. 누가복음 8장에.(바트 어르면 박사 노스캐롤라이나 대학교 채플힐 성서학 교수) 그러나 막달라 마리아가 친밀한 제자이자 예수와 연인이었고 결혼도 했다는 결론을 내리기는 매우 힘들어. 둘의 관계가 어떠했던 간에 막달라 마리아가 창녀는 아니었다고 해. 5세기 그레고리 교황님이 마리아를 창녀로 해석하고 알다시피 서구 기독교 역사 내내 그런 오명을 쓰지. 막달라 마리아가 창녀였다는 역사적 평판은 그레고리 교황님이 오독한 결과였을까? 아니면 고의적인 의도가 있었을까? 이 의도로 바뀐 역사적 이해가 막달라 마리아뿐 아니라 예수에게도 적용이 된 걸까?(윌리엄 풀코 신부 료욜라 메리 마운트 대학교 지중해학 교수)

오늘날 사람들은 예수를 살아오며 성품에 오점을 남기지 않은 가장 옳고 곧은 사람으로 생각하지. 하지만 신약성서에서는 예수는 술꾼이자 탐식가이며 창녀와 죄인들의 친구라고 나와 있어.

그러나 한글 천주교 번역 본에는 마태복음 11장 18-19절에는 이렇게 쓰여 있습니다. 사실 요한이 와서 먹지도 않고 마시지도 않자, '저자는 마귀가 들렸다.' 하고 말한다. 그런데 사람의 아들이 와서 먹고 마시자 '보라, 저자는 먹보요 술꾼이며 세리와 죄인들의 친구다.' 하고 말한다.

나사렛 예수는 사회적 급진주의자였을까? 정치 혁명가였을까? 종교적 철학자였을까? 아니면 정말로 메시아였고 하나님의 아들이었을까? 아마도 이 대답은 신약 성서에 대한 면밀한 검토와 최근에 발견된 비밀에서 찾을 수 있을 거야. 마태복음 16장 그리스도 : 히브리어로 기름 부은 자를 뜻하는 마시아흐(Masiah)를 그리스어화 한 말 (데일 마틴 박사 예일대학교 종교학 교수)

역사적으로 예수가 자신이 메시아라고 공개적으로 말하진 않았다고 확신하는 학자들이 많아. 만약 그랬다면 처음 복음서 3편에서 그런 기록을 볼 수 있겠지. 하지만 거기엔 없고 요한복음에만 나와 있어. 요한복음에는 예수가 의도적으로 애매한 용어를 써서 자신을 칭했다는 기록이 있어.(로버트 R. 카길 박사 아이오와 대학교 고전 종교학교수) 자신을 3인칭인 '인자'라고 부르지. 비밀스러운 단어 '인자'는 아람어로 '바르노쉬'인데, 사람을 뜻해. 예수가 자신을 인자라는 단어로 표현했을 때 정말 자기를 얘기한 것인지 아니면 구세주를 묘사한 내용인지 알 수 없어.

예수의 생전에 자칭 구세주라 하는 수십 명이 출세를 꿈꾸며 성지를 누비고 있었어. 악마를 쫓고 아픈 사람을 치료한다고 주장하는 종교인들이었고, 다른 이들은 정치가들인데 증오하는 로마제국을 바다로 몰아낸다고 맹세했지. 하지만 성서에 능통한 유대인인 예수는 히브리의 선지자들이 유대인을 해방시킬 메시아를 예언했다고 믿었어.

히브리 성서에는 메시아가 누구이고 무슨 일을 행하는지 보여주는 예언이 다양하게 있어.(로버트 멀린스 박사 아주사 퍼시픽대학교 종교학 부교수) 예수는 정치에 관여하지 않았고 특정 정부를 무너뜨릴 생각도 없었어. 새로운 종교적 현실을 도입한 거지.(제임스 D. 테이버 노스캐럴라이나 대학교 샬럿 종교학 교수)

예수가 임시정부를 세운 혁명가라고 보는 사람도 있어. 그러나 확실히 메시아적 정체성에 군사적인 목표는 없었지. 다시 말해 예수는 칼을 들고 다니지 않았어. 군대를 모으는 일도, 예루살렘을 점령하겠다는 이야기도 하지 않았어. 그 당시에 있던 메시아보다 더 성자 같았지.

스가랴, 이사야 예레미야가 말한 어떤 예언이 있었어.(제임스 D. 데이버 노스캐롤라이나 대학교 샬럿 종교학 교수) 예컨대 '메시아는 겸손하게 당나귀를 타고 올 것이다.' 같은 예언. 인생의 마지막 주 일요일을 맞은 예수가 당나귀를 타고 감람산을 내려오고 있었지. 예언과 거의 완벽하게 똑같아. 구약성서를 아는 유대인 중에 이 예언을 놓친 사람은 거의 없어. 예수가 당나귀를 타고 예루살렘으로 갔다면 사람들이 자신을 다윗의 후손이자 약속된 왕으로 생각하도록 의도적으로 부추겼을지 몰라.(크리스 키스 박사 세인트 메리 대학교 초기 기독교학 교수) 4대 복음서에 나오는 흔치 않은 이 사건으로 예수는 목숨을 잃지.

예수는 예루살렘으로 오자마자 성전으로 향했고 그 안에서 일어나는 금전적 타락을 봤어. 가구를 넘어뜨리고 동물을 쫓아냈어. 한바탕 소란을 일으켰지.(게리 버지 박사 휘튼대학교 신약 성서학 교수) 가장 크고도 중요한 유대 성전에서 예수는 어찌 신성 모독행위를 하느냐고 소리를 지르며 사람들에게 채찍질을 했어. 왜 그랬을까? 정치적으로 반란을 일으키려고 한 걸까? 체포당한 뒤 궁극적인 순교를 하려고 의도적으로 꾸민 걸까? 꾸민 일이 아니라 이 일을 해야 한다고 진심으로 믿은 거겠지. 메시아가 사람들의 죄로 말미암아 대신 고통을 받고 십자가에 못 박힐지 성경에서 읽었을까? 예수는 정말로 자기가 메시아이자 하느님의 아들이라고 생각했을까? 예수가 자신을 어떻게 생각했는지는 영원히 비밀로 남겠지.(바트 어르먼 박사 로스캐롤라이나 성서학 교수)

예수를 고문했던 재판은 아마도 역사상 가장 유명한 법정 드라마일 거야. 믿기 힘들겠지만 복음서들에 있는 자세한 내용을 의심하는 성서학자들이 있어. 로마인들이 어떤 재판 없이 예수를 죽이지는 않았을 거야. 신약성서에 기록된 재판은 문제가 있다고 해. 재판을 기록한 세부 사항이 의심스럽지. 재판은 유월절 성일에 열렸는데 명백한 불법이야. 십자가형을 받은 것은 확실해. 예수의 죄목은 반란선동죄였지. 형 집행이 끝난 뒤 부유한 유대인이자 예수의 추종자였던 아리마대의 요셉이 예수가 안식일 전에 묻힐 수 있도록 장례식을 치르고 개인 묘지까지 제공했어. 하지만 마흔 시간 후에 세계적으로 위대한 믿음의 초석이 된 사건이 일어났어. 지금까지도 세계학자들이 논쟁하고 있는 일이지. 바로 예수의 부활이야. 요한복음에는 형 집행 장소 근처에 시신을 묻었다고 해.(제임스 디 데이버) 아리마대의 요셉이 그곳에 묻었어. 어디에 묻을지 정하지 않은 상황이었지. 유월절과 안식일이 지나면 어떻게 해야 할까? 시신을 다시 가져와서 제대로 된 장례를 치르고 무덤으로 최종 결정한 곳에 시신을 묻어야 하지. 그래서 학자들의 결론은 무덤이 비어 있는 건 당연하다는 거야. 유대인의 관점에서는 시신을 다른 곳에 묻으려고 가져갔던 거지. 예수의 부활에 대한 사실이 단순한 오해일 수 있을까? 예수의 시신이 무덤에서 없어진 진짜 이유가 그가 안식일 몇 시간 전에 죽어서 마지막 장례를 하기 전 시신에 향유를 부으려고 다른 곳으로 옮긴 걸까? 다른 이유가 있을까?

예수가 십자가형을 당하면서 제자들의 희망이 산산조각이 났지. 그러나 예수가 다시 살아난 모습을 봤다고 주장했어. 그리고 부활했다는 소문이 돌기 시작했지. 제자들 중 몇몇이 부활한 예수를 봤다고 주장했던 일은 역사적인 사실이야.(로버트 R. 카길 박사 아이오와 대학교 고전 종교학 교수) 그들은 죽은 뒤 다시 살아난 예수를 섬기는 종교가 진정한 종교라고 말해. 그래서 기독교는 메시아 예수의 죽음과 부활을 믿는 종교로서 탄생했지. 하나님의 아들이라는 신성한 지위가 예수의 가르침을 정당화하려고 추종자들이 계획한 것일까? 혹은 예수의 삶과 죽음을 둘러싼 질문과 논쟁을 우리의 믿음을 시험하러 하나님이 의도하신 걸까?

이 질문은 수 세기 동안 치열한 논란거리일 거야. 왜냐하면 성경 자체는 여러 언어로 쓴 하나님의 말씀이고 해석하는 방법은 우리의 몫이기 때문이지.

지중해 쿰란. 1946년 사해에서 약 2km 떨어진 이 건조한 언덕에는 고대 동굴이 많았다.

우연히 동굴에 들어간 베두인족 양치기가 질항아리 여러 점을 발견했다. 손으로 쓴 두루마리 일곱 개도 그것은 역사적인 가치뿐만 아니라 종교적으로도 엄청난 결과를 가져왔다.

널리 알려진 구약성서의 가장 오래되고 어쩌면 가장 정확한 판본이 바스러진 양피지와 파피루스에 적혀 있었기 때문이다. 20세기는 물론 현대사를 통틀어 가장 중요한 고고학적 발견인 바로 사해 문서이다. (바트 어르만 박사 노스캐롤라이나 대학교 채플힐 성서학 교수)

사해문서의 발견으로 학자들의 손으로 작성된 실제 성경 본문을 볼 수 있었던 것이다. 당시 존재했던 사본보다 천 년은 더 오래된 문서였다. 그러나 모순도 발견되었다. 신학자들과 성서학자들을 곤혹스럽게 하는 세부 사항이나 언어의 불일치가 존재하는 것이다. 성경이 하느님의 말씀인지 다들 궁금해 한다. 그것만 확인이 되면 성경을 따라도 되니까"

"아버지, 정말 무시할 수 없는 학자들의 이론이네요. 그러면 아버지는 이 이론에 대하여 어떻게 생각하시나요?"

"학자들의 말이라고 하여 전부 믿을 수는 없겠지. 허나 조목조목 설명하는 학자들의 이론에 공감이 가는 부분도 있어. 가장 중요한 대목, 즉 예수의 잉태와 부활에 대한 것은 학자들의 말대로 그것은 계속 논란의 여지가 있는 것만은 틀림이 없다고 본다. 이 문제의 해답을 내리려면 지구에 인간의 씨앗을 뿌린 선진 문명의 외계 존재들과 소통을 한다면 그 정답을 알 수가 있을 거야. 나는 선진 외계 문명이 수천 년 전부터 지구에 관여했다는 일을 사실로 받아들인다.

그것은 로즈웰 사건에서 잡힌 외계인 '에어럴'이 간호사 마틸다와 이야기한 말과 관계 있어. 기록에 따르면 외계인들은 수십 수백만 년 전부터 지구를 관리했다고 해. 그 말을 뒷받침할 만한 일도 있었다고 본다. 생각해보면 지구 대기권 밖인 지상 27킬로미터 상공에서 공기를 채취하여 살펴보니 살아 있는 생물이 있었어. 학자들은 깜짝 놀랐지. 고대 문화와 모든 것을 연관지어 본다면 신들이 존재한다. 그 신들은 누구였을까?"

"아버지, 지금 읽어본 성경의 내용이 수천 년을 내려오며 사람들이 따르고 믿는데 잘못 쓴 글이 있으면 정정해야 되는 것 아닌가요?"

"네 말도 맞지. 허나 하나님이 계신다면 그분이 하는 일은 전지전능 하실 것 같다고는 생각이 안 드니?"

"성경은 신이 만든 게 아니잖아요?"

"사람이 썼지만 신의 계시를 받아서 썼을 수도 있다고 본다."

"아버지, 그래도 학술적으로 보면 잉태와 부활은 학자님들이 지적하듯이 이론이 있을 수도 있는 것 같아요. 성경에는 하나님도 아내가 있다면 하나님은 남자고 아세라는 부인이 아닌가요?"

"하나님의 아내의 이야기를 썼던 시절은 수천 년 전의 문서에서 나온 것이긴 하지만 그 당시 사람들도 그걸 믿었나 보다."

10. 하나님도 아내가 있을까?

"이집트 쿤틸렛 아즈 룻. 시나이 반도에 있는 이 고고학적 유적지는 기원전 8세기에서 이스라엘이 지은 종교적 중심지로 추정된다. 1975년 발굴 과정에서 특이한 상징과 삽화로 덮인 커다란 항아리 두 개가 발견되지. 인간과 동물이 그려졌어. 하지만 놀라운 생각을 담은 히브리 글도 쓰여 있었어. 하나님이 '아세라'라는 아내를 가졌다는 거야. 정확히 이렇게 나와 있어.(로버트 R. 카길 박사 아이어어 대학교 고전 종교학교수) '히브리의 하나님 여호와 그의 아내 아세라가 당신을 축복하길.'(프랜체스커 스테브러커 풀루. 박사 엑서터 대학교 고대종교학 교수)

고대 이스라엘 여신 중 '아세라'가 있어. 히브리 성경에 나오는 하나님의 아내지. 사실 아세라라는 이름은 구약성서 9권에서 40번 이상 언급되고 있어. 예레미아서에도 아세라는 하늘의 여왕으로 나와. 그리고 기원전 7세기 예레미아의 때까지 고대 이스라엘 민족이 그녀를 섬겼다는 증거도 있지. 하지만 아세라가 정말로 하나님의 아내일까? 그렇다면 언제 왜 이 사상이 바뀌었을까? 성경에 의하면 하나님은 한 분이지만 하나님에게 아내가 있다는 고고학적 증거가 있을지도 몰라. 하나님과 아세라는 신성한 부부이자 사랑받는 관계로 전해지지. 신성한 여성과 남성으로서 하나로 합쳐져 궁극의 창조력을 만드는 신이라는 거야.

아세라의 상징은 한 나무야. 뱀과 연관이 있지. 그래서 어떤 학자들은 에덴동산 이후의 아담과 하와 이야기가 사실 오래된 신화라고 주장해. 성경에 실린 아세라는 외국의 우상이자 신이며 다산의 여신이지."

"아버지, 그런데도 성경을 믿는 이유는 무엇일까요?"

"성경은 자체로도 사람에게 칭송 받을 만한 이야기가 많이 있는 것만은 틀림없다. 그래도 그 안에 전해 내려오고 검증을 거친 것이래도 모순이 전연 없다곤 말할 수 없다고 본다. 학자들은 그것을 지적하는 것이다. 성경을 많이 읽어본 사람들도 그냥 읽고 쓰지 내용에 대한 것은 전혀 이의를 달지 않아. 그것은 성경 내용은 살아 있는 신의 글이라고 믿기 때문이지."

"법칙에 어긋났어도요?"

"그것이 인간과 신과의 차이인가 보다. 그리 믿어야지. 성경에 대한 학자들의 이론을 들어보자."

11. 성경의 비밀

"서점에서 산 성경에는 지난 수백 년간 학자들이 벌여온 정확한 해석에 대한 논쟁이 숨어 있다. 성서에 관해 이야기 할 때는(레자 이슬란 박사 '젤럿: 나사렛 예수의 삶과 시대'의 저자) 우리가 다루는 게 오늘날 우리가 역사라고 일컫는 검증 가능한 날짜나 사건이 아니라 성스러운 역사임을 알아야한다. 구약성서는 전 세계 사람들에게 신앙의 초석이 되어 준다. 2천 년이넘는 기간 동안 오늘날 서구 문명의 기초를 형성해 왔지. 수세기 동안 구약성서의 처음 다섯 편을 쓴 저자가 선지자 모세였다고 사람들은 믿었지만 최근 몇 년 동안 대부분의 성서학자는 이 믿음에 의문을 제기했어.

성경의 저자는 기본적으로 익명이야. 성경을 누가 썼는지 대체로 몰라. 가장 보수적인 관점을 지닌 사람이라도 천지창조를 본 사람은 없다는 걸인정하지. 그래서 성경은 사후에 기록되었다고 말할 수 있어. 다른 언어에서 번역된 많은 작품과 마찬가지로 다른 경우라면 단순하게 여겨질 단어들도 철저한 검증을 거치거나 아주 다양하게 해석되지.

창세기에는 인간에 대한 최초의 언급이 있어.(로보트 멀 린스 박사 아주사 퍼시픽 대학교 종교학 부교수) 하나님이 아담을 창조하셨다고 쓰여 있지. 아담은 흔히 '남자와 여자'라고 말할 때 '남자'로 번역돼. 사실 '아담'은 인류를 뜻하는 보통 명사이며 개인을 의미하지 않아. 이것이 바로 사람들이 성경 구절을 오해하게 만드는 번역의 예지. 하나님이 언급되는 구절은 사람에 관한 내용도 담고 있다는 걸 성경의 많은 부분이 말해 주지. 어떤 생각이나 그게 발전해 가는 방식을 봐도(데이비드 울피 랍비, 로스엔젤리스 사이나이 사원) 이런 사실을 확인할 수 있어. 모순도 있고, 같은 이야기가 두 번 언급되기도 하지.

홍미로운 모순을 담고 있는 성경 속 이야기가 있어. 다윗 왕 이야기야. 블레셋 거인 골리앗과 벌인 결정적 대결을 다룬 내용이지. 소년 다윗이 물매를 꺼내 들어. 돌을 던지지. 골리앗의 머리에 맞아. 그러자 골리앗은 쓰러져 죽고 말지. 그런데 사무엘상 17장 49절과 50장을 보면 '다윗이 돌로 블레셋 사람을 쳐 죽였으나' 골리앗은 칼을 차고 있는 상태로 죽은 거지. 그런데 다음 절을 읽어 보면 '다윗이 골리앗의 칼을 꺼내 그의 머리를 베어 죽였다'고 해. 여기서 골리앗이 두 번 죽은 게 확인이 되지. 그런데 사무엘하 21장에서 다른 이름이 나와. 다윗이 아닌 엘하난이 골리앗을 죽인 인물로 등장하지. 그럼 누가 진짜로 골리앗을 죽였을까? 다윗일까? 아니면 엘하난일까?

1977년 공동 번역한 가톨릭용 성서에는 다윗과 불레셋 이야기를 사무엘 하 21장 18절에 이렇게 쓰여 있습니다. 그 뒤 이스라엘은 다시 곱에서 불레셋군과 싸움이 붙었는데 후사 사람 십개가 르바임 사람 삽을 쳐 죽인 것이 바로 이때였다. 곱에서 블레셋군과 또 한 차례 싸움이 붙었을 때 베들레헴 사람 야이르의 아들 엘 하난이 갓 사람 골리앗을 죽였는데 골리앗의 창대는 베틀 용두머리만큼 굵었다.

그런데 2005연 9월 20일 천주교 주교회의에서 번역한 성서 사무엘 하 21장에는 그 다음에도 곱에서 필리스티아인들과 다시 싸움이 일어났다. 이번에는 후사 사람 시브카이가 라파의 후손들 가운데 하나인 삽을 쳐 죽였다. 곱에서 필리스티아인들과 다시 싸움이 일어났다. 베들레헴 사람 야아레 오르김의 아들 엘 하난이 갓 사람 골리앗을 쳐 죽였는데 골리앗의 창대는 베틀의 용두만큼이나 굵었다.

이렇게 쓰여 있습니다. 번역에 차이가 있습니다. 그러니 이천여년 동안 성서는 본 내용이 글자가 얼마나 바뀌었을까요?

흥미롭게도 히브리어 성경인 역대기에 골리앗을 죽인 인물에 대한 답이 있는 것으로 보여. 골리앗을 죽인 엘하난의 이야기를 언급한(로버트 R. 카길 박사. 아이오와 대학교 고전 종교학교수) 히브리어 구절은 매우 분명하게 얘기해. '엘하난은 골리앗을 죽였다'라고. 하지만 영어 번역본에서는 사실 그가 골리앗의 형제를 죽였다고 말하지. 그렇게 해서 다윗은 골리앗을 죽인 공을 인정받고 엘하난은 골리앗의 형제를 죽인 공을 인정받게 되는 거지. 단순히 역사적 실수의 예시일까? 혹시 다윗과 골리앗의 이야기를 의도적으로 바꾼 것일까? 미래의 히브리 왕 다윗이 보여준 용감한 행동을 치하하기 위해서 말이지.

우리는 성서가 역사적으로 정확하지 않다는 것을 알아. 그것들 간에 불일치와 모순이 있기 때문이지.(바트 어르먼 박사. 노스캐롤라이나 대학교 채플힐 성서학 교수) 서로 상충하는 모습을 보여. 특정한 종교적 관점에서 이야기되고 있지. 성서는 생각하는 것처럼 객관적인 역사가 아니야. 이와 비슷한 혼동과 논란이 신약성서의 4대 복음서를 둘러싸고도 있어. 수세기 동안 신학자와 성서학자는 예수의 삶을 실제로 목격한 사람들이 신약을 썼다고 믿었어. 바로 4대 복음서의 저자, 즉 마태, 마가, 누가, 요한이야. 깔끔한 설명이지. 그게 정설이고 문제는 그것이 아니라는 거야. 그런 일은 없었어.

성경은 진짜로 전능하신 하나님의 말씀에서 영감을 받은 걸까? 아니면 대부분이 익명인 여러 저자의 이야기 모음집일까? 해답을 얻기 위해선 성경 구절을 좀 더 자세히 살펴볼 필요가 있어. 거룩한 말씀 뒤에 숨어 있는 거짓을 찾아내야 하지.

예수 탄생 이야기는 전 세계 수백만 사람들에게 친숙하지. 그러나 여러 종교학자와 성서학자에 따르면 예수의 탄생에 관한 기록들과 상당히 다른 이야기가 있어.(데일 마틴 박사. 예일대학교 종교학 교수) 사람들이 성경에 있다고 생각하는 많은 것들이 후대에 와서 발전한 기독교 전통이야. 예수가 태어날 때 동방박사 셋이 거기 있었단 것도 그런 예지. 마태복음에 따르면 동방 박사는 예수가 태어난 지 몇 년이 지나서야 방문해. 그들이 황금과 유향, 몰약 세 가지 선물을 바쳤다는데(제프리 게이건 박사. '바보들을 위한 성경' 공동 저자) 동방박사는 세 명의 왕일 수도 있겠지. 실제로 몇 명이 예수를 방문했는지도 모르고.

크리스마스 구유에 관한 오해 중 하나는 구유에 있던 모든 사람과 양, 마구간, 왕과 천사 마리아와 요셉 그리고 아기예수 성경 어딘가에 등장한다는 거야. 누가복음에는 천사와 마구간 동물과 양치기는 언급이 돼. 하지만 마태복음을 보면 예수는 평범한 집에서 태어났어. 동방박사도 그 집으로 경배하러 갔겠지. 마태복음과 누가 복음에 있는 예수 탄생 이야기는 완전히 허구인 거야. 하지만 여기서 중요한 부분을 이해해야 해. 고대 작가들처럼 복음서의 저자들 역시 신과 관련된 이야기를 쓰는 게 용인되었다는 점이지.(레자 아슬란 박사. '젤럿: 나사렛예수의 삶과 시대'의 저자) 신화가 사실이 아니라는 점이 널리 알려 알려졌다 해도 그 안에 담긴 진실은 영원한 진리로 여겨졌으니까. 만약 이야기가 섞이면서 세부 사항에 혼란이 생겼다면 몇몇 학자의 주장처럼 수 세기 동안 다양한 오역이 행해지면서 예수 탄생의 다른 중요한 사실들이 잘못 전해졌을 가능성도 있을까?

기독교인들은 예수가 동정녀에게서 태어났다고 주장해. 이 주장은 예언서인 (프란체스커 스태브러커풀루 박사 엑서터 대학교 고대 종교학 교수) 이사야서 7장을 근거로 들지. 히브리어 구절에서 젊은 여자는 '알마'라고 해. 보통 결혼 적령기 여성을 의미하는 단어야. 그런데 히브리어를 그리스어로 번역할 때 이 단어가 처녀로 바뀌지. 그러면서 마태복음과 누가 복음에 대담한 해석이 등장하게 돼.(일레인 페이글스박사 프린스턴 대학교 종교학 교수) 처녀가 예수를 잉태하다니 이건 기적이라면서 말이야. 이런 식으로 번역 차이가 생겨. 영어 성경 독자는 본래 언어와는 살짝 의미가 다른 성경 번역본을 읽는 거지.(바트 어르먼 박사 노스캐롤라이나 대학교 채플힐 성서학 교수)

성경은 신으로부터 영감을 받았을 수도 있지만 사실 인간의 흔적이 여기저기 묻어 있어. 기독교의 종교 문화가 여성혐오적 성향을 띠기 시작함과 동시에 예수의 동정녀 탄생설이 자리 잡기 시작하지. 하지만 기본적으로 오역이야. 잘못된 번역이라고. 다른 성경 속 이야기 같이 예수의 이야기도 반복해서 전해지고 번역을 여러 번 거치면서 역사적 정확성이 떨어졌을 수도 있어. 시기도 뒤죽박죽이고. 문제가 되는 점은 모두 번역에서 나오지.

1382년, 영국 옥스퍼드대학의 철학자이자 성서학자인 존 위클리프는 가톨릭 교회를 개혁하려는 급진적인 사상 때문에 의심을 받았어. 신약성서를 직접 번역했기 때문이기도 해. 그로부터 2년 뒤 존 위클리프가 사망한 후에 가톨릭 교회는 존 위클리프의 성경 번역본을 이단이라고 선언했어. 존 위클리프는 자기 침대에서 별 탈 없이 죽었어. 그러니까 가톨릭 교회가 위클리프를 이단이라고 판단한 건(로리 앤 페럴 박사 클레어 몬트 대학원 근세사 교수) 사망 이후야. 사후에 이단이라고 판결을 받게 된 거지. 교황의 명에 따라 위클리프의 무덤이 파헤쳐지고 남은 뼈는 불태워졌어. 이단은 죽어서든 살아서든 없어져야 한다는 메시지를 위클리프의 추종자들에게 보여준 거지. 교회에서는 성경이 주는 메시지를 계속 통제하고 싶어 했기 때문에 공식 번역본은 단 하나만 존재했고(로버트 멀리스 박사. 아주사 퍼시픽 대학교 종교학 부교수) 성직자들만이 성경을 해석할 수 있었어. 그렇다면 위클리프가 이단이라는 판결의 본질은 무엇일까? 무엇 때문에 위클리프의 영혼은 영원히 유죄여야 할까? 놀랍게도 위클리프가 저지른 죄는 단지 성서를 영어로 번역했다는 점이었어.(피터 T. 랜퍼 박사 로스앤젤레스 캘리포니아 대학교 근동 문화학 교수) 독일어와 같은 언어로 성경을 번역하기 전까지는 라틴어나 그리스어 또는 히브리어 성경이 있었어. 그러한 성경에 접근할 수 있는 사람은 보통 성직자나 교회에서 일하는 이들뿐이었지. 가톨릭 교회는 라틴어 성경이 유일한 성경이기를 바랐어. 그래서 일반인이 성경을 읽을 수 있게 각국 언어로 번역하려는 시도를 엄격히 금지했지.(바트 어르먼 박사 노스캐롤라이나 대학교 체플힐 성서학 교수) 16세기까지도 공인되지 않은 성경을 지닌 사람은 사형에 처했어. 1529년 영국의 언어학자 윌리엄도 존 위클리프처럼 신약 성서를 번역하여 이단으로 몰렸어.

미국에서는 책이 아주 비쌌기 때문에 가정에 책을 한 권만 둔다면 그 책은 성경이 될 것이고 다름 아닌 킹 제임스 성경이었을 거야. 그런데 헨리 8세와 제임스 1세가 독자적인 성경 번역본을 만든 것처럼 자기만의 해석을 담은 성경을 출판하려는 사람도 많아졌어. 심지어 토마스 제퍼슨은 미국 제3대 대통령으로 재임 중에 자체적으로 미국판 성경을 비밀리에 편집했어. 제퍼슨은 신약성서를 살펴보고 나서 복음서에서 자신이 보기에 진실하고 옳은 구절과(제니퍼 라이트너스트박사 보스턴 대학교 부교수) 예수가 진짜 했던 말이라고 여긴 부분을 뽑아냈어. 그것을 가지고 자체적인 신약성서를 만든 거지. 제퍼슨은 복음서에서 예수가 '기적을 행하는 이'처럼 보이는 것을 문제 삼았어. 철학자 같은 예수의 모습을 좋아했지. 이를 '한조가의 복음'이라고 불렀어. 제퍼슨 버전의 성경은 성서 모독으로 보였을지 모르지만 개인 소장용이었을 뿐이야. 그런데 뉴잉글랜드 사람 조지프 스미스처럼 성경 내용을 고쳤을 뿐만 아니라 아예 다시 쓴 사람들도 있어. 1830년에 스미스는 '모르몬경'을 출간했어. 구약 성서와 신약 성서에서 뽑은 구절을 담은 경전이지.

성경의 이야기가 쓰인 지 5천 년이 지났는데도 우리는 왜 여전히 이것을 읽으며 믿는 걸까? 많은 사람이 진짜라고 믿지만 그게 이유는 아니야.

한없이 변할 수 있기 때문이지. 이것이 바로 시대와 상황에 따라 누구에게나 어떤 의미든 될 수 있는 성경 말씀의 힘이야.

두 가지 오해가 있는 것 같아. 하나는 본래 형태 그대로 하늘에서 떨어진 성경을 모세나 예수가 주워서 제자들에게 넘겨줬다는 것이고, 또 하나는 성경이 여러 번 복사되었기 때문에 손 쓸 수 없이(제프리 레이건 박사 '바보들을 위한 성경' 공동저자) 타락해서 원문 내용을 모른다는 거야. 사실은 그 중간 어디쯤 있겠지. 성경은 아주 강력한 책이야. 유대교와 기독교를 믿는 전 세계 수백만 명이 우러러보잖아. 그런 점에서 볼 때 살아 있는 책이라고 할 수 있어. 전 세계 수백만 수십억 명의 사람들에게 굉장한 의미를 전하고 정체성을 부여하지. 그런 식으로 살아 숨 쉬고 있어. 사람들에게 삶을 가져다주는 거야. 성경에 담긴 궁극의 비밀은 고대 이야기와 교훈적인 글의 모음집이라는 것만이 아니지. 전능하신 하나님을 향한 인간의 믿음을 증명하며 도덕적으로 분명하고 평온하게 살기 원하는 인간의 갈망을 보여주는 증거야.

창세기를 보면 뱀의 유혹에 넘어가서(미국 아이오와 대학교 고전 종교학 교수 로버트 R.카길 박사) 아담과 하와는 마법의 나무 열매를 먹어. 바로 선악과지. 그런데 이것이 의미하는 건 선 악을 알게 하는 지식을 추구해선 안 된다는 거야.

진리의 증언에서 뱀은 영웅이야. 인간에게 숨기지 않고 선악을 알게 하는 지식을(브라이언 그븐스 박사 페퍼다인 대학교 역사학 부교수) 전해주었기 때문이지. 뱀은 인간에게 이렇게 물어봐. '하나님이 너희를 사랑하신다면 왜 선악의 지식을 숨기셨을까? 이 지식을 왜 금지하실까?' 진리의 증언에 나온 이런 사상은 교회가 무엇을 하고 있고 진정한 지혜를 숨기는 이유가 무엇인지 의문을 제기하지. 정말로 초기 교회 지도자들이 여성의 역할을 억압하기 위해 인간의 몰락을 하와의 탓으로 돌려 성경을 편집한 것일까?(조던 스미스 박사 아이오와 대학교 성서학 강사) 히브리 성서든 구약성서든 신약성서든 말이야. 몇 가지 외경은 역사책이야. 구약성서 이

후의 이스라엘 역사를 담고 있지. 그리고 역사적 허구를 기록한 책도 있어. 경전으로 인정할지 하지 않을지 대한 논쟁은 성경 자체만큼이나 오래되었지. 초기 신학자와 학자 일부는 고대 히브리와 그리스 문자의 차이를 예로 들면서 다양한 출처와 저자의 신빙성에 의문을 제기했어. 믿기로 한 경전과 반대되는 내용의 책은 모두 버려지지. 이걸 이단이라고 하는데 그것들을 태우고 그 경전을 믿는 사람을 비난하는 거야.

하지만 외경이나 숨겨진 성경 중에 특히 에녹 서라 불리는 경전은 논란이 많아. 기이하고 터무니없는 내용 때문에 정경 또는 '공식' 본문에서 고의로 빠졌다고 해. 에녹이라는 인물은 모순되게도 현재 구약성서에 등장하는데 대홍수 이전에 수백 년을 살았던 하나님의 헌신적인 추종자야. 에녹에 대해 아는 것이라고는 그가 죽지 않았다는 점이야. 하나님과 동행하다가 죽지 않고 하늘로 올라갔다고 하니까. 이 이론은 하나님이 에녹을 특별한 곳으로 데려가셨다는 거야. 오직 에녹만이 하늘에서 하나님과 함께 앉았고 또한 인간에게 정보를 주지.

에녹서가 쓰인 기간은 기원전 300년과 기원후 100년 사이로 추정돼. 예로부터 이 경전은 하나님이 주신 영험한 지식을 공유하기 위해 에녹이 직접 쓴 것으로 알려졌어. 에녹서는 기독교 형성 시기에 엄청난 인기를 끌었어. 모든 비밀 경전을 통틀어 많은 면에서 가장 금기시되는 서적은 에녹서라고 봐. 4세기 전 어느 시점에서 에녹서는 히브리 성서에서 삭제되고 두 초기 기독교회를 제외한 모두에게 신임을 잃었어. 왜 그랬을까? 본문에 단서가 있을까요? 에녹은 종말을 예언해. 메시아가 올 거라고 하지. 또 모든 전쟁과 전투를 예언해.(데일 마틴 박사 예일 대학교 종교학 교수) 신약 성서의 '잃어버린 책'에는 도마 복음서, 빌립 복음서, 에굽인 복음서 그리고 진리의 증언이 있어. 이런 다수의 책이 성경에 포함되지 못한 이유는 다른 정경의 핵심 메시지와 일치하지 않았기 때문이야.

신약 성서에 들어간 초기 모든 성경 본문은 구약에서 예언한 메시아가 예수라고 말해.(마크 구데이커 박사 듀크대학교 신약 성서학 교수) 하지만 이것을 믿지 않은 기독교인이 있었고 이 강한 연결 고리에 회의적이었어. 대체로 그 기독교인들은 이 논쟁에서 패배했지.

기원후 367년에 에굽의 아타나시우스 대주교가 처음으로 신약성서의 목록을 작성할 때 영지주의 성서는 이단으로 분류했어. 그리고 이것을 읽는 이는 영원한 지옥의 불길에 휩싸일 거라고 했지. 대주교는 에굽 전역에 있는 기독교인에게 편지를 보냈어. 가지고 있는 비밀 성서를 없애 버리라고 말이야. 대신 이제부터는 구원의 샘인 성서 27권을 따르라고 했어. 다른 종말론적 복음서들도 정경으로 인정하기에는 너무 특이한 내용이지. 베드로 계시록이 바로 그래.

영지주의 복음서를 처음 접했을 때(일레인 페이글스박사 프린스턴 대학교 종교학 교수) 신약성서에 없는 복음서가 정말 많아서 모두 놀랐어. 이게 모두 계시록이야. 몇몇 교부는 요한계시록보다 베드로 계시록이 신약성서에 들어가야 한다고 생각했어. 기원후 2세기 문서인 베드로 계시록은 신약성서에 들어가지 못한 스무 권 중 하나야. 천국과 지옥 여행기를 묘사하고 있지. 예수가 베드로에게 죄의 끔찍한 결과를 아주 생생하게 보여주고 있어. 베드로는 세상에서 지은 각자의 독특한 죄로 인해 벌 받는 자들을 보여주지. 그래서 거짓말을 한 자는 영원한 불 너머에 혀로 매달리게 돼. 머리를 땋고 남성을 유혹한 여성은 머리카락으로 매달리게 되고. 다들 울부짖으며 '이렇게 될 줄 몰랐어요'라고 말해. 베드로복음서 속 예수의 부활 묘사는 학자들조차 완전히 기괴하다고 말해.

우리가 접하는 성경은 선택되고 검열된 거야.(조너선 커시 : 유일신교와 다신교 그 전쟁의 역사'의 저자) 가장 문제가 되고 자극적이며 파격적인 구절은 지워지지. 수 세기 동안 성경이 맞선 것은 역사는 물론 학문과 정의로부터의 도전이었어. 그리고 수십억 명에게 문명 세계의 흔들림 없는 기둥으로 남아 있지. 성경은 전능하신 하나님과 인간 사이의 합의이자 신앙의 증거야. 잃어버린 복음서나 새로운 장의 발견이 우리의 믿음에 도전해 와도 절대 변하지 않을 거야.

신약의 복음서에서는 예수를 선지자라 칭하고 스스로 선지자라고 생각했어. 여기서 의문이 드는 거야. 예수는 자신을 선지자 이상으로 생각했을까? 모든 가능성을 고려했을 때 예수가 자신을 어떻게 생각했다고 단정하기는 굉장히 어려워.(제임스 D.테이버 노스캐롤라이나 대학교 샬럿 종교학 교수) 학자들이 연구 끝에 내린 결론은 예수가 자신을 이스라엘 왕이며 메시아이며 약속된 자라고 생각했다는 거야. 추종자들에게 예언서를 읽어 주면서 '너희 가운데 나와 같은 선지자 하나를⋯⋯' 신명기 18장 15절에는 너희 하느님 야훼께서는 나와 같은 예언자를 동족 가운데서 일으키시어 세워주실 것이다. 이런 구절이 나오는데 거기에 언급된 선지자가 자신이라고 말했지. 그가 결국 어떻게 됐는지 생각하면 이보다 일리 있는 설명은 없을 거야. 자신이 이스라엘 왕이라고 말했다는 이유로 정말 유죄 판결을 받았으니까. 자신이 메시아이며 백성들을 로마의 통치에서 해방하겠다던 사람들은 그 말을 꺼내기가 무섭게 사라졌어. 이들이 로마인들에게 살해당하자 추종자들은 도망갔어.

신약성서의 복음서들에 따르면 로마 당국은 선동죄로 예수를 체포해서 십자가에 못으로 박아 죽을 때까지 매다는 형벌을 내렸어. 추종자들은 십자가에 못 박힌 예수를 보면서 메시아가 아니라고 판단했을 거야. 예수가 살던 당시 유대교에서는(크리스 키스 박사 세인트메리 대학교 초기 기독교학 교수) 메시아가 될 인물이 로마 십자가에서 생을 마치는 일은 없었거든. 예수는 이렇게 치욕스런 방법으로 죽었어. 그런 왜 예수가 그토록 특별할까? 왜 예수를 따르고 싶어 할까? 그것도 사후인데 말이야. 그건 메시아에 대한 예언 때문이야. 예수가 정말 약속된 메시아라고 입증할 수 있는 구절을 찾으면(조너선 커시 '유일신교와 다신교 그전쟁의 역사'의 저자) 사실상 최초의 기독교인인 유대인들의 관점에서 특별히 신빙성 있는 주장이 돼. 이사야서 53장에서는 하나님의 종이 받을 박해가 묘사되어 있어.(제프리 게이건 박사 '바보들을 위한 성경' 공동 저자) 백성들의 허물 때문에 찔려서 죽게 될 것이라고 하지. 기독교인들은 이 예언이 예수 그리스도의 죽음에 대한 분명한 암시라고 생각했어. 제자들은 정의로운 사람이 박해를 받다가 하나님 덕에 누명을 벗은 구절을 찾기 시작했어. 그리고 이렇게 말했지. '박해받다 하나님 덕에 누명을 벗었던' '예수를 가리키는 대목이다' '그가 채찍에 맞음으로서 우리는 나음을 받았도다.'

이사야서 53장 중 메시아에 관한 구절이야. 초기 기독교인들은 예수의 박해와 죽음을 숭고한 희생과 정치적인 의미를 배제한 정신적 해방으로 해석하면서 예수는 어느 면으로 보나 구약성서에 묘사된 메시아에 부합한다고 주장할 수 있었어. 많은 성서학자들은 신약성서에서 발견된 또 다른 충격적인 권에서 그 대답을 찾을 수 있다고 해. '휴거'라고 불리는 사건을 묘사하고 있는 권이지. 많은 사람들이 요한계시록이 종말의 날에 대해 묘사하고 있다고 여겨. 하지만 신약성서에는 또 다른 예언적 글이 있지. 심판의 날이 오면 무덤에서 시체가 떠오를 거라 예측했는데 이게 바로 '휴거'야. 사람들은 세상의 종말에 대해 말할 때(칸디다 모스 박사 노트르담 대학교 초기 기독교학 교수) 요한계시록에서 묘사됐던 일들이라고 생각해. 그리고 나서 곧 휴거에 관해서 이야기 하죠.

데살로니가 전서에는 이렇게 씌어 있어. '그리스도가 구름과 함께 영광의 모습으로 온다면' '무덤은 열릴 것이며 가장 먼저 시체가 떠오를 것이다.' '그리고 그리스도와 함께 구름 속으로 끌어올려질 것이다.' 데살로니가 전서는 사도 바울이 그리스에 있는 데살로니가인 에게 보낸 편지였어.

"아버지, 성경에 이런 글이 왜 실렸는지도 모르는 것을 학자들은 지적했네요. 번역의 차이에서 오는 글, 원래의 뜻이 바뀌는 글, 역사적으로도 인정을 받으며, 세계인들이 믿는 또 믿고 싶어 하며 따른 성서가 큰 의문이 있다니 놀랍습니다. 번역의 차이 아주 중요한 이야기이네요. 사실일 수도 있으니까요."

"그러니까 종교라는 것은 또한 경전과 성서라는 것도 그 내용을 알고서 믿을 때와 그냥 무조건 경전과 성서 만 따르려는 사람과는 차이가 많다. 그러므로 무슨 종교를 갖든 종교는 본인 마음을 편하게 해준다는 것에 큰 의미가 있다고 본다. 인간은 나약하다, 그러므로 누구에겐가 의지하고 싶어 한다, 이것을 이용한 것이 바로 종교야. 종교 서적을 보면 천당과 지옥을 만들어 놓고 선하게 산 사람은 천당으로 가고 악하게 산 사람은 지옥으로 간다고 씌어 있지. 그것이 인간의 마음을 선으로 인도하기에 그 서적이 베스트셀러가 된 것 아니겠니. 그리고 수억 명이 다 그것을 믿지. 글씨가 없이 살던 사람들은 구전으로 선하게 살라고 전하고 있어. 인간은 일종의 동물이야. 그런 동물이 선과 악을 구별하는 하는 것은 교육 덕분이겠지. 그러나 인간은 동물이며 동물의 근성을 간직하고 있어. 먹고살기 위해서는 남의 것도 빼앗아서 제 배를 채우는 것이 동물의 본질이야. 원시시대까지 올라갈 것도 없어. 배고픈 늑대무리에게 토끼 한 마리를 가져다 놓고 보면 늑대들은 어떻게 할까? 종교는 사랑을 제일로 삼지. 허나 배고픈 늑대들에 사랑은 어떤 것일까? 제 배를 채우고서야 사랑을 알며 먹다 남은 것을 먹으라고 하지 않을까? 인간의 뇌에도 그런 동물적인 부분이 있어. 인성교육을 하여 남을 배려하고 자신이 희생하면 숭고하다는 교육이 사람을 도덕적으로 만드는 거야. 사람의 뇌에는 선만 있는 것이 아니야."

"아버지, 사랑이라는 것은 남녀 관계가 아니라도 남에게 베푸는 것이 사랑이라고 책에 씌어 있습니다. 그래도 사람은 하나님이 남자와 여자를 만들어서 아이를 낳으며 잘 살라고 했는데, 왜 사제들에게는 혼자 살라고 했나요? 하느님이 그리 말씀 하셨나요? 그리고 선과 악을 구별하라는 선악과를 따먹고서 선과 악을 알게 되었다고 합니다. 그래서 사람이 에덴동산에서 쫓겨났다면서요? 그런데 어떻게 해서 이스라엘 민족에게 악을 행하고서라도 땅을 차지하라고 하실 수가 있나요?"

"하느님이 무슨 깊은 생각이 있으셨겠지!"

"아이구, 아버지! 그래도 그건 아닌 것 같네요."

12. 사제들은 왜 혼자 살아야 했을까?
혼자 살라는 명령은 누가 내렸을까?

"데살로니가 전서는 서한 또는 편지라고 하며, 사도 바울과 다른 사람들이 예수가 죽고 몇 년 후에 썼어. 바울은 유대교에서 기독교로 개종했으며 신앙심이 아주 깊었지. 또한 교회 건립에 도움을 보탰으며 초기 기독교인의 행동 지침 제작도 도왔어. 섹스와 결혼에 대한 이야기도 있었지. 대부분 이 행동 지침은 구약 성서에서 나오는 섹스와 성 역할에 대한 태도를 완전히 뒤바꿔 놨어. 사랑에 빠지면 못 헤어 나오는 거 알지? 연인 말고 다른 생각은 안 나. 같이 있고 싶다는 생각만 하잖아. 일도 안 잡히고 잠도 안 오지. 섹스는 신앙에 방해가 돼. 사도 바울은 신도에게 순결을 지키라고 하지. 신도들이 오롯이(제프리 게이건 박사 '바보들을 위한 성경' 공동 저자) 복음 전파에 전념할 수 있게 말이야. 사도 바울이 권고한 내용은 고린도 전서에 담겨 전해졌는데 훗날 가톨릭 교회의 성직자는 바울이 권고한 대로 살게 되지.

기원후 4세기 경 교황은 칙령을 공포해 가톨릭 교회의 모든 성직자에게 독신으로 살 것을 명해. 성경에는 나와 있지 않지. 여자는 사제가 될 수 없었고 이미 결혼한 사제에게는 아내들과 잠자리를 삼가도록 했어. 왜 그랬을까? 독신주의는 그리스도를 향한 헌신을 나타내는 증표야. 이런 생각 때문에 핵심 교부들이 모두 독신이 됐어. 초기 교회는 섹스를 매우 다른 관점으로 보았지.(조디 매그니스 박사 노스캐롤라이나 대학교 채플힐 종교학 교수) 하나님은 자신의 선택한 백성 당시 이스라엘 민족, 유대인에게 약속의 땅을 평화로운 방법으로 차지하라고 하지 않으시고 어떻게 해서든 차지하라고 하셨어. 이미 가나안에는 사람들이 살고 있었지만 하나님은 아브라함의 후손이 이 땅을 차지할 것을 약속하셨지. 이스라엘 민족에게 주어진 명령은 단순한 정복 전쟁이 아니었어.(레자 아슬란 박사 '젤 럿: 나사렛 예수의 삶과 시대'의 저자) 그곳에 사는 모든 생명을 죽이라 는 거였지. 모든 남자와 여자 어린아이부터 소와 염소 가축과 풀 한 포기 까지 모두 반드시 파괴해 하나님께 제물로 드리고 그 땅을 정결하게 하여 유대인이 대대로 살아가라고 하신 거야.

과연 전능하신 하나님이 폭력적인 정복을 명령하셨을까? 그 명령 때문 에 이스라엘로 알려진 이 지역에 오늘날까지도 폭력이 끊이지 않는데 말 이야. 성경은 수 세기 동안 학자들 간에 치열한 논란이 있었으나 결론을 못 내리고 있는 부분이 과연 동정녀 문제가 있고 예수 부활 문제가 있다 고 본다. 여러 언어로 번역되는 과정에서 오역이 있는 것 같기도 하지만 성경 자체는 여러 지역의 언어로 쓴 하나님의 말씀이고 해석하는 것은 듣 고 보는 이에 몫이라고 생각한다."

"아버지, 그럼 성경에 오역이 있다는 말씀이신가요?"

"성경은 너무 방대하여 누구든 그 이야기를 그냥 읽고 감히 성경에 구 절을 가지고 논하지를 못했단다. 로마 시대 같으면 사형감이었을 것이 다. 그러나 여러 성경학자들이 지적한 것은 각자 개인이 판단할 문제라고 도 해석한다. 그러나 사람이 살면서 이런 성경도 있다는 것을 알을 때 다 른 일도 잘 판단하지 않을까 생각한다. '힌두교 경전이든 다른 성전이든 번역에서 저자의 본래 뜻이 변할 수도 있다는 것을 생각해야 한다고 본 다. 또 과학과 신은 서로 양립하며 밀어내기를 하고 있다는 것도 알아야 한다."

"아버지, 성경에서의 열 가지 재앙이 그곳 중동지방에서만 있었을까요? 펄벅의 소설 『대지』에 나오는 메뚜기 떼는 재앙이 한 곳이 아니라는 증거 가 아닌가요?"

"그 문제도 생각해봐야 할 문제다."

"아버지, 학자들은 처녀가 애를 낳았다는 것은 번역의 차이라고 하기도 한다면 다시 고치면 될 것 아닌가요?"

"그것은 쉬운 일이 아니란다. 기독교의 근간을 흩어놓을 이야기이기 때문이야. 네가 공부를 하는데 이런 성경의 말씀도 참작이 되면 공부에 좋은 결과가 있지 않을까 생각한다."

"네, 알겠습니다. 성경 그 책 한번 정독을 해보겠습니다."

"지금까지 들려준 학자들의 이론에 대해서는 어떻게 생각하니?"

"연구한 결과라니까, 확실한 해석이 나오지 않을까요?"

"성경을 정독한다 해서 먼저 밝힌 이야기가 나올 것도 있지만 학자들의 고문서 해석은 읽을 수가 없을 것이다. 앞에서 학자들의 이름을 대고 밝힌 것을 참고했으면 한다."

외경
기존의 성경과 동일한 내용이 전혀 다른 관점으로 서술되어 있다.
종교계에서는 이런 책을 외경이라고 부르며 금기시 하고 있다.

4부
인간의 한계점

13. 최초의 인간다운 인간과 주술사

궁금한 게 많은 대성이가 또 물었다.

"아버지, 우리 선조는 어디서 온 것일까요?"

"역사책에는 연구 결과가 정리되어 있지만 아직도 해명되지 못한 내용이 너무나 많다. 한번 같이 살펴보기로 하자. 너는 우리 선조가 어디에서 왔다고 생각하니?"

"하늘에서요!"

"하늘? 어째서?"

"씨가 있지도 않았고 고구마 같이 싹도 없었을 터이고 그러니 하늘에서 떨어진 게 아닐까요?"

생각해보면 그럴 듯도 하다. '범종설'을 이야기하는 것일 수도 있으니까. 현종은 참으로 어려운 이야기를 서슴없이 해대는 대성이를 쳐다보며 말했다.

"네가 하는 이야기는 유명한 과학자가 이야기하는 바로 '범종설'이다. 차차로 이야기 해보기로 하자. 화석의 연구에 의하여 발표한 지구에 최초에 인간다운 인간의 발생지는 서아프리카야. 지구에 한쪽 구석 아프리카에서 인류는 처음 탄생했다는 것이 학술상으로 증명되었어. 인류 최초의 아프리카의 부시먼 족은 '끓는 에너지'라고 하기도 해. 그들은 똑같은 북소리가 반복되는 리듬에, 몸 전체에 진동의 변화가 생겨 무아지경에 도달하는 눔 에너지가 몸에 내재된 부족 같기도 하다고 하지. 부시먼 족이 현 인류의 인간 문명을 싹틔운 최초의 씨앗이라는 유전적 증거가 나왔을 때 그들에게는 특별한 정신 상태로 빠지는 걸 과학자들은 발견했어. 그리고 학자들은 인종 이동이 아프리카에서 유럽으로, 아시아, 러시아를 거쳐 베링 해협을 건너 북미로 갔을 것이라고 가정하고 연구를 한 결과, 그것은 착각이었음이 밝혀졌어. 진화론을 문제 삼을 일이 발견된 거야.

2013년 9월 13일 남아공의 하우텡주, 아마추어 동굴 탐험가들이 일명 '떠오르는 별 동굴' 안 깊숙한 지점에서 이전에 발견했던 초기의 인간의 유해인 듯한 화석을 발견했어. 생물학자들이 연구해 보니 인간의 유해와는 분명히 다르다고 결론을 내렸지. 이 종족은 '호모 날래디'라 명명되었지. 그 종족은 원시적인 특징과 진화의 특징이 섞여 있었다는데서 무척 놀라웠다고 해. 호모 날래디를 보면 치아의 크기 두개골의 형태나 발과 발목은 인간과 아주 유사하지. 그러나 뇌의 크기는 약 500씨씨 정도로 작았고, 이전 인류 조상에 훨씬 가까운 삼백만 년 전에서 칠백만 년 전 화석인데, 유전적 증거를 보면 인간의 진화사보다 훨씬 더 다양한 인간의 종족이 있었음을 말해주지.

호모 사피엔스와 멸종한 선대 종족 네안데르탈인이 그렇다. 또 호모하빌리스와 호모 에렉투스 그리고 상당한 지능을 지녔으나 초기에 사라진 영장류도 있다. 진화론이 맞다면 점진적이고 꾸준한 진행이 나타나야 되는데 그렇지 않다. 초기 인간 종족이 어디선가 갑자기 출현했으니 현대 과학계에선 자연 선택과 우연의 일치로 해석하려 하니 그것을 믿으려 하지 않는 학자들이 생겨나는 거야. 수메르의 문자 기록을 보면 엔키와 대지의 여신 닌후르 사그가 변형된 인간을 만들었다고 하지. 인간을 빚는 과정에서 여섯 번의 과정을 거치고서야 원하던 인간을 만들었다고 해. 여러 가지 인간을 만들어 보다가 호모 사피엔스에 이른 것은 아닌지?

2011년 스페인의 시마데 라스팔로마스 고고학자들은 선사시대 무덤을 발굴했어. 거기엔 세 구의 유해가 나란히 누워 있었는데 특정 의식에 따라 매장을 했는지 팔짱을 낀 상태였다고 한다. 그 매장 방식을 보고 그 유해는 인간의 것이라고 추정했는데 뜻밖에도 진화상 인류의 사촌인 네안데르탈인의 유해로 밝혀졌어.

2014년 고고학자들은 고고학 발굴지 40군데에서 캐낸 유물을 분석하면서 네안데르탈인이 사라진 시기를 정확하게 진단하고자 했어. 그 결과

약 4만 년 전에 사라진 것으로 밝혀졌는데 호모사피엔스와는 최대 1천 년 동안 공존했음을 시사하지.

2013년에 진화 유전학자들은 일부 현대 인류 집단에서 네안데르탈인과 데니소반의 게놈(유전자)을 발견했어. 다시 말해 특정 시기에 이종 교배가 일어난 증거야. 수천 년 전의 고대 기록물을 보면 특히 경전을 보면 이런 내용이 나와. 즉, 네안데르탈인과 데니소반 이종 교배가 일어났기에 신의 분노를 샀고 네안데르탈인을 지구에서 제거함으로써 이종 교배를 막으려는 외계인의 뜻이 호모사피엔스만 번성을 하게 한 것이 아니었던가? 다시 말해 종족을 정화시키려는 목적에서 상당수를 제거하고 다시 시작했던 것이 아니었던가 하는 것이지. 성경 속에도 '노아의 방주' 대홍수를 일으켜 종족을 말살시키지 않았니? 없어진 종족 중 거인족 미국에선 800년대 중반부터 나타나기 시작한, 키가 2~2.5미터의 거인들 유골이 발견됐다.

1883대 스미소니언 소속 고고학자들이 발굴한 수십 점이 커다란 유골은 고대 아데나 부족의 무덤의 봉분 내에서 발견되었어. 그중 가장 많이 발견된 곳이 웨스트버지니아 주의 카나와 계곡에서 50여 개의 봉분이 발견됐지. 그중에서 가장 큰 봉분을 꼭대기에서 갱도를 뚫고 아래로 내려가서 바닥에까지 갔는데, 거기서 정교한 무덤을 발견했다. 11구의 시신이 매장되어 있었는데 키가 2.2미터에서 2.5미터였어. 그런데 이 같은 사실은 역사 교과서에도 없었고 커다란 인간 유골을 발견한 것을 부정하는 방침이 정부 내에서 있었기에 발표를 안 했던 거야. 그 이유는 진화론에 찬물을 끼얹는 것을 원치 않았기 때문이지.

그 거인족은 호모사피엔스의 변종이거나 외계인이 유전자 조작을 하여 만든 인간일 거라는 설도 있어. 고고학자들은 2003년 9월 6일 인도네시아로 건너온 호모 사피엔스의 관련 증거를 찾다가 플로레스 섬 리앙부아 동굴 지하 6미터 동굴에서 유골을 발견했는데, 어린애인 줄 알았던 그는 치아를 보니 어른이었으며 키가 1미터 정도가 되는 80만년 전 고대 인간형 난쟁이들이었어. 학자들은 그를 '호빗'으로 명명했지. 호빗의 발견은 인류학계를 크게 흔들어놓은 사건이었어. 그로부터 7년 뒤, 플로레스에서 1만3천 킬로미터 떨어진 시베리아의 외딴 알타이 산맥의 한 동굴에서 과학자들은 4만 년 전에 존재했을 인간 조상의 유해로부터 손가락 뼈 일부와 치아를 발견했어. 그 종족을 '데니소반'이라 명명했지. 이를 보고 1972년 저명한 진화론자 스티븐 제이 굴드 박사는 진화론을 수정하자고 제의했어. 그는 중단 평형설을 내세우며 다윈이 주장한 대로 점진적인 진화를 통해서가 아니라 알려지지 않은 어떤 방식이 진화에 영향을 준 것이라 보았던 거야. 그것은 인류의 종류는 다양했다는 것을 말해주고 있는 것 아니겠니?

학자들은 진화론을 정면으로 반박하는 여러 동물이 있는 것으로 보고 있어. 그중에도 독특한 것은 바로 '가는목 먼지벌레'야. 이 벌레가 주목받는 이유는 엄청나게 복잡한 구조 때문이란다. 이 곤충은 화학성분을 내뿜어. 치명적인 독성을 가진 뜨거운 액체를 내뿜는데 로켓연료와 성분이 같아. 초당 500회를 내뿜는대. 눈으로는 전연 볼 수가 없기에 초당 2500프레임을 찍을 수 있는 고속 카메라로만 찍을 수 있어. 화학성분을 분비하는 기관에서 두 가지 성분을 만들어낸다. 하나는 과산화수소고 또 하나는 하이드로퀴논인데, 이 두 물질을 섞으면 혼합물이 생겨. 벌레는 이를 항문 주위에서 뜨거운 액체로 분사하는 거야. 화학성분이 섞이기 시작하면 반응이 시작되면서 뜨거워지고 마지막으로 몸 밖으로 분사하는 거지. 진화론이 맞다면 이 벌레의 방어능력은 자신이 살기 위해 어떤 진화 과정을 거친 것일까? 진화가 한 단계씩 일어났다면 중간 단계가 있어야 하지. 천천히 진화했다면 벌레는 아마 몸이 통째로 터져버렸을 것 아니겠니? 가는목 먼지벌레는 현재와 같이 완성된 단계로 지구에 나타났거나 아니면 최소한 유전형질이라도 완성된 채로 나타났을 것이 맞다고 해야 할 거야.

동물의 세계는 이런 대단한 능력을 지닌 동물이 많다. 쇠똥구리는 자기 몸무게보다 1천 배가 넘는 무게를 옮길 수 있다. 갯가재는 편광적외선을 볼 수 있고, 오징어와 문어는 몸 색깔이나 피부의 결까지도 바뀌는 것을 잡아놓고 보면 보인다. 1859년 생물학자 찰스 다윈은 『종의 기원』을 통해 진화론을 발표했다. 과학자들은 최근까지 어느 정도까지는 일어난다는 것에 동의를 했지만 진화 하나만으로는 동물 세계에 존재하는 모든 동물을 설명할 수 없다는 증거들이 속속 드러나고 있어. 개 하나만 봐도 치와와로 시작해 세인트 버나드, 불독, 도대체 몇 종류일까? 평범한 늑대에서 시작했는데, 늑대는 인간을 제외하고는 천적이 없는 동물이다. 목이 짧은 기린의 화석도 있지만 현대의 기린은 목이 길다. 기린이 갑자기 긴 목을 가지려면 혈압조절이 바뀌어야 하고 심장도 달라져야 정상이다. 진화론으로는 그런 것들을 설명할 수가 없어. 웨스트버지니아 주의 카나와 계곡에서 나온 키가 2.25미터에서 2.5미터가 되는 유골이 가장 많이 나왔다. 거기에 우선 의문이 생긴다. 그들은 과연 어디로 갔을까? 멸종된 것일까? 수많은 미스터리 중 일부분일 뿐이야. 사람은 누가 만들었는가? 신이 만들었는가? 아주 작은 생물이 진화한 것일까?

그리스의 철학자 아낙사고라스는 우주 전체의 뿌려진 '우주의 씨앗'에서 모든 생명체가 생겨났다고 믿었지. 그의 이런 개념을 '범종설'이라고 하지. 스티브 호킹도 생명체가 우주에서 왔다고 했어. DNA 나선 구조를 최초로 발견한 프랜시스 크릭도 DNA가 지구에서 진화한 거라고 믿기엔 너무 복잡한 구조라고 생각했지. 지구가 수만 년 동안에 최소 세 번인가는 완전 파괴되고 다시 시작된 것이 아닌가도 생각해봐야 할 문제야. 그 증거는 불가사의 한 건축물, 물속의 도시 등이 있지.

진화론이 맞는다고 이야기한다면 진화는 점차적으로 조금씩 되는 거라고 봐야 할 거야. 지역이 다른 곳이라 해서 인간이 갑자기 커지고 갑자기 작아질 수는 없을 테니까. 그러므로 진화론은 수정되어야 한다고 본다.

우리 조상들은 외계인들을 보고 만든, 머리는 동물이고 몸은 사람인 그림을 동굴 벽이나 바위에 많이 그려놓았어. 그것은 글이 없던 시절 후손에게 알릴 방법이 그림밖에 없다는 것을 알았기에 그림을 그렸다고 본다.

머리에 더듬이가 달린 개미인간, 머리는 동물 형태이고 몸은 인간인 렙틸리언 같은 수많은 그림들 말이야. 고대 사람들이 그것을 꾸며서 그리지는 않았을 것 아니겠니? 그러니 그 그림은 사실일 확률이 높다. 이 문제는 외계인과 결합하면 자연히 풀릴 것이다."

대성이가 다시 묻는다.

"아버지! 그러면 우리 두뇌 활동과 주술사라는 개념은 어떠했나요?"

"우리나라로 보면 무당이라는 개념이 맞을 것 같다. 그들도 외계와의 접신에서 희미하게 보고 느낀 것을 의뢰한 사람에게 말로 전달해주었으니까. 그들의 말이 100퍼센트 맞는다고는 할 수 없으나 70퍼센트 이상이면 그것은 대단한 것 아닐까? 살펴보기로 하자.

우리의 뇌는 전자기파로 이루어진 가상 우주와 함께 하고 있다고 본다. 그래서 모든 일상이 전자기파에 저장되었다가 생각하면 다시 재생되는 게 아닌가 싶다. 힌두교 경전에 따르면 '나라다'는 인간 대부분이 알지 못하는 숨겨진 세상에 접근할 수 있는 초자연적 능력이 있었다고 해. 의식을 초월하여 매우 지혜로워져 깨달음을 얻은 자만이 접속할 수 있는 뇌의 힘, 즉 영혼의 파장으로 연결되는 존재만이 해독할 수 있는 암호라고 할 수 있겠지. 역사적으로 수많은 선지자와 선견자들은 명상과 기도를 통해 우리와는 다른 세계를 체험하고 어려운 여러 가지 일에 답을 주었다고 생각된다. 요즈음의 발달된 영상 촬영 기술은 명상할 때와 기도할 때의 뇌파의 움직임도 감지하고 어떤 반응을 보이는지도 화면으로 볼 수 있다. 깨달음을 갔었다고 하는 사람의 뇌를 꼭 촬영해보고 싶어. 상상은 인간의 보통 생각과는 다른 어떤 파장을 보여줄 것 같다. 그것이 확인된다면 우리는 첨단 기술을 가진 외계인의 뇌파도 검사할 수가 있을 거야. 명상을 해도 아무나 다 똑 같지는 않을 것이다. 어떤 사람이냐에 따라 명상의 결과는 다르게 나올 수 있다고 본다.

모든 지적 동물에는 양자 파동이 있어. 우리 두뇌 안의 전자가 양자 파동에 의해 활성화 되고 정보를 얻어 우리의 사고와 무의식에 영향을 줄 수 있다는 것이다. 그러니 사람의 각자의 뇌가 생각하는 사고방식은 다 똑같을 수가 없는 거야. 갑작스레 나타나는 예언자도 있지만 깊은 명상 속에서 기도 속에서 미래를 예언하는 자들이 나타나기도 해.

노스트라다무스도 있지만, 1923년 불가리아 12세의 소녀 반젤리아는 토네이도 의해 실명을 하고 맹인이 되고 난 후 놀라운 예언을 하는 사람으로 변했어. 그녀의 예언이 100퍼센트 맞는다고는 할 수 없어. 하지만 70퍼센트만 돼도 대단한 거겠지. 반젤리아는 정신의 눈으로 본다고 했어. 그런 사람들은 다른 세계, 즉 미래와 전생을 오고 가기도 하는 것 아닐까? 그들의 예언이 맞는 데 대해서 과학은 어떠한 대답도 내놓지 못해.

아인슈타인, 니콜라 테슬라, 푸엥카레, 이들의 정신세계는 일반인들과는 확실히 달랐어. 또한 동시에 같은 사고방식을 가지고 발명을 한 자들도 있어. 영국의 기술자 프랭크 휘틀러 경과 독일의 물리학자 한스폰 오하인 두 명이 제트 엔진을 개발 했는데 놀랍도록 비슷했다고 하지. 또한 과학자 두 명은 그들은 수천 킬로미터의 거리에서 중성미자에 질량이 있다는 똑같은 발명을 하기도 했어. 이같은 개념은 현대에서 흔히 '아카식 레코드'라고 불러. 깨달음을 가진 자만이 접촉할 수 있는 곳, 바로 그곳이 주술사들과도 연계될 수 있다고 보지.

주술사들은 대개 종족의 통치자였고, 왕이었고, 제사장이었어. 또 그들은 종족의 생사여탈을 쥐고 있는 절대 권력자들이었지. 제사를 지낸다며 살아 있는자의 심장을 꺼내들고 외계와의 연락을 꾀했어. 희생물로 선택된 사람은 반항 한번 할 수도 없이 감금되고 묶여서 제물로 바쳐졌지. 그것이 부족을 이끄는 자, 즉 주술사라는 이름의 통치자가 행하는 역사였고, 기록에 의해 전해 내려온 사실이야.

우리나라에서 무당굿을 할 때는 장구, 징, 꽹과리, 작두가 동원되어 접신을 돕지. 페루의 잉카나 마야처럼 주술사가 없을 것 같은 시베리아에도 무당(주술사)들이 있어. 그들은 그저 채를 하나를 가지고 큰 나무 주위를 돌며 밤새도록 접신을 기도해. 접신이 됐을 때만 채를 치는 것을 중단하지. 그런 방법으로 주술사들은 부족의 나아갈 길을 인도했다고 하지.

우리나라와는 완전히 다르나, 음을 통해서 접신하려는 것은 동서양이 마찬가지인 모양이야. 세계의 곳곳에서 접신을 한다는 건 무엇을 말함인가? 우리가 사는 세상 말고도 우주에는 다른 세계가 있다는 것을 의미하는 것이 아닐까?"

고개를 끄덕이며 대성이가 묻는다.

"아버지, 주술사는 진짜 존재했으며 그들은 누구인가요?"

"주술사라 일컫는 사람들은 세계 도처에 있었던 게 사실이야. 그들은 명상을 통해서 병의 치유와 나라의 다스림을 외계의 존재로부터 지시 받은 것이 틀림없어 보여. 그러면 주술사라 일컫는 자들은 누구였을까? 주술사는 진짜 존재하며 그들은 누구일까?

중국 북부 몽골의 유목 부족이 통일된 지 5년 되던 해인 1211년, 칭기즈칸은 중국 금나라를 공격했어. 압도적인 군사력 차이에도 불구하고 몽골군은 적군을 거의 다 쓸어버렸지. 칭기즈칸이 사망한 1227년까지 몽골은 아시아 대부분과 러시아 일부, 유럽의 일부까지 장악한, 세계에서 가장 큰 제국이 되었잖니?

기록에 의하면 칭기즈칸은 어려운 일이나 전쟁 전에는 산꼭대기에 제단을 쌓고 신과의 소통을 하는 의식을 치른 후에 힘을 얻고 날씨를 원하는 대로 바꾸고 우박을 동반한 폭풍이나 회오리바람을 일으켜 적군을 혼란에 빠뜨리고 모조리 쓸어버렸다고 해. 몽골 사람들은 그런 초자연적인 힘을 가진 칭기즈칸을 따랐지. 인류 역사상 가장 큰 제국을 세우게 된 칭기즈칸 같은 사람을 주술사라고도 해.

수천 년 동안 전 세계 문화에서 주술사는 인간과 다른 세계를 연결하는 중재자 역할을 했다고 전해와. 치료술사로도 불리는 주술사는 영혼의 세계를 드나들며 사람들에게 필요한 의학과 지혜를 터득했다고 해. 시베리아 토착민들이 사용한 '샤먼'이라는 말은 '안다'(know)는 뜻이다. 주술사들은 우주의 다른 세계를 드나들며 그 세계의 지적 존재와 대화를 나눈다고 하지.

오늘날에는 주술사들이 미치광이나 사기꾼 취급을 받지만 지금도 세계 곳곳엔 주술사들이 많아. 온두라스의 서부에는 서기 400년에서 800년 마야 문명이 번영했던 곳으로, 가장 강력했던 고대 왕의 석상이 서 있어. 이 왕은 '와샤클라훈 우바 카월' 왕으로 '18토끼'라고 알려져 있지. 약 2천 년 전 마야 제국은 전성기를 누렸어. 토끼는 달을 의미했지. 그 왕에게는 놀라운 능력이 있었다고 해. 44년간 통치가 끝나고 18토끼는 일곱 개의 돌기둥을 세웠어. 각 기둥엔 신과 소통하는 왕의 모습이 새겨져 있고, 코판의 비석을 보면 왕이 우주의 중앙에 있고 그 주변에는 다른 세계로 가는 문이 있지. 비석으로 판단해볼 때 왕은 세계의 지도자였을 뿐 아니라 다른 세계로 갈 수 있는 능력도 있었다고 해.

당시 누구든 왕이 되려면 주술의 힘을 지니고 있어야 했어. 왕은 주술 의식을 통해서 사람들을 다스릴 방법을 신에게 물어볼 수 있었으니까. 주술사가 되기 위해서는 험난한 과정을 거쳐야 되며 그 과정에서 큰 부상과 죽을 수도 있다고 해. 그들은 정말 우리가 갈 수 없는 미지의 세계에 갈 수가 있는 걸까?

미국 와이오밍 주의 빅혼 산맥에는 짧은 여름 기간만 산에 오를 수 있는 해발 3천 미터의 황량한 꼭대기에 '빅혼 메디신휠'로 알려진 구조물이 있다고 해. 이 거대한 바위 원은 지름이 23미터가 되고 달의 주기를 나타내는 스물여덟 개의 바퀴살이 있어. 연구원들이 이 천문학적 배열을 연구한 결과 이 구조물이 서기 1200년경 만들어졌다는 것을 알아냈지. 이곳을 아주 신성하게 여기지만 누가 만들었는지는 몰라. 메디신 휠은 많은 부족에게 중요하다고 한다. 별과 관련된 부족들의 많은 전통이 이곳과 관련이 있기 때문이라지. 크로우 부족의 구전에 의하면 19세기 지도자 '레드플룸'은 젊을 때 메디신 휠로 여행을 다녀온 후 강력한 주술사와 족장의 길을 걸었다고 한다.

메디신휠은 특별한 별과 연결되어 있어서 별과 지구 사이에 특수한 에너지가 소용돌이친다고 해. 그러다 특정한 시간이 되면 별과 지구 사람의 에너지가 합쳐지는 특별한 공간이 만들어지고, 크로우 부족이 말하는 '비전' 여행을 하는 동안, 레드플룸은 수수께끼 종족을 만났고 그들을 '난쟁이'라고 불렀대. 레드플룸의 말에 의하면 난쟁이들은 자신을 소용돌이 '웜홀'을 통해 지구 내부로 데려갔다고 하지. 주술사는 자신의 의지와는 달리 영혼에 이끌려 주술사의 길로 들어섰다고 해. 선택을 받게 되는 것이지. 그 과정에서 큰 상처를 받기도 하고 벼락에 맞기도 하고 발작을 일으키거나 죽기도 한대. 영혼에 사로잡히면 반쯤 미치게 되거나 심하게 앓게 되고 환각을 경험하기도 하고 시공간을 여행할 수 있는 능력이 생긴다고 해.

주술사들의 경험담 중에는 UFO에 납치되는 경험에서 외계인들이 자기 몸에 무언가를 심었다고 생각하는 사람도 있어. 그러니까 그들 중에는 외계인과의 접촉을 통해 그들의 능력을 사용하는 것일 수도 있는 거지. 그렇다면 주술사들이 지닌 수수께끼의 능력은 외계인에게서 받은 게 아닐는지? 전 세계의 주술사들이 자신이 다른 세계와 이어졌다고 주장하는 이유도 이것 때문이 아닐까? 아마존에 사는 주술사들이 경험한 이상하고도 강력한 환각에서 답을 찾을 수 있지 않을까?

스페인 왕 펠리페 2세는 잉글랜드를 침공하려고 대함대를 파견했어. 병사 2만여 명이 130여 척의 배에 나뉘어 탔지. 배에는 고문기구도 많이 실려 있었다고 해. 독실한 가톨릭 신자인 펠리페 왕은 잉글랜드에서 무자비한 종교심판을 열어 여왕 엘리자베스와 영국 국민들을 벌을 주고 개종시키려고 했다고 하지. 엘리자베스의 아버지 헨리 8세는 엘리자베스의 어머니인 앤 불린과 결혼하려고 잉글랜드 국교를 개신교로 바꿨어. 잉글랜드의 함선은 대부분 해군 소속도 아니고 상선과 선원들을 대충 모아 함대를 만든 거였어. 첫 싸움에서는 잉글랜드가 우수한 듯했으나 함대 규모에서 이길 싸움이 아니었지. 잉글랜드 함선이 빠르자 스페인 함대는 그것을 잡으려고 닻줄을 끊었어. 그런데 강풍이 불자 배를 멈출 수 없었던 스페인

함대는 해안 등 여기저기로 밀려갔지. 결국 폭풍으로 함대 절반을 잃었어. 인간의 힘으로 이길 수 없는 무적함대를 폭풍이 물리쳐준 것이지.

전설에 의하면 엘리자베스 여왕의 조언자였던 '존 디'는 여왕에게 걱정 말라며 폭풍이 함대를 물리칠 것이라고 했어. 실제로 그렇게 됐고. 존 디는 점성술사이자 수학과 철학자였고 여왕 엘리자베스의 궁정의사였지. 그는 신비주의 사상가였는데 올바른 방법과 도구를 사용하면 세상을 보는 신의 생각을 읽을 수 있다고 했어. 만약 스페인이 잉글랜드를 점령했다면 무자비한 종교 재판을 열었을 것이며 잔혹한 고문으로 암흑기가 시작됐겠지. 산업 혁명도 일어나지 않았을 것이고 과학혁명도 증기기관차도 전기 등 현대 기술의 근간을 마련하지 못했을 거야. 존디는 주술사가 아니었나? 외계인과 접촉이 있었던 게 아닐까? 신비에 쌓여 있는 그의 예언, 그 지식의 근원은 무엇이었을까? 그는 폭풍이 올 것을 어찌 알았을까? 고대 우주인 이론가들은 존 디가 외계인과 교신하고 예언했다고 주장해. 그것도 미스터리하다고 하지."

"아버지, 주술사가 되면 뇌도 일반인들과는 달라진다는데, 그게 사실일까요?"

"현재까지 연구진들에 의해 발표된 것을 보면 그게 맞는 말 같다. 그들은 깊은 명상 속으로 들어갈 수 있는 환각물질 또는 숙달되어 빠른 시간 안에 외계와 접신을 할 수 있는 사람이니, 일반인들보다는 뇌가 좀 다르다고 해야 하지 않을까? 즉, 선택받은 이들 그들이 주술사가 되는 것이지. 그리고 그들이 예언하거나 대중에게 지시하는 것이 거의 맞는 말이 되니 일반인들이 그들을 믿고 따르는 것이라 할 수밖에 없지."

"아버지, 주술사라는 사람은 또 어떤 행동을 하는가요?"

"과학이 등한시하며 외면하는 주술사는, 중국으로 이야기하자면 최초의 황제인 '신농'도 주술사일 것 같고, 삼국지의 조조나 제갈공명도, 진시황도, 몽고의 칭기즈칸도 주술사라 칭해야 옳지 않을까 해. 그들은 전쟁을 시작할 시에는 제단을 쌓고 신을 부르면서 영감을 얻고 전쟁에 임했어.

그들이 찾는 건 신과의 대화야. 바로 주술사들의 행동이지.

우리나라의 주술사라면 무당이겠지. 우리나라의 무당들은 꼭 환각제를 사용하는 것 같지는 않지만 그들도 계속 반복되는 북소리와 징소리 등을 들으며 신과의 접속을 꾀하지. 그러고서는 보통 사람으로는 하지 못할 작두타기나 예언을 하기도 하지. 서구의 주술사들은 신과의 대화를 시작할 때 특별한 음료를 마시고서 하는 것 같다. 아마 그것이 환각제였을 거야. 여기에서 우리나라의 무당과 외국의 주술사가 접신하는 것은 완전히 다르다는 걸 알아야 한다. 무당은 사람의 영혼과의 대화이지만 주술사들은 외계인과의 대화야. 그것이 다른 점일 거야. 또한 주술사들은 검증을 받았지만 무당들은 검증을 받지 않은 것이 특징이라고 할 수 있지.

중국의 화산은 산시 성에 위치한 해발 2천 미터 높이의 산으로 약 4,500년 전 중국의 초대 '자애로운 황제'라 불리는 '신농'이 잉태된 곳으로 추측되는 곳이야. 신농은 인류에게 농사를 알렸을 뿐만 아니라, 약초에 관한 지식도 전파하며 세상의 모든 식물을 조사하라고 하며 인간이 먹었을 때 약이 되는지 독이 되는지를 분류하는 데 본인이 직접 먹어보고 신농본초 를 편찬했지. 이 책은 약초의 기초가 되는 의학 서적으로 자리 잡았어. 신농은 평범한 사람이 아니었어. 기록에 의하면 그의 배는 투명하여, 신농은 직접 독초를 먹고 독이 어떻게 작용하는지를 자신의 배를 보며 관찰한 뒤 독초이면 해독제를 복용했다고 해. 인류에게 약초의 의술을 가르치기 위해 지구를 방문한 외계인이 아닌가도 생각이 들지. 주술사들이 마시는 독초 그것과 신농 황제와는 어떤 관계가 있을까? 그리고 신농은 진짜 한국보다 더 빨리 농사법을 전수했을까?

쌀농사는 충북 청원군(청주시 편입)에서 1만 5천 년 전에 쌀이 화석화되어 발굴되고 뉴스에 오르자 중국은 애써 외면하려 하지. 연구결과 쌀은 우리나라에서 최초 재배되고 일본과 중국으로 건너간 거야. 신농은 주술사 중에서도 특이한 점을 가지고 있는 주술사임에는 틀림없어 보인다.

주술사 중에서도 가장 많은 주술사가 있었던 곳은 인류 최초의 기원지인 서아프리카, 이집트, 남북 아메리카일 것 같다. 그 지역에는 지역마다 주술사가 있었고, 그들은 대개 족장이었지. 그리고 통치자였어. 그들은 어려운 일이 생기면 환각제 종류의 음료를 마시고 반 가사 상태에서 신으로부터 계시를 받았어. 그리고 그것을 주술사가 느낀 대로 행동을 하지. 믿을 수 없는 이야기는 그 주술사가 하라는 대로 하면 병이 나았다는 사실이야. 전쟁도 이겼다고 하지. 그 전통을 후손이 이어받아 그대로 행한다는 것이 너무나 신기하지 않니? 주술사들이 주술의식을 행할 때, 주술사들의 뇌는 보통 일반인들의 뇌와는 다르다고 볼 수 있는 것이 특징이야."

"아버지, 그러면 그 주술사라는 분들이 만난다는 신은 과연 누구일까요?"

"대학교 연구실에서 연구한 결과가 있으니, 그들이 만난다는 사람은 외계인이 맞는 말 같다. 남아메리카 페루의 아마존 정글은 열대우림 지역으로, 15만 여종 이상의 식물이 자라지. 그곳에 사는 주술사와 치료사들은 수천 년 동안 다른 세계의 존재와 소통하는 것 말고도 외계의 존재가 사는 곳을 드나들었다고 해. 부족민들은 치료를 할 때 선대 조상으로부터 전수받은 약초를 찾기 위해 밀림을 드나들며 식물들과 대화를 나누었다고도 하지. 중앙 안데스에서 유래된 '영혼의 덩굴'이라는 독을 가진 '아야와스키'는 두 종류의 식물을 물에 넣고 끓인 환각제야. 주술사인 치료사들은 이 아야와스키를 마시고 영혼의 세계로 들어가서 정보를 얻고 미래를 예견하며 질병을 치료했다고 해. 아야와스키의 역사는 약 4천 년 전부터 이어져 내려왔다고 하는데, 실제로는 지구 태초부터일 거라고 해야 맞을 거야.

이 아야와스키를 분석한 결과, 지구상에서 가장 강력한 DMT라 불리는 디메틸 트리프타민이 들어 있었어. 아야와스키를 만들려면 두 종류의 식물을 정확히 배합하고 끓여야 하고, 정확한 전수기술이 없으면 불가능하다고 학자들은 결론을 내렸어.

1990년부터 1995년까지 뉴멕시코 대학에서 과학자들은 그 전설의 아야와스키에 대한 실험을 하기 위해 지원자를 모집했어. 60여 명이 지원했지. 학자들은 그들에게 정량의 DMT를 투여한 결과 놀라운 결과를 얻었어. 일반적으로 이 DMT를 투여하면 환각을 보게 되는데, 많은 지원자가 다른 존재를 보았다고 해. 아마존 원주민들이 이야기하는 아야와스키를 마시고 동일한 경험을 했다고 하니 놀라울 수밖에 없지. 많은 지원자가 한결같이 하는 말이, 지적인 존재로부터 이런 말을 들었다고 해. '당신이 이 기술을 알게 되어서 기쁩니다. 이제 당신과 더 많은 대화를 나눌 수 있겠네요.' 실험에 참가한 사람들은 아마도 다른 차원의 존재를 만났을 것이라고 학자들은 말했어. 바로 외계인이지.

인간은 어디에서 온 것일까? 너는 하늘에서 떨어졌을 것이라고 대답했었지? 그 대답이 사실이 되어가고 있어. 지구의 인간들은 외계의 생명체가 만든 것임이 분명해지고 있지. 선진 문명의 외계인은 우리가 상상도 못하는 기술을 가지고 있음이 확실해. 또한 지구상의 정부는 그런 외계인과 공유하면서 그들의 기술을 알기 위하여 그 외계인에 대한 모든 것을 철저히 통제하며 그 비밀에 접근하거나 그 비밀을 조금이라도 발설하는 자는 어떤 직위이든 가차 없이 죽음에 이르게 한 게 사실이야. 케네디의 암살도 마찬가지였을 거라고 본다. 우리는 정말로 어디서 온 것이며 어디로 갈 것인가가 궁금하지. 또한 기술의 발달은 어디까지 갈 것인가도 아주 궁금해. IT 세상은 하루하루 변해 간다. 스마트폰 하나가 세계의 언어를 다 통하게 만들고 지구를 한 가족으로 만들고 있지. 거의 만능 수준이 되게 만들고 있어. 우리가 최고라고 여기는 핵무기 기술도 외계인에게는 무용지물이라는 것이 사실이야. 그들은 전자제어든 어떤 방식이든 그 첨단 무기를 무용지물로 만들어버리거든. 그 전자 계통을 마비시켜버리는 거야. 나침반을 그냥 뱅글거리며 돌아가게도 하고 말야. 지구 지하에는 그들의 기지 몇 곳이 있다고 해. 그러면 달에는 없을까? 그런 가설도 가능하겠지. 화성에도 마찬가지고. 그것은 화성을 탐사하는 우주선들이 촬영한 이미지에도 나오니 그것을 무시할 수는 없다고 봐.

그리고 그들은 지구를 한꺼번에 없앨 수 있는 기술도 있고, 신종 바이러스로 인간을 독사가 문 것보다도 더 빨리 죽게도 한다. 북아메리카의 인디언들은 별을 보고 그들의 선조가 사는 곳이라고 생각하며 외계인을 만나도 전혀 두려움이 없이 대화를 하는 것으로 나온다. 그래도 외계인들은 지구를 보호하거나 또는 감시하기 위해 우주를 자유자재로 드나들고 있으며, 그들이 타고 다니는 UFO는 중력을 무시한 기술로 만든 비행체지. 우리 지구에는 없는 금속이야. 또한 UFO의 그 속도는 상상을 초월해. 그들은 지구인들과도 대화를 하고 같이 있는 외계인도 있지만 스타게이트 웜홀을 통하여 우주를 활보하고 있어. 우리의 기술은 꿈도 못 꾸는 기술이지. 미스터리 서클이라는 것은 그들이 우리에게 던지는 어떤 메시지인데, 인간은 그것을 해독하지 못해. 미스터리 서클 중 어떤 것은 컴퓨터의 이진법을 사용하여 우리와 소통하려 하는 것 같은데, 우리는 그것의 깊은 수학을 모르고 있지. 그 서클에서 한 가지 알아낸 것은, 그들이 정확히 원주율을 나타내는 그림을 표시했다는 거야. 그 그림은 분명히 3.14로 시작하는 그림이었어. 미스터리 크롭 서클은 외계인이 만든 작품이야. 다만 그것이 지구인과 소통을 하려고 하는 것인지, 아니면 그들이 알아낸 어떤 좌표인지는 우리는 몰라.

그러나 미스터리 서클을 연구한 사람들은 정말로 놀라워하고 있어. 어떻게 순식간에 다 자란 식물을 크게 작게 만들 수 있느냐는 거지. 또한 바위에도 똑같은 그림을 그리니 놀라운 기술 아니니? 또 미스터리 맨인블랙은 확실히 존재했다고 봐. 검은 양복의 사나이, 그들은 과연 누구였을까? 누구도 그 정체를 몰라. 다만 검은 양복을 입고 중절모를 쓴 사나이를 만난 사람은 아주 많아. 공포의 대상이지. 그들은 외계인이 확실히 맞는 것 같아. 지구 정보기관에서도 검은 양복을 입고 조사하러 다니는 사람들도 있지만 그 어느 누구도 정부기관도 손대지 못하는 맨인블랙. 그는 틀림없는 외계인일 것만 같다. 캐나다 국방장관 폴 헬러가 공식석상에서 이야기한 것이 그것을 증명해주고 있어. 그는 외계인의 집단은 수십 개가 있다고 말했거든. 로즈웰 사건에서 또한 외계인을 치료한 간호사 맥글로이 마틸다도 국방장관과 똑같은 말을 하고 있지. 로즈웰 사건이 다는 아니야. 미국의 비밀 지하기지에서 외계인과 전투를 벌였다고 진술한 사람도 있어. 그는 그 진술로 인하여 죽임을 당한 것이 확실해. 그는 비밀 군사기지인 그 지하공사를 맡아서 일을 지휘하던 공학박사야.

그런데 의문이 가는 것은 왜 외계인과 지구인이 같이 찍은 사진이 하나도 없느냐는 것이지. 그 사진은 특급비밀인 듯해. 그 이유가 궁금하지. 외계인 집단 중에 우리와 똑같이 생긴 집단도 있을 것 같아. 키가 아주 작은 그레이도 있지만 또한 아주 큰 거인도 있고 말야. 비밀문서에는 외계인 집단이 약 57개라고 나와 있어.

과학이니 뭐니 떠들지만 그 과학이라는 것은 아직 우리의 뇌의 움직임도 일부밖에 파악하지 못한 수준이야. 그 신호전달 체계며 뇌가 순식간에 생각하는 화학적인 반응은 가려내지도 못하고 있지. 그것은 바로 명상 그 결과를 알아내지 못하는 것이 그 증거야. 또한 깨달음이라는 것이 어떻게 생겨나며 무엇인지도 밝혀내지 못하고 있지. 그저 뇌의 신호 체계에 이상에서 오는 것일 거라고만 상상하지. 요컨대 외계인이 엄연히 존재함에도 각 나라에서는 우리 지구인을 속이고 있는 것이지.

마틸다와의 대화에서 외계인 에어럴은 지구인을 해하지는 않을 것이라고 말했다고 해. 오히려 보호해줄 것이라는 이야기가 있었어. 그 일이 곳곳에서 일어나고 있어. 일본은 지진 때문에 원자로가 파괴되었을 시 수도 없이 많은 UFO가 그 상공을 맴돌았다고 해. 마지만 순간에 원자로의 대폭발을 막았다고 하는데, 그것이 사실인지 아닌지는 몰라도 인간으로서는 막지 못할 일이라고 했어. 그리고 핵폭탄이 가장 많이 있는 곳인 미군 기지에 UFO가 자주 나타난다고 하지.

그러나 맨인블랙은 지구인을 만나면 그는 바로 그 사람의 생각과 움직임, 그리고 그의 미래까지도 다 알아낸다고 해. 과학은 노파가 예언한 것을 무엇이라고 이야기할 것인가? 불가리아 그 맹인 노파 반젤리아의 말의

80퍼센트는 사실이 되었다는데 거기에는 대답을 회피하지. 또 유체이탈자를 고용하여 달의 상태를 조사하려 했던 미국의 정보기관은 왜 그들의 말에 귀를 기울일까? 그리고 그를 고용하여 무슨 답을 얻으려 한 것일까?

맨인블랙은 사람을 만나 이야기하고 가지. 그들에게는 문이 필요 없어. 문이 있으면 열고 들어오지만 문이 없어도 그들은 안방 침대든 거실이든 어디에서든 나타나서 말을 걸고는 바로 어디론가 사라져버리지.

그들은 뮤폰 파일에도 없는 단독 행동을 하는 사람들이야. 기록에 의하면 발명왕 니콜라 테슬라가 집에 들어갈 때는 집밖을 세 바퀴 돌고 들어갔다고 해. 그래서 그는 미치광이 취급을 받았지. 그래서 노벨상도 타지 못했어. 그는 집을 들어가기 전 연구를 위하여 맨인블랙이나 다른 별에서 영감을 얻은 것이 분명해 보여. 그들이 지시하고 알려주는 내용을 집에 들어가서 적고 정리하여 700여 개의 발명품을 만든 거지. 그래서 그는 언제나 집엘 들어가려면 맨인블랙이 필요했을지도 몰라. 그는 그들과 만나면 그들과 대화를 하고 밤을 지새워가며 연구를 했어. 먹는 것도 잊고 연구에 집중한 그는 말라깽이 모습을 하고 있었지. 그가 미국의 한 호텔에서 죽자 그의 친척들보다도 먼저 온 FBI는 그의 모든 연구 설계도를 가지고 갔어.

그가 발명한 레이저 무기의 설계도도 미국의 FBI에서 가져갔을 것이라고 히스토리는 밝히고 있어. 그 설계도가 지금 미국에 없을까? 그런데 그 레이저 무기는 이스라엘에서 먼저 개발하여 싱가포르 무기 전시장에서 선보였어. 지금 미국은 달에다 태양광을 설치하고 그 태양광 에너지를 지구로 송신하려는 계획을 추진하고 있어. 이것은 바로 니콜라 테슬라가 6.4킬로미터를 무선으로 전기를 보낸 실험을 하여 성공한 그 비밀자료를 그가 죽었을 때 가지고 가서 연구하여 그 계획을 실행하려 했음이 분명해. 그리고는 그 미국 FBI는 그가 가지고 있던 설계도는 별것이 아니었다고 발표했지. 로즈웰 사건을 기상관측 기구였다고 발표한 공군 당국과 어쩌면 그리 똑같을까!

외계인은 지구의 모든 동식물을 만든 장본인임이 틀림없다고 나는 생각해. 그 이유는 수백만 종의 동물과 식물은 유전자를 가지고 있는데, 그렇다면 지구 최초에 그 유전자가 그냥 한 박테리아에서 생겨나서 갈라져 나가면서 진화되고 갖가지 동식물이 생겼다는 이야기인가? 지구 대기권 실험 결과 생물이 아주 많이 있다는 게 확인되었어. 외계인들이 보면 배꼽을 쥐고 웃을 일이야.

분명히 지금의 모든 동식물은 외계인의 작품이며, 지구는 외계인의 실험실이야. 지구를 방문하는 외계인이 인간이나 동물을 납치하여 유전자를 조작하여 다른 종을 만들려 한다는 것은 납치된 사람들 중 많은 사람들의 증언에서 확인된 거야. 렙틸리언도 그들의 작품이지. 렙틸리언은 외계인의 한 종류야. 렙틸리언의 존재는 성경에도 나와 있으니 지구 창조 때에도 있었음이 분명해.

외계인들의 신기술은 미국의 탄도 미사일을 작동 못하게 일시 중단했다는 사실도 히스토리는 말하고 있어. 지구상에 수없이 많이 나타나는 미스터리 서클만 해도 그렇지. 어찌 똑같은 그림이 영국에, 남미에, 북미에, 사방이 있느냔 말이야.

그 미스터리 서클을 만드는 현장을 실제로 목격한 사람들이 있어. UFO가 가장 많이 나타나 서클을 만든다고 하는 그 부근에서 텐트를 치고 UFO를 기다린 사람들이 그 미스터리 서클 만드는 현장을 목격했지. 그들의 증언은 그저 아주 밝은 비행체가 공중에 잠시 떠 있다가 떠난 다음에 미스터리 서클이 생겼다는 거야. 그들의 말은 사실일 거야. 선진문명의 사람들은 식물의 크기도 순식간에 조작했음이 미스터리 서클 조사에서 밝혀졌어.

미스터리 서클은 외계 비행체가 순식간에 만든 작품이야. 정부는 그걸 감추기 위하여 사람들을 시켜 미스터리 서클을 본인이 만들었다며 시연을 한 사람들도 있었지. 작은 미스터리 서클을 그들은 여섯 시간에 걸쳐 만들었어도 그 모양을 보면 불규칙하고 그저 식물을 나무판자로 밟아 만들었기에 식물은 가지가 다 꺾였어. 그러나 UFO가 만든 미스터리 서클은 식물의 마디를 작게 또는 크게 늘려놓았기에 그 모양을 봐도 미스터리 서클은 외계인의 작품이 틀림없지. 또한 인공위성에서나 그 형체를 볼 수 있는 대형 미스터리 서클은 무엇으로 설명하겠니? 인간이 어떻게 수백 톤의 돌을 들어 올려 건축을 했으며, 피라미드는 또 어찌 설명하겠니?

과학과 신은 양립을 하지만 과학은 외계와의 대화하는 주술사들도 미쳤다고 하면서도 그들이 제시하고 말하는 사실은 외면하고 말지. 사실에는 대답을 피해. 왜? 그들은 그게 무엇인지를 모르니까. 그저 미스터리하고 불가사의하다고만 말하지. 그러면서도 과학이 최고라고 우기고 있어.

종교는 미스터리 한 그것을 이용했어. 그리고 거기에 선과 악을 붙여 놓고 역사를 함께 써 넣었지. 많은 경전들을 집필한 사람들은 다 죽고 없어졌어. 그러니 그것을 증명한다는 것은 과학자들 말대로 불가능해. 성경이든 성전이든 그것은 책이야. 그것을 쓴 사람은 있어. 사람이 글을 쓴 것이지. 오랜 시간을 걸치면서 잘못됐다고 인정하는 부분은 지우고 종교가 생각하는 것을 간추려서 쓴 거야. 성서에서 하느님은 뱀을 사악한 존재이며 인간에게 선악을 알게 해준 나쁜 놈이라 평생을 배로 기어 다니라고 했다고 나오지? 허나 앞에서도 언급했지만 뱀은 사실상 인간에게는 영웅이지 않나? 선은 무엇이고 악은 무엇이라는 것을 알게 한다는 선악과를 먹어보라고 했으니까 말이야. 그 벌로 만약에 뱀에게만 평생을 기어 다니라고 했다면, 이 지구상에는 배로 기어 다니는 동물은 없어야 해. 그런데 배로 기어 다니는 동물이 얼마나 많은지 생각을 해보았는지? 한 동물만 보더라도 말이야. 바로 지렁이, 그는 하느님께 무슨 죄를 지었기에 평생을 땅속을 기어 다니다가 죽을까? 의문을 가질 수밖에 없지 않니?

사람의 뇌는 어느 한 가지를 계속 주입하면 그것을 믿게 되어 있어. 이것은 실험 결과에서 나온 거야. 즉 동정녀 마리아가 예수를 요셉과 접촉이 없이 잉태했다고 믿으라고 하며 계속 주입을 하면 사람들은 그렇게 믿는 거야. 예수 부활도 마찬가지이고. 그래서 이 문제는 지구가 멸망할 때까지도 학자들 간에 논란거리가 될 것이 확실해. 노아의 방주 이야기도 노아만 하나님이 살려주셨다면 그의 혈족만 있어야 맞는 게 아닌가? 어찌 키가 1미터 미만의 사람도 있고 키가 2.5미터인 사람도 있겠냔 말이야? 또한 흑인은 어떻고? 성서대로라면 그 당시에 지구상에 있던 모든 동물을 배에 한 쌍씩 태울 수가 있었을까? 지금도 목선으로는 그리 큰 배는 만들 수가 없지. 만든다 해도 엄청난 사람과 시간이 필요했을 거고. 아마 하나님이 하시는 일이니까 가능하다고 하겠지?

허나 외계인의 실체와 그들과의 대화를 하고 공개한다면 이 지구상의 모든 일이 확인될 거야. 진화론을 인정하기 위하여 웨스트버지니아 주의 카나와 계곡에서 발견된 2.5미터의 미라를 책에 넣지 않는 것과 똑같아. 학자들이 인정한 부활이라면 '불멸의 해파리'일 거야. 그것은 연구결과이니까. 그 동물은 죽을 때가 되면 갓을 뒤집어서 다시 살아나! 그 삶에 주기가 없다는 것을 학자들은 인정했어. 종교에 대한 문제는 간단히 설명할 일이 아니라고 본다. 수천 년을 이어온 그 문제를 한마디로 설명할 수는 없을 거야."

14. 내가 알고 싶은 나(인체의 신비) 성서 이사야서의 세라핌(도마뱀 인간)과 유체이탈자는 확실히 있었나?

대성이가 또 질문을 한다.

"우리 몸은 어떤 구조이고, 어떻게 유지를 하는지 알고 싶어요. 또한 렙틸리언은 확실히 있는 것인가요?"

"우리가 어떤 특정 음식을 보고 역겨움을 느낀다면 그것은 그걸 먹으면 안 된다고 행동 면역계가 먹지 말라는 경고를 하는 거야. 사람이 신체에 부상을 당하면 인체의 정교한 수리 체계가 즉시 가동되지. 우리 몸의 곳곳엔 백혈구인 일종인 '마스트 세포'가 있어서 즉시 활동을 시작해. 훼손된 세포가 내보내는 신호를 받으면 '히스타민'이라는 화학물질을 분비해 혈관 벽에 달라붙도록 하지. 그러면 혈관이 팽창되고 틈이 커져 혈장이 상처 부위로 이동하게 되고, 해당 부위는 빨갛게 되는 거야.

다른 종류의 백혈구들은 손상된 세포를 제거하고 세포 분영을 촉진할 화학물질을 분비해. 이런 수리 과정은 신경을 자극하고 신체의 또 다른 생존기제인 통증을 유발하지. 통증은 보호 반응이며 경보 역할이고 몸이 스스로 치료하는 동안 더 큰 손상을 방지하는 거야. 영국에서 발명한 기계로 인체의 신비를 한 꺼풀 벗긴 것을 같이 보도록 하자. 다만 이것을 보고 이야기하기 전에 생각해가면서 보아야 할 것이 있어. 바로 인공지능 로봇과 컴퓨터야. 이것을 이해하고 나면 우리 인간의 몸을 이해하는 데 도움이 될 것 같다.

인공지능 로봇이 탄생한 건 얼마 안 되지만 그것의 병은 바이러스의 감염이야. 그러면 인공지능 로봇은 그들 스스로 회복하지 못해. 인간이 고쳐 줘야 회복을 하지. 하지만 인체는 스스로 회복해. 그것이 인공지능 로봇과 인간이 다른 점이야. 그러나 인공지능 로봇은 인간을 더 편히 살게 하는 데 일조를 하고 있고 그가 인간을 돕는 것은 엄청난 발전을 이룩할 거야. 또 앞으로의 우주개발에서 없어서는 안 될 것이 바로 인공지능 로봇이지. 그들은 먹을 것이 필요 없지. 배터리에 자동충전 장치만 하면 될 테니까. 공기가 희박하면 산소와 질소의 비율이 달라져 사람이 못 가는데, 그런 인공지능 로봇은 마음대로 활동할 수 있지. 인공지능 로봇이 임신도 가능해질 거라는 가설도 있어. 또한 인공지능 로봇이 인공지능 로봇을 만들어내는 시대가 올 거야.

외계의 선진 문명은 그 한도를 넘어서 인간의 DNA를 맘대로 조작할 수 있는 기술을 가지고 있었던 것이 수천 년 전 일이야. 지금도 상상조차 할 수 없을 정도의 기술을 그들은 가지고 있었던 거지. 바로 옛날의 이집트,

또는 마야문명과 잉카문명은 외계의 선진화된 기술을 일부 습득하고 연구하여 가지고 있던 기술들을 이용했어.

생각해 보렴. 그들의 수천 년의 기술 발달은 지금도 만들 수 없는 세계 곳곳에 불가사의 한 건축들이 있어. 또한 선조들이 후손에게 남기려고 했던 기술 중 그들은 그 당시 DNA를 설명했어. 그것을 돌이나 지팡이 같은 곳에 그려 넣었는데 그것을 해석한 과학자들은 그게 뱀 두 마리가 얽혀서 올라가는 그림이라고 생각했지. 그것을 요즈음에 보니 그것은 DNA의 그림인 나선구조였던 거야.

우리 지구는 불과 60여 년도 안 되는 사이에 엄청난 발전을 이루었어. 영국의 산업혁명이 그 시초가 되었지. 그러나 성서의 역사를 보면 지구는 몇 번인가 멸망하고 다시 태어난 게 아닌가 하는 생각을 가질 수밖에 없게 해. 또한 우리 몸속의 비밀도 그 DNA 해석으로 하나씩 풀어가고 있지. 인체가 이루어내는 화학반응까지도 알아내고 있으니 영생을 향한 인류 신기원을 이룰 과학의 발달이라고 할 수 있어.

우리 몸의 특수세포는 혈액의 산성도가 조금만 변해도 바로 감지해서 그 정보를 뇌로 보내. 덕분에 이산화탄소가 배출되고 혈액 산성 농도도 안전한 수준으로 유지되어 항상성의 균형을 찾지. 차가운 물에 들어가든 계단을 뛰어 올라가든, 인체는 생존을 이어가고자 그 복잡한 과정을 잘 조율해. 체온과 이산화탄소 수준, 그리고 산성도를 제어하는 건 인체가 살아남기 위한 항상성 기능 중 몇 가지에 불과해. 생존하려면 체내 화학작용의 균형 이상의 것이 필요해. 이 균형 상태를 지키는 게 아주 중요하기에 인체는 균형 상태를 위협 하는 모든 요소를 감지하고 반응하는 방식을 만든 거야. 이는 누구나 아는 원초적 감각인데, 그게 바로 두려움이야. 두려움이란 감정은 생존에 필수적이야. 체내 균형을 지키고자 고안된 감정이지. 이는 잠재적 위협에 대한 첫 번째 방어선으로, 공격을 받지 않아도 반응해. 어둠이든 두려움이든 그것은 생존을 위한 강력한 무기야. 이상하게도 두려움은 타고 나는 게 아니야. 생후 몇 개월 동안은 말 그대로 겁이 없지. 생존 여부를 식별하는 능력은 주변 사물을 보고 배우는 거야.

어린아이한테는 큰 뱀을 보여주거나 호랑이를 보여줘도 겁을 안내고 장난감 같이 쳐다보고 만지려고 하지. 그러다 위험물이라는 걸 인지할 나이가 되면 치명적인 위험물을 보는 순간 심장 박동이 증가하지. 감각은 예민해지고, 신체는 싸움이나 도주에 대비하게 돼. 신장 위에 있는 분비선에선 호르몬의 일종인 아드레날린이 분비되어 온몸에 돌고, 허파에서는 아드레날린이 세포 수용체에 붙지. 그러면 기도가 팽창하고 근육과 두뇌에 공급할 산소량도 늘어나게 돼. 시각과 청각 등 모든 감각이 예민해지지. 간에서는 아드레날린이 포도당을 혈관으로 보내도록 해서 근육에 필요한 에너지가 공급되도록 해. 신체는 이 과정을 몇 초 만에 끝냄으로써 대비태세를 마치지. 전전두엽 피질이 자기 역할을 할 때야. 경험 및 안전했던 기억을 토대로 전전두엽 피질은 편도체의 신호를 억제해. 아드레날린 분비가 줄고 신체는 차분하게 안정을 찾아. 나이가 들수록 이런 반사 반응이 강해져. 인체를 혼란에 빠뜨릴 가장 신속한 방법 중 하나가 바로 치명적인 세균에 노출될 때야. 그래서 역겨움은 생존을 위한 신체의 필수 무기인 셈이지. 밸러리 커티스 교수는 25년간 역겨움에 대하여 연구를 했어.

구데기를 넣고 '프랄린'을 만들었는데 모양만 봐도 썩고 부패한 느낌이 나고 역겨움을 느끼지. 역겨움은 '이걸 먹으면 아플지도 모르니 먹지 말라'는 뇌의 경고야. 두려움은 맹수로부터 자신을 지키는 것이고, 역겨움은 체내로 들어와 안에서 갉아 먹을지 모르는 미생물로부터 자신을 지키는 거야. 역겨운 음식을 만들어 놓고 먹으라고 하며 입에 넣어준다면 먼저 얼굴이 찡그려지고 뱉어내고 싶은 표정을 짓게 되지. 어서 저리 치워! 위가 더부룩해지며 언제라도 토할 수 있는 상태가 돼. 손은 바짝 마르거나 축축해지면서 만지기도 싫다는 반응을 보이지. 그런 강력한 감정이 최선을 다하긴 해도 방어망을 뚫고 들어오는 게 있기 마련이야. 우리는 침대 속에서만 살 수 없고 바깥세상과 접촉하며 살아야 하지.

일어나다가 발가락을 찧거나 찬장 문에 머리를 찧든 어쩔 수 없이 피해를 보는 경우가 있지. 아무리 작은 상처라도 커다란 피해를 줄 수 있어. 피부에 작게 생긴 상처도 치명적인 균이 들어갈 수 있어. 피를 조금만 잃어도 주요 기관에 산소가 부족해질 수 있어.

그러나 인체의 정교한 수리 체계는 신속히 가동되어 아주 작은 상처로 생긴 훼손도 막아 주지. 이제 그 과정이 상세히 밝혀졌는데, 우리 몸에 위험한 물질이 평범한 물질로 전환되지. 몸 곳곳에 백혈구의 일종인 '마스트 세포'가 있어서 즉시 활동을 개시할 수 있도록 대기하지. 훼손된 세포가 내보내는 신호를 받으면 '히스타민'이란 화학물질을 분비해 혈관 벽에 붙도록 하지. 그러면 혈관이 팽창되고 틈이 커져 혈장이 상처 부위로 이동하게 되고 해당 부위는 부은 듯 빨갛게 되는 거야.

다른 종류의 백혈구들은 손상된 세포를 제거하고 세포 분열을 촉진할 화학물질을 분비해. 이런 수리 과정은 신경을 지극하고 심체의 또 다른 생존 기체인 통증을 유발하지. 통증은 보호 반응이자 경보 역할을 하며 몸이 스스로 치료하는 동안 더 큰 손상을 방지해. 런던의 '킹스 칼리지'에서 진행되는 연구에 의하면 신체는 생각보다 정교한 방식으로 통증을 관리한다고 해. 맥만 교수가 고안한 간단한 실험은, 통증을 제어하거나 감소시킬 수도 있다는 사실을 잘 보여주고 있지. 우선 통증을 느끼게 하는 의자에 앉으라고 해. 그리고는 피부에 일정 속도로 열을 가해. 48도에서 통증이 시작된다는 게 수치로 보여. 그리고 통증의 임계점을 '주위 돌리기' 등으로 증가시킬 수 있다는 게 연구결과 확인되었지. 영하 1도의 얼음물에다 소금을 섞고 반대자극을 주려는 거야. 3초 동안은 참을 만하다고 여기다가 착각이었음을 알게 되지. 이 물에서의 통증 임계점은 50.5도였어. 발이 잘린 듯 아프니 뜨거운 게 오히려 별 게 아니었던 거야. 그러니 살아가면서 입는 피해에서 살아남으려면 우리 몸이 스스로 고치는 게 필수적인 거지.

놀라운 점은 예전 병력이 생존에 도움이 된다는 거야. 인체 면역계에는 놀라운 내장 기억 메모리가 있거든. 인간의 몸 1제곱센티미터에는 수백만 개의 세균이 있다는 걸 밝혀냈어. 그 세균들은 호시탐탐 인간을 노리지. 그리고 우리가 숨을 쉴 때마다 수만 개의 세균과 미생물, 바이러스가 우리 폐 속으로 들어와. 테니스장 크기의 표면적을 가진 우리의 폐는 인간이 감염과 싸움을 벌이는 주된 전쟁터라고 할 수 있어. 이 전투에서 필수적인 게 림프계인데. 혈관과 림프절로 이어진 복잡한 연결망이야. 병원균이 폐의 내벽에 붙으면 특별한 백혈구가 주목하게 되는데 바로 '수지상 세포'지. 이들은 침입자를 직접 공격하지 않고 병원균을 시료로 채취해서 림프관을 통해 림프절로 운반해. 림프절은 예전에 만났던 병원균에 대응한 이력이 보관되어 있는 곳이야. 시료의 정체가 확인되면 맞춤형 항체의 생성이 촉발되고 해당 침입자만 골라서 표적으로 삼게 되지. 수십억 개가 혈관으로 흘러들어 침입한 병원균에 달라붙은 뒤 면역계는 신체 내를 항시 순찰하며 병원균을 억류하지. 병원균이 방어막을 뚫을 때는 강력한 사냥꾼인 '자연살생 세포'가 나서서 그 병원균을 감싸서 죽이기도 해. 피 한 방울에는 '자연살생 세포'가 약 1만 개 있어. 이 사냥꾼은 병원균을 하나씩 하나씩 죽이지. 감기나 독감에 감염되면 자연 살생 세포가 주된 방어를 맡지.

자연살생 세포는 다른 백혈구보다도 감염 세포를 죽이는 데 뛰어나. 이 첨단 이미지 덕에 사상 최초로 세포들에 대한 비밀을 밝히고 있어. 이런 영상은 몇 년 전까지만 해도 불가능했지. 이렇게 우리가 눈으로 직접 볼 수 있으리라고는 누구도 생각 못했었지.

자연 살생 세포의 행동을 보는 동안 뜻밖의 사실도 밝혀졌어. 자연살생 세포가 감염 세포를 덮치는데, 중앙부에서 그물망 같은 게 생겨. 마치 테니스 라켓처럼. 이 그물망 덕에 자연살생 세포는 감염 세포 파괴에 탁월한 능력을 발휘하게 되는 거야. 마치 실 모양의 조직이 퍼지면서 사각형 모양이 더 커지고 그러면서 독성 단백질을 보내 감염 세포를 죽이는 거지. 이건 뜻밖의 발견이었어. 어때? 내 말이 이해가 되니?"

"네, 인체의 신비는 정말로 상상을 초월하네요."

"이런 연구와 기술 덕에 앞으로 암 퇴치는 바로 이뤄질 것이라고 믿는다."

"아버지, 첨단 기술 덕으로 자연살생 세포가 감염 세포를 죽이는 것을 영상으로 볼 수 있다니 정말 놀라워요. 동물이 혀를 늘려 먹이를 잡는 것은 보았지만 자연살생 세포 전체가 늘어나면서 감염 세포를 죽이다니 놀랍습니다. 인류가 살 수 있었던 비결의 하나가 벗겨진 것이네요."

"교수가 되었다고 자만하면서 공부를 게을리 하고 지난 지식을 제자들에게 가르친다면 그것은 죽은 교육일 뿐이야. 남 위에 서려는 자도 마찬가지지. 늘 배우지 않으면 항시 뒤떨어져 있다는 것을 자각해야 해.

인간이 로봇과의 경쟁을 한 적이 있어. 바로 우리나라의 이세돌이라는 바둑의 고수와 로봇과의 싸움에서 인간은 네 번 패하고 한 번 이겼어. 그것은 모든 바둑의 정석을 입력한 인공지능 로봇과의 대결이라 세계의 이목을 끌었던 경기였지. 그러나 경기의 결론은 인공지능 로봇에게 인간이 졌어. 수백만 번의 연산을 해가면서 인간과 대결하는 인공지능 로봇이 한 번이라도 인간에게 졌다는 것, 그것을 생각해보면 인공지능은 계산에서만 앞서 있다고 봐. 인간이 한 번이라도 이겼다는 것은 인간의 두뇌가 그만큼 대단하다는 것을 보여줬지. 인공지능은 계산 능력에서는 인간을 이기지만 깨달음이라는 것에는 전혀 못 미쳤다는 것을 알게 해준 게임이라고 나는 생각해."

"지금까지의 실험결과는 남자나 여자나 똑같을까요?"

"인체 면에서는 같다고 볼 수 있을 것 같다."

"그러면 남자와 여자가 다르다는 부분도 있다는 말씀이신가요?"

"있다고 봐야. 그것의 비밀을 알 수는 없지만 장난감을 자동차와 인형을 갖다 놓고 동물 원숭이 실험을 해보면 암컷과 수컷이 갖고 놀고 싶어 하는 것이 확실히 다르다는 것이 연구 결과야. 수컷은 자동차나 불도저 같은 것에 호기심을 갖고 또 그것을 가지려고 하지. 그러나 암컷은 인형을 만지작거리며 인형을 선택하고 가져가. 그것도 또한 동물의 신비라고 볼 수밖에 없겠지. 그것을 지시하는 것은 뇌니까, 수컷과 암컷의 뇌는 어느 부분에서는 조금 다를 거야."

15. 지구 대기권 밖에는 외계에서 온 생명체가 지구를 둘러싸고 있다

"아버지 지구 대기권 밖 생명체에 대한 실험이라는 것은 사실일까요?"

"사실이다. 우리 인간은 궁금한 게 있으면 항상 실험을 하며 연구하고 있지. 한번 보도록 하자. 그것의 연구는 최초에 인간이 어디에서 왔느냐, 그것을 연구하기 위하여 노력한 결과가 나온 거야! 인간은 과학으로 확실한 게 아니면 믿으려 하지 않는다. 그것을 연구하려 하다가 깜짝 놀란 것을 발견한 거지."

"아버지 그런 것도 연구 하나요?"

"그럼. 그런 것을 인류에게 알리기 위해 과학자들은 밤새워 연구한단다."

"바로 그것이 인류가 알고 싶어 하는 최대의 궁금증이기 때문이다."

"네. 잘 보고 듣고 생각하겠습니다."

이것은 실제로 런던의 킹스 칼리지 연구소에서 맥만 교수가 실험한 결과야. 지구 밖 대기에는 외계에서 온 생명체가 지구를 둘러싸고 있다는 것이 실험에 의해서 확인됐어.

우선 풍선을 지상 27km까지 올려 보내서 대기의 공기를 채취했지. 그 채취한 통을 풍선을 터트려서 안전하게 지상으로 낙하산을 타고 내려오게 했지.

완전한 무균실에서 공기를 현미경으로 검색하자 아주 놀라운 사실이 밝혀졌어. 그 안에서 보인 것은 확실한 생명체였기 때문이야. 학자들은 인류의 탄생에 대하여 외계에서 온 이 생물이 진화를 해서 인간이 된 것이 아닌가? 의문을 갖게 됐지.

"네, 아주 놀라운 일이네요. 인간이 지구에 어떻게 상주했는가를 밝혀 줄 수 있는 단서가 되겠네요."

또한 실험은 2018년 3월 앤드루 콜린스도 대기권 밖에 있는 생물의 실체를 확인하기 위해 잉글랜드 세필드로 향했지. 미생물 학자 밀턴 우인라이트와 개발자 크리스 로즈를 만나러. 그 두 사람은 미생물 학자로서 기원전 5세기에 제기된 범종설에 따라 지구의 생명체가 우주에서 기원한다고 믿는 사람이지. 그의 이론에 따르면 미생물이 우주를 떠다닐 수 있으며 가끔 지구의 대기에 들어와 생존한다고 믿었단다. 동료인 찬드라 워크라마싱해와 인도에서 풍선을 41km 상공에 있는 표본을 채취했어. 그래서 확인된 것이 미생물이 지구로 계속 들어오고 있는 유기체를 확인할 수 있었던 거란다.

범종설은 굉장히 단순하다. 생명체의 기원을 우주라고 보는거지. 생명체가 지구에서 형성되지 않고 우주에서 왔다는 이론이다. 연구 결과도 범종설과 관련 있어. 우주에 있던 생명체 입자가 성층권으로 들어오며. 유기체가 지금 이 순간에도 우주에서 들어온다는 걸 밝힌 것이지. 우리 주변에 생명체가 많아서 기원이 지구라는 견해도 있지만 생명체가 지구가 아니라는 증거도 많아.

풍선이 지구 대기권의 목표에 도달하여 우주에서 온 미생물 표본 채취가 끝나면 풍선이 터지고 표본 채취 기계는 낙하산을 타고 지구로 안전하게 돌아온단다. 연구팀은 위치 추적기로 기계가 착륙한 곳을 알아내지. 기계를 찾으면 표본을 얼른 밀폐 용기에 넣어 지구에 있는 미생물이 섞이지 않도록 하고. 연구팀은 멸균실에서 미생물을 추출한 뒤 지구 미생물이 섞이지 않도록 확인하지. 멸균실 실내 공기 멸균만 확실하게 하면 되는 거지. 또한 내부 공기에 미생물이 섞였나 확인한 다음 공기를 모두 정화하지. 전자 현미경으로 표본을 보는 동안 오염될 여지를 막을 수 있지. 살아 있는 생명체를 분석해 보면 탄소, 산소, 미량의 질소로 구성돼 있단다. 생명체의 특징이다. 그렇다면 이 생명체가 외계에서 왔다는 증거는 무얼까? 이것은 바로 지구 주변에 없는 순수 결정체라는 것이다. 따라서 외계에서 온 것이 확실하다. 그리고 모델링 연구를 하면 6미크론 넘는 입자는 지구를 못 올라 간다는 결론이 나온다. 이건 200미크론의 입자야. 아주 큰 입자이기 때문에 우주에서 들어온 것이 확실한 거야. 진짜 우주에서 지구로 들어온 생물체 덩어리가 확실했거든. 지구 표면에서 표본을 채취한 고도까지 6미크론이 넘는 입자는 올라갈 수 없는 크기이지. 그런데 200미크론의 입자를 발견했지. 지구에서 올라갈 수 없는 크기야. 외계에서 왔을 지도 모를 생명체의 증거가 바로 이것이란다. 한 가지 가능성은 정향 범종설과 관련이야. 다른 문명세계에서 티타늄 공 안팎에다가 생물학적 시료를 묻혀 보낸다는 가설이지. 그렇다면 씨앗을 뿌리는 외계문명이 존재하지. 범종설 또는 정향 범종설을 입증한 이번 실험은 외계인이 지구에 생명의 씨앗을 뿌린다는 놀라운 가설을 뒷받침할 확실한 증거라고 할 수 있는 거야.

"인간의 상주와 태동은 그것 뿐이 아니다. 성서를 자세히 살펴보도록 하자. 그것이 바로 네가 공부하고 연구하는데 큰 틀이 될 것만은 틀림이 없다고 본다. 또한 성서에 랩틸리언은 분명히 기록되어 있다. 그것은 고대의 역사 책이기에 틀린 것이 없으리라고 본다."

"미국에서는 1988년 랩틸리언을 보았다는 국민들로부터 여러 건이 접수되었다고 한다. 그중에서 믿을 만한 것을 골라서 쓴 글을 한 번 보도록 하자."

16. 성서 이사야서의 세라핌(도마뱀 인간)

"성서 「이사야서」에서는 렙틸리언을 세라핌이라고 표현했어. 어느 역사를 봐도 반은 인간 반은 파충류인 존재에 관한 이야기가 있지.

기록을 보면, 1988년 봄 미국 사우스캐롤라이나 주 비숍 빌에서 17세인 크리스토퍼 데니비스가 렙틸리언을 보았다고 신고하여 보안관이 출동하여 조사를 했어. 1988년 봄 농약을 살포하러 출발하려던 비행사 프랭크 미첼도 도마뱀 인간을 보았다고 했지. 1990년 버사 불라이더스가 운전 중 렙틸리언을 칠 뻔했다고 했어. 세 사람이 각각 같은 장소인 늪 주변에서 렙틸리언을 본 건 우연일까? 그 이후에도 테네시 주 일리노이 주 오스트리아에서도 목격됐다고 해. 체포하려고 했다 해도 그것은 불가능했을 거야. 인간보다는 진보된 생명체이기 때문이지.

코란에도 '진'이라고 불린 렙틸리언에 관한 기록이 있어. 힌두교 신화에 나오는 '나가'라는 렙틸리언인데, 진보한 그 렙틸리언은 인간에게 특별한 능력을 가르쳐준다고 기록되어 있어. 과연 진보한 지식을 가진 랩칠리언은 어디에서 온 것일까?

이에 관한 해답을 찾으려면 수백만 년 전으로 올라가야 해. 1982년 온타리오 주 오타와 캐나다 국립 박물관에서 척추동물 화석 큐레이터이자 고생물학자인 데일 러셀이 사고 실험보고서를 작성했어. 직립보행하는 공룡의 자세와 뇌 크기의 추이를 분석했지. 데링 러셀의 이론에 따르면 6500만 년 전 공룡이 멸종할 때 일부 공룡이 살아남았는데 그 공룡이 바로 '트로오든'이라고 해. 트로오든의 두개골 구조가 형태적으로 변하여 시간에 따른 이동 방향에 근거하여 진화한 모습을 추정해보니, 신기하고 놀랍게도 인간을 닮은 파충류 동물이 나타났어. 렙틸리언의 모습이지. 고대 기록과도 일치해. 수백 만 년 전에 지구를 돌아다녔던 공룡이 우리 선조일 수도 있다는 거야. 멸종하지 않는 공룡 중에는 조류로 된 것이 거의 확실하다는 거지.

UFO에 납치되었다가 풀려난 사람들의 얘기로는 대체로 작은 회색 외계인과 큰 인간형 외계인도 만났지만 그중 소수는 파충류 인간도 만났다고 해. 선진 문명의 외계인들은 자유로이 DNA를 조작하여 파충류와 인간을 합쳐서 렙틸리언을 만들었다는 거지. 또한 인간이 파충류와 인간을 합쳤다는 그 증거는 인간의 배아는 작은 꼬리를 가지고 있는데 임신 9주 쯤 되면 꼬리가 자라는 몸에 흡수되지. 2001년 인도 펀자브 발라지라는 남자아이가 특이한 기형으로 태어났어. 18센티미터 길이의 꼬리를 달고 나온 거야. 의학 저널에는 1800년대부터 인간이 꼬리를 달고 태어나는 사례가 100여 건 이상 기록돼 있어.

또한 비늘증을 앓는 사람의 피부는 비늘로 덮여 있어. 합지증과 손가락 결손증을 앓고 있는 사람의 손은 손가락이 붙어 있고, 꼭 파충류의 발 같지. 또한 성서 속 전설에 따르면 노아가 살던 시대까지는 모든 인류는 손가락에 물갈퀴를 가지고 태어났다고 해. 사실상 렙틸리언에 가깝지. 노아가 물갈퀴 없이 태어난 첫 인류인 거고.

인간은 과연 지구를 방문한 외계인이 유전자를 조작해 만든 결과물일까? 우리 선조는 렙틸리언과 인류의 혼혈일까? 많은 고대 우주인 이론가는 그렇다고 말해. 왜 중국 황제는 뱀 신의 후손이기에 통치권을 지닐 수 있다고 주장한 걸까? 지금의 이란인 메디아 왕국에서는 왕을 뱀의 신이라 칭하고 용이 다스리는 왕국이라고 하는데, 그 이유가 뭘까? 역사 전체에 걸쳐 이 주제가 왜 계속해서 나타나는 걸까? 렙틸리언 혈통이라는 통치자들의 전설이 진실일까? 그렇다면 전 인류가 렙틸리언 조상과 유전적으로 관련 있는 건 아닐까? 이를 입증할 증거가 우리 뇌에 있다고 한다.

1977년 1월 존경 받는 과학자 칼 세이건이 폴리처상을 받게 될 책을 발표하지. 『에덴의 용, 인간 지성을 찾아서』야. 과학자 폴 맥클린은 칼 세이건이 제시한 이론을 분석하는 데 역사의 각기 다른 시기와 뇌가 연관이 있다고 말해. 맥클린에 따르면 전뇌를 세 부분으로 나눌 수 있어. 첫째는 파충류 뇌, 둘째는 포유류의 뇌로서 이후 변연계라 부르지. 셋째는 영장류의 뇌야. 이 사실이 중요한 이유는 맥클린이 전뇌의 세 부분이 진화의 역사에 따라 발전했다고 주장했기 때문이야. 원시적인 파충류의 뇌는 뇌에서 가장 오래된 부분이며 인류가 파충류에서 진화했다는 증거야. 맥클린은 파충류의 뇌 또는 기저 핵이 수많은 파충류에서 흔히 볼 수 있는 공격적인 행동영역 보호습성과 연결돼 있다고 생각했어. 인간의 뇌에 파충류의 뇌밖에 없다면 본능에만 충실하겠지. 밥을 먹고 싶으면 먹고, 성행위를 하고 싶으면 아무하고나 하겠지. 고차원적인 생각은 전혀 하지 않을 거야. 칼 세이건은 파충류의 뇌에 주목해야 한다고 주장해. 공격성과 영역성이라는 원시적 욕구가 생기는 곳이기 때문이지. 전쟁과 갈등이 많았던 시대일수록 이 부분의 중요성은 더 커지지. 고대 우주인 이론가들은 인간을 렙틸리언처럼 묘사한 종교적인 기록에 답이 있을 거라고 믿지.

또다른 얘기를 보자. 아랍인 노부가 밀봉된 도자기 병에 들어 있는 가죽끈으로 묶인 파피루스 문서 13권(두루마리)을 발견했어. 이 책은 오늘날 '나그함마디 문서'로 알려져 있지. 초기 기독교 영지주의자가 기원후 초기 몇 세기 동안 작성했다고 해. 이 신비한 문서는 알려지지 않은 비밀스러운 복음과 도마 및 필립의 복음도 포함하고 있어. 종교적인 내용과 함께 시, 영적 체험, 우주의 기원에 관한 설명도 기술돼 있지. 초기 종교 주제였던 성서 내용과 역사에 영지주의자는 주목했어. 그리고 '아르곤'이라 하는 신비한 종족을 언급했지. 아르곤이 무엇이었는지 현재에도 존재하는지는 모르지만 흥미롭게도 아르곤을 묘사하는 내용을 보면 파충류와 닮았어. 그래서 렙틸리언이라 추측하기도 하지. 아르곤이 렙틸리언이라 하면서 말이야.

렙틸리언 목격자는 오늘날에도 그 기록이 있어. 1982년 오리건 주 유진 웨스펜리가 침실에서 자다가 2미터가 넘는 초록색 피부에 머리카락이 없으며 근육질에 빨간 눈을 가진 끔찍한 생명체를 목격하고 공포에 떨었다고 해. 이와 같은 목격담은 수도 없이 많았어. 1980년대에도 있었지만 1950년대에도 언급된 파충류 인간 렙틸리언이야.

"아버지, 그랬군요. 인간 이전의 인간 DNA로 조작된 렙틸리언은 성경에서부터 전해 내려오고 있으며 오늘날에도 발견된다니 참으로 놀랍습니다."

"학자들은 이 문제를 그냥 무시하고 지나가서는 안 된다고 주장하고 있어. 연구를 하다보면 확실한 답이 나오겠지만, 이것은 인류와 공생한 것만은 사실일 것 같아. 과학이 확인하지 못하면 어디에서 답을 구할 수 있을까? 현재 비밀에 부치고 있는 외계인의 연구와 실체에서 또는 깊은 명상에서 찾을 수도 있지 않을까 생각해."

대성이는 또 다시 묻는다.

"유체 이탈자들은 실제 있었나요? 그들은 어떤 사람들이었나요? 일반 사람과 똑 같나요?"

대성이는 궁금한 것을 쉴 새 없이 물어온다.

"유체 이탈자들은 실제 존재했어. 그들을 군에서 이용하려고 여러 실험을 거친 후 발탁하여 현장에 투입된 사람이 실제 있지."

"아버지, 유체 이탈이라는 것은 영혼과 육신이 분리되지만 육체는 움직이지 않고 영혼만이 다니며 아무리 먼 곳에 있는 사물도 본다는 사람을 일컫는 건가요?

"그렇단다. 믿을 수 없는 사실이지만, 그런 사람이 있단다."

17. 유체이탈자는 실제 있었다

"우주를 알려면 먼저 사람은 어떤 존재이며 누구인가를 알아야 해. 사람을 가르쳐 소우주라고 하잖아. 왜 소우주라고 했을까? 그것은 인간의 뇌 속은 우주와 같이 복잡한 미스터리가 너무나 많기 때문에 붙여진 이름이지. 생각하는 데 따라 수족이 움직인다는 건 그저 아무 생각 없이 지나오지만 그 복잡한 뇌 속의 구조는 아직도 누구도 확실히 알지를 못하지. 알 수 없는 뇌 속의 미로에서 전기적 자장의 발생으로 인하여 움직이는 인간은 이해할 수 없는 부분도 너무나 많아. 많은 사람들의 행동에서 도저히 해명할 수 없는 일이 세계 곳곳에서 일어나고 있어도 과학은 여기에 대하여 답을 못한다.

유체 이탈자도 이 부분에 들어간다고 볼 수 있지. 유체 이탈자들의 연구는 소련에서부터 시험에 들어갔다고 본다. 미국도 이에 질세라 그들을 연구하며 시험을 하여 군사 분야에 이용하려 했던 것은 사실이란다. 보도에 따르면 CIA에서 관심을 보인 '잉고스완'은 초(超)심리학 연구의 선두주자로서 천리안 능력의 소유자로 크게 인정받은 사람이야.

유체 이탈은 초능력의 일종으로 영혼이 신체 밖으로 나가서 사물을 볼 수 있는 능력을 가진 자를 일컫지. 아무리 먼 곳이라도 그곳으로 이동을 해서 사물이나 사람을 관찰할 수 있는 사람이다. 너무나 놀라운 사실이지.

관련 사실이 하나 있어. 외계인을 연구하고 그 기록을 안전하게 보관하는 장소인 뮤폰 기록소에서 발표한 사건이야. 이 기록소는 외계인에 대하여 무려 7만여 건의 자료를 가지고 있다고 해.

마지막 아폴로 우주선 아폴로 17호가 지구를 떠나 달로 향할 때 잉고스완이란 남자가 캘리포니아의 스탠퍼드 연구소에서 일단의 과학자들과 CIA 관계자들과 회의를 하고 있었어. CIA에서 관심을 보인 잉고스완은 유체 이탈을 할 수 있는 자라고 판단을 했어. 소위 천리안 능력으로 자신이 유체 이탈을 한 듯 신체 밖으로 나가서 사물을 볼 수 있는 능력을 가진 자였지. 먼 곳으로 이동을 해서 사람이나 사물을 관찰하고 그 내용을 말해줄 수도 있지. 미국 CIA과 소련에서 그런 실험을 진행한 건 잘 알려진 사실이야. 그렇게 유체 이탈을 할 수 있는 사람이면 가령 적 잠수함의 위치도 알아낼 수 있으니까 군 당국으로서는 최고의 선물이 되겠지. 잉고스완은 CIA의 테스트를 가볍게 통과했어. 그는 소위 천리안계에서 슈퍼스타가 되었지.

하루는 전화를 받았어. 중요한 상황이 발생했으니 도움이 필요하다는 내용이었어. 이틀 뒤 잉고스완은 어디 소속인지 모를 차를 타고 얼굴 가리개를 한 다음 어딘가로 안내되었어. 지하기지로 보이는 곳에 도착해 작은 방으로 들어가 잠시 기다리게 되었지. 액슬로드라는 남자가 상황을 설명해 주었어. 달의 위치좌표 여섯 가지를 알려 줄 테니 뭐가 있는지 보라면서 말이야. 잉고스완은 보이는 걸 말했어. 다리나 도로 같은 게 나타났고, 구조물이며 건물 같은 게 있었지. 탑이며 돔도 보였어. 콘크리트며 유리 같은 것도 있었고. 칼 울프와 잉고스완이 동일한 구조물을 본 점이 흥미롭지. 두 사람은 만난 적도 없는데 말이야. 받아들이기 힘든 부분일 거야. 물론 천리안 능력에 대해 연구가 진행됐지만 그 말만 믿고 기지가 있다고 말할 수 있을까? 또 잉고스완은 달 표면의 구조물만이 아니라 어떤 존재나 사람들을 봤다고 해. 자신이 보고 있다는 걸 그들이 눈치 채자 겁을 먹었고. 그러자 액슬로드는 거기서 빨리 오라고 말하지. 그렇게 끝났어. 잉고스완으로서도 충격적인 경험이었다고 해. 그래서 그게 뭐냐고 물었지만 액슬로드는 함구했다고 하지. 잉고스완은 또 물었어. 미국의 비밀 기지인지, 아니면 소련이 달에 건설한 기지인지를 말이야. 그래도 묵묵부답이었어. 그러자 잉고스완은 달에 다른 존재가 있다는 뜻이냐고 재차 물었어. 그러자 액슬로드는 대 '참 흥미롭지 않소?'라고만 말하고 나갔다고 해. 잉고스완은 이후 한 번도 액슬로드와 접촉한 적이 없다고 해. 그럼 액슬로드는 뭐하는 사람일까요? 액슬로드는 어떤 기관에서 일하는지 말 안 했어요. 아마도 한 구성원이었겠죠. 미국 정보 당국의 미로 같은 조직에 몸담은 구성원 말이야.

잉고스완은 실제로 달에서 외계 존재를 본 것일까? 아니면 미군 측이 세운 달 기지를 본 것일까? 달에 착륙하기 오래 전, 그러니까 1960년에 육군 탄도 미사일부에선 달에 군사기지를 세우려는 계획을 추진한 바 있어. 이른바 '지평선 계획'이었지. 달에 세울 영구기지는 예상 비용만 60억 달러에 달했는데, 당시로선 어마어마한 액수였고 또 우주에 사람을 보내기 전이었어. 하지만 1966년까지 완공해서 우주군인 12명을 상주시키려 했지. 왜 미국 정부에선 달에 비밀 군사기지를 세울 필요성을 느꼈을까?

아서 트루도 중장은 아이젠하워 대통령에게 서한을 보내서 달에 기지를 세워야만 달에 있는 자원을 개발하고 확보할 수 있다고 했어. 또 우주 탐사에서 전초 기지로도 사용 가능하고 말이지. 혹자는 달의 천연자원이 지구에 필수적이라고 여기기도 해. 달 광물은 주로 산소와 철, 칼슘으로 이뤄졌는데, 지구에서 그런 자원이 고갈되면 달에서 그런 광물을 가져올 수 있다는 거지. 근데 극복해야 할 과제가 있어. 자원을 가져오는 데 드는 비용. 장비로 채굴한 뒤 가져오는 비용 말이야. 그러니 달에 정착해서 식민지로 삼는 게 더 효율적이겠지."

"아버지, 유체 이탈자와 예언자는 어떤 관계가 있을까요?"

"어려운 질문인걸. 거의 비슷하다고 보는 것이 맞지 않을까? 예언자들도 유체 이탈자들과 같이 희미한 영상을 보고 예언하는 것이니까 말이야."

"아버지, 그런 것들이 두뇌와 관련이 있는 거네요?"

"당연하다고 봐야지. 명상은 인간의 두뇌를 변화시킨다는 연구결과도 있어. 또한 유체 이탈자 그들은 깜짝 놀랄만한 예언도 했으니까.

2017년 3월 조르지오 투스칼로스가 신경 과학자인 다리오 나미 박사를 만나. 나미 박사는 깊은 명상 중일 때 두뇌에서 일어나는 신경적 효과를 연구한 학자야. 세계 유명 물리학자이자 명상 전문가인 초프라 박사가 나미 박사의 실험에 참가하지. 첨단 두뇌 검사 소프트웨어를 이용하여 초프라 박사가 깊은 명상에 들어갈 때의 두뇌 변화를 실시간으로 측정했어. 두뇌에 부착한 개발 센서가 두뇌의 해부학적 특정 영역과 연결되었지. 센서에 보이는 빨강이나 오렌지색 노랑은 활동이 더 활발하다는 것이고, 짙은 파랑이나 검은색이면 두뇌 활동이 잠잠한 거야. 명상에 들어가기 시작했어. 뇌 활동이 크게 둔해지는 것을 볼 수 있었지. 색이 훨씬 어두워져. 자, 나왔어. 뇌에서 별로 쓰이지 않는 영역이 있어. 두뇌가 일상생활에서 벗어나는 것이 보이는 거지. 특별한 변화 상태로 들어가. 자아를 넘어선 무언가에 접속하지.

뇌에서 일어나는 현상을 화면에서 볼 수 있다니 대단하지. 내면의 세계에서 두뇌 활동을 의식적으로 제어하는 거야. 동양의 많은 전통 사상은 우리가 매일 거치는 의식 상태가 세 가지라고 해. 그것은 수면과 꿈, 각성이라고 하지. 그리고 의식상태 물리적 세계를 벗어난 우주적 의식도 있어.

이론 과학자들은 우주에 진짜로 방대한 영역이 존재한다는 증거를 발견했다고 주장해. 그게 사실이라면 그 정보의 정체는 무엇일까? 2004년 이탈리아 토스카나전 자기와 중력장의 특성 연구에 오랜 세월을 보내고 유명미래 학자이자 노벨상 후보인 어빈 라슬로 박사는 A라고 지칭한 아카식장의 증거를 찾았다고 발표했어. 이것은 아인슈타인이 처음 발견 했지. 영점 에너지는 양자 에너지파로 가득한 바다 같은 곳이며 눈에 보이지 않으나 우주 전역에 존재한다고 해.

우주의 기본은 에너지와 정보로 되어 있지. 그리고 정보가 우주 사방에 퍼지는 방식은 바로 파장이야. 모든 지적 생물에는 양자 파동이 있어. 즉 인류의 뇌, 외계 존재의 뇌, 그 어떤 비슷한 존재도 양자 파동에 연동할 수 있는 거지.

우리가 지적 의식을 통해 닿을 수 있는 지적 정보장이라는 개념은 유사 과학이 아니야. 물론 미신도 아니고. 20년 전에 노벨상수상자인 물리학자 리처드 파인먼은 양자 역학에서 혁신적인 성과를 담은『빛과 물질에 대한 이상한 이론』을 출간했어. 그는 이 책에서 우리 두뇌 안의 전자가 양자 파동에 의해 활성화되고 정보를 얻어 우리의 사고와 무의식에 영향을 줄 수 있다고 했어. 어느 거리에서든 원자입자로 상호 영향을 줄 수 있다는 개념이야. 그러면 정보를 엄청난 속도로 보낼 수 있지, 한 순간에.

인간의 뇌는 전기적 활동이 활발해. 그래서 방사선이 발생되고 고감도 전파 수신기라면 잡아낼 수 있지. 다른 정신체나 장소에서도 그런 파장을 보낼 수가 있어. 그러니까 우리 두뇌의 모든 전자가 사실 수신기라는 거야. 파인먼은 양자 정보장이라는 개념에서 우리 두뇌가 들어가는 전자가 과거의 전파 신호를 수신할 가능성을 밝혔어.

힌두교 경전에 따르면 인간의 대부분은 전혀 알지 못하는 숨겨진 세상에 접근할 수 있는 초자연적인 능력이 있다고 해. 그렇다면 미래를 내다보는 예언도 가능할까? 불가리아의 한 맹인 노파가 보여줬던 정확한 예언을 연구하는 것으로 파악될지 모른다고 해.

불가리아의 열두 살 시골 소녀 반젤리아는 들판에서 사촌들과 놀다가 이상한 폭풍에 휘말렸어. 토네이도에 휩쓸려 공중으로 떠올랐지. 나중에 사촌들이 들판에 쓰러져 꼼짝 않는 그녀를 찾았어. 이상하게도 두 눈은 모래와 먼지로 완전히 덮혀 있었지. 반젤리아는 눈을 뜨려고 해도 너무 아파서 뜨지 못하겠다고 했어. 그리고 시력이 떨어지기 시작했지. 그 사고 이후 반젤리아는 미래를 예언하는 놀라운 능력을 얻었고, 현지 주민에게 정확한 예언을 전하기 시작했어.

1980년대 반젤리아는 '바바반가'라고 자칭하고 수천 건의 예언으로 '발칸의 노스트라다무스'라는 평판을 받았단다. 바바반가는 정신의 눈으로 본다고 했어. 사람을 보면 그 사람의 인생이 전부 보인다고 했지. 출생에서 죽음까지 다 보인다는 거야. 영화를 보는 것처럼말이지. 불가리아와 소련의 과학자들은 바바반가를 연구했어. 과학적으로 능력을 시험하고 그녀의 예언을 많은 사람과 인터뷰를 했지. 그래서 얻은 결론은 그녀의 예언은 80퍼센트라고 밝혀냈어.

세계적 사건의 예언은 뉴욕시에 2001년 9월 11일 미국의 형제가 강철 새들에 공격받고 쓰러질 것이라는 것이 있었어. 그것은 사실이 되었고, 알카에다의 무역센터 공격은 3천 명의 희생자를 냈지. 인도네시아 수마트라에 2004년 12월 26일 거대한 파도가 사람과 마을이 많은 해안을 덮친다는 예언도 있었어. 23만 명의 목숨을 앗아간 쓰나미를 이야기한 것이었어. 2009년 1월 20일 미국 대통령은 흑인이 될 것이라는 예언도 적중했지. 버락 오바마가 대통령이 됐으니까. 바바반가는 예언 능력 때문에 모르는 정보를 알았을 뿐만 아니라 외계 존재와 닿을 수 있었다고 주장했어. 바바반가가 주장했던 외계 존재는 눈에 보이지 않고 그들의 존재는 마치 물위에 반사된 모습이 어른거리는 것 같다고 했어."

설명을 들은 대성이는 고개를 끄떡였다.

"사람은 유체 이탈을 하는 사람도 있다는 것을 뮤폰 기록보관소를 통해서 알아본 거야. 인체의 신비는 우주와 비견될 만큼 무궁무진하며 그 사람의 뇌 상태에 따라서 다르다는 것을 확실히 알 수 있는 부분이지. 명상이 두뇌에 미치는 영향도 너무나 대단하다. 다른 세계로 들어가는 길인 명상을 일반인들은 이해하지 못한다."

대성이도 명상에 대하여 현종처럼 깊은 관심을 나타냈다.

"아버지, 외계인은 정말 있는가요?"

"외계인은 확실히 있다. 그 증거들을 하나씩 풀어가 보자. 간호사 마틸다, 또 캐나다 국방장관 필 슈나이더 박사, 퇴역 중사 클리포트 스톤, 비나 앤 빈 간호사, 로라 텐트, 멕시코 경관 세레지, 아이젠하워 대통령. 이 사건들은 뒤에서 보기로 하자. 또 실제 외계인과 생활하며 연구를 했던 책임자가 죽기 직전에 부인에게 남긴 유언장에 포함됐던 외계인 사진이 증명이기도 해. 같이 일했던 외계인의 키는 1미터 40센티미터에서 1미터 50센티미터라고 밝혔어. 머리는 크고 머리에 비하여 눈은 크고 팔은 길며 다리는 짧았다고 하지."

현종은 그 사진을 대성이에게 보여주었다. 참으로 신기해했다.

"사람과 비슷한데 머리가 크고 눈이 크네요!"

"그래. 이 사진이 실제 그와 만나면서 외계의 비행체 등을 연구를 같이 진행하면서 외계인만 찍은 사진이란다. 또한 우리가 UFO라고 하는 미확인 비행 물체는 그 조각이 지구상에는 없는 물질로 그 편편한 파편을 공

모양으로 둥글게 말았다가 땅에 놓으니 그 파편은 도로 편편해졌다고도 해.

우리가 만든 형상기억합금과 비교해보면 외계인이 만든 물질은 우리가 따라갈 수 없는 물질이었어. 그 물질은 온도와도 아무 상관이 없었다. 그 저 아무렇게나 만들어도 그 모양이 되나 금시 회복이 되어 원래 모양을 갖춘다.

우리로서는 상상 외의 물건이었다고 해. 그런 물건을 만들기 위하여 각 국은 외계의 선진 기술이 꼭 필요했지. 그러므로 외계인을 연구하고 같이 하는 사람들은 절대 발설하면 안 된다는 비밀 엄수를 하고 근무했다고 해. 그리고 그 비밀을 아는 사람이 그 내용을 조금이라도 발설하면 누구를 막론하고 가차 없이 죽였단다. 여기에 아주 깜짝 놀랄 만한 사건을 뮤폰 파일 초극비문서를 습득한 사람이 밝힌 것을 보자."

5부
외계인과 UFO

18. 외계인은 확실히 있는가?

"2013년 12월 30일 국제적 방송사 뉴스 프로그램에 전 캐나다 국방 장관이던 폴 헬러가 충격적인 증언을 했어. 외계인이 지금 지구를 방문하고 있다고 주장한 거야.

— UFO가 일반 비행기처럼 하늘을 비행한다고 생각하는 이유가 뭡니까?
— 그게 진실이기 때문입니다. UFO는 수천 년 동안 지구를 찾아 왔어요. 이 외계 존재들이 지구 연합에 속해 있으며. 나름대로의 규율을 갖고 있습니다.

이 인터뷰로 전 세계 언론이 들썩였어. 시청자들은 정부 고위 관리가 왜 이런 발언을 했는지 의아해 했지. 헬러가 최초로 그런 발언을 한 것은 2005년이지만 2014년 1월이 돼서 대중에 널리 알려졌어. 그 인터뷰로 폴 헬러는 G8 정상회의 정부 각료 중에 최초로 UFO가 존재한다고 확언한 사람이 되었지.

— UFO는 분명히 존재합니다. 우주는 통제가 어려운 지역이지만 외계인들로 구성된 우주 연합이 있고 이 연합이 우리를 면밀히 주시하고 있습니다.

헬러의 이 발언이 사실일까? 은하계 외계인들의 연합이 있고 이들이 우리를 감시하고 있는 걸까? 이 놀라운 주장을 뒷받침하는 증거는 뭘까? 여기에 로즈웰 사건의 간호사 증언을 합쳐보면 폴 헬러의 말은 딱 맞는다.

워싱턴 DC 미 의회 전 의원 여섯 명이 전 정부 고위관리와 국방부 당국자에게서 증언을 들었어. 여러 과학자와 연구자들을 대동했고, 주제는 인류에게 관여하는 외계인의 존재였지. 증인 중 한 명은 전 캐나다 국방부 장관 폴 헬리어였어. '미국인과 전 세계인은 알 권리가 있습니다. UFO는 실제로 우리 머리 위를 날고 있고 우리 우주에는 다른 생명체도 많습니다. 전 국방부 장관과 부총리가 나와서 증언하길 외계인의 방문과 UFO 현상이 사실이며 정부가 이를 은폐한다니 그 자체로 깜짝 놀랄 일이죠.'

또 이런 견해도 표명했어. '어떤 외계인 문명은 인류에 대해 염려하며, 인류에게 기술을 전해주길 바라지 않는다.' '인류는 준비가 안 됐으며 그 기술을 남용하리라는 우려 때문이다.' 어쨌거나 우리는 동족에게 원자 폭탄을 사용했으니까. 디스클로저 시민 공청회에서의 유명한 증인 중에는 핵물리학자 스탠튼 프리드먼 퇴역 공군대위 로봇 살 라스 미국 연방 항공국의 전 당국자 존 겔러한도 있었어. 그들 모두 폴 헬 리어의 주장을 뒷받침했지. 우리는 외계존재의 방문을 받고 있다는 거야. 그들이 또한 주장하길 이 방문자들이 인류의 기술 진보에 관심이 있다고 했어. 특히 핵무기에 관해서 말이야.

로버트 살 라스 대위 미국퇴역 공군은 이렇게 말해. '이들은 우리의 미사일 작동 방식에 대해 매우 자세히 알고 있습니다. 언제든 우리 미사일을 중지시킬 수 있습니다. 그 정보가 대중에게 공개된다면 이들에 대한 어떤 방어책이 있다고 말할 수 있습니까?'

워싱턴 DC 디스클로저 시민공청회의 전문가 증언 5일 후 외계인이 인류에게 개입한다는 믿기 어려운 주장이 전 의원 앞에 발표됐다.

가장 선동적인 발언은 전 캐나다 국방부 장관 폴 헬 리어의 주장이다. 우리를 방문하는 외계인 파벌이 하나가 아니라 여러 개라는 것이다. 수천 년간 최소한 4개 종족이 지구를 방문했는데. 그들은 종이 다르며 따라서 그들의 의제도 다른 거라는 주장이야. 폴 헬 리어의 주장은 꽤 자세했어. 외계인 문명과 의제의 개수까지 밝혔지.

이 사람은 독불장군 UFO 연구자가 아니야. 지금도 깊게 연루된 정치인이지. 정부, 군대, 정보기관에 고위급 정보원을 여럿 둔 사람이야. 지구상에 있는 외계인의 존재를 정부가 은폐한다는 게 가능한 일일까? 진실은 어디에? 외계인의 존재는 간과할 수 없다."

19. 외계인에 대한 교황님의 발언

"2014년 5월 프란치스코 교황님은 포용을 주제로 설교하면서, 외계인이 지구로 온다면 가톨릭 교회를 방문하면 환영한다고 선언해 신도들을 충격에 빠트렸어. 교황님의 발언에 전 세계는 깜짝 놀랐지. 교황님이 임기 중에 최초로 외계인이 존재하는 것은 물론 행성간 비행을 할 수 있으며 외계 문명인을 똑똑하다는 사실을 인정했기 때문이지. 교황님의 발언을 통해 외계인의 방문 가능성을 바라보는 태도가 크게 바뀌었다는 사실을 알 수 있어.

'로마 교황청의 비밀 보고서에는 UFO나 외계인에 대한 서류가 엄청 많이 있으리라고 생각합니다.'

과학자이자 철학자인 소련의 겐리흐 루드빅 박사는 천재였다. 고대, 현대 언어 등 20가지 언어를 구사했고 지식의 폭도 방대했다. 루드빅 박사는 바티칸 첩자라는 이유로 소련 굴라크 강제수용소에 수십년 복역했다. 루드빅 사망 38년 후인 2011년에 러시아 신문 '극비'는 사설을 통해 바티칸에서 루드빅이 실제 행했던 연구와 혐의가 무엇이었는지 새롭게 밝혔다. 바티칸 첩자로 의심받은 이유가 있습니다. 당시 1920년 건축학도였던 루드빅은 바티칸 교황청에서 비밀 도서관 출입을 허가 받았습니다. 그리고 도서관 서재에서 외계문명에 관련된 문서를 발견하게 되죠. 수없이 많은 문서를 통해 루드빅은 고대 문명 곳곳에 나타났던 외계인의 흔적을 발견합니다. 이집트 시대, 이스라엘과 메소포타미아죠 관련 문서를 들자면 피라미트를 에너지 기계로 파악했습니다. 루드빅은 소련으로 돌아와 푸대접을 받았지만 학계 역사상 외계인의 출현을 가장 명확히 밝힌 최초의 학자입니다. 그 교황청의 비밀 서류들을 볼수 있던 루드빅을 조사한 소련은 루드빅을 감금하고 외계인에 대한 사실을 숨길 목적은 아니였을까? 이 사람은 평생을 지하 감옥에서 살다가 죽었습니다. 외계인에 대한 통제를 하기 위한 것이었다고 판정이 났습니다.

교황님의 외계인에 대한 말씀이 거짓말은 아닐 것입니다.

전 세계 종교 당국과 종교 지도자는 외계인의 존재를 확신까지 하지 않더라도 가능성 정도는 생각해야 합니다. 마음속으로만 믿든 최근에 입장으로 발전했든 전 세계종교 단체는 외계 지적 생명체가 존재한다는 관점을 열린 마음으로 받아 들이고 있습니다. 최근 달라이 라마도 가톨릭 교회와 의견을 같이 했습니다.

윌리엄 헨리 작가. 신화조사학자

모든 생명체의 개방성 유일성, 동일성을 이야기 하면서 외계인을 이방인이 아닌 우리와 같은 존재로 대하라고 했죠. 외계인이 우리를 찾아 오거나 우리가 외계인을 찾아 갔을 때 우리가 원하지 않으면 굳이 갈등을 일으킬 필요 없습니다.

1999년 나사가 보고서를 발표합니다. 제목은 '우주 생물학의 사회적 영향'이죠. 이 연구를 진행하게 된 목적은 종교 단체의 폭로가 미치는 영향을 분석하기 위해서 였습니다. 과학이 풀지 못한 의문을 해결할 수 있다면서 나사는 종교를 적절한 수단으로 바라봅니다. 나사가 보기에는 종교가 오랫동안 외계인 문제를 다뤄왔고 다른 세계의 존재를 믿으라고 하기 때문이죠.

모든 주요 종교는, 메시아 등 구세주의 부활을 예언합니다. 그리고 부활

할 때 우주를 어떻게 이동했는지 나와 있어요. 메시아는 천사 부대를 이끌고 옵니다 성서에 나오는 천사는 아무리 봐도 사람이 아니예요. 외계인의 개념에 딱 들어 맞죠. 외계인이 수천 년 전부터 지구에 존재한다는 놀라운 사실이 사회를 완전히 바꿔놓을 겁니다. 인류가 유일하지 않다는 걸 전 지구인이 알게 되겠죠.

데이비드 차일드리스 '반증력문서'의 저자.

인류의 발전을 위해 지구로 돌아온 메시아,라는 종교개념은 외계 생명체가 있다는 선조의 메시지에 근거했을까요? 고대 우주인 이론가는 그렇다고 확신합니다. 지구로 오기로 약속했으며 이미 와 있을 거라고 하죠

"대성아, 외계인을 본 사람은 한두 사람이 아니다. 외계인을 봤다고 하면 사람들은 그 말을 한 사람을 정신이상자로 몰아붙였어. 그들이 어떻게 했는가 생생한 이야기가 될 거야. 공학박사 필 슈나이더가 미국의 비밀 지하기지 건설을 하다가 지하기지에 있는 외계인과 총격전이 벌어졌어. 40여 명의 사람이 외계인한테서 죽었어도 미국 정부는 극비에 붙였지. 그 공사의 책임자인 필 슈나이더는 외계인에게 최초로 총을 발사한 사람이야. 뒤에서 보조로 온 병사들이 대신 죽는 바람에 그는 극적으로 살아났어. 그리고 15년이나 그 사실을 숨기고 있다가 외계인의 레이저 무기로 직접 맞은 손을 보여주며 그들로부터 맞은 가슴도 보여주었지. 그는 그 사실을 발설하고 1년 후에 목이 졸려 죽임을 당했어. 외계인들은 총이 아닌 레이저 무기를 가지고 있었기에 손은 손가락이 다 잘려나가고 가슴에는 시커먼 멍자국이 선명한 것을 영상을 통해 보여줬단다. 더 깜짝 놀랄 일이 있으니 잘 읽어 보기를 바란다."

20. 밝혀진 UFO와 미국 군사비밀
지하 기지에서의 외계인과의 전투

― 다음은 실제 사건 파일에 바탕을 둔 사건들이며 UFO에 대해 이뤄진 실제 내용 조사입니다.

일반 시민 수천 명이 UFO와 외계인을 실제로 목격했습니다. 이메일을 수백 통 받았습니다. 털어놓고 싶어 하면서도 너무나 겁에 질렸더군요. 우리가 아닌 또 다른 존재가 우주에 있다는 걸 깨달은 순간 정신이 번쩍 들게 됩니다. 인생이 바뀌는 경험이죠. 그러나 이들 중 다수는 외계 존재를 목격했을 때보다 목격한 사실을 발설했을 때 훨씬 더 큰 위험에 처했습니다. 이 사람은 살해당한 겁니다. 왜 이 사건을 애써 은폐하고 침묵을 강요하는 걸까요? 증거도 있고 증인도 있습니다. 이렇게 죽는구나 싶었죠. 반발과 부정은 계속되고 있습니다. 목격자는 모두 다 용기를 낼 수 있도록 제 경험을 밝혀야 했습니다. 그리고 감춰왔던 이 비밀들이 결국 밝혀지면 어떻게 될까요?

― 사건 파일 번호 54933: 메인 주 유니언, 1981년 5월

1981년 5월, 로라 텐트가 부모님과 메인 주 유니언의 농장으로 이사한 직후였습니다. 농장은 외딴곳에 있었습니다. 약 0.7제곱킬로미터 면적의 대지 위에 자리 잡고 있었죠. 로라는 새집을 보자마자 불안한 마음이 들었습니다. 농장이 아름답긴 했지만 너무 외진 곳에 있었거든요. 그로부터 며칠 뒤, 로라는 아주 이상한 일을 경험하게 됩니다. 어느 날 밤 침대에 누워 있던 로라는 창문에 비친 섬광을 보고 깜짝 놀랐습니다. 창문을 통해 내다보니 원반 모양의 대형 비행체가 농장 위를 맴돌고 있었습니다. 그리고는 얼마 뒤 날아가 버렸죠. 하지만 비행체는 계속해서 돌아왔고, 로라는

3일 째 되는 날 밤 망원경을 들고 기다렸습니다. 그날 밤 로라가 목격한 일로 인생이 바뀌었죠. 망원경을 통해서 자세히 관찰하자 일종의 비행체라는 게 분명해졌습니다. 원반 모양의 UFO가 지상에서 불과 몇 미터 위에서 맴돌고 있었죠. 그런데 거기서 끝이 아니었어요. 로라는 세 개의 작은 존재가 UFO 아래 들판을 걷는 광경을 목격합니다. 불현듯 로라는 깨닫습니다. 이들이 인간이 아니라는 걸요. 외계인이었죠. 한 무리의 외계 생명체가 가족 농장에 침입한 겁니다. 현관에서 100미터도 떨어지지 않은 곳에요. 이들은 곧 비행접시에 올라탔고, 또 다시 자취를 감췄죠. 모든 걸 지켜본 로라는 크게 놀랐습니다.

누구라도 그랬겠죠. 로라는 즉시 아버지에게 알리고 현관으로 데려가 착륙지점을 보여 줍니다. 로라의 아버지는 영문도 모르고 이끌려 나왔어요. 로라가 들판을 가리키자 비로소 알게 되었죠. 작은 표식으로 둘러싸인 거대한 미스터리 서클이 로라가 UFO를 목격한 지점에 정확히 위치하고 있었습니다. 불가사의한 흔적을 알릴 수 있어 기뻐했지만 아버지의 반응은 예상 밖이었습니다. 로라의 아버지는 아무 말도 하지 않고 곧장 트랙터를 몰고 들판으로 가서 미스터리 서클 주위의 풀을 모두 베어버렸습니다. 로라의 아버지에게는 낯설고 두려운 상항이었어요. 부정하고 싶은 상황이었죠. 그래서 풀을 베어 미스터리 서클을 없애고 사건의 흔적을 지운 겁니다. 로라는 아버지의 반응에 상처를 받았어요. 다음날 로라의 부모님이 당일 여행을 제안하지만 로라는 반항심에 혼자 남기로 하죠. 그날 오후 로라의 부모님은 로라를 두고 여행을 갑니다. 그러나 혼자 보내는 시간은 그리 오래가지 않았습니다. 낡은 검은색 승용차가 덜컹거리며 오는 걸 봤어요. 로라가 가장 먼저 주목한 점은 차에 번호판이 없었다는 겁니다. 로라가 지켜보는 가운데 차가 들판에 멈춰 섰습니다. 이윽고 검은 양복을 입은 두 남자가 나타났죠. 이들은 미스터리 서클이 있던 정확한 지점을 향해 갔습니다. 미스터리 서클은 깎여 사라졌지만 두 남자는 미스터리 서클의 원래 위치로 가서 그 주변 지역을 수색하기 시작합니다. 토양 및 식물 샘플을 채취하고 사진을 촬영하죠. 로라는 이 낯선 불청객들이 샅샅이 뒤지는 걸 지켜만 봤습니다. 이들이 온 이유도 몰랐죠. 로라는 분명 숨어 있었지만 어느 순간 누군가에게 감시당하는 느낌이 들었어요. 그리고 정신을 차려보니 하루가 지나 있었고 무슨 일이 있었는지 기억나지 않았습니다. 검은 옷의 남자들이 나타난 직후부터 24시간 동안의 기억을 상실한 겁니다. 로라는 그 시간을 쉽게 설명하지 못했죠.

기억 상실은 외계인에 의한 납치 사건에 주로 등장합니다. 외계인에게 납치되어 실험을 당하고 돌아온 사람들은 대개 그 기억을 모두 잃어버립니다. 기억을 잃고 괴로워하던 로라는 다음날이 되자 더 큰 혼란에 빠집니다. 손에서 이상한 점을 발견했기 때문이죠. 로라는 손에 삼각형 모양의 표시가 있는 걸 보게 됩니다. 언뜻 점으로 보이지만 원래 그런 점은 없었어요. 로라가 표시에 손을 표시에 대자 갑자기 그전 날 봤던 남자들의 환영이 나타나 표시를 없애려고 해서는 안 된다고 경고했습니다. 로라가 본 걸 발설해서도 안 된다고 했죠. 로라가 손에 있는 표시를 만졌을 때 어떤 존재와 소통하게 된 건 일종의 이식 기술과 연관이 있을 겁니다. 현대 인간 과학의 주된 연구 과제는 이식 기술의 개발이라고 볼 수 있습니다. 이식 기술이 개발되면 컴퓨터를 제어하는 것부터 서로 간의 의사소통까지 의식만으로 가능해질 겁니다. 검은 옷의 남자들은 로라를 두려움에 빠뜨렸습니다. 이들이 첨단 기술을 이용해 실제로 뭔가를 이식했을까 봐 수십 년 동안 침묵 속에 고통 받고 있죠. 검은 옷의 남자들이 잘 드러나는 사건입니다.

이들은 UFO가 나타난 곳에서 불쑥 모습을 드러내고 어린 소녀를 위협하는 일도 서슴지 않으며 UFO 착륙과 관련된 정보를 최대한 수집하려고 합니다. 하지만 이들의 소속은 여전히 불분명하죠. 검은 옷의 남자들이 정부 소속이든 대기업이나 언론 소속이든 심지어 외계종족 일지라도. 결론은 같습니다. UFO의 진실에 대한 대중의 알 권리를 차단하는 데 막대한 투자를 하는 거대 권력이 존재한다는 거죠. 이 거대 권력의 정체는 과연 누구이며 이들의 목적은 무엇일까요?

— 뉴멕시코 주 둘체

이곳에서 논쟁이 되는 사건이 발생했습니다. 많은 이들은 그 사건에 숨겨진 음모가 있다고 믿습니다. 살인 사건이 관련됐을 가능성도 있죠. 이 모든 사건의 중심에는 정부 계약업자 필 슈나이더가 있습니다.

저는 위협을 당하고 있습니다. 발설해서는 안 되는 이야기를 털어놓고자 이 자리에 섰습니다. 이건 보안 서약을 위반하는 일이며 나아가 연방법에 어긋나는 중대한 범법 행위입니다. 이 이야기를 언제까지 할 수 있을지도 모르겠네요. 필 슈나이더는 지질학자이며 구조 공학자였습니다. DUMB 건설에 여러 차례 참여했죠. 비밀 지하 군사기지를 줄여서 DUMB라고 합니다. 1979년 슈나이더는 새 DUMB 건설을 맡았습니다. 위치는 둘체 남부 끝자락의 커클랜드 공군기지 근처였죠. 굴착기로 땅을 파는데 드릴 날이 자꾸 부러졌어요. 단단한 물질에 부딪히기라도 한 것처럼요. 결국 사태를 파악하기 위해 슈나이더가 지하로 내려갔습니다. 갱도를 따라 내려갔고 그곳에서 지하 구조물을 발견했다고 주장합니다. 수송용 철장을 타고 지하로 내려갔다고 하죠. 정말 놀랍게도 저희는 거대한 동굴 한복판에 도착했고 그곳은 이미 외계인들로 가득 차 있었습니다. 일명 그레이'라고 불리는 외계인들이었죠. 한번 생각해 보세요. 필 슈나이더는 지하 갱도 끝에서 완전한 형태를 갖춘 지하기지를 발견합니다. 그리고 외계인과 맞닥뜨렸죠. 여러분이라면 어땠겠어요? 본능적으로 허리에 찬 권총을 뽑았어요. 달랑 한 자루 갖고 있던 발터 PPK를 꺼내 쐈죠. 외계인 중 몇몇을 사살했어요. 당시 현장에는 저 말고도 다른 작업자가 여럿 있었습니다. 모두 30명 정도가 있었죠. 슈나이더는 뒤이어 총격전이 벌어졌다고 증언합니다. 30~40명에 가까운 인원이 추가로 현장에 투입됐고, 전원 사망했습니다. 슈나이더는 외계인이 가슴 위쪽에서 손을 흔들어 레이저 광선을 쐈다고 주장합니다. 이들이 쏜 광선은 슈나이더가 뻗은 손을 맞췄고 그의 가슴을 관통했습니다. (슈나이더는 손가락이 잘려나간 왼손을 들며) 바로 이 부분에 맞았어요. 외계인들이 사용한 무기는 총과는 다른 종류였습니다. 광선이 제 가슴을 관통했고 그로 인해 갈비뼈가 부러졌죠(그는 옷을 벗고 가슴에 사진을 보여줌. 가슴 왼쪽에는 광선 자국이 시커멓게 보임). 그때 갑자기 특수 부대원이 나타나 자신의 목숨을 희생하고 슈나이더를 수송용 철창에 태워 지상으로 올려 보냈습니다. 상상할 수 있나요? 외계인과 미군이 지하에서 총격전을 벌였고 엔지니어 이었던 필 슈나이더가 그 싸움에 휘말리게 된 거죠. 그에게는 이를 증명할 상처가 남아 있습니다. 필 슈나이더 이야기가 공상 과학 소설처럼 들릴지도 모릅니다. 그로부터 15년 간 슈나이더는 침묵을 지켰습니다.

필 슈나이더는 보안 서약 때문에 자신이 한 작업에 대해 공공연히 말할 수 없었죠. 사건을 발설했다가는 법을 위반하게 될 뿐 아니라, 목숨이 위태로워지는 걸 알고 있었죠. 하지만 슈나이더는 정보를 공유하고 싶어 했습니다. 자신의 목숨보다 나라가 더 소중하기 때문이라고 했죠. 1995년 UFO 파일이 공개된 건 슈나이더가 사건을 폭로한 직후였습니다. 자신이 표적이 됐다고 의심했습니다. 모종의 인물들과 정부가 목숨을 노리고 있다고 믿었어요. 그 사건을 언급하는 걸 저지하려고 말이죠. 그리고 1996년 1월 17일 필 슈나이더는 오리건 주에 있는 자택에서 숨진 채 발견됩니다.

최초 사망 판정 당시 사인은 뇌졸증이었지만 슈나이더 전 부인은 시신 확인 요청이 거절되자 사망 판정에 의문을 품고 철저한 부검을 요청합니다. 그 부검이 검시 보고서에 커다란 변화를 가져옵니다. 슈나이더의 목에 고무호스가 감겨 있던 것이 밝혀졌어요. 공식 사망 원인은 자살로 바뀌었지만 전처를 포함한 많은 이들은 그가 살해당했다고 믿습니다. 필 슈나이더의 공식 사인은 여전히 논란으로 남아 있습니다. 어떤 이들은 필 슈나이더의 죽음과 슈나이더 주장과의 관련성에 의문을 제기합니다. 지하 기지의 존재를 많은 이들이 부정하지만 지하 투시 레이더가 가능성을 뒷받침하고 있죠. 필 슈나이더는 흥미로운 인물입니다. 슈나이더의 주장은 몇 가지 측면에 있어서 논란의 여지가 있기는 합니다. 그러나 이와 별개로 이 사람은 살해당한 겁니다. 그 부분에 대해서는 의심의 여지가 없죠. 필 슈나이더는 자살한 게 아닙니다. 왜 살해당했을까요? 주장에 신빙성이 없었다면 살해당하는 일도 없었겠죠. 필 슈나이더의 이야기는 의혹에 둘러싸여 있지만 이것만은 확실합니다. UFO와 외계인에 관한 비밀은 너무 위험하기 때문에 많은 목격자가 두려움에 털어놓지 못하고 있습니다. UFO를 은폐하고 목격자들의 입을 막는다는 놀라운 이야기가 수많은 UFO 조사 파일에서 발견되었습니다. 하지만 이 침묵의 역사 뒤에는 궁극적으로 누가 있는지는 미스터리로 남아 있습니다. 퇴역한 육군중사 클리포드 스톤이 외계인을 실제로 만났다고 증언하기 전까지는 말이죠.

— 미 육군에서 복무한 22년 6개월 동안 엘리트 부대의 일원으로 차출된 적이 있었습니다. 추락한 UFO를 수습하는 임무를 맡게 됐죠. 저는 그 당시 때때로 특정 그룹과 교류 하거나 의사소통을 해야 했습니다. 특정 그룹이란 외계인, 그러니까 외계 생명체와 접촉했던 거죠. 클리포트 스톤의 이야기는 특별합니다.

클리포트는 군대에서 의사 전달자로 일했는데 외계인과 텔레파시로 소통하는 일을 한 겁니다. 군 당국이 알고 있는 외계인에 관한 정보는 전부 클리포트를 거쳤죠. 그런데 의사 전달자는 어떻게 되는 걸가요? 의사 전달자는 교육을 통해 양성되지 않습니다. 군에서 이들을 찾아내는 겁니다. 외계인들이 의사 전달자로 이미 선택한 사람들을 찾아서 군대로 데려와야 합니다. 군은 이들을 입대시키고 전문 프로그램에 영입해 외계인과 의사소통이 필요한 때를 대비하죠.

스톤의 말에 의하면 1957년 어린 시절 우연히 군대와 처음 접촉했다고 합니다. 제가 살던 11번가 모퉁이에 '켈소의 약국'이라는 가게가 있었어요. 1967년 4월 어느 날 그곳에 갔더니 UFO를 특집으로 다룬 잡지가 있더군요. 'UFO와의 조우' 그때 놀랍게도 제 뒤에 있던 공군 대위가 말을 걸어왔죠. 'UFO에 관심이 있나 보구나.' 스톤이 그 사람과 나눈 대화는 그게 끝이 아니었습니다. UFO와 외계인과의 접촉을 주제로 대화가 오갔죠. 저는 우리가 했던 그 대화가 촉매제였다고 확신합니다. 저의 입대를 허가하게 된 결정적인 계기였을 겁니다. 저는 건강상의 이유로 입대를 거부당했지만 결국 군 복무를 명받았죠. 클리포트에 관한 흥미로운 사실은 군인이 될 수 없는 몸이었다는 겁니다. 군대에 처음 지원했을 때는 신체검사에서 탈락했어요. 그런데 얼마 지나지 않아 군에서 연락이 왔고 재검사를 받으라고 했죠.

아주 익숙한 이야기입니다. 이미 이들 사이에는 어떤 접촉이 오고 갔다는 걸 이 이야기를 통해 다시 한 번 확인할 수 있죠. 군 당국이 스톤을 어떻게 알았을까요? 텔레파시 능력이 있는 건 어떻게 안 걸까요? 입대는 왜 허가한 걸가요? 정상적인 군 복무를 하기에는 자격 요건 미달이었는데요. 누가 클리포드에 대한 결정을 번복했을까요? 스톤 중사의 말에 의하면 외계인과 소통하는 일이 일과나 다름없었다고 합니다. 일단 추락 지점이 통제되면 더는 걱정할 게 없었어요. 의료 부대가 투입돼서 방문자가 부상당한 경우에는 의료적 지원이 제공됐습니다.

하지만 의료진은 이들과 직접 소통할 수 없었죠. 의료진이 질문해야 할 때는 저처럼 이들과 소통할 수 있는 의사 전달자가 있어야 했습니다. 군은 이런 정보를 취합해 특별한 지침서를 펴냅니다. 지금까지 지구에 왔던 외계인을 분류해 놓은 책이었습니다. 총 57종의 외계인이 있었죠. 제목은 '방문자와의 소통에 관한 지침'이었습니다. 군 당국이 실제로 외계인과 접촉하고 이들을 57종으로 분류해 문서로 기록해뒀을까요? 외계인의 사진이 있었던 것으로 봐서 적어도 각각의 종들과 접촉은 했던 것으로 보입니다.

안내서에는 이들의 문화적 배경과 이들이 부상당했을 때 우리가 처치할 수 있도록 응급 처치법이 실려 있었습니다. 여러 종족의 외계인이 있다는 건 좀 더 현실성 있는 견해라고 볼 수 있습니다. 하늘을 올려다보면 엄청나게 많은 별이 보입니다. 그만큼 가능성이 무궁무진하겠죠. 이 방문 자들이 우리에게 가르쳐 줄 수 있는 것도 무궁무진해 보입니다. 우리는 지구를 방문한 다양한 외계인들을 구금하고 손님이라고 불렀습니다. 하지만 사실 이들은…… 뭐라고 하면 좋을까요. 기술 포로라고 할 수 있겠네요. 이들에게는 우리보다 뛰어난 기술이 있었고 우리는 그 기술을 원했어요.

외계의 기술은 잠재적으로 매우 위험해서 철저히 통제돼야 합니다. 적들의 손에 넘겨지면 절대 안 되는 기술이죠. 그 기술은 강력하고 무시무시했습니다. 지구상의 모든 생명체를 파괴할 수 있는 정도였죠. 우리는 외계의 기술이 잘못된 손에 들어갈까 봐 우려했습니다. 그리고 그와 동시에 그 기술을 획득하고 군사적으로 적용함으로써 더 나은 무기를 갖추게 됐죠. 그 기술은 여전히 존재합니다. 의사 전달자라는 역할은 그와 관련된 이들에게 스톤 중사도 예외는 아니죠. 의사 전달자가 되면 안 좋은 점이 있어요. 외계인과 텔레파시로 소통하는 동안 이들이 느끼는 모든 감정을 당신도 느끼게 되고 당신이 느끼는 감정을 이들도 느끼게 된다는 겁니다. 수십 년 동안 UFO 조사원들은 외계인에 대한 비밀 작전과 군 당국 사이의 연결 고리가 되는 단서를 찾고 있었습니다. 그러나 구체적인 증거가 부족해 사실상 연관이 없는 건 아닌가 생각하는 사람들도 많습니다. 어쩌면 영원히 묻어두기 위해 무슨 짓이든 할 만큼 아주 거대한 비밀을 숨기고 있는지도 모르죠. 퇴역한 육군 중사 크리포드 스톤에 따르면 실제로 군 당국은 이와 관련된 충격적인 과거가 있다고 합니다. 이들은 57종의 외계인과 교류를 나눴으며 외계인과 소통하는 이들을 군대 내에 두고 있었습니다. 이른바 '의사 전달자'였죠.

— 1969년 포트벨보어 사건
1969년 버지니아 주 포트벨보어 클리포드 스톤은 귀대 명령을 받습니다. 구금 중인 외계인과 의사소통 때문이죠. 목적지까지는 군용 차량으로 이동했습니다. 그곳에 도착했을 때 방문자가 구금된 방에 들어가게 됐죠. 그리고 그 방에 들어갔을 때 이들의 감정을 느꼈어요. 방문자가 저를 내려다봤고 저는 방문자를 올려다봤습니다. 지금까지도 그 말을 잊을 수 없어요. '두렵습니다.' 우리는 해칠 생각이 없다고 설명했습니다. 도우려는 거라고요. 해를 입히는 일은 없을 거라고 안심시켰습니다. 그러자 그곳에 있는 모두가 해를 입게 될 거라더군요. 스톤은 외계인의 동료가 펼칠 탈출 작전에 대해 듣게 됩니다.

많은 부대원의 목숨이 위태로워질 수 있는 작전이었죠. 외계인은 이런 위험을 스톤에게 알린 겁니다. 제가 먼저 이렇게 물었어요. '신이 이곳을 나가면 도움이 될까요?' 그러자 외계인이 말했죠. '내가 이곳을 나가면 아무도 다치지 않을 겁니다.'

위험천만한 대치 상황이 발생하는 걸 막기 위해 스톤은 외계인을 풀어줄 계획을 세웁니다. 대령에게는 이렇게 보고했죠. 외계인이 오직 나에게만 보여줄 게 있다고 하는데 다른 사람들이 위험해질 테니 전부 여기서 내보내야 한다고요. 대령은 잠깐 망설였지만 곧 건물에 있는 이들을 대피시키라고 지시했죠. 건물이 비워지자마자 곧장 외계인을 데리고 뒷문으로 향했습니다. 스톤과 외계인은 무사히 건물 밖으로 나와 경비병들을 피해서 철책이 있는 곳까지 갔습니다. 나갈 공간을 확보하려고 철책을 뜯었어요. 그러는 동안 제 손은 상처투성이가 됐죠. 뒤에서 고함이 들려왔어요. '멈추지 않으면 쏜다.' 이렇게 죽는구나 싶었죠. 총에 맞을 줄 알았거든요. 어떤 상황인지 짐작되십니까? 스톤은 외계인을 내보내라고 대령에게 말할 수 없었습니다. 군 당국이 이런 귀중한 존재를 쉽게 놓아줄 리가 없으니까요.

스톤은 결국 외계인이 빠져나갈 수 있을 만큼 철책에 큰 구멍을 뚫었다고 합니다. 탈출에 성공하자 밝은 빛이 비쳤습니다. 왜 그랬는지는 알 수 없죠. 하늘에서 빛이 내려왔다가 사라졌습니다. 외계인도 함께 사라졌죠.

외계인은 더이상 그곳에 없습니다. 우리가 아닌 또 다른 존재가 우주에 있다는 걸 깨닫는 순간 정신이 번쩍 들게 됩니다.

인생이 뒤바뀌는 경험이죠. 외계인이 무사히 탈출한 뒤 스톤은 무장 경비병들과 마주하게 됩니다. 이들은 저를 다시 건물로 데려갔습니다. 그리고 이들의 감시를 받았습니다. 대령이 찾아와 물었어요. 무슨 일을 겪게 될지 아느냐고 몹시 화가 난 상태로 물었죠. 군사 재판에 회부될 수 있는 상황이라고 하더군요. 클리포드 스톤은 사람들의 생명을 구하고자 외계인의 탈출을 도왔고 자신의 의도를 알아주기를 간절히 바랐습니다. 다행히 대령은 스톤에게 어떤 혐의도 묻지 않았습니다. 이와 비슷한 사건들이 전에도 일어났다는 사실을 대령은 알았던 것 같습니다. 그 사건들 때문에 우리 측에도 사상자가 발생했었죠. 아무래도 대령이 그걸 기억하고서 가혹한 처벌을 내리지 않기로 결정한 것 같습니다.

무엇을 얻으려고 한 걸가요? 당시는 냉전 시대였습니다. 우리는 이들의 기술을 습득해 최대한 빨리 우리 기술을 발전시키려고 노력했습니다. 인간으로서 탐사와 과학 연구를 옹호할 수는 있지만 군사적 관점에서는 알고자 하는 바는 무기화할 방법뿐입니다. 인간은 폭력적인 종족입니다. 지구를 방문하는 외계인들에게는 우려 섞인 인식이 깔려 있겠죠. 기본적으로 지구는 방문하기에 매우 위험한 행성이며 지구인 역시 위험하다는 인식 말 입니다. 만일 군 당국이 대중 몰래 외계인을 감금했다면 군대에선 이 비밀을 얼마나 오래 감춰왔을까요? UFO 목격자들은 외계와의 조우에 큰 충격을 받은 나머지 그 경험을 밝히지 않고 침묵하기도 합니다. 하지만 침묵을 강요받았다면 어떨까요? 협박과 강요가 얽히면 궁금할 수밖에 없습니다. 이들은 과연 무엇을 왜 지키려는 걸까요?

— 사건 파일 : US0000-1963-06
1963SUS 뉴멕시코 주 산타로사 근방 응급대원이자 '비니'라는 애칭으로 유명한 간호사 '비나 앤 빈'이 비행기 추락 현장에 도착했습니다. 비나

와 구급차 운전자가 차를 도로변에 세웠을 때 경관 두 명이 그곳에서 기다리고 있었습니다. 비나는 비행기가 추락한 현장인 줄 알았어요. 경관은 추락 현장이 도로에서 멀지 않으며 심각하게 훼손된 시체 세 구를 발견했는데 뭔가 이상하다고 했죠. 무엇이 이상한지도 모른 채 비나는 경관을 따라 현장으로 갔습니다. 현장에 널려 있는 잔해를 목격했어요. 근처엔 심하게 불에 탄 작은 시체 세 구가 있었죠. 비나는 이 시체들이 아이인 줄 알고 부모는 어디 있느냐고 물어봤습니다. 시체에 접근해 활력 징후를 확인했어요. 시체를 검사해 보니 아이 시체는 확실히 어렸죠. 작고 인체와 유사했지만 뭔가 다른 점이 있었어요. 비나 말에 따르면 현장에 있던 경장이 모두가 의심하던 일을 마침내 입에 담았습니다. 이 시체와 비행체는 외계에서 온 것 같다고요. 비나는 충격을 받았지만 어떻게 대처해야 할지 빠르게 결정했죠.

시체를 영안실로 옮기는 대신 병원으로 옮겨서 검사해보기로 했어요. 응급실 입구를 통해 바로 엑스레이실로 옮겼죠. 바로 의사를 부르고 비나는 엑스레이를 찍기 시작했어요. 비니와 이사는 엑스레이를 확인하며 이 존재에 대해 더 알아보려고 했죠. 그때 군대가 개입했습니다. 공군 특무대가 와서는 모든 자료를 압수했죠. 시체와 시트는 물론 엑스레이와 비나와 의사가 기록한 자료까지요. 경찰보고서는 물론 현장 사진도 가져갔어요. 추락 현장이나 시체와 관련된 증거를 한 점도 남김없이 순식간에 제거했죠. 마지막으로 공군 대변인은 이렇게 말했습니다. '오늘 일은 없었던 겁니다.' 국가 기밀에 관련된 일이고 평생 함구해야 한다고요. 비나의 이야기가 사실이라면 군대가 적극적으로 UFO 은폐에 관여했을 가능성이 있습니다. 만약 목격자가 앞에 나서면 어떤 일이 생길까요? 어떤 불이익을 받게 되죠?

— 사건 파일 : 일본 항공 1628편, 1986년 11월 17일
1986년 11월 17일 일본 항공 1628편 기장 '테라우치 캔주'는 북극권을

비행 중이었습니다. 테라우치 기장은 전직 전투기 조종사로 비행 경력도 만 시간이 넘었습니다. 부조종사와 항공기관사도 조종석에 타고 있었죠. 알래스카로 화물을 수송 중이었어요. 멀리서 무언가가 기장의 눈에 띄었습니다. 테라우치 기장은 불빛 두 개를 발견했을 때 군용기라고 생각했습니다. 비행속도, 고도, 방향이 일치했죠.

16킬로미터쯤 떨어진 곳에서 비행체를 인지하고 관제센터에 확인을 요청했는데 관제센터 레이더엔 아무것도 안 잡혔어요. 레이더에도 안 잡히는 이 정체불명의 비행체는 뜻밖의 방식으로 움직이기까지 했어요.

마치 중력의 영향에서 벗어난 것처럼 움직였습니다. UFO는 곧 위험한 비행을 선보였죠. 747기 150m 앞까지 비행체가 다가왔고 애프터버너를 작동했어요. 테라우치 기장은 그 비행체가 지나갈 때 애프터버너의 열기를 느낄 수 있었습니다. 테라우치 기장과 승무원은 그 비행체가 시야에서 사라지는 모습을 지켜볼 수밖에 없었죠.

UFO 두 대가 모습을 감춘 뒤 세 번째 UFO가 나타났어요. 테라우치 기장의 말에 따르면 희고 납작한 빛 같았고 비행 속도, 고도, 방향이 비행기와 일치했다고 합니다. 결국 이들이 목격한 건 아주 커다란 UFO였는데 모선(母船) 같았다고 해요. 중앙에 빛의 테두리를 두른 거대한 둥근 비행체였죠. 엄청나게 거대했다고 합니다. 테라우치 기장은 실제로 창문 밖으로 이 거대한 모선을 자세히 관찰할 수 있었어요. 항공모함 두 척을 합친 정도의 크기였답니다. 작은 물체가 모선을 드나들고 있었는데 마치 춤을 추는 것처럼 보였다고 합니다.

테라우치 기장은 모선 주변을 날아다니던 이 비행체들을 피하려고 계속 회전해야 했고 그동안 관제 센터와 연락했어요. 이제 관제 센터에서도 이 UFO를 볼 수 있었습니다. UFO는 결국 사라졌습니다. 비행기는 앵커리지에 안전하게 착륙했죠. 기장이 연방 항공국에 이 사건을 보고했고 연방 항공국이 사건 조사에 착수했습니다. 당시 존 켈러핸이 연방 항공국 담당 국장이었어요. 무척 높은 직위죠. 조종실 녹음분을 확보했는데 조종실에서 나눈 대화를 녹음한 이 테이프를 레이더 녹화 테이프와 겹쳐서 동기화했습니다. 당시 레이더 기록을 확인하며 무슨 대화를 나눴는지 들을 수 있어요. 그리고 이를 통해서 레이더의 깜빡이는 신호와 조종사가 보고한 목격 정보가 일치하는지 알 수 있죠. 캘러핸이 확보한 이 영상은 정말 강력한 증거였어요. 사건 파일에 따르면 며칠 만에 CIA가 갑작스레 캘러핸을 방문했습니다. 레이더와 기타 증거를 발표하라고 지시 받았어요. FBI, CIA를 비롯하여 레이건 휘하 과학 연구팀에요. 캘러핸 말에 따르면 발표를 마치자마자 CIA 요원이 이렇게 말했다고 합니다. '이 일은 없었던 겁니다. 당신은 여기 온 적이 없고 자료도 전부 압수할 것이며 비밀을 지켜야 합니다.'라고요.

음성 녹음본과 증거는 전부 압수당했지만 목격자는 남아 있었습니다. 테라우치 기장이죠. 테라우치는 연방항공국에 UFO를 봤다고 보고 했어요. 다른 설명은 불가능했지만 일본 신문과 인터뷰한 것이 선을 넘었던 모양입니다. 일본 항공은 테라우치가 못마땅했나 봐요 흠 잡을 데 없는 기록을 세웠는데도 책상으로 날려 보냈죠. 조종사를 사무직으로 옮길 때 그런 표현을 쓴답니다. 테라우치 기장이 사무직으로 좌천당한 것은 UFO 사건을 밝혔기 때문입니다. 한 사람의 경력마저 끝장낸 걸 보면 누가 이 목격자들에게 침묵을 조용하는지 몰라도 분명 엄청난 비밀을 숨기고 있을 겁니다.

대중이 모르던 이야기가 수없이 발굴됐습니다. 믿기 힘든 외계인과의 만남과 목격자에 탄압 사실을 밝혔다가 맞이한 끔찍한 결과까지 말이죠. 만약 미국 정부야말로 UFO 미스터리를 풀 열쇠이며 갖은 수를 써서 진실을 숨기고 있다면 어떨까요?

— 수사 파일 : 캐시-랜드럼 사건

1980년 12월 29일 텍사스 주 허프만 베키 캐시와 비키 랜드럼은 랜드럼의 손자 7살 콜비와 저녁을 먹고 집에 가는 길이었어요. 오후 9시쯤 허프만의 울창한 숲에 있는 외딴 2차선로를 지나고 있었죠. 나무 위에 빛이 보였는데, 처음엔 휴스턴 공항에 착륙하는 비행기라고 생각했죠. 곧 빛이 훨씬 가까워졌는데 무척 밝았다고 해요. 다이아몬드 모양의 거대한 물체가 코앞 나무 높이 정도에 떠 있었던 겁니다.

비행체는 밝은 빛을 뿜었고 아래도 불꽃을 뿜고 있었어요. 열기가 상당했죠. 캐시와 랜드럼은 차에서 내려 물체에 가까이 다가갔습니다. 하지만 콜비가 겁에 질렸죠. 랜드럼은 차로 돌아와 겁에 질린 아이를 달랬어요. 캐시는 눈을 떼지 못하고 밖에 남아 있었고요. 물체가 뿜는 열기는 강렬했습니다. 차 손잡이가 너무 뜨거워져서 화상을 입지 않으려면 겉옷으로 손을 감싸야 했죠. 갑자기 다른 비행기가 등장했습니다. CH-47 치누크 헬기가 그 물체를 에워쌌습니다. 두 사람은 그 물체가 헬기와 멀리 날아가는 걸 지켜봤죠. 미확인 비행 물체만이 아니라 군용헬기도 그 자리에 있었습니다. 미확인 비행 물체를 호위하는 것처럼 보였어요. 온전한 외계인을 만났는지 혹은 외계와 인간의 협동을 목격했는지는 분명치 않아요. 안타깝게도 목격자들에게 사건은 여기서 끝이 아니었습니다. 목격자 세 명은 메스꺼움, 구토, 설사, 근무기력 증상과 눈이 타는 듯한 고통을 호소했습니다.

랜드럼은 평생 간헐적으로 발병했고, 차 밖에 가장 오래 있었던 캐시는 증상이 훨씬 심각했습니다. 캐시는 몇 주 동안 입원 했어요. 걸을 수도 없고 피부가 상당 부분 벗겨졌으며 머리카락이 전부 빠졌습니다. 피부에는 고통을 유발하는 커다란 물집이 생겼고 눈은 부어서 떠지지 않았죠. 건강이 점점 나빠졌기에 두 사람은 침묵을 지키기 힘들어졌습니다. 따라서 몇몇 UFO 기관에 도움을 요청했죠. 이온화 방사선에 의한 2차 피해를 입증하는 강력한 증거가 있습니다. 적외선이나 자외선에 노출됐을 가능성도 있죠. UFO가 이 행성까지 오려면 아마 아주 강력한 에너지원이 필요할 겁니다.

디자인은 달라도 인류의 원자로와 비슷하겠죠. 그렇다 보니 방사능이 유출될 수도 있고 이에 노출된다면 영향을 받을 수밖에 없어요. 급성 세포 붕괴가 일어나면 머리카락이 빠지거나 심지어 암이 생길 수도 있죠. 몇 달 뒤 랜드럼과 손자는 목격자로 예상된 사람과 만날 기회가 있었습니다. 데이턴 방향으로 가는 CH-47 헬기를 목격했어요. 헬기를 따라 잡아서 조종사와 대화했죠. 이때 조종사가 흥미로운 말을 했습니다. 지난번에도 이곳을 찾은 적이 있는데 곤경에 처한 UFO를 도우러 허프만에 왔었다는 겁니다. 렌드럼은 조종사에게 만나서 정말 반갑다며 자신이 그때 UFO 때문에 화상을 입었다고 밝혔어요. 조종사는 갑자기 입을 다물더니 두 사람을 쫓아내고 대화를 거부했습니다. 베티캐시와 비키 랜드럼은 자신들의 사건 책임을 미국 정부에 직접 묻기로 했습니다. 치누크 헬기가 있다는 건 적어도 군부대 중 한 곳은 이 UFO와 관련이 있다는 뜻이에요. 그런데도 육군 감찰관은 캐시와 랜드럼을 인터뷰할 때 그 헬기가 미군 소속이라는 증거가 없다고 했어요.

결국 캐시와 랜드럼은 변호사를 고용하여 미 정부를 상대로 2천만 달러를 청구합니다. 헬기 출처를 알아내려고 조사관이 정말 노력했어요. 하지만 휴스턴 근처에 있는 군 기지들은 그날 밤 헬기를 띄운 적이 없다고 주장했죠. 대규모 헬기 순찰대를 보유한 유일한 기지는 포트후드에 있는 그레이 군 비행장이었습니다. 캐시와 랜드럼이 정부를 상대로 제기한 소송은 실패로 돌아갔습니다. 미국 지방법원 판사가 1986년 사건을 기각했어요. 미국 정부와 헬기의 관련성을 증명할 증거가 부족하다면서요. 또한 군 관계자들은 미국 군대에 다이아몬드형 비행 물체가 없다고 증언했습니다. 사건은 종결됐지만 궁금증은 남았습니다. 이 헬기들이 군사 기밀 작전에 동원되어 UFO를 회수한 걸까요? 이 미스터리 해답과 다른 UFO 비밀의 답을 텍사스 주 푸트후드에서 찾을 수 있을지도 모릅니다.

— 사건 파일 : 033083

1975년 여름 포트후드에 주둔하던 RS-2정보 항공 부대 조종사가 밤 10

시쯤 친구와 근처 고속도로에 있었어요. 비가 오는데도 상공에 군용 헬기가 뜬 걸 목격하죠. 기지로 복귀하는 듯 보였는데 헬기만 있는 게 아니었어요. 다른 비행체를 에워싸고 호위하는 중이었죠. 하지만 중앙의 비행체는 생전 처음 보는 것이었습니다. 이 남성은 헬기 조종사였어요. 그래서 헬기가 밤에 어떻게 보이는지 잘 알았죠. 디스크 모양에 붉은 빛이 나는 거대한 비행체는 절대 헬기가 아니었습니다. 다음날 기지로 돌아와서 항공관제탑에서 일하는 친구한테 물어봤습니다. 무슨 일이었는지 혹시 아느냐고요. 항공관제탑의 그 누구도 무슨 일인지 모른다고 했대요. 조종사 친구들에게도 물어보고 다녔습니다. 하지만 아무도 무슨 일인지 몰랐죠. 남성은 이해할 수 없었어요. 보통 기지에 무슨 일이 있으면 소문이 상당히 퍼지거든요. 하지만 이번엔 어쩐 일인지 아무도 진상을 모르는 듯했죠. 여기저기 물어보고 다닌 끝에 조종사 친구 하나가 말하길 일자리를 잃고 싶지 않으면 그만 물어보라고 했대요. 캐시 랜드럼과 조종사가 목격한 헬기들이 포트후드에서 UFO 기밀 작전을 수행 중이었던 걸까요? 수많은 사람이 푸트후드 주변에서 UFO를 호위하는 헬기를 목격했습니다. 왜 여기서 이런 일이 계속 반복되는 걸까요? 궁금할 수밖에 없습니다. 군대가 외계인과 협력하고 있는 건 아닐까요?

푸트후드에서 촬영하던 뉴스 기자는 UFO와 관련된 헬기 부대가 존재한다는 사실을 알게 됐어요. '블루보이스'라고 합니다. 블루보이스는 포트후드의 그레이 군 비행장에서 작전을 수행할 거예요. UFO의 호송과 수송을 담당하는 헬기 부대일 겁니다. 군대가 이 UFO들로 뭘 할지 누가 알겠어요. 군대가 외계의 존재와 소통하고 있다고 믿습니다. 목격담을 통해 알 수 있죠. 이게 다가 아닐 거예요. 더 많은 진실을 숨기고 있을 겁니다. 미국 군대가 UFO 자전을 수행하고 은폐에 관여했을까요? 만약 그렇다면 대체 무엇을 숨기고 있을까요? UFO와의 만남은 수십 년 동안 꾸준히 이어졌습니다. 하지만 목격자들이 모두 앞에 나서지는 않았죠. 조롱이 두려워 침묵을 지키는 걸까요? 아니면 다른 무언가가 뒤에서 조종했을까요?

— 사건 파일 : 61825

2002년 1월 14일 켄터키 주 빅센다강 유역 석탄 기차가 러셀에서 출발했습니다. 기관사 두 명 탑승 중이었는데 한 사람이 맞은편에서 다가오는 빛을 보고 맞은편 기관사가 눈 부실까봐 전조등을 껐습니다. 선로가 휘어지는 구간에서 기차가 보일 줄 알았지만 그런 일은 없었죠. 이들은 놀라운 장면을 목격했습니다. 선로 오른쪽 상공에 미확인 비행 물체 두 개가 강 위를 맴돌고 있었죠. 이 비행체들은 스포트라이트로 강을 스캔하면서 점점 기차 쪽으로 다가왔어요. 기관사는 처음엔 놀랐지만 곧 공포에 질렸죠. 미확인 비행 물체가 기차에 접근했으니까요.

UFO가 기차로 접근하자 기관사들은 이 비행 물체가 지금까지 봤던 것과는 전혀 다르다는 사실을 눈치챘습니다. 이 UFO들은 은색 디스크처럼 보였습니다. 창문 같은 건 보이지 않았고, 바닥엔 색색의 빛이 들어왔죠. 높이는 약 3미터에 지름이 5.5~6미터 정도였어요. UFO가 가까워지자 기차가 말을 안 듣기 시작했습니다. 갑자기 기차 컴퓨터가 꺼졌다 켜지기를 반복하고 속도계도 미쳐 돌아갔죠. 무슨 일이 일어나고 있는지 파악하기 어려웠습니다. 다음에 어떤 일이 벌어질지도 전혀 예상하지 못했죠. 맞은편에서 또 다른 빛이 곧장 기차로 다가왔습니다. 앞에서 다가온 그 빛은 세 번째 UFO였어요.

코너를 도는 순간 곧장 기차 쪽으로 날아왔죠. 반응할 틈도 없었습니다. UFO가 기차와 충돌했을 때 기관사들은 목숨을 걱정했어요. 금속이 긁히는 소리를 들었죠. 하지만 추진력 때문에 기차는 계속 앞으로 나갔고 3킬로미터 더 가서 간신히 멈췄습니다. 기차는 충돌 때문에 심각한 손상을 입었습니다. 기관사들이 하늘을 봤을 때 다른 UFO들은 여전히 멀찍이서 맴돌고 있었어요. 비행체가 다시 돌아올지 당연히 궁금했겠죠. 빛을 깜빡이며 사람을 겁주는 이 UFO에 궁금한 점은 대체 무슨 목적으로 그런 짓을 했냐는 겁니다. 왜 기차로 그렇게 날아들었을까요? 기차는 러셀 근처에 멈췄어요. 충격 때문에 연기를 뿜고 있었죠. 기관사들은 그저 살아남은 데 감사했습니다. 이들은 방금 일어난 일을 이해조차 할 수 없었어요. UFO가 방금 기차와 충돌한 겁니다. 여전히 UFO 두 대가 저 멀리서 맴돌고 있었기에 기관사들은 혹시 모를 충격에 대비했죠. 하지만 갑자기 그 UFO들이 흔적도 없이 사라졌습니다. UFO가 사라지자 이제 기차를 점검해도 괜찮을 것 같았습니다. 손상을 확인해야 했죠. 두 번째 차량은 망가져서 연기가 나고 있었습니다. 차량 두 대가 마치 큰 망치에 치인 것처럼 보였죠. UFO 때문에 사고가 나다니 누가 상상이나 하겠습니까?

초기 검사를 해본 결과 어디서도 UFO 잔해가 보이지 않았습니다. 기관사는 자신들이 왜 공격당했는지 몰랐습니다. 대체 어떤 비행 물체가 기차를 치고 흔적도 없이 빠져 나갔는지 혼란에 빠졌죠. 플로리다 주 잭슨 빌에 있는 배치 담당자한테 연락해서 방금 일어난 일을 보고했죠. 배치 담당자는 페인츠 빌로 이동하라고 지시했습니다. 폐쇄한 역이 있는 곳이었죠. 폐쇄한 역으로 기차를 몰았습니다. 도착했을 땐 놀라운 광경이 기다리고 있었죠. 폐쇄된 기차역이 사람으로 붐비고 있었어요.

분주한 모습에 깜짝 놀랄 수밖에 없었죠. 기차역에 멈추자마자 군인들이 곧바로 기차를 분해하기 시작했어요. 철도 관계자는 어디에도 보이지 않았습니다. 일사 분란한 움직임으로 현장 조사가 시작됐습니다. 무엇과 충돌했는지를 집중적으로 조사할 줄 알았는데 정작 조사 받은 것은 바로 기관사들이었습니다. UFO는 기차가 아니라 기관사에 흥미가 있었던 걸까요? 패터슨이라는 남자가 기관사들을 맡아서 '자신을 따라오라고 하였다.' 역사로 쓰던 건물로 데려갔다고 합니다. 그 끔찍한 사건에 대해 자세하게 질문했습니다. 패터슨이 기관사들한테 질문을 몇 가지 할 것이며 '집으로 가기 전 건강 검진을 받아야 한다고…….' 의무적인 건강 검진을 하겠다고 했습니다. 혹시 모를 상황에 대비하기 위해서라면서요. 의무적인 건강 검진요? 마치 전에도 이런 일이 일어났던 것 같지 않습니까? 어떤 종료의 위험에 노출됐을지 이미 알고 있는 거죠. UFO와 마주쳤을 때 뭔가에 노출됐을까요? UFO는 처음부터 기관사들을 노렸던 걸까요? 그렇다면 왜죠? 우리가 우주여행을 한다면 뭘 어떻게 할까요? 우리가 동물을 어떻게 연구하죠? 동물을 쫓고 붙잡아서 실험합니다. 과학적으로 생각해보면 있을 수 있는 일이예요. 우리도 같은 일을 할 텐데 외계인도 그걸 수 있죠. 전 그렇게 생각합니다.

기관사들은 마침내 풀려났지만 이 경험을 대중에게 밝혔을 때 조로의 대상이 되거나 실직할까 봐 걱정했죠. 그래서 익명으로 보고서를 제출했습니다. 조사하기 어려운 사건이에요. 아무도 입을 열지 않으니까요. 하지만 세부 사항을 확인해 본 결과 그날 그 경로를 운행하던 기차에 바로 그 시간에 문제가 일어났더군요. 게다가 흥미롭게도 이 사건은 켄터키 주 동부 빅샌디강 유역에서 일어났어요. UFO 출몰지로 예전부터 유명한 지역이죠. 우리가 하늘에서 UFO를 발견했을 때 UFO도 우리를 지켜보고 있는 건 아닐까요? 기회를 노리면서 말이죠. 또 이런 사건을 은폐하고 목격자가 나서는 일을 막는 절차가 존재하는 건 아닐까요? UFO 미스터리를 조사하면서 정부가 부인하는 것과는 달리 진실을 알고 있으며 안전 조치와 위험한 사건을 숨겨왔다는 주장을 접했습니다. 정부가 과연 UFO 사건을 일상적으로 은폐하고 있을까요? 멕시코에 추락한 UFO사건 파일로 국제적인 은폐를 의심해볼 수 있습니다.

— 사건 파일 : 멕시코, 코야메, 1974년 UFO 추락

1974년 텍사스 주 미국 대공 레이더가 미확인 비행물체를 감지했습니다. 엄청난 속도로 멕시코만을 지나 미국 영공으로 접근 중이었어요. 국경 너머 멕시코 당국은 경계 태세에 진입했습니다. 처음부터 미국은 사건에 대해 단독으로 인식하고 있었습니다. 미국과 멕시코에서 동시에 같은 비행체를 추적했죠.

이 물체는 미국을 향하던 경로를 틀어 엄청난 속도로 멕시코로 날아갔습니다. 양국 국경 레이더 오퍼레이터는 말문이 막혔습니다. 이런 움직임을 보면 지적인 생명체가 통제한 것이 틀림없습니다. 전하는 말에 따르면

미군은 UFO를 추적해 코야메까지 갔습니다. 이 인구수가 적은 멕시코의 국경 도시에서 UFO가 갑작스럽게 레이더에서 사라졌죠. 이와 동시에 멕시코 당국은 구조 신호를 받았습니다.

민간 항공기가 공중에서 충돌하여 인근에 추락했다는 무전을 받았어요. UFO가 레이더에서 사라진 바로 그 지점에서 민간 항공기가 무언가와 공중에서 충돌한 겁니다. 과연 무엇과 충돌했을까요? 멕시코 당국이 추락 현장에 도착해 소형 민간 항공기의 잔해를 조사했습니다. 민간 항공기뿐만 아니라 다른 비행체의 잔해도 있었죠. 다른 비행체에 대한 보고서가 상당히 흥미로워요. 손상은 입었지만 형태가 온전했다고 합니다. 무엇으로 만들었는지조차 파악할 수 없었습니다. 보고가 들어간 뒤로 무전은 조용했습니다. 하지만 추락 소식은 이미 미국 당국에 전해졌죠. 멕시코 무전을 CIA가 도청했고 UFO 추락 관련 특수부대를 멕시코로 보내려고 했어요. 하지만 멕시코 당국은 추락사고 자체를 부정했죠. 몇 시간 만에 CIA 정찰 팀이 코야 메 추락 지점을 떠나는 멕시코 호송대를 포착했습니다. 그때 당시 CIA는 호송대 트럭 뒤에 추락 지점에서 회수한 UFO 잔해가 실렸다는 사실을 파악하고 있었습니다. 보고서에 따르면 CIA는 소규모 비밀 팀을 파견하여 호송대를 가로막았습니다. 그리고 UFO를 더 자세히 살펴봤죠.

놀랍게도 미국 요원이 도착했을 때 멕시코 군대는 전혀 저항하지 않았습니다. 멕시코는 UFO에 더는 엮이기 싫어했어요. 멕시코가 감당하기에는 너무 힘겨웠기 때문입니다. 미국 요원은 비극적인 장면을 목격했습니다. 드디어 CIA가 도착해서 호송대를 따라 잡았을 때 땅에 쓰러져 있는 군인 네 명을 목격했습니다. 멕시코 군인들은 사망한 것이 분명했습니다. 다만 어쩌다 죽었는지는 알 수 없었죠. 죽은 군인들은 모두 UFO를 추락지점에서 옮길 때 선체와 접촉했었어요. 방사선 때문일까요? 외계 박테리아 때문일까요? 우리도 모릅니다. 멕시코는 이 비행체가 얼마나 위험한지 깨달았죠. CIA가 멕시코를 설득했어요. 자신들은 경험도 많고 위협에 대처

할 줄도 안다고요. 미국은 UFO잔해를 넘겨받아 미주리 주 화이트맨 공군기지로 이송했습니다. 조사단이 발굴하기 전까지 사건은 계속 비밀에 부쳐졌습니다. 코야메 사건은 1974년에 일어났습니다.

1992년, 현장 요원인 루벤 우리아르테가 익명 제보를 받기 전까진 저희도 잘 몰랐던 사실이죠. 코야메에서 발생한 비행접시 충돌보고서 데네브 팀에게 JS로부터 루벤의 정보원은 완벽한 보고서를 제공했습니다. 코야메 추락 사건의 세부 사항과 그 후 당국에 의한 은폐까지 기록되어 있었죠. 그중에서도 가장 큰 성과는 사망한 멕시코 군인들의 이름을 밝혀냈다는 겁니다. 엄청난 발견이죠. 군인 넷이 동시에 사망했다는 증거를 손에 쥔 겁니다. 공식적으로 일어난 적도 없는 사건을 조사하던 중에요. 이러한 증거를 손에 넣고도 조사는 미궁에 빠졌습니다. 루벤은 사망한 군인들 이름까지 알아내는 데 성공했지만 정부는 이들의 존재 자체를 부정해버렸죠. 전형적인 은폐의 벽에 다시 가로막힌 겁니다. 증거도 있고 증인도 있습니다. 모든 증거를 손에 넣었는데도 반발과 부정은 계속되고 있습니다. 코야 메 추락사건 은폐는 UFO 회수 당시 발생한 미지의 위험과 관련 있을까요? 미국 밖에서 일어난 다른 사건을 살펴봅시다. 어떤 대가를 치러서라도 UFO의 비밀을 감추려다가 그 은폐와 오보가 어디까지 가는지 알 수 있습니다. UFO 은폐 뒤에는 항상 미국 정부가 있다고 생각하는 경향이 있지만 꼭 그렇지는 않습니다. 우리 파일에서도 수많은 사례를 찾아볼 수 있죠.

— 사건 파일: 브라질, 바르지냐, 1996년 사건
1966년 1월 20일 브라질 바르지냐에서 동물이 날뛴다는 신고를 받고 지역 경찰이 출동했습니다. 그날 아침 여자애 셋이 자동차 서비스센터 뒤에서 이상한 동물을 보고 겁에 질렸습니다. 동물에 관해 설명하기를 크고 불균형한 머리에 모집은 작다고 했죠. 목격자 그림 눈꺼풀이 없었으며 으르렁거리고 이를 드러냈다고요. 마르쿠 셰레지 경관이 조사에 착수했죠.

저녁 무렵엔 마을을 돌아다니는 악마 이야기가 퍼졌습니다. 하지만 셰레지 경관이 마주친 생물은 지나치게 현실적이었죠. 셰레지 경관이 이 생물을 추적했는데, 찾았을 때는 이미 다 죽어가는 상태였다고 합니다. 포획하려고 했는데 이 생물이 경관을 밀쳤죠. 장갑을 끼지 않은 손으로 그 생물과 접촉했습니다. 당시에는 그 일을 별로 심각하게 여기지 않았죠. 경관과 동료는 그 생물을 포획하여 지역 병원으로 이송했습니다. 셰레지 경관이 도착했을 때 병원엔 이미 군인이 가득했습니다. 경관은 미처 몰랐지만 경보가 나간 상태였어요. 그 생물이 하나 더 있었던 거죠. 군대가 이 생물을 추적해 포획한 후 꼬리표를 달아 트럭 뒤에 실어 뒀어요. 두 번째 생물도 같은 병원에서 검사했습니다. 이게 대체 무슨 일인지 경관은 궁금했을 겁니다. 단지 부상당한 동물 때문에 군대가 개입할 리 없으니까요.

더욱 흥미로운 점은 이 사건이 일어나기 일주일 전인 1월 13일 북미 항공 우주 방위 사령부가 브라질 정부에 바르지냐 언덕에서 UFO가 추적됐다고 전했다는 겁니다. UFO가 추락한 걸까요? 에일리언 조종사였을까요? 셰레지 경관이 이 생물을 더 조사해 보려고 했지만 사건에서 손을 떼고 잊어버리란 말을 들었죠. 아무 일도 없었던 척하라고요. 그럴 수도 있었을 거예요. 비밀을 지켰을 겁니다. 하지만 어떤 일이 벌어졌어요. 사건 2주 후 경관을 진료한 의사는 팔에서 이상한 것을 발견합니다. 생물과 접촉했던 바로 그 부분이었죠. 몸이 아프기 시작했어요. 요통, 고열, 호흡곤란을 호소했고. 결국 입원했죠. 전하는 말에 다르면 입원 일 주일 뒤 23세 경관 셰레지는 사망하고 말았습니다. 부검 결과 전신이 감염된 상태였어요.

젊은 남성이 갑자기 그렇게 감염되는 건 이상하죠. 의사마저 인정했듯이 합리적인 원인을 찾기 힘든 이상한 죽음이었습니다. 바르지냐에서 UFO 목격 정보가 있었고 외계인이 동네를 활보하고 다녔습니다. 그리고 그 사람이 죽었어요. 증거가 엄청나게 쌓였겠죠? 아니었습니다. 사건 며칠 후 낯선 사람들이 마을에 도착했습니다. 모든 목격자를 찾아갔어요. 여자애 셋과 그 부모들 경찰서장이 모두 남자 네 명의 방문을 받았죠. 이들이 목격자를 위협했습니다. 이일을 외부에 알리지 말라고요. 이들이 누구인지 어디 소속인지는 모릅니다. 군대와도 갈등을 빚은 걸 보면 군대 소속도 아닐 거예요. 어떤 목격자는 협박하고 어떤 목격자에겐 뇌물을 줬죠. 파일에 따르면 브라질 당국의 바르지냐 사건 보고서엔 논란의 여지가 있습니다. 바르지냐에서 발견된 사체에 대한 공식 설명은 난쟁이였다는 거예요.

최선을 다해 짜낸 변명이 난쟁이래요. 동네 사람 절반이 그 생물을 목격했는데요. 대체 언제부터 군대가 난쟁이를 체포했답니까? UFO 얘기는 꺼내지도 않았어요. 너무나 얄팍하고 우습기 그지없지만 그게 정부 변명이에요. 이번에도 우리는 사건의 진상을 알 수 없었죠. 목격자한테 침묵을 강요했으니까요. 이 사건도 마찬가지로 정부 비밀 기관이 UFO에 관여한 걸까요? 군 관계자에 따르면 위험할 수도 있는 외계인 종족과 UFO가 수십 년간 우리 군과 접촉했다고 합니다. 국민 안전이 위태롭다면 우리도 알아야 하지 않을까요? 한 공군 하사는 냉전 당시 미확인 비행 물체와 조우했으며 UFO가 얼마나 위험할 수 있는지 깨달았다고 합니다.

— 사건 파일 : US1232-1980-001

1980년 12월 26일 순찰대가 이상한 불빛을 보고했습니다. RAF 우드브리지 공한의 동쪽 게이트 근처였죠. 랜들샴 숲 사건은 26일 새벽 3시에 시작됐어요. 케이트 밖에 있던 항공병이 불빛을 목격했습니다. 비행기가 추락하는 듯 보였죠. 곧 조사를 위해 보안팀이 투입됐습니다. 보안 요원 제임스 페니스턴도 함께 출동했습니다. 정책상 요원이 조사 때문에 기지에서 벗어날 때는 무장할 수 없었죠. 전 제임스 페니스턴입니다. 은퇴한 공군하사죠. RAF 우드부리지 공한에서 보안을 담당했습니다. 1980년 잉글랜드에서요. 12월 26일 새벽 중앙 통제센터에서 동쪽 게이트 관련 사항을 전달 받았는데 비행기가 추락했을 수도 있다고 했습니다. 당시 상급자에게 추락 사건을 들었냐고 물었더니 추락 사건이 아니라고 하도군요,

착륙했다고요. 숲이 가장 자리에서부터 밝고 하얀 빛이 보였습니다. 숲에 진입했을 때 삼각형 비행체를 발견했죠. 그 시점에서 항공기 추락은 더는 문제가 아니었습니다. 안보 위협 상황이었죠. 우드브리지 기지의 전쟁 수행 능력과 작전이 위태로워질 수도 있었습니다. 비무장 상태인 게 후회됐죠. 페니스턴은 물체에 접근했습니다. 표면엔 상형 문자처럼 보이는 표식이 있었습니다. 아주 이상한 상황이었습니다. 그 비행체가 정확히 뭔지는 몰라도 '페니스턴의 실제 그림' 이것만은 확실합니다. 인류의 기술을 아득히 뛰어넘은 물체였어요. 당시에는 물론이고 지금 기술로도 어림없죠.

페니스턴 코앞에 있는 UFO는 명백히 지구의 것이 아니었어요. 그 물체를 직접 손댔지만 그때까지도 뭘 해야 할지 전혀 모르는 상황이었죠. 살아남지 못할 수도 있다고 생각했지만 가능한 많은 정보를 알아내려고 했습니다. 뭘 찾길 바란 걸까요? 생각해보세요.

정부는 이미 이 사건이 UFO와 얽힌 걸 알았어요. 비행체를 조사하고 정보를 모으고 싶었지만 하지만 명백하게 안보가 위험에 처했는데도 교전을 치르려 하진 않았어요. 상대가 안 된다는 사실을 이미 알고 있었던 거죠. 페니스턴은 기지로 돌아와서 일련의 심문을 받았습니다. 조사가 진행 중인 사건이니 계속 비밀을 지켜주길 바라며 그것이 향후 방침이라더군요. 한마디라도 하면 제 경력은 그날로 끝이라고요. 당연히 그런 상황에 처하고 싶지 않았어요. 지금 돌이켜보면 그게 바로 은폐의 시작이었어요.

정부는 그 사건을 은폐하려고 최선을 다했지만 쉽지 않을 거란 사실을 깨달았죠. 우드브리지의 렌들샴 사건은 여기서 끝이 아니었습니다. 이틀 뒤 다른 UFO가 다시 목격됐어요. 이번엔 공군 중령 찰스할트가 보고를 받았고 직접 조사하러 나갔어요. 무전기와 가이거 계수기 녹음기를 들고 갔어요. 그리고 놀랍게도 중령과 대원들은 삼각형 UFO와 직접 마주했죠. 가장 중요한 건 이겁니다. 그 물체가 머리 위에 있었어요. 뭔지는 몰라도 이 비행체가 광선을 쐈죠.

광선을 쏜 바로 그 위치 흙과 톤크리트 아래엔 핵무기가 있었습니다. 찰스 홀트가 조사관 두 명에게 말했듯이 그게 뭔지는 몰라도 그 비행체가 쏜 광선이 땅 밑에 묻혀 있던 핵무기에 직접적인 영향을 미쳤습니다. 그들이 누군지는 몰라도 핵무기 위치를 알고 있었어요. 혹시 UFO가 인류의 첨단 무기를 알고 조사하러 왔던 걸까요? 혹시 핵전쟁을 예방하러 왔던 건 아닐까요? 우주에서 우리 행성이 중요하다고 생각한 거예요. 아니면 미래에 이 행성으로 이주할 계획인지도 모르죠.

우드브리지 기지에 핵무기가 있냐고 질문하시는데, 공식적으로 답변 드리자면 당시 기지에 핵무기가 존재했는지에 대해선 긍정도 부정도 할 수 없습니다. 우리가 당시 무장을 하고 공격하려 했다면 썩 좋은 결과가 나오진 않았을 것 같습니다. 베르너 폰 브라운이 예측하길 인류는 언젠가 외계인과 소통할거라고 했습니다. 소통했나요? 전 그것이 궁금합니다. 그래서 렌들샴 사건 당시 교전을 금지하는 정책이 있었을 겁니다. 많은 이가 주장하듯 이미 UFO와 소통했던 거죠. 정부가 정말로 은밀하게 UFO와 소통한 역사가 있다면 이 비행체가 얼마나 위험한지 알았을 겁니다. 그럴 땐 교전하지 않는 것이 최선의 방법이죠. 미국 정부가 냉전 당시 바로 이 시점부터 UFO를 관찰하는 태도를 바꿨다고 봅니다. 인류와 UFO의 관계가 이 때문에 돈독해졌을 수 있죠. UFO 앞에 인류는 무력합니다. 이들이 누군지 몰라도 우리는 상대가 안 되죠. 어쩌면 정부가 드디어 깨달았는지도 모릅니다. 우리의 가장 뛰어난 무기도 외계의 기술 앞에선 무용지물이라는 사실을 말이죠. UFO나 외계와의 조우에 관한 비밀스런 역사가 수사 파일 덕분에 밝혀졌습니다. 목격자의 신고가 없었다면 다른 세계에서 온 존재와의 믿기 힘든 만남이나 다른 세계에서 온 존재와의 믿기 힘든 만남이나 이와 관련된 잠재 위협을 절대 알 수 없었을 겁니다.

— 사건 파일 : 36122

다른 목격자가 용기를 낼 수 있도록 제 경험을 밝혀야 했습니다. 텍사스 주 포트워스 화물 운송회사 경비원이 퇴근 후 집에 가고 있었습니다.

2007년 7월이었어요. 주황빛이 도는 금색불빛이 북쪽에서 다가 왔습니다. 아름다운 보름달이 뜬 것처럼 보였죠. 뭔가 이상했습니다. '잠깐, 난 북쪽으로 가는데 달이 저기 있을 리 없지.' 켄은 상황을 파악해 보려고 했어요. 갑자기 이 달이 하늘을 갈랐거든요.

밝은 주황색 구체가 길을 가로질러 점점 가까워졌죠. 정확한 형태가 보이기 시작했어요. 거대한 비행접시가 도로 위로 날아왔습니다. 설마 제가 생각하는 그 물체는 아닐 거라 여겼어요. 이게 현실일 리 없다고 가짜라고 생각했죠. 도로에 차가 하나도 없어서 속도를 늦추고 관찰했습니다. UFO는 원을 그리며 돌다가 고속도로를 따라서 켄의 차 옆까지 왔습니다.

켄의 차와 UFO가 고속도로를 함께 달린 겁니다. 그래서 이 낯선 비행체를 자세히 볼 수 있었죠. 샐러드 볼 두 개를 빛의 고리로 연결한 것 같았대요. 켄은 UFO를 자세히 보려고 노력했어요. 그런데 UFO도 마찬가지로 켄을 관찰한 것 같습니다. 갑자기 켄의 차로 푸른 광선을 쐈거든요. 전조등이나 레이저가 아니라 아주 낯선 빛이었대요. 광선검 같았다고 해요. 천천히 빛이 나와서 고리를 두고 멈췄거든요. 어떻게 그랬는지 모르겠어요. 고속도로를 가로질러 뻗어 나온 푸른 광선이 곧장 켄의 차로 쏟아졌습니다. 광선이 그냥 빛나며 차창을 통과한 게 아니에요. 넓고 평평하게 퍼지기 시작했고 차체를 완전히 관통했습니다. 구멍이 뚫리거나 하는 일은 전혀 없었어요. 어떠한 것도 방해하지 않고 계속 투시만 하고 있었죠. 어떻게 생각해야 할지 몰랐어요. 열기가 없었어요. 소리도 진동도 없고 따끔거리지도 않았어요. 아무 느낌도 없었죠. 엔진이나 차가 손상되거나 멈추지도 않았고 라디오도 여전히 잘 나왔어요. 아무 변화도 없었죠. 광선으로 뭘 했는지는 몰라도 할 일을 하곤 그냥 사라졌죠. 광선이 차와 자신을 관통하며 스캐닝한 것 같다고 진술했어요. UFO가 자신의 위험성을 판단한 것 같다고 합니다. 스캔이 끝나자 푸른 광선은 다시 UFO로 돌아갔습니다.

다음에 일어난 일이 정말 놀랍습니다. 비행접시와 속도를 맞춰 달리던 켄은 비행체 옆 부분의 움직임을 감지했습니다. 옆을 봤는데 비행체에 창문인지 문인지 비행체 옆면에 큰 사각형이 보였어요. 켄은 내내 이 이상한 UFO를 조금이라도 잘 보려 노력했는데 갑작스럽게 비행체 내부가 똑똑히 드러났습니다. 내부는 더 놀라웠죠. 비행체 안에는 다섯 존재가 있었어요. 둘은 키가 아주 컸고 셋은 작았죠. 작은 쪽은 그레이였고 다른 생물은 키가 두 배는 됐어요. 머리가 아주 좁고 눈은 아몬드 모양이었죠. 한 가지를 알아차린 순간 마음이 편해졌어요. 이 존재들이 서로 손을 잡고 있었죠. 서로를 아낀다는 것이 느껴졌습니다. 위험한 존재가 아니었죠. 살면서 겪은 가장 놀라운 순간이었어요. 퇴근하던 길에 갑작스럽게 외계인들과 눈싸움을 했다고 상상해 보세요. 다른 사람한테 이 일을 어떻게 설명하시겠어요? 대체 누가 믿어줄까요?

이러한 사건에서도 목격자의 신뢰도가 중요합니다. 켄의 동의를 받아 신원을 조사 했어요. 16년간 군에 복무한 베테랑이고 범죄 경력도 없어요. 게다가 이 일을 밝혀서 관심을 끌려던 것도 아니었죠. 대부분 목격자는 오직 희망 때문에 목격 사실을 밝힙니다. 이런 경험을 공유하다 보면 UFO 미스터리가 언젠가는 풀리리란 희망 말입니다. 목격자들이 나서는 이유는 검증을 바라기 때문입니다. 진실을 말하고 있다는 사실을 인정받고 싶기 때문이죠. 우리는 그저 망상에 빠진 사람이 아니라 진지한 사람으로 받아들여지기를 바랍니다. 밝혀지지 않은 UFO 목격담이 수천 개는 더 존재합니다. 목격자가 아직 나서지를 않았을 뿐이죠. UFO 목격 정보를 수집할 때마다 뚜렷하게 드러나는 특징은 목격자들이 나서서 얘기하길 꺼린다는 거죠. 이들은 두렵거나 자신들의 이야기가 믿기 어렵다고 생각하나 봐요. 하지만 목격자가 침묵을 강요받았거나 모습을 드러내길 두려워하면 우리는 진실을 절대 알 수 없을 겁니다. 영화나 드라마가 아닙니다. 우리 눈앞에서 실제로 벌어지고 있는 일이예요. UFO의 비밀에서 얻을 수도 있는 잠재 지식 역시 영영 미스터리로 남고 말겠죠.

"자, 지금까지 읽어 본 것은 사실이란다. 사실이 아니고서야 어찌 이리 정확히 말을 또 행동을 할 수가 있겠니?"

"아버지, 외계인이 확실히 있다는 것을 확인한 것이네요. 너무나 놀라운 사실인데 정부가 아무리 숨겨도 밖으로 진실이 나온 것이군요. 증거가 이렇게 많은데도 정부는 아니라고는 못하겠지요?"

"글쎄. 사실이라 해도 정부가 공식적으로 대답을 할 수 없겠지. 그 이유는 외계인과의 거래 내용을 밝혀야 될 것 아니겠니? 그렇게 되면 외계인과 합작하여 만든 무기들을 공개해애 하잖아? 특급 군사 비밀일 텐데!"

"아버지, 외계인과 접촉한 나라는 미국만은 아니겠지요?"

"그렇겠지. 특히 공산주의나 사회주의라 칭하는 중국이나 러시아에도 있을 거야. 그들의 비밀이 소련이 무너지면서 극비 UFO에 관한 문서가 서방에 팔려나갔다 해도 아마 지금쯤은 다시 정리한 자료가 있을 것 같기도 해. 그러니 요즈음 러시아에서 만든 마하5를 넘어가는 미사일을 개발했다고 하는데, 그 속도는 정말로 빨라서 그 무기를 잡을 방법이 없다고 하지. 허나 정말로 미국이 그 무기를 파괴할 수 없을까? 사드 가지고는 안 된다고 한다. 또한 인간이 두려워해야 할 것은 멕시코에서 일어난 외계인과의 조우에서 생긴 사례야. 바로 사람이 접촉만 해도 죽는 바이러스 말이지. 미국이 회수해 간 그 외계인의 시신에서 바이러스에 대한 연구가 틀림없이 있을 것이라고 생각해. 그것 또한 군사무기로써 엄청난 위력이 될 것 같다."

"아버지, 아이젠하워 대통령의 손녀가 밝힌 마제스틱-12라는 것은 무엇인가요?"

"그것은 암호명이야. 어느 누구도 간섭할 수 없는 단체지. 그 단체가 생긴 것은 바로 외계의 비행체 UFO가 떨어진 로즈웰 사건 때문에 당시 트루먼 대통령이 직접 만들고 그 단체가 하는 일은 어느 사람도 관여를 하지 못하게 했지. 그것은 미국의 특급 군사비밀이기에 그 단체장만이 UFO 또는 외계인을 통제했다고 본다. 그러나 그 문서 중 일부가 비밀해제가 되면서 실체가 조금씩 벗겨지고 있는데, 아주 놀라운 사건도 있다."

21. 외계인에 대한 특급비밀 암호명 '마제스틱-12' 그 충격적인 내용은 무엇일까?

우선, 케네디 암살 사건의 진실은? 외계인과 관계가 있었던 것일까?

— 극비였다가 36년 만에 해제된 케네디 암살 사건

케네디 사건도 외계인 UFO와 관련이 있다고 히스토리는 주장한다. 오스왈드가 케네디를 암살하고 오스왈드를 잭 루비를 시켜 죽게 하고 그 사실을 조사한 것은 CIA, FBI인데 재클린 케네디는 당시 부통령이 관련됐다고 말했다. 그게 사실이라면?

그것은 조사할 사람은 빼놓고 엉뚱한 곳만 조사했으니 진실이 나올 리가 있겠는가? 당시 조사할 사람은 오스왈드와 비밀리에 만났던 쿠바 대사관 여직원 그를 CIA, FBI는 조사하지 않았다. 쿠바와 소련의 KGB가 관여된 것 같은 게 사실이 아니었던가? 그러나 거기엔 CIA가 깊숙이 관계한 듯한 내용이 나온다. 그러니까 7만 쪽에 이르는 워런 보고서는 고양이에게 생선가게를 맡겼다는 의문이 안 나올 수가 없지 않은가? 이 모든 것은 외계인과 관련이 분명히 있어 보인다는 게 히스토리의 내용이다.

— 마제스틱-12를 만들게 된 동기와 진행 사항

미확인 비행 물체가 뉴멕시코 주 로즈웰의 근처 한 목장에서 추락했다. 다음날 현지 신문은 이 내용을 군 비행장 관계자의 말을 빌려 추락한 것이 '비행접시'라고 보도했다. 하지만 겨우 몇 시간도 안 되어 군부대에서 한 관계자가 그 추락한 물체가 기상 관측기구라고 정정했다. 허나 이 사건은 내부자들의 상세한 증언도 나왔는데, 한 대가 아니고 세 대가 추락했으며 그날 밤 외계인 시신까지 회수했다고 증언했다. 허나 사실은 UFO

는 두 대가 추락했으며 한 대에서는 3명이 죽어 있었고 한 대는 산산조각이 났지만 한 대는 상태가 좋아 살아 있는 외계인 한 명을 공군 부대원들이 생포하였고 CIA의 비밀 가옥으로 이송되었고 그를 취조하려 하였으나 그는 전혀 답변을 하지 않았다. 그러나 그를 정성껏 간호한 공군간호 장교에게 말문을 열었다. 그 와의 대화는 텔레파시에 의해 진행되었다.

간호사인 '마틸다 오다넬 맥굴로이' 상사는 외계인과의 통화내용을 공개하려 했으나 CIA의 협박과 경고 때문에 대화를 발표하지 못했다. 그러다가 수십 년이 지난 후 그의 나이 83세 때에 전격 발표해 버렸다. 대화 내용은 지구 인류생성 과정에 외계인이 매우 중요한 역할을 했으며 인간은 수십 수백만 년 전부터 외계의 지배와 통제를 받아왔다고 했다. 외계인과의 소통은 처음엔 텔레파시였으나 그 간호 상사가 7일 동안 영어를 가르치자 영어로 소통하기 시작해서 아주 많은 이야기를 들었다고 한다.

외계인의 이름은 '에어럴'이며 마틸다와의 인터뷰에서 지구와 태양계는 도메인의 재산이며 도메인 중앙정부의 지시를 받고서 태양계를 관리하기 위하여 파견되었던 것이라고 밝혔다. 당시 로즈웰의 핵실험 현장을 감시하기 위한 정찰이었다고 밝혔으며 추락하게 된 동기는 번개를 맞아서 추락했다고 했다.

우리 은하계는 이 두 세력에 의해서 지배되어 왔으며 한 세력은 '도매인'이라는 신흥 강자이며 다른 세력은 오래전부터 은하계의 수많은 행성들을 지배해 왔던 '구제국'(Old Empire) 세력이다. 두 제국은 오래전부터 끊임없는 전쟁을 해왔다고 했다. 그러나 새로운 강자인 '도매인'이 우리 은하계의 새로운 패자가 되었다고 했다. 과거에는 구제국의 파워가 워낙 막강해서 구제국이 오랫동안 지구와 태양계를 비롯한 은하계를 지배할 수 있었다고 한다.

1천년 전에 구제국 본부가 있는 행성을 파괴하면서 구제국의 힘과 지배력은 현저히 떨어졌으며 우리 지구와 태양계의 소유권이 도매인으로 넘어 왔다고 한다. 그러나 구제국이 완전히 멸망한 것은 아니라고 한다. 자신들의 본부를 우리 은하계의 한 행성의 지하 기지에 숨겨 놓고서 제국의 명맥을 이어오고 있다고 한다.

외계인 에어럴은 도메인에 속해있는 과학자로서 과학자 출신의 공군 간부인데 도메인 중앙정부의 지시를 받고서 '도메인'의 재산인 지구와 태양계를 관리하기 위하여 파견되어 왔다고 한다. 도메인은 우리 은하계에서 많은 행성들을 거느리고 있지만 직접 통제를 안 하며 각각의 행성들의 자율성과 독립성을 보장해주고 있다고 밝혔다. 그리고 도메인의 재산을 지키기 위해 태양계 원정대의 책임자라고 하며 오래전부터 우리 태양계 중심부에 있는 원정대 본부 모선에 머무르면서 계속해서 지구와 태양계를 감시해 왔다고 한다.

원래 인류는 모두 'IS-BE'로서 자유롭고 영원불멸의 존재였다고 하며 다른 외계인들은 다른 발전된 문명권에서 계속해서 발전하고 있는데 지구 인류만 전자 스크린 망에 갇혀서 더 이상의 진화를 하지 못하고 있다고 한다. 전자 스크린 망에 갇힌 인류는 더 이상의 영적으로 진보가 이뤄지지 못하고 현재 우주에서 가장 문명이 뒤떨어진 후진국별로 전락해 있다고 한다.

외계인 '에어럴'은 생포된 지 한달 반 만에 미국 요원들에 의해 전기 충격에 의해 살해되었다. 이유는 에어럴이 자신을 담당하고 있는 미군 고위 당국자들을 포섭하기 위해서 텔레파시를 계속 보냈다고 하며 이 같은 외계인 공작에 위협감을 느낀 CIA 당국자들이 에어럴을 전기의자에 앉혀 전기충격을 가해서 살해했다는 것이다. 그런데 그렇게 죽었던 에어얼은 죽은 그 다음날부터 며칠 동안 마틸다에게 계속 텔레파시를 보내 왔다고 한다. 에어럴은 단지 육체만 죽었을 뿐이며 영혼은 살아 우주선으로 되돌아갔다고 한다. 자신의 우주선으로 돌아간 에어럴은 그 후 40년 동안 마틸다와 텔레파시로 계속해서 대화를 나누었다고 한다. 이 사건은 마틸다 한 사람만의 증언이 아니다.

1947년 7월 당시 제일 먼저 추락한 UFO와 그 안에 죽어 있는 외계인 시신을 발견한 사람은 농부 맥 브라젤, 보안관 조지 윌콕스, 수색을 담당했던 공군 마셀 소장과 월터 하우트 대위 그리고 여러 명의 공군부대원들이었다. 그 공군 부대에서 마셀 소장과 함께 근무했던 월터하우트 대위가 유언에서 남겨서 가족이 공개한 것도 마틸다와 같은 이야기였다.

UFO는 비행체는 얇은 금속 재질인데 출입문도 없었고 창문도 없었다고, 2005년 12월 자신이 사망하기 직전 유언장에 남겼다. 그 당시 현장을 목격한 사람들 또는 관여했던 군부대 대원들에게 함구령을 내렸던 것이 사실 아닐까? 그러니 유언장에서라도 밝힌 게 아닌가?

그뿐만이 아니다. 1947년 당시에 로즈웰 지역에서 장의사로 일했던 글렌 테니스는 때때로 로즈웰 공군부대 병원에서 사고를 당한 사람들을 자신의 차로 운송하는 일도 하고 있었는데 우연찮게도 비행 잔해들을 목격하고 그 옆에 세워져 있는 트럭의 화물칸에 비행접시의 잔해와 화마에 그을린 시체 3구를 목격했다. 그는 군부대 요원들에게 행정실로 끌려 들어가 목격한 것을 발설하지 않겠다는 각서를 쓰고 간신히 풀려났다고 한다. 만약 발설할 경우 쥐도 새도 모르게 죽임을 당할 것이라고 협박도 받았다고 했다.

추락한 그 비행접시는 현재 지구인들의 기술로서는 도저히 따라갈 수 없는 고도의 최첨단 비행 물체였다. 엔진과 운전장치 없는 비행기이기 때문이다. 아마도 미국은 자신들보다 수백 년은 앞선 선진 문명을 외계인 존재가 공개된다면 자신들의 위상이 떨어져서 그랬을까?

트루먼 대통령과 '드와이트 아이젠 하위 참모총장' 네이션 트와이닝 장군이 이 사건의 진실을 보고 받은 건 당연하다. 당시 지휘부는 이 사건을 상세히 조사하고자 대통령인 트루먼 미국 정부는 '마제스틱-12'라는 극비의 비밀 조직을 만들었고. 또 국가 안전보장회의와 CIA를 만들었다. 마제스틱-12의 임무는 미국 정부가 외계인에 대해 취할 정책을 결정하는 것과 정보를 공개할지 비밀로 할 것인지에 대한 심사, 그리고 지구에 오는 외계인과 관련된 모든 사안을 최종 결정할 권한을 위임받았다.

후임 아이젠하워 대통령의 증손녀인 '로라 아이젠하워'는 마제스틱-12가 실제로 있었던 조직이며 전임자인 트루먼 대통령의 일을 계속했다고 했다.

— 외계 생물적 존재와 조우했을 때의 행동 요령

외계생물체 존재가 직접 제의하여 접촉이 일어날 수 있다. 외진 장소에서. 이런 경우 군사기지나 상호 합의에 따라 정한……

이런 문구가 있다.

1954년 아이젠하워 대통령은 팜 스프링스의 에드워드 공군 기지에서 외계인과 만났다고 추측된다. 그분이 외계인 회담에 나갔다는 내부자 고백 증언이 많았다. 아이젠하워도 큰 충격을 받았을 겁니다.

아주 중요한 대목은 1947년 7월 4일 문서이다. 영어로 대문자로 IPU라고 쓰여 있습니다.

IPU는 '행정간 현상 탐사팀'을 뜻하는 약자입니다. 그리고 트와이닝 중장에게 내리는 명령. '아이젠하워 지시' : 즉각 화이트 샌즈 무기 실험장 사령부로 이동하여 '현지에 보관된 미확인 비행물체를 분석 보고하라.

이것은 바로 UFO의 실체를 알려주는 문서였으며 폭로가 아닌 대통령의 지시문이다. 한, 두 사람이 아닌 증언을 미국정부는 부인하지 못할 것 같다.

— 트와이닝 중장의 보고서 : 비행체 외부 검사 결과

'원자력 엔진 탑재 가능성을 보여주는 구획이 발견됐음.

'이는 오펜하이머 박사의 견해임' '원자 폭탄을 만든 오펜하이머를 지칭함'

비행체 일부분 자체가 추진 기관 구성품일 가능성이 있음.

그러므로 반응로가 열 교환기로 기능하며 일개 물질에 에너지를 저장하여 추후 사용이 가능하게 함.

이 문서가 입수된 경위. 1984년 12월 영화 제작자이자 UFO 연구가인 제이미 썬더레이가 집에 오자 우편물 칸에 봉투가 있는 것을 발견. 봉투를 열자 35mm 필름이 한 통 들어 있었다. 필름을 복사하자 8쪽에 이르는 '아이젠하워'에게 보내는 브리핑 문서가 나왔다.

아이젠하워 문서는 1952년 작성된 것이며 CIA 초대 국장인 로스코 힐렌코에터가 대통령 당선인 아이젠하워에게 전달된 문서였다. 이 문서에 힐렌코에터는 현직 대통령인 트루먼이 추락한 외계 우주선을 조사하기 위해 미국정부에 '마제스틱-12'라는 비밀조직을 발족했다고 적었다. 문서내용을 보면 UFO 추락 사건이 여러 번 있었다고 했으며 로즈웰 사건도 포함 돼 있었다. 보고서는, 결론적으로 아이젠하워에게 UFO 사건을 계속 비밀로 하라고 조언했다.

이 문서에 대하여 진위 파악을 위해 '제이미 센더레이'가 부탁했던 사람 중의 한 사람인 항공 엔지니어 로봇우드 박사에게 부탁을 해서 얻은 결론은 이 문서가 주요 내용과 사실성 면에서 진짜라고 확신한다고 했다. 우드 박사는 43년간 공기 역학적 가열 현상과 탄도미사일 방어. 레이더 우주정거장 분야에 종사한 사람이다.

문서에 찍힌 미 국방성 직인도 당시 국방성 근무자는 그 도장이 진짜라고 확인해 줬다. 그 관인은 국방성에서 1954년부터 1960년대까지 사용했다고 진술했다. 마제스틱-12의 문서 중 하나는 더 높은 직위에 있는 정부 인사의 암살을 암시하는 문서라고 했다.

'1급 비밀 MJ-12 미국 중앙정보국'

당시 국장은 60년부터 63년까지 앨런 덜레스였다. "케네디 대통령 때" 랜서가 우리 활동에 대해 주목할 것. 케네디 정부당시 '랜서'란 단어는 대통령을 지칭하는 암호명이었다.

CIA의 수장인 MJ-1이 이런 말을 한 거죠, 더 알고자 하는 대통령의 뜻에 맞선 거지요.

'이는 실행되도록 할 수 없다' 귀하의 의견을 10월까지 제시할 것. 10월이면 63년 10월을 이야기하는 것일지도 모르지요. 케네디는 이때로부터 한 달 뒤에 암살당했어요.

난로에 태우려 했던 문서를 다시 꺼내서 필름에 복사해서 보낸 문서는 존. F. 케네디 대통령 암살을 허가한 문서라고 볼 수 있는 내용이다. 그들이 원하는 대로 따르지 않으면 '젖게 해야' 한다고 쓰여 있다. 이 단어는 소련에서 처음 암살을 뜻하는 말로 쓰인 말이다. 피로 '젖게' 한다는 말이다.

'마제스틱-12' 문서가 진짜라면 오직 미국 정부 인사만 외계인의 존재를 알고 접촉한다는 증거가 아닐까?

위의 내용은 진위가 확인된 문서에서 나온 글이며, 미국과 외계인 사이에 어떤 협약이 있었음을 암시하는 대목입니다.

워싱턴에서 활동했던 변호사 더글러스 캐디는 E.하워드 헌트의 절친한 친구였다. 캐디는 하워드 헌트가 1972년 워터게이트 스캔들에 깊이 연류되었을 때 그를 변호했다. 헌트는 케네디 정부시절에 CIA 소속 간부였다. 캐디는 어느 날밤 헌트에게 케네디 암살에 대해 물었고 충격적인 답변을 들었다고 했다.

— 저는 1975년에 헌트를 마지막으로 만났어요. 저녁 식사를 함께 하자고 제게 전화를 했어요. 저녁 식사를 마치고 나와 함께 걸을 때 더는 못볼지도 모른다고 생각했어요. 하워드는 퇴직할 것이고 저도 워싱턴을 떠날 예정이었죠. 그래서 호기심에 하워드 컨트에게 물었어요. 케네디는 왜 암살당했느냐고요. 하워드 컨트는 케네디 대통령은 미국에 최대 비밀을 소련에 알리려 해서 죽었다고 말했죠. 미국의 최대 비밀이라니 그게 무어냐고 물었죠. 그는 내 눈을 쳐다보며 말했죠. '외계인이 존재한다는 것' 그

러고는 악수하고 가버렸어요.

외계인과의 대면은 상호 협약에 따라 선정된 군사기지에서 진행되었으며 MJ-12 이 문서는 미국 정부가 외계인 및 외계 기술을 잘 알고 있었고 교류했음이 명백합니다. 1947년 트루먼 대통령이 지구에 외계인이 출현했다는 확실한 정보를 보고 받았다면 현재 상황을 분석 하고 정부에 조언하며 사건을 탐구할 위원회를 설치한 겁니다. 바로 마제스틱-12입니다.

— 1급 비밀 : 1994년 3월 제이미 센더레이가 아이젠하워 문서를 전달받은 지 10년이 되던 해 마제스틱-12 연구자들은 두 번째 필름을 받고 너무나 놀랐다. 이번에는 익명으로 위스콘신 주의 약국에서 메릴랜드 주의 UFO 연구원 집단에게 보내왔다.

이 사진 필름을 보낸 사람의 의도는 이 사실이 공개되지를 않고 있는 것에 한을 품고 비밀엄수 서약 때문에 괴로워 하다가 UFO 단체로 보낸 것입니다. 이 문서의 제목은 '외계존재와 기술 회수 및 파기.'

— 1급 비밀. 매직 등급. 눈으로만 볼 것

매직이라는 것은 미국에서 가장 높은 국가 안전 비밀 보안 등급입니다. MJ-12 문서를 더 깊이 연구하면 더 확실한 것이 나오리라고 봅니다.

— 2002년 3월 19일 영국 런던 오전 9시에 영국 첨단 기술 범죄 대응 팀이 34세의 시스템 관리자 게리 매키넌의 집에 갔다. 미국 법무부와 나사를 대리하여 그를 체포하러 간 것이다. 매키넌은 1년 전부터 미국 국방부와 나사의 1급 비밀을 해킹하고 있었다. 그때 그는 마제스틱-12와 비밀 우주계획이 실존한다는 사실을 부정하지 못할 증거를 밝혀냈다고 주장했다. 미분류라는 폴더에서 고해상도 위성사진의 섬네일 이미지를 발견했다.

― 그건 기묘한 우주선을 묘사한 듯했다. 그것을 더블클릭하자 아주 천천히 전송되기 시작했죠. 튜브 형태의 고전적인 시가형 UFO의 모습이었어요. 저는 신이 났습니다. UFO에 대한 진짜 증거를 발견했으니까 어쩌면 극비 우주선일지도 모를 일이었고요. 이미지를 내려받고 있는데 마우스 포인터가 제멋대로 움직였죠. 희열이 느껴지는 순간이었지만 동시에 들켰다고 생각했지요.

MJ-12에는 몇 조 달러의 막대한 돈을 사용했다고 봐요. 그 몇 조 달러의 일부가 중력 제어기 기술에 사용 됐다고 봅니다. 그래서 하늘에서 보는 UFO는 우리 것과 저들 것이 반반씩 섞여 있다고 봅니다. 미국은 왜 그토록 이 UFO에 관하여 극비에 붙이려고 한 걸까? 그것은 1936년 독일에서 로즈웰 사건보다 10여 년 전에 UFO를 발견했고 그 잔해를 2차 대전이 끝난 후 미국에서 그 잔해와 거기에 대한 독일의 문서와 관계가 있지 않을까?

마제스틱-12 문서는 확실히 있었다. 1947년 7월 4일 로즈웰 사건이 일어나자, 당시 트루먼 대통령이 만든 누구도 관여 하지 못하는 특급 비밀 기관이다. 여기에서 보면 차기 대통령 당선자인 아이젠하워는 외계인과 만나려는 약속도 있었다고 나온다. CIA 국장이 아이젠하워에게 보낸 문서 중에는 UFO 사건을 계속 비밀로 하라고 문서로 조언하고 있다. 이 마제스틱 -12문서는 로즈웰 사건이 진실이었음을 확실하게 해주는 문서였다.

대성이가 입을 열었다.
"아버지, 아주 중요한 이야기는 국가 이익을 위하여 밝히지 않는다는 이야기네요?"
"그렇지. 그것을 관리하는 부서가 따로 있고. 국가는 최종 국민을 위해 존재하는 거지."
"마제스틱 - 12의 문서 내용 중에는 케네디 대통령을 암살을 허가했다는 내용이 있는데 이것은 마제스틱 1의 지시라는 이야기 같네요?"

"문서가 보여준 것이 사실이겠지! 더 이상은 그 문제에 대하여 말하지 않는 게 좋을 듯하다."

"UFO에 납치된 사람도 정말 있었나요?"

"그렇다고 말하는 아주 많은 사람들이 있었든 것은 사실이다. 그들의 증언을 들어보자. UFO에 납치된 사람들 중에는 유명 인사들도 아주 많았다. 그들은 납치되는 일을 당했어도 그 사실을 밝힐 수가 없었단다. 그것은 이상한 사람 취급을 받을까 봐. 정말로 용기 있는 사람들만이 그 사실을 밝힌 거야."

22. UFO에 납치되었던 사람들의 증언

1992년 필라델피아 템플 대학교의 역사학 교수 데이비드 제이콥스는 『비밀스런 사람』이란 책을 출간했다. UFO 피랍자들의 증언록이다. 30년 넘게 연구 자료를 수집하며 외계인에게 납치되었다고 주장하는 사람 수백 명을 만나보고 외계인들이 지구인을 유전학으로 인간과 혼종으로 만들려고 했음을 확신했다고 적었다. 그동안 전 세계 1,175건의 납치 사례를 보고 그들을 실제 면담한 결과 납치 피해자들의 증언이 일치함을 확인했다고 한다. 탁자에 눕게 하고 어떤 시술을 했다고 한다. 남자한테서는 정자를, 여자한테서는 난자를 채취했다는 것이다. 다른 방을 가보았는데 거기엔 이상하게 생긴 아기들이 있었다. 인간과 외계인을 섞어놓은 이상하게 생긴 아기라고 증언했다. 허나 다른 비평 과학자들은 제이콥스 교수가 꼼꼼하고 체계적인 건 인정하지만 거기에 대해서는 신빙성이 없다고 일축했다고도 한다.

외계인에게 납치되었다가 돌아온 사람들에 의하면 외계인들은 키도 1미터 남짓 작은 외계인도 있었으나, 그 크기는 대략 인간과 비슷하며 머리통은 크고 걸어가는 게 아니라 그냥 스케이트를 탄 듯 미끄러지듯 다녔다. 방은 수십 개가 있었고, 각 방마다에는 지구에서 납치해온 사람들이 침대에 누워서 외계인들이 시키는 대로 그냥 누워 있었다.

외계인들은 지구에서 납치해온 사람들을 침대에 눕히고 배꼽에다 무슨 주사기 같은 것을 넣어서 사람들을 진찰하고 있었다. 그들은 모든 것을 체념한 듯 마치 로봇처럼 외계인이 시키는 대로 하고 있었다. 첫 번째 방에 들어가 보니 지구인의 정자를 뽑아서 혼혈아를 만들고 있었다. 그들의 기술은 놀라울 정도였다. 황소머리를 사람 얼굴 부위에다 붙일 수도 있고 악어 머리도 사람 머리에 붙일 수 있었다. 그들은 유전자 조작으로 지구에서 데려간 사람들을 마음대로 복사했다 하니 놀라운 기술이다. 고대 바위나 동굴에 그려 놓았던 그림과 똑 같다는 이야기인가? 참으로 미스터리하다.

현종은 위와 같은 내용을 대성이에게 실제로 설명 해줬다. 판단은 대성이가 할 것이다. 그러니까 지구의 인간은 외계인과 혼종이 있음을 암시하는 내용이다.

"그것을 확인하기 위하여 모인 사람들의 이야기를 들어 보도록 하자. 네가 공부하고 연구하는 데 많은 도움이 될 것이라 생각해. 고대 동굴에 그린 그림 또는 벽화에 그린 그림이 사실이라고 할 수 있는 내용이기도 하지. 납치된 사람들로부터 들은 이야기는 정말 놀랄 만한 일이다."

― 외계인에 12번 납치된 인간

2018년 6월 16일 전 세계 수천 명의 사람들이 캘리포니아 주 '에일리언 콘'에 모였습니다. 지구 너머에 지적 생명체가 존재하는지, 먼 과거에도 지구에 방문한 적이 있는지를 3일 동안 분석하고 논의할 겁니다.

전 영국 국방부 조사관 닉 로프가 이끄는 토론회에서 많은 참석자 중 『우리 주위의 누군가』의 저자 데이비드 제이컵스 박사는 1991년 동료 버드 홉킨스와 로퍼 기관에서 자금을 지원받아 납치 현상에 대한 여론 조사를 시작했습니다. 조사 결과 미국인의 2퍼센트에서 많게는 5퍼센트까지 납치된 적이 있다는 것을 알게 되었다고 합니다. 납치 증후군을 겪은 1,600명과 인터뷰를 하고 나서 그들에게는 공통분모가 있다는 것을 알게 됐죠.

납치 경험자 대다수는 자세한 상황은 모르고 순간을 기억할 뿐입니다. 그중엔 변호사, 의사, 정치인들도 있지만 그들은 그런 경험을 말하게 되면 곤란해질 사람들입니다. 외계인 납치는 현대에만 기록 될 수 있지만 고대 외계인 이론가들은 납치가 수천 년간 일어났다고 주장합니다. 고대 성경을 보거나 다른 참고 문헌을 보면 불타는 마차나 날아다니는 우주선으로 하늘로 올라가거나 하늘에서 내려오는 사람들의 이야기를 볼 수 있죠. 이 이야기를 보면 오늘날 납치하는 모습과 비슷하다는 것을 알게 됩니다. 제 3자에게 들은 게 아니라 목격자의 진술로 확인된 겁니다.

실제로 성서에 나오는 에스텔이 목격했고 에녹이 목격했으며 아브라함도 그러했습니다. 저는 더 파고들었죠. 고대 중국에서 또한 고대 이집트에서 신이 오거나 신을 만나려고 하늘로 올라가버린 사람들에 관한 이야기가 있습니다. 우리는 그런 만남을 '외계인 납치'라고 부릅니다. 이전 세계에서는 다른 이름으로 불렀습니다. 하지만 경험으로 모두가 같다는 것을 알 수 있죠.

외계인 납치는 단지 현대의 신화가 아니라 아주 오래된 문제이었다고 확신하게 됩니다.미국 매사스체스 주에서 거의 50년 전 그 여름밤에 초자연적인 무언가가 발생했다는 것을 입증할 충분한 증거가 있다고 믿습니다. 250명이 넘는 사람들은 WSBS 라디오 방송국에 전화를 걸고 이 지역에 뭔가 일어나고 있다고 말했어요. 하지만 누구도 그게 무언지는 정확하게 말할 수 없었어요. 경찰에도 전화를 했고 예비군 항공기지에도 전화를 했죠. 250여명 이상이 같은 날 똑같은 것을 보았다고 하는데 사실이 아니라고 말할 수 있나요? 이 수많은 목격담 덕분에 리드 가족이 말하는 납치 사건에 이례적으로 높은 신뢰를 보였습니다. 그래서 2015년 11월 3일 매사츠세스 주지사 찰스 D. 베이커는 수많은 사람과 리드 가족이 말하는 미확인 비행 물체가 나타난 사건이 실제 일어났다는 것을 공식적으로 인정하는 증서를 발행했습니다. 지금까지 외계인과 만난 어떤 사람도 인정을 받지 못했죠. 실제 일어난 일이라고 처음으로 인정해준 겁니다.

그 수많은 납치 경험자 중에서 12번이나 납치를 당했다고 주장하는 브렛 올드 햄의 뇌전도 검사를 하기로 하고 신경 과학자 다리오 나르디 박사는 영국 국방부 조사관 닉 포트의 감독하에 실험을 진행했습니다. 그가 말하는 납치 사건은 진실로 확인되었습니다.

"아버지, 외계인이 확실히 있다면 그들과 만난 사람도 있을 것 아니예요?"

"확실히 있지. 외계인과 만난 사람은 미국 아이젠하워 대통령, 간호사 마틸다 오다넬 맥 굴로이, 당시 현장에 있던 농부 맥 브라젤, 보안관 조지 월콕스, 공군부대장 소장 마셀, 공군 대위 월터하우스, 장의사 글렌테니스, 외계인과 UFO에 대한 것을 공동으로 연구한 책임자가 남긴 유서와 외계인 사진, CIA 담당직원, 캐나다 국방장관 폴 헬리어, 독일의 히틀러 등 그 외 많은 사람들이 있어. 중요한 건 그 UFO에 대한 비밀 기록을 안전하게 보관하기 위하여 만든 뮤폰이라는 단체에 비밀 해제되어 나온 문서들은 아주 많은 사람들의 증언이 있지."

— 나치의 히틀러

1939년 영국 런던 전 나치장교 헤르만 라우슈닝은 『히틀러가 말한다』라는 책을 발표한다. 이 책에서 라우슈닝은 자신이 아돌프 히틀러와 나눴다고 주장하는 충격적인 대화를 밝힌다. 인간이 아닌 지적 존재와의 연락에 관한 대화다.

놀라운 사실은 아돌프 히틀러가 원래 요즘 용어로 UFO 피접촉자였단 것이다. 히틀러는 소위 '초인'과 적어도 한 번 연락하거나 만났다고 주장했다. '지하의 초인'이라고 불렸는데, 기본적으로 이 초인들과 접촉해서 그들의 지시를 받은 것이다. 의제를 표명하기 위해 일부 인류를 조종했다는 외계 존재가 있다. 따라서 그 목적과 의제를 위해 싸우도록 전쟁을 충동질한 건 바로 이 외계인이다. 아돌프 히틀러가 '초인'이라고 불렀던 외계 종족과 연락했다는 게 정말 가능한 일일까?

헤르만 라우슈닝의 이야기는 대체로 진위가 의심되지만 고대 외계인 이론가들에 따르면 외계인들이 특히 히틀러에게 주목한 이유는 히틀러가 초강력 무기와 잃어버린 지식 고대 신의 유물을 찾으려 했기 때문이다. 나치는 소위 '분더바페' 탐구에 투자했다. '경이로운 무기'다. 나치가 추구했던 건 원자폭탄 제작만이 아니었다. 원자폭탄은 꽤 진척이 있었다. 하지만 그 외에 유도미사일과 '선 건'이라는 것도 개발하려고 했다. 이는 일종의 우주 정거장 계획으로 지구 표면까지 효과적으로 유도되는 에너지무기 개발 계획이었다. 많은 사람이 의심한다. 파국으로 치닫는 인류의 분쟁을 외계인이 지켜보고 있을 것이라고. 이는 완전히 새로운 규모의 전쟁이었으며 인류가 너무 급속히 진보하는 것을 염려하며 지켜보는 이 외계인 방문자들의 이목을 끌었다는 가설이었다.

제2차 세계대전 당시 수많은 기록에서 조종사들이 소위 '푸파이터'를 보고했습니다. 푸 파이터는 현대의 UFO와 비슷하다고 볼 수 있다. 매우 흥미롭다. 왜냐하면 어째서인지 외계인들이 전쟁 결과에 관심이 있었던 것 같기 때문이다. 히틀러와의 제2차 세계대전 인류의 발전이 아주 훌륭한 기술을 갖게 될 단계에 들어서기 시작했음이 분명했다. 이해할 수 없었던 일들을 이해하게 되는 것이다.

인류가 가지길 바라지 않은 신의 지식이었을 것이다. 히틀러가 초강력 무기를 탐구했던 것이 결국 히틀러를 몰락으로 이끌었을까? 히틀러가 도를 넘기 전에 어떤 외계인 파벌이 개입하여 히틀러를 막았던 걸까? 제2차 세계대전이 끝난 직후 미군은 나치 과학자들이 로켓과 핵폭탄 등의 무기 개발을 계속하도록 했다.

제2차 세계대전 이후 전 세계의 UFO 활동이 상당히 증가했다. UFO가 핵무기 사이로 맴돌았다는 이야기도 많다. 핵무기를 보유한 많은 미 공군 기지에서 UFO 목격이 보고된다. 그중 이목을 끄는 보고가 몬타나의 말스 트롬 공군 기지와 다코타 북부의 마이놋 공군기지였다.

1980년 유명한 목격담은 디스크 모양의 물체가 영국 서퍽의 핵무기 저 장고 주변을 비행했고 레이저 같은 광선을 내뿜었다는 것이다. 말스트롬 과 마이놋의 미사일 시설에서의 목격담은 미사일 가동 중지와 관련 있는 것 같다. 다시 말해서 미사일들이 중지 됐었다는 것이다.

UFO 신봉자들은 인류가 이런 메시지를 받았다고 생각한다. '핵무기가 가능하단 걸 안다, 지켜보고 있다.' 외계인들이 핵 시설을 감시하고 있을 까? 인류가 가공할 대량 파괴무기들을 사용하지 못 하도록 제어하는 것일 까? 실제로 인류에 대해 대립하는 외계인 의제들이 있다면 놀라운 신기술 의 도입이 이에 관한 증거를 밝혀내게 될까?

"아버지 정말로 놀라운 일들이네요? 이것이 정말 사실일까요??

"너도 이 영상을 다 보았지 않았니? 각종 증거인 문서도 직접 영상으로 보지 않았니? 지금 본 것은 미국의 극비사항이었던 것이 노출된 것이다. 또한 비밀 보유기한 만료로 인하여 발표된 것도 있고.

이제는 지구를 활보하고 있는 맨인블랙을 한번 보기로 하자. 일명 '검은 양복을 입은 사람'들은 확실히 있었다. 아무리 보아도 똑 같은 사람이다. 그런데 그들은 소속도 없고 아무 곳이나 자유자제로 왕래하며 사람 속을 꿰뚫어 보고 있다. 이들이 과연 누구일까? 정부 기관의 기관원일까? 이들 은 외계인이 틀림없어 보인다. 외계인이 아닌 사람도 있는 것 같지만 미 스터리를 보면 그들은 외계인이라 할 수밖에 없다."

23. 맨인 블랙은 실제로 존재했다. 그들은 누구인가?

— 행거 무폰 기록 보관소

행거1의 뮤폰 기록 보관소에는 검은 양복을 입은 수수께끼의 남자들을 만난 기록이 있다.

1981년 로라 텐트는 가족에게 농장에서 외계인을 봤다고 말한다. 이 결정으로 로라는 검은 양복을 입은 남자들의 표적이 된다. 알 수 없는 기술을 이식했을지도 모르는 이 남자들에게서 로라는 공포를 느껴서 그 뒤로 수십 년간 침묵을 지키다 마침내 뮤폰에 이 만남을 신고했다. 이 사건은 UFO 출현 장소에 검은 양복을 입은 남자들이 나타나 주저 없이 소녀라도 위협하고 가능한 많은 정보를 수집한 대표적 사례다. 하지만 어디 소속인지는 아직 모른다. 이 남자들이 정부 소속이든 대기업 ,언론 혹은 외계인 밑에서 일하든 결국 다 똑 같다. 대중이 UFO에 관한 진실을 아는 것을 거부하는 데 투자하는 조직이 있다는 것. 이 궁극적 조직은 뭐고 이들의 목적은 뭘까? '검은 양복을 입은 남자' 수수께끼는 얼마나 널리 퍼졌는지 정부까지 나서서 조사한다. FBI 국장 에드거 후버조차 이 현상의 비밀을 알고 싶어 했다.

— 무폰 사건 파일

1958년 오클라호마시티 한 시민이 FBI에 편지를 보내 검은 양복을 입은 남자들이 UFO 연구자들을 괴롭힌다고 썼다. 놀랍게도 이 편지에 고위층이 반응한다. 이 편지는 J, 에드거 후버에게 전달되고 놀랍게도 후버는 즉시 대응한다.

'FBI 오클라호마 시티지부 특수요원에게 : 연락을 드리라고 하겠습니다. 이렇게요. J. 에드거 후버는 이미 군이 UFO 정보를 숨긴다고 피해망상을 보였죠. 그래서 이 편지를 받고 수사하고 싶어 안달이 나요. 1958년 12월 J.에드거 후버는 요원들에게 검은 양복을 입은 남자 신고를 조사하라고 지시한다. 동시에 후버는 이 이야기가 언급된 모든 정기 간행물을 가져오고 이들이 정부 요원이 아니라는 것을 확인하기 위한 내부 수사를 실시해요.

이걸 보면 첫째로 정부는 이 주장이 진짜라고 믿었다는 것과, 둘째로 FBI는 이 소문을 미 대중에 대한 위협으로 간주했음을 알 수 있다. 후버의 수사는 막다른 골목에 다다른다. 정말로 특별한 이야기다. 미국 최고의 경찰이 FBI의 모든 자원을 갖고 수사해도 결국 했던 말이 이거라는 뜻이니까요. '저희가 확실히 아는 건 이들이' '실재한다는 겁니다.' 미국에서 가장 강력한 법 집행관이었던 후버조차 검은 양복을 입은 남자들이 누구고 누가 이들을 조종하는지 알 수 없었던 게 사실일까?

— 행거1 무폰 기록 보관소

행거1의 무폰 파일에 따르면 검은 양복의 남자들은 수십 년간 UFO 목격과 관련이 있었다. 하지만 이들은 정확히 누구일까? 그리고 이들의 영향력은 어디까지 뻗는 것일까? 이들의 잠재적 위협이 얼마나 크냐고? 무폰 파일의 한 사건에 따르면 미군에게 이래라 저래라 할 정도다.

— 무폰 사건 파일

1972년 3월 17일 미 해군 함선 하나가 플로리다에 정박해 있었다. 모든 승무원은 갇혀서 나갈 수 없다. 검은 양복을 입은 남자들이 모두를 심문하고 있기 때문이다. 이 해군 함선은 전날 있었던 일 때문에 검은 양복을 입은 남자들에게 징발 당한다. 1972년 3월 16일 대서양에서 이 함선이 소속항으로 가던 중 망보던 이가 상관에게 하늘에서의 이상한 활동에 관해 무전을 친다. 상관이 받은 메시지는 배 위에 하늘에 뭔가 독특한 게 있다는 거였다. 하지만 동시에 레이더를 확인해도 아무것도 안 잡혔다. 배의 선임 위병하사관이 이걸 확인하러 급파된다. 하지만 초소에 도착했을 때는 아무도 없다. 당연히 초소에 있어야 하는데 사라지고 없죠. 어딜 간 걸까? 배를 수색하여 결국 뭔가로부터 숨어 있는 것 같은 해병을 찾아낸다. 젊은 선원인데 아주 당황해하고 있다. 선임 위병하사관은 초소로 들어가 이상한 점을 보여 달라고 명령한다. 선임 위병하사관은 아마 이 선원이 소란을 일으킨다고 생각하고 보여 달라고 한다. 선원은 즉시 하늘 위 뭔가를 가리킨다. 그리고 정말로 하늘에는 배를 따라오는 것 같은 빛이 있었다. 자세히 보기 위해 쌍안경을 꺼내니 비행물체라는 점이 확인된다. 자신이 보고 있었던 건 비행 접시였던 것이다. 선임 위병하사관은 상관에게 무전으로 목격한 걸 보고한다.

해병들은 걱정을 시작한다. 분명히 하늘에선 이 물체가 보이지만 레이더에 잡히지 않고 이들을 따라오기 때문이다. 이 UFO에 관한 이야기는 금방 퍼져 곧 승무원들이 앞을 다투어 이걸 보러 온다. 이들은 그 UFO를 분명히 볼 뿐 아니라 카메라까지 꺼내어 촬영까지 하는 데 성공한다. UFO를 확인하고 배의 선장은 해군사령부에 이 목격을 보고한다. 이 해군 승무원들은 자신들이 큰 사건에 연류 됐음을 깨닫는다. UFO를 가까이서 목격한 걸 동영상과 사진으로 뒷받침했기 때문이다. 이들은 역사에 남을 줄 알았겠지만 그런 희망은 곧 처참히 무너지게 된다. 사령부는 선장에게 즉시 항구로 돌아오고 UFO는 잊으라고 명령한다. 비행접시가 바로 옆에서 날고 있는 게 큰 일이 아닌 것처럼. 배는 항구에 도착하지만 정박한 뒤에도 아무도 내리지 못한다. 떠나는 게 금지된다. 배에 탄 채로 기다리며 뭘 기다려야 하는지도 모른다. 이 경험은 곧 예상치 못한 국면을 맞게 된다. 배에 검은 양복을 입은 남자들이 탄다. 선원들은 이들이 누구고 어디 소속인지 모르지만 상관들이 따르는 걸 보고 그대로 복종한다. 배는 완전히 차단되고 검은 양복을 입은 남자들이 모든 선원을 심문한다. 이들은 승선한 모두를 철저히 심문하고 배를 샅샅이 수색하며 거기 있던 모든 카메라를 압수한다. 선원들은 그냥 거기 서서 증거를 모조리 뺏길 수밖에 없었다. 무슨 일일까? 검은 양복 입은 남자들이 해군 전투함에 승선해 모두를 마음대로 괴롭힌다? 그런데 이들이 말을 들어야 한다? 도대체 누구에게 그럴 권한이 있는가?

몇 시간 동안 심문을 받은 뒤 승무원들은 마침내 풀려나지만 이들이 본 것이나 검은 양복을 입은 남자들에 대해 절대 발설하지 말라는 경고를 받는다. 40년이 지나서야 한 명이 뮤폰에 신고했다. 이것만 봐도 이들이 얼마나 위협적인지 보인다. 이들은 FBI나 정부요원이 아니지만 군보다 더 권위를 갖고 있었다. 혹시 UFO 목격의 모든 증거를 없애고 싶어 하는 그림자 정부 소속일까? 하지만 이들은 자신들의 목적을 실행하기 위해 어디까지 갈까? 뮤폰이 조사한 사건들을 보면 이 남자들과의 만남은 빠르게 확대될 수 있다. 소령의 말에 따르면 51구역에는 복원한 외계 UFO가 있고 군이 이 기술을 몇 년째 역 설계하고 있다.

소령은 마이크에게 이 모든 것을 밝힐 원고를 쓰고 있다고 한다. 휴스턴으로 가던 중 마이크는 검은 차 두 대가 자신을 미행하는 걸 눈치 챈다. 거의 480킬로미터 달하는 거리인데 마이크가 백미러를 볼 때마다 똑 같은 두 대의 차가 자기 뒤에 있다. 무슨 일일까?

뮤폰 파일에 있는 보고서에는 UFO 목격자들을 위협한 수수께끼의 남자들이 나온다. 뉴잉글랜드 농장에서의 이상한 만남은 이들이 잔혹한 힘을 보유했다는 것을 드러낸다. 그리고 플로리다 연안에서의 한 해군 사고는 이들이 미군과 겨룰 정도로 강하다는 걸 입증 한다. 하지만 어떤 사건을 보면 이들이 UFO 내부 고발자를 물리적으로 위협하고 협박하기 위해 어디까지 가려 하는지가 나온다. 4성 장군이든 평범한 사람이든 간에 누구나 표적이 될 수 있다. 이 보고서들을 보면 검은 양복을 입은 남자들과의 만남으로 인생이 빠르게 엉망이 될 수 있다. 우리의 이야기를 보면 어떤 남자가 잘못된 때에 잘못된 곳에 있었다.

— 뮤폰 사건 파일

새 마을로 이사한 직후 마이크 레이놀즈는 인생을 바꿀 이야기를 꺼낸다. 마이크가 처음 만난 사람은 은퇴한 공군 소령이다. 이들은 죽이 맞는다. 결국 소령은 자신이 네바다의 악명 높은 51구역에서 군 생활을 했다고 털어 놓는다. 당시 51구역은 외계 역설계 공학의 핵심이라고 많은 이들이 믿고 있었다. 물론 군에 있을 때 소령은 기밀 유지를 맹세했지만 이제는 나이도 들었으니 거기서의 일에 대해 마음이 복잡했을 것이다. 마이크가 관심을 보이자 소령은 구석으로 가서 무심코 털어놓는다. 갑자가 마이크는 일급비밀을 많이 듣게 된다.

소령의 말에 따르면 51구역에는 복원한 외계 UFO가 있고 군이 이 기술을 몇 년째 역설계하고 있다. 소령은 이 모든 것을 마이크에게 밝힐 원고를 쓰고 있다고 한다. 마이크는 이것이 자신의 소명임을 깨닫는다. 소령을 도와 책을 출간하고 전 세계에 UFO의 진실을 알리는 것. 마이크는 즉석에서 출판권을 사겠다고 한다. 출판권을 확보한 마이크는 일련의 언론 노출을 준비한다. 지역 라디오 방송에서 이 일의 일부가 되는 것에 기대감을 표시한다. 하지만 인터뷰 전날 방송국 매니저가 전화해 검정 양복을 입은 남자들과 만났다고 얘기한다. 이 남자들은 방송국에 나타나 매니저에게 인터뷰를 취소하라고 말한다. 이들은 어떤 기관 소속인지 밝히지 않았다. 단지 인터뷰를 취소하라고만 했다. 그것도 아주 위협적으로. 협박이 효과가 있어서 인터뷰는 취소된다. 마이크는 이야기를 듣고 긴장하지만 그렇다고 그만두진 않는다. 여전히 출간하려고 한다. 그러던 며칠 뒤 출판사 친구를 보러 휴스턴에 간다. 그날 밤 마이크는 휴스턴 호텔에 도착하지만 투숙 절차도 밟기 전에 저지당한다. 호텔로 향하며 다음 날 있을 큰 회의를 준비하려는데 검은 양복을 입은 두 남자가 갑자기 나타난다. 이 남자들은 아주 음울하고 딱딱한 표정이었다. 마이크를 둘러싸다시피 한다. 거의 물리적으로 구류에 가까웠다. 이들은 자신의 신원을 밝히지 않는다. 마이크의 눈을 응시하고 그 책을 출간하면 안 된다고 차갑게 말할 뿐이다. 이 수수께끼의 남자들은 마이크에게 영향을 주려 한다. 마이크는 이들이 누구며 왜 왔는지도 모른다. 그걸 물었을 때 이들은 대답하지 않고 자신의 요구만 반복한다. 매번 똑같은 말투와 단어로. 이런 대부분의 만남에서 이 남자들은 거의 로봇처럼 말했다고 묘사된다. 냉정하게 핵심만 말하며 반복적이다.

이걸 보면 이들은 인간이 아닌 걸까? 아니면 이것도 심리적 위협의 도구일까? 이상한 만남이 있은 지 몇 분 후 남자들은 떠난다. 마이크는 멍해진다. 그들이 걷거나 차를 타고 떠나는 모습도 보지 못한다. 그냥 사라진 것이다. 마이크는 이 만남에 혼란을 느끼면서도 그만두지 않는다. 방에 투숙하는데 몇 시간 뒤 소령의 원고를 차 트렁크에 둔 걸 기억해 낸다. 마이크는 원고를 가지러 주차장으로 간다. 트렁크를 여는데 원고가 없다. 뒤를 돌아보는데 정말 깜짝 놀랄 일을 겪는다. 검은 옷을 입은 남자들이 나타나 마이크를 몰아붙인다. 한밤중이라 주변에는 아무도 없다. 이들은 마이크에게 말한다. '그만두지 않으면 가족이 다칠 거요.' 그때 마이크는 이들의 조언을 받아들인다. 그 프로젝트를 포기하고 집으로 간다. 소령도 방문을 받는다. 마이크가 집에 오니 소령이 아무 말도 안 하려 한다. 그 뒤로 원고는 전혀 출간되지 않는다. 반복적으로 이러는데 이들은 전문적으로 증인을 표적으로 삼는다. 계속해서 압박을 확장해 이번 경우에는 원하는 걸 얻을 때까지 가족까지 걸고넘어진다. 대중이 자기들 일이나 알아서 하면서 UFO에 대해서는 의문을 갖지 않는 것이다. 결국 위협으로 침묵을 불러왔지만 뒤에는 정확히 누가 있으며 이유는 뭘까? 미국 정부일까? 만일 그렇다면 왜 이 사람들이 전 세계에서 목격될까? 행거1 파일을 보면 이런 만남은 세계의 다른 곳에서도 나타난다. 관계가 있을까?

― 행거1 뮤폰 기록 파일 보관소

행거1의 무폰 파일을 보면 UFO목격자들과 검은 양복을 입은 남자들의 무서운 만남이 나온다. 하지만 몇몇 사건의 경우 이 사람들의 아주 다른 면을 보여서 많은 이가 이들의 진짜 목적이 무엇인지 의심한다. 검은 양복의 남자라고 모두 다 목격자들을 위협한 건 아니다. 몇몇 만남의 경우 다소 조용조용했다.

— 뮤폰 사건 파일

1962년 영국 서머셋 16살의 앤 헨슨은 여름날 밤 창문 밖에서 비치는 이상한 불빛에 밤늦게 잠에서 깬다. 자세히 보기 위해 창가로 다가간 앤은 자기가 본 것을 '광선이 나오는 빛의 원'이라 묘사한다. 하늘에 떠 있는 이 밝은 물체는 엔의 집과 인근의 산을 왔다 갔다 한다. 빛을 내며 다양한 색깔로 아주 쾌활하게 돌아다닌다. 앤이 밤새 관찰한 이 UFO는 마침내 새벽에 사라진다. 방금 본 게 뭔지 전혀 모르지만 앤은 자연스럽게 매혹된다. 다음 날 밤에는 또 나타나길 바라면서 안 자는데 정말로 나타난다. 두 번째 날 밤 앤은 UFO의 정확한 움직임을 추적하기 시작한다. 이런 식이다. 신비의 빛나는 물체는 몇 번 나타나고 앤은 계속해서 그 발자취를 기록한다. 그리고 결국 전문가를 부르기로 결정한다. 앤의 부모는 영국 공군에 이 목격을 묘사하는 편지를 써 보내라고 격려한다. 몇 주 뒤 누군가 앤의 방문을 두드린다. 영국 공군에 연락한 뒤 어느 날 밤 한 남자가 앤의 집에 도착한다. 앤은 누군가 응답했다는 사실에 희열을 느끼지만, 이 방문객이 군복을 입고 있지 않아서 약간 실망했다고 회상한다. 앤은 남자가 진지하고 조용했다고 한다. 검은 양복과 넥타이를 한 남자였다.

몇 년 뒤 앤 핸슨은 이 방문객이 영국 공군에서 나왔다는 이야기는 하지 않았던 걸 기억해낸다. 단지 앤이 그렇게 추측했을 뿐인 것이다. 앤의 부모는 이 방문객을 맞아 뭔가 답이 나오길 바란다. 몇 시간째 하늘을 보지만 UFO는 안 나타난다. 그러는 동안 그는 한 마디도 하지 않는다. 계속 앉아서 기다릴 뿐이다. 그러다 해가 뜨자 가버린다. 앤은 당혹스러움을 느낀다. 하지만 놀랍게도 다음 날 그 사람은 또 나타난다. 마침내 어느 날 밤 뭔가 하늘에 나타난다. 앤의 UFO가 돌아온 것이다. 이제야 목격자가 생겼다 싶어 흥분하지만 앤에 따르면 이 남자는 거의 반응하지 않았다. 비행하는 빛을 사진으로 몇 장 찍으며 담담히 넘길 뿐이다. UFO는 여전히 날고 있지만 남자는 사진 몇 장을 찍은 뒤 일어나서 자신의 카메라 및 앤의 기록을 듣고 즉시 떠난다. 그리고 다시는 나타나지 않는다. 이 남자는 UFO 자체에 관심이 있었던 게 아니라 앤이 실제로 뭔가를 봤다는 걸 확인하려 했던 것이다.

몇 년 뒤, 앤 핸슨은 자신의 방문객과 그 목적에 대해 마침내 더 알게 된다. 1993년, 많은 영국군 파일의 기밀이 해제되었다. 이 파일들을 보고 앤이 만났던 남자에 대해 알 수 있었다. 정부 파일에 따르면 앤 핸슨을 여러 번 찾아왔던 사람은 영국 공군의 한 병장이었다. 검은 양복의 남자들이 정부나 군과 공식 관련이 있다는 것이다. 하지만 이 남자 행동은 그래도 이상하다. 그러니 몇 몇 경우에는 이들이 목격자 위협보다 정보 수집에 관심이 있을지도 모른다. 이 경우에는 정부 조직과 검은 양복을 입은 남자를 확실히 연결할 수 있었다. 하지만 그렇다고 해서 검은 양복을 입은 사람들이 깔끔하게 설명되진 않는다. 앤 헨슨의 이야기를 보면 위해나 위협을 받진 않았지만 많은 다른 경우에는 검은 양복을 입은 남자를 집에 들이는 건 가장 기피해야 할 일이다.

— 행거1 뮤폰 기록 보관소

무폰 파일에는 악명 높은 검은 양복의 남자 이야기가 있다. UFO 목격자들이 공개적으로 자신의 이야기를 하는 걸 막은 미지의 요원들이다. 몇몇 경우 이들은 차분하고 공손했으나 다른 경우에는 적대적이고 공격적이었다. 하지만 이들의 목격이 언제나 정보 억압일까? 아니면 훨씬 더 신비스러운 목적을 갖고 있는 걸까? 수많은 이가 이들이 외계인일 거라고 주장했지만, 동시에 정부의 허위 유포와도 관련 있을 거라 했다. 마이크 레이놀즈의 경우처럼 어디 소속이든 아주 위협적이었던 적도 있고, 앤 핸슨의 경우처럼 목격 관찰에만 관심을 보인 경우도 있다. 서로 다른 사건을 보면 검은 양복을 입은 남자들은 서로를 알지 못하는 여러 집단일지 모른다. 뮤폰 파일을 보면 검은 양복을 입은 몇몇은 UFO 목격보다 목격자 자체 연구에 관심이 있는 것 같다. 이런 보고에는 아주 오싹한 대체 설명이 있다. 아마도 이들에게 우리는 이해 못하는 거대한 실험의 생쥐에 불과할 것이란 설명이다. 이들이 정보를 모으려는 것처럼 보이는 경우가 있다. 나의 친한 친구도 집에 와서 검은 양복의 남자가 거실에 있는 걸 발견했다.

— 무폰 사건 파일

1980년 영국 런던 노팅힐에 살던 콜린과 메리는 어느 상쾌한 저녁 아파트 건물에 다다랐다. 하지만 들어가기 전 환한 빛 세례를 받는다. 누군가 이들에게 스포트라이트를 비추는 것 같았다. 위를 봤더니 놀랍게도 밝고 반짝이는 UFO가 머리 위에 떠 있었다. 이들이 상황을 이해하려 애쓰는 동안 UFO는 눈앞에서 변하기 시작했다. 커플이 지켜보는 동안 UFO는 형태를 바꾸어 매끈한 모양이 된 뒤 밤하늘로 날아가 버렸다. UFO가 사라지자 커플은 아파트로 향한다. 방금 본 걸 토론하려는데, 현관문을 열자 또 다른 놀라움이 기다리고 있다. 누군가 아파트 안에서 이들을 기다리고 있는 것이다. 검은 양복을 입은 낯선 이가 거실에 앉아 있었다. 마치 기다리고 있었다는 태도였다. 콜린의 여자 친구 메리가 잊고 있었단다. 아까 이 사람이 찾아와서 위층에 사는 사람을 만나러 왔다고 했단다. 친구가 아직 집에 안 왔다며 둘의 아파트에서 기다려도 되는지 물었단다. 이 낯선 남자가 집 안에서 기다리겠다. 하여 판단력을 상실한 메리는 그렇게 해줬던 것이다. 왜 그랬는지 기억도 못한다. 정신력이 흐려진 것 같았다. 하지만 검은 양복을 입은 이 남자는 뭘 원할까? 콜린과 메리는 거실에서 검은 양복을 입은 이 낯선 이와 있으면서 방금 밖에서 목격한 형태를 바꾸던 UFO에 관해 이야기를 늘어놓기 시작한다. 남자는 비웃지 않는다. 어떠한 놀라움이나 회의도 보이지 않지만 이들이 목격한 것을 아주 상세히 들으려고 한다.

메리는 이 남자가 자신들을 정신 감정하는 느낌을 받았단다. UFO 묘사가 아니라 이들의 반응을 살폈던 것이다. 콜린과 메리는 이상하게도 목격한 것에 관해 다 말하게 됐다. 이들의 이야기가 끝나자 남자는 이제 친구를 그만 기다리겠다고 한 뒤 자리를 떠나서 다시는 나타나지 않았다. 물론 나중에 보니 이웃은 그날 친구를 초대한 적이 없다. 이건 검은 양복을 입은 남자에 대한 이전의 가정에 반하게 된다. 우리는 이들이 UFO 사건을 억압하거나 알아보는 데 집중하며 목격자는 단지 그걸 성취하려는 수단이라고 봤죠. 하지만 목격자 자체가 이 남자들의 진짜 초점이라면? UFO가 나타나기도 전 남자가 도착했다는 건 콜린과 메리의 목격이 어느 정도 예정된 것이었다는 뜻일까? 검은 양복의 남자는 커플의 반응을 측정하려 했던 것일까? 이들은 일종의 실험 대상이었을까? 검은 양복의 남자에게 더 큰 계획이 있다면 우리는 이들의 목적을 위한 노리개일 수도 있다. 검은 양복을 입은 남자들의 보고 대상은 외계인이며 이들의 반응을 시험하려 보내진 것일까? 아니면 검은 양복의 남자들이 일으키는 혼란이 UFO에 관한 믿을 만한 증거를 없애려는 정부의 허위 정보 유포 노력일까? 우리가 아는 사례들은 용감히 사실을 밝힌 사람들의 이야기다. 하지만 우리가 듣지 못하는 이야기는? 비슷한 경험을 했지만 무서워서 말을 못하는 사람은? 외계인이든 인간이든 분명한 건 검은 양복을 입은 남자가 실제로 존재하고 다양한 역할을 한다는 점이다. 검은 양복을 입은 남자는 수수께끼에 싸여 있지만 이들의 예측할 수 없는 출현 패턴을 보면 UFO를 목격할 경우 곧 검은 양복을 입은 남자들을 문 앞에서 만나게 될 것이다.

24. 백악관에 외계인이 드나들었다는 게 사실일까?

외계인과 인간이 백악관에서 접촉했다는 루머를 파헤쳐 본다.

1957년 워싱턴 연관 보안관이자 사제인 프랭크 스트랜지스 박사는 미국 국방부의 일급 기밀에 접근할 수 있었는데 '밸리언트 토르'라는 이름의 외계인을 만났다고 주장했다. 밸리언트 토르는 비밀리에 미국 정부와 일했다. 스트랜지스는 『펜타곤의 이방인』이라는 책을 써 이 놀라운 만남에 대해 밝혔고, 책은 큰 반향을 일으켰다. 스트랜지스 박사의 말에 따르면 1957년 3월 16일 밸리언트 토르를 태운 정찰선이 아침 8시 버지니아 주 알렉산드리아에 있는 농경지에 착륙했다. 경찰이 맨 처음 현장에 도착했고 토르와 이야기를 나눴다. 토르는 아이젠하워 대통령을 만나고 싶다고 했고, 경찰이 토르를 펜타곤으로 데려갔다. 거기서 토르는 국방부장관을 만났다. 장관과 얘기한 후 토르는 대통령 집무실로 안내됐고, 아이젠하워와 닉슨 합동 참모본부 간부들을 만났다. 미 해군 소장 리처드 E. 버드의 조카 할리버드가 스트랜지스의 주장을 지지했다. 할리 버드는 1957년부터 1963년까지 미 국방부에서 근무했다. 버드는 '프로젝트 블루북'이라는 UFO를 연구하는 국가기밀 프로그램에 참가했고, 스트랜지스의 책에 서문을 써주었다.

"미 정부 관리들이 우주에서 온 외계인들과 접촉해 오고 있어요. 사실입니다. 가장 확실한 증거는 밸리언트 토르가 미국 수도에 찾아왔던 일입니다. 토르는 미국에 3년 동안 머물렀고 수많은 일을 했어요. 다양한 사람과 교류하면서 미국과 우주 문제에 대해 상의했죠."

정부 고위 관리가 공식적으로 이런 놀라운 이야기를 털어놓는다는 것은 놀라운 일이다. 사람들의 주장에 따르면 밸리언트 토르는 은하계 공동체를 대표해 지구인을 돕는 사명을 띠고 고등 평의회에서 파견됐다. 은하계 공동체는 인류의 원자폭탄 기술이 우주에 해를 끼칠까 염려하고 있었다. "밸리언트 토르는 합동 참모본부 간부들을 포함해 미군과 행정부의 고위 관리들을 만났어요. 토르는 미국과 러시아가 핵무장을 해제하지 않으면 핵무기가 결국에는 모든 것을 파괴하고 인류를 멸망시킬 거라는 경고를 하러 온 거였어요. 토르는 지구인을 해하러 온 것이 아니었어요. 지구인들이 강압에 의해서가 아니라 스스로 핵무장을 해제하도록 설득하러 온 것이었어요. 이 이야기는 사실 1951년에 만들어진 영화의 줄거리와 매우 비슷해요. '지구 최후의 날'이라는 영화에요. 내용이 굉장히 비슷해요." 이야기 자체도 기이할 뿐만 아니라 심지어는 토르가 고위 관료들과 회의를 하는 사진이 공개됐는데 아무도 사진의 진위에 대해 의문을 제기하지 않았다. 증손녀 로라 아이젠하워를 비롯한 아이젠하워 전 가족들조차도 이 이야기가 사실이라고 주장했다.

외계인 '밸리언트 토르'는 1957년 경 출현했고 대통령과 부통령을 만났다. 3년 동안 국빈 대접을 받았다. 아이젠하워 대통령은 대중에게 토르의 계획을 공개하고 싶어 했지만 국방부장관과 중앙정보국 국장, 합동참모본부 간부들은 이에 반대했다. 아이젠하워는 이뿐만 아니라 유엔 총회에서 이 이야기를 공개하려고 했는데 이 또한 반대에 부딪혔다. 우주 연합 대표로 지구에 왔던 토르의 임무는 결국 무산됐다. 실패하고 말았다. 지구에 온 목적을 성취하지 못했다. 대통령이 아니라 국방부와 중앙 정보국 등이 토르의 제안을 거부하기로 최종 결정을 내렸기 때문이다. 이 결정이 바로 미국과 전 세계 역사의 전환점이었다. 역사를 바꿀 기회가 왔는데 그 기회를 놓치고 말았다. 다 망쳐 버린 것이다. 토르의 방문은 흥미로운 질문들을 던진다. 이 방문이 외계인들이 갖고 있는 더 큰 계획의 일부였는가, 또 실제로 장막 뒤에서 인류를 조종하는 외계인 통치자들이 있는가 하는 것이 그 질문이다.

1958년 뉴욕 오시닝에서 더 나인과 최초 교신 후 푸하리치는 라운드 테이블 파운데이션을 본인 사유지에 설립했다. 이곳에서 다수의 영매와 강령술사들이 저명한 인사들이 지켜보는 가운데 이집트 신과의 교신을 시도했다. 푸하리치는 영적 능력을 계속 연구했다. 연구 초기부터 푸하리치의 목표는 사회적으로 영향력이 큰 인물들을 참여시키는 것이었다. 더 나인의 메시지를 사회 고위층까지 전달할 수 있고 큰 비밀을 믿고 털어 놓을 수 있는 사람을 말이다. 미팅 참여자 중에 워런 매컬러가 있었는데 메

컬러는 인공두뇌 연구의 선구자였다. 또 다른 참여자인 존 J. 해먼드는 니콜라 테슬라의 제자였다. 헨리 A. 월리스도 미팅에 참가했다. 월리스는 루즈벨트 행정부 시절 농무부장관과 부통령을 지낸 사회 고위 인사였다. 이들은 사람의 마음이 외계 존재와 연결되는 것에 깊은 흥미를 갖고 있었다. 보조 작가였던 존 포빌에 따르면 라운드 테이블 파운데이션 미팅에 장차 '스타트랙'을 기획하는 진 로든 버리도 참여했다고 한다. 포빌은 로든버리거 시험에 매우 활발하게 참여했고, '스타트랙'의 일부 내용은 로든버리가 생각해낸 게 아닐지도 모른다고 주장한다. 더 나인에게서 영감을 받은 것일지도 모른다고 말이다.

미팅에 참여한 유명인사 중에 로든 버리는 매우 재능이 뛰어났고 언젠가 세계적으로 유용하게 쓰일 정보를 받아 적고 기록하는 팀의 일원으로 활동했다. 흥미로운 점은 로든 버리가 미팅에서 경험한 게 '스타트랙'의 일부 에피소드에 나타나 있다는 것이다. 로든 버리는 구주신 평의회와 교신 중인 영매들에게 이런저런 질문을 했다. 아마 이런 대화들에서 순간이동이나 워프 항법 같은 아이디어를 얻지 않았을까? '스타트랙'에서 외계인들은 연합에 속해 있고 이 연합이 우주 전체의 모든 해역을 통치한다. 실제로 이 순간에도 지구를 감시하는 외계인 단체가 있을 가능성이 매우 크다. 우주의 고차원적 존재가 지구를 감독 하고 있을지 모른다. 우주연합이 지구를 관장한다는 얘기는 우리가 처음 UFO에 관심을 갖게 된 후로 늘 들어오고 있는 얘기이다. 외계인과 직간접으로 접촉해본 수백 명의 사람과 애기해 봤는데 그들이 만난 외계인들은 모두 자신의 행성이 연합에 속해 있다고 말했다. 미래를 배경으로 하는 드라마 '스타트랙'은 주인공들이 우리 은하의 행성들을 탐사하는 과학 탐구 여정을 묘사하고 있다. '스타트랙'에 나오는 미래학적 가상 개념 중에 연합의 1지령이라는 게 있다. 발달 단계에 있는 다른 행성 문명에 개입하는 것을 금지하는 규율이다. 아홉의 미지의 존재를 연구하는 연구자들은 아홉 신도 그런 비슷한 규율을 따른 거라 믿는다. 로든 버리는 미팅 중 제1지령에 대해 들었다.

제1지령이 뭐냐면 외계 종족이 아직 발달 초기 단계라 우주여행을 위한 기술력을 갖추지 못한 다른 행성에 나타나 자신의 존재를 밝히면 안 된다는 규율이다. 그들은 다른 행성 사람들이 외계인이 존재를 받아들일 준비가 될 때까지 자신들을 공개하지 않는다. 기술이 발달해 자연스럽게 외계 존재의 가능성을 본인들 스스로 받아들일 때까지 기다린다. 외계인의 존재가 밝혀져도 그 사회의 질서에 큰 혼란이 일어나지 않도록 말이다. 외계인들이 우리를 관찰하고 있으면서도 공개적으로 존재를 드러내지 않는 것은 제1지령 같은 규율이 있기 때문이다. 외계인의 개입을 금지하는 지령 덕분에 인류는 본인의 운명을 결정할 수 있게 됐다.

창조주가 우리에게 준 자율권과 선택권을 마음껏 누리고 있다. 가끔 잘못된 선택을 하기도 하지만. 잘못 결정을 하는 것도 인류의 유산이고 우리의 전적인 자유다. 지구를 통치하는 아홉의 외계 존재들이 직접 우리 일에 관여하기보다는 은밀히 우리를 인도하고 있는 것인지도 모른다. 공상 과학 창조물 속에 진실이 담겨 있을지도 모른다. 텔레비전과 영화, 책으로 인류는 알게 모르게 앞으로 일어날 일에 마음의 대비를 하고 있는 것이다. '스타트랙'에 실제로 은하계에 대한 진실이 담겨 있을까? 진 로든버리가 외계의 아홉 존재와 교신하던 중 알게 된 진실 말이다. 이렇게 우주의 진실을 내비침으로써 외계인들은 인류를 평화로운 미래로 이끌려는 것인가? 아니면 전혀 다른 목적이 있는 걸까? 인류가 우주에 위협이 되는 걸 막으려는 목적 말이다.

2013년 RT 방송사와 인터뷰하기 전 전 캐나다 국방 장관 폴 헬러는 외계존재가 지구를 관측하고 있다고 밝힐 것을 정부 관료들에게 공개적으로 요구했다. 이 기밀은 1급 비밀로서 정부는 절대 공개하지 않을 것이다. 하지만 내부 고발자들과 관련 분야 종사자들 진실을 알고 있는 사람들의 이야기를 들어보면 많은 정보를 얻을 수 있다. 오래지 않아 진실을 맞닥뜨리게 될 것이다. 인류의 미래는 인류가 진실을 알아내느냐에 달려 있다. 지구의 진실뿐 아니라 외계인의 진실을 알아야 한다. 좋건 나쁘건 간에 외계인들이 인류에게 영향을 끼치고 있기 때문이다. 많은 사람들이 이에 대한 정보를 갖고 있다. 다른 차원이나 은하계 행성에서 온 외계존재들이 지구에서 일어나는 일을 조종하고 통제한다는 아이디어는 매우 흥미롭다. 여기서 문제는 이것이다. 그들의 목적이 뭘까. 선한 의도일까?

"아버지, 스타게이트와 웜홀은 정말 존재하는 것인가요?"

난해한 질문이다.

"그게 없다면 과연 외계인이 UFO를 타고 지구로 올 수가 없겠지!"

"UFO가 지구를 오가고 있는 것만은 틀림이 없는데 그들과 조우 한 사람들도 그에 대한 것을 안 밝히고 있을 뿐이다. 언젠가는 알 수 있겠지!

다만 UFO와 외계인은 캐나다 국방부장관을 하셨던 분이 사실이라고 이야기한 적이 있다. 한번 살펴보기로 하자. 스타게이트 웜홀의 개념은 이미 오래전 아인슈타인과 로젠다리 물리학자가 이야기한 것이다. 그 이론은 우주는 휘어져 있다는 것이다. 그리고 휘어지면서 우주는 먼 곳과 가까운 곳이 같이 할 수 있다는 것이다. 즉 우주를 A4 용지로 비교하고 그 종이를 반을 접어서 구멍을 뚫으면 먼 곳도 바로 갈 수 있다는 이론이다. 또한 이론은 블랙홀 두 개를 연결시키면 시공간을 초월하게 되니 웜홀이 가능하다는 이론이다. 그러면 시간을 뒤로 돌리는 여행도 할 수 있다는 것이다. 웜홀의 존재는 지구인들은 상상만 하는데 실제 외계인들은 그 먼 우주에서 순식간에 지구로 오는 것은 틀림이 없다. 그 이론을 실제로 행할 수 있다면 지구인들도 저 먼 은하계도 마음대로 다닐 수 있을 것이다."

"또한 아폴로 11호가 달에 착륙할 시에 우주 비행사 닐 암스트롱이 본 것은 분명 UFO다. 그것으로 미루어볼 때 스타게이트 웜홀은 반드시 존재한다고 생각한다. 우리 우주인들이 그리 힘들게 가는 달엘 그들은 순식간에 갔을 테니까."

대성이는 또 질문을 한다.

"인도의 석가모니가 깨달음을 갖고 부처가 되었다는데 과연 깨달음이란 무엇인가요?"

"참으로 어려운 질문이다. 과학의 발달로 인조인간은 만들 수가 있다. 그러나 인간의 뇌는 아무리 과학이 발달되어도 똑같이 만들 수가 없다. 그것은 뇌 부분의 그 깨달음이라는 부분을 만들 수 없고 혈액을 똑같이 만들 수가 없기 때문이다. 깨달음이란 그것은 뇌에는 우리가 알지 못하는 부분에서 생겨나는 있지도 않고 만질 수도 없는 그런 무형의 화학 작용에서 생겨나는 것이란다. 깨달음은 뇌가 바뀌어 그 무엇인가 형용할 수 없는 것을 본 것이라고도 할 수 있단다. 그리고 그것이 사람을 변하게 하는 것 같다."

25. 스타게이트, 웜홀

전 세계에는 신들의 땅으로 통하는 플루톤의 문과 전설이 있다. 이런 문들을 이용하면 지구를 벗어날 뿐 아니라 시공간도 뛰어넘을 수 있다. 몇몇 전설에 따르면 다른 신의 존재들이 그 문을 이용한다고 한다. 고대 사회를 연구하다 보면 다른 별에서 온 존재에 대한 이야기를 마주하게 된다. 많은 이야기 속에서 그들은 차원의 문을 넘어왔다고 전해진다. 오늘날 이런 문을 스타게이트라 한다.

스타게이트는 다른 행성이나 은하계로 이동할 수 있는 장소다. 지구에도 고대인들이 스타 게이트를 지었다고 추정되는 장소들이 많이 있다. 스타게이트가 우리 선조의 상상력에 불과할까? 아니면 고대에는 성간 이동이 정말로 가능했을까?

터키의 플로톤 숭배자들의 복잡한 종교 의식 속에서 스타게이트의 그 증거를 찾을 수 있다고 한다. 키벨레 사제들이 제물을 바치는 광경은 굉장히 놀랍다. 사제들이 황소를 끌고 동굴로 데리고 들어가면 황소는 가스에 질식사했고 사람들은 이 광경을 지켜봤다. 그 후 사제들은 제물을 끌고 나온다. 사제들이 살아 있는 것을 지켜본 사람들은 위대한 힘이자 신성한 능력이 사제들을 그 의식에서 지켜준 것이라 생각한다. 이 의식으로 봤을 때 이곳은 지옥문이라고 생각했을 것이다. 이런 의식이 실제로 존재했다.

키벨라가 차원문의 수호자로 알려진 것으로 보아 고대인들은 시간 여행이나 포털에 대한 생각을 가지고 중요한 의식을 치렀다는 것을 알 수 있다. 그곳의 유적 발굴을 통해서 유독한 수준의 이산화탄소와 생물들이 마시면 죽는 유독가스가 땅에서 올라온다는 사실이 밝혀졌다. 동물이 이 근처에 가면 쓰러져 죽었다고 전해진다.

사제들은 특별한 지식을 전수받았을 것이다. 사제들이 이곳으로 들어가면 포털 같은 곳을 통해 이동했을 것이다. 사제들이 이동한 장소는 일반인들이 갈 수 있는 곳과는 완전히 다른 장소였을 것이다. 터키의 파묵갈레 유적을 보면 스타게이트로 보이는 기술을 사용한 흔적이 남아 있다. 정말로 이 동굴 안에 스타게이트가 있다면 사제들이 그것을 보호하고 다른 이의 접근을 막았을 것이다. 그게 사실이라면 왜 그랬을까? 아마도 그 답은 1만 킬로미터 이상 떨어진 유적지에서 찾을 수 있을 것이다. 페루의 마추픽추 쿠스코에서 북서쪽으로 약 80킬로미터 떨어진 곳으로, 안데스 산맥의 높은 곳에 자리 잡은 곳이다. 아이카 유적지는 15세기 궁전이 있던 곳으로 생각된다. 유적지의 남서쪽 끝에는 고고학자들이 주 광장이라 부르는, 창이 3개인 사원이 있다. 가로 10미터, 세로 4미터의 돌로 지어진 공간 한쪽 벽에는 사다리꼴 창문이 3개가 있다. 역사 교과서를 보면 사원의 창문 세 개가 6월 지점의 일출을 가장 잘 볼 수 있는 각도로 배열되어 있다고 나와 있다. 산위로 올라온 하지의 첫 햇빛이 3개의 창문으로 곧장 들어오도록 건물을 지은 것이다. 어떤 학자들은 잉카제국의 창조 신화를 상징한다고 말한다.

신화에 따르면 비라코차 태양신의 자식들이 산에 생긴 3개의 틈으로 세상에 내려와 잉카 문명을 세웠다고 전한다. 잉카 문명의 창조 신화에서 태양의 자식인 아야르 형제들이 3개의 포털을 통해 내려와 제국을 세웠다고 한다. 마추픽추의 창이 세 개인 사원은 이런 기적을 상징하며, 비라코차 신의 자식인 이 형제들이 문명의 기초와 지혜 지식을 남아메리카 사람들에게 전해준 것으로 보인다. 그리고 이 3개의 창문을 보는 것만으로 정신이 뻗어나가 그 신들과 교감할 수 있다고 한다.

고대의 우주인 이론가들은 잉카의 창조 신화가 단순한 신화가 아니라고 여긴다. 수천 년 전 스타게이트를 통해 이곳에 온 외계인들을 묘사한 것이라고 믿고 있다. 3개의 창문은 스타게이트라는 것과 태양의 자식들은 차원 문을 열 수 있는 스타게이트 기술을 보유한 진보한 외계인이라는 것이다. 아마도 잉카 신화는 스타게이트에 대한 기억일 것이다.

아야르 형제들은 가상의 존재가 아니라 잉카인들에게 과학과 기술, 언어 같은 전반적인 문화를 전수했고 스타게이트 기술을 사용하던 존재였다. 그렇다면 위대한 잉카 제국은 스타게이트를 통해 지구로 여행 온 외계인들이 세운 제국이었을까? 이미 그 답을 찾았을 수도 있다.

고대 신화가 아니라 1935년 7월 뉴저지 주 프린스턴 고등 연구소에서 아인슈타인과 로젠은 획기적인 이론을 만들어낸다. 두 사람은 상대성 이론을 통해 연속된 시공간에도 지름길이 있다는 걸 알아냈다. 정식 명칭은 '아인슈타인-로젠 브리지'지만 '웜홀'로 더 많이 알려진 이 길은 거리가 먼 두 지점을 이어 우주에서 가장 멀리 떨어진 별도 여행할 수 있다는 것이다. 우주의 구조를 살펴보면 공간이 심하게 휘어진 부분과 두 공간을 연결하는 부분이 있다. 반 접힌 종이에 구멍을 뚫으면 두 지점이 연결되는데, 이게 바로 웜홀이다. 우리 지구에서 가장 가까운 행성까지의 거리는 약 4.2광년이다. 이 말은 빛의 속도인 초속 30만 킬로미터로 달려도 4.2년이 걸린다는 뜻이다. 그곳에 갈 수 있는 유일한 방법은 웜홀을 이용하는 것이다.

웜홀을 이용한 이동은 가능성을 제공하지만 이 기술을 실현시키기는 쉽지 않다. 과학자들이 계산한 바로는 웜홀을 만들려면 현재 인류가 생산할 수 있는 양보다 훨씬 많은 에너지가 필요하다. 하지만 '별난 물질' 이론이 웜홀 이동을 가능하게 만들지도 모른다. 음의 질량을 가진 물질이 필요하다. 그런데 우리는 양의 질량을 가진 물질밖에 모르죠. 그래서 '별난 물질'이라 부른다. 존재하지 않는 물질이라면 알지도 못할 것이다. 하지만이 물질을 만들려면 엄청난 에너지가 든다. 목성의 질량을 통째로 에너지로 바꾼다고 상상해보라. 핵폭발 에너지보다 훨씬 많은 에너지가 생성될 것이다.

웜홀을 만드는 건 불가능하지만 이미 웜홀이 존재한다고 믿는 사람들이 있다. 1991년 밴더빌트 대학교의 과학자들은 수십 억 년 전 빅뱅으로 인해 우주가 생성됐을 뿐 아니라 작은 웜홀도 형성됐다고 발표했다. 빅뱅이 일어나는 동안 시공간이 서로 엉키고 확장되고 수축됐다 한다. 연구원들의 말에 따르면 원자 크기의 웜홀이라도 일단 자리를 잡으면 우리가 횡단할 수 있는 크기로 확장될 수 있다는 것이다. 이 말은 시공간도 늘어난다는 것이다. 그래서 우주가 작을 때 생긴 조그마한 웜홀이 우주가 확장되면서 같이 커지는 것이다. 그래서 지금은 큰 웜홀이 됐을 수도 있다. 만약 초기에 웜홀이 생성됐다면 고대 우주인 이론가들이 주장한 대로 그 웜홀을 타고 과거의 지구를 방문할 수 있었을까?

웜홀이나 스타게이트와 그곳을 이용한 존재들을 통해 인간이 어떻게 고대 신들과 교류 한 것인지 설명할 수 있다. 전설에 따르면 멕시코 치와와 국경에서 약 200킬로미터 떨어져 있는 파키메는 신성한 곳으로 별에서 온 사람들이 수백 년간 방문하고 있다. 타라후마라 족의 말로는 키가 크고 몸이 하얀 존재가 유적에서 나온다고 한다. 그들이 자신의 선조를 이곳에 데려왔다고 믿고 있다. 또한 유적지에 포털이 있으며 별에서 온 존재는 그곳을 통해 지구의 곳곳과 다른 별로 갈 수 있다고 생각한다.

파키메의 건축물을 보면 특이한 T자 모양의 틈이 있다. 6,400킬로미터 떨어진 페루의 고대도시에도 이 틈과 유사한 문이 있다. 안데스 산맥의 고산 지대인 이곳에는 '아마루 무루의 문'이라고 불리는 T자 모양의 문이 있다. 많은 전설 속에서 이 문은 다른 세계로 통하는 포털로 사용되었다. 파키메 유적의 하얀 사람 이야기로 볼 때 이 두 유적의 문이 비슷한 건 우연이 아니다. 페루에도 신들의 문과 관련된 유사한 이야기가 있다. 그 문이 스타게이트일 가능성이 있다. 1년 중 특정 기간이 되면 스타게이트가 열리게 되고 그곳을 통해 외계인이 오가는 걸 사람들이 목격한 것이다.

오늘날에도 지구상에 스타게이트가 있다고 말한다. 폭 1,100킬로미터, 길이 3,200킬로미터에 달하는 사르가소 해(海)라는 이상한 모양의 바다는 북대서양 중간에 고립되어 있다. 육지와 맞닿아 있지 않고 강력한 해류로 둘러싸여 있다. 설명할 수 없는 사고가 많이 발생한 관계로 '실종선의 바다', '죽음의 무풍지대', '공포의 바다' 등의 별칭을 갖고 있는 바다다. 이 바다를 둘러싼 해류는 격렬하지만 사르가소 해 자체는 조용하다. 색은 유난히 파랗고, 이곳에만 해류의 영향을 받지 않는 것이 이상하다. 마치 바람과 시간이 멈춘 것 같다. 범선이 다니던 시대에는 범선이 이 해역에 들어가면 빠져나올 방법이 없었다. 사루가소 해에 갇히게 되는 것이다. 시간이 지난 후 배는 멀쩡하게 발견되지만 선원들은 감쪽같이 사라지고 만다. 왜 그럴까? 그곳은 이상한 곳이다. 바람이 거의 불지 않는다. 사르가소 해에서 가장 유명한 실종 사건은 1840년 8월에 일어났다. '로잘리'라 불리는 상선이 독일에서 쿠바로 가고 있었다. 「런던 타임스」에 의하면 그 배가 표류하는 것을 발견했을 때에는 배에는 아무도 타고 있지 않았으며, 돛은 상처 하나 없이 그대로 달려 있었다. 몇 세기 동안 비슷한 사고기 계속 발생했다. 1881년 엘런 오스탄 호가 사르가소 해에서 버려진 배를 발견했다. 그 배의 움직임이 이상해서 그 배에 올랐는데 그 배에 선원들은 모두 사라지고 없었다. 사르가소 해를 눈여겨봐야 할 것은 우리가 '버뮤다 삼각지대'라 부르는 곳이다.

이곳에서 난 사고는 배뿐 아니라, 훈련 중인 비행기도 40대 가량 실종됐다. 1950년에는 노스웨스트 민항기 2501편이 승객 55명을 태우고 가던 중 실종됐다. 오늘날까지도 잔해는 발견되지 않았다. 사고는 계속되었다. 왜 그럴까? 날던 비행기가 완전히 사라진 것은 웜홀 같은 곳으로 빨려 들어갔기 때문일 가능성이 크다. 안타깝게도 다른 세계에 갇힌 것이다.

미시간 호에서 벌어진 기이한 현상의 원인과 호수의 상공과 물속에서 미확인 물체가 자주 목격되는 이유를 웜홀로 설명할 수 있을까? 초록색으로 빛나는 원반이 호수에서 나오는 걸 실제로 목격한 사람이 있다. 파란색 구형 물체가 호수로 들어가는 것도 목격됐다.

시공간을 관통하는 웜홀은 빛을 내는 성질이 있어서 플라스마로 이루어진 구체처럼 보일 것이다. 중국의 호수에서도 어부가 목격하고 신고한 적도 있다. 이런 지역은 매우 접근하기가 힘들다. 이러한 스타게이트나 포털이 수중에 있는 건 전혀 이상한 게 아니다. 전 세계에 수중 포털이 연결되어 있을 수도 있다.

외계인들은 포털을 통해 다른 별을 오갈 수 있을 것이다. 만약 그렇다면 인간도 언젠가는 스타게이트를 이용할 수 있을 뿐 아니라 새로운 게이트를 만들 수 있는 수준에 근접했다고 본다. 2013년 캘리포니아 주립대의 물리학자 제임스 우드워드는 우주여행 법을 연구하고 있다. 중력과 관성, 그 연구가 실현되면 시공간을 빠르게 이동하는 게 가능하다. 마하의 원리가 사실이라면 스타게이트를 통한 여행이 가능하다고 주장한다.

대성이는 궁금한 게 너무나 많다. 물리학과를 나온 현종도 대답해주지 못할 부분이 너무나 많다. 남아메리카에서 발달했던 마야 제국의 문명과 잉카 문명은 그 당시 지구상에서는 어느 부족도 따라오지 못할 선진문명과 기술을 가지고 있었다.

대성이가 또 질문을 한다.

"아버지, 책에 보면 잉카 문명이 발달했다고 하고, 잉카 문명 전에 마야 문명이 더 발달 했다고 하는데, 어떤 차이가 있나요?"

"책에 있는 게 맞겠지만 잉카인들도 못 만든 마야 장기력은 잉카 문명보다는 확실히 앞서 있었지. 마야 문명 중에 최고는 역시 마야 장기력이니까. 이는 지금의 우리 달력과 별 차이가 없다는 게 확인되었단다."

"그렇다면 마야 문명은 왜 지구 각지로 확산되지 않았을까요?"

"지구의 2차 산업혁명이 영국에서 시작되었다. 그 문명의 발달도 지구 각지에서 사용하기까지에도 수십 년이 걸렸다. 당시는 비행기는 없었으니 이동수단인 많은 배의 제조가 있을 때도 수십 년이 걸렸는데 마야와 잉카문명 당시는 이동수단이 별로 없었다. 그러니 세계로 퍼질 수가 없었던 게지. 그들의 활 쏘는 솜씨는 대단했다고 한다. 외세가 침범하면 그들은 활로 적을 대항하였지. 외세는 총을 가지고 있는데. 총과 활의 싸움 보나마나였지 않을까? 우리나라를 일본이 침입할 때 그들은 총을 가지고 우리의 무기였던 활과 칼을 제압하지 않았더냐? 그들이 만든 마추픽추 같은 석조 건물은 지금 현대에도 만들 수 없는 기술을 그들이 가지고 있었는데 그들을 멸족시킨 외세 문명이 참으로 안타깝다고 생각이 된다."

"그때 당시에 마야제국이나 잉카제국에는 선진문명이 있었다면서 왜 배나 비행기는 못 만들었나요?"

"문명이 발달하려면 여러 가지 조건이 다 맞아야 된다고 본다. 문명의 발달은 조금씩 조금씩 발달하는 것이지, 그저 몇 달 혹은 몇 년에 되는 것이 아니란다. 배가 다니려면 꼭 필요한 지도와 현재의 내비게이션이 같은 게 있어야 되고, 비행기가 다니려면 하늘을 알아야 하고 또한 항법 장치에 필수인 내비게이션도 꼭 필요한 것이다. 지금 같이 날고 있는 비행기가 지구에서 처음 만들어진 것은 수십 년 전이다.

비행기를 날게 하고 배의 위치를 알게 해주는 인공위성의 발달 때문에 전 세계는 지구촌이라 불릴 만큼 거리가 가까워진 것이지. 너도 책에서 보았듯이 라이트 형제가 날아다니는 잠자리를 보고 고무줄을 이용하여 아주 간단한 비행체를 만들어 날려 보내다가 거기에 사람이 타면 어떨까 하는 생각이 오늘의 비행기를 만들게 된 것이다. 그중에 특히 중력을 이겨야 비행기가 뜬 다는 것을 알기까지에도 많은 과학자들의 오랜 시간 동안 연구의 산물이란다.

마야나 잉카 시대에는 그저 외계에서 와서 날아다니는 비행체를 보았으며 착륙한 비행체에서 내린 외계인과 생활을 했을 것이다. 그리고 그들의 선진 문명을 배웠을 것이라고 본다. 돌 수백 톤을 들어 건축을 하는 것, 피라미드를 만드는 기술 등.

그들은 지상에 내려와서 인간을 납치해 갔기에 그 시대 사람들은 그들을 신으로 대접했을 것이다. 또한 DNA를 조작하여 인간과 동물의 혼종을 만들어 지구에 내려 보냈다고 본다. 새로운 인간을 만들어서 지구 곳곳을 다스린 것 같다는 생각이 든다. 이집트의 왕족의 이야기를 보면 왕들은 인간 같게 생기지를 않고 머리가 길쭉하다는 기록이 있다. 세계 곳곳에 유적지에서도 미스터리한 흔적이 많이 나타나고 있기 때문이다.

렙틸리언(도마뱀 인간)은 확실히 외계인의 DNA 조작으로 된 것이 확실하다고 본다. 렙틸리언이 있었다는 그 사실은 성경에도 나와 있다. 세라핌이라 부르는 동물이 바로 도마뱀 인간을 칭한 것이다. 그 뿐만이 아니다. 선조들이 바위나 굴에 새겨놓은 그림들은 그냥 상상으로 그린 것이 아닐 것이다. 자손에게 남길 글이 없던 시절에 후손에게 그 시대를 보여주려 그런 그림을 그렸다고 본다. 이제 우리가 스타게이트, 웜홀의 기술을 보유하게 되면 외계인에 진실이 밝혀지리라고 본다.”

6부
외계인 작품

26. 잉카제국은 살육당하여 멸망했다

잉카 문명은 4000여 년 전 시작되었다. 인류 문명을 처음으로 이끈 주역이 있던 곳이·아니던가? 그중에서도 불가사의 한 마추픽추는 1911년 발견되었다. 현대 건설 기술로도 만들지 못하는 "잃어버린 공중도시"라 불리는 곳은 수톤 또는 수백 톤짜리 돌로 만들고 그 안에서 옥수수, 감자 등을 재배하여 먹고 살았으며 지금도 원형이 거의 보존된 잉카문명이다.

"아버지, 잉카문명의 중심지라 할 수 있는 마추픽추의 세 개의 문을 왜 스타게이트라 했는지 보고 싶습니다."

"보면 뭔가를 느낄 수가 있겠지. 그곳까지 가는 것도 많은 돈이 필요하니 생각해 보기로 하자."

1200년대의 잉카문명이 1400년경에는 인구가 1500여만 명이나 되었으며 이웃을 침범하는 전쟁을 시작하여 영토를 크게 넓혔다. 1532년 그 당시 잉카제국은 극심한 엘니뇨현상으로 식량 부족에다, 서양 사람들의 잦은 방문은 서양의 전염병인 천연두를 성행시키고 많은 잉카인이 죽을 때였다. 잉카문명의 꽃이라고 볼 수 있는 현 페루 쿠스코의 마추픽추는 잉카인들이 적의 습격을 피해서 누구도 오기 힘든 곳을 선택한 곳이다.

스페인의 피사로 장군은 잉카인들을 속이고 비무장을 하고 만나자고 해놓고는 총을 가진 스페인 군인 168명을 데리고 가서 2,000여 명의 비무장 잉카인을 기습하여 죽이고 황제를 사로잡고 나머지 7,000여 명도 살육을 하여 잉카제국을 정복한 것이다. 스페인의 피사로 장군이 이끄는 무장한 168명에 의해 잉카 제국이 멸망한 것이다. 그들이 더 번창했다면 세계는 달라졌을 법도 하다. 참으로 안타까운 일이다. 석축을 쌓는 기술은 현재 기술로도 할 수 없는 불가사의한 일이다.

마야 제국은 1,020년부터 1,100년까지 잉카제국보다 앞서서 제국을 건설한 나라이다. 그들은 수학, 과학, 천문학, 기하학 등이 뛰어난 문명국이었다. 아마존의 마야문명이 만든 것 중 가장 뛰어난 것은 마야력이다. 천 년간의 마야력을 돌, 한 개에 그려 만들었다. 그것은 지금의 우리의 달력과 너무나 똑같다. 외부와의 연락이 차단된 곳에서 수천 년 전에 그들은 어찌 그런 정교한 천년의 달력을 한 면의 돌에 만들 수 있었을까? 지금의 달력과 비교를 해도 일 년에 34초밖에 틀리지 않는다. 인간의 능력으로서는 할 수 없는 일이다. 발달된 외계인의 도움이 없이는 절대 할 수 없는 일이라고 볼 수밖에 없다. 그들은 항시 하늘과 같이 했으며 제사를 지내고 주문을 외우며 하늘의 계시를 받았다고 한다. 그 행동이 바로 외계인과의 접속이 아니었을까 생각하게 된다.

마야력의 끝은 2012년 12월 21일이었다. 사이비 종교에서는 인류의 종말이라며 집단 자살을 하는 인민사원 같은 일도 있게 했다. 우리나라에서도 일부 사람들은 집에 있는 가축을 잡아먹고 이제 그날이면 죽는다면서 돈을 탕진하기도 했다. 마야력 그것은 해석을 잘못한 학자들에게도 있었다고 본다.

잉카의 마추픽추는 본체의 그 견고함에 현대 건축사들도 혀를 내두른다. 수천 년 동안 지진도 견디어낸 건축물을 만든 잉카인들이 아마존 밀림에서 살다가 어떤 이유에서인지 공중도시로 이사를 한 것이다.

"아버지, 잉카나 마야의 석조 문화가 지금껏 유지되었다면 정말로 현대 건축에 아주 좋을 텐데 너무나 아쉽네요."

"역사학자들은 물론 현대 건축사들도 큰 아쉬움을 가지고 있단다. 또한 알아야 할 것은 마야 잉카 문명 이전에 '와리' 문명이 있었다는 것이다. 그들 또한 발달된 문명을 가지고 있었다. 미스터리 한 것은 그들은 언제 자취를 감췄는지가 알려지지 않고 있는 것이다. 아무리 문화라지만 살아 있는 사람의 심장을 꺼내 제사를 지내기도 했으니 그들의 행동이 지금으로서는 납득이 안 가는 것이다."

27. 고대인들은 미라를 왜 만들었을까?

"아버지, 고대인들은 미라를 왜 만들었을까요?"

"그들은 사람이 살다가 죽으면 다시 태어난다고 믿었다. 그래서 사람이 죽으면 미라를 만들었는데 그것도 그리 쉬운 일이 아니었다. 인체는 죽으면 썩기 때문에 학자들은 보관할 방법을 오랫동안 연구하여 미라를 만드는 데 성공하였다. 그것은 사람이 죽으면 가장 먼저 썩는 부분이 내장이니 그것을 제거하고 소금 속에 넣어두기도 하고 강력한 햇볕이 드는 모래사장에 뉘어 말리기도 하여 미라를 만들기도 했다. 그러다가 실험대상이 될 죽은 사람이 부족하자 왕들을 위하여 산 사람을 죽여서 실험을 하기도 했다. 방부제를 만들게 되면서 완벽한 미라를 만들 수 있었다. 미라로 만들 사람은 우선 순위가 있기에 왕들부터 하기 시작했다. 이제 본격적으로 미라를 복제하려는 생각을 가진 것은 요즈음이다. 인간의 DNA를 발견하고 복제기술이 확보되었다. 그러면서 수천 년 된 미라에서 DNA를 채취하여 다시 복제하려고 연구 중이다. 동물의 DNA로 복제를 하는 기술은 이미 확보했다. 5,000년 전의 사람이 복제된다면 그 시대를 아주 잘 알 수 있겠지. 과학은 끊임없이 발전하여 현대에는 DNA라는 미트콘드리아를 밝혀내고 텔로미어의 길이로 인간의 수명까지도 알아내는 시대가 왔다. 5,000년 전의 사람들이 지금의 의료기술 발달을 정말로 알아냈을까?

종교적으로 만든 것 같기도 하고 선조를 잘 모시기 위해 한 것 같기도 한 미라, 지금도 미국에서는 인간이 불치병에 걸리면 영하 270도에서 급랭하여 보관하고 있다. 그 난치병을 고칠 수 있는 의료기술이 확보되면 냉동 인간을 다시 꺼내서 살리려는 것이다. 또한 살아 있는 사람이 미라로 되기 위해 자신의 몸을 스스로 죽이는 곳이 현재 일본에 있다. 인간의 인내는 어디까지 갈 수 있을까? 한계점은 어디까지일까? 그것을 알아보기 위해서는 우선 일본의 수도승들이 '생불'이 되기 위하여 엄청난 고통을 감내하면서 미라가 되는 과정을 살펴보기로 하자. 그것은 인간의 인내 한계 시험장이며 고통을 얼마만큼 참을 수 있는가를 말해주고 있다.

그 고통을 느끼는 것도 뇌이며 고통을 참으라고 지시하는 것도 바로 뇌이다. 인간의 인내의 한계를 극명하게 보여주는 인간이라는 것이 바로 나이며 내 생각이 미치는 사회의 파장은 너무나 크다는 것도 제시해주는 대목이다. 인간의 두뇌 속에는 우리가 알지 못하는 무언가가 있는 것만큼은 틀림없어 보인다."

"아버지, 인간은 과연 얼마까지의 인내로 고통을 참을 수 있을까요?"

"인간의 고통의 한계를 넘나들며 미라가 되고자 하는 일본의 진언종 이야기를 해주겠다. 1,200년의 역사를 간직한 다이니치보 신사가 이 신성한 산자락에 자리하고 있다. 신사 제단 위에 놓인 유리관에는 존경받는 승려의 미라가 앉아 있는데 그가 바로 다이주쿠 보사츠 시뇨카 쇼닌이다. 쇼닌은 일본에서 '소쿠신부초'로 통한다. '생불'이라는 뜻이다. 그는 1883년 96세의 나이에 눈을 감았는데, 놀랍게도 쇼닌이 미라화 된 것은 죽고 나서가 아니었다. 생이 다하기 6년 전부터 미라화는 시작되었다. 자기 자신을 미라로 만드는 의식은 일본 진언종 승려들에게서 흔히 볼 수 있는 것으로, 진언종은 일본 남부에서 11~19세기까지 성행했다.

승려들은 자발적으로 고행을 견뎌야 했는데, 일종의 자살 방법이었다. 첫 단계는 1,000일 동안 진행된다. 미라가 되고자 하는 고행은 철저한 저(低)칼로리 식단을 지키는 것에서부터 시작한다. 두 번째 단계에 들어서면 승려들이 옻나무로 만든 차를 마신다. 옻나무 차에는 강한 독성이 있다. 그들은 내부 조직과 장기를 옻으로 윤을 내면 내부에서부터 미라 화 과정을 돕는다고 믿었다. 옻의 독성 때문에 육신도 독성을 띠게 됐고 그래서 구더기조차도 못 살았다고 한다. 죽음에 가까워지면 조그만 공간에 들여보냈다. 연화좌로 겨우 앉을 만큼 좁은 공간으로 말이다. 그 다음에는 공기구멍만 남기고 공간을 봉했다. 그때의 심정은 어땠을까? 죽으러 들어가는 그의 마음은 어떠했을까? 캄캄한 지옥 같은 곳으로 승려는 종을 가지고 들어간다. 그게 두려워 그만두려면 포기할 수도 있을 텐데, 어떠한 부위의 뇌가 그리 인내하라며 참으라고 명령을 했을까. 종소리가 더 이상 울리지 않으면 공기구멍조차 없애고 공간을 완전히 봉한다. 그가 죽었다는 데 대한 미라 만드는 단계이다. 그렇게 천일을 두고 어떻게 됐는지 확인한다. 시신이 미라로 변해 있으면 그 미라는 '생불'로 여기고 법의를 새로 갈아입힌 다음 '소쿠부추도'라는 신당에 전시해 둔다. 미라 화에 실패하면 퇴마 의식을 거행한 후 땅에 매장했다. 승려 수백 명이 미라가 되기 위해 고행했지만 성공한 이는 단 24명뿐이다.

무슨 연유로 독실한 불교 승려들이 엄청난 고통을 감내하며 미라가 되려고 했던 걸까? 불교의 근본 믿음 중 하나가 바로 환생이다. 진언종 교리에 따르면 미라가 되는데 성공하면 더 고차원적인 존재가 될 수 있다고 한다. 그들은 그걸 죽는다고 여기지 않았다. 가사 상태에 접어든 것으로 생각했다. 죽은 것도 산 것도 아니었다. 그 중간쯤에 있는 것이다. 그래서 육신을 보존하고 다른 차원의 세계에서 삶을 이어가려 했다. 그 삶이란 게 우리가 보는 삶과는 다르지만 말이다. 환생할 필요도 없다. 생불 상태가 되면 열반에 접어들었다고 볼 수 있기 때문에 육신은 불멸의 상태가 됐다고 여겼다.

그들이 추구하던 것은 그런 고차원적인 존재가 되는 거였고 영적으로 말하면 부처나 보살이 되는 게 궁극적인 목표였다. 진언종 승려들이 생불이 되려고 고차원적인 곳에 가려던 이유가 뭘까?

"아버지, 정말로 자기 목숨을 죽인다는 것, 죽으러 캄캄한 곳에 본인이 들어간다는 것, 알 수가 없네요. 사람 목숨은 하나인데 종교란 정말 무섭군요. 본인이 그런 고통을 참으며 미라가 되길 원한다니."

"어느 한 종교에 마음을 바친다면 그는 어떤 고행도 참으며 그 종교의 교리를 따르려고 한다. 일본의 진언종 뿐만이 아니다. 오직 다음에 태어날 때는 잘 태어나게 해달라고 하며 티베트 일부 사람들은 삼보일배를 하며

6개월간 1,600킬로미터를 가서 마지막에 하는 것은 그저 부처님 앞에서 절하는 것으로 끝을 맺고 각자가 갈 길을 향해서 가는 사람도 있었다. 그것 또한 인간이 고통을 참아내는 인내의 시험장 같기도 하다. 믿음은 그리도 큰 고통을 넘어가는 것이란다."

그런 믿음 때문에 고대인들은 미라를 만들기에 많은 노력을 한 것이 틀림없다.

"아버지, 일본은 현재이고 그렇다 하더라도 고대인들은 미라는 왜 만들었을까요? 정말로 궁금합니다."

"그것도 한마디로 답을 하기엔 어려운 질문이다. 이집트는 더운 날씨에다 사막은 너무 건조하여 사람이 죽으면 모래사장 밑 또는 사막 동굴 안에 넣었는데 그 시체가 자연히 미라가 된 경우도 있지만 대개 이집트에서는 왕족들을 미라로 만들었다. 그들이 미라를 만든 이유는 밝혀지지 않았다. 하지만 그들은 분명 내세가 있다고 하는 선진문명의 외계인이 왕족이 아니었을까 하는 추측을 해본다. 왜냐하면 그 왕족의 그림들을 보면 이 지구의 사람 것으로는 보기 어렵기 때문도 있다.

고대 이집트에서만 미라가 성행했던 건 아니다. 세상에서 가장 오래된 미라는 선사 시대에 페루에서 잉카 문명이 한창일 때 '친초로인'이 약 7,000년 전에 만든 미라다. 미라는 세계 곳곳에 많이 있으며 지금도 만들고 있다.

세계 곳곳에서 발견된 미라 중에서는 조사 결과 인간에게서 나타나는 두개골에 봉합선이 없는 도저히 이해할 수 없는 미라가 발견된 사실이다. 또한 페루에서 발견된 두개골이 길쭉한 미라도 상상이 안 되는 미라이다. 인간이 아닌 다른 종일 수 있다는 것이다. 그것이 바로 진화론을 믿을 수 없는 한 요인이 된 것이다.

신화는 그것을 더욱 뒷받침해주고 있다. 상형문자를 해독한 것은 있으나 그 글자가 정확히 내려오지 않고 중간에 그 글을 계속해서 사용하지 않는 바람에 옛일을 잘 알 수 없게 되었단다. 이럴 것이라는 학자들의 추측일 뿐만 같구나.

미라 중 일부가 외계인일 것이라고 단정은 못하지만 현재의 의료기술 발달로 DNA를 복제하는 기술로까지 발전이 되었으니 미라에서 DNA를 검출해서 다시 그들을 만들 수도 있지 않을까? 그렇다면 아주 옛날 5,000여 년 전의 사람들과 대화를 할 수 있겠지. 그러면 인간이 어디에서 온 것인지 알 수가 있지 않을까? 정말 놀라운 일이 벌어지겠지. 수천 년 전의 사람들이 미라를 만들어놓으면 언젠가 다시 소생하지 않을까? 하는 의문이 든다. 실제로 현대 과학은 미라의 복제 기술을 연구하고 있다. DNA가 미라에 있는 것만은 틀림없다. 그러니 언젠가는 복원 될 수 있을 것 이라고 믿고 싶다."

"생불이 된다며 수도하는 진언종 사람들을 이해하실 수 있나요?"

"모든 종교는 자체 내에 엄한 규율이 있다. 그 규율이 그 종교를 유지하는 것이다. 그리고 사람은 본인이 무슨 일이든 확실하다고 믿으면 그에 따른다. 그것이 진언종의 교리일 것 같다. 생불이 되면 다시는 죽을 일이 없다는 그 믿음 때문에 그들은 그 죽음의 문턱을 드나들며 고행을 하는 것이다. 보통 사람으로 보아서는 인간의 생명은 하나인데 그것은 아니다 이렇게 생각하는 사람이 많을 것 같다. 참으로 그 종교가 안타깝다고 생각이 든다.

미라의 제조 과정과 미라가 된 이해 못할 사건, 즉 사람을 산 로 모래사장에 넣어 미라로 만드는 실험, 그것은 아마도 왕족의 미라를 만들기 위하여 산 사람을 그렇게 하기도 했다하니 놀랄 만한 일이다.

수천 년이 넘어도 썩지 않는 인간의 시체 고대 이집트인들은 죽은 이가 언젠가는 다시 살아날 거라 믿었다. 시신에서 발견되는 기이한 흔적 날개가 있었던 같은 형상도 있다. 산 채로 묻힌 수도승들 이런 장례 의식들은 신처럼 되기 위한 것이 아니라 그들이 이미 신이기 때문에 치러진 것이다. 미스터리한 매장 의식과 정교한 미라 제조 과정은 지구상 모든 대류에서 발견되고 있다. 어째서일까? 단순히 죽음을 피하기 위해서였을까? 아니면 이 외에 초자연적인 이유가 있는 것일까?

어쩌면 미라로 보존된 사람들이 신들과 재회해서 그들의 문화를 만들 었을 수도 있다. 전 세계 수많은 사람들이 오래전 외계의 존재가 우리를 방문했다고 믿는다. 그게 사실이면 어떨까? 정말 고대 외계인이 우리의 역사에 관여했을까? 그랬다면 그 결정적인 증거가 미라의 비밀에 숨겨져 있진 않을까?

바티칸 시국 2005년 4월 2일 교황님이신 바오로 2세가 서거하며 26년 에 걸친 교황님의 임기도 함께 막을 내렸다. 교황님의 시신은 화학적으로 보존됐고 성 베드로 대성당으로 옮겨져 대중에게 공개됐다. 장례식은 수 백만 신도들이 보는 가운데 치러졌고 당시 추기경이었다가 교황님이 되 신 베네딕토 16세는 요한 바오로 2세의 영혼이 천국의 영원한 영광과 함 께 한다고 전했다.

장례식 후 시신은 대성당 지하에 있는 넓은 무덤에 안치됐다. 교황님이 셨던 바오로 2세의 시신은 놀라울 정도로 잘 보존됐다. 사실 죽음은 또 다 른 여정의 시작이라는 말도 있다. 유럽이나 미국에서 치러지는 소위 말하 는 현대 장례식들은 사실 그 기원이 고대 이집트에 있다.

고대 이집트에서는 시신을 미라로 만들고 사람을 닮은 석관에 그 미라 를 넣었는데 그런 절차가 오늘날까지도 여러 종교 문화에 남아 있다. 로 마 가톨릭 교회도 그중 하나다. 미라로 만들면 죽은 뒤 자연적으로 따라 오는 시신의 부패를 막을 수 있다.

1924년 혁명적 공산주의자 블라디미르 레닌이 사망하자 러시아 과학자 들은 그의 시신에서 장기를 제거하고 그 자리에 비밀스러운 기술을 이용 해 체액에 흐르는 것과 비슷한 효과를 내게 했다. 덕분에 레닌은 오늘날 까지도 살아 있는 듯한 모습이며 이런 식으로 보관하는 방법은 이오시프 스탈린과 호치민에게도 사용됐다.

북한의 김정일, 필리핀 대통령 페르디나드 마르코스, 중국의 주석 마오

쩌등도 놀라울 정도로 잘 보존돼 있다. 그렇다고 지도자들만이 미라로 남아 있는 건 아니다.

영안실에서 방부 처리된 시신이라면 실제로는 일종의 미라가 되고 만다. 어째서 많은 이가 자신을 오래도록 보존하려고 애쓰는 것일까? 선조들은 사후 세계를 믿었고 죽음 당시 적절하게 장례 의식을 치러야 다음 생으로 향하는 여행이 보상받는다고 여겼다. 사후 세계는 천국이나 우주에 있는 걸로 생각하는데 이러한 여행을 통해 완전히 보상받을 거라고 믿은 것이다. 전 세계 어디를 가도 사람들은 시신을 보존한다. 그들은 영원한 삶을 믿고, 죽음을 끝이 아니라 시작으로 여긴다. 죽는 건 일시적이고, 어떤 이유에서인지 사람의 몸을 영구히 보존해야 한다고 생각한다. 사람들이 정말 인간의 몸에 깃드는 영적인 존재가 죽음과 동시에 몸을 떠난다고 믿었다면 왜 미라를 만들었을까?

수천 년이라는 세월 동안 전 세계 곳곳의 여러 문화에서 육체를 보존하는 것이 사후 세계로 가는 방법이라고 믿어 온 사실은 어떻게 설명할 수 있을까? 고대 외계인 연구가들은 이 단서들이 이집트 북부 사막 아래에 숨겨져 있을 거라고 말한다.

나일 강 서쪽 제방에 위치한 이곳은 이집트 전역을 통틀어 가장 광활한 매장지다. 무덤들이 건설된 시기는 기원전 1,539년부터 기원전 1,075년까지로 이곳에는 파라오와 왕족들이 묻혀 있다. 지금까지 왕들의 계곡에서 발견된 무덤만도 63개나 된다. 그중 람세스 6세의 무덤이 잘 보존돼 있는데, 그는 대략 기원전 1145년부터 1137년까지 이집트를 통치했다. 4,000년도 전에 람세스 왕은 이곳을 파서 자신의 무덤으로 만들었다. 람세스는 이곳을 '영원의 집'이라고 불렀다.

고대 이집트인들에게 무덤은 단순히 죽음으로 끝나는 곳이 아니다. 그들에게 무덤은 영원의 삶을 시작하는 곳이다. 이집트인들은 사람이 죽으면 영혼이 여러 개로 나뉘어 사후 세계를 떠난다고 믿었다. 하지만 그러기 위해선 육체와 영혼의 재결합이 반드시 이뤄져야 했다. 미라를 처음으로 만든 문화가 이집트는 아니지만 다른 고대문화는 그들처럼 시신을 보존할 길이 없었고 내세로 갈 기회를 마련해주지 못했다.

고대 이집트인들은 시신을 미라로 만들기 위해 건조한 방에 넣었다. 가장 먼저 시신의 내부 장기를 적출하고 천연 소금으로 시신을 감싼 건조 과정에 들어갔다. 그다음 뇌를 제거했다. 달콤한 향이 나는 기름을 시신에 문지르고 천연 소금으로 시신 전체를 감싼 다음, 그 상태로 35일에서 70일까지 두었다. 시신의 건조작업이 끝나면 시신을 감싸고 부적과 다른 특별한 보석을 리넨 안에 넣었다. 그렇게 감싸는 작업까지 끝내면 미라가 완성된다.

이집트인들은 미라를 만들 때 무엇보다도 중요한 건 체액 제거라는 걸 알았다. 그래야 세균이 살아 남지 못해 시신이 부패하지 않았다. 고고학자들이 미라 제조 과정을 많이 알아내긴 했지만 이집트인들은 그 방법을 글이나 설명으로 남겨놓지 않았다. 이집트인이 어떤 경유로 복잡한 제조법을 알아냈는지는 미스터리로 남아 있다. 하지만 내세에 관한 생각은 방대한 양의 문서로 남겨 놓았다. 람세스 왕이 내세로 떠나는 여행이 고스란히 담긴 그림이 있다. 람세스 왕이 바지선을 타고 있고, 다른 신들이 뒤에서 그를 보호하고 있다. 이시스 여신과 오시리스 신이다. 아누비스 신도 있다. 아누비스 신은 미라의 신이기도 하다. 이집트 신화에서 오시리스 신만큼 중요한 신화도 없다. 동생이었던 세트 신은 오시리스의 능력을 탐내며 형인 그를 죽였어요. 그러자 아내였던 이시스가 슬픔에 잠겨 아누비스에게 도움을 청하고 아누비스가 오시리스에게 삶을 불어넣어 내세를 살게 됐다. 오시리스를 도운 아누비스가 방부처리와 미라를 주관하는 신이었다.

이집트의 미라 제조 과정은 시리우스성과도 연관이 있다. '천랑성'이라고 한다. 미라를 관장하는 신은 아누비스 신이다. 자칼의 머리를 한 신이다. 아누비스 신이 혹시 지구밖 생명체 모습을 한 외계인은 아니었을까? 고대 이집트 신전의 벽은 탈바꿈하는 그림들로 뒤덮여 있을 정도다. 그리고 그 안에는 경이로운 과학이 담겨 있다. 다른 모습이나 천상의 존재로 변하는 과정 같은 것들이다. 그러니 어쩌면 이 모든 게 다른 행성에서 온 아들로부터 전수된 건 아닌지 의심할 만하다.

고대 이집트인들의 내세를 향한 믿음이 지구를 방문한 외계인들의 영향 때문은 아닐까? 혹시 그들로부터 미라 제조 과정을 배운 건 아닐까? 그게 사실이라면 그들의 궁극적인 목적은 무엇이었을까? 어쩌면 그 해답은 이집트의 미라보다도 훨씬 오래전에 만들어진 고대 미라에서 찾을 수 있을지도 모른다.

1983년 일꾼들이 해안가의 굴을 파내던 중 페루 국경과 11킬로미터 떨어진 곳에서 놀라운 발굴이 이뤄진다. 96개의 미라가 묻힌 묘지가 발견된 것이다. 이는 선사시대 '친초로' 문명의 것으로 밝혀졌다. 과학자들은 7,000년 전에 만들어진 미라도 있다고 발표했다. 지구 상 가장 오래된 미라인 것이다. 친초로인들은 어부였다. 칠레와 페루 해안이 그들의 터전이었다. 그리고 친초로 고대 이집트인들보다 4,000년이나 먼저 남미에서 시신을 미라로 만들어 왔다. 친초로인들은 시신에 구멍을 내서 장기들을 제거하고 모래와 풀 같은 것들로 시신 내부를 채웠다. 그 뒤 진흙으로 시신을 감싸고 얼굴에는 진흙으로 만든 가면을 씌웠다. 굉장히 정교한 방법으로 시신을 방부 처리한 것이다.

친초로인들의 미라 제조법은 수천 년 뒤 이집트인들이 만드는 방법과 눈에 띄게 닮아 있다. 어째서 이렇게 독특한 장례 의식이 이집트뿐 아니라 다른 고대 문명에서도 발견되는 것일까?

2013년 1월이었다. 연구가들은 고고학적 가치를 지닌 유적지를 발견했다고 발표했다. 누구의 손도 닿지 않은 1,300년 전의 이 왕족 무덤은 와리 제국의 것으로 밝혀졌다. 잉카의 선조인 와리 문명은 페루 중부를 중심으로 600년부터 1100년까지 번성하던 도중 알 수 없는 이유로 갑자기 사라졌다. 무덤 안에는 금으로 만든 보물과 직물, 공예품 와리 제국의 왕비 셋을 포함한 63개의 미라가 있었다.

미라 3구는 왕족인 걸로 추정된다. 그중 하나는 날개 달린 존재가 그려진 귀걸이를 하고 있었다. 그 날개는 새를 의인화한 것이다. 종교적 예술품으로 남미의 초기 미술품에서 흔히 찾아볼 수 있는 형태이다. 티아우아나코 문명에도 그런 게 있다. 날개 달린 존재가 '태양의 문' 중앙에서 비라코차를 향해 간다. 어째서 이런 날개 달린 존재가 그 당시 '와리'인들의 귀걸이에도 나타난 걸까? 이집트도 예외는 아니다. 이집트의 토트 신은 반은 새, 반은 인간인 모습의 신으로 묘사된다. 그리고 토트가 미라에 관한 지식을 이시스에게 전했다. 흥미로운 점은 전 세계 다른 문화에서도 이런 반인 반조를 신처럼 받들었다는 것이다. 이게 뜻하는 바는 당시 외계 생명체가 만든 범세계적 문화가 존재했고 이들이 인간들에게 미라 제조법을 기술로 전수했다는 것이다.

와리 우물에서 나온 날개 달린 신이 하늘에서 온 외계 생명체를 뜻하는 걸까? 그들이 페루뿐 아니라 다른 고대 문명에도 영향을 미친 걸까? 와리 미라에서 발견된 이미지들이 외계 생명체가 지구로 과학을 가져다준 증거가 될까?

산자락을 걸치는 어느 아마존 고립 지역에서 거대한 진흙 석관 6개가 발굴됐다. 지역 주민들은 그것을 '고대의 현자'라고 불렀다. 고고학자들은 2.4미터 석관의 축조 시기를 서기 110년에서 1300년 사이로 추정한다. 석관은 차차 포아 부족 지배 계급의 미라를 보존하기 위해 세워졌다. 용맹한 전사였던 그들은 아메리카 대륙 발견 이전 문명을 이뤘다. 차차 포야 부족이 어땠는지 거위 알려지진 않았어요. 그들은 페루의 다른 부족과 아주 달랐던 것 같다. 차차 포야 부족이 정확히 어디서 비롯된 건지 어디로 사라졌는지는 오늘날까지도 의문이다. 남미의 다른 어떤 문화에서도 석관 형태의 관을 만드는 걸 본 적이 없다. 석관은 규모도 엄청났다. 사람의 형태를 하고 있었다. 이집트의 석관과는 전혀 달랐다. 차차 포야 미라들은 태아형 자세로 묻혔다. 그게 참 흥미로운데, 태아형 자세로 있는 건 미라가 새로 태어난다고 믿은 것처럼 보인다. 다시 한 번 부화의 과정을 거치는 것이다.

　어쩌면 그래서 차차 포야 문명뿐 아니라 이집트에서도 미라가 발견되는 것인지도 모른다. 어쩌면 대서양 양쪽에서 나온 미라 기술이 현대 사회의 사람들이 이해할 수 없는 어떤 존재를 쫓기 위한 것일지도 모른다. 미라로 만든 고대인들의 노력이 죽음을 피하는 것은 물론 다시 태어나기 위한 과정이진 않았을까? 외계인의 기술로 죽음을 초월한 능력을 얻으려던 건 아닐까? 더 많은 근거들은 이미 죽은 시신으로 만든 미라의 견본이 아니라 산 채로 묻힌 미라를 통해 얻을 수 있을지도 모른다.

　1891년 이탈리아 고고학자 알레산드로 바르산티가 이크나톤 파라오의 무덤을 발굴했지만 미라의 흔적은 찾아볼 수 없었다. 이집트 학자들은 너무도 당연하게 무덤 어딘가에 이크나톤의 미라가 있을 거라고 생각했다. 그런데 없었다. 종교적 혁명을 이끈 이크나톤 미라의 행방은 이크나톤 자신만큼이나 미스터리하다 애당초 무덤에 묻히지 않았던 걸까? 다른 곳으로 보내진 걸까?

　이크나톤은 기원전 1353년 즉위 후 17년 만에 목숨을 잃었다. 그의 재위 시절은 혼란의 도가니였다. 기존에 섬기던 이집트 신들을 금지하고 대신 새로운 신을 섬기게 했는데 바로 태양신 아텐이었다. 아텐은 이크나톤이 두 개의 산을 사이에 두고 하늘에서 본 무엇인가이다. 이크나톤은 아텐 때문에 신성 도시 아마르나도 건설한다.

　유력한 학설은 아텐이 태양이었다는 건데 다른 해석도 얼마든지 가능하다. 그때 아크나톤이 실제로 본 건 외계 비행 물체라는 것이다. 아크나톤이 이집트의 근간을 송두리째 뒤엎은 이유가 외계와의 조우에 있지는 않을까? 이것 말고 달리 어떻게 설명할 수 있을까?

　이크나톤이 묘사된 형태를 다른 파라오들과 비교하면 이크나톤만 두드러지게 다른 모습인데, 두상은 이상하리만치 가늘고 길고 올챙이배에 뭔가 기이하다. 이크나톤이 정말 인간이었을까? 이크나톤이 지구상의 존재가 아니었을 수도 있다. 아직까지도 이크나톤의 유해가 발견되지 않은 가운데 고대 외계인 연구가들은 이크나톤의 가늘고 긴 두상이 단지 예술적 표현이 아니라고 믿는다. 다른 미라들에서도 독특한 두개골을 찾아볼 수 있기 때문이다.

가늘고 긴 두상 중 어떤 것은 고대 문화에 만연했던 신체 변형의 일종으로 머리 모양을 바꾼 것이다. 영유아의 머리를 단단하게 묶으면 두개골이 원뿔 모양으로 자란다. 하지만 몇몇 기형 두개골들은 설명이 불가능하다 페루와 몰타에서 기다란 두개골들이 발견됐다. 두개골에는 시상 봉합이 없었다. 인간의 두개골이라면 없어선 안 될 봉합선이다. 다른 기다란 형태의 두개골과 비교했을 때 어떤 건 우리와 마찬가지로 봉합선이 존재하는데 또 다른 두개골들을 보면 그 봉합선들이 없다. 어쩌면 그들이 외계 생명체일 가능성도 있지 않을까?

그렇다 해도 놀라울 건 없다. 특정 미라에서 발견된 기다란 두개골이 외계 문명에 근거한 것일까? 그렇다면 인간이 외계 방문객으로부터 미라 제조법을 배운 것이진 않을까? 연구가 브라이언 포스터가 수년 동안 페루의 파라카스에서 발견한 기다란 두상을 연구했고 최근 유전자 검사를 통해 아주 놀라운 결과를 얻었다. 여러가지 해석된 여지가 있지만 두개골에서 채취한 유전자 일부는 '유전자은행'에도 없는 걸로 나왔다. 지금까지 기록된 인간의 유전자와 일치하지 않는다는 것이다. 놀랍게도 유전학자들 역시 두개골을 연구해 보더니 그들의 유전자가 인간이 아니라 다른 종인 것 같다고 했다.

파라카스 미라의 두개골에서 나온 유전자가 고대인과 외계인이 조우했다는 사실을 담고 있진 않을까? 지금껏 이크나톤의 미라가 발견되지 않은 이유도 외계인의 존재를 감추기 위해서 고의적으로 숨기거나 파괴해서는 아닐까? 고대 외계인 연구가들은 미라 제조법과 외계 생명체를 연결할 수 있는 가장 강력한 증거를 잉카문명에서 찾는다. 잉카인들은 죽은 이를 여전히 살아 있는 것처럼 여겼다.

페루의 쿠스코. 이 신성 도시는 한때 잉카 제국의 수도였다. 13세기 무렴 잉카문명은 가장 웅대하고 선세하기 이를 데 없는 '아메리카 대륙발견 이전의 남미문명'을 대표하기도 했다. 잉카문명은 발달된 건축 양식으로 유명했고, 가장 널리 알려진 건 그들이 가장 중요하게 생각하는 신전 지구였던 '코리칸차'라는 신전이었다. 역사적 기록에 따르면 코리칸차는 황금 신전으로 잉카제국이 성스럽게 여기는 보물과 죽은 황제들의 미라가 보관돼 있었다고 한다.

황제들은 그곳에서 중요한 의식을 치렀고, '사파잉카' 다시 말해 전대의 황제 미라들도 신전에 모셨다. 그곳에 모셔놓은 미라들과 정기적으로 대화를 나누기도 했다. 오늘날까지도 잉카문명의 후손들은 수세기나 된 관행을 다시 창조해 신성한 의식에 미라를 사용한다. 4년에 한 번씩 조상을 꺼내서 살아 있는 후손들이 그들에게 조언을 구한다. 국가의 정세와 앞으로의 일을 상의하는 것이다. 그들은 미라가 신들과 소통한다고 믿었다. 그들이 고차원적인 존재를 영접할 거라 여기거나 삶과 죽음의 중간 단계에 있다고 생각했다. 게다가 특별한 훈련을 받아야 왕족의 미라를 다뤘다. 특별한 임무도 주어졌다. 미라를 다루는 이들은 미라가 하는 말을 해석해서 전해야 했다. 죽은 자와 산 자의 만남을 주선하는 것이다. 게다가 특이하게도 미라를 밖으로 꺼내 미라가 소변을 보게도 했다. 어째서 잉카인들은 당시 남미에서 가장 발달한 문명임에도 불구하고 시신을 살아 있는 현자처럼 대우했을까?

이에 대한 해답은 잉카제국의 창조 설화에서 찾을 수 있다. 잉카제국의 창조 신화에 따르면 세계는 아야르 형제가 창조했다고 전해진다. '아야르'라는 단어는 사실 '미라'라는 뜻이다. 모든 것이 시작된 신화에서조차 미라의 존재를 그게 누구든 중요하게 여긴 걸 알 수 있다. 그 신들이 뭐였던 간에. 신화에 나오는 그런 신들이 일종의 육신과 피를 지닌 외계 생명체는 아니었을까? 아야르 형제가 정말 외계인이었다면 어째서 잉카인들은 외계인에게 사용한 호칭을 미라에 똑같이 쓰는 걸까?

고대 외계인 학자들은 어쩌면 잉카인들이 다른 차원에서 온 외계인을 가사 상태에서 접한 걸지도 모른다고 한다. 잉카인들은 모방한 걸지도 모른다. 그들이 본 '무언가'를. 말하자면 이런 것이다. 기술적인 지식이 전혀 없던 당시 사람들이 가사 상태에 빠진 무언가를 본 것이다. 그런데 의식이 없던 그들이 깨어났고 그걸 잉카인들에게 부활처럼 느껴졌다. 죽었다 살아난 것처럼. 그런데 실제로는 그런 일이 존재하지 않았고 어쩌면 잉카인들은 외계 생명체를 목격하고 그들이 동면에서 깨어나는 모습을 본 뒤 인간의 시신도 미라로 만든 건 아닐까? 고대 외계인 연구가들은 그렇다고 말한다.

그리고 이러한 이론이 다른 문화의 미라를 비롯해 이집트인들의 믿음을 설명한다고 주장한다. 이집트를 방문했던 외계 생명체가 고압성의 독립된 공간을 필요로 했을지도 모른다. 그들의 고향에서 이곳까지 오려고. 그게 사실이면 이런 설명도 가능하다. 미라로 만드는 의식 자체가 사실은 고압 창고에 그들의 몸을 두기 위해 석관 형태의 방에 몸을 보존하던 방법에서 비롯됐다는 것이다. 이런 이론이 있다. 당시 사람들은 외계 생명체를 목격했다는 것이다. 몸에 바디 슈트를 두른 외계 생명체가 살아나는 모습을 본 것이다. 특별한 가사 상태에 빠져 있는 형태가 미라를 제조하는 방법과 유사했을 테고 그래서 이집트인들이 미라를 만들기 시작한 걸지도 모른다. 시신을 미라로 만들려는 고대인들의 노력이 외계 생명체들의 우주여행을 표방하려던 것이었을까? 그럴지도 모른다. 하지만 고대 외계인 연구가들은 놀라운 사실은 그것뿐만이 아닐 거라는 의견을 제시한다. 고대인들은 그들을 방문한 외계 생명체를 모방하면서 한편으로는 그들과 미래를 함께 하려고 했다는 것이다.

멕시코의 후아레즈. 2008년 텍사스 주 엘파소에서 남서쪽으로 12킬로미터 이 위험한 국경 지대의 알레한드로 헤르난데스 카르테나스 박사가 과학 수사의 기술로 발달을 획기적으로 이끌었다. 그가 배합한 화학 물질로 신원을 알아볼 수 없던 살인 피해자의 육신이 복원된 것이다. 시신 중에는 미라가 된 것도 있었다. 뜨거운 사막의 기후 때문에 건조된 시신이었다. 신원 미상으로 남은 수많은 시신에게 딱한 마음이 들었던 박사님이 미라의 신원을 되찾을 해결책을 내놓는 것이다. 그래서 시신이 모습을 되찾아 흉터나 문신 자국도 육안으로 확인할 수 있게 됐다. 자연적으로 미라가 된 시신을 카르데나스 박사는 이 수조를 '자쿠지'라고 하는데 수조에는 박사가 제조한 용액 230리터가 들어간다. 며칠을 수조에 넣어두면 쪼그라든 유해가 수분을 빨아들여 생전의 모습과 비슷해진다. 박사의 기술도 놀랍지만 놀랍게도 이러한 과학적 시도가 이번이 처음은 아니었다. 미라 복원 시도는 과거에도 존재했다.

1968년 리버풀 대학의 연구가 로봇 코놀리가 완벽히 미라가 된 시신의 피를 가상으로나마 복원하려고 시도했다. 코놀리가 복원하려던 미라는 3300년이나 된 것이었다. 바로 이집트에서 가장 유명한 파라오였던 투탕카멘 왕의 미라였다. 코놀리는 투탕카멘의 피부 조직에서 항원을 떼어내 이것을 자신의 혈구와 합쳐보았다. 코놀리는 O형이었는데 O형의 혈액 세포에는 항원이 없다. 결론적으로는 투탕카멘의 항원을 아무것도 없는 혈구와 결합한 것이다. 그러면 미라의 원래 혈액형이 나올 거라고 생각했다. 적혈구를 다른 혈액 형과 결합 했을 때 같은 혈액형이 아니면 혈구 세포가 뭉친다. 면역 체계가 발동하는 것이다. 하지만 혈액형이 같으면 그런 면역 반응을 찾아볼 수 없다. 이런 방법을 통해서 투탕카멘왕의 혈액형을 알아내려던 것이다. 코놀리의 실험 이후 과학자들은 한층 더 나아가 투탕카멘의 유전자 정보까지 알아낼 수 있었다. 혹시 이다음 단계가 미라의 부활은 아닐까? 시신을 보존한 이유가 종교적인 시도는 물론 외계인들의 가사 상태를 표방하기 위해서는 아니었을까? 만약 그렇다면 어떻게 고대인들은 엄청나게 진보한 과학을 수천 년도 전에 예상했을까? 이집트인들은 고대 외계인들로부터 미라 화 과정이 유전자 정보를 보존하는 방법이라고 배웠을지도 모른다. 이집트 미라를 연구하면서 밝혀진 놀라운 사실 중 하나는 비단 이집트뿐 아니라 다른 곳의 미라 또한 미라로 남으면서 수천 년의 세월 동안 유전자가 보존됐단 것이다.

이제 고대 미라를 복제할 수 있을지도 모른다. 어느 정도 되살리는 것도 가능할 수 있다. 추측하건대 미래의 어느 시점에는 시신이 완벽히 보존됐다는 가정하에 고대 외계인들의 의도대로 예전 모습과 똑같은 클론이 수년 후에라도 되살아날 수 있을 것이다. 그렇다면 유전자에 내재된 모든 정보를 고스란히 지닌 채 생명을 다시 얻고 죽기 전의 기억들은 물론 어떤 사람이었는지 마지막 기억까지도 복원되지 않을까? 그게 목적이었을지도 모른다.

미래에는 그렇게 사용될 수도 있다. 지금은 아니지만 훗날 기술이 지금보다 발전하면 가능하지 않을까? 외계인들이 미라 만드는 법을 고대인들에게 가르치면서 이런 생각을 했을지도 모른다. 5천 년 후의 미래에는 훨씬 발달된 의학 기술로 미라로부터 유전자를 추출할 수 있을 거라고. 미라는 타임캡슐을 만들기 위한 일련의 과정이었을 것이다. 과연 우리의 조상들은 외계 존재로부터 미라 제조 방법을 배웠을까? 외계인들의 의도가 보다 진보된 인간의 기술로 고대 미라의 유전자를 복구해서 되살리게 하는 것이었을까? 그게 가능해지면 인간 타임캡슐을 통해 태초의 비밀까지 알아낼 수 있진 않을까? 우리도 언젠가는 죽은 이를 되살려 고대 미라로부터 외계인 조상들에 관한 진실을 들을 수 있을지 모른다.

"대성아! 세계 각처에서 발견된 미라 중에는 도저히 이해 못할 미라도 있다. 그것은 인간이면 꼭 있어야 할 두개골에 봉합선이 없는 것이다. 그것이 진화론을 믿을 수 없게 만든 한 가지 요인이 될 수도 있다고 본다. 이집트인들은 어떤 방법으로 미라를 만들었는지 현대 과학으로도 잘 밝혀내지 못하고 있다.

다만 현대 과학은 수천 년 전에 만들어진 미라로 DNA 복제 연구를 하고 있다. 과학의 발달이 더 이루어진다면 고대 사람들을 다시 탄생시킬 수 있을 것이다. DNA 복제 기술이 점점 발달하고 있으니 믿어볼 만도 하고 고대인들을 다시 만난다면 인간이 어디에서 온 것인지도 밝혀질 것이라고 본다. 이집트 또는 페루 미라에서 특이하게 발견되는 두개골이 기다란 것은 어렸을 적에 머리를 잡아매어서 길게 만들 수도 있었다고 본다. 그러나 페루에서 발견된 두개골이 길쭉한 미라는 도저히 상상이 안 되는 미라다. 인간이 아닌 다른 종일 지도 모른다.

진언종. 그들이 생각하는 '생불'이라고 하는 것은 일종의 수도승들의 끝없는 고통을 감내해가며 하는 자살 행위가 아닌가 하는 의문도 들고 사람은 어느 한곳에 특히 종교에 대하여 믿음을 가지면 그 믿음을 향하여 모든 것을 버리는 풍습도 있었다. 그러므로 고대 인간들의 마음과 생각을 알아내는 데는 지구상에 남겨진 미라뿐일 것 같다. 페루의 차차포야 족은 아메리카 대륙 발견 이전부터 문명을 이룬 부족이었다. 그러나 그들은 미라만 남겨놓고 어디로 사라졌는지 흔적도 없다. 잉카의 선조인 '와리' 문명은 페루 중부를 중심으로 600년 전부터 1100년까지 번성하던 중 그들도 알 수 없는 일로 갑자기 사라졌다. 이집트의 토트 신은 반은 새, 반은 인간이었다. 그들에게 무슨 일이 있었기에 그런 그림이나 예술품이 발견되는 걸까? 이 반인반조(半人半鳥)의 존재는 전 세계 다른 문화권에서도 신으로 받들었다는 사실이다.

사람이 정말 외계의 문명에 의하여 만들어졌을까? 최대의 미스터리이다. 학자들은 사람을 다스렸다고 기록에 있는 고대 이집트의 '이크나톤 파라오'의 무덤을 발굴했지만 미라의 흔적은 찾을 수가 없었다. 이크나톤은 기원전 1353년 즉위 후 17년 동안 통치하다가 목숨을 잃었다. 그가 가장 먼저 한 일은 난립한 신들을 정리하여 금지하고 유일신인 태양신(아텐)만을 이집트인들에게 강요했다. 그리고 신도시를 '아마르나'를 건설하고 통치를 했는데 이크나톤이 태양신을 모시게 된 것은 외계인의 비행물체를 보고 그것을 태양이라 생각했을 것 같다는 게 일부 학자들은 가능성을 제시한다.

그것을 유일신으로 모셨고 이크나톤은 실제 외계인과 교우했을 가능성이 많다고 생각하는 것은 그림에 그려진 아크나톤의 생긴 모습이다. 배는 올챙이배에 두상은 뒤로 길게 이어져 있다. 과연 그가 인간이었는가

하는 의문이 있기 때문이다. 고대 인간들이 만든 미라. 과연 그들은 무엇을 보려고 미라를 만든 것일까? 수천 년 수만 년이 지나면 다시 복제될 수 있다는 것을 미리 알고 그리 만든 것일까? 과학의 발달은 이제 미라에서 혈액형을 알아내려고 연구하고 있다. 그 혈액형이 밝혀지면 진화론 이던. 인간이 외계에서 온 것이든 밝혀질 것 같다. 중요한 것은 미라로부터 유전자를 추출해낼 수 있는 기술일 것이다. 미라에는 유전자가 있을 것이 틀림없기 때문이다.

외계인이 지구에 왔다는 증거중 하나는 DNA 검색에서이다. 그리고 그들의 유골에 대한 검사결과는 충격일 수밖에 없다. 과학적으로 확인된 것이니까."

28. 충격! DNA에 아버지가 없는 아이, DNA에 어머니가 없는 아이

하관이 아주 좁고 뇌가 큰 특이하게 생긴 두개골이 누구인가를 연구원들이 알아내는 작업을 했다. 로이드 파이에 투레이스 제네틱스가 2003년에 실시한 이 두개골 DNA검사에서 충격적인 결과가 나왔다. 부모 모두에게 유전되는 미토콘드리아 핵 DNA를 찾을 수 없는 두개골이 발견되었기 때문이다.

두개골의 핵 DNA를 복원하려고 여러 번 시도를 했으나 실패했다. 실험이 시사한 점은 미토콘드리아가 DNA가 복원되면 어머니가 인간이라는 뜻이고 핵 DNA가 복원되지 않으면 부계 DNA에 문제가 있다는 것이다. 이런 증거를 통해 두개골의 정체를 추정해본다면 인간 어머니와 외계인 아버지를 둔, 인간과 외계인 사이의 잡종인 것이다. 2011년 실시한, 발전된 DNA 검사에서는 훨씬 충격적인 결과가 나왔다. 유전적으로 볼 때 아버지뿐만 아니라 어머니 DNA 역시 인간의 DNA가 아니었다. 완전히 외계인이다.

로이드는 2013년 세상을 떠났지만 그의 연구팀은 아이의 두개골의 게놈(유전체)을 언젠가는 완전히 복원해서 외계인에 대한 진실이 밝혀지기를 바라고 있다. 유전 정보를 심도 있게 분석해서 게놈(유전체) 지도를 분석할 수 있다면 외계인이 지구에 인간의 유전자를 조작했고, 인간은 지구에서 생겨난 게 아니라 오래전에 지구에 왔던 외계인의 후손일 수 있다는 점이다.

보통 인간의 두 배에 달하는 두뇌를 발견했다는 것도 강력한 증거이다. 우리가 진지하게 고려해볼 점은 현재의 인간이 지구에서 생겨난 게 아니라 오래전 지구에 왔던 방문자의 후손일 수 있다는 것이다. 인류가 고대하던 외계인의 발견이 그 어느 때보다도 훨씬 가까이 다가온 것이다. 이 기이한 두개골이 수백 년 전 지구에 살았던 외계인 아이의 것일 수 있을까? 그게 사실이라면 이 두개골이 별에서 온 아이들의 조상일까?

특정한 아이들이 외계인과 관련이 있다고 믿는 문화 공동체를 조사하면 더 많은 증거가 나올 것이다. 현재 미국에는 562개의 원주민 부족이 있다. 바바호족, 호피족, 주니족 등 대다수의 부족에는 외계인의 전설이 있다고 한다. 어떤 부족은 외계인 여성과 잠자리를 같이해서 둘 사이에서 아이를 낳았다고 하기도 하고, 별에서 온 아이들의 이야기는 많다고 한다. 인디언 부족들이 그 아기들을 여섯 살까지 키우면 외계인은 지구로 돌아와서 아기들을 데리고 떠났다고도 한다. 부족들은 무슨 일이 일어났는지도 모르고 영문도 모른 채 밤하늘만 쳐다봤다고 한다. 외계인이 아이를 낳게 하고 다시 데리고 갔다? 그런데 데려가지 않은 아이들은 지구에 남아서 대부분은 그 부족의 족장이 되었다고 한다. 애리조나 북 동부의 인디언 보호 구역에서 1만 8천명이 거주하는 호피족은 그 아이들이 코야니스카시(인생의 타락과 시련)를 치유한다고 한다. 이야기는 구전이지만 사실이라는 것이 곧 밝혀질 것이다.

미국 텍사스 주 에 빌린 댈러스에서 좀 떨어진 곳에서 브라이언 베델이라는 신문 기자가 1996년 우리 인간과는 다른 까만 눈의 아이들을 길거리에서 만난 경험담 이야기도 나왔고 일반인들도 목격자가 있어 화제가 된 일도 있다. 그들은 인간이 아니었다.

중국 정부가 똑똑한 아이들을 조사한 결과 10만 명 이상의 아이들이 EFT라 불리는 특별한 신체능력을 가진 아이들이 있었다. 정부에서 조사하여 아마 그 자료를 가지고 있을 것이다. 고차원의 생각과 행동을 하는 아이들 진보적이고 영적이며 박식한 신 인류세대를 그들이 끌고가는 게 아닐까? 중국 정부는 왜 이런 아이들을 찾았을까? 아이들은 똑똑하고 새로운 재능을 가진 자이기에 아마 특별 관리를 하지 않나 생각해본다. 그들도 외계인과 관계가 있지 않나 연구의 대상이다. 이 책을 읽고 해답은 스스로가 내릴 것 이라고 본다.

대성이가 질문을 던진다.

"그렇다면, 외계인이 있다면, 그들이 타고 다닌다는 UFO도 한두 군데서 이야기하는 것이 아니니까, 있다는 게 확실하겠네요?"

"확실하지!"

"미국이나 소련, 중국, 독일, 영국 등은 실물을 가지고 있으며 로마 교황청도 UFO에 대한 기록을 극비 도서관에 비밀리에 숨겨놓고 누구도 보지 못하게 하고 있는 것으로 알고 있다. 그러나 아무리 숨기려고 해도 언젠가는 밝혀지리라 본다. 아마추어 무선사들의 추적으로 밝혀진 사실을 이야기하자 그제야 담당자는 인정을 했다. 그들이 숨기려 했던 것을 한번 같이 보기로 하자.

나사는 닐 암스트롱을 달에 보내기 전 아주 여러 번 탐사를 하여 달에 무엇이 있는 것도 조사를 했으니 모를 것이 있겠는가? 그런데 다른 기관에서는 유체이탈자를 고용하여 그 현장을 다시 알아보는 이유는 무엇일까? 나도 궁금하다."

29. 실존하는 UFO 연구소.
UFO는 달에서 아폴로11호를 감시했나?

오늘 등장할 사건들은 실화 사건파일의 일부이며 실제 UFO조사 결과다.

점화 절차 개시. 6543210. 엔진 모두 점화 이륙개시, 32분에 아폴로 11호 이륙개시 1969년 7월 20일 아폴로11호의 달착륙선이 월면에 내렸다.

휴스턴. 고요기지다. '이글'이 내렸다. 아폴로 11호의 달착륙선이 월면에 내린 지 여섯 시간 뒤 닐 암스트롱이 나와서 사다리를 내려갔고 달에 처음으로 발을 내디딘 인간으로 기록됐다. 그 순간은 전 세계에 생중계되고 있었다. 19분후 '버즈올드린'도 달에 발을 내디디며 닐 암스트롱과 함께 했다.

암스트롱과 올드린은 약 두 시간 반 동안 암석 사료를 채취하며 관찰 내용을 나사에 보고했다. 뮤폰 파일을 보면 그 두 시간 반 중 약 2분간의 송신 내용이 사라졌다. 나사에선 카메라 열 때문이라고 했다. 생중계 방송이었지만 나사의 전송 방식은 복잡했다. 호주에서 수신해서 바다 너머로 보내면 여러 컴퓨터를 거치는데, 도중에 대중이 듣거나 보지 않길 원하는 내용은 편집할 수 있었다. 그건 생 중계방송이 아니라 사전 계획방송에 가깝다고 할 수 있다.

그 2분 동안 모종의 사건이 있었기 때문에 나사에선 미국인들이 보거나 듣지 못하게 한 것일까? 아마추어 무선 통신사가 수백 명은 고주파 수신 장치를 갖추고 나사와 우주 비행사들 간에 이뤄진 편집 안 된 실제 내용을 들을 수 있었다. 근데 그 내용은 무척 기이했다.

"저거 보이나? 아폴로 11호다. 하얀 점이 보이는가?"

나사가 뭐냐고 묻자 잠시 후 아폴로 11호에선 이렇게 말했다.

"쟤들은 무척 크다. 거대하다. 세상에, 또 다른 우주선이 있다! 분화구 건너편 쪽에서 우릴 보고 있다!"

흥미롭지 않은가? 그런 일이 송신이 두절된 시간에 벌어진 것이다. 자세히는 모르겠다. 놀랍다. 두 우주 비행사가 공공연히 말한 것이다. 외계 우주선에 대해서.

"그런 우주선이 한 대만 있는 게 아니었어요. 여러 대가 공중에서 우주 비행사들의 활동을 지켜보고 있었던 거죠. 저로선 상상도 안 되죠."

"닐 암스트롱과 버즈 올드린이 달에서 외계우주선을 발견했을 때의 기분 말이죠."

"경외심이 들었을 겁니다. 처음 보는 것이니 두렵기도 했을 테고요."

아폴로 11호 비행사들의 이 목격담은 나사에서 공식으로 인정한 적이 없다. 하지만 이는 달 표면에서 보고된 여러 기이한 관찰기록 중 하나일 뿐이다. 미국 정부와 나사는 달에 존재하는 외계인과 심지어 화성에 있는 외계인의 존재를 알고 있는 건 아닐까? 뮤폰이 이제 이 파일을 공개한다.

뮤폰이라는 공동 UFO 네트워크는 어떤 정부와도 무관한 독립적인 기관으로 전 세계에서 보고된 UFO 목격담을 조사한다. 이들은 지난 50년간 7만 개가 넘는 파일을 모아 '행거 1'이라는 안전한 곳에 보관해왔다. 이제 뮤폰은 방대한 규모의 기록을 세상에 공개한다. 이것은 행거1에 보관되어 왔던 파일들이다.

— 뮤폰 사건 파일. 1969년 7월 21일. 아폴로 11호.

1969년 7월 21일 달 표면의 고요기지 아마추어 무선사 수백 명이 아폴로 11호에 무전을 그대로 들었다. 달 표면에서 다수의 UFO를 목격했다는 내용이었다. 1979년 모리스 새털 린이라는 전직 나사 교신 시스템 책임자가 닐 암스트롱이 그런 내용을 전하기 위해 송신 채널을 의료용 채널로 바꿨음을 시인했다. 그렇게 채널을 바꾼 건 이해가 된다. 우주 비행사들은 대중이 듣지 않아야 할 내용은 주치의와 연결된 채널로 전하곤 했다. 파일을 보면 아폴로 11호가 달에 갈 때 나사 측에서 UFO와의 조우를 예상했음을 시사했다. 보안 송신 장치를 지급해서 대중에게 이르기 전에 송신 내용을 편집할 수 있었다.

파일에 따르면 아폴로 11호는 임무 기간 중 두 차례 더 조우를 경험했다. 외계 존재가 이들을 관찰한 것이라고 대다수 사람들은 믿는다.「사이언스 다이제스트」지에선 1977년 천문학자이자 저술가인 제임스 멀레이니가 기사를 실었다. 아폴로 11호 비행사들은 최초의 달 착륙시 다량의 지능 에너지로 보이는 힘에 의해 착륙선이 움직이는 듯했다고 한다. 놀라운 사실이다. 우주 비행사들이 인간 외의 존재와의 조우에 대해 공공연하게 대화하고 있다는 것이다.

그 달 착륙 이후 40여 년이 지나 버즈 올드린은 달로 향한지 사흘째에 미확인 물체가 따라오는 걸 봤다고 했다. 그래서 나사에 그게 부스터 로켓인지 확인해 달라고 했다. 이틀 전에 분리된 물체였다. 근데 나사에선 위치상 그럴 리가 없다고 대답했다. 이후 또 다른 미확인 물체가 아폴로 11호에서 관찰됐다. 달착륙선이 월면으로 하강하고 있을 때 16밀리 카메라로 버즈 올드린이 빠르게 움직이는 하얀 물체를 영상으로 포착했다. 달착륙선을 따라오지 못했죠. 근데 흥미로운 점은 동시에 사령선에서도 마이클 콜린스가 동일 현상을 보고한 사실이다.

"콜롬비아, 여기는 휴스턴, 말하라."

"작고 하얀 미확인 물체를 목격했다."

"그 물체의 좌표를 알려주기 바란다."

"분화구 남서쪽에 있다."

그 위치에 있으면 두 사람도 알 것이다. 작은 분화구 남서쪽 사면이다.

"우주 비행사는 가장 신뢰할 만한 관찰자에 속하죠. 그런 사람들이 달에서 뭔가를 봤다고 했어요. 곰곰이 생각해봐야 할 그런 내용입니다."

아폴로 11호 비행사와 나사 간에 이뤄진 교신 내용을 모두 보면 달에서 UFO를 만났다고 결론을 내릴 수밖에 없어 보인다. 그럼 궁금한 게 또 있다. UFO가 거기서 뭘 하고 있었을까?

내 생각엔 UFO에서 우리 활동을 지켜본 것이다. 외계 존재는 우리도 언젠간 달에 오리라고 짐작했을 것이다. 사실, 전후 상황을 보면 아폴로 11호를 따라 다닌 듯하다. 그래서 비행사들이 달 표면에 내렸을 때를 기다린 것이다. 아주 가까운 거리에서. 그리고 닐 암스트롱과 버즈 올드린이 달에 착륙할 때 계획한 곳에 내리질 못했다. 암석 지역에 내렸다. 예정 착륙지를 지나치면서 연료도 바닥난 상태였다. 근데 일부로 그곳에 내렸다고 보인다. 뭔가를 찾으려고. 아폴로 11호의 교신 내용 원본을 조사하려는 시도는 막다른 길에 이르렀다. 아폴로 11호 달 착륙시 기록된 원본 테이프는 나사에게 말하길 분실했다고 한다.

그럼 현장에 무슨 일이 있었는지 아무도 알 수 없다는 뜻이 된다. 두 비행사가 달 표면에서 뭘 봤는지 재연 내지 이해하기도 불가능해졌다. 안타까운 현실이다. 그 귀중한 테이프를 분실했다는 핑계를 대며 수많은 사람을 우롱했다. 그걸 알면서도 말도 안 되는 핑계로 사람들을 속이려는 것이다. 그래서 우리가 목소리를 크게 내고 정부 쪽에 압력을 가해야 한다.

"아폴로 11호다. 하얀 점이 보이는가?"

아폴로 11호 달 착륙은 세계사에서 아주 중요한 사건이다. 근데 그 목적의 경우엔 적어도 어느 정도는 달에 뭔가 또는 누가 있는지 알아보려 했던 거라고 본다. 아폴로 11호는 달에 외계존재가 있다는 최초의 증거를 확보했던 것일까?

— 행거1. 뮤폰 기록 보관소

행거1의 파일을 보면 아폴로11호 비행사들이 달에서 기이한 물체를 목격했음을 시사한다. 그 수수게끼를 풀 열쇠를 쥔 사람이 있다. 칼 울프는 내가 UFO에 관심이 많다는 걸 아는 지인을 통해 소개받았다. 이후 수개월에 걸쳐서 칼 울프는 군 시설에 경험한 놀라운 사실을 알려줬다.

— 뮤폰 사건 파일. 달 기지

"저는 1966년에 버지니아 주의 랭글리 공군 기지에 있는 제44정찰기술부대에 있었는데요. 전 이 분야 전문 기술자로서 전자 사진을 수리하곤 했습니다. 칼 울프는 보안 실험시설에서 도움이 필요하단 전화를 받았죠. 특수 프린터가 고장 나서 고쳐줄 사람이 필요하단 거였어요. 전 암호 보안 등급을 지닌 유일한 공군 상병이었죠. 근데 상관이 NSA에 가서 고치고 오라더군요. 상관이 나사를 NSA로 잘못 얘기했나보다 싶었죠. NSA가 뭔지 모를 때였거든요. 달 궤도선에서 송신한 이미지를 수신하는 곳이었어요."

1966-1967년 사이. 나사에선 달 궤도에 다섯 개를 쏘아서 사진을 찍으며 아폴로 우주선이 착륙할 후보지를 선정했다. 칼 울프는 달 궤도선이 전송한 사진들을 처리하는 연구실에 도착했다. 근데 뭔가 이상하다고 느꼈다. 그 시설의 암실로 안내됐는데, 붉은 조명이 밝혀져 있었다. 암실엔 공군 병사만 있었다. 칼 울프는 그 병사와 얘기를 나눴다. 암실 안쪽으로 들어갔는데, 사진이 몇 장 있었고 그 병사가 그중 하나를 떼었다. 그러면서 달 이면에 어떤 기지를 발견했다고 말했다. 타인이 알아선 안 될 정보를 들은 게 아닌가 싶었고 누가 들어오면 큰일이다 싶었다. 보안 수칙을 어긴 행위라서 큰 곤경에 처할 수 있었으니까. 그걸 들었을 때 어떨지 상상이 되는가? 달에 착륙하기 훨씬 이전이다. 근데 누가 달에 기지를 세운 사실을 알게 된 것이다. 그냥 들은 게 아니라, 실제 사진으로 말이다.

칼 울프는 극비 사진을 보고 크게 경악했던 순간을 기억한다.

"커다란 구조물이 있더군요. 돔이며 구체 같은 형태였어요. 마치 탑 같았어요. 일부는 레이더 돔 같은 모양이었고요. 대규모 시설이었죠. 누가 만든 기지냐고 물었는데 미처 대답을 못 들었죠. 그때 문이 열리자 담당 병사는 입을 닫았거든요. 어쨌든 그 친구도 몰랐을 겁니다. 그 누구도 몰랐을 테고요. 극비리 보안을 유지해야 하는 정보를 직접 알게 됐으니 큰 부담이 됐을 겁니다. 칼 울프가 나중에 밝힌 건 사람들이 이 사실을 알아야 한다고 여겨서죠."

과연 칼 울프가 사진 속에서 달에 세워진 기지를 본 것일까? 달 궤도선 다섯 대를 쏘아서 아폴로의 착륙 후보지를 선정하고자 사진을 찍었다. 그 과정에서 뭔가를 발견했다고 해도 이상할 건 없다. 사진은 나사가 아니라 NSA로 전송됐다. NSA에서 정보 목적으로 살펴보기 위해서. 그럼 궁금해진다. 나사보다 먼저 왜 NSA에서 봤을까? 달에 다른 존재가 있다고 추정할 만한 이유가 있기 때문이 아닐까?

"전 꽤 많은 사람을 만나봤는데요. 하나 확실한 건, 달에서 모종의 일이 진행되고 있지만 감추고 있다는 겁니다. 사진을 자세히 살펴보면 달을 찍은 사진들엔 에어브러시로 수정한 흔적이 남아 있거든요. 달 지형 전문가 리처드 호글랜드는 나사 측에서 달 표면 사진에 손을 댔다고 주장합니다. 일부 물체는 자연적인 형성물로 볼 수 없다면서 정교한 기하학적 구조를 갖췄다고 하더군요. 그러면서 현재 달 표면 44군데에서 미확인 인공물이 발견됐다고 합니다. 달에서 각기 다른 지역 44개소에서 말입니다. 달에서 진행 되는 일을 대체 얼마나 숨기고 있는 걸까요?"

나사에서 달에 우주 비행사를 보낸 목적은 두 가지라고 보는 사람들이 있다. 하나는 대중이 안 것이고, 다른 하나는 비밀이라고 한다. 나사엔 두 가지 얼굴이 있다. 대중이 알고 있는 나사의 모습이 있고, 대중에게 숨겨진 비밀스런 모습이 있다. 나사를 앞에 내세우고 그걸 위장막으로 삼아. 달에 있을지 모를 지적 생명체에 대한 자료며 인공물에 대해 정보를 수집하는 듯하다.

"아버지, 그러니까 달에 착륙하려는 UFO의 기지가 있는 것 같기도 하고 아폴로호를 지구에서부터 쫓아 다녔다는 이야기인가요?"

"그렇지. 우주 비행사들이 보고 나사에 보고를 하자, 그것을 비밀에 부치고자 지구와의 연락 채널을 의학 채널로 바꾸어서 잠시 동안 지구인들이 생중계되는 화면을 보지 못했다는 이야기다. 그걸 아마추어 무선사들이 듣고서 이야기를 하자 무슨 답을 내놓지도 않고 있는 게 나사다."

"UFO의 존재를 밝히지 않으려는 것이군요."

"그런 것 같다."

"아버지, 지구상에는 천재라 불리는 사람들이 많은데 천재는 어떤 사람들이며 그들은 어떻게 천재가 됐나요?"

"참으로 답하기 어려운 질문이다. 우리의 뇌는 특정한 부분의 뇌 속에 전자기파가 모였을 때 천재가 만들어지는 것 같기도 하다. 천재들의 어렸을 때를 보면 머리에 특이한 장애를 가졌거나 할 때, 또는 어떤 뇌의 한 부분이 발달을 할 때, 그 쪽 한 곳만 보통 사람들이 생각하지 못하는 기술이나 학문이 발달을 하는 것 같다. 또한 특이한 경우에 뇌가 강력한 충격을 받았을 때 천재가 되기도 한다. 참으로 우리의 뇌는 신비한 부분이 있는 것만은 사실인데, 현재는 그 비밀을 알 수는 없다. 지구상에서 천재라고 하는 사람들을 다 이야기 할 수는 없겠지만 몇몇만이라도 책에 나와 있는 사실 또는 연구를 진행하고 검증을 거쳐 방영하는 역사 채널을 보고 이야기해보기로 하자."

"아버지, 이 지구상에 천재들은 누가 누가 있나요?"

"이 지구상에 천재들은 아주 많다. 수천 년을 내려오면서 천재가 한두 명만 나왔겠느냐? 인터넷이나 TV, 또는 책에서 본 것들을 같이 보고 그들의 태어남과 생활상 또 그들이 발명 또는 발견한 것 그들을 종합하여 살펴보기로 하자. 인간은 거의 같다고 보는데 천재들은 어디에서 나왔나? 우연히 생긴 것인가? 지금까지 전 세계에서 천재라고 부르는 사람은 굉장히 많다. 그들이 어떻게 해서 천재라는 이름을 갖게 된 것일까? 유전적인 사람도 있었겠지만 천재가 된 자들을 보면 천재들의 어린 시절부터 놀라운 능력을 지닌 아이들이었다고 본다. 지구 인류사에서 제일 똑똑한 아이는 싱가포르의 '아니나 셀레스트 콜린'이다 생후 2주 만에 말을 했고 10개월에 글을 읽고 당시 IQ 테스트를 해보니 141이었다. 여기에서는 몇 명만 이야기해주마."

7부
동물의 비밀

30. 천재들의 생활, 그리고 환생은 진짜 있는가?

첫째, 천재 니콜라 테슬라. 그는 누구인가? 그는 정말 외계인과 교신한 사람인가?

그는 1856년 7월10일 크로아티아 스말란에서 태어났다. 국적을 여러 번 바꿨다. 오스트리아. 헝가리. 미국 등으로. 테슬라의 부친은 정교회 시제였다. 그 천재가 이 세상에 태어났기에 전 인류는 전기를 교류로 사용할 수 있었으며 산업 발달에 큰 획을 그은 사람이다.

1881년 오스트리아의 그라츠와 프라하의 대학에서 물리학, 수학, 공학을 공부했다. 그 후 28세에 미국으로 건너간 테슬라는 에디슨 밑으로 들어가 일했으나 에디슨의 직류와 테슬라의 교류 싸움(일명 전류 전쟁)에서 테슬라가 승리했다. 전류 전쟁이란 에디슨은 직류를 연구하여 나이아가라 폭포의 수력 발전을 북미 대륙에 송전하려 했고, 테슬라는 송전방식을 교류로 하여 송전을 하려 했는데 그 싸움이 테슬라의 방식이 800미터마다 발전소를 세워야 하는 에디슨의 방법보다 전력 손실이 없는 교류가 이김으로써 에디슨이 참패를 당 한 것이다. 연구에 매진하면 하루 두어 시간만 자고 먹는 것까지도 잊었는지 그의 몸은 말라깽이였다. 테슬라가 아니었으면 세상은 많이 발전하지 못했을 것이다.

니콜라 테슬라가 태어난 시기는 공교롭게도 고대 유대교 신비주의 경전의 예언과 일치했다. 지상에 지혜의 문이 열린다. 그 예언된 시간에 니콜라 테슬라와 아인슈타인이 태어났다. 또한 세상을 환하게 밝힌 '니콜라 태슬라'는 뉴스에서 그의 노벨상을 예상 수상자로 발표했으나 그는 외계와의 통신 연락 「행성과의 대화」를 1902년 콜리어스 위클리에 발표하자 그를 정신 이상자로 몰았다. 그리고 그를 노벨상에서 탈락시켰다. 그가 발명한 700여개의 발명품은, 노벨상을 받고도 남을 발명이었다.

무선 통신, 레이더의 개발, 무선 조종기, 형광등, 네온사인, 테슬라의 헬리콥터, 철도 등 그가 가진 700여 개의 특허 기술은 세상을 바꿔놓았으며 일반 과학자들은 그를 미치광이라고도 부른 사람도 있었다. 1856년생인 그가 1934년 1월에 그가 미국의 한 호텔에서 사망하자, 친척보다 제일 먼저 달려간 것은 미국 FBI였다. 친척에 의하면 그의 연구서류를 몽땅 가져갔단다. 그리고 FBI가 발표한 것은 그 연구가 별것 아니었다는 내용이다. 1899년에서 1900년 사이에 그가 성공한 무선 전기 수신 장치. 그는 6.4킬로미터 밖에서 무선으로 전기를 받는 것을 성공했다. 그 연구비와 송전탑 무선 장치를 만드는 데 돈을 대준 사람은 은행가 J.P 모건이었다. J.P 모건은 사업가다. 테슬라가 전기를 무료로 보낸다는 것을 알아챈 J.P 모건은 자금줄을 끊어버렸다. 어떤 사업가가 연구를 하여 무료로 연구결과를 줄 사람이 있겠는가? 그래서 그 연구는 1917년에 타워 등 모든 시설은 철거됐다. 모든 인류가 무료로 전기를 쓸 수 있는 기회를 놓친 것이다. 그가 발명한 것 중 레이저 무기 공중에 떠있는 비행체 수백 대를 한꺼번에 없앨 수 있는 무기도 발명했다. 그런데 정작 이 무기는 축소된 모형으로 이스라엘에서 만들어서 세계무기 전시장에서 선을 보였다. '니콜라 테슬라'의 이 기술의 설계도를 가져갔다는 미국이 모를 리 있겠는가?

미국 매사추세츠 공과 대학 그곳 MIT연구원들은 무선 송전개발에 열을 올리고 있는데 2007년에야 에너지를 2미터 밖으로 보내는 데 성공했으나 테슬라는 1899년에서 1900년 사이에 콜로라도 스프링스에서 6.4킬로미터를 무선 송전을 성공했다. 당시 은행가 모건을 설득하여 15만 달러를 받아내서는 워든 클리프 타워를 지상 57미터, 지하 37미터에 건설하여 무선으로 전기를 보내는 데 성공했다. 투자자인 모건이 테슬라의 진짜 목적을 알아차리는 바람에 1904년에 끝이 났다. 테슬라는 전기를 무료로 보내려는 것이었다. 투자금이 끊기고 1917년에는 타워도 철거되었다.

1899년 7월 테슬라는 송신기를 시험하다가 정체불명의 이상한 신호를 들었다고 한다. 그리고 고성능 수신기를 발명하여 외계의 신호를 받았던 것이라고 1902년 공식적으로 콜리어스 위클리에 「행성과의 대화」란 글을 기고했다. 이 충격적인 글에 과학자들은 테슬라를 미치광이로 매도하며 발표를 꺼려했다. 그의 말대로라면 그는 외계인과의 교신으로 발명을 했다는 이야기이다. 이 천재는 1934년 1월 N호텔에서 마지막을 고했다.

지금 이 이야기를 왜 했느냐 하면 이 모든 기술이 외계인의 도움이 있었던 것이 아니냐? 그것을 설명하기 위해서이다. 과학과 종교가 아무리 싸워도 외계인을 인정하지 않고서는 과학은 제 위치를 지키기 어려울 것 같다. 니콜라 테슬라, 그도 천재 중의 천재였다. 그가 생각해낸 교류 덕에 지금의 지구는 암흑세계에서 탈출하며 밝은 저녁을 보낼 수 있게 되었다. 그는 무엇을 생각하면 발명품이 그냥 머리에 떠올랐다고 한다.

니콜라 테슬라가 태어난 1856년 7월 10일 자정. 지금은 크로아티아가 된 곳인 스말란에서 태어났다. 그가 태어나는 날 그 지역은 번개가 계속 치고 있었는데 사람들은 불길한 징조라고 생각했다고 한다. 그러나 그의 어머니는 '이 아이는 빛의 아이가 될 것이다'라고 했단다. 그리 태어난 그 아이는 천둥과 번개에 매료되었다고 한다. 그는 키가 컸으며 말랐으며 10여 개국의 언어를 사용할 줄 아는 두뇌의 소유자였다.

1881년에 오스트리아의 그라츠와 프라하의 대학에서 물리학과 수학을 공부했다. 28세의 나이에 미국으로 건너가 에디슨에게 채용되어 그의 밑에서 일을 하다가 두 사람은 바로 경쟁자가 되고 직류 교류 전류전쟁에서 교류가 적합 판정을 받고 직류를 주장한 에디슨을 누르고 승리한 사람이다. 교류장치는 테슬라가 헝가리에 있을 때 산책하는 과정에서 나온 생각으로 "회전 자장"의 원리를 이용한 완전히 새로운 시스템을 개발했다. 그 연구 결과에 정류자와 브러시가 필요 없게 됐다. 니콜라 테슬라는 자서전에서 어떤 계시를 받은 날이 있었다고 했다. 그때 교류를 다룰 방법을 깨달았다고 한다. 자신이 이마에서 빛을 감지했다고 했다. 그리고 다른 존재로부터 정보를 받을 수 있었다고 했다. 그 다른 존재는 니콜라 테슬라의 의식에 들어왔고 그 후로 세상을 바꾸는 발명을 할 수 있었다고 한다.

니콜라 테슬라를 둘러싼 예언과 소문 등 추측에는 어떤 것이 있을까? 그를 인간 수신기라고도 했다. 외계에서 오는 전파를 받아 발명을 했다는 것을 표현한 것이다. 그렇다면 테슬라는 수천 년 전부터 지구를 방문했던 진보된 정체불명의 외계인과 교신하면서 발명을 한 것이 아닌가 하는 의문이다.

테슬라는 고성능 수신기를 만들어서 외계의 신호를 받았던 것이 아닌가 하는 그런 생각들을 나게 하는 것은 테슬라는 900킬로미터가 넘는 곳의 번개를 추적하다가 갑자기 이상한 신호를 포착했다고 한다. 그 신호를 외계인이 보냈다고 생각하고 우주에는 진보된 지적 생명체가 있다고 생각했다. 테슬라는 외계의 신호를 보고했고, 1901년 2월에 자기 생각을 공식적으로 발표했다.「콜리어스 위클리」에『행성과의 대화』라는 글을 기고했던 것이다.

테슬라가 받은 외계의 신호를 기초로 외계인들이 수천 년 전에 지구를 찾아왔다고 하자. 과학자들은 그를 미치광이로 매도하고 그의 이야기를 발표하기를 꺼렸다. 테슬라는 원자가 태양계와 같은 구조라고 주장했고 빛이 파동과 입자의 성질을 가진다고 했다. 그러나 그것은 곧 묻혀버리고 같은 세대인 아인슈타인이 빛은 입자라고 해서 노벨상을 탔다. 보어와 리더퍼드도 원자가 태양계와 같은 구조라고 해서 노벨상을 탔다.

양자 물리학에서 큰 업적을 남긴 테슬라를 물리학자들은 무시해버린 것이다. 니콜라 테슬라는 생전에 확실히 외계와의 교류를 한 것이 틀림없다. 테슬라는 1943년 1월 7일 미국의 한 호텔에서 사망했다. 테슬라가 조금만 더 살았어도 세상이 바뀌었을 것이라고 한다. 가장 아쉬웠던 것은 전기를 무선으로 공급할 수 있었다는 사실이다. 모든 인류가 무료로 전기를 쓸 수 있는 기회를 놓친 것이다.

둘째, 스리니바시 라마 누잔. 천재들은 거의 명상을 했던 것으로 나타난다. 라마 누잔 그는 정규 교육을 받지 않고 독자적인 생각의 방식을 선택한 현대 수학의 천재였다.

인도의 천재수학자 스리니바시 라마 누잔이 쓴『초끈 이론』은 다차원 물리학의 기초가 되었다. 가장 진보한 그의 공식은 지금도 학자들이 이용하고 있다. 바로 '모듈함수'이다. 기존의 수학지식을 더 진보시킨 사람이다. 라마 누잔이 쓴 접분법을 이용하면 비행중인 비행기의 날개에서 발생하는 저항력을 계산할 수 있으며 지구를 도는 인공위성에 미치는 중력을 산출할 수도 있다.

스리니바시 라마 누잔의 어린 시절의 별명은 '기적의 아이'였다. 그 수학의 신동은 어린 시절 사랑가 파니 사원에서 명상을 하고 지냈으며 라마누잔은 꿈속에서 힌두교 여신인 니마기리가 수학 방정식을 전해주었다고 종종 이야기했다고 한다. 그도 외계와의 접촉이 있지 않았나. 참으로 궁금하다.

라마 누잔은 1887년 인도 마드라스 근방의 가난한 집안에서 태어났다. 성직자인 브라만 계급이었으나 가난 때문에 그는 정규 교육을 제대로 받지 못했다. 하지만 어린 시절부터 수에 재능을 보였고 독학으로 수학을 공부했다. 그는 15세 때『순수수학의 기초결과 개요』라는 책을 접하고 노트에 이 책의 정리들을 혼자서 증명해가기 시작했다. 100여 개의 정리가 담긴 그의 노트는 영국의 여러 수학자에게 보내졌지만 대개 대수롭지 않게 여겼다. 하지만 당시 35세로 이미 저명한 수학자였던 하디는 라마누잔의 천재성을 알아봤다. 하디를 사로잡은 '라마 누잔의 정리' 중에는 $1+2+3+4+5+\cdots=-1/12$라는 공식이 있었다. 하디는 말이 안 되는 것처럼 보이는 이 공식이 리만제타함수의 응용이라는 것을 깨달았다. 하디는 라마 누잔을 영국으로 초청했다. 라마 누잔은 영국 케임브리지 대학에 자리를 잡고 그토록 원하던 수학만을 연구할 수 있는 환경을 갖게 되었다. 인도인으로는 최초로 영국 왕립학회 회원으로 선출되기도 했다. 그가 남긴 이 라마 누잔의 정리는 현대과학의 주요 테마인 소립자물리학, 통계 역학, 컴퓨터 과학, 암호 해독학, 우주 과학 등에 널리 이용되고 있다. 라마 누잔의 천재적인 수 감각은 그가 병석에 누웠을 때의 일화로도 전해져 온다. 병문안을 온 하디가 자신이 타고 온 택시 번호가 1729라고 말하자, 라마 누잔은 1729는 두 개의 세제곱 수의 합으로 나타내는 방법이 둘인 수 중 최소의 수라며 반색한다($1729=10^3+9^3=12^3+1^3$). 하지만 세상은 이 특별한 천재에게 세속적인 성공의 길을 허락하지 않았다. 영국의 추운 기후와 1차 대전으로 인한 열악한 식량 상황 속에서 종교적 수행과 엄격한 채식을 고수했던 라마 누잔은 점점 쇠약해져 갔다. 결국 1920년, 인도로 돌아간 지 얼마 되지 않아 32세의 나이로 세상을 뜨고 만다.

셋째, 앨런 튜링과 폰 노이만. 앨런 튜링은 1936년에 현재 컴퓨터의 원형이 된 추상적 계산 기계를 고안했다. 이렇게 만든 '튜링 머신'을 기초로 디지털 컴퓨터 기계가 탄생했다. 세계 제2차 대전을 연합군의 승리로 종식을 이끌었던 앨런 튜링은 독특한 지적 능력은 악명 높은 독일 나치의 암호 장비인 '에니그마'를 수학으로 풀어 해독한 것이다. 해독이 거의 불가능하다던 에니그마를 해독함으로써 독일의 모든 군의 움직임을 포착할 수 있었기에 2차 세계대전을 종식시킬 수 있었던 것이다. 그도 깊은 명상에서 초감각 능력을 받았다고 한다.

"아버지, 명상은 확실히 무엇인가를 만들어 내는 게 맞는가 봐요."

"인간이 명상에서 얻은 결과는 참으로 많다고 본다."

"그렇군요!"

헝가리 출신의 폰 노이만도 앨런 튜링처럼 기계의 연산 방법을 찾아내 원자 폭탄용 플루토늄 압축 방법을 찾아낸 사람이다. 그도 2차 대전의 종식을 빨리 가져 오게 한 사람이다.일설에는 앨런 튜링과 폰 노이만이 1935년 만난 것은 우연의 일치라고 보지는 않는다. 명상에서 또는 외계인의 개입이 있었다고 보는 것이다.

찰스 배비지, 폰 노이만으로 이어지는 컴퓨터 선구자 명단에 빠진 이름이 하나 있다. 비운의 천재 수학자 앨런 튜링이다. 누락 이유는 두 가지.

세계대전과 냉전 속에서 재능과 업적이 비밀로 묶인 데다 동성애자라는 굴레에서 벗어나지 못한 탓이다.

튜링은 2% 부족한 학생이었다. 어려운 수학문제를 푸는 특출한 재능이 있었지만 필체는 엉망이고 단순 계산은 자주 틀렸다. 말도 더듬었다. 두각을 나타난 것은 케임브리지 킹스 칼리지 시절. 인도에 근무하던 부모의 귀국으로 생전 처음으로 온전한 가정의 울타리에서 지내면서부터다. 원시적 컴퓨터 '튜링 머신'을 만든 것도 이 무렵이다.

학계의 주목을 받은 그는 아인슈타인 등 당대의 석학들이 모여 있던 미국 프린스턴대학의 초청을 받아 박사과정을 마쳤다. 원자탄과 현대 컴퓨터의 개척자 노이만이 공동 연구를 종용했으나 거절하고 모교로 돌아온 때가 1938년. 곧 이어 터진 2차 대전에서 그는 수학으로 조국을 구했다. 독일의 암호 체계 '에니그마'를 해독한 것이다. 불침함이라던 비스마르크호의 격침도 그의 암호 해독으로 가능했다.

최초의 컴퓨터 '콜로서스(colossus)'도 만들었다. 영국이 비밀로 부치는 통에 에니악에 공식적인 최초의 컴퓨터 자리를 내주었지만. 전후 인공지능 연구에 열중하던 그는 1952년 나락으로 떨어졌다. 동성애가 발각되었기 때문이다. 형벌은 중성화였다. 지속적인 여성 호르몬 투입은 마라톤 풀코스를 2시간 46분 3초에 완주했던 강건한 신체를 변화시켰다. 가슴이 부풀어 오르고 둔부가 퍼지자 화학적 거세를 자각한 그는 1954년 6월 7일 청산가리를 주입한 독사과를 베어 먹고는 영면했다. 42세 나이였다. 제2차 세계대전 동안 그는 군대와 민간인 정부기관에서 고문관으로 일해 달라는 요청을 받았다. 그가 크게 기여한 2가지는 핵연료 폭발을 위한 내파 (內破) 방식 채용과 수소폭탄 개발에 참여한 것이다.

넷째, 베르너 폰 브라운. 독일 태생인 그는 독일에서 1942년에 로켓을 만들어 A-4라고 명명했다. 그것은 모든 로켓에 들어가는 기술의 집합체였다. 그는 2차대전 말기에 그의 연구소 직원들과 함께 미국으로 망명하였다. 그것을 발전시켜서 인공위성을 발사하게 하였고 아폴로 계획에 참가하여 닐 암스트롱과 버즈 올드린을 달나라에 안착하게 한 천재다. 로켓 분야의 선두 주자였다.

그는 인류가 '다른 별'에서 왔다고 생각하는 사람이었다. 그러기에 그는 외계인과 깊은 관계가 있다고 보는 것이다.

이렇듯 천재들의 어린 시절은 놀라운 능력을 지닌 아이들이었다고 본다. 놀라운 능력을 지닌 아이들은 세계 곳곳에 있다. 2002년 아노 소는 시카코 로욜라 대학교를 12세에 우등으로 졸업했습니다. 6년 후에는 분자유전자학과 세포생물학에서 역사상 두 번째로 젊은 박사가 되어 박사학위를 받았다. 2006년에는 생후 2주 만에 말을 했던 싱가포르의 6세 소년 아니나 셀레스트 콜린은 산성과 연기성에 관한 과학 강의를 한 적도 있다. 콜린은 세상에서 가장 똑똑한 아이였다.

2013년에는 두 살배기 아담커비가 멘사의 최연소 회원이 되었다. 생후 10개월에 책을 읽었고 IQ 테스트에서 141점을 받았다. 영재아는 가끔 몰라야 하는 것을 알고 있다. 아주 어린 나이에 이해력이 높아 사람들을 놀라게 하곤 한다. 게다가 역사, 과학, 자기 경험, 직관에서 전혀 다른 지식을 결합할 수 있고, 인류 역사상 학식과 놀라운 능력으로 이름을 날린 아이들이 있다. 이렇게 특출한 재능을 지니거나 총명한 아이들은 단지 뛰어난 유전자 덕분일까? 나이를 초월한 능력에 관하여는 다른 방법으로 설명할 수 있을까?

고대 우주인 이론가들은 이 아이들이 지구에서 태어났지만 외계인과 관련이 있다고 믿는다. 태어날 때부터 뭔가를 알고 있고 초자연적 지능으로 어떤 상호작용을 보여준다. 이들을 '별에서 온 아이들'이라고 부른다. 별에서 온 아이들은 비범한 능력을 가지고 있다.

아메리카 원주민들은 오랜 세월 동안 '별에서 온 아이들'과 함께 살았다. 특별한 아이들이고 그들은 손으로도 치료를 할 수 있었다. 아이들의 초능력은 정말 대단했다. 지금 우리 곁에서 살고 있는 신인류라고 볼 수가 있다. 엄청난 재능을 지닌 영재들은 외계인과 관련이 있을까, 아닐까? 있다고 보는 것이 해답이 될 듯하다.

다섯째, 하이다칸 바바. 힌두교의 '하이다칸 바바는 18세 때 동굴에서 수행하다가 발견 된 사람인데 본인은 부모가 없으며 그냥 공중에서 나타났다고 하며 자신은 불멸의 존재이며 힌두교의 '마하바타르 바바지'라고 했다. 자신이 마하바타르 바바지 신이라는 것이다.

스마트폰을 만든 스티브 잡스가 인도에 가서 그를 만나고 영적 깨달음을 얻고자 그의 제자가 되어 계를 받았다. 깨달음을 갖게 되고 미국에 와서도 캘리포니아주의 로스파드레스 국유림에 있는 '타자사라' 선(禪) 수행센터에서 안거했다. 여기서 깊은 명상 중에 세계를 바꿔놓은 스마트폰을 개발하게 된 것이다. 여기에 힘을 보탠 것은 1887년 12월 22일 태어난 인도의 수학자 스리니바시 라마 누잔이 90여 년 전에 쓴 '초끈이론'이며 '모듈라 함수' 이다. 라마 누잔의 어릴 적 별명은 '기적의 아이'였다. 수학의 천재였다. 그 책에서 또는 명상에서 영감을 받아 스마트폰을 개발하게 된 것이다.

1969년 7월 20일 미국 텍사스 주의 휴스턴 나사에서는 거대한 IBM의 360 모델 75 컴퓨터가 돌아가면서 1초당 1,660만 회의 연산처리를 하며 그 지시에 의해 쏘아올린 아폴로 11호가 닐 암스트롱을 싣고 달에 가고 오고 할 때 사용했던 컴퓨터의 100만 배가 넘는 연산 능력을 가진 것이 바로 스마트폰이다. 얼마나 대단한 발명이었나!

이 세상에 천재들의 등장이 무엇이 이를 그리 만들었나 생각해보면 그들은 거의 명상에서 해답을 또 발명을 한 것 같다. 세상에 천재들의 등장은 무엇이 이를 만들었나 생각해보면 외계인의 도움도 한몫 한 것 같다.

31. 천재 두뇌의 비밀

주기율표는 멘델레예프의 꿈속에 나타났다. 세계 최고의 법전 뒤에는 미지의 목소리가 있다. 함무라비 법전은 매우 진보된 시점에서 왔다. 그리고 두 발명가에게 동시에 찾아온 영감은 아무래도 공기 중에 물리적으로 존재하는 게 아닌가 생각된다.

역사 전체에 걸친 위대한 사상가들 다수가 그들의 천재성의 근원을 다른 세계로 돌렸다. 하지만 정말로 이 놀라운 정신 뒤편에 외계인으로부터 온 보이지 않는 힘이 있을까? 이 사람들은 영향받고 있다. 인류를 인도하는 고차원의 존재에게 말이다. 전 세계 수백만 명이 과거에 외계인들이 지구를 방문했다고 믿는다. 그게 사실이라면? 정말 고대의 외계인들이 우리의 역사를 함께 만들었을까? 만약 그렇다면 어떤 힘이 있어서 위대한 천재들에게 영감을 주었을까?

2002년 워싱턴 주 타코마. 31세 제이슨 패짓은 노래방에서 걸어 나오다 두 남성에게 끔찍한 강도를 당했고 의식을 잃고 쓰러졌다. 마침내 그가 깨어나자 의사는 신장 타박과 뇌진탕만으로 그친 것이 다행이라고 말했다. 그러나 며칠 후 제이슨은 세상이 완전히 새롭게 보이기 시작한다. 제이슨 패짓은 전문 수학자가 아니었다. 보통 사람들처럼 어렸을 때 조금 배웠을 뿐이었다. 수학에 별 관심도 없었다. 하지만 뇌진탕 이후 어딜 보더라도 수학 방정식이 보이게 됐고, 곧 그 아름다움을 알게 됐다. 공감각이라는 것이 발달되었다.

프랙털 형상으로 세상을 보게 되었는데 이 현상에는 큰 관심을 갖게 된 다음에야 수학을 찾아보기 시작했다. 그는 사물 속에서 피타고라스의 정리를 보곤 했다. 대부분은 알아차리거나 보지도 못하는 것이다. 정말 아름다웠기에 어떤 시각적 표현으로 남기고자 했다. 이 모든 것들을 그리기 시작했다. 제이슨은 세상에 하나뿐인 복잡한 프랙털 도형을 그려내는 비범한 능력의 소유자가 됐다. 과학자들은 이런 일이 가능하다고 말한다.

제이슨이 겪은 외상성 뇌손상이 그의 신경망을 임의로 재구성하여 특정 영역에서 천재적인 능력을 끌어낸 것이다. 외상성 뇌손상을 입으면 뇌의 신경망에 충격이 가게 된다. 외상성 뇌 손상 사고를 겪으면 짐작컨대 뇌가 어느 정도 스스로 회복할 것이다. 손상을 보완하기 위해 신경 회로를 재구성할 것이다. 제이슨 패젯의 이야기도 놀랍지만 이게 다가 아니다. 사우스다코타주 수 폴즈의 데릭 아마토는 수영장에서 머리를 다친 후 단한 번도 쳐본 적이 없었음에도 불구하고 뛰어난 피아니스트로 변모했다.

메사추세츠 주 35세 존 사킨은 수술 후 뇌졸중을 겪고 세계적인 예술가가 되었다. 간질 발작을 겪은 후 다니엘 태밋은 수학과 언어학의 천재가 되었다. 복잡한 방정식의 답을 '볼 수' 있게 되었고 외국어도 며칠 만에 익힐 수 있었다. 하지만 외상성 두부외상이 평범한 사람에게 천재성을 부여한다면 천재성의 본질은 무엇이란 말인가? 천재는 아주 드물게 나타난다. 매 세대마다 극소수의 천재가 있고, 우리가 세상을 움직이는 방법을 근본적으로 바꿔놓았다. 뇌만 들여다봐서는 절대로 천재를 완전히 이해할 순 없을 것이다. 두부 손상이 뇌 속의 무언가를 해제하여 생각과 개념을 잘 수용하고 보통 천재만 아는 우주의 구성을 인지하는 게 가능할까?

만약 그렇다면 우리는 어떤 통찰을 갖고 매 세대마다 나타나는 몇몇 위대한 사상가들, 예를 들어 아인슈타인, 셰익스피어, 다빈치, 공자, 플라톤 등 수천 년에 걸쳐 우리 사회를 형성해온 놀라운 사상을 만든 천재들을 이해하게 될 것이다. 현대 과학은 여전히 답을 찾는 중이다. 제이슨 피젯과 같은 이상 현상은 천재가 좋은 유전자와 노력의 결과라는 전통적인 시각에 모순된다. 천재성이란 유전적인 측면도 있다. 어떻게 알 수 있냐면 유명한 가문 출신이 많다. 베이컨 가문은 수많은 과학자를 배출했고, 다윈 가문도 있다. 천재라고 불린 사람들 사이에서는 매우 유사한 특징을 몇 가지 볼 수 있다.

첫째로 수많은 역경을 극복해낸 경향이 있다. 많은 천재들이 어릴 적에 장애를 겪었다. 장애가 그들로 하여금 더 높은 창조성을 바라게끔 만들었다. 그들은 장애를 극복하고 목표를 따라 끊임없이 노력하는 뛰어난 역량이 있었죠. 20세기의 전형적인 천재 아인슈타인은 이 특징들을 모두 가졌다고 한다. 그의 동기 부여와 끝없는 호기심은 전설적이었다. 하지만 그의 뇌 자체도 유별나게 뛰어났기 때문에 깊은 수준의 사고가 가능했을 것이다.

1955년 아인슈타인 사후 50여 년간 포름알데히드 속에 보관되어왔으며 사실 최근까지는 깊게 연구되지 않았다. 밝혀진 것 중 하나는 그의 뇌량이 두꺼웠다는 사실이다. 뇌량이란 섬유 다발로서 좌우 대뇌 반구를 연결해주는 것이다. 과학자들은 뇌량이 대뇌 속에서 일어나는 수많은 전달 작용을 돕는 것은 물론 창조성과 높은 사고력을 촉진한다고 믿는다. 하지만 뇌 속의 물리적 특징들만이 인간의 지성을 결정하는 유일한 요인일까? 고대 외계인이론가들은 더 심오한 원인이 있을 거라 믿는다. 사람 뇌를 보면 궁금하다. 정말 신경학적 뇌 기능 때문에 그런 천재들이 되고 이 놀라운 발명들을 생각해내는지 그리고 때로는 그것들이 모두 한 번에 떠오르는지. 일부 과학자들은 추측했죠. 천재들이 해낸 일들이 그들 외부로부터 생각들을 이용한 건 아닐까?

천재들이 다른 차원의 의식과 연결되어 그들의 생각을 전송받는다거나 꿈을 꾸는 동안 다운로드 받는 능력을 가진 게 아닐까? 우주와 인류에 대한 훌륭한 의문이다. 과연 가능 할까? 물리적 대뇌보다도 훨씬 더 중요한 의식에 관한 무언가가 존재한다는 것이 심오한 진실을 밝혀낼 흥미로운 가능성이다. 이것이 인류에게 어떤 의미이며 인류의 지식을 조종해서 의도된 결과를 얻으려는 인간을 뛰어넘는 어떤 조직이 존재할 가능성이요, 천재를 만드는 것이 뇌 작용만이 아니라 신체 외부의 어떤 힘에서 온다는 게 가능한가?

고대 외계인 이론가들은 그것이 가능하며 이에 대한 증거도 찾을 수 있다고 말한다. 세계 최초의 천재들과 그들이 주정한 영감의 원천이 사실인지 살펴봄으로써 말이다. 프랑스 파리 루브르 박물관 이 역사박물관은 아마도 고대에서 가장 중요할 법전을 소장하고 있다. 이 돌기둥은 함무라비 왕과 바빌로니아의 신 샤마시의 대화를 다루고 있다. 그리고 그 아래 설형문자로 새겨진 것은 바빌로니아인들에게 내려진 법전이다. 함무라비 법전으로 알려져 있다. 함무라비 왕은 의심할 여지없이 그 시대의 위대한 천재 중 한 명이다.

그가 유명한 것은 고대 바빌로니아의 통치자였을 뿐만 아니라 함무라비 법전을 편찬했기 때문이다. 최초로 씌어진 법전으로 오늘날 법과 비교하면 원시적인 문서이지만 전체 질서 체계 및 세금에 대한 내용과 여러 가지의 민사적인 원칙은 물론 유명한 형벌인 '눈에는 눈'도 씌어 있다. 몇 년에 걸쳐 개정되긴 했으나 체계가 있었다. 함무라비 법전은 서문으로 시작된다. 왕 스스로의 업적을 자랑하는 내용이지만 이렇게도 씌어 있다. "이 법전은 바로 바빌로니아 신 사마시께서 받아쓰라 하신 것이다. 함무라비 대왕께서 최면에 빠지시자 신께서 이 위대한 법전을 받아쓰라 하셨으며 이를 함무라비 대왕을 통해 전달하였다."

그 말씀은 대왕의 목소리와 달랐으며 대왕의 말투도 아니었다. 모두 신께서 내린 것이다. 대왕께서 깨어나시자 필경사가 쓴 것을 다시 읽었으나 대왕께선 이를 불러준 기억이 없었다. 모두 신께서 내린 것이며 훌륭했다. 대왕 본인의 저술이라고 주장하지 않은 게 중요하다. 대왕은 본인의 지성으로 만든 것이 아니란 걸 알았다. 함무라비 법전에 나타나는 법체계는 사회를 운영할 방법에 대하여 기본적인 윤리적 합의를 잘 따르고 있으며 많은 부분이 어떤 형태로 현대 법체계에도 계속 이어지고 있다. 이는 함무라비 법전이 매우 진보된 시점에서 왔음을 시사한다.

함무라비 법전 비화 같은 사례는 또 있다. 고대 천재들이 만든 근본적인 신앙과 과학적 원리들은 그리스와 로마건 인도와 중국이건 대개 신의 목소리에서 영감을 얻었다고 한다. 생각해보라. 모세, 아브라함, 노아, 예언자들, 예수 우리가 가진 수많은 법과 규율, 관습, 전통이 신께 어떤 말씀을 들었다고 주장하는 개인에게 기초한 것이다. 특정 종교뿐 아니라 모든 문화권 말이다. 많은 법들이 근본적으로 거슬러 올라가보면 다른 세계의 존재로부터 말씀을 들었다고 주장하는 사람들이 만든 것이다. 인류 문명이 걸어온 길을 결정해온 것이 역사 속 위대한 사상가들이 아니라 그들을 인도한 외부의 어떤 힘이란 것이 가능한 이야기일까?

고대인들은 그 답을 안다고 확신했다. 사실 라틴어 '지니어스'는 초자연적 존재인 '지니'란 단어에서 유래한 것이다. 고대에는 현재와 달리 천재를 '자율성'의 개념으로 정의했다. 통제할 수 없는 일종의 영적 악마인 지니가 몸에 들어와 관계를 맺는 것 그것이 천재성의 원천이었다. 통로이자 숙주인 관계다. 스스로 지배권을 가질 순 없었다. 그리스인은 뮤즈에게 영감을 얻는다고 믿었다. 무엇이 악사가 새 음률을 떠올리게 했을까? 무엇이 작가가 새 이야기를 떠올리게 했을까? 바로 뮤즈의 영혼이 그 사람에게 들어와 그 사람을 창의적으로 만든 것이다. 'Inspire'와 'In spirit'의 유사성에서 알 수 있다. 우리가 영혼으로 가득 차 영감을 받으면 창조적이게 된다.

고대의 천재들과 오늘날의 천재들이 다른 세계의 힘으로부터 영감을 받는 것이 가능할까? 힌두교의 가르침을 연구함으로써 증거를 더 찾을 수 있을지도 모른다. 그들은 종종 꿈속에서 지혜가 찾아온다고 말한다. 인도 마드라스 20세기가 시작된 지 십 년도 안 된 시기 스리나바시 라마 누잔은 정규교육을 받은 적 없는 젊은 수학자였는데 획기적인 정리로 수차에 학계를 놀라게 했다. 심지어 세계 최고의 수학자들조차도 그의 놀라운 공식에 당황했다.

라마 누잔은 성과만큼이나 놀라운 것은 그 공식들이 그의 꿈에 나타났단 사실이다. 그는 힌두교 여신 '나마기리'가 그에게 이 정리들을 알려주었다고 주장했다. 이 정리들은 모듈러 함수로 알려져 있다. 오늘날에도 여전히 가장 진보된 형태의 수학으로서 물리학자들이 상대성 이론과 양자 역학에 활용하고 있다.

어떻게 수학적 바탕이 하나도 없는 사람이 그런 복잡한 정리를 꿈속에서 볼 수 있을까? 라마 누잔의 이야기가 인류가 뇌 외부의 지식에 접근할 방법을 밝혀줄까? 그들이 받은 영감은 이끌어낸 것이 아니라 무의식에서 온 것이다. 알다시피 무의식은 여전히 수수께끼다. 개인의 무의식일까? 아니면 집단 무의식일까? 과연 진정한 천재란 우주적 정신 또는 집단 무의식의 산물일까?

고대 힌두교도들은 그러한 지식의 창고가 실재한다고 믿었다. 우주적인 힘이 모든 것을 가지고 있다. 생각, 행동. 감정 .경험 누구나 가졌었거나 가지게 될 것들 말이다. 훗날 서양에서는 이를 아카식 레코드라 부른다. 산스크리트어로서 '하늘'을 뜻한다. 이에 접근하는 방법은 여러분의 정신 여러분의 지능 여러 파장을 통해서다. 그곳의 씌어지지 않은 정보에 접근하기 위해서는 정보를 얻기 위한 주파수에 어떻게든 맞출 수 있어야 한다. 모든 천재들이 가졌던 공통의 재능이 바로 아카식 레코드, 즉 우주적 정신의 지혜에 접근하는 능력일까? 만약 그렇다면 현대의 다른 천재들 역시 그 지식을 다른 세계에서 얻었을까? 아인슈타인은 그의 획기적인 상대성 이론의 영감을 꿈속에서 얻었다.

프리드리히 아우구스투스 케쿨레는 알기 어려운 벤젠의 분자 구조를 밝혀냈다. 공상에 잠겼다가 제 꼬리를 무는 뱀을 보고 말이다. 뛰어난 러시아인 화학자 디미트리 멘델레예프는 원소 주기율표를 말 그대로 꿈속에서 만들었다. 그는 꿈속에서 모든 원소가 정확히 줄지어 선 것을 봤어요. 주기율표 자체가 꿈속에 나타났다. 완전한 형태로. 꿈에서 깬 그는 재빨리 그걸 모두 그려냈다.

오늘날 우리가 쓰는 주기율표와 같은 것이다. 우주적 정신이 어떤 개인들에게 천재성을 부여해왔다는 것이 가능한 이야기일까?

첫째, 스티브 잡스. 2007년 1월 9일 샌프란시스코, 가끔은 혁신적인 제품이 나타나 모든 걸 바꿔놓는다. 매년 열리는 맥월드 컨퍼런스에서 애플 컴퓨터의 공동 창업자 스티브 잡스는 곧 현대사에서 가장 상징적인 발명 중 하나가 될 것을 발표했다. 그는 세대를 뛰어넘는 제품을 만들고 싶었다. 어떤 모바일 기기보다도 스마트 하고 사용하기 정말 쉽다. 아이폰이다. 매끈한 디자인과 빈틈없는 마케팅으로 아이폰은 돌풍을 일으킨다. 그후 7년간 5억대가 팔렸다. 아이팟, 아이맥, 아이패드를 비롯하여 잡스의 천재성은 현대 사회에 대변혁을 일으켰다. 스티브 잡스의 발명품들은 우리의 삶을 상당히 바꿔놓았다. 정보에 접근하는 게 더 쉬워졌으며 더 간단하며 다 용이하게 만들었다. 덕분에 이런 말을 안 해도 된다. '이거 어떻게 쓰는지 모르겠어요.' 잡스는 복잡한 장치들을 그게 컴퓨터든 전화든 보통 사람들도 이해하고 사용할 수 있고 삶을 바꿀 수 있도록 만들었습니다.

하지만 잡스 이전에 다빈치, 테슬라, 아인슈타인이 그랬듯 잡스는 그 혁신적인 발명의 영감을 심오하면서 단순한 명상에서 얻었다고 믿었다. 타자사라 선불교 사찰은 캘리포니아 로스파드레스 국유림에 위치하며 미국에서 가장 오래된 일본 선불교 사찰이다. 이곳이 바로 잡스가 깊은 명상 속에서 세상을 바꿔놓은 수많은 영감들을 받았다고 생각했던 곳이다.

성년이 된 직후 스티브 잡스는 불교를 만나 자신을 위한 명상이 중요하단 것을 알게 됐죠. 그의 삶을 돌아보고 과거를 바라보는 것 내면을 향하고 마음을 비우는 것 사물을 명상적으로 다루는 것이 그에게 큰 영향을 주었다.

잡스는 선 명상으로 차분히 생각하게 되었고 육체 밖에 존재하는 원천에 접근할 수 있다고 믿었다. 잡스는 표현하길 '마음을 느리게 하면 순간이 길게 느껴진다, 전보다 많은 것을 볼 수 있다'고 했다. 잡스는 의식의 몰입상태에 빠지는 데 능숙했던 것 같다. 몰입 상태는 의식의 변용상태인데 모든 게 뒤로 멀어져가는 듯 느껴지는 의식 상태다. 물아일체랄까.

스티브 잡스의 천재성이 기술 혁신뿐만 아니라 인류에게 우주적 정신의 청사진을 제공했다면 어떻게 이를 통해 깨달음을 얻을 수 있을까?

아이폰을 통해 잡스 본인도 모르게 이미 존재하는 집단 지식의 서고를 모두가 사용하도록 작으나마 기여했을까? 그렇다면 이 기술이 우리가 우주적 지식의 위대한 보고에 접근할 방법을 알려줄까? 일부 과학자들이 우리 주변에 존재할 거라 믿는 아카식 레코드 말이다. 사실 의식 자체는 온라인에 접속하듯 간단히 접속하듯 간단히 접근할 수 있는 훨씬 더 강력한 실체일 것이다.

인터넷의 모든 지식이 여러분 스마트폰 속에 있는 건 아니지만 스마트폰을 통해 인터넷에 접속하는 것과 같은 방식이다. 잠재의식이라는 게 사실 어쩌면 훨씬 강력한 도메인으로의 접속이 아닐까? 철학의 근원 물리학의 근원 수학의 근원 또 인간의 존재 자체의 진짜 본질이 숨겨져 있고 위대한 우주적 비밀에 접근할 만큼 영리하고 숙련된 누군가를 기다리고 있는 것이다.

많은 심리학자와 철학자 인지학자와 신경 과학자들이 답을 내고자 노력한다. '생각은 어디에 존재 하는가?' 자신의 뇌를 보면 생각하고 있다는 건 알 수 있지만 무슨 생각인지는 알 수 없다. 생각의 본질적인 형태를 설명할 수는 없다. 뇌와 정신이 얼마나 일치하는가는 뜨거운 논쟁거리다. 또 의식의 흐름을 이해하려는 노력이 오늘날 심리 철학에서 가장 흥미로운 문제 중 하나다. 우리의 뇌가 우리 몸 밖 우주 지성의 수신기 영활을 하는 게 과연 가능한가? 그렇다면 이른바 우주적 정신이란 것이 우주의 다른 존재들과도 공유되는가? 모든 신체 기능이 우리 뇌 속에 있지만 우리 정신은 사실 다른 어딘가에 있다. 어딘지는 모른다. 우리의 정신이 정말 우주적 정신의 일부라면 단언컨대 우리는 온갖 외계인의 생각들로 공격받고 주입 받고 있는 걸 알지도 못할 것이다. 우주적 지식 저장소에 모두가 연결되어 있고 천재들은 그저 그걸 엿볼 수 있는 존재라면 우리가 완전히 깨닫는 날까지 외계인이 우리를 인도할까? 고대 외계인 이론가들은 인간 지능의 최근 추세를 살펴보면 그 답이 밝혀질 거라고 말한다.

1969년 7월 20일 아폴로 11호의 달착륙선이 달 표면에 내려앉았을 때 인류는 새로운 시대로 위대한 도약을 했다. 베르너 폰 브라운 같은 천재와 다른 과학자들이 인류 역사상 최초로 지구를 벗어나게 만들었다. 이 사건은 기술과 과학에서 전에 없던 천재들이 150년에 걸쳐 이룩한 폭발적 성장에 정점을 찍었다. 19세기 초 산업혁명부터 지나 두 세기는 가장 비범한 시대였다. 기술면에서 우리는 증기 동력에서 전기 엔진으로 핵동력 시스템에까지 이르렀다. 과학 면에서 우리는 일상생활에서 전자기와 상대성 이론 양자역학을 볼 수 있다. 보기에는 작은 것들 파스퇴르의 미생물학 항생물질, 마취 모든 기술들이 크게 변했다. 과학이든 의약이든 일상의 모든 것이 말이다. 하지만 과학자들은 기술만큼 빠르게 발전하는 것이 인간 정신의 지적 능력이라고 한다. 연구에 따르면 한 세기 만에 평균 IQ가 30이나 증가했다. 일부 과학자들은 더 나은 교육과 영양 섭취 덕으로 생각하지만 어떤 과학자들은 이를 우리 의식의 발전과 내면의 천재성으로의 접근 덕으로 여긴다.

인간의 인지능력은 끊임없이 발전한다. 항상 변한다. 이제 대부분의 변화는 포착하기 매우 어렵고 매우 점진적이다. 그런데 몇 차례 인간의 인지능력이 크게 발전한 적이 있다. 20세기의 혁명이 인간 인지능력의 또 다른 향상을 불러왔다고 주장할 만하다. IQ의 놀라운 증가가 인류가 새로운 집단 지성을 향해 천천히 나아가고 있는 증거일까? 우리가 우주적 지식에 점점 접근하고 있는 걸까? 그렇다면 우리가 마침내 인류의 집단 지식을 이 거대한 정신과 결합한다면 그때는 우리를 인도해 온 외계인을 발견하게 될까? 우리는 지난 100년간 비약적인 장족의 발전을 했다. 기술의 발전 말이다. 그리고 UFO 발견과 보고가 증가한 이유는 한 사회의 기술이 특정 수주에 도달하면 외계인 사회가 알게 되는 게 아닐까 싶다. 이 모든 게 우리를 어디로 이끌까? 신의 수준까지 이끌 것 같다.

우리는 점점 신과 같은 생각과 능력들을 갖게 된다. 우주적 의식에 접근한 결과다. 외계인들은 이에 앞선 발전을 보장하는 데 필요한 도구들을 우리에게 줄 것이며 어마어마한 인류 발전을 인도할 것이다. 인류가 점점 더 많은 지식을 통해서 단계적으로 발전한 것처럼 보인다. 우주적 정신에서 얻은 게 대부분이다. 우리는 마침내 고도로 발달된 문명을 갖게 될 것이다. 외계인을 대면하고 동등하게 교류할 준비가 된 문명 말이다. 그들도 원할 것이다. 무엇이 천재들에게 뛰어난 창조성을 주는가? 천재성의 근원이 뇌 바깥 어딘가에 있다는 선조들의 생각이 옳은가? 외계인이 우리의 접근을 허락한 우주적 정신 아카식 레코드에서 만든 지혜의 근원을 찾을 수 있을까? 천재들이 우리를 진정한 깨달음으로 이끌기 전에는 알 수 없을 것이다. 그때야말로 외계인 선조를 다시 만날 준비가 되리라.

"아버지, 명상이란 정말 특별함을 갖게 한 것 같네요. 스티브 잡스가 발명한 스마트 폰이 명상의 결과라니 대단하지 않아요?"

"그렇다고 볼 수밖에 없다."

"아버지, 진짜 사람이 죽었다가 환생한다는 게 있을 수 있는 일이에요? 정말 납득이 안 가는데요?"

"힌두교도 환생을 이야기하지만 불교에서도 환생을 믿는다. 우리로서는 도저히 이해할 수 없는 일이기도 하다."

"그러면 어찌하여 환생을 했다는 달라이라마 같은 분이 있을까요?"

"그것도 어려운 질문이지만 환생을 한 것인가에 대하여서는 많은 검증을 통과해야만 한다. 그것을 통과한 사람 중 한 분인 달라이라마라는 티베트에서 최고의 존경을 받고 계신다. 그분은 지금 중국에 귀속된 티베트의 독립을 위하여 인도에 망명 중이시다. 환생의 비밀 어쩌면 그 해답은 부처의 삶에서 살펴볼 수 있을 것 같다. 역사적으로 부처는 석가모니라고 알려져 있다. 석가모니가 태어난 시기는 기원전 6세기경인데. 그는 불교를 창시하고 깨달음으로 향하는 길을 널리 퍼뜨렸다. 여기서 중요한 건 부처가 원래는 인간이었다는 것이다. 그래서 인간이라면 누구나 부처와 같은 깨달음을 얻을 수 있다고 한다. 하지만 부처에게는 경이로운 능력도 있었다. 그런 것들이 부처를 인간에 비해 신적인 존재나 신에 근접한 인

간으로 만들어주나 보다. 환생을 믿고 따르는 티베트 또는 그들의 종교를
살펴보자."

32. 환생은 정말일까?

티베트는 서기 581년에 여러 부족을 통합하여 송첸 캄포라는 왕국으로
탄생했다. 티베트는 티베트어를 사용하는 왕국이었다. 그러나 649년 중
국으로부터 공격을 받고 중국이 티베트에 영향력을 행사하려 했다. 13대
달라이라마가 중국으로부터 독립을 선언하자 중국은 이를 인정하지 않고
있다. 티베트의 정신적인 지도자인 14대 달라이라마는 현재 인도에 망명
중이다.

히말리아 북동쪽에 있는 티베트는 불교의 정신적 지주인 달라이라마가
600여년 전부터 나라를 다스려왔다. 1937년 14번째 달라이라마 그는 선
대 달라이라마의 화신이라 믿으며 국민들은 그를 따른다. 달라이라마가
사망하면 고승위원회의에서 달라이라마를 뽑는다. 고승위원회는 평소에
달라이 라마가 사용했던 모든 장신구나 물건을 갖다 놓고서 그에 대하여
시험을 하여 그가 환생했다는 고승들의 의견 일치가 되어야 선택이 되는
데 그 과정은 이전 생애에 대한 과거의 이야기라든가 무척 많은 검증 끝
에 선택이 된다. 일반인으로는 믿기 힘든 환생, 티베트인들은 불교신자들
로서 다음 환생을 위하여 매일 경정을 읽고 기도하며 살아가고 있다.

달라이라마, 과연 그는 누구인가? 갑자기 진화한 사람인가? 외계인이
만든 사람인가? 그리 힘든 과정을 또는 과거의 일을 알아맞히다니…….
환생한 사람이라는 게 맞는 말인가? 티베트인들은 거의가 환생이 맞는다
고 하며 본인도 다음 세상에는 꼭 잘 태어나게 해달라고 매일 기도한다.

그러나 과학은 아니라고 부정한다.

환생. 1930년 인도의 델리 4살의 샨티 데비는 가족에게 자기가 전생에 '루그디 바이'라는 여자였으며 근처의 마을에 살았다고 한다. 가족들은 처음에는 아이의 공상이라고 치부한다. 하지만 샨티가 그 마을에 대해 잘 알아 가족들도 마침내 샨티의 말을 믿고 루그디 바이가 살던 마을로 여행을 간다.

"샨티는 실제로 전생에서의 남편을 만나러 갔죠. 남편도 얘기를 나눈 뒤 샨티가 아이를 낳다가 죽은 자신의 전 부인이 환생한 거라고 믿었어요. 그래서 결국 마하트마 간디가 이 이야기에 연루되게 됐죠. 간디는 조사를 하게 한 뒤 자기 입으로 직접 샨티가 이 다른 여성의 환생임을 납득한다고 말했죠."

샨티 데비로 환생한 것일까? 힌두교에서 믿는 환생은 영혼이 새 몸에서 다시 태어나는 영적 부활로 거의 모두가 죽은 뒤 겪는 것이다. 영혼이 승천하면 다른 생명 형태의 무언가로 다시 태어나야 한다. 그래서 다른 생명 형태로 지구에 돌아온다. 그게 환생의 개념이다. 몇몇 사람들은 환생이 사실일 뿐 아니라 특정 사례에서는 이걸 뒷받침할 물리적 증거도 있었다고 믿는다. 다수의 사례를 보면 기묘한 점이 있는 사람들이 다른 생에서 다른 사람으로 살았던 걸 정확히 기억했다. 이런 사례 중 일부에선 전생의 자신이 어떤 특정한 방식으로 죽었고 그 지점과 일치하는 점을 가지고 환생 한다는 걸 확인할 수 있었다. 총을 맞아 죽었었다면 총상이 어디 있는지를 알 수 있다. 환생한 사람이 실제 총상 자리에 모반을 갖고 태어나니까. 모반은 의식이 전생에서 겪었던 끔찍한 사건을 물리적으로 나타낸 것일까?

환생의 지지자들은 의식이 다른 몸에서 부활할 수 있다는 것에 대한 추가 증거를 환생이 힌두교나 불교 같은 동양 종교의 일부만이 아닌 것에서 찾을 수 있다고 한다. 환생은 전 세계 대부분의 고대 종교에서 나타난다. 플라톤도 이렇게 썼다. 영혼은 몸에 들어가며 죽으면 영혼이 재처리 되어 몸에 다시 들어간다고.

환생의 기본 개념은 죽음이 닥쳤을 때 영혼이 육체를 떠나 그 사람들이 생각하는 천국으로 가서 새로운 육체로 들어간다는 것이다. 이걸 쉽게 이해하는 방법은 컴퓨터에서 클라우드로 파일을 전송하고 새 컴퓨터에서 파일을 다운로드 하는 것과 같은 것이다.

과학자들은 이제야 환생이라는 개념이 실제 일어나는 일이라고 생각하기 시작했지만 영혼이 인간 육체를 떠나 다른 육체로 들어간다는 생각은 수천 년 전의 이집트 초기 문명에 존재했다. 환생에 대한 연구는 수천 건이 있다.

33. 세상에서 죽지 않는 동물은 어떤 동물이 있는가?

2007년 9월 저 지구 궤도 러시아의 포톤 M-3우주선에서 벌어지는 실험이 자연계에서 부활의 작동 원리를 밝히려고 했다.

여기에는 '완보동물'이라는 작은 벌레가 수십 마리 타고 있었다. 완보동물은 '호극성균'이라는 유기체의 한 부류로 대부분의 생명체라면 죽을 극한의 조건도 견딘다. 지구상에서 완보동물들은 죽이기가 거의 불가능하다. 100도 이상의 온도나 영하에서도 세포에서 모든 물을 분출하면서 살아남을 수 있다. 완보동물은 아주 흥미롭다. 이 생물은 어느 정도까지 진화했냐면 '동면'이라고 부를 상태로 갈 수 있을 정도다. 혹독한 환경에서도 살아남을 수 있죠 신진 대사는 계속 되지만 아주 느려지는 것이다. 이번 임무에서 과학자들은 이들이 장기간의 태양 복사를 견딜 수 있는지 확인하고 싶었다. 그래서 이들은 12일간 우주선 밖에 놓였든 이들은 비활성 상태에 들어갔지만 실제로 죽었을까? 지구에 돌아오자 이들은 살아났다.

아주 효율적인 DNA 구조를 갖고 있다. 다소 빨리 소생하니까. 과학자들은 그걸 부활이라고 부른다. 고대 세계에서도 완보동물에 비견할 만한 게 있었다. 부활을 기다리며 모든 액체를 제거한 채 보존된 죽은 사람 바로 이집트의 미라다.

이탈리아의 라팔로 1988년 이탈리아 해변에서 수중 생태를 연구하던 독일 생물학 학생 그리스티안 소너는 엄청난 능력을 갖춘 초소형 생명체를 발견한다. 죽지 않는 능력이다. 해파리의 일종인 '작은 보호탑 해파리'로 초기 폴립 상태로 계속해서 되돌아가 생애주기를 계속 다시 시작한다. 지구에서 수많은 종의 생명체 중에 한 번도 발견된 적이 없는 종류이다. 이 해파리가 다시 살 수 있는 횟수에는 이론적인 한계가 없어요. 생물학적 모든 과학 법칙을 정면으로 반박한 것이다. 학자들은 이 해파리의 이름을 '불멸의 해파리'라고 이름을 붙였다. 이 대단한 동물은 처음에 어떻게 태어났을까? 우리나라의 서해안에서도 발견된 이 불멸의 해파리는 어떻게 우리나라까지 와서 발견된 것일까? 이 동물은 이탈리아 해안에서 처음 잡히고 학계에 보고되었다.

8부
UFO의 실체

34. 외계인은 과연 달에 기지를 갖고 있는가?

"아버지, 달엔 외계인 기지를 의심할 만한 증거가 있다는데 그 구체적인 증거라는 것은 어떤 것일까요?"

"달엔 외계인 기지가 있다고 꼭 단언할 수는 없다. 달에 아폴로 11호가, 가기 전 달에 인간을 보내기 위하여 우주선을 여러 번 보냈는데 아폴로호가 달을 떠나면서 떨어트린 추진체가 달에 떨어질 때 달은 종소리를 아주 크게 울렸었다. 그것을 다시 확인하기 위에 다음 아폴로 호에서는 이 부분도 조사했을 것이다. 달에 공동화가 되지 않고서는 납득이 안 가는 일이 벌어진 것이다. 달 지하에 외계인 기지라도 있는 것일까? 그게 큰 의문이다."

"아버지, 나사는 왜 그런 것을 발표하지 않는 걸까요?"

"그런 일은 국가에 일급 기밀로 취급하기 때문에 발표를 안 하는 것이다."

"외계인들은 달에 간 사람들을 외계인의 UFO가 감시하고 있었다는 것도 아마추어 무선사들에 의해 사실이 밝혀졌는데도 그것도 비밀인가요?"

"하여간 히스토리에서 그런 것을 밝히려고 많은 노력을 하고 있다는 것을 보여줄 것이다. 잘 보고서 기억하면 공부에 많은 도움이 될 것이다."

"네. 잘 알았습니다."

행거1 파일엔 달의 이면에 있다는 모종의 기지에 관한 내용이 있다. 그게 사실이라면 멀리서 지구인들을 관찰하는 외계인들이 사용하는 곳일까? 그런 생각은 그렇게 터무니없는 것만도 아니다.

아폴로 11호부터 시작하여 17호가 착륙했던 지점에서 300킬로미터 떨어진 곳에서 분명히 아파트 15층 높이의 건축물이 8개 발견되었다. 이것은 무엇을 뜻하는가? 그곳에는 무중력 때문에 1미터 높이의 건물을 세우

는 것도 불가능하다고 한다. 닐 암스트롱이 지구에 귀환하여 기자 회견을
하는 것을 보면 웃는 얼굴이 아니었다. 왜 그랬을까? 달에서 무엇을 보았
나? 달 착륙시 착륙 지점을 벗어나 다른 곳으로 착륙을 한 것은 무엇 때
문일까? 달은 지구를 보호해주는 역할을 톡톡히 한다. 달이 없으면 지구
는 자전축을 유지할 수가 없다 거기에 밀물 썰물을 만들어 바다의 환경을
바꾸며 산소공급도 해주고 참으로 없어서는 안 될 존재다. 그런데 달에는
무수한 분화구가 있다. 이것은 유성 충돌 현장이기도 하다. 1969년 11월
20일 달 착륙 후 사령선으로 가기 위하여 추진체가 달에 덜어지자 달은 3
시간 동안이나 징소리를 냈다. 이것은 무엇을 의미하는가? 속이 비지 않
고서야 있을 수 없는 일이다.

그것을 재확인하기 위하여 나사는 또 한 번 재시험을 하였다. 달은 자전
을 하며 돌지 않기에 지구에서 보면 항시 한쪽 면만을 볼 수 있는 것이다.
망원경으로 보아도 항시 한 쪽 면만 보이는 것이다. 그 뒤편이 궁금한데
나사는 공개하지 않고 있는 것 같다.

2018년 11월 중국은 달의 뒤쪽을 촬영하기 위하여 인공위성을 보냈고
성공했다고 보도도 되었다. 그러나 중국도 그 사실과 촬영한 것을 공개하
지 않고 있다."

"아버지, UFO는 전 세계적으로 날고 있었다고 이야기하는데 왜 영국
러시아 중국 등은 전혀 밝히지를 않는 걸까요?

"이제 지금부터 영국과 러시아 중국에서 UFO에 대한 것을 어떻게 처
리하는지 같이 보자꾸나. 상상도 안 되는 일이 실제로 일어나고 있었다는
게 확실한데도 각 나라들은 그것을 숨기려 노력하고 있다. 그 기밀을 이
용하여 무기를 만들려는 것 때문에 그렇게 하는 것이 아닌가 생각한다."

35. 영국과 UFO

영국의 CCC 공식 시설 명칭은 '코섬컴퓨터쎈터' 이곳은 무엇을 하는 곳일까? 러들로 저택이라 부르는 곳. 그곳은 헌병들이 삼엄한 경비를 하고 있는 곳이다. 많은 사람들은 이곳이 UFO의 잔해를 보관하고 있는 곳이라고 추정하고 있다.

영국에도 UFO 이야기가 있고 미스터리 서클도 있고 스톤헨지도 있고 선사시대 유적들이 많이 있는 곳이다. UFO가 스톤 서클 안에 거석 유적 안에서 자주 발견됐다. 가끔 서클안에 착륙했다 하기도 한다. 영국군도 UFO에 대하여서는 함구하고 있다.

1955년 5월 22일 잉글랜드 런던 INS가 전한 기사에서 유명 미국신문 칼럼리스트 도러시 킬 칼런이 다음과 같은 대담한 주장을 폈다. 영국 공군과 과학자들은 수수께끼의 비행접시 잔해를 조사한 후 이 기묘한 공중 물체가 눈의 착각이나 소련의 항공기가 아닌 다른 행성에서 날아온 것이라고 확신했다.

도러시 킬 칼런은 정부 인사나 첩보계통 군대 인사들과 깊은 연줄이 있는 사람이었다. 킬 칼런은 정부 고위 인사로부터 그 정보를 직접 들었다고 했다. 내용은 1955년에 영국 정부가 추락한 UFO를 손에 넣었고 그 비행체의 크기와 내부 구조로 미루어 보아 아주 작은 인간형 존재가 조종했다고 판단한다는 것이다. 도러시 킬 칼런은 정보원의 직위로 봐서 엄청난 사건임을 알고 가만히 있지 않기로 했다. 그녀는 그 후 미국의 여러 신문에 그 기사를 실었다.

그녀는 그의 주장을 10년 동안 고수하면서 추가 조사가 이뤄져야 한다고 강조했다. 그러나 그녀는 1965년 11월 8일 세상을 떠나고 말았다. 그리고 영국 정부는 킬 칼런의 주장을 두말없이 부인했다. 전 영국 외교관이자 UFO 연구자인 고든 크라이튼은 킬 칼런의 주장을 뒷받침하는 증거를 찾았다고 주장했다. 고든 크라이튼은 사건을 최대한 자세히 조사했다.

그와 친한 정보계인사가 추정하기를 UFO 추락이 2차 세계대전 때 일어났으며 그 UFO는 얼음 속에 보관됐다고 했다. 전쟁이 끝나고 평화 시기가 돌아오자 영국군은 UFO를 격납고에서 꺼내 조사하기 시작했다는 것이다. UFO를 실제 조사했다고 현재까지 퍼지는 소문은 러들로 저택과 연관이 있다. 바로 그곳이 미국의 51구역 영국판이라는 주장이다.

1970년대 훨씬 더 유명한 사건이 일어났다. 마을사람 전부가 목격한 현상이다. 1974년 1월 23일 웨일스의 란드릴로 버원 산맥에 위치한 이 조용한 시골마을이 늦은 저녁을 맞았을 때 엄청난 폭음이 들려왔다. 14세의 휴 로이드는 집에서 TV를 보다가 충격을 느꼈다. 그리고 이웃에게서 계속 전화가 걸려왔다. 대부분 하늘에서 무척 밝은 빛이 산기슭에 떨어져서 빛이 난다는 얘기였다. 밤 9시 10분 란드릴로에서 이상한 사건이 벌어졌던 밤 이상한 불빛과 진동이 보고 된지 약 30분이 지났을 시 목격자, 후 로이드의 집에 경찰관이 찾아왔다. 비행기가 추락했다고 했어요. 이웃 사람이 '높은 양반이다, 어깨에 별 달았다' 그랬다.

그날 밤에는 휴 로이드와 수백 명이 목격했던 불빛이 진짜 추락하는 외계 비행체였다면 러글러 저택에 조사 목적으로 옮겼을 것이라고 한다.

1980년 12월 6일 영국 공군이 미국공군에 임대한 공군기지 부근에서 이상한 불빛이 지평선에 나타났다는 보고가 있었다. 미군 두 명이 현장에 파견됐다. 기록에 따르면 목표지점에 접근하자 무전기가 작동을 멈췄고 다가갈수록 공기 자체에서 전기가 오는 느낌이었다고 한다. 이상한 불빛이 300~400미터 밖에서 보였다. 비행기가 추락하거나 위기에 빠진 것이라고 봤다. 그래서 페이스틴 하사와 존 버로 상병은 숲으로 들어갔다. 추락 현장에 들어갔을 때 기묘한 삼각 물체가 땅에 놓인 것이 보였다. 아래 부분 기준으로 너비가 약 3미터였다. 다리 부분이 공중에 뜬 것 같았다. 그 물체는 틀림없이 빈터에 착륙했다. 나뭇가지 몇 개를 꺾고 말이다. 이 사건 이후에 확실한 증거가 있다. 둘은 그 이상한 물체를 확인했다. 그 비행체 옆에 문양이 있었다. 미 공군을 뜻하는 USAN 같은 것이겠지 했는데 그림문자 같았다. 뭐가 뭔지 알 수 없었다. 그리고 표면에 손을 대봤는데 아주 따뜻했다. 그때 전기가 오는 느낌을 받았어요. 막 튀는 것 같았죠. 아주 강해져갔다.

안으로 끌려들어가는 그런 느낌을 받았다. 누군가가 제 눈앞에 0과 1의 그림을 든 것 같았다. 그 이상한 현상은 페니스턴 하사가 비행체에 손을 대자 보였다. 이 때문에 영국에서 가장 유명한 UFO 조우 사건이 됐다. 그런데 고대 외계인 이론가들은 그 뒤에 벌어진 일이 더 놀랍다고 한다.

그 다음날 이상한 물체들이 더 목격됐다. 홀트 중령이 수색대를 이끌어 혼란 상황을 끝내고자 했다. 비행체를 발견했던 장소에 방사능 오염도가 높다는 것을 발견했고 착륙점 3개를 찾았다. 그리고 그 근처에서 빛을 보았는데 갑자기 빠른 속도로 나무 사이를 지나 다가왔다. 수색대원 한 명이 북쪽을 보라고 했다. 하늘에 물체가 4~5개 있었다. 타원이었다가 원형으로 형상을 바꾸었다. 아주 고속으로 움직였고 큰 각도로 방향을 틀었다. 마치 수색 작업을 하는 듯했다.

"하나가 고공으로 머리위에 왔죠. 높이는 1,000~1,500미터쯤 됐어요. 우리로부터 3미터 떨어진 곳에 강한 불기둥을 비췄어요. 30센터미터쯤 됐죠. 지금이라면 레이저 빔이라고 할 겁니다. 그들은 뭔가를 찾으러 수색한 것이에요. 떨어진 그들의 비행체를 찾기 위하여 빔을 쏘아가면서 그런 행동을 하는 것 같아요."

홀트 중령은 비행체들이 묘하게 돌아다닌다고 했다.

"추락한 외계 비행체를 러들러 저택으로 운반한 사건이 최소한 두 건은 있었다고 알고 있습니다. 도러시 킬 갈런이 주장했던 2차 대전 때 추락해서 러들러 저택에 두었다는 비행체와 1974년 버윈 산맥의 비행체가 그것입니다. 영국 국방부는 외계생물의 존재를 알았을 가능성이 큽니다. 지금도 영국 국방부는 기록을 공개하지 않으려 한다."

"아버지, 그렇군요. 영국에도 UFO에 대한 기록은 엄청 많을 것 같네요. 러들러 저택은 미국의 제 51구역 같다니."

영국에서도 UFO 사건은 많이 있었다고 본다. 각 나라들은 자기네 구역에 떨어진 UFO에 대하여 함구하고 있는 게 사실이다. 영국의 스톤헨지를 보면 UFO와 상관관계가 있다고 보는 학자들도 있다.

36. 러시아와 UFO

UFO를 발견한 곳이 제일 많은 곳은 1,700만 제곱킬로미터의 영토를 가진 러시아다. 소련은 1957년에 스푸트니크호 우주선 발사에 성공을 하고 1961년 미국보다 앞서서 유리 가가린을 태운 우주선 발사에 성공한다. 소련 국민들은 이 우주선의 성공을 계기로 외계에 관한 관심이 높아진 게 사실이다. 그러나 1917년 정권을 잡은 블라디미르 레닌은 곳곳에 외계인 흔적이 있음에도 첫 과제로 종교탄압을 했다. 아무리 철의 장막이라도 언제까지 숨겨지지 않는다. 소련 전역에 수없이 많은 UFO가 출현하고 있었으며 이를 조사한 정부는 추락한 우주선 잔해까지 보관하고 있으면서도 밝히지를 않는다. 미국이나 영국이나 중국이나 거의 다 같지만 미국은 언론에 비밀사항을 빼고는 약간씩 정보를 주는 것 같다.

1991년 12월 25일 소련 당서기 미하일 고르바초프가 공식 기자회견을 하고 사퇴 선언을 했다. 잠시 후 크렘린 궁전의 소련기는 영원히 그 모습을 감추었다. 소비에트 연방이 무너진 것이다. 세상을 양분하던 커다란 세력 하나가 무너진 것이다. 1922년부터 1991년까지 북아시아와 동유럽 전역을 지배하였었다. 연방에 소속된 나라들은 독립을 하기 시작했다. 소련은 잔인함과 탄압 엄격한 기밀 유지로 악명이 높았다. 소련 정부의 활동

내역은 절대 외부로 유출되지 않았다. 이제껏 숨겨온 비밀문서를 보관했던 악명 높은 소련 국가보안위원회(KGB)도 해산이 되었다. 통제 불능 상태가 되자 전 KGB 요원들은 자신이 보유했던 기밀을 비싼 값에 KGB 비밀문서를 서방에 팔기 시작했다.

1972년부터 1984년까지 국외 정보를 담당 했던 KGB 소속 바실리 미트로킨은 수천 건의 기밀문서를 외부에 판매했다. 거기에는 러시아의 비밀 무기 자료와 러시아 스파이 또 UFO 보고 자료도 있었다. 소련에는 UFO 목격자가 굉장히 많다. 당시 서구 학자들은 철의 장막 상황을 전혀 알지 못했다. 하지만 기록 자료가 공개되었고 이제 모두가 열람할 수 있다. 최근에 공개된 자료에 의하면 소련은 UFO의 단순한 표현뿐이 아니라 고대에도 외계인이 지구에 왔음을 증명했다고 고대 외계인 연구가들은 주장한다.

1934년 12월 1일 러시아 레닌그라드에서 이오시프스 스탈린과 공산당 대표이자 라이벌인 세르게이 키로프가 암살당한다. 이 암살 사건으로 인해 소련의 흑 역사인 대 숙청 시대가 시작된다. 키프로의 죽음 후 권력을 독점한 스탈린은 반대파 숙청이라는 명목으로 극악무도한 정치 탄압을 시작했고 무소불위 권력을 손에 넣는다. 수백만 명 중, 그중에는 과학자이자 철학가인 겐리흐 루드빅 박사도 있었다. 그는 천재적인 사람이었다. 고대 현대 언어등 20가지 언어를 구사했고 지식의 폭도 방대했다. 루드빅 박사는 바티칸 첩자라는 이유로 강제 수용소에 수십 년간을 복역했다. 루드빅 사망 38년 후인 2011년에 러시아 신문 "극비"는 사설을 통해 바티칸에서 실제 루드빅이 실행했던 연구와 협의가 무엇인가를 밝혔다. 1920년대 젊은 건축학도 였던 루드빅은 바디칸 교황청에서 비밀도서관 출입을 허가 받았다. 그리고 도서관 서재에서 외계문명에 대한 문서를 발견했다. 거기에서 그는 수많은 외계인의 흔적을 발견한다. 그것을 알고 있는 소련은 비밀 유지를 위해 감금한 것이다. 그게 그 신문 사설 중요 대목이었다. 루드빅이 고문서에서 읽어보고 판단한 것은 인류의 조상은 외계인이라는 사실이다. 그 사실을 발표 못하도록 한 것이다.

레닌은 1917년 정권을 잡은 후 종교 탄압을 첫 과제로 삼았다. 공산주의 정권은 철학 역시 크게 탄압하였고 그 결과 20세기 초에 러시아에 우주 진화론이 널리 퍼진다. 1800년대 후반 러시아에 '우주 진화론'이란 학설이 성행한다. 우주 진화론은 1870년대에서 1880년대에 철학자 니콜라이 표도로프가 창시했다. 최초 우주선 개발에 참여했던 소련 로켓공학의 창시자에 큰 영향을 주었다. 우주 진화론 자들은 문명의 기원을 우주라고 믿었다. 인류는 언젠가 우주로 돌아가 '문명의 근원'으로 회귀할 운명이라 믿었다. 이러한 사고방식이 러시아 문화의 뿌리다.

레닌과 그의 후계자들은 이러한 우주 진화론과 외계인 기원설을 무시했다. 하지만 1961년 소련이 미국보다 앞서 우주선 발사에 성공해 우주 비행사 유리 가가린이 궤도에 도착하자 외계인 학설이 다시 주목받기 시작한다. 1957년 스프트니크호의 성공적인 발사 직후에 마치 유행처럼 외계인이 인류 문명의 기원이라는 발상이 널리 퍼졌다. 스탈린이 사망한 후 외계인의 고대 문명 개입설을 두고 많은 사람들이 자유롭게 토론하기 시작했다.

공개적인 토론이 이뤄졌다. 1961년 러시아의 물리학자 이자 수학자인 아크레스트 박사는 자신의 논문에서 외계인의 고대 문명 개입을 주장하여 큰 논란을 불러일으켰다. 이어 작가 알랙산드로 카찬체프와 천문학자 이오시프 시클롭스키이와 비슷한 이론을 제시했다. 오랫동안 검열 대상이었던 문서들이 이제 새롭게 공개됐다. 러시아는 1700만 제곱킬로미터의 영토를 가진 세계에서 가장 큰 국가이다. 영토가 넓은 만큼 지형이 다양하고 울창한 산림, 얼어붙은 툰드라 인적이 드문 산 황량한 사막, 영토는 광범위 하지만 국토의 50퍼센트는 사람이 살지 못하고 문명의 손길이 닿지 않는 곳이 많다. 러시아 영토는 미국의 두 배에 달한다. 미국에는 네 개의 표준시간대가 존재하지만 러시아에는 무려 11개의 표준시간대가 존재한다. 특히 북부는 기후가 변덕스러워 탐험이 힘들 정도다. 러시아에서 가장 불가사의한 곳은 카자흐스탄 북쪽 계곡 지대다.

1987년 첼랴빈스크 대학 고고학자 팀이 고대 문명의 흔적을 발견했는데 당시 시대를 측정해 보니 기원전 17세기에서 20세기로 밝혀졌다. 이고대 돌무지 아르게임의 주요 건물은 이미 오래전에 사라졌지만 과학자들은 컴퓨터 작업을 통해 영국의 스톤헨지와 비슷한 원형 건물을 재현하였다. 아르게임은 러시아의 스톤헨지로 불린다. 놀라운 사실은 영국의 스톤헨지와 위도가 정확히 일치한다. 천문학적 측량을 위해 만들어졌다는 사실이 생겨났다.

스톤헨지. 아르게임. 용도는 천문대 같다. 그렇다면 대단한 발견이다. 지금 인류의 선조들도 밤하늘의 별을 관측하며 지금 세대와 마찬가지로 상상을 펼쳤다는 뜻이다. 고고학자의 연구에 따르면 아르게임은 놀랍게도 지점과 분점 같은 18가지 천문 현상을 측정할 수 있는 지점이 이어졌다. 이 지역에서는 오늘날에도 놀라운 발견이 이어지고 있다. 끝없이 도는 나침판 바늘, 알 수 없는 빛, 기이한 안개 구조다. 알 수 없는 빛의 발현과 기이한 안개구조 멈추지 않는 나침판 비정상적인 환영 등 이상현상을 고려할 때 어떠한 에너지 흐름이나 소용돌이 기류가 의심된다. 건축물이 세워질 때 외계의 힘이 사용된 것이다. 실제로 아르게임이 외계인이 다녀간 장소일까? 외계인이 개입했기 때문에 건축물 위치에서 천문학 현상이 반복되는 것일까? 고대 외계인 연구가들은 그렇다고 답하며 아르게임에 인접한 우랄 산맥에 결정적인 증거가 있다고 주장한다.

우랄산맥 주민들의 증언에 따르면 하늘과 땅에서 이상 현상이 일어난다. 우랄 산맥을 방문한 여행객들은 담배 연기 형태의 우주선을 자주 목격했고 더욱 이상한 일이 일어나기도 했다. 1991년 한 지질학자 팀은 금광을 찾기 위해 우랄 산맥을 탐험하던 중 아르게임에서 960킬로미터 떨어진 니라다커점 옆 발바니강 채굴장에서 생각지도 못한 물건을 발견한다. 지하 9미터 지점에서 흩어져 있는 작은 금속 코일과 스프링을 발견한 것이다. 수십만 년이 넘는 시간 동안 인적이 없던 곳이다.

그 코일과 스프링은 수십 킬로미터에 걸쳐 발견됐다. 수천 년 전에 무언가가 폭발해 부품이 떨어졌다고 추측한다. 가장 작은 금속 조각은 0.0025 밀리미터에 달하기도 했고 이 조각들은 조사를 위해 상트페테르부르크에 있는 러시아 과학 아카데미에 보내졌다. 금속 조각은 자연 발생물이 아닌 기술력이 밀집된 물건이었다. 가장 작은 조각은 텅스텐으로 고온을 견뎌내야 하는 미사일과 우주선의 주성분이다. 나선 구리 조각은 물론이고 텅스텐과 몰리브덴 같은 희귀 금속이 발견되었다. 나노 기술로 만들어진 것이다. 현미경으로 관찰하면 규칙성이 선명히 보인다. 완벽한 코일이다. 오늘날 이런 부품을 만들려면 기계의 도움을 받아야만 한다. 절대 손으로는 못 만든다.

이로써 증명되는 사실은 그들은 첨단 기술을 가졌다는 것이다. 잘 알려지지 않은 금속으로 만든 반도체나 컴퓨터 칩과 같은 최첨단 장비에 사용되는 전기회로를 만들 수 있는 기술력을 가지고 있는 것이다. 고도로 발전한 문명을 가진 자들이 아르게임 근처에 머물렀다는 사실이 나선형 조각으로 증명된 것이다.

1967년 5월 17일 모스크바. 경비가 삼엄한 정부 건물에서 미확인 비행물체 관련 자료를 두고 과학자들의 회의가 진행되었다. 소련 최초의 공식적인 UFO 연구단체가 창설되었고 6개월 후인 11월 10일에는 정부는 단체장 펠릭스 지젤에게 소련 중앙방송으로 목격담을 받겠다는 요청을 승인하였다. 지젤은 대중에게 UFO 목격담을 요청했다. 엄청난 양의 제보가 쇄도했다. 방송을 시작한 지 얼마 되지 않아 UFO 단체를 강제 해산시켰다. 소련의 일급비밀 국방훈련이 노출될 수 있기 때문이다.

그러나 지젤은 계속해서 정보를 모으며 차일럿에게도 자문을 얻었고 1968년 목격담을 간추린 『우주 밖 존재』를 출간했다. 소련 정부는 러시아 과학 아카데미에 UFO 부서를 창설한다.

1984년 8번째 우주 비행사인 파벨 포포비치를 조사단 대표로 임명하였다. 포포비치는 UFO 정보를 수집했다. 1992년 소련 붕괴 당시 124장의

KGB 문서를 가졌다. 깊은 바다 밑에 외계인들이 자유롭게 출입하는 세 개의 수중 기지가 있다고 주장했다. 그의 주장은 신빙성이 높다. 파벨은 UFO를 두 번 봤다. 특히 1978년에 확실히 봤다. 미국에서 러시아로 돌아오던 여객기에서였다. 축구장 크기만 한 삼각형 물체가 창밖으로 지나갔다. 굉장한 속도였다. 탑승객 대 부분이 회담을 마치고 귀국하는 학계위원들이었다. 모두 봤다. 러시아 역사상 가장 화려했던 테스트 파일럿 마리나 포포비치라는 여성은 파벨 포포비치의 아내이다. 여성 비행사 최초로 음속 장벽을 통과했다. 마리나도 남편처럼 UFO를 목격했고 자신의 첫 UFO 목격담을 정리해 2003년 책으로 출간하였다. 책에서 군인, 민간 파일럿 수천 명이 UFO를 목격했다고 밝힌다.

마리나는 전 세계를 다니며 UFO 격추 명령을 받았던 당시의 경험담을 이야기했다. '커다란 비행접시'가 나타나 격추명령이 떨어졌지만 당시 파일럿은 '적의가 없는' 상대를 공격할 수 없다고 했다. 그래서 그가 출격을 했는데 UFO가 저랑 술래잡기를 벌였다. 마리나가 밝힌 UFO에 대한 이야기는 정부가 적어도 5개나 되는 불시착 UFO를 보관하고 있다고 밝혔다.

미국 로즈웰 사건현장에서 발견된 물리적인 증거 자료는 실제 추락이 있었음을 증명했다. 흥미로운 잔여물이 발견되었다. 학계는 단순 유성 추락이라는 공식적인 입장을 보였지만 잔해를 현미경으로 분석해보니 놀라운 결과가 나타났다. 조직이 복잡한 금속 섬유 가닥과 섬유를 구성하는 원자 구조는 열에 노출되는 순간 변화하였다. 발견된 금속을 녹여 스펙트럼을 분석했으나 금, 은 같은 성분이 사라졌다. 그 대신 타니타늄과 몰리브텐이 남았다. 또한 다른 금속도 다른 금속으로 변형되었다. 매우 특이한 경우다. 현장에서 발견된 부품들은 나노기술로 제조되었다.

우주정거장 살루트 7호는 1984년 7월 12일 우주 비행사 올래그아트코프 레어니드 불라디미르 솔로비요프는 우주선 탐사 일정 총 237일 중 156일째 그날 전 대원들은 이상 현상을 목격한다. 대원들은 살루트 7호를 덮는 주황색 연기를 보았다. 다들 가스누출을 의심했다. 점차 특이한 모양으로 뭉치기 시작했다. 이내 주황색 빛이 시야를 완전히 뒤덮었다. 다시 시야를 찾았을 때 우주선 앞에 포털이 열려 있었고 믿기 힘든 광경이 펼쳐졌다. 7개의 천사 형태가 나타나 무려 10분 동안 우주선 주위를 돌았다. 대원들의 묘사에 따르면 그들의 날개는 25미터가량 되고 머리에서 광륜이 빛났다.

정부는 대원들이 산소 부족과 압력 변동으로 집단 환각증상을 보였다고 공식 발표했다. 그해 여름 대원 3명이 추가로 살루트 7호에 참여했고 이번에도 여섯 명이 모두 천사 형태를 목격했다. 어떻게 대원 전부가 같은 현상을 볼 수 있을까? 환각이 아니었다. 정체를 알 수 없지만 실제로 어떤 존재가 나타난 것이다. 천사인지 외계인지 단언할 수 없지만 날개를 가진 인간의 형체는 인류의 역사와 종교, 문화, 신화에 끊임없이 등장한다. 전 세계 우주 비행사들은 설명 불가능한 환영을 직접 목격하였다. 그중 가장 큰 궁금증을 자아낸 것은 '우주의 속삭임'으로 알려진 현상이었다.

본명을 밝히지 않은 우주 비행사 X라는 사람이 동료와 궤도에서 경험한 일을 얘기했다고 알려져 있다. 우주 비행사 X가 얘기하길 마음속에서 누군가 말을 걸었단다. 우주 비행사 두 명이 머릿속에서 울리는 텔레파시 메시지를 받았다. '우주의 속삭임'은 자신들이 오래전에 존재했던 조상이라고 말하며 우랄 산맥에 사는 비해아의 가족을 언급했는데 아무도 모르는 사실이었다. 지구로 어서 귀환하라며 러시아는 아직 준비가 덜 되었다고 말했단다. 우주 비행사 여럿이 이런 경험을 보고 하지 않았다. 우주 개발 프로그램에서 제외될 걸 알았기 때문이다.

러시아의 기밀문서는 굉장히 방대하다. 겨우 빙산의 일각만이 세상에 알려졌다. 외계인의 지구 출현은 세계 곳곳에서 일어났다. 과거 소련 정부는 굉장한 정보를 가졌다. 만약 우리가 러시아 비밀문서에 담긴 외계인 자료를 확인한다면 수많은 의문에 답을 낼 수 있을 것이다.

"아버지, 역시 러시아네요. 방대한 만큼 엄청난 UFO에 대한 자료가 있을 것 같은데 그 기밀을 팔았다면 과연 그 기밀을 산 쪽은 어느 나라일까요? 개인일까요?"

"개인이 그런 자료를 사서 무엇에 쓰겠느냐? 아마 미국에서 구입하지 않았을까 한다. 아마 그 사실이 확실히 있을 것 같은데도 그 일을 일체 밝히지를 않는다. 그 비밀문서를 이용하여 신무기를 개발하고 있다고 보는 것이 맞을 것 같다."

37. 중국과 UFO

"허공 위 도시를 목격했어요. 중국인 수천 명이 소셜 미디어에 중국 상공에 나타난 UFO 사진을 게제했어요. 상공에서는 기이한 사건들이 더 많이 일어나지만 중국 정부는 계속 무시하고 있어요. 역사가 반복되는 건 아닌지 의문을 가져야 합니다. 하늘을 나는 용이 중국 고전에 등장하니까요."

외계인은 중국에서 수천 년 동안 인간과 함께 살았을 수도 있다. 베일에 싸였던 중국의 역사가 드디어 모습을 드러낸 것이다. 문명의 태동 이래 인류의 기원은 신이나 우주에서 온 방문객에서 비롯됐다고 한다. 그게 사실이라면? 외계존재가 실제로 인류의 역사에 큰 영향을 미쳤을까? 그렇다면 그 결정적 증거는 중국의 감춰진 제국에 있을지 모른다.

2011년 1월 26일 마오쩌둥 직속으로 일하던 전직 외교부 소속 순실 리는 캐나다의 한 신문을 통해 놀라운 사실을 발표했다. 외계인이 지구에 왔던 사실을 중국 정부가 알고 있다는 것이었다.

중국 정부는 이 사안을 객관적. 실증적으로 받아들여 저희에게 외계인을 조사하고 보고하고 논의할 수 있도록 허락했다. 정부는 UFO와 자주 마주치는 군부대와 공군 민간 항공국에 특별한 관심을 쏟고 있다. 순실 리에 따르면, 중국 정부는 외계인이 지구를 방문했을 뿐더러 인간의 형태로 지구 사회에서 생활하는 걸 알고 있다. 이러한 순실 리의 폭로는 폭탄선언이었다. 그로 인해 세상에서 가장 비밀스러운 국가가 어떤 식으로 외계인 문제를 다루는지 새롭게 밝혀진 것이다. 순실 리는 마오쩌둥 정부가 연구한 주요 외교 자료를 찾아냈다고 주장하며 본인도 외계인을 목격했다고 밝혔다. 1972년 당시 그는 중국 중앙 정부에서 외무부 소속으로 근무했다. 당시 야근 중이었는데 작은 달처럼 생긴 UFO가 하늘에서 빛났다. 달보다 작았지만 굉장히 밝았다. UFO는 아래위로 움직이더니 약 10분후 사라졌다.

순실 리는 그 물체를 봤던 당시 냉전 상대국이 보낸 감시 장치라고 생각했다. 하지만 수년 후 중국 정부의 고위 관리로 일한 후에야 그때 자신이 목격한 게 외계 우주선임을 깨달았다. "저는 2013년, 워싱턴 DC에서 순실 리를 만났어요. UFO 시민공청회에 발언권자로 함께 참석했죠. 순실 리와 대화를 나눌 기회가 생겨 서로 외계인 논의했는데 외계인 문제를 무척 진지하게 보더군요."

순실 리는 역사상 가장 막강한 세계 리더와 가까운 위치에서 일했으니 지구에 왔던 외계인에 대한 정부 내부 정보를 알지 않을까? 고대 외계인 연구가들은 그렇다고 대답하며 중국은 역사적으로 고립됐던 나라이니 수십 년 혹은 그 이상 외계인과 은밀하게 접촉했을 수 있다고 주장한다. 중국은 항상 배타적이다. 접촉했을 수 있다고 주장한다. 중국인은 언제나 다른 나라를 무시하고 오직 중국이 전부라고 생각한다. 그래서 비밀 유출에 무척 민감하다.

중국 사회의 폐쇄성과 비밀 유지는 악명 높다. UFO 정보도 함께 숨긴 게 아닐까? 그들은 뭔가를 알지 모른다. 중국 정부는 UFO에 대한 견해나 조사 내용을 세상에 공개할 의무를 느끼지 않는다. 되려 UFO 연구자들이 군사 훈련 도중 중국 영공에 나타난 UFO를 목격할까 봐 걱정한다. 중국은 자기중심적인 국가다. 다른 나라와 역사적 정보를 공유해야 한다고 절대 생각하지 않는다. 중국은 세계에서 인구가 가장 많은 국가로 고대 문명과 현대 문명이 독특한 형태로 뒤섞여 있다. 예로부터 서양인들은 이 머나먼 나라에 묘한 매력을 느꼈다. 수많은 비밀이 감춰진 듯했기 때문이다. 총 길이가 2만 킬로미터가 넘는 수천 년 전 세워진 만리장성은 물론 오늘날의 인터넷 검열 시스템 '만리장성 방화벽'을 살펴보면 중국은 자신의 구역에 출입하는 사람들과, 그 구역의 정보 유출을 무서울 정도로 통제한다. 이유가 뭘까? 고대 외계인 연구가들에 의하면 5천 년 전 나타난 중국의 시조이자 중국 최초 지배자인 '황제'를 연구하면 그 답을 알 수 있다고 한다. 황제는 인간 모습을 하고 있지만 처음 나타났을 때의 모습은 신성한 하늘의 신이었습니다. 구체적으로 말하자면 번개와 천둥의 신으로 하늘에 사는 존재로 알려졌다. 전해지는 바에 따르면 100년 동안 이어졌던 황제의 시대 동안 중국의 문화와 문명이 크게 꽃피웠다고 한다.

황제는 여러 면에서 기술을 크게 발전시켰다. 달력을 사용해 날짜를 계산했고 수학은 물론 천문학, 농경 기술, 기록 방법을 크게 발전시켰죠. 고대 문헌에 따르면 황제는 선진 기술을 소유해서 수많은 발명품을 제작했다고 한다. 그중에는 특이한 솥이 있는데 이 솥은 황제의 고향으로 알려진 사자 별자리를 향하고 있었다. 문헌에 따르면 이 솥을 이용해 하늘에서 용을 불렀다고 한다. 정해진 때가 되면 황제는 솥을 제작해 연금술 재료와 묘약을 솥에 넣었다. 그러면 곧장 천국의 문이 열리고 용이 모습을 드러냈다. 하늘을 나는 용의 피부는 자주 금속으로 표현된다. 혹시 나사와 볼트로 이루어진 기계장비를 말하는 건 아닐까? 고도의 기술력을 실수로 다르게 표현했을 수도 있다.

그들의 조사에 따르면 황제는 비행 물체를 타고 중국의 기름진 땅에 내려왔다고 한다. 중국인들은 자신을 용의 후예로 생각한다. UFO 연구에서 용의 문양은 비행 물체를 상징 하고 나아가 UFO를 상징한다. 혹시 5천 년 전 모습을 드러낸 황제는 중국에 문명을 전달하라는 임무를 받고 지구에 내려온 외계인이 아니었을까?

만약 그렇다면 황제의 대를 이어 중국을 지배한 왕권 계승자들은 혹시 외계인의 핏줄을 물려받지 않았을까? 과거 중국에서는 황제를 올려다보는 게 금기시되곤 했다. 게다가 1420~1912년까지 황제는 베이징의 '금단의 도시'라 불리는 자금성 안에 격리되어 일반 백성들과 접촉할 수 없었다. 자금성은 황제를 세상으로부터 지키기 위해 철벽처럼 꼼꼼하게 구축되었고 중국의 철학과 종교를 상징한다. 자금성은 지구에 세워진 외계인의 도시라고 볼 수 있다. 한 수도승이 계시를 받아 자금성을 건축하였는데 재료로 사용된 돌 중에는 300톤이 넘는 돌도 있어요. 자금성이란 명칭의 뜻은 '금지된 자줏빛 도시'다. '자미원'으로 알려진 자줏빛 별자리에서 따온 명칭이다. 이 별자리는 천상의 화제와 황제 수행단이 머무는 곳이라고 전해져 내려온다. 따라서 베이징의 자금성은 하늘위의 자미원을 지구 위로 옮긴 궁전이다. 따라서 중국 황제들은 지구인과 함께 살며 또한 하늘에도 존재한 외계인이었다고 의심해볼 수 있다. 중국 황제를 따로 격리한 이유는 외계인의 혈육을 숨기기 위해서였을까?

그렇다면 외계인은 지금도 지구인과 살며 중국을 지배하고 있다는 중국 관료 출신 순실 리의 주장이 맞는 걸까? 고대 외계인 연구가들에 따르면 외딴 사막에 숨겨진 미라에 더 정확한 증거가 있다고 한다.

1994년 6월 중국. 헤이룽장 성의 붉은 깃발 벌채 캠프에서 나무꾼 문 자오궈는 헬리콥터 같은 물체가 위룽쉐산 근방에 불시착 하는 걸 목격했다. 그는 상황을 살피러 접근했고 계곡에 들어선 순간 머리를 가격 당해 정신을 잃고 쓰러졌다. 자오궈는 며칠 후 자신의 집 침대에서 깨어났는데 어떻게 돌아왔는지 전혀 몰랐다. 그리고 깨어난 당일 신장 3미터에 손가락이 6개인 여성 외계인이 집에 나타났단다. 둘은 함께 침대 위 허공으로 떠올랐는데 외계인이 갑자기 벽을 통과해 사라졌고 자오궈는 침대 위로 떨어졌다. 목격담이 너무 비현실적이라 베이징 심리학자와 경찰 소속 기술자들은 자오궈에게 최면 신문과 거짓말 탐지기 등 엄격한 사실 조사를 시행 했지만 결과는 모두 진실로 밝혀졌다.

특히 최근 들어서 자오퀴 외에도 수천 명의 중국인이 외계인을 목격했다고 빈번히 진술 하지만 자오퀴를 납치했던 덩치가 큰 존재는 특히나 중요하다. 제작 시기가 4천 년으로 추정되는 이 놀라운 중국 고고학 유물 발견 때문이다. 타클라마칸 사막은 '죽음의 바다'로 불린다. 설화와 역사 되에 몸을 숨긴 방대하고 저주받은 곳이다. 중국 북서부의 타클라마칸 사막은 면적이 33만 제곱킬로미터다. 뉴멕시코 주보다 약간 더 넓다. 순수한 모래사막 중 세계에서 두 번째로 규모가 커서 횡단이 아주 힘들고 기후 환경은 굉장히 척박하다. 생명, 물, 먹이, 아무것도 없다. 타클라마칸 사막은 생명이 잘 자라질 못하는 세계적으로 척박한 곳이다.

놀랍게도 지난 30년 동안 중국 고고학자들은 타림 분지를 연구하여 제작 연도가 1800년으로 추정되는 묘지 수백 개를 발굴했다. 타클라마칸 사막은 무척 건조하다. 정말 극단적으로 건조하다. 대륙성 기후가 강해서 낮과 밤의 기온차가 매우 크다. 게다가 염분도 굉장히 높다. 건조한 기후와 염분이 높은 토양 이 두요소가 결합하여 미라가 잘 보존된 것이다. 고고학자들이 잘 보존된 미라 시신을 현대식 DNA 검사로 분석했고, 그 결과 이 고대 여행자들은 중국인이 아니라고 밝혀졌다. DNA 검사로 밝혀진 미라 역사는 무척 흥미롭다. 검사 이전에 남자 미라는 인도유럽족이라고 굳게 믿었기 때문이다. 하지만 매장된 시체 대부분은 백인 외형이었다. 중국인도 아니고 위그루족도 아니고 튀르크 족도 아니다. 게다가 어느 곳에서도 찾을 수 없는 다양한 특징이 발견되었다. 이 미라들은 특이하게도 생물학자들이 말하는 유럽 인종의 특징을 보였다. 다시 말해 각진 얼굴과 오목한 눈, 하얀 피부, 무척 가늘고 긴 몸통, 빨강, 금색, 살구색 종류의 곱슬머리를 가졌다는 말이다.

고고학자들이 미토콘드리아 DNA 검사로 이 미라들에서 하플로 그룹과 m과 k를 찾았다. 이 DNA 표지가 발견됐다는 건 서유럽인의 후손이라는 뜻이다. 하지만 문제가 하나 있었다. 지금껏 알려지지 않은 변종 DNA

가 발견된 것이다. 이 유전 정보는 그 어떤 유물에서도 발견된 적이 없다. 이러한 정황을 볼 때 이들은 외계인일지도 모른다. 타림 분지에서 발견된 수수께끼의 미라는 정말 외계에서 온 존재일까? 1994년 문 자오궈가 집에서 마주 했던 몸집이 거대 했던 존재 역시 같은 외계인족이었을까? 고대 외계인 연구가들은 그렇다고 대답하며 더욱 정확한 증거가 중국에서 가장 미스터리한 피라미드에서 발견될 거라고 주장한다.

1947년 중국 산시 성에서 트랜스 월드 항공의 동 아시아 지역 담당자인 모리스 쉬한 대령은 중국 중부 상공을 지나던 중 정상에 하얀 보석이 박힌 300미터 높이의 피라미드를 발견했다고 보고했다. 모리스 쉬한 대령은 본인이 발견한 피라미드가 기자의 피라미드보다 더 크다고 했다. 이 사실을 뉴욕 타임지에 투고했고 세상이 발칵 뒤집혔다. 1947년 3월 27일 쉬한 대령의 목격담은 「뉴욕 타임즈」에 실리며 세상에 널리 퍼졌고 이틀 후에는 거대 건축물의 사진이 신문 지면에 실렸다. 그 후로 중국 지역에서 37개 피라미드가 더 발견되었다. 그중에는 진시황릉도 있었다. 병마용이 발견된 곳이다.

이로써 알 수 있듯이 고대 중국은 피라미드 건축에 집착했다. 중국에 피라미드가 있다는 것은 모두 알고 있었다. 하지만 중국 고고학자들은 최근 몇십 년 동안에야 피라미드 관련 서적을 출간했다. 모두 고대 황제를 기리는 건축물이었다. 고대 외계인 연구가들의 주장에 따르면 서안의 피라미드 대형과 주변의 다른 건축물 대형은 우주를 가리킨다고 한다. 1999년 여름국가 종교 의식에 쓰였던 중국의 가장 오래된 제단이 중국 사회 과학원에 의해 서안에서 발굴되었다. 그로 인해 중국 황제 17대가 적어도 서기 581년까지 천단 공원에서 종교의식을 행했을 거라고 추측된다. 중국 왕들은 모두 천단공원 위에서 천국의 신인 외계인과 소통했다. 그리고 중심원만 다르고 천단 공원과 똑같이 생긴 돌 제단 건축물이 페루의 도시인 삭사이와만에서 발견되었다. 게다가 잉카의 지배자는 중국과 마찬가지로 하늘에서 내려왔다고 전해진다. 페루의 뭉크 마르카 재단과 중국의 천단

공원은 전혀 다른 문화권에서 전혀 다른 시대에 건축됐지만, 놀랍게도 두 제단은 여러모로 특징이 비슷하다. 둘 다 신과 소통하기 위해 건축된 제단이다. 아마 두 고대 문화는 당시 지구를 방문한 똑 같은 외계인을 찬양하고 공경한 게 아닐까? 중국 서안에서 발견된 수수께끼의 건축물들은 고대의 통치자가 초자연 적인 존재와 소통하기 위해 사용한 건 아닐까? 고대 외계인 연구가들은 더욱 미스터리한 피라미드가 서안에서 서쪽으로 약 800킬로미터 떨어진 칭하이 성의 바이궁산 정상에 있다고 한다. 2003년 중국 과학자 팀이 티베트에 가서 악명 높은 바이궁 산을 조사했다.

이 과학자 팀은 산 정상에서 60미터 높이의 피라미드를 발견했죠. 피라미드 내부엔 동굴이 있었는데 동굴 입구는 총 세 곳으로 모두 삼각형이었다. 그리고 피라미드 주변에서 녹슨 물건들을 발견했다. 바이궁 산 인조 피라미드는 그 입구를 통해 내부로 들어갈 수 있다. 피라미드 내부 전체에 금속 파이프들이 있고 동굴 바닥에는 금속 조각들이 흩어져 있다. 마치 군사기지 같았다. 고대 외계인 연구가들의 주장에 따르면 이집트 페루, 멕시코 등 세계 각지에서 피라미드가 발견되는 이유는 지구에 온 외계인이 고대인들에게 피라미드 건설 방법을 알려줬기 때문이다. 만약 바이궁 산에서 발견된 파이프 모양의 물체가 첨단 기술로 만들어진 인위적인 물건이라면 먼 과거에 외계인이 다녀갔다는 결정적인 증거가 있을까? 중국 신화에 따르면 중국의 쿤룬 산맥이 지구의 중심이다. 옥, 벽옥, 보석으로 지어진 하늘을 떠받치는 거대한 기둥이라고 한다. 쿤룬 산맥은 중국 신화에서 중심축으로 묘사 된다. 온 우주를 회전시키는 중심 기둥이자 지구와 그 밖의 우주를 연결하는 매개체다. 이 기둥을 통해 외계인이 자구인과 소통하는 것이다. 어쩌면 바이궁 산과 설화 속에 등장하는 쿤룬 산맥이 외계인이 지구와 우주를 관리하던 군사기지였을 수 있다. 혹시 수천 년 전에 외계인들이 중국을 방문 한 후 고대 군사 기지를 남겨두고 떠난 것은 아닐까?

고대 외계인 연구가들은 중국의 최대 비밀은 높은 산 정상이 아닌 깊은 심연 아래 있을지도 모른다고 추측한다. 1992년 중국 윈난 성의 푸셴후 호수에서 일어난 일이다. 전문 잠수부 공 웨이는 이 외진 호수에 잠수했다가 경이로운 현장을 발견한다. 호수 바닥에는 손으로 조각된 판석과 돌 유물들이 있었다. 이 수수께끼 같은 돌 조각은 중국에서 두 번째로 깊은 호수 밑바닥에 흩어져 있었다. 이 호수의 면적은 260제곱킬로미터, 깊이는 155미터이다. 그 잠수부는 굉장한 발견을 했다. 손으로 제작된 판석과 도로, 건축물 등 수중 도시를 발견한 것이죠. 호수 바닥에 인가가 있었다는 명백한 증거다. 호수가 형성되기 전이었을 테니 빙하 시대에 만들어진 건축물이다. 그러니 푸셴후 호수의 문명은 우리가 지금껏 들었던 것보다 훨씬 전에 등장한 것이다. 공 웨이는 푸셴후 호수에 35번도 더 잠수했다. 심지어 잠수함을 호수 밑바닥에 내려 계단과 더 많은 판석과 담벼락을 찾았다. 이 점으로 미루어 보아 푸셴후 호수 밑에 선진 문명이 있었는지 의심해볼 필요가 있다.

2001년 윈난성 박물관의 고고학자들은 수중 음파탐지기와 카메라를 동원해 대대적인 푸셴후 호수 탐색 작업을 진행했다. 수집된 증거를 토대로 중국 고고학자들은 원형 경기장과 피라미드 같은 선진 문명 건축물이 있었음을 밝혀냈다. 이 수수께끼의 수중 도시는 2.6제곱킬로미터에 이르렀다. 그렇다면 누가 이 도시를 지었을까? 그 이유는 뭘까? 이곳의 피라미드는 굉장히 특이하다. 이집트 피라미드만큼 오래됐고 심지어 그중 몇 개보다 높이가 더 높다. 정말 대단한 발견이다. 중국의 고대 기록에 따르면 푸셴후 호수가 있던 곳은 '유유안'이라 불렸다. 하지만 푸셴후 호수 밑의 건축물을 연구했더니 유유안 도시보다 훨씬 오래된 것으로 밝혀졌다. 홍수 신화 이전에 존재했던 고대 문명과 선진 사회의 잔해일까? 혹시 푸셴후 호수 아래 외계인의 군사 기지가 있었던 건 아닐까? 고대 외계인 연구가들은 그렇다고 답하며 미확인 잠수 물체 USO가 중국 고대 문헌에 자주 등장한다고 주장한다. 진나라 시절 도관위 제위 기간에 발행된 서적에 따르면 말 같은 괴물이 호수에 살았는데 등에 빨간 점이 있는 하얀색이었다고 한다. 재미있게도 이 괴물은 하늘을 날 수 있었다고 한다. 그 모습은 마치 USO나 UFO와 같은 다시 말해 미확인 잠수물체(USO)이자 미확인 비행물체(UFO)인 것이다. 1991년 10월 24일 마을 어부였던 장 유쉬왕은 맑고 고요한 날 퓨센후 호수에서 낚시를 하던 중 갑자기 나타난 짙은 안개에 파묻힌다. 그는 USO를 본다. 괴상한 비행 물체가 물 밑에서 솟구쳤는데 '빛나는 원반'이라고 표현했다. USO가 바로 옆에서 강렬히 솟구쳐서 배가 뒤집혔다고 했다. 그 물체는 순식간에 하늘로 사라졌다. 수 년 동안 퓨센후 호수에서는 괴상한 사건이 참 많이 일어났다. 중국 고대 문헌에 묘사된 황제를 태우고 하늘을 나는 용은 혹시 장 유쉬왕이 목격한 USO가 아닐까? 만약 그렇다면 외계인의 군사 기지가 퓨센후 호수 밑에 존재했던 것일까? 연구가들은 그렇다고 답하며 중국의 이상 현상 목격자가 이제는 너무 많아서 앞으로 중국 정부는 진실을 감출 수 없을 거라고 주장한다. 2015년 10월 7일 중국 포산에서 일어난 일이다. 규모가 큰 대도시에서 주민 수천 명이 놀라운 광경을 목격한다. 구름 위에 도시가 상공에 나타난 것이다. 이 허깨비 같은 도시는 너무나도 명백했고, 몇 분 동안 모습을 유지한 탓에 사람들은 이 도시를 화면에 녹화했다. 중국방송은 이 영상을 TV에 방영했고 영상은 각종 미디어 매체를 통해 전 세계로 퍼져나갔다. 수많은 사람들이 구름 위에 뜬 고층 빌딩 도시가 어떻게 생겼는지, 중국 정부는 이 현상을 정교한 사기라고 비판했지만 오늘날까지 그 누구도 이 영상이 거짓이라고 증명하지 못했다. 게다가 수많은 목격자가 영상의 진실성을 보장했다. 반면 어떤 사람들은 영상은 진실이 맞지만 '파타 모르가자'라 불리는 착시현상일 수 있다고 주장한다.

지평선 가까이에서 목격되는 신기루를 예를 들자면 눈에 보이지만 실체는 그곳에 없어요. 대기층이 만들어낸 환상이다. 파타 모르가자나 착시현상이 아니라고 주장하는 이유는 신기루라고 하기엔 위치가 너무 높았다는 것이다. 역전층 효과로 인해 도시 경관이 하늘에 비쳤다는 설명은 전혀 논리에 맞지 않는다. 대신 공중에 뜬 거대한 모선이나 우주선일 가능성이 크다.

새로운 사건도 아니었고 며칠 후 약 1300킬로미터 떨어진 곳에서 이와 똑같은 현상이 발생했다. 그 말은 하늘 위에 허상이 아닌 무언가가 있었다는 것이다. 포산 도시 주민 수천 명이 목격한 구름위의 도시를 차기 현상으로 정의한다면 그와 똑같은 현상이 멀리 떨어진 도시인 장시에서 나타나 다시 주민 수천 명이 목격했다는 우연성은 받아들이기 힘들다. 중국인 수천 명이 목격한 것은 외계인의 함선 모선이 아니었을까? 만약 그렇다면 우주인이 지구인에게 자신들의 존재를 밝힌 것일까? 고대 외계인 연구가들은 외계물체가 중국 상공에 모습을 드러낸 게 여러 번이라고 주장한다. 중국 정부가 무시할 수 없을 정도로 말이다.

2010년 7월 7일 중국 저장성에서 일어난 일이다. 매일 7만여 명의 승객이 오가는 항저우 샤오산 국제공항이 오후 8시 갑자기 폐쇄되었다. 이륙 예정이던 항공기는 연기됐고 착륙 예정이던 항공기는 근처 공항으로 우회했다. 폐쇄 이유는 밤하늘에서 미확인 물체가 착륙을 앞둔 항공기 옆을 무서운 속도로 지나쳤기 때문이다. 샤오산 국제공항은 정말 큰 공항이다. 무척 중요한 곳이고, 정말 바쁜 공항이다. 사고가 있었던 7월 7일 착륙을 준비하던 여객기 조종사가 알 수 없는 비행 물체가 접근한다고 지사 요원에게 보고하자 바로 공항이 폐쇄됐다. 혜성 같은 물체가 공항을 향해 날아들었다. 꼬리를 길게 늘어드리는 발광 타원형 물체였다.

수많은 항저우 주민들이 이 비행체를 목격하고 사진으로 남겼다. UFO가 출현하면 항상 아수라장이 된다. 항공기는 우회하고 군대의 시험비행이 있었는지 주변 부대에 물어보지만 그런 일은 절대 없다. 중국에서 이런 사건은 5년간 세 번이나 일어났다. UFO가 출몰해 공항 전체가 폐쇄되고 수많은 사람이 충격과 혼란에 빠졌다. 분명 중국 정부가 의도적으로 공항을 폐쇄하고 감추려 한 것이다. 본인들이 아닌 다른 존재가 상공을 점유한 걸 중국 정부가 깨달았기 때문인지도 모른다. 샤오산 공항 사건은 한 예시일 뿐이다. 구이저우 성에서도 같은 사건이 있었다. 항공기 조종사는 UFO를 피하려고 지상에 머물렀다가 상황이 끝난 후에야 다시 이륙했다. UFO의 존재를 입증하는 사건이었다. 대다수 미국인이 UFO는 미국에서만 나타난다고 생각하지만 최근 설문조사를 보면 14억 중국 인구의 절반이 UFO와 외계인의 존재를 믿는다고 답했다. 고대 외계인 연구가들은 중국 정부는 최근까지 UFO 존재를 부정해 왔지만 이제는 이 비현실적인 이상 현상에 큰 관심을 보인다고 한다. 수많은 중국인이 UFO 단체에 가입해 외계인과 소통하려 한다. 중국 정부는 이 활동을 주시하며 그중 몇 단체를 재정적으로 후원한다. 그렇다면 이제 중국 정부는 외계인과의 조우를 인정하고 더는 부정하지 못하는 걸까? 최근 반복되는 사건으로 중국 정부는 수년 동안 쉬쉬 했던 외계인의 존재에 관해 본격적으로 관심을 두게 된 것일까? 고대 외계인 연구 단체는 그렇다고 답하며 중국이 세계최대 망원경을 건설 한 이유는 외계인을 찾기 위해서라고 주장한다.

2011년 중국 구이저우 성에서 과학 기술을 자랑하는 대규모 공사가 시작됐다. 지름 500미터의 전파 망원경 '패스트'가 만들어지는 것이었다. 패스트 프로젝트 수석과학자 난 렌동은 전파 망원경은 민감한 귀와 같아서 우주의 무선 메시지를 구별할 수 있다고 한다. 현재 중국 정부는 세상에서 가장 큰 전파망원경을 건설하고 있다. 지름이 500미터에 달하는 반사판은 다른 전파 망원경과 비교가 안 될 정도로 크다. 앞으로 20~30년 동안 전파 천문학 분야의 최고 장비라는 타이틀을 유지하게 될 것이다. 고대 외계인 연구가들은 중국 정부가 이 거대한 전파 망원경을 구축하면서 외계인 존재에 대해 깊은 관심을 보인다고 주장한다.

중국은 외계인 존재를 알리는 최초의 국가가 되려는 걸까? 중국 정부가 정확히 밝히길 이 전파망원경을 구축하는 이유는 외계 지성체를 찾기 위해서라고 한다.

따라서 이런 의문이 든다. 중국은 그저 본연의 역사를 따르는 것일까? 고대 시대의 외계인은 다른 문명과 마찬가지로 고대 중국을 발견했으니까. 중국의 우주에서 뭘 찾을 생각일까? 전파망원경은 2016년 7월 완성됐다. 중국 정부는 이 굉장한 발전을 토대로 유례없는 정확도를 보기 삼아 은하수는 물론 그 너머 광활한 우주의 전파 신호를 해독하고 새로운 생명의 조짐을 발견할 수 있을까? 현재 다른 국가들도 기술력을 동원해 전파망원경을 구상하고 구축하지만 그 무엇도 패스트 전파망원경의 규모와 역량을 따라가지 못한다. 중국 천문협회장 우 샹핑은 이 전파망원경은 은하계 외부의 지성체를 찾고 우주의 기원을 밝히는데 큰 도움이 될 거라고 말했다(허나 스위스 제네바에 있는 대형 입자 가속기가 우주를 먼저 파악하고 우주에 떠다니는 허블 망원경은 이것보다도 더 좋은 걸 알아내지는 않을까?).

만약 우주 어딘가에 외계문명이 자신들의 과학과 기술 정보를 지구에 보내고 있다면 그 정보를 처음 받아들인 국가는 굉장한 이점을 얻을 것이다. 머지않은 미래에 지구의 강자로 우뚝 서게 될 것이다. 그게 중국의 목적일까?(그러나 우주의 일은 첩첩산중일 게다. 이론상의 웜홀만 만드는 기술을 확보한다면 지금껏 인간들이 해온 일은 배꼽을 쥐고 웃을 노릇이 아닌가?)

외계인의 존재를 알고 전파망원경을 통해 외계문명 정보를 받으려는 걸까? 거대 망원경을 구축한 건 중국에 이득이 되는 고무적인 일이다.(순실 리 박사는 그리 말한다) 외계인의 존재와 그들의 문명은 효과적으로 탐사할 수 있다. 수천 년 동안 중국은 UFO 출몰 사건을 모조리 수집해 기록으로 정리했다. 그 뜻은 무엇일까? 중국의 연구 성과는 매우 정확하며 UFO에 대한 정보는 놀랄 정도로 방대하다. 중국은 천천히 비밀의 문을 열고 있다. 머지않아 화제의 설화가 진실이었다고 밝혀지지 않을까? 과연 먼 과거에 외계인이 중국을 방문했을까? 답을 얻으려면 기다리는 수밖에 없다.

역시 중국이 세계 최대 규모의 전파망원경을 세운 진짜 이유는 우주 속 외계인의 존재를 밝히기 위함이 아니라, 수천 년간 중국을 방문했던 외계인의 새 메시지를 수신하기 위해서가 아닐까?(허나 그들의 속셈은 지구상에 떠도는 적국의 전파를 잡아 해독하고 그에 준하는 준비를 하려는 건 아닐까?) 중국 설화 속의 하늘을 나는 용과 설화 속 황제와 신비하고 비밀스러운 피라미드는 고대 외계인 연구가들이 지금껏 찾던 증거가 아닐까? 한 가지 확실한 건 외계인이 지구를 방문했다는 증거는 계속 발견되고 그들이 우리 눈앞에 모습을 드러낼 날이 멀지 않았다는 사실이다.

"아버지, 지금까지 영국 러시아 중국의 UFO에 대한 것을 보니 공통점이 보입니다. UFO에 납치된 사람들의 증언이 거의 같다는 데 놀라움을 금치 못하겠습니다. 어쩌면 아주 멀리 떨어져 있는 곳에서 발생한 일이 거의 같은 말일까요?"

"외계인과 UFO는 서로 뗄 수 없는 관계이다. 지금까지 본 것들을 간추려본다면 중국의 고위 관리 순실 리가 말하는 3개의 UFO 수중기지라는 곳은 중국의 윈난성의 후첸 호수. 남극의 얼음이 녹는 곳, 버뮤다 삼각지에 UFO의 기지가 있는 것을 두고 이야기 하는 것 같다."

"역시 사회주의 나라에서 UFO의 비밀을 숨기고 있는 것 같군요. 한편으론 추적을 하면서 말이죠."

9부
천재의 아버지

38. 아들을 위한 첫 걸음

심마니들과 헤어지고 7일 정도 있으니 이장이 현종의 집으로 왔다.

"잘 있었나?"

"네, 안녕하셨어요?"

"아니, 웬 산삼을 캐러 간다고 해?"

"네, 아들이 대학교를 가야 하는데 학비가 모자랄 것 같아서요."

"산삼을 캐서 학비를 벌 수는 있을 것 같지만 그건 쉬운 일이 아니야! 어쨌든 이틀 후 심마니 일을 하는 박계섭씨와 성환씨가 온다고 전화 왔어. 준비하고 있으래."

이장이 쪽지를 건넨다.

"이장님, 감사합니다. 이곳까지 오시게 해서 정말 죄송합니다."

"아니야. 그저 좋은 일이 있기를 바래."

이장은 마을로 내려갔다.

쪽지에는 현종이 준비해야 할 품목들이 적혀 있었다. 산에 머물 시간은 2박 3일이라고 씌어 있다. 산제(山祭) 지낼 것은 준비해 오겠단다.

복장은 등산복, 신발은 방수가 되는 등산화, 모자는 농사군들이 쓰는 밀 짚모자. 나침반과 곡괭이가 달린 등산용 지팡이, 무전기, 톱, 에프킬라(벌 퇴치용), 가죽장갑, 배낭, 사이다(뱀에 물리거나, 벌에 쏘였을 때 사용), 사 탕이나 초콜릿(피로회복용), 구급약(구급밴드, 소화제, 과산화수소수, 붕 대 등), 모종삽. 길을 잃을 것을 대비하기 위하여 생쌀을 씻어서 적당한 양을 준비할 것, 그리고 건오징어, 엿, 그리고 첫날 먹을 간단한 김밥, 이 틀째부터는 식빵과 작은 물병 1개. 산은 밤이면 추우니 두터운 점퍼와 갈 아입을 옷도 준비해야 했다. 또 가벼운 텐트로 사용할 비닐도 준비했다.

심마니들이 지시한 준비물 중 집에 없는 것은 시장에 가서 사고, 만반의 준비를 하고 기다렸다. 무전기(서로의 연락은 나무를 두들겨 연락을 하지만, 등성이를 하나 넘으면 들리지 않기에 꼭 필요했다)는 준비하지 못했다. 기종을 몰랐다.

드디어 당일. 아침 일찍 심마니 세 명이 현종의 집으로 왔다. 그들은 지도를 꺼내놓고 현종에게 행선지를 이야기하고 바로 출발을 하였다. 소풍을 갈 때의 심정으로 마음도 부풀었지만 유순은 큰 걱정이 되나보다.

"여보, 걱정 마. 내가 제일 젊고 또 등산도 좋아했잖아. 산에 가는 것 뭐 특별한 게 있겠어?"

"그래도 산에는 뱀도 많고 위험 요소도 많다는데!"

현종은 전쟁터로 떠나는 심정으로 아내의 손을 잡아주고 대성이를 한 번 안아준 다음 대열에 합류하여 집을 떠났다.

"여보, 조심하고 잘 다녀와."

현종은 닥터 유리 지바고가 라라와 헤어질 때처럼 손을 흔들어주며 주먹을 쥐고 말했다.

"걱정 마."

현종은 산으로 향하면서 기대 반 걱정 반으로 가슴이 두근두근한다. 초가을 산은 공기도 맑고 집을 떠나 멀리오니 보물찾기를 하며 미로를 헤매는 것 같기도 하다. 등산로에는 생각보다 많은 사람들이 올라간다. 한 시간 정도를 등산로를 따라 올라가다가 산 중턱에서 다 모였다. 이제는 산제 지낼 곳을 물색하라고 대장격인 심마니가 말한다.

"자, 지금부터는 산제 지낼 곳을 잘 선택하자고."

"네."

전부들 산꼭대기가 잘 보이는 곳을 찾을 셈이다. 막내격인 젊은 심마니가 말했다.

"형님, 더 찾을 필요도 없겠네요! 보세요. 바로 이 바위 밑에서 산 정상 쪽을 향하여 제를 지내면 좋을 듯한데요?"

"그래?"

대장도 주위를 살펴보고 산꼭대기도 쳐다보더니 말한다.

"그래 이곳이 좋을 듯하다. 전부들 이곳이 어때?"

"그래요, 이곳이 좋아 보이네요."

그들은 그곳에 제 지낼 자리를 평평하게 손질을 하고는 집에서 가져온 밤, 대추, 사과, 배를 진설했다. 그리고 옆에 명태포도 하나 놓고는 막걸리를 한잔 가득 붓고는 심마니 대장격인 나이 드신 분이 말했다.

"자, 전부들 모두 정성을 들여 같이 절들을 하자. 산제 지낼 때는 절을 두 번 하고 일어서서는 읍을 하고 다시 한 번 조아리는 거야! 처음 오신 학자님, 잘 알아 들으셨지요?"

"네."

네 사람은 정성을 드려 산제를 지냈다.

"자, 이젠 여기서부터 각자 헤어지는 거야."

심마니 대장격인 나이 드신 분이 지시를 한다.

"현종씨는 처음이니 저와 가까이서 동행합니다. 각자 무전기 시험을 하자!"

각자 무전기 시험을 한번 하고 이상이 없으면 출발하기로 한다. 현종과 동행하는 분이 말했다.

"산삼을 부를 때는 '심'이라고 하지, 산삼이라고 하면 안 됩니다. 아셨지요? 저를 따라오는데, 지금은 초가을이라 심은 열매가 빨갛게 심 위에 달립니다. 그것을 보고 심을 판단하는데 어떤 것은 새들이 그 열매를 따먹고 가서 열매가 없는 것도 있어요. 그리고 심의 잎은 5장입니다. 천천히 살피면서 가되, 심은 북서쪽이나 남서쪽에 약간의 햇볕이 들고 그늘이 진 곳에 많이 있습니다. 나침판을 보면서 가는 겁니다. 아무 곳이나 있는 게 아니고 심이 자랄 수 있는 환경이 된 곳에만 있어요. 천천히 살피면서 가야 됩니다.

뱀은 여름에는 산 밑에서 먹이 활동을 하다가 가을이면 동면하러 산굴을 향하여 올라갑니다. 그랬다가 겨울이 지나면 아래로 내려와서 먹고 살다가 다시 산으로 갑니다. 산에 나무와 낙엽과 색깔이 비슷해서 금방 구분이 안 되며 느려 보여도 자기를 해칠 것이라 생각하면 달려들어 다리를 무는데 그 속도가 정말 엄청 빨라요. 심 보러 다니는 사람 중에 뱀에 물리거나 또는 벌에 안 쏘여본 사람은 거의 없어요. 그러니 서두르지 말고 사방을 보면서 뱀도 조심해야 됩니다. 그리고 발 디딘 곳이 무너지거나 해서 낭떠러지로 굴러 떨어질 수도 있으니 절벽에서는 아주 조심히 천천히 걸어가야 돼요."

그리고 무전기를 쥐고는 다른 사람들을 부른다.

"여기는 매, 지금 상황이 어떤지 차례로 연락 바람, 오버."

"1번 이상 없습니다."

"2번 이상 없습니다."

"알았다, 조심하고 윗산 꼭대기가 보이면 대충 위치를 확인해주면 좋겠다, 오버."

다시 한번 현종에게 주의를 준다.

"심을 봤을 때는 심봤다! 하고 큰 소리로 하늘에 알려야 합니다."

"네, 알겠습니다."

그리고 각자는 흩어져 산속을 헤매기 시작했다. 12시가 되도록 심은 못 보았다. 이젠 배도 고프다.

"형님, 배가 고프지 않으세요?"

현종 자신도 깜짝 놀랐다. 어찌 형님 소리가 그리 나올 수 있는지! 그러자 그분이 말했다.

"나보고 형님이라고? 하긴 형님이지 자네한테 형님 소리를 듣다니 영광일세."

"별말씀을요. 하도 자상하게 말씀을 해주시니 형님 같았어요. 저도 얼떨결에 형님 소리가 나왔지만 앞으론 형님이라고 부를게요."

"고맙구먼. 내 이름은 박계섭이야."

"알겠습니다, 계섭 형님."

"점심을 먹으려면 계곡으로 가야 돼. 그런 곳 웅덩이에 있는 물은 천연수라 아주 깨끗해. 거기서 물을 먹으며 김밥이든 생쌀이든 먹을 수가 있어. 등산객들은 물을 가지고 다니지만 우리는 그것도 짐이 돼서 아주 작은 병 하나만 가지고 다녀."

무전기를 다시 누르니 쐐 소리가 난다.

"1번 2번 어디 있나? 여기 골짜기에 물 흐르는 곳이 바로 아래 있는데, 보이는가? 오버."

"네, 1번, 보입니다. 여기서 약 100미터 정도 떨어져 있습니다, 오버."

"네, 2번, 저는 약 150미터는 떨어져 있는 것 같습니다, 오버."

"알았다. 같이 모여 김밥이나 먹을까? 오버."

"1번, 네! 오버."

"2번, 네! 오버."

그들은 사방으로 흩어져 다니지만 점심때는 안전 확인을 위하여 꼭 같이 모여서 식사를 한단다. 그렇게 골짜기에서 만나 김밥을 먹으면서 산은 일찍 해가 지니 잘 곳부터 지정하고 오후 4시까지 그쪽으로 오라고 하고는 다시 헤어졌다.

첫날은 4명 전원이 심을 보지 못했다. 오후 4시가 되자 지정된 장소로 다 모였다. 그들은 모이더니 우선 낙엽부터 긁어모으기 시작한다. 현종은 왜 그러는지 궁금해 하며 바라만 보고 있었다. 저녁을 김밥으로 대충 먹고는 그들이 잠자리를 만드는 데는 10분도 안 걸렸다. 참으로 잽싸다. 낙엽을 긁어모은 바로 위 나뭇가지에 비닐을 끈으로 묶으니 그것은 밤이슬을 막을 텐트가 됐고 낙엽 위에다 비닐자리를 펴니 누울 자리가 푹신하기도 하다. 흰 비닐텐트 하나에 두 사람씩 들어가 누우니 밤하늘에 별도 보이고 진짜 별천지 같다. 하루 종일 산을 헤맸으니, 바로 곯아떨어져 잠이 들었다.

이튿날 아침 일찍 일어나니 어제 하루종일 다닌 게 힘이 들었던지 몸이 가볍지가 않다. 으스스 춥기도 하다. 시험 삼아 생쌀을 두 주먹씩 먹되 물도 없으니 입에 넣고 꼭꼭 씹어서 삼키란다. 현종은 그들이 시키는 대로 해보아도 그리 어렵게는 안 느껴졌다. 자신감이 붙었다. 심마니들과 처음으로 어울려 보는 현종은 재미도 있었다.

다시 비닐을 걷어서 배낭에 넣고는 출발. 무전기로 연신 연락을 하며 각자가 이상이 없는지를 수시로 확인한다. 점심 때 다시 대장이 무전기로 전원을 불렀다. 산에서는 많은 말을 하지 않는단다. 간단히 식빵으로 점심을 때우고 이곳저곳을 보고 다녔다.

오후 2시쯤 드디어 소식이 왔다.

"심봤다!"

산울림이 울린다.

"몇 번인가? 오버?"

"1번이다, 오버."

"위치는? 막대로 나무를 쳐라, 오버."

탁! 탁! 탁! 산울림이 울리는데 현종은 그곳이 어디인지 감이 안 잡힌다. 대장격인 그 형님께서 말한다.

"오, 어디인지 알았다. 오버."

그들은 다 한 곳으로 모였다. 현종은 처음 보는 심이라는 것, 그저 빨간 열매가 달린 풀이라는 것 외에는 아는 게 없다. 큰 형님이 모두들 모여 하더니 심이 있는 곳에다 대고 전부 절을 한다. 현종도 엉겁결에 같이 절을 했다. 그리고는 나무를 꺾어서 심이 있는 곳에 꽂아 표시를 하고는 사람들은 그 주위를 세세히 살피면서 흩어진다. 조금 있다가, 또 소식이 온다. "심봤다!" 가까운 곳에 또 심이 있는 것이다. 모두 여섯 뿌리를 발견했다. 이제 심을 캐는 작업이 시작됐다. 잔뿌리가 중요하다며 그 일대를 모종삽으로 조금씩 파기 시작한다. 얼마나 정성을 들여 파는지 여섯 뿌리를 캐는 데 무려 두 시간도 더 걸린 것 같다.

그중에 한 뿌리는 40년생 지종산삼이라고 한다. 나머지 다섯 뿌리도 30년에서 35년 정도 된 것이라 한다. 그것 역시 지종산삼 축에 든다 한다.

그들은 심 머리를 보고 나이를 계산한다. 조금 있으면 날이 어둑해질 것이라며 잠자리를 마련하라고 하고는 두 사람은 심을 보관할 이끼를 수집하러 다닌다. 그리고 산삼의 신비를 이야기 한다. 정말 놀라운 이야기이다. 산삼이 한 뿌리가 자라면서 오래되면 씨앗을 바람을 이용하여 산삼이 직접 자식인 씨앗을 언제 뿌릴 것도 알고서 뿌린단다. 그리고 더 놀라운 이야기는 그 자손인 산삼을 캐보면 모양이 아주 비슷한데 놀라움을 금치 못한다.

그들은 오늘 캔 산삼을 보여주며 설명을 한다.

"자, 자세히 봐. 이 산삼의 자식이 이 산삼이야. 어때 모양이 아주 똑 같지? 또한 이것은 아주 비슷하고. 이런 것으로 볼 때 산삼엔 혼이 들어 있다고 보아야 돼! 산삼이란 일반 식물과는 달리, 본 산삼 닮은 자식을 만드는 거야!"

신비한 이야기를 듣고 어두워지기 전에 그들은 잠자리를 마련했다.

산에서 이틀째 저녁을 보냈다. 그 이튿날은 아침에 바로 하산한단다. 욕심을 부려서는 안 된단다. 현종이 한 것은 그냥 따라다닌 것 외에는 한 것이 하나도 없다. 그들은 산을 요리조리 길을 내며 가는데 정말로 산을 잘 다닌다.

낙엽을 밟으면 푹 들어가는 곳도 있고 미끄러지는 곳도 있었다. 그들은 어디로 가면 등산로가 있다는 것을 잘 아는 것 같다. 어느 정도 걸으니 등산로가 나타났다. 이젠 현종도 그 길을 따라가면 집을 찾을 수도 있을 것 같다.

그들은 산 아래 마을을 향하여 걸어 내려갔다. 시간이 늦었는지 내려가는 사람들이 많고 올라가는 사람들은 별로 없다.

"내려가시다가 저희 집에 들러 차라도 한잔 하시고 가시지요?"

산삼을 캐서 기분이 좋아진 심마니들은 말한다.

"좋지요, 그렇게 합시다."

현종의 집엘 들러서 갈 참이다. 아직도 도착하기 전인데 진돌이가 먼저 멍멍거리자, 현종 아내가 그냥 신발도 신지 않고 쫓아 나온다.

"아니, 며칠 걸릴지 모른다더니."

1년 만에 만난 견우직녀가 그리 반가웠을까? 그냥 현종의 손을 덥석 잡는다.

"선녀님은 역시 틀리구먼!"

"아직도 신혼인가봐."

유순이 분주히 준비한 저녁 식사를 간단하게 했다. 산삼을 발견한 그 기쁨에 심마니들의 얼굴은 웃음꽃을 피우며 화색이 돌았다. 대장이 말씀하신다.

"어제는 운이 좋은 날이야. 그 귀한 지종 삼을 찾았으니."

한 사람이 거든다.

"아마 현종씨가 같이 가서 그게 보였나봐요."

현종을 치켜올린다.

"아닙니다. 저는 그저 따라만 다녔고, 아주 좋은 경험을 했습니다."

"아마 팔아봐야 알지만 최하 1천5백만 원은 될 것 같은데!"

"네, 형님 아마 최하 그 값은 나가겠지요?"

"이번에 네 명이 갔으니까 4등분이야 알았지?"

"그럼요, 당연하지요."

현종에게도 똑같이 배분해준다는 이야기이다. 현종은 그저 "고맙습니다" 하며 허리를 구부려 인사했다. 은행에서 일할 때는 1억도 별거 아닌 것 같이 보였던 것이 시골 생활 10여 년이 넘으니 1천만 원도 천문학적 돈이라는 걸 깨달았다.

유순은 돈보다도 현종이 안전하게 돌아온 것이 너무 기쁘다. 현종은 속으로 생각했다. '됐다. 이제 이렇게 몇 번만 하면 대성이가 가 보고 원하는 것을 해줄 수가 있겠구나……'

39. 아들을 위한 두 번째 걸음

심마니들로부터 또 연락이 왔다. 이번엔 한 사람이 빠지고 현종까지 세 사람이 가기로 했다.

그들은 평소 하던 대로 산제를 지내고 각기 무전기를 하나씩 가지고 흩어졌다. 먼저 다니던 곳을 약간 피해 능선을 따라 뒤지기 시작했다. 심마니 대장이 하라는 대로 하면서 산세를 뒤지며 다니는데 오전 11시 반은 되었는데 운이 좋게도 현종의 눈에 산삼 열매가 달린 산삼이 보였다. 현종은 '심봤다!' 소리가 나오지를 않는다. 무전기로 알린다.

"계섭 형님, 여기 산삼이 여기 있어요!"

그러자

"어디야? 위치를 알려야지. 위치를 잘 모르면 등산용 지팡이로 옆에 있는 나무를 몇 번 때려. 그러면 대충 어디인지를 아니까, 오버."

시키는 대로 하자 그들은 조금 있으니 바로 현종이 있는 곳을 찾아왔다.

"오자마자 절 했어?"

그것부터 묻는다.

"아니요. 형님 오시면 같이 하면 안 되나요?"

"잘했어, 성환이도 이리 와. 절 하자고."

그리고서는 그곳에 막대기를 꽂아 놓고는 그 주위를 또 돌며 다닌다. 산삼이 있는 곳에는 한 뿌리만 있는 게 아니란다. 또 있단다. 과연 조금 있으니 소식이 온다.

"심봤다!"

이번엔 성환의 목소리다. 현종과 계섭이 소리 나는 쪽으로 뛰다시피 걸어갔다. 과연 그곳에도 세 개가 보인다.

"와아!"

세 명이 한꺼번에 소리를 지른다.

계섭이 말했다.

"아니, 안경을 써서 그런가? 어찌 그리 발견을 했대?"

"아뇨, 안경 쓰면 불편하지, 더 잘 보일 수가 있나요?"

전부 모여 또 절을 하고는 표식을 해놓고 먼저 본 것부터 조심스레 캐기 시작했다. 그것을 캐다가 또 횡재를 했다. 그 부근을 파다가 보니 휴면에 들어간, 싹이 안 난 산삼이 몇 개가 또 있었다. 그날도 40년, 45년생의 산삼을 일곱 뿌리나 캤으니 또 횡재를 한 것이다.

"앞으로는 현종씨가 꼭 있어야 되겠구먼."

전부들 기분이 좋다.

우리나라의 산삼은 옛날엔 아주 귀했단다. 그런데 1960년대부터 인삼 재배가 늘어나면서 그때에 새가 인삼씨를 먹고 변을 본 것이 많아서 산삼이 많아졌다고 한다. 그래서 보통 40년, 50년 된 산삼도 있다고 한다. 그래도 산삼은 그리 쉽게 발견이 되지 않기에 값이 비싼 것이고 약으로서의 효과도 아주 좋기에 산삼은 없어서 못 판다고 한다. 50년이 넘은 산삼은 천종산삼이라 하여 가격도 엄청 비싸단다. 심마니들도 몇 년에 한번 볼까 말까 한단다.

두 번째 간 날은 첫날 산삼을 발견했기에 캐가지고 그냥 하산을 하기로 결정을 했다. 욕심을 부려서는 안 된단다.

그들은 소나무 껍질을 벗기고 이끼를 찾아 다녀 소나무 껍질에 이끼를 깔았다. 산삼을 소중히 그 안에 넣고 껍질로 뚜껑을 하여 덮고는 광목으로 돌돌 말았다. 그들은 땅에 굴러도 산삼이 상하지 않게 철저히 준비가 끝나자 하산하기 시작했다. 좀 멀리 나가서인지 산 밑에까지 가려면 두 시간은 걸릴 것 같다. 심마니들은 산삼이 있을 만한 곳을 너무나 잘 안다. 하도 산을 다니고 했기 때문이지만 그들의 감각은 확실히 남달라 보인다. 아무나 할 일이 아닌 듯싶다. 그들이 산삼이 있을만한 곳엘 와서부터는 각자 헤어지기 때문이다.

현종은 마음이 흡족했다. 이번에 수훈은 현종이었기 때문이지만 대성이에게 줄 학자금이 늘어나니 기분이 아주 좋다. 노숙을 안 하고 바로 집으로 향하는 발걸음들이 아주 가볍다.

현종이 왔다는 것은 진돌이가 먼저 안다. 먼발치라도 현종을 귀신같이 알아보고 멍멍 대고 끙끙 댄다.

유순이 밖으로 나왔다. 진돌이가 짖는 것은 누가 왔다는 신호이다. 조금 있으니 현종이 동행했던 심마니들과 같이 들어온다.

"아니? 어쩐 일이래요? 하루 저녁도 안 지내시고 오시다니요?"

심마니들의 얼굴이 싱글벙글 아주 기분 좋은 얼굴이다.

유순을 보자마자 말한다.

"선녀님, 오늘 대박입니다. 현종씨가 발견했어요. 아마 특이한 감각이 있는 분 같아요."

전부들 한마디씩 한다.

"현종씨에게 하늘이 산삼을 주셨나봐요."

"맞아, 그런 것 같아. 우리에겐 하늘이 안 주셨으니까."

그러자 계섭이 말한다.

"왜들 그러나? 전에는 다들 심을 많이 보아서 모셨었잖아!"

기분이 좋아진 사람들이 조금 있으면 어두워진다며 말한다.

"이제 차도 한잔 하여 속을 따뜻하게 했으니 내려들 가지."

계섭의 말에 다들 동의한다.

"그래요."

"얼른 내려가서 집에다가 이 기쁜 소식을 알리자고."

빨리 집엘 가고 싶은지 모두들 서두른다.

그들이 떠난 뒤 현종은 유순을 꼬옥 껴안아주고 대성이도 안아주었다. 유순도 기분은 좋지만 속으론 '이럴 줄 알았으면 그냥 서울에서 직장 다니는 게 더 좋았을 것이며 부모님께도 불효를 안 했을 것'이라고 생각이 됐다. 그러나 현종이는 가장 노릇을 한 것 같아 기분이 좋다.

'됐다, 이제는 돈을 벌 수가 있겠구나. 얼마인지는 모르지만 돈이 생긴 것만은 확실하다!' 대성이를 뒷받침할 수 있을 것 같으니 현종도 모처럼 마음이 흡족했다.

40. 아들에게 한 이야기

대성이가 인도로 떠나기 전에 현종은 지금까지 공부하고 생각한 종교관에 대한 것을 느끼고 아는 대로 말해주었었다.

"이제 너도 열여덟이다. 2년 후면 군대도 가야 한다. 가서 열심히 공부하고 와서 조국에 헌신할 수 있는 사람이 되었으면 한다.

우리 조상님들의 명언 중에 일체유심조라는 말이 있다. 그 뜻은 모든 것은 마음먹기 달렸다는 뜻이다. 네가 명상에서 얻을 수 있는 것이 어떤 것일지는 모르나 종교의 힘은 마음을 편안하게 해주는 것이고 명상은 인간을 깨달음으로 인도하는 첫걸음이라고 생각한다. 사람은 어디에서 왔는가? 또 어디로 갈 것인가도 숙제이다. 좋은 얻음을 얻어가지고 와서 힘들고 어려운 사람들에게 등불이 되어주었으면 한다."

종교란 무엇인가? 과연 하느님은 있는가?

이 물음을 해결하고자 독일의 유명 칼럼리스트인 위르겐 슈미더는 전 세계의 기독교회를 돌며 이 물음에 답을 구했다. 또한 불교의 종주국도 다녀보았다. 그곳에서 얻은 것은 하나도 없었다. 그의 가정은 천주교 신자 가정이며 그의 형님은 천주교 신부이다. 그는 종교에 귀의하지는 않고 있는 사람이다. 그는 지구 어떤 곳에서도 아무런 답을 얻지 못했다. 그는 이성철 종정께서 입적한 곳인 불교사찰에도 가보았다. 그가 마지막으로 선택했던 나라는 한국의 서울 한 교회였다. 한 교회에 인원이 7만 명이라니

입을 다물 수가 없었다고 한다. 국교가 기독교인 미국에도 그리 큰 교회는 없다고 했다. 그 규모는 세계에서 제일 큰 교회라고 했다.

여러 종교단체를 다니다가 아산 나눔재단 이사장님이신 정진홍 종교학 교수님에게 가서 과연 하나님은 있는가를 물어보자 그는 이렇게 대답했다.

"하느님을 믿는 자의 뇌 속에는 하느님이 있고, 하나님을 믿지 않는 사람에게는 뇌 속에 하나님이 없습니다. 그렇게 신은 있고, 그렇게 신은 없습니다."

그분의 말씀에 위르겐 슈미더는 수긍이 갔다고 했다.

350년 전 수학자이자 천재인 파스칼도 '파스칼의 내기'라는 같은 물음을 던졌었다. 파스칼의 내기란, '신이 있을 때와 없을 때', 그리고 '신을 믿을 때와 믿지 않을 때'라는 2×2의 경우의 수를 따지는 것으로, 만약 신이 있다면 신을 믿는 것이 믿지 않는 것보다 이득이 월등히 크며, 만약 신이 없다 하더라도 신을 믿는 것이 믿지 않는 것에 비해 나쁠 것이 없으므로, 결론적으로 신을 믿는 것이 믿지 않는 것보다 이득이라는 설이다.

사람은 어리석어서 별것도 아닌 것을 가지고 고민을 한다. '하면 된다' '시작이 반이다' 이 말은 조상 대대로 전해오며 인간이 결론을 내린 귀중한 말씀이다. 그것을 볼 때 우리 선조들의 현명함이 눈에 보이는 것이다.

아기가 제일 편안한 곳은 엄마 뱃속일 것이다. 그러나 세상 밖으로 나오면 다른 세계가 펼쳐진다. 거기에 적응하려는 것 중 최초로 느끼는 것이 두려움이다. 그 두려움을 하나하나씩 극복하면서 한번 본 두려움은 자동으로 뇌 속에 저장된다. 그리고 두려움을 없애는 데 한몫을 한다. 그리고 모든 욕구가 생겨난다. 그것이 바로 인간이 살려는 데 필요도 하지만 큰 욕심은 본인을 파탄시키기도 한다. 그 두려움이 인간이 신앙을 갖게 하는 원동력일 것 같다.

과학은 신과 양립하며 서로 밀어내기를 하지만 인간의 뇌는 종교에서 마음의 평화를 갖기도 한다. 종교는 선을 가르친다. 그것이 바로 나를 편안하게 해주기 때문이다. 신을 믿지 않을 때보다 믿을 때가 마음이 편안해지는 것이다. 그것이 종교의 마력이다. 인간은 동물 중 신체에 비하여 뇌가 가장 큰 고등동물이다. 그러므로 동물 중 유일하게 신을 믿는다. 돼지나 소, 말 등이 종교를 믿는가? 모든 동식물은 그것을 탄생시키고 만든 누군가가 있다는 믿음 그것을 고등 동물인 인간이 종교를 믿게 된 것이다. 그것은 물음과 의문의 산물이기도 하다.

종교는 한 종교에 한하지 않는다. 수많은 종교의 각 파들 그들도 자기가 믿는 종교에서 편안함을 찾는다. 종교는 종교이되 주술사 그들은 어떤 종교일까? 과학에서는 미신이라고 하지만 과학은 사람의 뇌 속을 아직 다 파악하지 못하고 있다. 그리고 우주도 아직 잘 알지 못하고 있다. 그러면 주술사를 돕는 주체는 과연 무엇이고 누구일까가 궁금해진다.

지금껏 생각해본 것은 그들은 외계와의 접신을 하는 자들이라고 본다. 외계 행성까지 유체 이탈을 하여 그들과의 대화를 나누는 사람들 그들이 바로 주술사일 것이다.

대성이는 16세에 수능을 보기 위하여 공부를 하더니 만점을 받고 서울대학교 물리학과에 입학을 하였었다. 그는 학교 기숙사를 배정받았고 입학금 면제에다가 전 학년 등록금도 면제받았다. 하숙 숙식비만 내면 되었다. 1학년 1학기가 끝나자 대성이는 집으로 왔다.

그는 물리학에 매진하면서도 학교공부가 맘에 안 들었는지 명상에 대하여 깊은 관심을 갖고 인도로 가고 싶다고 부모의 허락을 요청했다.

"대성아! 이제 너를 인도로 보내주마. 아버지가 이루려던 꿈을 네가 이루었으면 하는 바람이다. 너는 수학을 참 좋아하지? 그러나 천재들 틈엔 끼지 못했다고 본다. 물리학과 수학은 인류생활을 편리하게 해준 최고의 학문이다. 지구상의 모든 천재들 중 수학의 천재들인 인도의 천재 수학자 라마 누잔, 발명왕 니콜라 테슬라, 스마트폰을 만든 스티브 잡스, 원소 주기율표를 만든 멘델레예프. 수학의 천재 하이다칸 바바, 파스칼, 인공위성을 띄우게 한 베르너와 폰 브라운, 앨런 튜링 등 그들은 다 깊은 명상 속에서 물리학과 수학의 원리를 알아낸 천재들이다. 내가 못다 한 명상 속에서의 깨달음으로 네가 그것을 깨우쳐 주길 바란다. 지금까지의 수학의 천재들보다 네가 더 깊이 연구한다면 3D프린터기로 인간은 물론 모든 동물식물까지도 만들 세상이 올 것이라고 나는 믿는다.

또한 네가 그리 궁금해 하여 내가 미처 대답을 못한 우주 만물의 비밀과 미라의 복원도 수학에서 가능할 것이며, 수수께끼인 외계 비행체인 UFO도 만들 수 있는 기술이 바로 수학에 있다고 나는 확신한다. 지금까지 네게 보여주고 설명해 주었지만 미스터리로 가득 찬 우주 또는 성경 문제, 베다 경전 문제, 미라 문제, 천재 아인슈타인 박사가 연구하여 이론만 적립한 스타게이트, 웜홀 문제도 깊은 명상이 풀어줄 것이라고 나는 기대한다. 그러면 인간이 600억 광년이나 되는 광활한 우주를 이웃집 드나들 듯 할 날이 올 듯도 하다.

또한 미스터리 서클은 외계인이 보낸 수학 메시지라고 나는 확신한다. 깊은 명상에서는 그 해답을 얻을 수도 있을 것 같다는 희망이 있다. 네 꿈을 펼쳐보기를 바란다."

41. 자식을 인도로 보낸 현종

대성이는 그동안 현종에게 물리학을 배우고 또 물리학에 대한 책 등을 여러 권 읽어봤다. 우주 이야기, UFO에 대한 이야기, 종교, 역사에 대한 이야기, 인체에 대한 깊은 상식을 배웠다. 지금껏 현종과 대성이 나눴던 대화 그것은 어쩌면 대성이 인도에 가서 명상을 하려는 것에 마음이 쏠렸는지도 모른다. 그 이야기를 참고하고 인도에 가서 명상을 한다면 어떤 귀중한 것을 얻어 올 수 있을까? 참으로 궁금하기도 하다.

대성의 인도행의 문제는 경제적인 문제를 어떻게 해결해주느냐다. 그것은 현종 부부가 지원하고는 싶지만 경비도 문제가 되고, 인도 어느 곳으로 갈 것인가도 걱정이 되었다. 인터넷을 뒤져서 스티브 잡스가 스승으로 모셨던 하이다칸 바바를 찾아보니 그의 행적을 인터넷으로는 찾을 수가 없었다. 인도 주재 한국 대사관에 연락을 하고 그분을 찾을 수 있는지 문의를 했다. 찾을 수 있는지 없는지는 현지에 와서 찾아봐야 된다고 한다. 그리고는 대성은 하이다칸 바바가 있던 곳을 찾기 위해 알아보았다. 인도의 영성단체 '칭하이 무상사'를 찾아가야 그의 행방을 알 것만 같다는 이야기를 듣고 혼자 출발을 했다. 인도의 공용어는 영어와 힌디어다. 힌디어도 좀 배웠나 보다. 인도에 가서도 3개 국어에 능통한 대성은 통역사도 필요하지 않을 것 같다.

대성에게 비자카드를 만들어주고 우선 대사관을 찾아가라고 했다. 정 못 찾으면 그의 제자한테라도 가서 배우라고 이야기했다. 대성이 제 인생을 살고 싶어 하는 대로 해줄 셈이다. 현종도 내 인생을 찾으며 부모님 곁을 떠나오지 않았던가! 허락을 못 받은 것이 내내 마음에 걸렸지만…….

그리고는 생활비는 카드를 쓰라고 했다. 그것을 해결하려면 현종은 산삼을 캐러 다니는 수밖에 다른 방법이 없다. 자식을 먼 곳으로 떠나보내는 현종의 마음도 이제야 부모님을 알고 그저 부모님께 사죄하고 싶다. 인도는 항시 더운 곳이니 추울 때 한국을 떠나면 몸에 무리가 올 것 같아 보인다.

대성이 인도로 떠나는 것을 본 유순은 눈물을 펑펑 쏟는다. 이것이 부모 마음이었나? 친정 부모님께 너무나 죄송한 마음이 진실로 우러났다. 자식을 떠나보내기가 참으로 어려웠다. 그녀는 허공에 대고 말했다.

"아버지 어머니, 그동안 정말 잘못했습니다. 용서해 주세요. 먼 곳에서 용서를 구합니다."

대성이 2017년 8월 15일 인도로 떠난 지 닷새째 되는 날, 현종 핸드폰에 대성이 쓴 카드 내역이 찍힌다. 20만 원. 그 이튿날도 20만 원. 다음날도 10만 원. 현종은 아마 대사관에서 필요한 것을 쓰겠지 했다. 국제전화라 통화 요금도 비쌀 것 같아 그냥 보내주려고만 생각하고 있었다. 그런데 찍힌 금액이 백만 원도 넘었다. 현종은 '그럴 거야, 그 정도는 있어야 자리를 잡겠지' 했다. 그러나 두 달이 넘자 문제가 터진 것 같았다. 합계가 오백만 원이 찍힌 것이었다. 전화통을 붙들고 전화를 해봐도 받지를 않는다. 무슨 일일까? 아무리 생각해도 알 수가 없다. 명상하는 곳에 기부를 하고 들어간 것일까? 전화를 꺼놓은 것 같기도 하여 인도 대사관에 전화를 했다.

대성은 인도 현지의 대사관에 들러 명상 단체를 묻고 떠났다고 한다. 전화가 되질 않는다고 하자, 인도는 한국과는 달라 산속에 들어가면 휴대전화 통화가 잘 안 된단다. 무슨 일이 있는 것만 같기도 하다.

42. 때늦은 후회

이틀 전 밤 꿈에 너무나 이상한 꿈을 꾸었다. 구름 속 같았는데 흰 옷을 입은 사람이 손을 흔들며 가고 있는데 그분이 아버지였다. 꿈을 깨고서도 참으로 이상하다. 꿈속에서 가족이 나타나는 꿈을 꾼다면 선몽으로 산삼을 캘 때 그런 꿈을 꾸고서 산삼을 캤다고 한다. 심마니들인 형님들이 이야기해 준 것이다.

좋은 꿈을 꾸면 누구에게라도 말하면 안 된다고 했다. 시내에 나가서 복권이라도 한 장 사볼까! 별 생각이 다 든다. 좋은 꿈인지 아닌지 당최 알 수가 없다. 그런데 어쩐 일인지 가슴에 밀려오는 허전함이 마음을 짓누른다. 무슨 일일까? 어제는 하루 종일 가슴이 떨려온다. 꿈 이야기를 할까 말까 하다가 말을 유순에게 말을 했다.

"여보, 나, 이틀 전에 이상한 꿈을 꾸었어."

"예? 무슨 꿈?"

"꿈에 아버지가 구름 속으로 가시는 걸 봤어. 그 꿈을 꾸고 가슴도 떨려 오고 마음을 잡을 수가 없어. 참 이상해."

"꿈은 선몽도 있고 현몽, 허몽도 있대. 내가 어릴 적엔 꿈도 많이 꿨지. 그런데 요즈음은 꿈을 꾸어본 적이 없어."

"선몽이나 현몽이라면 좋은 일이 있을 것 같은데, 아주 좋은 산삼을 캐려나?"

"좋은 꿈이었으면 좋겠다."

"난 낭떠러지에서 떨어지는 꿈을 꾸고 어머니에게 이야기했더니 그 꿈은 키가 크려고 꾸는 꿈이라고 하던데."

그리 말을 하고 있는데 진돌이가 멍멍 대며 난리를 친다. 왜 그러나 하고 밖을 쳐다보니 여자 한 분이 여기로 오는 게 아닌가! 그가 가까이 오자 누구인지를 알아보았다. 십년이면 강산도 변한다는데 정말 많이도 변한 시누이였다. 너무나 반가워, 유순은 하우스에서 일하던 손을 씻지도 않고 덥석 그에 손을 잡았다.

"어쩐 일예요? 여긴 어찌 찾으셨어요?"

"현순아! 네가 어쩐 일이냐? 이곳을 네가 찾아오다니!"

현종도 큰 소리를 지르고서는 채소밭에서 일을 하던 흙손으로 일어나자마자 달려가 여동생을 껴안았다. 그런데 여동생의 얼굴을 보니 눈물이 줄줄 흐른다. 오래간만에 만나서 반가움의 눈물인 줄 알았다.

"오빠가 오래 전에 보낸 편지의 주소를 보고 찾아온 거야. 그 편지를 아버지 책상에서 늦게야 발견했어. 아버지가 돌아가셨어, 그 편지 주소를 보고 엄마가 오빠가 와야 장례를 치른다고 해서 찾아온 거야."

"뭐야? 아버지가? 왜?"

말을 못하고 울먹이던 현순이가 입을 열었다.

"간이 안 좋아서……. 석 달을 병원에 계셨어. 오빠를 항상 그리워 하셨 었어!"

가족과 완전히 연락 두절을 했는데 현종은 아버지가 사망하셨다는 연 락이다. '할아버지는?' 하려다가 말을 멈추었다. 지금껏 살아계실 리가 없 잖아! 아버지의 사망 소식은 현종이 가슴이 찢어지는 듯 아팠다. 하늘을 올려다보고 큰 한숨을 쉬고 '그랬구나. 아버지가 떠나시는 모습을 내게 보 여주고 가셨구나! 아! 이 불효를 어찌 갚는단 말인가?'

자식을 키워보니 부모님께 죄송한 마음을 가졌었다. 아주 가족과 끊고 혼자의 생각과 혼자 힘으로 살았다고 맹세하지 않았던가! 10여 년이 지 나자 문득문득 부모님 생각이 났다. 어차피 스님같이 살자고 떠나왔던 게 아닌가! 그랬어도 용서 받지 못할 것 같기도 하다. 좋은 직장도 다닐 수 있었고 돈도 벌어서 부모님께 효도 금이라도 드렸으면 얼마나 좋았을 까! 심중에 있는 이 한마디를 하루하루 미루다보니 어느새 18년이 넘으니 현종이도 이제 나이가 마흔이 넘었다. 그동안 스스로 가족을 버린 자신의 행동이 얼마나 무모했다는 것이 가슴을 쥐어짜며 괴로움을 줬다.

가만히 따지고보니 아버님의 연세가 77세이시다. 이 세상에서 가장 중 요한 것을 스스로 버리고 고통을 감내하겠다고 생각한 것이 얼마나 무지 한 것인지 이제야 생각이 나지만 이제 돌이키기에는 너무나 늦었다. 용서 를 구할 분이 돌아가시다니…….

얼마나 화가 나셨으면 할아버님 할머님 돌아가신 것도 안 알리셨을까? 자신의 행복은 자신의 것이라며 옹고집으로 살아온 생. 참으로 마음 아프 다. 오직 유순만 있으면 행복하게 살 수 있을 것만 같았다. 그렇게 유순과 살면서 내 마음이 흔들리는 것을 보인다면 유순은 어떤 생각을 가질 것이 며 배신감 또한 느끼지 않겠는가? 마음속으론 이런 말을 꼭 하고 싶었다.

'여보, 우리가 지금까지 잘못하고 산 거야. 부모님을 찾아뵙고 용서를 빌었으면 해. 용서를 해주시든 안 해주시든 그저 찾아가서 이 한마디만 하고 싶어.'

그러나 그 소리는 목에서 나오지를 않고 가슴속으로 쏙 들어갔었다. 결심이 없는 사람이라는 것. 그 소리를 듣고 싶지 않아서였다. 이제 나이가 들고 보니 지난날의 잘못이 보인다.

대충 집안정리를 하고 부랴부랴 바로 동생과 함께 출발을 했다. 집에 도착하자 눈물을 흘리시며 현종이를 부둥켜 안는 어머니.

"어머니, 정말 죄송합니다. 이 불효를 어찌 해야 할까요?"

어머니 앞에 무릎을 꿇고 통곡을 했다. 어머니는 그냥 흐느끼시기만 한다.

유순도 어머니 손을 붙들고 말을 잇는다.

"어머님, 죄송합니다."

어머니는 유순의 손을 한 손으로 잡고 한 손으론 등을 두드려준다. 어머니는 눈물을 흘리시다가 혼절을 하셨다. 상중에 난리가 났다. 물을 떠다 입에 떠 넣고 가슴을 두드리고 온몸을 주무르며 손가락을 바늘로 찔러 피를 빼내니 얼굴에 핏기가 돈다. 현종은 어머니가 깨어나시자 그제서야 옆을 바라보았다. 몇 명 안 되는 친척들이 상주인 현종에게 말은 안 해도 눈으론 쏘아본다. 현종은 그저 고개를 떨어뜨린다.

"죄송합니다. 제가 너무 잘못 했습니다. 드릴 말씀이 없습니다."

보는 친척들에게 연신 잘못을 빌었다.

칠촌뻘 되는 아저씨가 호통을 치신다.

"상주한테 이런 말을 하면 안 되는 줄 안다마는, 피난 나와서 큰 고생 끝에 너 하나만을 믿고 살아오신 부모인데 그렇게 생각이 짧았냐? 죽자사자 힘들게 키운 대가가 그것이었냐? 네 평생을 후회할 것이다."

동네 분들도, 아버지의 평생 친구 분들도 말씀을 하신다.

"너 하나를 위하여 평생을 희생한 부모를 버리고, 뭐? 명상 자연인?"

"그래, 너 잘했다. 그것 해서 네가 얻은 게 무어냐?"

"자기를 낳아주고 길러준 부모를 모르다니, 너는 인간도 아니야. 짐승을 집에다 키워도 은혜를 갚는다!"

아버지가 살아계시면서 이런 말을 들었으면 속이라도 시원할 것 같다.

"죄송합니다. 죄송합니다."

지난날들이 눈물을 뚝뚝 떨어지게 한다. 현종의 모친이 그들을 말린다.

"다 지나간 일입니다. 지금 와서 그이야기를 해서 뭐합니까? 즈이 아버지가 돌아가시기 전에 다 용서한다고 했어요."

눈물이 펑펑 흐르는 몸을 가누지 못하고 방바닥에 또 쓰러진다.

"효순아! 빨리 물 가져 오너라."

야단법석이 났다. 또 초상 치를 것 같다며. 한참 후에 일어나신 어머니.

"나 좀 자게 해주세요."

어머니는 친척들이 현종을 더 야단칠까봐, 그들을 보내기 위하여 주무시겠다고 하신 것을 그분들이 간 후에야 알았다. 그들이 떠나시자 어머니는 말을 이었다.

"이제 와서 너에게 뭐라 한들 무슨 소용이 있겠느냐? 너희들 뜻대로 잘 살면 그만이지. 내가 욕심이 많았나보다. 너희에게 기댈 생각을 했다니. 너희들에게 기대하지 않고 지금껏 잘 살아왔다. 너희들만 잘 살면 된다. 나도 이제 살 만큼 살았으니 갈 곳이 한 곳뿐이 없을 것 같구나."

"죄송합니다. 드릴 말씀이 없습니다. 어머니. 손자인 대성이는 너무나 똑똑합니다. 초등학교 3학년을 다니고는 독학을 하다가 17살에 서울대학교를 들어갔으니까요. 1학기만 마치고 일 년 전에 인도로 공부한다고 떠났어요.

지금에서야 생각해보니 부모는 자식을 위해서 평생을 희생한다는 걸 몰랐다니 정말 후회됩니다. 허나 이제는 쓸어담을 수 없는 엎질러진 물이군요. 돌아가신 아버님께 너무나 죄송합니다. 용서해주세요. 아이를 낳아 키울 때가 돼서야 부모님 생각을 했습니다. 사회를 너무나 몰랐고 제 인생 제 맘대로 살겠다고 생각한 것이 얼마나 어리석은 일이었는지를 이제야 알게 됐습니다. 그것으로 인하여 대성이 엄마도 가족과 떨어지고 남은 것은 가슴에 회한뿐입니다. 지금까지도 이 말은 대성이 엄마한테도 자존

심 또 약속 그것 때문에 못했습니다. 제 삶만 버려놓은 게 아니라 대성이 엄마 삶도 엉망으로 만들었지요. 그저 둘이서만 있으면 행복하게 살 수 있다는 허망된 망상이 저희 가족 또 유순씨 가족에게 지울 수 없는 아픔을 드린 것 같습니다."

현종은 무릎을 꿇고 엎드려 한없이 울었다. 우는 그를 쳐다보는 유순도 '그랬었구나. 내 남편도 나와 같이 가족을 버린 그 마음이 너무나 아파도 말을 못하고 있었구나!' 눈물이 주체할 수 없이 흐른다. 부모님 말씀을 듣고 직장생활을 하면서 아이들을 키우고 현종의 뒷바라지를 해주는 것이 내 이웃과 가족을 편히 해줬을 텐데. 엎드려서 한참을 울었다.

이제 와서 어머니를 사시는 곳으로 올 수도 없다. 장례를 치루고 무거운 마음으로 유순은 친정을 찾아갔다. 부모님은 몰라볼 정도로 너무나 늙으셨다. 그저 딸을 본 그들은 딸을 끌어안고 한참을 울었다. 현종 부부는 그저 무릎을 꿇고 말했다.

"잘못했습니다. 용서해 주세요."

다른 할 말이 없었다.

"아버지 어머니, 그래도 똑똑한 외손을 보셨습니다. 그 애는 초등학교 3학년이 학력이 다 이지만 서울대학교도 들어갔고 지금은 인도로 공부를 더 하고 오라고 보냈습니다. 저희들이 할 일은 그 애의 뒷바라지를 하는 거라고 생각합니다. 대성이가 한국을 떠나기 전, 현종씨가 배운 물리학 또는 우주에서 일어나는 모든 일들을 현종씨가 아는 대로 또 영상을 통해 얻은 모든 지식을 그 애 머릿속에 넣어주었습니다. 인도에 가서 공부를 하는 데 많은 도움이 되리라고 생각합니다."

유순의 친정 부모는 현종에게 내내 아무 말씀이 없으셨다. 그저 눈으로만 쳐다봤을 뿐이다. 현종은 가슴이 저려옴을 느꼈다.

현종은 아버님 장례를 치루고 대성이 소식이 너무나 궁금하다. 인도의 오지인 곳 같은 곳으로 갔나보다. 돈은 없는데 앞으로 얼마나 더, 카드 쓴 금액이 날아올지도 모른다. 인도로 가서 대성이를 만나야 궁금증이 풀려 시원할 것 같다. 시간이 갈수록 맘이 급하다. 돈을 빨리 더 마련해야 한다. 이장 댁으로 달려갔다. 심마니 형님들에게 전화를 걸었다. 대장님이라 부르던 나이가 제일 많은 박계섭 형님에게 전화를 했다.

"아! 계섭 형님, 저 현종입니다."

"그래! 먼저 소식은 잘 들었지, 9월달에 대박이 났다며?"

"예, 그렇기는 하지만 제가 산삼을 캐러 한 번 더 가야 할 것 같아서 전화를 드렸습니다."

"응? 지금? 11월 중순이야! 이제 올해는 접어야 해. 산의 일기는 변화무쌍해. 시내에 비가 올 때도 산은 눈이 와, 전문 심마니들은 거의 다 산행은 접었어!"

"그래도 형님, 제가 꼭 필요해서 그런데요. 정 어려우시면 다른 분이라도 저와 함께 산에 갈 사람이 없을까요?"

"글세, 아마 다들 안 간다고 할 것 같은데!"

"그래도 젊은 막내 성환이 형님한테라도 연락을 해 주시면 안 될까요?"

"알았어. 내일 다시 전화를 줘봐. 오늘 저녁에 성환이를 만나서 이야기 해볼게."

"감사합니다. 감사합니다. 감사합니다. 내일 아침에 전화 드릴게요."

급한 김에 그 이튿날 아침 일찍 이장님 집엘 가서 막내 성환이 형님에게 직접 전화를 하니.

"뭔 일이 있는 거여? 어제 계섭 형님한테 이야기는 들었어, 지금은 산을 갈 때가 아닌데."

"예, 제가 사정이 생겨서요. 이번 힘드시더라도 한번 꼭 도와주세요."

"왜 그러는데? 돈이 필요해서?"

"네, 애를 인도로 보냈는데 연락도 안 되고 뭔 일이 있는 것 같아서 인도를 가려고 그럽니다."

"그러면 돈을 좀 빌려줄 게, 나중에 갚으면 되잖아."

"이번 한번만 더 가보고서. 정 심을 못 보면 그때 가서 빌려 달라고 할게요."

허나 막내 심마니도 속셈은 있었다. 현종과 몇 번 산행에 매번 산삼을 발견한 건 바로 현종 아니었던가! 그도 욕심이 생겼다. 현종과 올해 마지막 산행이라고 생각하고.

"알았다. 내일은 날씨가 별로 좋지 않다고 일기예보에 나오니 삼일 후에 가도록 해보세."

"감사합니다. 감사합니다. 기다리겠습니다."

집에 와서 유순에게 산행을 이야기하니 펄쩍 뛴다.

"안됩니다. 이 추위에 산행이라니요."

"괜찮을 거야. 산을 다니면 더워. 땀이 난다고요. 우리가 겨울 등산을 할 때도 땀으로 등이 흠뻑 젖을 때가 있었잖아?"

유순은 어찌 이번엔 산행을 말려도 대성이 건으로 말을 안들을 것 같다는 느낌이 들었다. 더 이상 말릴 수가 없다. 현종은 준비를 단단히 하고서 기다렸다. 삼일째 되는 날. 심마니 막내 성환이 형님이 오셨다. 너무 반가워 두 손을 꼭 쥐고 그냥 끌어안았다.

"형님 고마워요, 정말."

"하여간 오늘은 날이 좋을 것 같은데, 산은 항시 가봐도 변화가 심해. 골바람이 불 때는 앞도 잘 안 보일 때도 있고. 하여간 왔으니 가보자고."

두 사람은 겨울 산행에 필요한 완전무장을 하고 산으로 향하였다. 전에 갔던 곳을 피하려니 길이 낯설다. 그래서 둘은 떨어져 다니지 않고 동행을 하기로 했다. 무전기가 필요 없게 됐다. 그것을 가방에 넣었다. 본격적으로 산을 헤매기 전 이제 산제를 지낼 참이다. 큰 나무 밑을 헤쳤다. 가져온 제물을 나무 밑에 차렸다. 사과, 배, 대추를 놓고 막걸리를 한잔 부어놓고 두 사람은 정성스레 절을 올렸다. 현종은 맘속으로 그저 '산신님 꼭 좀 도와주세요' 했다.

마을엔 며칠 전에 비가 왔는데 산으로 다니다보니 눈이 녹지 않은 곳도 있다. 남향은 그래도 눈도 녹아서 길이 괜찮다. 그리고 초겨울 산이라 그런지 낙엽도 미끄러운 곳도 많다. 두 사람은 조심조심 하며 심을 보려 두리번거리며 다니기 시작했다. 지난날 경험으로 볼 때 심은 동서향의 중간 지점에서 가장 많이 컸다. 그곳도 동서향의 중간 지점이 제일 좋은 곳이다. 나침반을 내려놓고 보니 동서향 중간 지점을 가려면 계곡을 넘어가야 할 것 같다. 힘든 걸음 끝에 생각했던 곳에 도착했다. 주변을 뒤지기 시작했다. 현종이 이게 산삼인가? 할 정도로 말라붙은 가지에 빨간 열매가 한두 개 붙은 것을 본 것이다.

"심봤다!"

현종은 큰소리가 절로 나온다. 그 기쁨을 어디에 비하랴!

"동생이 안경을 써서 심이 보였다는 것보다는 동생에게는 영험한 다른 뭐가 있나봐!"

두 사람은 그곳에 표시를 해놓고 그 일대를 한 사람씩 떨어져서 뒤지기 시작했다. 아니 오늘 일기예보에 비가 온다는 예보가 없었는데! 약하게 눈이 온다. 높은 산이라 그런가? 골바람이 눈보라를 일으켜 앞이 잘 안 보인다. 현종은 연신 안경을 벗어 수건으로 닦으며 다녔다. 성환이 형님보다 더 안 보인다. 두 사람은 그래도 한 뿌리라도 더 찾으려고 골짜기를 누비고 있었다. 그렇게 다녔어도 산삼은 더 보이지를 않았다. 할 수 없다. 다시 산삼을 본 곳으로 가서 그 보인 산삼을 한 뿌리만 캐고는,

"어째 오늘 산에서 일박을 한다는 게 무리인 것 같다. 그냥 내려갈까?"

성환이 형님이 이야기를 하자, 다섯 시간 동안이나 산속을 헤매고 찾은 산삼인데 어떻게 한다! 경험으로 보아 이 부근엔 꼭 산삼이 있어 보인다. 돈이 꼭 필요한데……. 현종은 망설인다.

"형님, 이 부근에서 한 뿌리라도 봤으니 오늘 일박을 하고 내일 좀더 다니면 안 될까요?"

"동생 생각이 정 그렇다면 고생 되겠지만 그리 해보세."

"감사합니다. 우리나라 등반가들이 히말라야 등반을 하는 걸 보면 이것

은 아무것도 아니라고 생각합니다. 안 그래요, 형님?"

"하긴 그래."

겨울 산에서 일박은 모험이었다. 가을 같으면 두터운 점퍼만 입어도 그냥 지낼 수 있을 것 같은데, 11월 중순인데도 날이 춥다. 그들은 남향 쪽에 편편한 곳을 고르고 낙엽을 많이 모아서 두툼하게 자리를 만들었다. 그리고 둘이 비닐을 치고 그 속으로 들어가보니 아늑한 게 생각보다 괜찮아 보인다. 저녁식사를 빵으로 대충했다. 유순이 춥다며 보온통에 넣어준 커피가 생각났다. 짐이 된다며 안 가져간대도 한사코 가져가라고 해서 가져온 것인데, 따뜻한 커피 한 잔씩을 마시니 뱃속이 따뜻하니 너무나 좋다. 바람이 안 들어오게 작은 돌들로 비닐을 눌러놓고 잠을 청하였다.

겨울 산은 역시 겨울 산이었다. 바람이 불어대니 비닐이 바로 날아갈 것만 같다. 비닐을 높게 치면 바람이 걱정되어 야트막하게 쳤는데도 비닐막을 통과하는 바람소리가 보통이 아니다. 성환은 어찌 산행이 무리인 것만 같아 내심 걱정도 되었다. 두 사람은 바람 때문에 잠도 자는둥 마는둥 했다. 날이 밝자 일어나서 빵으로 아침을 먹고 짐을 싸서 배낭에 넣고 등산용 지팡이를 들고 어제 심을 보았던 자리 부근을 뒤지기 시작했다. 같이 다니려고 했는데 그들은 이곳저곳을 뒤지다보니 두 사람은 좀 떨어져서 산을 뒤지기 시작했다. 그들은 두어 시간을 그리 다녔는데도 산삼은 보이지 않았다. 그들의 거리가 점점 멀어지기 시작했다.

"아!" 하는 외마디 소리가 들린다. 산 울림소리가 여운을 남긴다.

현종이의 소리 같다.

"어디야!"

성환이가 소리를 질러도 대답이 없다. 직감이 왔다.

'사고다!'

그 부근을 찾아봐도 현종이 보이지 않는다.

'큰일 났다. 이걸 어쩐대.'

눈은 조금 오다가 그쳤었다. 골바람이 흙먼지를 일으키며 앞이 안 보인다. 성환도 움직이기가 힘들다. 바위에 얼어붙은 살얼음을 생각하지 않고 가다가 골바람이 몰아쳐 안경에 먼지가 붙으면서 보이지를 않으니 계곡으로 미끄러진 것이 틀림없어 보인다.

'큰일이다.'

사람을 찾아야 할 것 같은데 아무리 불러도 대답이 없으니 어디 있는지를 알 수가 없다. 이곳저곳을 다니며 보니 약간의 흙이 흘러내린 것 같이 보이는 곳이 있다. 아무래도 미끄러진 곳이 이곳 같다는 생각이 들었다. 바로 산 아래인 밑은 보이지를 않는다. 나무에 로프를 매고 아래를 내려다보니 현종의 배낭이 보인다. 그는 배낭을 지고 엎어져 있었다. 바로 밑인데도 절벽 밑이라 잘 안 보였던 것이다. 몸을 뒤집고 보니 머리를 어디에 부딪쳤는지 피가 조금 났는데 말을 하지 못한다.

"큰일 났다."

구조 요청을 해야 했다. 등산객들도 무전기를 가지고 다니는 사람도 많다. 혹시나 하고 배낭에서 무전기를 꺼내 들고는 그저 사고가 났다고 소리를 질러도 '쉬' 소리만 날 뿐 어떤 소리도 안 잡힌다. 할 수 없다. 어디를 다쳤는지 알 수가 없다. 산 위쪽으로는 절벽이라 올라갈 수가 없다. 나무를 여러 가지를 꺾어서 탄탄한 깔개를 만들고 그 위에 현종을 올려놓고 등산용 로프로 나무와 함께 묶었다. 그리고는 현재 위치 파악을 먼저 해야 했다. 바람이 아무리 불어도 산을 오래 다닌 경험으로 그는 내려가는 길을 알 수 있다. 독도법을 사용하면 되는 것이다.

심마니들이 길을 잃었을 시는 소나무가 이정표다. 소나무 가지가 길게 뻗어 있는 곳이 남향이며 가지가 길게 뻗어 있지 않은 곳은 북쪽이다. 정남향을 보고 팔을 벌리면 오른팔 쪽이 서쪽이다. 소나무를 한그루만 보고 판단하는 것이 아니다. 몇 그루만 보면 대번에 내려가는 길을 알 수 있다. 팔 오른쪽을 향하여 내려오면 마을이 나타나는 것이다. 그리고 등산로 길도 나타난다. 등산로를 찾으려고 죽을힘을 다하여 당기며 한 시간 이상을 소비했다. 그렇게 하여 겨우 등산로까지 도착했다. 독도법은 심마니들에게는 참으로 꼭 알아야 할 중요한 일이다. 또한 환자가 생겼을 시의 요령도 배워서 잘 알고 있는 심마니 성환씨는 그 일을 잘 처리했다. 팔이 부러지거나 다리가 부러지면 그렇게 해서 하산을 해야 되는 것이다. 두어 시간만 더 가면 등산객도 하나도 다니지 않을 것 같다.

큰일이다.

누워 있는 현종은 말을 못한다. 가슴에 손을 넣어보니 심장은 뛰고 있다. 죽은 것은 아니었다. 나무깔개와 묶은 현종의 몸을 풀고는 다시 그 위에 배낭에서 두꺼운 옷을 꺼내서 나무 위에 깔았다. 그리고 로프로 현종의 몸이 움직이지 않게 나무 위에 점퍼를 올려놓고 같이 꽁꽁 묶었다. 그리고 끌고 당기며 30여 분 동안을 씨름을 하고 있는데 하산하는 등산객세 명이 보인다. 이젠 살았다 싶다. 구세주 같다. 그들은 현종을 흔들며 잠을 자서는 안 된다며 교대로 소리 소리를 지른다. 그리고 그를 네 명이서 끌고 잡아당기며 힘들게 내려오자 동리가 보이기 시작한다.

현종네 집도 들를 시간이 없다. 우선 병원부터 가야 하니까. 마을이 보이자 뛰어가서 경찰에 신고를 하고 구급차를 요청했다. 마을 이장에게 사고 소식을 현종의 집에 알려 달라고 부탁을 했다. 얼마 후 구급차가 도착했다. 같이 탔다. 내려서 보니 공주의료원 응급실이었다. 한참 후 의사가 말한다.

"CT로 머리 사진을 찍어보았는데 머리의 상처는 혈액이 제거돼야 알수 있을 것 같습니다. 심하지는 않은 것 같으니 세 바늘만 꿰매면 머리는 문제가 없어 보입니다. 조금 더 기다려 보아야겠습니다. 그 외는 특별한 것은 없어 보입니다. 머리를 부딪친 곳이 걱정은 됩니다. MRI를 찍어봐야 결과를 볼 수 있을 것 같습니다. 현재로서는 생명에는 지장이 없는 것 같습니다. 호흡도 정상이고 혈압도 정상입니다."

자세히 현종의 얼굴을 쳐다보니 노랗던 얼굴에 혈색이 돌았는지 약간의 붉은 빛이 보인다.

"동생, 나 알아보겠어?"

대답이 없다. 눈만 깜박인다. 알았다는 표시 같다. 의사는 성환에게 환자가 안정을 취하게 밖으로 나가 있으라고 한다. 시간이 좀 지나자. 급해서 헝클어진 머리를 손질도 안했는지 초죽음이 된 것 같은 현종의 식구가 병원 문을 열고 들어온다.

"현종씨, 어디 있나요?"

"네, 응급실인데 저도 금방 나가라고 해서 나왔습니다. 생명에는 지장이 없을 것 같답니다. 너무 걱정 마세요."

그를 안내하러 응급실로 같이 갔다. 정신이 반은 나간 듯한 그는 현종이 각종 링거 줄과 산소 호흡기를 낀 얼굴을 보자 그 자리에서 쓰러졌다. 의사는 그도 바로 옆에서 링거를 꼽고 안정을 취하게 조치를 했다. 그리고 현종의 머리에 상처 난 곳을 MRI 사진을 찍었다.

사람 사는 것은 한치 앞도 못 본다더니 이럴 줄을 누가 알았을까? 급하면 쉬어서 가랬는데 현종은 대성이 생각에 이것저것 가리지 않고 덤벼대다가 사고가 난 것이다. 자식이 무엇이길래!

심마니 성환은 병원에서 현종을 보면서 후회 막심하다. 욕심도 있었지만 현종을 도와주려고 그의 부탁을 거절하지 못하여 동행한 것인데, 일이 이렇게 커질 줄은 생각지도 못한 일이었다. 항상 산삼을 캐러 다니던 심마니 형님 두 분이 병원으로 쫓아오셨다. 이장한테 이야기를 들었단다. 응급실에 누워 있는 현종을 보고는 큰 형님이 걱정 어린 얼굴로 말씀하신다.

"동생, 나 알아보겠어?"

현종은 눈을 두어 번 깜박인다. 그게 대답인가 보다.

"어, 형님. 아까 내가 이야기할 때보다도 더 나은 것 같네요. 괜찮을 것 같네요!"

'원래 안 갔어야 할 산행이었는데. 정말로 안타깝다. 빨리 회복되었으면 좋겠다.'

의사가 그들을 쳐다보며 말했다.

"손님들은 잠시 밖에서 나가서 기다리시지요."

그들은 밖으로 나와서 복도에서 앉아서 할 말을 잊고 있었다. 담당의사가 바로 옆에서 링거를 맞고 있는 보호자 유순에게 말을 했다.

"MRI 머리 촬영결과 특별한 것은 없어 보입니다. 아마 너무 긴장을 하고 있는 것 같습니다. 산소 마스크를 풀고 하면 말은 할 수 있을 것 같습니다. 서울 큰 병원으로 가서서 정확한 검사를 해보았으면 합니다. 팩트라는 컬러 MRI를 촬영해 보시라고 권하고 싶네요. 여기는 그 기계가 없습니다. 지금 현재로 보면 생명엔 지장이 없을 것 같습니다."

그 얘기를 들으며 유순은 다행이라며 큰 한숨을 쉬었다.

산소 마스크를 벗기자 현종은 천천히 말을 하기 시작했다.

"어떡하다가 그렇게 언덕으로 떨어졌어요?"

"갑자기 회오리바람이 지나가면서 잠간 눈이 안 보여서 다리를 헛디딘 거야! 걱정을 끼쳐서 정말 미안해."

"아니요. 얼른 회복이나 하세요. 이만하기도 다행입니다. 괜찮다니 걱정하지 마세요."

앰뷸런스를 타고 모교인 서울대학교 병원으로 갔다. 서울대에서 다시 전신을 MRI 촬영한 결과가 나왔다.

"더 세게 부딪혀서 목과 등뼈를 연결하는 부위가 부러졌다면 영구 하반신 마비가 올 것인데, 이만하기 천만다행입니다. 환자는 깨어 있지만 머리에도 충격이 가서 약간의 이상이 있습니다. MRI를 자세히 판독해보니 머리와 척추를 이어주는 뼈가 두 줄로 연결되어 있는데 그중 한 부분이 문제였습니다. 머리에 상처는 별것이 아닙니다. 뇌만 다치지 않았으면 다행입니다."

"그러면 바로 괜찮을까요?"

"아닙니다. 목을 움직이지 말아야 합니다. 그것은 자연히 붙을 수 있는데 환자가 움직이면 어렵게 됩니다. 자세히 보니 그 두 개의 뼈 중 한 곳에 실금이 간 것이 판독 결과 보입니다. 처음에 환자가 다쳤을 때 나무에 환자를 고정한 것이 참으로 다행이었습니다. 하반신 전신마비 될 것을 막아준 것이지요."

"그러면 어떻게 해야……."

"목에서 가슴까지 움직이지 못하게 깁스를 하면 좋겠는데 그게 참 깁스하기가 힘이 듭니다. 그것을 하면 보호자가 항시 옆에서 시중을 들어야 합니다. 어떻게 해 드릴까요?"

공주에서는 발견하지 못한 부분이었다. 머리만 다쳤을 줄로만 알고 머리 촬영만 했기 때문이었다.

"꼭 움직이지 않아야 된다면 깁스를 해주세요."

깁스를 하면 석 달 정도는 있어야 풀 수 있다고 했다. 뇌출혈 정도로만 생각하고 MRI를 척추는 찍어보지 않았다가 다시 확인한 결과였다. 유순은 기막힌 현실에 그저 지난 모든 일이 회한에 쌓여 어디에도 마음 둘 곳이 없다. 현종이 회복이 되어 말을 한다. 그만 해도 다행이다.

병원 생활 벌써 두 달째.

처음 현종을 병원에서 대할 때는 '그저 하느님, 제 남편 목숨만 살려주세요' 하며 애원하는 기도를 했다. 기도 덕분인지 목숨은 살아났다. 그러나 몸을 움직이면 안 된다니 그게 큰 걱정이다. 목숨만 살아 있을 뿐, 간병인이 하루 종일 옆에 붙어서 대소변도 치워줘야 하고 밥도 먹여줘야 하는 처지다.

그래도 희망적인 이야기는 약하게 금이 된 부분이 신경을 건드려서 그리 되었으니 움직이지 말고 있으란다. 인체의 비밀도 이야기해줬다. 인체의 신비는 다친 곳이 있으면 다시 복원하려는 세포가 총동원되어 복원이 될 수 있단다. 그것은 서서히 되지 빠른 시간에 원상회복은 안 된다는 게 담당의의 말이다. 예를 들어 중풍환자도 다시 좋아지는 경우가 있다는 것이다. 입원 3개월이 되자 깁스를 풀고도 한 2개월은 더 조심하라고 한다. 담당의의 말대로 되었다. 걷는 것은 아직 불편해 보인다. 지금 현실은 바깥바람이라도 쐬여 달라면 휠체어에 태워 끌고 나가야 한다. 전과 같이 완벽하게 몸이 회복되리라는 보장은 없다. 목은 전과 같이 회복이 안 되고, 옆을 바라보려면 몸까지 비틀어야 한다. 자동차 운전을 하기에는 너무 불편할 것이었다. 3개월 동안을 그리 버텨낸 유순은 몸과 마음이 지쳐 그도 어찌 해야 할지 눈앞이 캄캄하다. 정말로 시댁에나 친정엔 알리고 싶지가 않았다. 병원비가 문제였다. 할 수 없이 친정과 시댁에 사실을 알렸다. 시어머니는 그저 눈물만 흘릴 뿐 뭐라 말씀도 않는다. 할 말씀이 정말 없으셨을까?

'너희 그래! 하고 싶은 대로 한다더니 이게 그것을 보여준 것이냐?'

속으로 이렇게 말씀하시는 듯하다.

친정 부모도 기막힌 현실에 말을 잊으셨다.

엄청난 병원비에 양가 부모가 놀랐다. 좋아질 것이라는 진단이 내리자 병원에서 퇴원을 했다.

유순은 그동안의 삶이 회한에 쌓이며 만감이 교차한다. 부모께는 너무 죄송해서 죽고만 싶다. 그래도 어쩔 수가 없다. 눈물만 흘리고 있을 수도 없고, 피붙이인 대성은 연락도 안 된다.

현종은 정말 미안하다고 말한다. 부모 말씀을 안 듣고 혼자 살아도 잘 살 것만 같았던 유순, 이제서 한탄을 한들 무슨 소용이 있을까?

현종의 목 부위가 30퍼센트는 영구장애가 생겼다. 의사 말대로 그 부분은 다시 돌아오지 않는 장애가 생겼단다. 사는 데야 지장은 없지만, 자동차 운전 시 좌우 시야 확보에 많은 지장이 있을 것은 확실해졌다.

때늦은 후회가 회오리바람이 되어 현종의 머릿속을 흔들어댄다.

에필로그

진정 나는 나를 아는가? 나는 무엇인가?

고통이 있었던 곳. 행복이 있었던 곳. 아름다운 지구는 내가 머물다가 갈 곳.

사는 동안 친구와 이야기를 할 수 있는 자는 행복한 자이다.

인생이란 모르는 것이 편할 수도 있다.

내가 누구에게 사랑을 주었다고 다시 받을 생각을 하지 마라. 그것은 번뇌의 시작이기 때문이다.

노인이 됐다는 것이 마음에 안 든다고 생각하지 마라. 잠깐잠깐 무엇을 하려다가 잊는 것이 있어도 신체 지능이 떨어진 것은 아니다. 노인이 되면 변별력이 많아 세상의 이치도 알고 삶이 무엇인지도 안다. 또한 아이가 되어 정직해진다. 청년 때와는 다르게 각 뇌의 부분 생각이 합쳐지고 또한 자연히 생겨난 창의력은 문화 예술에 진가를 발휘하게도 한다. 나이를 먹는 것, 그것은 참으로 행복한 것이다. 새로운 것을 많이 배울 수 있는 시간이 생기기 때문이기도 하다. 그 느낌을 가지고 죽는다는 것 알 것을 알 만큼 알고 가는 것, 그것이 행복이다.

내가 알고 싶은 것 그리고 인생사

What I want to know and life and death

초판 인쇄 2019년 5월 21일
초판 발행 2019년 6월 03일

지 은 이 | 정진문
펴 낸 이 | 노용제
펴 낸 곳 | 정은출판
디 자 인 | 서용석

출판등록 | 제2-4053호(2004. 10. 27)
주   소 | 04558 서울시 중구 창경궁로1길 29 (3F)
전   화 | 02)2272-8807
팩   스 | 02)2277-1350
이 메 일 | rossjw@hanmail.net

ISBN 978-89-5824-390-8   (03810)